EM BUSCA DE
WATERSHIP
DOWN

3ª edição

RICHARD ADAMS

EM BUSCA DE WATERSHIP DOWN

Tradução
Rogério Galindo

Copyright © Richard Adams, 1972
Copyright © Editora Planeta do Brasil, 2017, 2019
Título original: *Watership Down*
Todos os direitos reservados.

Preparação: Luiza del Monaco
Revisão: Mariane Genaro e Giovana Bomentre
Diagramação: Maurélio Barbosa | designioseditoriais.com.br
Adaptação dos mapas: Leandro Melite
Capa e ilustração de capa: Sophie Eves

DADOS INTERNACIONAIS DE CATALOGAÇÃO NA PUBLICAÇÃO (CIP)
ANGÉLICA ILACQUA CRB-8/7057

Adams, Richard
    Em busca de Watership Down / Richard Adams ; tradução Rogério Galindo. – 3. ed. – São Paulo : Planeta do Brasil, 2019.
    464 p.

ISBN: 978-85-422-1579-3

1. Ficção inglesa 2. Ficção fantástica I. Título II. Galindo, Rogério

19-0367   CDD: 823

2019
Todos os direitos desta edição reservados à
EDITORA PLANETA DO BRASIL LTDA.
Rua Bela Cintra, 986, 4º andar – Consolação
São Paulo – SP – 01415-002
www.planetadelivros.com.br
atendimento@editoraplaneta.com.br

Para JULIET *e* ROSAMOND
lembrando
a estrada para Stratford-on-Avon

Agradecimentos

Sou grato pela ajuda que recebi não apenas de minha família, mas também de meus amigos Reg Stones e Hal Summers, que leram o livro antes da publicação e fizeram valiosas sugestões.

Também agradeço muito à sra. Margaret Apps e à srta. Miriam Hobbs, que labutaram fazendo o trabalho de datilografia e me ajudaram bastante.

Sou muito agradecido, pelo conhecimento que me forneceu sobre os coelhos e seu comportamento, ao notável livro do sr. R. M. Lockley, *The private life of the rabbit* [A vida privada do coelho]. Qualquer um que deseje saber sobre as migrações dos coelhos ao completar um ano, sobre a pressão feita nas glândulas que eles têm no queixo, sobre mascar cecotrofos, sobre os efeitos da superpopulação nos viveiros, sobre o fenômeno da reabsorção de embriões fertilizados, sobre a capacidade de os coelhos machos fugirem de furões ou sobre qualquer outra característica da vida dos coelhos deve procurar essa obra definitiva.

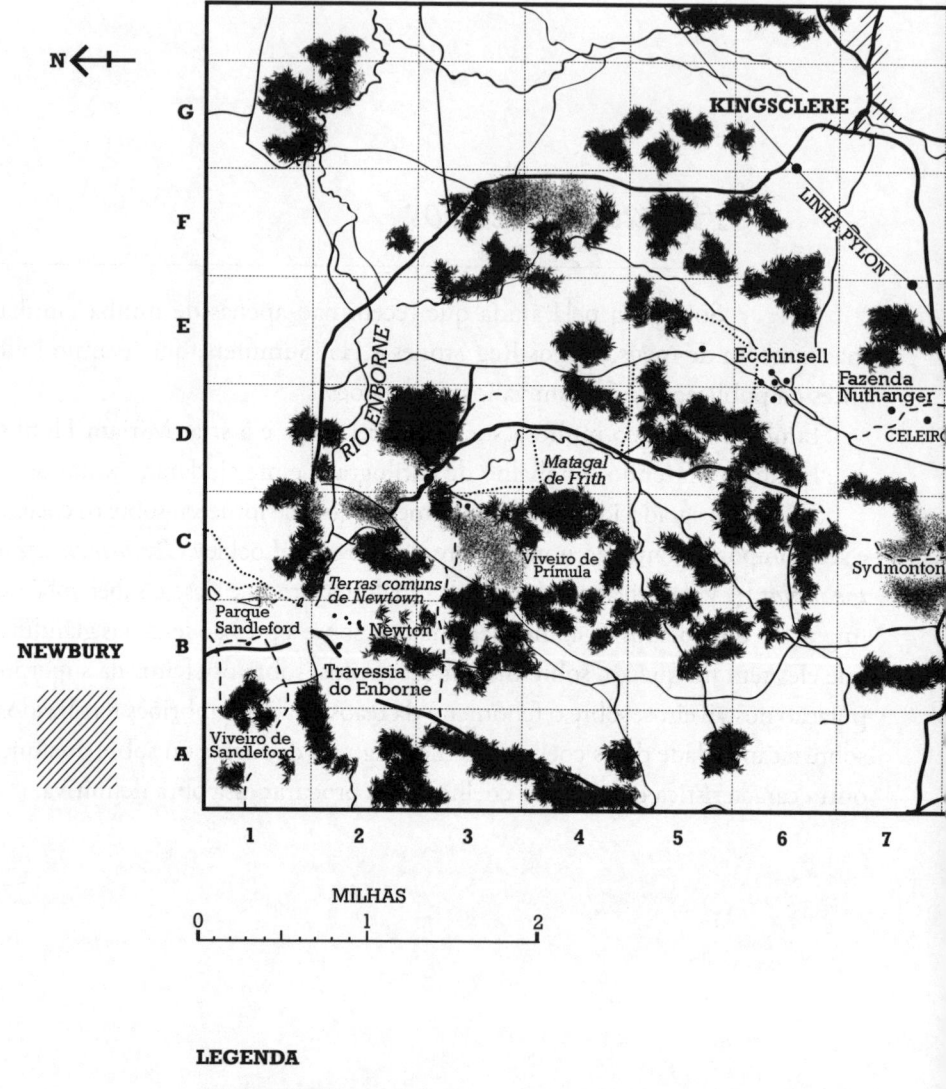

LEGENDA

Estrada principal ─────
Estrada secundária ─────
Trilha ....
Trilha para cavalos ─ ─ ─ ─ ─
Ferrovia ++++++++++++++

Nota: a fazenda Nuthanger é um lugar real, assim como todos os outros lugares citados neste livro. Mas o sr. e a sra. Cane, a filhinha deles, Lucy, e seus empregados são fictícios e não têm qualquer semelhança intencional com qualquer pessoa que eu conheça, viva ou morta.

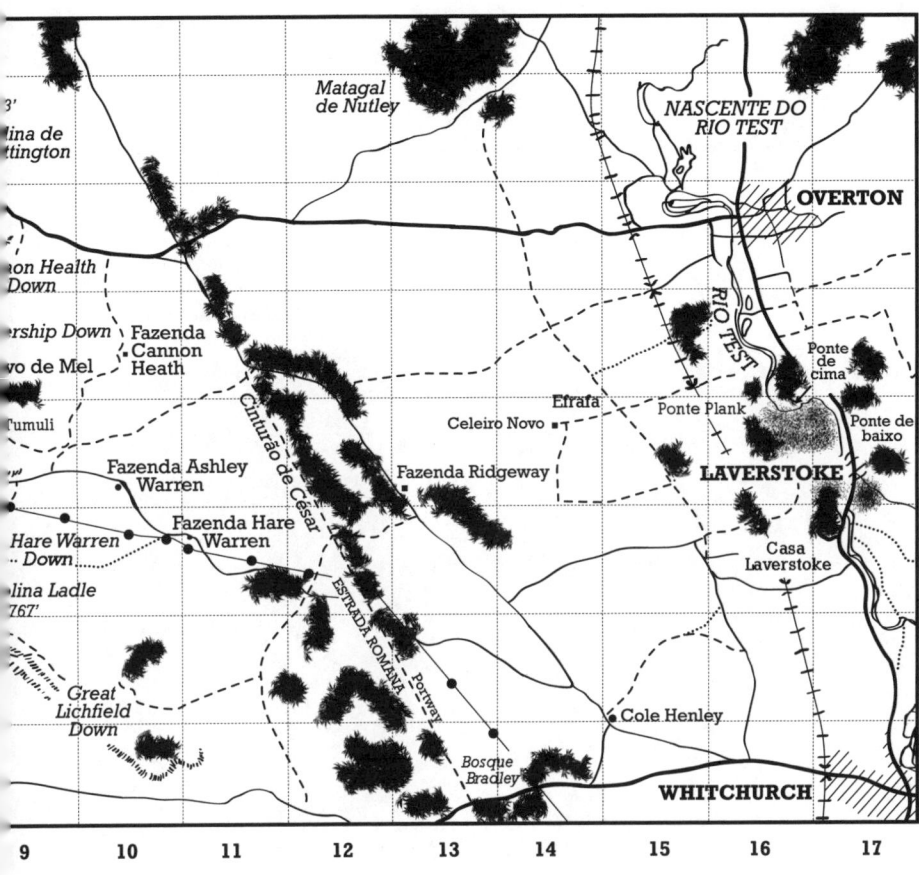

REFERÊNCIAS DO MAPA

PARTE I

A história começa **A1**
A travessia do Enborne **B2**
O urzal **C3**
O viveiro de Prímula **C4**

PARTE II

A área nordeste
    do bosque de faias
        de Watership Down **D9**
A fazenda Nuthanger **D7**

PARTE III

O bosque onde Topete encontrou a raposa **D12**
Onde eles atravessaram a ferrovia **D16**
A ponte acima do Test **D16**
Onde o barco estava **D16**
Efrafa. A Crixa **D15**
O arco da ferrovia sem estrada **D15**

PARTE IV

A ponte mais adiante sobre o Test e o remanso com ervas **D17**
O bosque onde a raposa atacou **C13**

O mapa é adaptado de outro desenhado por Marilyn Hammett

Introdução

Richard Adams

Sempre que nossa família precisava fazer uma viagem longa de carro, eu contava histórias para minhas duas meninas pequenas. Algumas eram histórias que todo mundo conhece, como *Cinderela* e *Jack, o caçador de gigantes*; mas muitas eu mesmo inventava, e minhas filhas gostavam especialmente dessas, porque achavam que eram histórias delas e de mais ninguém, criadas especificamente para que elas se divertissem.

Um dia, quando tivemos que fazer uma viagem de mais de cento e cinquenta quilômetros, elas pediram uma história comprida "que a gente nunca tenha escutado antes".

Uma história assim só podia ser espontânea. Comecei improvisando, com a primeira coisa que me veio à cabeça. "Era uma vez dois coelhos, chamados Avelã e Quinto..." Para alguns animais da história, peguei características de pessoas reais que eu tinha conhecido ao longo dos anos, de modo que cada coelho tinha uma personalidade diferente, individual. No caso de Kehaar, a gaivota, eu o baseei em um combatente da Resistência Norueguesa que conheci durante a guerra. Quinto foi inspirado em Cassandra, a profetisa troiana amaldiçoada pelo deus Apolo a sempre falar a verdade. Para Avelã, eu dei as qualidades de um oficial a quem eu fui subordinado. Ele tinha o dom natural da liderança. Não só era corajoso como também era modesto e retraído, e tinha grande discernimento.

O Topete foi baseado em outro oficial que conheci, um grande combatente, que dava o seu melhor quando alguém lhe dizia exatamente o tinha de fazer.

Ao criar essa história antropomórfica, segui a ideia de Rudyard Kipling em seus dois *Livros da selva*. Ou seja, embora meus coelhos pudessem pensar e falar, nunca permiti que eles fizessem nada que coelhos de verdade não pudessem fazer fisicamente.

A história não acabou naquela viagem de carro, e então continuei a contá-la no carro quando as levava à escola de manhã. Quando finalmente chegou ao fim, Juliet disse: "Essa história é boa demais para desperdiçar, papai. Você devia escrever isso". De início eu não quis, mas em uma noite, quando estava lendo em voz alta para elas na hora de ir dormir uma história que não era muito boa, acabei jogando o livro longe e disse: "Meu Senhor, eu escreveria melhor do que isso". E Rosamond disse: "Bom, bem que eu queria que você escrevesse mesmo, papai, em vez de só ficar falando disso". Compelido assim à tarefa, finalmente concordei.

Normalmente eu escrevia à noite, depois do jantar, e lia para as meninas cada trecho que tinha acabado de escrever. Elas tinham liberdade para criticar e com frequência faziam sugestões de mudanças e acréscimos, que eu acatava. (Campainha, o coelho cômico, por exemplo, foi incluído por sugestão delas.)

Para tornar os coelhos o mais convincentes possível, recorri ao *The private life of the rabbit*, de R. M. Lockley, um conhecido naturalista e ornitólogo inglês. Nós nos conhecemos quando pedi que ele lesse o rascunho final do livro, e ele contribuiu com várias boas sugestões. Lembro, especialmente, que foi ele quem inventou o trecho em que os coelhos invadem a fazenda Nuthanger.

Nós nos tornamos bons amigos e saíamos para fazer caminhadas no campo. Também fizemos um cruzeiro juntos pela Antártida. (Um relato dessa viagem foi publicado no nosso livro *Voyage through the Antarctic* [Viagem pela Antártida].)

Watership Down é um lugar real, como todos os lugares deste livro. Fica na parte norte de Hampshire, uns dez quilômetros a sudoeste de Newbury e três quilômetros a oeste de Kingsclere. Quando era menino, eu frequentemente andava pela região das colinas com meu pai, que me falava sobre as aves e as flores do campo; e assim começou a paixão de uma vida inteira pela história natural. As colinas são uma característica singular do sul da Inglaterra. Em termos geológicos, trata-se de calcário e há lá várias aves e plantas típicas desse tipo de terreno.

O mapa da agência cartográfica estatal britânica, a Ordnance Survey, para essa área, é a folha 174, que inclui Watership Down no quadrado 4957. Essa e a folha 185 cobrem toda a área da história.

O idioma dos coelhos, o lapino, foi inventado palavra a palavra enquanto eu escrevia a história. Isso acontecia sempre que eu sentia necessidade de incluir um termo ou expressão utilizados pelos coelhos, e não pelos humanos. Por exemplo, *subir à superfície para comer* é uma frase que os humanos dificilmente usariam. Mas coelhos precisariam de uma palavra única – uma palavra que empregariam com frequência, por exemplo, *silflay*. Em outro caso, *tharn* era uma palavra dos coelhos para designar alguém *estupefato* ou *paralisado pelo medo*.

O sufixo plural lapino *il*, em vez do sufixo inglês *s*, foi utilizado para enfatizar que o lapino é um idioma diferente.

Há uma certa influência árabe, por exemplo, em *hraka* e Kehaar. (*Behaar* é uma das palavras em árabe para *mar*.) Algumas das palavras inventadas têm uma sonoridade graciosa (por exemplo, Efrafa) – o tipo de som que coelhos poderiam fazer caso falassem. Não há gramática ou construção sintática no idioma. É simplesmente uma coleção heterogênea de substantivos, adjetivos e verbos. Aqui e ali, uma palavra é onomatopeica (por exemplo, *hrududu*, o som de um trator passando).

Quanto às epígrafes no início de cada capítulo, Juliet disse: "Gosto delas porque, quando você lê alguma pela primeira vez, não dá para imaginar como pode ter algo a ver com a história; mas daí, quando você vai lendo, vê que tem".

Nunca achei que o livro seria um best-seller; pensava em um modesto livro de capa dura, que eu daria para minhas filhas, dizendo: "Está aqui. Este é o livro que vocês queriam que eu escrevesse".

Enviei o livro a muitas editoras e também a vários agentes literários. Ele foi rejeitado várias vezes (sete no total), sempre com base no mesmo critério: "Crianças mais velhas não vão gostar, porque é sobre coelhos, que elas consideram coisa de bebês; e para crianças mais novas não vai funcionar porque é escrito num estilo mais adulto". Eu me recusei a mudar o livro e continuei batendo em outras portas.

Um dia, li no *The Spectator* uma resenha de um livro chamado *Wood magic* [Mágica da floresta], do escritor vitoriano Richard Jefferies, publicado originalmente em 1881 e que só agora estava sendo reeditado.

Pensei que o editor que tinha decidido republicar *Wood magic* poderia reagir bem ao meu livro. O nome dele, li na resenha, era Rex Collings. Imaginei que fosse uma editora pequena, sem muito dinheiro, mas valia a pena tentar. Entrei em contato com ele e enviei o manuscrito, que era de bom tamanho.

Eu estava certo. Rex Collings aceitou o livro imediatamente. E foi ele quem deu o título *Watership Down*.

A primeira edição teve apenas duas mil e quinhentas cópias, que era o que Rex Collings podia bancar. Ele podia não ter muito dinheiro, mas tinha uma coisa que podia fazer: enviar uma cópia para que cada jornal relevante de Londres fizesse uma resenha. Isso foi em novembro de 1972.

Fiquei espantado com a quantidade de resenhas favoráveis. Mas a primeira edição se esgotou rapidamente e muita gente vinha reclamar para mim que, embora quisessem muito um exemplar, aparentemente era impossível encontrar o livro para comprar.

No inverno daquele ano, a Macmillan's, de Nova York, aceitou publicar o livro. O que veio a seguir foi um paradoxo bastante divertido. A edição americana – muito maior – chamou a atenção no Reino Unido, o que fez com que, de fato, o livro viesse dos Estados Unidos para a Inglaterra. (A edição da Penguin saiu em 1974.)

Uma edição de luxo, belamente ilustrada por John Lawrence, saiu em 1976. Desde então o livro nunca saiu de catálogo, foi traduzido para muitos idiomas e publicado no mundo todo.

Ano após ano, recebo muitas cartas de fãs, e não só de jovens, mas de pessoas de todas as idades. Seguindo o exemplo do duque de Wellington, que respondia pessoalmente a todas as cartas que recebia, faço o melhor que posso nessa tarefa.

Naturalmente, fico feliz que uma plateia tão grande tenha gostado do livro, e que evidentemente ele tenha um grande apelo (embora a razão disso nunca tenha ficado totalmente clara para mim). Quero enfatizar que nunca pretendi que *Watership Down* fosse alguma espécie de alegoria ou parábola. É só uma história sobre coelhos inventada e contada no carro para minhas filhas.

PARTE I
A jornada

1

A placa com o aviso

> CORO: Por que clamas assim, senão por alguma horrível visão?
> CASSANDRA: A casa tresanda a morte e a sangue derramado.
> CORO: O que dizes? Este é apenas o odor do altar dos sacrifícios.
> CASSANDRA: O fedor é como o do hálito de um túmulo.
>
> Ésquilo, *Agamêmnon*

Não havia mais prímulas. Perto do limite do bosque, onde um descampado descia rumo a uma velha cerca e a uma vala com espinhos mais adiante, somente uns poucos trechos de pálido amarelo ainda se mostravam entre as ervas-mercúrio e as raízes de carvalhos. Do outro lado da cerca, a parte de cima do campo estava cheia de tocas de coelhos. Em alguns lugares a grama tinha desaparecido, e em toda parte havia pequenos montes de fezes secas que só as tasneiras atravessariam para então florescer. Cem metros adiante, na parte mais baixa do terreno inclinado, corria o riacho, com menos de um metro de largura, sufocado por flores de brejo, agriões e verônicas. A trilha por onde passavam os carrinhos cruzava um passadiço feito de tijolos e subia a colina do lado oposto até um portão com cinco barras na sebe. E esse portão dava para a alameda.

O pôr-do-sol de maio avermelhava as nuvens, e ainda faltava meia hora para o crepúsculo. A encosta seca estava cheia de coelhos – alguns comendo a grama fina perto de suas tocas, outros indo mais abaixo para procurar dentes-de-leão ou quem sabe uma prímula que os outros ainda não tivessem encontrado. Aqui e ali um deles sentava ereto em um formigueiro e olhava em volta, as orelhas para cima e o focinho ao vento. Mas um melro, cantando sem ser perturbado na beira do bosque, mostrava que não havia nada alarmante ali, e na outra direção, ao longo do riacho, tudo estava à vista, vazio e quieto. O viveiro estava em paz.

No topo da ladeira, perto da cerejeira onde cantava o melro, havia um pequeno grupo de tocas quase escondidas em meio a tanto espinho. À meia-luz verde, na entrada de uma dessas tocas, dois coelhos estavam sentados juntos, um ao lado do outro. Lentamente, o maior deles saiu, deslizou pela colina escondido pela cobertura de espinhos e depois entrou na vala e saiu para o campo. Poucos instantes depois, o outro o seguiu.

O primeiro coelho parou em um local ensolarado e coçou a orelha com movimentos rápidos da pata traseira. Embora tivesse apenas um ano e ainda não tivesse chegado ao seu peso de adulto, ele não tinha o olhar acossado como a maioria dos "periféricos" – ou seja, dos coelhos comuns de baixa patente que estão em seu primeiro ano e que, sem ter pais aristocratas nem ser de tamanho ou força incomuns, eram dominados pelos mais velhos e viviam o melhor que podiam, normalmente nos descampados, na periferia do viveiro. Ele dava a impressão de que sabia cuidar de si. Sua aparência, enquanto ficava ali sentado, olhando em volta e esfregando as duas patas dianteiras no focinho, era a de um coelho esperto e alegre. Assim que chegou à conclusão de que estava tudo bem, deixou as orelhas caírem para trás e começou a comer a grama.

Seu companheiro parecia menos à vontade. Era pequeno, com olhos grandes e penetrantes, e com um jeito de erguer e virar a cabeça que sugeria, mais do que cautela, uma espécie de tensão nervosa permanente. O focinho dele se mexia o tempo todo, e, quando um besouro voou até um cardo em flor atrás dele, fazendo barulho, ele pulou e girou em um salto, o que levou dois coelhos ali perto a correrem para as tocas antes que um deles, o que estava mais perto, um macho com orelhas manchadas de preto, pudesse reconhecê-lo e voltar a comer tranquilo.

— Ah, é o Quinto — disse o coelho com a orelha malhada. — Assustando-se de novo por causa de mosca varejeira. Vai, Espinheiro, continua o que você estava me contando.

— Quinto? — disse o outro coelho. — Por que esse nome?

— Foram cinco na ninhada, sabe? E ele era o último e o menor. Não sei por que ninguém o pegou ainda. Eu sempre digo que os humanos não o conseguem enxergar e que as raposas não iriam querer um coelho tão pequeno. Mas admito que ele parece ser capaz de se manter fora de perigo.[1]

---

1. Coelhos conseguem contar até quatro. Qualquer número acima de quatro é *hrair* – "muitos" ou "mil". Assim eles dizem *U Hrair* – "Os mil" – para se referir, coletivamente,

O coelho menor chegou perto de seu companheiro, pulando com as longas patas traseiras.

— Vamos um pouquinho mais longe, Avelã — ele disse. — Sabe, tem alguma coisa estranha no viveiro hoje, apesar de eu não saber dizer o que é. Que tal a gente ir até o riacho?

— Tudo bem — respondeu Avelã. — E você trate de achar uma prímula para mim. Se você não conseguir, ninguém consegue.

Avelã foi na frente, seguindo ladeira abaixo, sua sombra se alongando atrás dele na grama. Chegaram ao riacho e começaram a comer e a vasculhar perto dos sulcos de roda na trilha.

Não demorou para Quinto achar o que eles procuravam. Prímulas são uma iguaria para os coelhos, e, como de costume, no final de maio sobravam muito poucas perto de viveiros, mesmo de um viveiro pequeno. Essa prímula não tinha florescido, e suas folhas achatadas estavam quase escondidas sob a longa grama. Eles estavam começando a comer quando dois coelhos maiores chegaram correndo do outro lado do vau onde o gado cruzava.

— Prímula? — disse um deles. — Ótimo! Deixe-as aí para nós. Vamos, rápido — ele acrescentou, enquanto Quinto hesitava. — Você me ouviu, não ouviu?

— Foi o Quinto que achou, Linário — disse Avelã.

— E é a gente que vai comer — respondeu Linário. — Prímulas são para quem é da Owsla[2], você não sabe disso? Se não sabe, a gente pode te ensinar rapidinho.

Quinto já estava indo embora, e Avelã o alcançou perto do passadiço.

---

aos inimigos (ou *elil*, como eles os chamam) dos coelhos – raposa, furão, doninha, gato, coruja, humanos etc. É provável que houvesse mais de cinco coelhos na ninhada em que Quinto nasceu, mas esse nome, *Hrairoo*, significa "pequeno milhar" – ou seja, o menor de muitos ou, como dizem no caso dos porcos, "o mais fraco da ninhada".

2. Quase todos os viveiros têm uma Owsla, ou grupo de coelhos fortes e inteligentes – com dois anos ou mais – que ficam em torno do Chefe Coelho e de sua fêmea e que exercem sua autoridade. Há tipos diferentes de Owsla. Em um viveiro, a Owsla pode ser o bando de um chefe militar; em outro, pode ser composto em grande medida de patrulheiros inteligentes ou de saqueadores de jardim. Às vezes, é possível que um bom contador de histórias atinja a posição; ou ainda um coelho visionário, intuitivo. No viveiro de Sandleford dessa época, a Owsla tinha um caráter basicamente militar (embora, como vamos ver mais adiante, não fosse tão militarizado quanto o de outros viveiros).

— Estou cansado disso — ele disse. — É sempre a mesma coisa. "Eu tenho essas garras, então essas prímulas são minhas". "Eu tenho esses dentes, então essa toca é minha". Vou lhe dizer, se algum dia eu entrar para a Owsla, vou tratar os periféricos com um pouco de decência.

— Bom, pelo menos você tem esperança de entrar para a Owsla um dia — respondeu Quinto. — Você ainda vai ganhar peso, mas eu nunca vou chegar nem perto disso.

— Você não acha que eu vou te deixar desprotegido, acha? — disse Avelã. — Para dizer a verdade, às vezes eu penso em ir embora de vez deste viveiro. Mas, por enquanto, vamos esquecer isso e tentar aproveitar a noite. Que tal a gente atravessar o riacho? Lá vai ter menos coelhos e a gente pode ficar um pouco em paz. A não ser que você não ache seguro, claro.

O modo de Avelã dizer isso sugeria que ele realmente achava que Quinto tinha mais sabedoria, e a resposta de Quinto deixou claro que isso era algo estabelecido entre eles.

— Não, é seguro o suficiente — ele respondeu. — Se eu começar a sentir que tem algum perigo, eu digo. Mas não é exatamente isso que eu estou sentindo. É... ah, não sei, alguma coisa opressiva, como um trovão. Não sei dizer o que é, mas estou preocupado. Vou atravessar com você.

Eles correram por cima do passadiço. A grama estava úmida e densa perto da correnteza, e eles subiram pela ladeira oposta, procurando solo mais seco. Parte da ladeira estava na sombra, pois o sol já ia baixando diante deles, e Avelã, que queria um lugar quente e ensolarado, seguiu adiante até eles chegarem bem perto da alameda. Enquanto se aproximavam do portão ele parou, olhando.

— Quinto, o que é aquilo? Olhe!

Um pouco à frente deles, o solo tinha sido mexido recentemente. Havia dois montes de terra sobre a grama. Postes pesados, cheirando a creosoto e tinta, tinham a altura dos azevinhos da cerca viva, e a placa pendurada neles criava uma longa sombra sobre a parte de cima do campo. Perto de um dos postes, um martelo e uns pregos tinham sido deixados para trás.

Os dois coelhos subiram até a placa correndo aos saltos e se agacharam em uma área cheia de urtigas do outro lado, torcendo o nariz por causa do cheiro de um resto de cigarro apagado ali perto na grama. De repente, Quinto estremeceu e se encolheu.

— Ah, Avelã! É daqui que vem, agora eu sei! Alguma coisa muito ruim. Alguma coisa terrível, chegando cada vez mais perto.

Ele começou a choramingar de medo.

— Mas que tipo de coisa, do que você está falando? Achei que você disse que não tinha perigo.

— Não sei exatamente o que é — respondeu Quinto, aflito — Não tem perigo aqui, pelo menos não neste momento. Mas ele está chegando... está chegando. Ah, Avelã, olhe! O campo! Está coberto de sangue!

— Não seja bobo, é só a luz do pôr-do-sol, Quinto. E pare de falar assim, você está me assustando!

Quinto ficou sentado, tremendo e chorando entre as urtigas, enquanto Avelã tentava tranquilizá-lo e descobrir o que o tinha feito se desesperar tão de repente. Se ele estava apavorado, por que não tinha o impulso de correr para algum lugar seguro, como qualquer coelho sensato faria? Mas Quinto não sabia explicar e só ficava cada vez mais perturbado. Por fim, Avelã disse:

— Quinto, você não pode ficar sentado aqui chorando. Está ficando escuro. É melhor a gente voltar para a toca.

— Voltar para a toca? — soluçou Quinto. — Isso vai chegar lá, não ache que não vai! Estou dizendo a você, o campo está coberto de sangue.

— Pare com isso — disse Avelã com firmeza. — Deixe-me cuidar de você um pouquinho. Seja qual for o problema, é hora de a gente voltar.

Ele correu pelo campo e passou pelo riacho pelo vau do gado. Mas o trajeto foi um pouco demorado, já que Quinto, cercado por todos os lados pela silenciosa noite de verão, ficou desamparado e quase paralisado de medo. Quando por fim Avelã o levou de volta à vala, Quinto, de início, recusou-se a ir para o subsolo, e o companheiro quase teve de enfiá-lo à força para dentro da toca.

O sol se pôs detrás da encosta oposta. O vento ficou mais frio, trazendo uma chuva esparsa, e em menos de uma hora estava escuro. Todas as cores tinham sumido do céu. E, embora a grande placa perto do portão rangesse um pouco com o vento da noite (como se para insistir que não havia desaparecido na escuridão e garantir que continuava firme onde a haviam colocado), não havia ninguém passando para ler as letras fortes e intensas que cortavam como punhais pretos a superfície branca. Elas diziam:

ESTA PROPRIEDADE COM LOCALIZAÇÃO IDEAL, ABRANGENDO SEIS ACRES DE EXCELENTE TERRA PARA CONSTRUÇÃO, SERÁ DESENVOLVIDA COM RESIDÊNCIAS MODERNAS DE PRIMEIRA CLASSE PELA SUTCH AND MARTIN LTDA., DE NEWBURY, BERKS.

2

O Chefe Coelho

> O soturno estadista, suspenso com fardos e grande aflição,
> Qual névoa noturna, move-se em lentidão,
> Não vai para lá, para cá também não.
>
> Henry Vaughan, O mundo

Na escuridão e no calor da toca, Avelã acordou de repente, lutando e chutando com as patas traseiras. Alguma coisa o atacava. Não havia cheiro de furão ou doninha e o instinto não o mandava fugir. Seus pensamentos ficaram mais claros e ele percebeu que, exceto por Quinto, estava sozinho. Era Quinto que o estava escalando, arranhando e agarrando como um coelho que tenta escalar uma cerca de arame em estado de pânico.

— Quinto! Quinto, acorde, seu tolo! É o Avelã! Você vai acabar me machucando. Acorde!

Ele segurou o companheiro. Quinto se contorceu e acordou.

— Ah, Avelã! Eu estava sonhando. Foi pavoroso. Você estava lá. A gente estava sentado na água, numa correnteza forte. E daí eu percebi que a gente estava numa placa, como aquela placa no campo, toda branca e coberta com linhas pretas. Só tinha coelhos lá, machos e fêmeas. Mas quando olhei para baixo, vi que a placa era feita de ossos e arame. E, então, eu gritei e você disse: "Nadando! Todo mundo nadando!". E daí eu estava procurando você por toda parte e tentando arrastar você para fora de uma toca na ladeira. Eu te encontrei, mas você disse: "O Chefe Coelho precisa ir sozinho", e então você flutuou solitário, descendo um túnel escuro de água.

— Bom, de todo modo, você machucou minhas costelas… Túnel de água? Tá bom! Que bobagem! Podemos voltar a dormir agora?

— Avelã… O perigo, a coisa ruim. Não foi embora, ainda está aqui… em volta da gente. Não me diga para esquecer isso e ir dormir. A gente tem que ir embora antes que seja tarde demais.

— Ir embora? Você quer dizer daqui, do viveiro?
— Sim. E logo. Não importa para onde.
— Só você e eu?
— Não, todo mundo.
— O viveiro todo? Não seja tolo. Eles não vão aceitar. Vão dizer que você está maluco.
— Então eles vão estar aqui quando a coisa ruim chegar. Você tem que me escutar, Avelã. Acredite em mim, alguma coisa muito ruim está se aproximando, e a gente precisa ir embora.
— Bom, acho que é melhor a gente ir falar com o Chefe Coelho e então você conta isso para *ele*. Ou eu posso tentar contar. Mas acho que ele não vai gostar nem um pouco da ideia.

Avelã foi na frente, correndo ladeira abaixo e depois subindo rumo à cortina de espinhos. Ele não queria acreditar em Quinto, mas tinha medo de ignorá-lo.

Era um pouco depois da ni-Frith, ou meio-dia. O viveiro inteiro estava debaixo da terra, a maioria dormindo. Avelã e Quinto andaram um pouco na superfície e depois entraram em um grande e amplo buraco em um trecho de areia e depois desceram, passando por vários corredores, até terem adentrado dez metros na floresta, nas raízes de um carvalho. Ali eles foram barrados por um coelho grande e robusto – um membro da Owsla. Ele tinha uma estranha sobra de pele no topo da cabeça, o que lhe dava uma aparência esquisita, como se usasse uma espécie de chapéu. Foi isso que lhe deu seu nome, Thlayli, que significa, literalmente, "Topete de Pele" ou, como todos o chamavam, "Topete".

— Avelã? — disse Topete, farejando-o no profundo crepúsculo entre as raízes da árvore. — É o Avelã, não é? O que você está fazendo aqui? E a essa hora do dia? — Ele ignorou Quinto, que esperava um pouco afastado.

— Nós queremos ver o Chefe Coelho — disse Avelã. — É importante, Topete. Você pode nos ajudar?

— Nós? — disse Topete. — *Ele* vai ver o chefe também?

— Sim, ele precisa. Confie em mim, Topete. Não é comum eu vir aqui e falar desse jeito, é? Alguma vez eu já pedi para falar com o Chefe Coelho?

— Bom, vou fazer isso por você, Avelã, apesar de que provavelmente vou levar uma bronca por isso. Vou dizer a ele que sei que você é um sujeito sensato. Claro que o próprio Chefe Coelho deve saber disso, mas ele já está ficando velho. Espere aqui, ok?

Topete foi um pouco adiante e parou na entrada de uma grande toca. Depois de falar umas poucas palavras que Avelá não conseguiu entender, ficou evidente que o chamaram para dentro. Os dois coelhos esperaram em silêncio, que só era rompido pela agitação contínua de Quinto.

O Chefe Coelho tinha por nome e título Threarah, que significa "Senhor do Sorvo". Por alguma razão, sempre se referiam a ele como "O Sorvo" – talvez porque só houvesse uma sorveira perto do viveiro, da qual ele tirou seu nome. Ele tinha conquistado o posto não só pela força que tinha em seu auge, mas também pela capacidade de tomar boas decisões e por sua indiferença contida, bem diferente do comportamento impulsivo da maior parte dos coelhos. Era de conhecimento de todos que ele nunca se deixava agitar por boatos ou por situações de perigo. Tinha mantido a firmeza – alguns chegaram a dizer a "frieza" – durante o terrível ataque de mixomatose, mandando embora de maneira implacável todos os coelhos que pareciam ter sido contaminados. Ele resistiu a todas as ideias de migração em massa e garantiu o completo isolamento do viveiro, o que quase certamente evitou sua extinção. Também foi ele que uma vez teve de lidar com um furão particularmente problemático, fazendo com que o animal corresse atrás dele por entre as gaiolas dos faisões e depois (arriscando a própria vida) até a arma do zelador. Agora, como o Topete havia dito, ele estava envelhecendo, mas seu pensamento continuava lúcido. Quando Avelá e Quinto foram levados até ele, o Chefe Coelho os saudou de modo cortês. Os Owsla, como Linário, podiam ameaçar e agredir. O Threarah não precisava disso.

— Ah, Castanha. É Castanha, não é?

— Meu nome é Avelá — ele corrigiu.

— Avelá, claro. Que coisa boa você ter vindo me ver. Conhecia muito bem a sua mãe. E seu amigo…

— Meu irmão.

— Isso, seu irmão — disse o Threarah, com uma sutilíssima sugestão de "não me corrija mais, entendeu?" em sua voz. — Fiquem à vontade. Querem um pouco de alface?

A alface do Chefe Coelho era roubada pelos Owsla de um jardim que ficava a um quilômetro de distância cruzando os campos. Periféricos raramente ou nunca viam alface. Avelá pegou uma folha pequena e comeu educadamente. Quinto recusou e se sentou agitado, piscando e se contorcendo de angústia.

— Bom, como vão as coisas com você? — disse o Chefe Coelho. — Diga como posso te ajudar.

— Tudo bem, senhor — disse Avelã, com certa hesitação. — Estamos aqui por causa do meu irmão, o Quinto aqui. É comum que ele consiga dizer quando tem alguma coisa errada, e já muitas e muitas vezes descobri que ele tinha razão. Ele sabia que ia ter uma enchente no outono passado e tem vezes que ele consegue dizer onde vão passar um arame. E agora ele está pressentindo algum perigo que ameaça o viveiro.

— Um perigo grave. Sim, entendo. Que perturbador — disse o Chefe Coelho, parecendo apenas chateado. — Mas eu me pergunto que tipo de perigo seria esse. — Ele olhou para Quinto.

— Não sei — disse Quinto. — M-Mas é ruim. É tão r-ruim que é... muito ruim — ele concluiu aflito.

O Threarah esperou educadamente por alguns instantes e depois disse:

— Bom, certo, e então eu me pergunto o que deveríamos fazer em relação a isso.

— Ir embora — disse Quinto, instantaneamente. — Ir embora. Todos nós. Agora. Threarah, senhor, precisamos ir embora.

O Threarah esperou de novo. Depois, em um tom de voz extremamente compreensivo, disse:

— Bom, eu nunca fiz isso! É um pedido bastante incomum, não é? O que você acha?

— Bem, senhor — disse Avelã —, meu irmão não pensa realmente sobre essas sensações que ele tem. Ele simplesmente tem as sensações, não sei se o senhor consegue entender o que estou dizendo. Mas tenho certeza de que o senhor é a pessoa certa para decidir o que devemos fazer.

— Bem, é muito gentil da sua parte dizer isso. Espero que eu seja. Mas agora, meus caros, vamos pensar nisso por um momento, se me permitem. Todos estão ocupados e a maior parte dos coelhos está se divertindo. Não há elil num raio de quilômetros, ou pelo menos é o que me dizem. Não há doenças e o clima está bom. E vocês querem que eu diga ao viveiro que o jovem... ahn... o jovem... ahn... que o seu irmão aqui tem um pressentimento e que nós devemos andar pelo campo, sabe-se lá para onde, e arriscar as consequências de uma mudança, é isso? O que vocês acham que eles vão dizer? Todos vão ficar felicíssimos, hein?

— Eles aceitariam, se o senhor dissesse — disse Quinto, de repente.

— É muita gentileza sua — disse o Threarah de novo. — Bom, talvez aceitassem, talvez, sim. Mas eu teria de pensar nisso com muito cuidado. É uma decisão muito séria, obviamente. E então...

— Mas não há tempo, Threarah, senhor — explodiu Quinto. — Eu posso pressentir o perigo como se fosse um arame em volta do meu pescoço... como um arame... Avelã, me ajude! — Ele guinchou e rolou na areia, chutando de modo frenético, como coelhos fazem em uma armadilha. Avelã o segurou com as duas patas dianteiras e ele começou a se acalmar.

— Lamento muitíssimo, Chefe Coelho — disse Avelã. — Ele fica assim às vezes. Mas ele vai ficar bem em um minuto.

— Que pena! Que pena! Pobre sujeito, talvez ele precise ir para casa e descansar. Sim, é melhor você ir com ele agora. Bom, foi extremamente bom, de verdade, que você veio me ver, Castanha. Agradeço muito, de verdade. E vou pensar em tudo que vocês disseram, podem ter certeza. Topete, espere só um pouco, por favor.

Enquanto Avelã e Quinto saíam abatidos da toca do Threarah, eles ouviam, lá dentro, a voz do Chefe Coelho assumindo um tom mais duro, intercalada com ocasionais "Sim, senhor" ou "Não, senhor".

Topete, como tinha previsto, estava levando uma bronca.

3

A decisão de Avelã

> Por que estou deitado aqui? [...] Estamos deitados aqui como se houvesse a chance de aproveitarmos um momento de tranquilidade. [...] Estarei esperando que eu fique um pouco mais velho?
>
> Xenofonte, *Anábase*

— Mas, Avelã, você não achava mesmo que o Chefe Coelho ia agir com base no seu conselho, achava? O que você esperava?

Era noite novamente e Avelã e Quinto estavam comendo perto do bosque com dois amigos. Amora, o coelho com orelhas malhadas que se assustou com Quinto na noite anterior, tinha ouvido atentamente a descrição que Avelã havia feito da placa com o aviso, ressaltando que sempre teve certeza de que os humanos deixavam essas coisas por aí como se fossem algum tipo de sinal ou mensagem, assim como coelhos deixam marcas em córregos e buracos. Foi outro vizinho, Dente-de-Leão, que fez a conversa voltar para o Threarah e que demonstrou indiferença em relação ao medo de Quinto.

— Não sei o que eu esperava — disse Avelã. — Nunca tinha estado perto do Chefe Coelho antes. Mas pensei: "Bom, mesmo se ele não ouvir, pelo menos depois ninguém vai poder dizer que a gente não se esforçou para alertá-lo".

— Você tem certeza, então, de que realmente existe alguma coisa de que a gente deveria ter medo?

— Tenho certeza. Conheço o Quinto desde sempre, sabe?

Amora estava prestes a responder quando outro coelho entrou ruidosamente pela espessa erva-de-mercúrio do bosque, tropeçou nos espinhos e se lançou para fora da vala. Era Topete.

— Oi, Topete — disse Avelã. — Não está trabalhando?

— Não estou trabalhando — disse Topete. — E é provável que continue sem trabalhar.

— O que você quer dizer?

— Saí da Owsla, é isso que eu quero dizer.

— Não por nossa causa, né?

— Dá para dizer que sim. O Threarah sabe muito bem ser desagradável quando acordado ao ni-Frith por algo que ele considera uma bobagem trivial. Ele certamente sabe como deixar alguém irritado. Ouso dizer que muitos coelhos iriam ficar quietos e pensar em manter a boa relação com o Chefe, mas receio que eu não seja muito bom nisso. Eu disse a ele que os privilégios da Owsla não significam tanto para mim e que um coelho forte se daria bem mesmo fora do viveiro. Ele me disse para não ser impulsivo e para pensar melhor, mas eu não vou ficar. Roubar alface não é minha ideia de uma vida feliz, nem montar sentinela na toca. Eu estou me sentindo muito bem, posso te garantir.

— Então não vai ter mais ninguém roubando alfaces — Quinto disse baixinho.

— Ah, é você, Quinto? — disse Topete, só agora percebendo que havia mais alguém ali. — Que bom, eu estava indo atrás de você. Andei pensando no que você disse para o Chefe Coelho. Me diga, isso é algum tipo de armação gigante para você se fazer importante ou é mesmo verdade?

— Isso *é* verdade — disse Quinto. — Queria eu que não fosse.

— Então você vai embora do viveiro?

Todos se assustaram com o modo direto com que o Topete foi ao ponto. Dente-de-Leão murmurou: "Deixar o viveiro, Frithrah!", enquanto Amora contorcia as orelhas e olhava com muita atenção, primeiro para Topete e depois para Avelã.

Foi Avelã quem respondeu.

— Quinto e eu vamos embora do viveiro hoje à noite — ele disse deliberadamente. — Não sei exatamente para onde vamos, mas quem estiver pronto pode vir com a gente.

— Certo — disse Topete. — Então podem me levar com vocês.

A última coisa que Avelã esperava era esse apoio imediato de um membro da Owsla. Passou pela cabeça dele que, embora Topete certamente seria um coelho útil se eles estivessem em um aperto, ele também não seria alguém fácil de conviver. Certamente não ia aceitar ordens – nem pedidos – de um periférico. "Não estou nem aí se ele está na Owsla", pensou Avelã. "Se a gente fugir do viveiro, não vou deixar o Topete mandar em tudo. Se for assim, qual é o sentido de ir embora?". Mas ele só respondeu:

— Ótimo. A gente vai ficar feliz se você vier conosco.

Ele olhou para os outros coelhos à sua volta, que estavam todos olhando ou para Topete ou para o próprio Avelã. Foi Amora o próximo a falar.

— Acho que eu vou — ele disse. — Não sei bem se foi você quem me convenceu, Quinto. Mas de todo modo, já tem machos demais neste viveiro, e tem muito pouca diversão para os coelhos que não estão na Owsla. O engraçado é que você está apavorado com a ideia de ficar e eu estou apavorado com a ideia de ir. Raposas aqui, doninhas ali, o Quinto no meio... Adeus, tédio!

Ele pegou uma folha de pimpinela e comeu devagarinho, escondendo o medo o melhor que podia, pois todos os instintos o alertavam para os perigos dos campos desconhecidos para além do viveiro.

— Se acreditamos no Quinto — disse Avelã —, significa que nenhum coelho deveria ficar aqui. Portanto, a partir de agora até a hora de sairmos, devemos convencer todo o mundo que a gente puder a ir com a gente.

— Acho que tem um ou dois na Owsla que vale a pena sondar — disse Topete. — Aqueles que eu conseguir convencer vão estar comigo quando eu encontrar vocês hoje à noite. Mas eles não vão vir por causa do Quinto. São novatos, sujeitos descontentes como eu. Para ser convencido pelo Quinto, só se você ouvir a história direto dele. Ele me convenceu. É evidente que recebeu algum tipo de mensagem, e eu acredito nessas coisas. Não consigo entender como ele não convenceu o Threarah.

— Porque o Threarah não gosta de nada que não tenha sido pensado por ele ou para ele — respondeu Avelã. — Mas agora a gente não pode mais ficar se preocupando com o Chefe. Temos que tentar juntar mais uns coelhos e depois nos encontramos aqui, fu Inlé. E vamos partir fu Inlé também, não dá mais para esperar. O perigo, seja o que for, está se aproximando a cada momento... E, além disso, o Threarah não vai gostar se descobrir que você está tentando convencer coelhos da Owsla, Topete. Nem o capitão Azevinho, ouso dizer. Eles não vão dar a mínima para coelhos sem importância como a gente indo embora, mas não vão querer te perder. Se eu fosse você, tomaria cuidado para escolher com quem falar.

4

A partida

> Pois eis, senhor, que o jovem Fortinbrás,
> Impetuoso, em seu ardor tão falho,
> Aliciou nos ermos noruegueses
> Um grupo de selvagens exaltados
> Que por comida decidiram ter papel
> Em empreitada tão ousada.
>
> Shakespeare, *Hamlet*

Fu Inlé significa "depois do nascer da lua". Coelhos, é claro, não têm ideia precisa de tempo ou de pontualidade. Nesse ponto, são muito parecidos com povos primitivos, que muitas vezes levavam vários dias se reunindo para fazer algo e depois vários outros para começar a agir. Antes de esses povos começarem a fazer algo em conjunto, era preciso que uma espécie de sensação telepática fluísse entre os indivíduos e os amadurecesse até o ponto em que todos soubessem que estavam prontos para começar. Como as andorinhas em setembro, se reunindo sobre cabos telefônicos, gorjeando, fazendo voos curtos individuais e em grupos sobre os campos ermos e incultos, voltando para formar filas cada vez maiores sobre as faixas amareladas das ruas – as centenas de pássaros individuais se fundindo e misturando, em uma agitação cada vez maior, em enxames, e esses enxames vaga e desajeitadamente se unindo para criar um grande e desorganizado bando, denso no centro e espaçado nas bordas, que se rompe e se reorganiza continuamente como nuvens ou ondas – até o momento em que a maior parte (mas não todos) decide que chegou a hora. E eles então partem e iniciam mais uma vez o grande voo rumo ao sul a que muitos não sobreviverão. Qualquer um que já tenha assistido a isso já viu em operação a corrente que flui (entre criaturas que se veem primariamente como parte de um grupo e apenas de maneira secundária, se tanto, como indivíduos) para fundi-las e impeli-las a agir sem que haja pensamento ou vontade consciente; já viu em operação o anjo que levou a Primeira Cruzada a Antióquia e leva os lemingues ao mar.

Havia se passado cerca de uma hora desde o momento em que a lua surgiu e ainda faltava um bom tempo para a meia-noite quando Avelã e Quinto saíram outra vez de sua toca detrás dos espinhos e deslizaram em silêncio pela parte mais funda da vala. Com eles estava um terceiro coelho, Hlao – ou Sulquinho – um amigo de Quinto. (Hlao significa qualquer pequena concavidade na grama em que possa haver acúmulo de umidade – por exemplo, a ondulação formada por um dente-de-leão ou um cardo.) Ele também era pequeno, e com tendência à timidez, e Avelã e Quinto tinham perdido boa parte de suas últimas horas no viveiro convencendo-o a ir com eles. Sulquinho aceitou, mas ainda estava hesitante. Ele continuava muito nervoso com o que podia ocorrer quando deixassem o viveiro, e decidiu que a melhor maneira de evitar problemas era ficar perto de Avelã e fazer exatamente o que ele mandasse.

Os três ainda estavam na vala quando Avelã ouviu um algo se mexendo acima deles. Ele olhou rápido para cima.

— Quem está aí? — ele disse — Dente-de-Leão?

— Não, sou eu, Leutodonte — disse o coelho que estava olhando por cima da beirada. Ele pulou para baixo para se juntar aos outros, aterrissando desajeitado. — Lembra-se de mim, Avelã? A gente ficou na mesma toca durante a neve no inverno passado? O Dente-de-Leão me contou que vocês vão embora do viveiro hoje à noite. Se vocês forem, vou com vocês.

Avelã se lembrava de Leutodonte – um coelho lento, burro e cuja companhia durante cinco dias de nevasca debaixo da terra foi tremendamente tediosa. Mesmo assim, ele pensou, não era hora de ser exigente. Embora o Topete talvez fosse bem-sucedido em convencer um ou dois, a maior parte dos coelhos que eles podiam esperar que se unissem a eles não seriam membros da Owsla, seriam periféricos que estavam em má situação e que tentavam achar um jeito de sair dessa. Ele estava pensando em alguns coelhos desse gênero quando Dente-de-Leão apareceu.

— Quanto antes a gente for embora, melhor, eu acho — disse Dente-de-Leão. — Não gosto muito do jeito como as coisas estão. Depois que convenci o Leutodonte a ir com a gente, estava começando a falar com mais uns outros, quando descobri que aquele sujeito Linário estava me seguindo. "Quero saber o que você está aprontando", ele disse, e acho que ele não acreditou quando eu disse que só estava tentando descobrir se tinha algum coelho querendo ir embora do viveiro. Ele perguntou se eu tinha certeza de que não estava tramando algum tipo de conspiração contra o Threarah e ficou possesso e todo desconfiado. Fiquei bem nervoso, para falar a verdade, e só trouxe o Leutodonte comigo.

— Eu não te culpo — disse Avelã. — Conhecendo o Linário, fico surpreso que ele não tenha primeiro derrubado você para depois começar a fazer perguntas. Mesmo assim, vamos esperar mais um pouco. O Amora já deve estar chegando.

O tempo passou. Eles ficaram agachados em silêncio enquanto as sombras da lua se moviam pela grama rumo ao norte. Por fim, quando Avelã estava prestes a descer pela encosta até a toca de Amora, ele o viu saindo do chão, seguido por nada menos do que três coelhos. Um deles, Espinheiro, Avelã conhecia bem. Ele estava feliz por vê-lo, pois sabia que era um sujeito durão, forte, que todo mundo tinha certeza de que entraria para a Owsla quando atingisse seu peso máximo.

"Mas ouso dizer que ele está impaciente", pensou Avelã, "ou ele pode ter levado a pior numa briga por alguma fêmea e ficado chateado. Bom, com ele e o Topete, pelo menos a gente não vai se dar tão mal se entrar em alguma briga".

Ele não reconheceu os outros dois coelhos e quando Amora disse o nome deles – eram o Verônica e o Bolota – ele continuou na mesma. Mas isso não chegava a surpreender, já que eles eram típicos periféricos – magros coelhos de seis meses, com o olhar nervoso e cansado daqueles que estão acostumados demais a ter azar na vida. Eles olhavam com curiosidade para Quinto. Pelo que Amora tinha dito, eles estavam quase esperando encontrar Quinto predizendo a catástrofe em uma torrente poética. A certeza de que eles iam partir tinha tirado um peso dos ombros de Quinto.

Mais tempo se passou lentamente. Amora subiu na samambaia e depois voltou ao topo do barranco, se mexendo nervoso e tendendo a se assustar com qualquer coisa. Avelã e Quinto continuaram na vala, mordiscando sem entusiasmo a grama escura. Por fim, Avelã ouviu aquilo que esperava; um coelho – ou eram dois? – se aproximando pelo bosque.

Poucos momentos depois, Topete estava na vala. Atrás dele veio um coelho robusto, de aparência ativa, com pouco mais de um ano de idade. Todo o viveiro o conhecia bem só de vê-lo, pois o pelo dele era inteiro cinza, com faixas quase brancas que agora refletiam o luar enquanto ele se coçava sentado, sem dizer nada. Aquele era o Prata, um dos sobrinhos do Threarah, que estava em seu primeiro mês de trabalho na Owsla.

Avelã não conseguiu evitar certo alívio ao ver que Topete trouxera apenas Prata – um sujeito tranquilo e sincero que ainda não tinha se encontrado entre os veteranos. Quando o Topete falou mais cedo sobre sondar a Owsla, Avelã teve sentimentos dúbios. Era bem provável que eles fossem encontrar perigos ao sair do viveiro e que precisassem de bons combatentes. E se Quinto estava certo e o viveiro todo estava correndo riscos iminentes, então obviamente eles deviam dar as boas-vindas a qualquer coelho que estivesse pronto a partir com eles. Por outro lado, não parecia haver sentido em se esforçar para levar coelhos que iriam se comportar como Linário.

"Seja onde for que a gente venha a se estabelecer", pensou Avelã, "estou decidido a não deixar que abusem do Sulquinho e do Quinto nem que batam neles até eles aceitarem correr qualquer risco que seja só para ir embora de lá. Mas será que o Topete vai entender isso?"

— Você conhece o Prata, não? — perguntou o Topete, interrompendo o pensamento dele. — Parece que alguns dos membros mais novos da Owsla andaram dificultando as coisas para ele... provocando-o por causa da cor do pelo e dizendo que ele só conseguiu a vaga por causa do Threarah. Achei que ia conseguir trazer mais alguns, mas imagino que quase todo mundo na Owsla acha que está bem como está.

Ele olhou em volta e perguntou:

— Eu diria que estamos em poucos, não? Você acha que realmente vale a pena ir em frente com essa ideia?

Prata parecia prestes a falar quando de repente houve um tamborilar na vegetação e mais três coelhos chegaram ao topo da encosta vindo do bosque. Os movimentos deles eram diretos e decididos, bem diferente do modo inseguro como tinham se aproximado os que vieram antes e que agora estavam reunidos na vala. O maior dos três recém-chegados vinha na frente e os outros dois o seguiam, como se estivessem acatando ordens. Avelã, sentindo imediatamente que eles não tinham nada em comum com ele nem com seus companheiros, deu um salto e ficou sentado tenso. Quinto murmurou na orelha dele.

— Ah, Avelã, eles vieram para... — mas parou de falar.

Topete se virou para eles e os encarou, com o nariz trabalhando rápido. Os três foram direto na direção dele.

— Thlayli? — disse o líder.

— Você me conhece muito bem — respondeu o Topete. — E eu também conheço você, Azevinho. O que você quer?

— Você está preso.

— Preso? Como assim? Por quê?

— Causando discórdia e incitando motins. Prata, você também está preso, por deixar de se apresentar a Linário nesta noite e por fazer que sua função fosse repassada a um colega. Vocês dois, venham comigo.

Imediatamente Topete pulou em cima dele, arranhando-o e chutando-o. Azevinho revidou. Os seguidores dele se aproximaram, procurando uma chance de entrar na luta e de imobilizar Topete no chão. De repente, do topo da encosta, Espinheiro pulou de cabeça na briga, derrubou um dos guardas, com um chute de pata traseira enquanto ainda estava no ar, e depois se engalfinhou com o outro. Um instante depois ele foi seguido por Dente-de-Leão, que caiu em cheio em cima do coelho que Espinheiro tinha chutado. Os dois guardas se libertaram, olharam à volta por um momento e depois saltaram para longe e entraram no bosque. Azevinho conseguiu se livrar de Topete e se agachou, mexendo as patas dianteiras e rosnando, como fazem os coelhos quando estão bravos.

— Vá — disse Avelá, firme e em voz baixa —, ou nós vamos matar você.

— Você sabe o que isso significa? — respondeu Azevinho. — Eu sou capitão da Owsla. Você sabe disso, não é?

— Vá — repetiu Avelá — ou você vai morrer.

— Você é que vai morrer — respondeu Azevinho. E sem falar mais nenhuma palavra, ele também subiu a ladeira e desapareceu no bosque.

Dente-de-Leão estava com o ombro sangrando. Ele lambeu a ferida por uns instantes e depois se virou para Avelá.

— Não vai demorar para eles voltarem, você sabe, Avelá — ele disse. — Eles vão acordar a Owsla e aí certamente vão vir atrás da gente.

— A gente tem que ir embora de uma vez — disse Quinto.

— Sim, é verdade, chegou a hora — respondeu Avelá. — Vamos seguindo a correnteza. Depois, seguimos o barranco... isso vai ajudar a gente a ficar junto.

— Se você aceitar minha sugestão... — Topete começou a falar.

— Se a gente demorar mais um instante que seja, eu não vou poder fazer isso — respondeu Avelá.

Com Quinto a seu lado, ele foi à frente, liderando o grupo na saída da vala e descendo a encosta. Em menos de um minuto, o bando de coelhos tinha desaparecido na noite mal iluminada pela lua.

5

Na floresta

> Esses coelhos jovens [...] precisam ir embora para poder sobreviver. Em um ambiente selvagem e livre, eles [...] às vezes vagueiam por quilômetros [...] sem destino até encontrarem um local adequado.
>
> R. M. Lockley, *The private life of the rabbit*

A lua estava quase se pondo quando eles deixaram os campos e entraram na floresta. Dispersando-se, correndo para alcançar uns aos outros, mantendo mais ou menos certa união, eles tinham andado em torno de um quilômetro pelos campos, sempre seguindo o curso do córrego. Embora Avelá imaginasse que eles a essa altura tivessem ido mais longe do viveiro do que qualquer coelho com que já tinha falado, ele não tinha certeza se estavam longe o suficiente para estarem em segurança; e foi enquanto ele estava pensando – não pela primeira vez – se conseguiria ouvir sons de alguém perseguindo seu grupo que – pela primeira vez – ele percebeu massas escuras de árvores e o córrego desaparecendo entre elas.

Os coelhos evitam chegar perto da mata, onde o chão é cheio de sombras, úmido e sem grama e onde eles se sentem ameaçados pela vegetação rasteira. Avelá não gostava da aparência das árvores. "Mesmo assim", pensou, "Azevinho não iria pensar duas vezes antes de segui-los em um lugar como aquele, e se manter ao lado do córrego podia ser mais seguro do que vaguear pelos campos para um lado e para outro, correndo o risco de acabar, no fim das contas, de volta ao viveiro". Ele então decidiu ir direto rumo à floresta sem consultar Topete e confiou que os outros o seguiriam.

"Se não acontecer nenhum problema e o córrego levar a gente até o outro lado da floresta", ele pensou, "a gente realmente vai ter se livrado do viveiro e então vai dar para procurar algum lugar para descansar um pouco. A maior parte deles ainda parece mais ou menos bem, mas Quinto e Sulquinho logo vão ter chegado aos seus limites".

Desde o momento em que ele entrou na floresta, ela pareceu cheia de ruídos. Havia cheiro de folhas úmidas e de musgo, e de todo o lugar vinha o sussurro de água chapinhando. Ali dentro, percebeu que o córrego caía em um pequeno lago e que o som, abafado pelas árvores, ecoava como numa caverna. Aves aninhadas farfalhavam acima. A brisa noturna movia as folhas; aqui e ali caía um galho seco. E havia sons mais sinistros, não identificados, que vinham de mais longe; sons de movimento.

Para os coelhos, tudo que é desconhecido é perigoso. A primeira reação é se assustar, a segunda é correr. Várias e várias vezes eles se assustaram, até chegar ao ponto da exaustão. Mas o que eram esses sons e para onde, nesse ambiente selvagem, eles poderiam correr?

Os coelhos se arrastavam unidos. Avançavam cada vez mais lentamente. Não demorou muito para perderem de vista o curso do córrego, deslizando pelos trechos enluarados como fugitivos e parando indecisos nos arbustos, com as orelhas em pé e os olhos atentos. A lua estava baixando e agora a luz, quando atravessava as árvores, parecia mais densa, mais velha e mais amarela.

De uma densa pilha de folhas secas debaixo de uma árvore de azevinho, Avelã viu uma trilha estreita com samambaias dos dois lados e aquileias brotando. As samambaias dançavam suavemente na brisa, mas ao longo do caminho não havia mais nada a ser visto exceto umas poucas bolotas do ano anterior caídas ao redor de um carvalho. O que havia na samambaia? O que havia depois da próxima curva? E o que aconteceria com um coelho que deixasse o abrigo da árvore de azevinho e percorresse aquele caminho? Ele se virou para Dente-de-Leão, que estava bem ao seu lado, e disse:

— É melhor vocês esperarem aqui. Quando eu chegar na curva, bato o pé no chão. Mas, se eu me encrencar, leve os outros embora.

Sem esperar resposta, correu pelo descampado seguindo a trilha. Em poucos segundos, chegou ao carvalho. Parou um momento, olhando em volta, e correu para a curva. Adiante, a trilha continuava igual – vazia à luz cada vez mais fraca do luar e seguindo suave pela sombra profunda de um bosque de azevinhos. Avelã bateu a pata no chão, e, pouco tempo depois, Dente-de-Leão estava a seu lado, numa samambaia. Mesmo em meio à névoa de seu medo e tensão, ocorreu-lhe que Dente-de-Leão era muito rápido: ele cobriu a distância num instante.

— Muito bem — sussurrou Dente-de-Leão. — Correndo os riscos no lugar de todos nós, não é… assim como El-ahrairah?[1]

Avelã deu para ele, de relance, um olhar rápido e amistoso. Era um bom elogio que o alegrou. O que Robin Hood é para os ingleses e John Henry é para os negros americanos, Elil-Hrair-Rah, ou El-ahrairah – O Príncipe com Mil Inimigos – é para os coelhos. O Tio Remo pode ter ouvido falar dele, já que entre as aventuras de El-ahrairah estão as do Compadre Coelho. Na verdade, o próprio Ulisses pode ter emprestado um truque ou outro do herói coelho, já que ele é muito antigo e nunca deixou de ter um ardil para enganar seus inimigos. Certa vez, é o que contam, ele precisava chegar em casa atravessando um rio em que havia um lúcio – um peixe de água doce – grande e faminto. El-ahrairah se alisou até ter pelos o suficiente para cobrir um coelho

---

1. Os acentos são os mesmos da frase "Não matarás".

feito de barro, que então jogou na água. O lúcio foi rápido até ele, mordeu-o e foi embora sentindo aversão. Pouco depois, o coelho de argila voltou à deriva até a margem. El-ahrairah o arrastou para fora e esperou um pouquinho antes de jogá-lo na água de novo. Depois de uma hora fazendo isso, o lúcio já não ia atrás do falso coelho, e depois da quinta vez, El-ahrairah atravessou o rio e foi para casa. Alguns coelhos dizem que ele controla o clima, já que o vento, a umidade e o orvalho são amigos e instrumentos dos coelhos contra seus inimigos.

— Avelá, vamos ter de parar aqui — disse Topete, parando entre os corpos ofegantes e agachados dos demais. — Sei que não é um bom lugar, mas Quinto e o outro sujeito miudinho que vocês trouxeram... os dois estão exaustos. Eles não vão conseguir continuar se não descansarem.

A verdade era que todos eles estavam cansados. Muitos coelhos passam a vida no mesmo lugar e nunca correm por mais de cem metros de uma só vez. Embora possam viver e dormir acima da terra por meses seguidos, eles preferem não estar longe de algum tipo de refúgio que sirva de toca. Eles têm dois ritmos naturais – o movimento com pulos suaves para a frente que usam em noites de verão no viveiro e a corrida rápida como um raio em busca de refúgio que todo ser humano já viu em algum momento. É difícil imaginar um coelho andando lenta e continuamente: eles não são feitos para isso. É verdade que coelhos jovens são grandes migrantes e capazes de viajar por quilômetros, mas não é uma coisa que eles façam com naturalidade.

Avelá e seus companheiros tinham passado a noite fazendo tudo que para eles não era natural, e pela primeira vez na vida. Eles vinham se movimentando em grupo ou, pelo menos, tentavam fazer isso, mas, na verdade, tinham se dispersado bastante em alguns momentos. Tentavam manter um ritmo fixo, algo entre um pulo e uma corrida, e isso era difícil. Desde que entraram no bosque, enfrentavam uma grande ansiedade. Vários estavam quase petrificados – naquele estado de paralisia com olhar vítreo que atinge coelhos aterrorizados ou exaustos e que os deixa sentados olhando o inimigo – doninha ou humano – se aproximar para lhes tirar vida. Sulquinho se sentou tremendo sob uma samambaia, as orelhas caídas uma de cada lado da cabeça. Ele estava com uma pata para a frente de modo estranho, artificial e a lambia com extrema infelicidade. Quinto estava um pouco melhor. Ainda parecia alegre, mas muito cansado. Avelá percebeu que, até que estivessem descansados, eles estariam mais seguros onde estavam do que cambaleando ao ar livre sem forças para escapar de um inimigo. Mas, se ficassem apenas pensando, sem conseguir se alimentar ou ir para baixo da terra, todos os problemas deles iriam rastejar para dentro de seus corações. Os medos cresceriam e era muito provável que eles se dispersassem ou até que tentassem voltar para o viveiro. Ele, então, teve uma ideia.

— Sim, certo, vamos descansar aqui — ele disse. — Vamos nos embrenhar nessa samambaia. Venha, Dente-de-Leão, conte uma história para a gente. Sei que você é bom nisso. O Sulquinho aqui mal pode esperar para ouvir.

Dente-de-Leão olhou para Sulquinho e percebeu o que Avelã estava lhe pedindo para fazer. Engolindo o seu próprio medo da floresta desolada e sem grama, as corujas que voltavam antes do amanhecer e que eles podiam ouvir a distância e o extraordinário cheiro rançoso de animais que parecia vir de algum lugar ali perto, ele começou.

6
A história da bênção do El-ahrairah

Por que me achar cruel
Ou se sentir atraiçoado?
Só dei a ele amor ao que já havia
Antes de o mundo ser criado.

W. B. Yeats, *Uma mulher jovem e velha*

— Há muito tempo, Frith criou o mundo. Ele criou todas as estrelas também, e o mundo é uma das estrelas. Ele as criou espalhando seu esterco pelo céu e é por isso que a grama e as árvores crescem em toda parte do mundo. Frith faz os rios correrem. Eles o seguem enquanto ele cruza os céus, e quando ele sai dos céus o procuram a noite toda. Frith criou os animais e os pássaros, mas quando os criou eles eram todos iguais. O pardal e o falcão eram amigos e os dois comiam sementes e insetos. A raposa e o coelho eram amigos e os dois comiam grama. E havia grama e insetos suficientes porque o mundo era novo, e Frith brilhava intenso e quente o dia inteiro.

"Naquele tempo, El-ahrairah estava entre os animais e tinha muitas esposas. Ele tinha tantas esposas que não havia como contá-las, e as esposas tinham tantos filhotes que nem mesmo Frith conseguia contá-los, e eles comiam a grama e dentes-de-leão, e alfaces, e os trevos, e El-ahrairah era o pai de todos eles..."

Nesse momento, Topete resmungou uma aprovação. E Dente-de-Leão continuou:

— E depois de algum tempo... depois de um tempo a grama começou a ficar mais rala e os coelhos se dispersaram para todos os lados, multiplicando-se e comendo aonde iam. Então, Frith disse para El-ahrairah: "Príncipe Coelho, se não conseguires controlar teu povo, vou encontrar um modo de fazê-lo. Portanto, presta atenção ao que digo". Mas El-ahrairah não aceitava isso e disse a Frith: "Meu povo é o mais forte do mundo, pois se procria mais rápido do que qualquer outro. E isso mostra o quanto esse povo ama o senhor Frith, pois de todos os animais são eles os que mais respondem a teu calor e a teu brilho. Precisas perceber, meu senhor, quão importante eles são e não colocar obstáculos a suas belas vidas". Frith poderia ter matado El-ahrairah imediatamente, mas pretendia deixá-lo no mundo, pois precisava que ele se divertisse, brincasse e fizesse truques. Assim, ele determinou que iria vencê-lo, não usando seus imensos poderes, mas, sim, um ardil. Ele deu um jeito que todos soubessem que iria realizar um grande encontro e que nesse evento daria a cada animal um presente que o tornaria diferente dos demais. E todas as criaturas partiram para o local do encontro. Mas cada um chegou numa hora diferente, porque Frith tinha providenciado que fosse assim. Quando o melro chegou, ele lhe deu sua bela canção, e quando a vaca chegou, ele lhe deu chifres pontudos e força para não temer nenhuma outra criatura. Então quando chegou sua vez, vieram a raposa e o furão e a doninha. E a cada um deles Frith deu a esperteza e a ferocidade e o desejo de caçar e de assassinar e de comer os filhos de El-ahrairah. E assim eles deixaram Frith cheios de desejo de matar os coelhos.

"Porém, durante todo esse tempo, El-ahrairah estava dançando e acasalando e se gabando de que iria encontrar Frith para receber um grande presente. E por fim ele partiu para o local do encontro. Mas, no meio do trajeto, parou para descansar em uma colina macia e arenosa. Enquanto descansava, por cima da colina, passou voando o andorinhão, gritando em seu caminho: 'Extra! Extra! Extra!'. Pois, vocês sabem, isso é basicamente tudo o que ele tem dito desde aquele dia. Assim El-ahrairah chamou-o e perguntou: 'Quais são as novidades?'. 'Bom', disse o andorinhão, 'eu não queria estar no seu lugar, El-ahrairah. Pois Frith deu à raposa e à doninha corações espertos e dentes afiados, e ao gato deu pés silenciosos e olhos capazes de enxergar no escuro, e eles deixaram o lar de Frith para matar e devorar tudo o que pertence a El-ahrairah'. E voou rápido por sobre as colinas. Naquele momento El-ahrairah ouviu a voz de Frith chamando-o: 'Onde está El-ahrairah? Pois todos os outros já receberam seus presentes e se foram. Agora procuro por ele'.

"Então, El-ahrairah soube que Frith era inteligente demais para ele e ficou com medo. Ele achou que a raposa e a doninha estavam vindo com Frith, e se virou para a colina e começou a cavar. Ele cavou um buraco, mas ainda não era profundo quando Frith apareceu no topo da colina sozinho. E ele viu o traseiro de El-ahrairah para fora do buraco e a areia que saía voando enquanto ele cavava. Quando viu isso, Frith chamou: 'Meu amigo, você viu El-ahrairah, pois estou à procura dele para lhe dar seu presente?'. 'Não', respondeu o coelho sem sair do buraco, 'não o vi. Ele está longe. Ele não pôde vir'. Então Frith disse: 'Então saia deste buraco e vou abençoá-lo no lugar dele'. 'Não, não posso', disse El-ahrairah, 'estou ocupado. A raposa e a doninha estão vindo. Se queres me abençoar podes abençoar meu traseiro, pois ele está para fora do buraco'."

Todos os coelhos já ouviram a história alguma vez: em noites de inverno, quando o vento frio passava pelas frestas do viveiro e a umidade gelada corria por baixo de suas tocas; e nas tardes de verão, na grama sob o rubro maio e sentindo o cheiro doce de carniça que desprende o sabugueiro ao florescer. Dente-de-Leão estava contando-a muito bem, e até Sulquinho se esqueceu de seu cansaço e do perigo e se lembrou, em vez disso, da grande indestrutibilidade dos coelhos. Cada um deles se viu como El-ahrairah, que podia ser irreverente com Frith e ainda assim se safar.

— Então — continuou Dente-de-Leão —, Frith sentiu amizade por El-ahrairah por sua desenvoltura, e porque ele não desistia nem mesmo achando que a raposa e a doninha estavam a caminho. E, por isso, ele disse: "Muito bem, vou abençoar teu traseiro enquanto ele está para fora do buraco. Traseiro, seja forte e alerta e rápido sempre, e salva a vida de teu mestre. Que assim seja!".

Enquanto ele falava, o rabo de El-ahrairah cresceu branco e brilhante e faiscou como uma estrela. Suas pernas traseiras aumentaram e ficaram mais fortes e ele bateu na encosta de tal modo que até os besouros caíram de cima das ervas. Ele saiu do buraco e correu para o outro lado da encosta mais rápido do que qualquer outra criatura do mundo. Frith chamou-o: "El-ahrairah, teu povo não pode dominar o mundo, pois não tolerarei isso. E o mundo será teu inimigo, Príncipe com Mil Inimigos, e sempre que te pegarem, vão te matar. Mas primeiro precisarão te alcançar, príncipe que cava, que ouve e que corre, príncipe do alerta rápido. Seja astuto e cheio de ardis e teu povo jamais será destruído". El-ahrairah então soube que, embora não aceitasse ser alvo de brincadeiras, Frith era seu amigo. E toda noite, quando Frith encerra seu trabalho diário e repousa calmo e tranquilo no céu escarlate, El-ahrairah e seus filhos e os filhos de seus filhos saem de suas tocas e se alimentam e brincam à vista dele, pois são seus amigos e Frith prometeu a eles que jamais poderão ser destruídos.

7

O Lendri e o Rio

Quant au corage moral, il avait trouvé fort rare, disait-il, celui de deux heures après minuit; c'est-à-dire le courage de l'improviste.

Napoleão Bonaparte

Quando Dente-de-Leão terminou, Bolota, que estava a barlavento do pequeno grupo, subitamente se assustou e se sentou, com as orelhas para cima e as narinas se contorcendo. O odor estranho e doce estava mais forte do que nunca, e depois de alguns momentos todos eles ouviram um movimento pesado ali perto. De repente, do outro lado da trilha, a samambaia se fendeu e deu lugar a uma longa cabeça semelhante à de um cachorro, listrada de branco e preto, que olhava para o grupo. Ela estava inclinada para baixo, as mandíbulas arreganhadas, o focinho perto do chão. Atrás, eles só conseguiam discernir patas grandes e poderosas e um corpo hirsuto e negro. Os olhos estavam voltados para eles, cheios de esperteza selvagem. A cabeça se movia lentamente, assimilando o curso da trilha na floresta em ambas as direções, e depois se fixou novamente neles, com seu olhar feroz e terrível. As mandíbulas se escancararam ainda mais e eles puderam ver os dentes, de um branco brilhante como as listras da cabeça. Por longos momentos o animal olhou e os coelhos se mantiveram imóveis, olhando para ele sem emitir qualquer som. Então, Topete, que estava mais perto da trilha, virou-se e se esgueirou entre os demais.

— Um lendri — ele murmurou enquanto passava entre eles. — Ele pode ou não ser perigoso, mas não vou me arriscar. Vamos embora.

Eles o seguiram pela samambaia e logo se depararam com outra trilha paralela. Topete entrou nela e começou a correr. Dente-de-Leão o ultrapassou e os dois desapareceram entre as árvores de azevinho. Avelã e os outros seguiram os dois como puderam, com Sulquinho mancando e cambaleando atrás, com o medo o impulsionando apesar da dor na pata.

Avelã saiu do outro lado dos azevinhos e seguiu a trilha numa curva. Então, ele parou congelado e se sentou sobre os quadris. Imediatamente à frente dele, Topete e Dente-de-Leão estavam olhando adiante, na beira de um barranco. Lá embaixo corria um riacho. Na verdade, era o pequeno rio Enborne, que tinha de três metros e meio a quatro metros de largura e que nessa época do ano chegava a meio metro ou até um metro de profundidade com as chuvas da primavera, mas para os coelhos parecia imenso, era um rio que eles jamais tinham imaginado. A lua tinha quase terminado de se pôr e a noite agora era escura, mas eles conseguiam ver a água brilhando levemente enquanto corria e mal podiam ver, do outro lado, uma estreita faixa de nogueiras e amieiros. Em algum lugar longe dali, um tordo cantou três ou quatro vezes, e depois houve silêncio.

Um a um, a maior parte dos outros chegou, parou no barranco e olhou para a água sem falar nada. Uma brisa fria passava, e vários deles estremeceram ali sentados.

— Bom, essa é uma bela surpresa, Avelã — disse Topete lentamente. — Ou você esperava por isso quando nos trouxe para a floresta?

Avelã percebeu que Topete provavelmente iria causar problemas. Certamente ele não era um covarde, mas era provável que ele fosse firme apenas enquanto conseguisse ver seu caminho desimpedido e tivesse certeza do que fazer. Para ele, a perplexidade era pior do que o perigo; e quando ficava perplexo normalmente ele ficava bravo. No dia anterior, o alerta de Quinto o perturbou, e ele falou furioso com o Threarah e deixou a Owsla. Então, enquanto ele se sentia um pouco incerto sobre a ideia de deixar o viveiro, o capitão Azevinho apareceu no momento certo para sofrer um ataque e fornecer um motivo perfeito para a partida deles. Agora, com a visão do rio, a segurança de Topete se esvaía de novo, e a não ser que ele, Avelã, pudesse de algum modo restabelecê-la, era provável que eles fossem ter problemas. Ele pensou em Threarah e na sua cortesia astuciosa.

— Não sei o que teríamos feito sem você agora há pouco, Topete — ele disse. — Que bicho era aquele? Ele teria nos matado?

— Um lendri — disse Topete. — Ouvi falar deles na Owsla. Não são perigosos de verdade. Não conseguem alcançar um coelho que corre, e quase sempre dá para sentir o cheiro deles se aproximando. Eles são uma coisa curiosa: ouvi falar de coelhos que praticamente subiram em cima deles e nunca se machucaram. Mas, de todo modo, é melhor evitar. Eles cavam para encontrar filhotes de coelhos e, se encontrarem um coelho machucado, matam. Eles são um dos Mil, sem dúvida. Eu devia ter adivinhado pelo cheiro, mas era novidade para mim.

— Ele tinha matado antes de encontrar a gente — disse Amora com um tremor. — Vi o sangue nos lábios dele.

— Um rato, talvez, ou um faisão pequeno. Sorte a nossa que ele *tinha matado*, ou ele podia ter sido mais rápido. Mesmo assim, por sorte, a gente fez a coisa certa. A gente realmente se saiu bem dessa — disse Topete.

Quinto veio mancando pela trilha com Sulquinho. Eles também ficaram observando e avaliando o rio à sua frente.

— O que você acha que a gente deve fazer agora, Quinto? — perguntou Avelã.

Quinto olhou para baixo, para a água, e contraiu as orelhas.

— Talvez a gente precise atravessar — ele disse. — Mas acho que não consigo nadar, Avelã. Estou exausto, e o Sulquinho está bem pior do que eu.

— Atravessar? — gritou o Topete. — Atravessar? Quem vai atravessar esse rio? O que você quer dizer com atravessar? Nunca ouvi uma asneira como essa.

Como todo animal selvagem, os coelhos conseguem nadar se for preciso: e alguns até nadam só por gosto. Sabe-se que coelhos vivem à beira de florestas e que regularmente nadam em riachos para se alimentar em campos mais distantes. Mas a maior parte dos coelhos evita nadar, e com certeza um coelho exausto não teria como atravessar o Enborne a nado.

— Não quero pular aí — disse Verônica.

— Por que não ir só seguindo o barranco? — perguntou Leutodonte.

Avelã suspeitou que, se Quinto achasse que eles deviam cruzar o rio, podia ser perigoso não fazê-lo. Mas como convencer o grupo? Nesse momento, enquanto ele ainda pensava no que dizer aos outros, ele subitamente percebeu que algo tinha melhorado seu ânimo. O que podia ser? Um cheiro? Um som? Então ele soube. Ali perto, do outro lado do rio, uma cotovia tinha começado a cantar e a subir. Era manhã. Um melro emitiu uma, duas notas graves e lentas e foi seguido por um pombo. Logo eles estavam em uma penumbra cinzenta e podiam ver que o riacho era o fim da floresta. Do outro lado havia um descampado.

8

A travessia

O centurião [...] mandou que os que pudessem nadar se lançassem primeiro ao mar e se salvassem em terra. E os demais, uns em tábuas e outros em coisas do navio. E assim aconteceu que todos chegaram à terra a salvo.

Atos dos apóstolos, Capítulo 27

O topo do barranco arenoso ficava uns bons dois metros acima da água. De onde estavam sentados, os coelhos podiam ver à sua frente o rio acima, e à esquerda podiam ver rio abaixo. Era evidente que havia ninhos em buracos no penhasco abaixo deles, pois à medida que a luz crescia eles viram três ou quatro andorinhas voarem sobre a correnteza entrando nos campos adiante. Depois de um breve período uma delas voltou com o bico cheio, e dava para ouvir os filhotes guinchando enquanto o pássaro voava para baixo dos pés dos coelhos, saindo da área de visão deles. O barranco não ia muito longe em nenhuma das duas direções. Rio acima, entrava em declive até chegar a um trecho de grama entre as árvores e a água. Esse trecho seguia o leito do rio, que ia em linha reta quase até onde eles podiam ver, correndo suave, sem vaus, trechos rasos com cascalho ou pontes de tábua. Imediatamente abaixo deles havia um trecho largo onde a água ficava quase parada. Mais longe, à esquerda, o barranco também declinava em direção a aglomerações de amieiros, entre os quais era possível ouvir a correnteza trepidando sobre as pedras. Dava para ver um trecho de arame farpado cruzando a água e eles supuseram que ele devia isolar uma área por onde o gado atravessava o rio, como aquela no pequeno córrego perto do viveiro onde moravam.

Avelã olhou para a trilha rio acima.

— Tem grama lá — disse. — Vamos comer.

Eles desceram aos tropeços pelo barranco e começaram a comer ao lado da água. Entre eles e a corrente d'água propriamente dita havia aglomerações ainda não muito crescidas de salgueirinhas roxas e de margacinhas que só floresceriam dentro de uns dois meses. As únicas flores abertas eram umas poucas ulmeiras precoces e umas margaridas cor-de-rosa. Olhando para trás, eles viam que o barranco era, de fato, cheio de buracos com ninhos de andorinhas. Havia uma estreita faixa de terra ao pé do pequeno barranco cheia de detritos da colônia – gravetos, fezes, penas, um ovo quebrado e um ou dois filhotes mortos. As andorinhas agora iam e voltavam em grande número sobre a água.

Avelã se aproximou de Quinto e discretamente o afastou dos outros, comendo enquanto andava. Quando estavam a uma certa distância, e meio escondidos por um trecho de juncos, ele disse:

— Tem certeza de que a gente precisa atravessar o rio, Quinto? E se a gente seguisse o barranco em uma das direções?

— Não, a gente precisa atravessar, Avelã, pra poder chegar naqueles campos... e ir além deles. Sei o que a gente devia procurar: um lugar alto, isolado e com solo seco, onde os coelhos possam ver e ouvir tudo em volta e aonde os homens dificilmente vão. Isso não valeria a viagem?

— Sim, claro que valeria. Mas esse lugar existe?

— Não perto de um rio... não preciso te dizer isso. Mas, se você cruza um rio, você começa a subir de novo, não começa? A gente precisa estar no topo... no topo e em um descampado.

— Mas, Quinto, acho que eles podem se recusar a ir muito mais longe. E você diz tudo isso, mas continua dizendo que está cansado demais para nadar?

— Eu posso descansar, Avelá, mas o Sulquinho está bem mal. Acho que está machucado. Talvez a gente precise passar metade de um dia aqui.

— Bom, vamos lá falar com os outros. Eles podem não se importar de ficar. O que eles não vão gostar é de atravessar o rio, a não ser que atravessem por medo de alguma coisa.

Assim que eles voltaram, Topete saiu dos arbustos e foi até eles na beira da trilha.

— Estava me perguntando aonde você tinha ido — ele disse para Avelá. — Estamos prontos para continuar?

— Não, eu não estou — Avelá respondeu firme. — Acho que a gente devia ficar aqui até ni-Frith. Assim, todo o mundo vai ter a chance de descansar e daí a gente pode nadar para chegar naqueles campos.

Topete estava prestes a responder, mas Amora falou primeiro.

— Topete — ele disse —, por que você não vai nadando até o outro lado agora, e daí dá uma volta pelo campo para dar uma olhada? A floresta pode não se estender muito para nenhum dos dois lados. De lá você consegue ver, e então a gente pode saber qual o melhor caminho a seguir.

— Bom — disse Topete meio rabugento —, acho que pode fazer algum sentido. Nado no rio embleer[1] quantas vezes vocês quiserem. Sempre feliz em obedecer.

Sem a menor hesitação, ele deu dois saltos até a água, pulou no rio e nadou pelo trecho de água parada. Eles o observaram sair ao lado de um emaranhado de escrofulárias que floresciam agarrando-se com os dentes em um caule mais firme, sacudir o pelo para se livrar do excesso de água e entrar correndo pelos arbustos de aimieiro. Um instante depois, entre as nogueiras, eles o viram correr campo adentro.

---

1. Embleer significa "fedorento". É a palavra usada para o cheiro de uma raposa.

— Estou feliz que ele esteja com a gente — disse Avelá a Prata. De novo ele pensou de modo irônico no Threarah: "Ele é o cara que pode descobrir tudo que a gente precisa saber. Ah, olha lá, é disso que estou falando, ele já está voltando".

Topete corria de volta pelo campo, parecendo mais agitado do que em qualquer outro momento desde o encontro com o capitão Azevinho. Correu para a água quase de cabeça e remou rápido, deixando ondas em forma de seta atrás de si na calma superfície marrom. Ele já estava falando enquanto chegava à faixa de areia.

— Bom, Avelá, se eu fosse você eu não ia esperar até ni-Frith. Eu iria já. Na verdade, acho que você vai mesmo ter que ir.

— Por quê? — perguntou Avelá.

— Tem um cachorro grande solto na floresta.

Avelá se assustou.

— O quê? — ele disse. — Como você sabe?

— Quando você chega ao campo, dá para ver a floresta fazendo um declive até chegar ao rio. Partes dela são descampadas. Eu vi o cachorro atravessando uma clareira. Ele estava arrastando uma corrente, então ele deve ter escapado. Pode ser que ele esteja no rastro do lendri, mas a essa altura o lendri já está debaixo da terra. O que você acha que vai acontecer quando ele sentir o nosso cheiro, atravessando a floresta de um lado para o outro, misturado com orvalho? Vamos, vamos atravessar rápido.

Avelá ficou confuso. Diante dele estava Topete, encharcado e destemido, com um objetivo claro – o retrato de alguém decidido. Atrás dele estava Quinto, quieto e tremendo. Ele viu que Amora o olhava atento, esperando as ordens dele, sem levar Topete em consideração. Então ele olhou para Sulquinho, aninhado numa concavidade da areia, mais apavorado e desamparado do que qualquer outro coelho que já tinha visto na vida. Neste momento, lá em cima na floresta, ouviu-se um ganido e uma gralha começou a gritar.

Avelá falou em meio a uma espécie de transe delirante.

— Bom, é melhor você ir, então — ele disse. — Junto de quem mais quiser acompanhá-lo. Eu vou ficar aqui até Quinto e Sulquinho estarem em condições de atravessar.

— Seu tolo! — gritou Topete. — Todos nós vamos morrer! Nós vamos...

— Não bata o pé — disse Avelã. — Podem ouvir o barulho. O que você sugere, então?

— Sugerir? Não há nenhuma sugestão a ser feita. Quem conseguir nadar que nade. Os outros vão ter que ficar aqui e torcer para que as coisas corram bem. O cachorro pode não vir.

— Infelizmente as coisas não funcionam assim para mim. Fui eu que coloquei o Sulquinho nessa, e vou tirá-lo dessa também.

— Bom, não foi você que colocou o Quinto nessa, foi? Foi ele que colocou você.

Avelã não tinha como evitar perceber, com relutante admiração, que embora Topete tivesse perdido as estribeiras, ele próprio estava aparentemente sem pressa e parecia menos receoso do que qualquer outro integrante do grupo. Procurando Amora com o olhar, Avelã viu que ele tinha saído de perto do grupo e estava mais acima, perto do trecho de águas calmas, onde a estreita praia se encontrava com um trecho de cascalho. As patas dele estavam meio enfiadas nos cascalhos úmidos e ele fuçava em alguma coisa grande e reta na divisa entre as pedras e a água. Parecia um pedaço de madeira.

— Amora — ele disse. — Você pode vir aqui um momento?

Amora ergueu os olhos, tirou as patas do cascalho e voltou correndo.

— Avelã — ele disse rápido —, aquilo é um pedaço de madeira... igual àquele que servia de ponte perto da erva-cidreira, lembra? Deve ter sido trazido pela correnteza, o que significa que flutua. A gente podia colocar o Quinto e o Sulquinho em cima dele e fazer flutuar de novo. Pode ser que a madeira atravesse o rio. Você entende?

Avelã não tinha ideia do que ele dizia. A enxurrada de coisas aparentemente sem sentido que Amora estava falando só parecia tornar mais grave a mistura de perigo e perplexidade. Como se a impaciência furiosa de Topete, o terror de Sulquinho e a aproximação do cão não fossem informação suficiente para ele processar, o coelho mais inteligente do grupo tinha obviamente enlouquecido. Avelã ficou à beira do desespero.

— Frithrah, sim, eu entendo! — disse uma voz excitada no seu ouvido. Era Quinto. — Rápido, Avelã, não espere! Venha e traga o Sulquinho com você!

Foi Amora quem forçou o estupefato Sulquinho, na base de ameaças, a ficar de pé e a andar mancando os poucos metros até o trecho de cascalho. O pedaço de madeira, que tinha no máximo o tamanho de uma folha grande de ruibarbo, estava levemente encalhado. Amora quase colocou Sulquinho sobre ele com as próprias garras. O fraco coelho se agachou tremendo e Quinto foi a bordo depois dele.

— Quem é forte? — disse Amora. — Topete! Prata! Empurrem aqui!

Ninguém obedeceu. Todos estavam agachados, aturdidos e inseguros. Amora enfiou o focinho no cascalho sob o pedaço da madeira que estava em terra e o ergueu, empurrando-o. A tábua se inclinou. Sulquinho guinchou e Quinto abaixou a cabeça e esticou as garras. Então, a tábua voltou a ficar na horizontal e foi levada pela correnteza por uns metros até chegar ao trecho de águas calmas, com os dois coelhos arqueados sobre ela, petrificados e imóveis. A tábua girava lentamente e eles se encontraram olhando para trás para seus companheiros.

— Frith e Inlé! — disse Dente-de-Leão. — Eles estão sentados sobre a água! Por que não afundam?

— Eles estão sentados sobre a madeira e a madeira flutua, entende? — explicou Amora. — Agora nós atravessamos nadando. Podemos ir, Avelã?

Durante os últimos minutos, Avelã tinha estado mais perto de perder a cabeça do que em qualquer momento futuro. Ele tinha chegado ao limite da sua inteligência, sem ter qualquer resposta para a impaciência zombeteira de Topete que não fosse arriscar a própria vida com as de Quinto e Sulquinho. Ele continuava sem entender o que tinha acontecido, mas pelo menos ele percebia que Amora queria que ele mostrasse ter autoridade. Sua cabeça começou a funcionar melhor.

— Nadem — ele disse. — Todo o mundo nadando.

Ele observou os outros entrarem na água. Dente-de-Leão nadava tão bem quanto corria, com rapidez e facilidade. Prata também era forte. Os outros simplesmente moviam as patas e cambaleavam de algum modo, e assim que começaram a chegar ao outro lado, Avelã mergulhou. A respiração dele ficou mais curta e, enquanto a cabeça entrava na água, ele conseguia ouvir um sutil raspar de cascalhos no fundo. Ele mexeu as patas desajeitado, a cabeça muito inclinada para fora d'água, e chegou às escrofulárias. Enquanto ele se esforçava para puxar o corpo para fora da água, ele olhou os coelhos ensopados à sua volta nos aimieiros.

— Onde está o Topete? — ele perguntou.

— Atrás de você — respondeu Amora, com os dentes batendo.

Topete ainda estava na água, do outro lado do trecho de águas calmas. Ele tinha nadado até a tábua, encostou a sua cabeça nela e a empurrava para a frente com movimentos fortes das patas traseiras.

"Fiquem parados", Avelã ouviu-o dizer em uma voz rápida e afogada. Depois ele afundou. Mas no instante seguinte estava de volta à tona e impulsionou sua cabeça para cima da parte de trás da tábua. Enquanto ele chutava e esperneava, o pedaço de madeira se inclinou e depois – enquanto os coelhos olhavam do barranco – moveu-se lentamente pelo rio e chegou ao lado oposto. Quinto empurrou Sulquinho para fora do pedaço de madeira e Topete foi pelas pedras até sair ao lado deles, tremendo e sem fôlego.

— Eu entendi assim que o Amora mostrou a ideia para a gente — ele disse. — Mas é duro empurrar quando você está na água. Espero que não demore muito para o sol nascer. Estou congelando. Vamos em frente.

Não havia sinal do cachorro enquanto eles iam apressados em meio aos amieiros e subiam pelos campos até o primeiro cercado. A maior parte deles não chegou a entender a ideia de Amora com a tábua de madeira, mas imediatamente esqueceu-se daquilo. Quinto, porém, foi até Amora, que estava encostado no caule de um espinheiro-negro no cercado.

— Você salvou a minha vida e a do Sulquinho, não foi? — ele disse. — Acho que o Sulquinho nem entendeu o que realmente aconteceu, mas eu entendi.

— Admito que foi uma boa ideia — respondeu o Amora. — Vamos nos lembrar disso. Pode ser útil de novo mais tarde.

9
O corvo e o campo de feijões

Com a flor do feijão,
Com o melro e a canção,
E todo o verão!

Robert Browning, *De Gustibus*

O sol saiu enquanto eles ainda estavam deitados no espinheiro. Vários coelhos já dormiam, agachados ansiosos entre os grossos caules, sabendo que podiam estar correndo perigo, mas cansados demais para fazer qualquer coisa além de confiar na sorte. Avelã, olhando para eles, se sentia quase tão inseguro quanto tinha se sentido na margem do rio. Uma cerca em meio a um descampado não era lugar para ficarem o dia todo. Mas para onde eles poderiam ir? Ele precisava saber mais sobre os arredores. Correu pela cerca, sentindo a brisa sul e procurando um lugar onde pudesse sentar e sentir o cheiro que o vento trazia sem correr maiores riscos. Os cheiros que vinham de terras mais altas podiam lhe dizer algo.

Ele chegou a um trecho que o gado tinha pisado até virar lama. Dava para ver os animais pastando no campo ali adiante, mais acima no aclive. Ele foi com cautela até o campo, se agachou perto de um grupo de cardos e começou a sentir o cheiro do vento. Agora, livre do odor do espinheiro e do fedor do esterco do gado, conseguiu compreender com clareza aquilo que já vinha passando por suas narinas enquanto ele estava deitado entre os espinhos. Havia apenas um cheiro no vento e era algo novo para ele: uma fragrância forte, pura e doce, que enchia o ar. Era algo saudável, e não era perigoso. Mas o que exatamente era aquilo e por que era tão forte? Como aquilo podia excluir todos os outros cheiros em um descampado e com um vento vindo do sul? A fonte devia estar próxima. Avelã pensou se devia mandar um dos coelhos para descobrir. Dente-de-Leão iria até lá em cima e desceria quase tão rápido quanto uma lebre. Mas o gosto de Avelã por aventuras e travessuras falou mais alto. Ele mesmo iria e traria notícias antes de os outros chegarem a perceber que ele tinha se separado do grupo. E isso daria a Topete algo para remoer.

Avelã correu com facilidade campina acima em direção às vacas. Quando chegou, os animais ergueram a cabeça todos juntos e olharam para ele, por um breve momento, antes de voltarem a se alimentar. Um grande pássaro negro batia as asas e dava pequenos saltos um pouco adiante. Parecia uma gralha grande, mas, ao contrário do comportamento habitual das gralhas, estava sozinho. Ele olhou seu bico esverdeado e forte perfurando o solo, mas não conseguiu entender o que ele estava fazendo. Acontece que Avelã jamais tinha visto um corvo. Não ocorreu a ele que a ave estava seguindo o rastro de uma toupeira na esperança de matá-la com um golpe de seu bico e de depois puxá-la para fora de sua toca rasa. Se tivesse percebido isso, ele talvez não a tivesse classificado tranquilamente como um "não falcão" – ou seja, qualquer coisa, de uma coruíra a um faisão – e continuado a subir o aclive.

A estranha fragrância agora estava mais forte, passando por cima do topo da colina em uma onda de perfume que o atingia com força – assim como o cheiro de laranjeiras florescendo no Mediterrâneo atinge um viajante que o sente pela primeira vez. Fascinado, ele correu para o cume. Ali havia outra cerca e, depois dela, movendo-se suavemente com a brisa, havia um campo de grandes feijões em flor.

Avelã se agachou sobre as patas traseiras e olhou a organizada floresta de pequenas árvores verdes com suas colunas de flores pretas e brancas. Ele nunca tinha visto nada como aquilo. Ele conhecia trigo e cevada, e certa vez passou por um campo de nabos. Mas isso era totalmente diferente de todas essas coisas e parecia, de algum modo, atraente, saudável e benigno. Era fato que coelhos não podiam comer aquelas plantas: dava para sentir isso no cheiro. Mas era possível se deitar em segurança entre elas pelo tempo que eles quisessem, e era possível se mover entre a plantação com facilidade e sem que fossem vistos. Avelã decidiu ali mesmo, naquela hora, que levaria os coelhos para cima até o campo de feijões para se abrigar e descansar até a noite. Ele correu de volta e encontrou os outros onde os havia deixado. Topete e Prata estavam acordados, mas todos os demais dormiam inquietos.

— Não dormiu, Prata? — perguntou ele.

— É perigoso demais, Avelá — Prata respondeu. — Assim como os outros, também tenho vontade de dormir, mas, se todos pegarmos no sono e alguma coisa acontecer, quem é que vai ver?

— Eu sei. Encontrei um lugar onde a gente pode dormir em segurança pelo tempo que quiser.

— Uma toca?

— Não, não é uma toca. É um grande campo de plantas aromáticas que vai nos manter escondidos e vai inclusive mascarar o nosso cheiro, até a gente estar descansado. Venha aqui e cheire, se quiser.

E, então, os dois coelhos foram.

— Você está dizendo que viu essas plantas? — perguntou Topete, virando as orelhas para ouvir o farfalhar distante dos feijões.

— Sim, ficam logo depois do cume. Venham, vamos fazer os outros andarem antes que apareça um homem com um hrududu[1] e eles se dispersem para todo lado.

---

1. Hrududu faz referência a trator ou a qualquer motor.

Prata acordou os outros e começou a convencê-los a ir para o campo. Eles cambalearam sonolentos, respondendo de modo relutante às repetidas garantias que ele dava de que era "logo ali".

Eles se dispersaram bastante enquanto vagavam ladeira acima. Prata e Topete iam na frente, com Avelã e Espinheiro um pouco atrás. Os outros iam devagar, saltando por uns poucos metros e depois parando para comer ou para defecar na grama quente e ensolarada. Prata estava quase no topo quando, de repente, da metade da subida, veio um grito alto – o som que um coelho faz, não para pedir ajuda ou para assustar um inimigo, mas simplesmente por pavor. Quinto e Sulquinho, mancando atrás dos outros, e visivelmente menores e cansados, estavam sendo atacados pelo corvo. Ele tinha voado baixo perto do chão. Depois, num rasante, mirou para dar um golpe com seu grande bico em Quinto, que conseguiu se esquivar por pouco, bem a tempo. Agora, a ave estava saltando e pulando entre os tufos de grama, batendo nos dois coelhos com bicadas terríveis. Os corvos miram nos olhos e Sulquinho, percebendo isso, enterrou sua cabeça em um tufo espesso de grama e estava tentando entrar mais fundo na terra. Era ele que gritava.

Avelã cobriu a distância ladeira abaixo em poucos segundos. Ele não tinha ideia do que ia acontecer, mas, se o corvo o tivesse ignorado, ele provavelmente não saberia o que fazer. Mas ao saltar ele distraiu a atenção do corvo, que se voltou para ele. Ele desviou do corvo, passou para o lado de suas costas, parou e, ao olhar para trás, viu Topete vir correndo no sentido contrário. O corvo se virou de novo, tentou acertar o Topete e errou. Avelã ouviu o bico da ave bater numa pedra na grama, fazendo um barulho igual ao da casca de um caracol quando um tordo bate com ela numa pedra. Prata seguiu Topete e, nisso, o corvo se recuperou e o encarou. O Prata parou, amedrontado, e o corvo pareceu dançar diante dele, as grandes asas negras batendo em uma agitação horrível. Ele estava prestes a atacar quando o Topete correu na direção do corvo e bateu nas costas dele, derrubando-o de lado e deixando-o aturdido na grama emitindo um áspero e estridente grunhido de fúria.

— Bata de novo! — gritou o Cabeça. — Venha por trás dele! Eles são covardes! Só atacam coelhos indefesos.

Mas o corvo já estava indo embora, voando baixo e batendo as asas lenta e pesadamente. Eles o viram passar pela cerca mais distante e desaparecer na floresta além do rio. No silêncio, ouviu-se um suave som de mastigação enquanto uma vaca que pastava chegava mais perto.

Topete foi até Sulquinho, murmurando uma sátira obscena da Owsla.

— "Hoi, hoi um embleer Hrair / M'saion ulé hraka vair".² Vem, Hlao-roo — ele disse. — Pode tirar a cabeça daí. Que dia a gente está tendo, hein?

Ele se virou e Sulquinho tentou alcançá-lo. Avelã se lembrou de Quinto ter dito que achava que Sulquinho estava ferido. Agora, vendo-o mancar e cambalear na subida da ladeira, ocorreu a ele que Sulquinho podia realmente estar com algum machucado. Ele ficava o tempo todo tentando colocar uma das patas dianteiras na grama, mas depois a retirava de novo, saltando apenas com três pernas.

"Vou dar uma olhada nele assim que a gente estiver encoberto", ele pensou. "Pobre camarada, não vai conseguir ir muito mais longe desse jeito."

No topo da ladeira, Espinheiro já estava na frente dos outros, seguindo para o campo de feijões. Avelã chegou à cerca, atravessou uma pequena faixa de grama do outro lado e se viu olhando para um longo corredor sombreado entre duas fileiras de pés de feijão. A terra era macia e farelenta, marcada aqui e ali por sementes que geralmente se encontram em campos de cultivo – tabaco, mostarda, prímulas e camomila, todas crescendo em verde escuridão sob as folhas de feijão. Quando as plantas se moviam com a brisa, a luz do sol passava como salpicada e chegava ao solo marrom, às pedras brancas e às sementes. No entanto, nessa ubíqua inquietação não havia nada alarmante, pois a floresta como um todo tomava parte nisso, e o único som era o do movimento suave e contínuo das folhas. Bem adiante no corredor de feijões, Avelã entreviu as costas de Espinheiro e o seguiu até as profundezas do campo.

Logo depois, todos os coelhos tinham se encontrado em uma espécie de clareira. Até muito longe dali, por todos os lados, estavam as organizadas fileiras de feijões, protegendo-os contra aproximações hostis, cobrindo-os e encobrindo seu cheiro. Mesmo debaixo da terra era difícil que eles estivessem mais seguros. Até um pouco de comida eles podiam arranjar se precisassem, já que havia umas pálidas e retorcidas folhas de grama e uns dentes-de-leão perdidos pelo campo.

— Podemos dormir aqui o dia inteiro — disse Avelã. — Mas imagino que um de nós precise ficar acordado. E se eu ficar com o primeiro turno vou ter a chance de dar uma olhada na sua pata, Hlao-roo. Acho que tem alguma coisa nela.

Sulquinho, deitado sobre o lado esquerdo, respirando rápido e pesado, rolou e esticou a pata dianteira, com a sola virada para cima. Avelã olhou de

---

2. "Ei, ei, os Mil fedorentos / Nós os encontramos até quando paramos para defecar."

perto o que havia debaixo dos pelos densos e ásperos (as patas dos coelhos não têm almofadinhas) e depois de alguns momentos encontrou o que esperava – a haste oval de um espinho quebrado cortando a pele do coelho. Havia um pouco de sangue e a carne estava rasgada.

— Tem um espinho grande aqui, Hlao — ele disse. — Não é de espantar que você não esteja conseguindo correr. Vamos ter que tirar.

Tirar o espinho não era uma tarefa fácil, pois a pata tinha ficado tão sensível que Sulquinho tremia e se afastava até mesmo da língua de Avelã. Mas, depois de muito esforço e paciência, Avelã conseguiu prender com firmeza o espinho entre os seus dentes. Retirou-o suavemente e a ferida sangrou. O espinho era tão longo e grosso que Leutodonte, que por acaso estava ali por perto, acordou Verônica para dar uma olhada.

— Frith do céu, Sulquinho! — disse Verônica, cheirando o espinho que agora estava sobre uma pedra. — Melhor você colecionar mais uns como esse. Aí você pode colocar em um quadro de avisos e assustar o Quinto. Se você soubesse, podia ter furado o olho do lendri para gente.

— Lamba a ferida, Hlao — disse Avelã. — Lamba até melhorar e depois vá dormir.

10
A estrada e o campo comunitário

Timorato respondeu que eles [...] tinham superado aquele difícil desfiladeiro; mas, disse ele, quanto mais longe íamos, mais perigos encontrávamos; por isso, decidimos voltar.

John Bunyan, *O peregrino*

Depois de algum tempo, Avelã acordou Espinheiro. Então ele cavou um raso ninho na terra e dormiu. Um turno de vigia se sucedeu ao outro durante o dia, embora o modo como os coelhos contam a passagem do tempo seja algo que os seres humanos civilizados não têm mais a capacidade de compreender. Criaturas que não têm nem relógios nem livros estão abertas a todas as formas de conhecimento sobre o tempo e o clima – e sobre direção, também, como sabemos pelas extraordinárias viagens migratórias e de volta ao lar. As mudanças na temperatura e na umidade do solo, a redução dos lugares ensolarados, a mudança nos movimentos dos feijões com o vento suave, a direção e a força das correntes de ar no solo – tudo isso é percebido pelos coelhos acordados.

O sol começava a se pôr quando Avelã acordou e viu Bolota escutando e cheirando em meio ao silêncio, entre duas pedras brancas. A luz estava mais densa, a brisa tinha cessado e os feijões estavam parados. Sulquinho estava estendido um pouco mais adiante. Um besouro amarelo e preto, rastejando pela pele branca da sua barriga, parou, moveu a antena curta e curva, e depois voltou a andar. Avelã sabia que esses besouros procuram cadáveres, dos quais se alimentam e onde depositam seus ovos. Eles escavam a terra debaixo de cadáveres de pequenas criaturas, como camundongos e filhotes de pássaros que caem no chão, e depois depositam neles seus ovos antes de cobri-los com terra. Certamente Sulquinho não podia ter morrido enquanto dormia, não é? Avelã sentou rápido. Bolota se assustou e se virou para ele e o besouro correu pelas pedras enquanto Sulquinho se mexia e acordava.

— Como está a pata? — perguntou Avelã.

Sulquinho a pôs no chão. Depois apoiou o corpo sobre ela.

— Bem melhor — ele disse. — Acho que agora vou conseguir andar tão bem quanto os outros. Eles não vão me deixar para trás, vão?

Avelã esfregou o focinho na orelha de Sulquinho.

— Ninguém vai deixar ninguém para trás — ele disse. — Se você tivesse que ficar, eu ia ficar com você. Mas não pise mais em espinhos, Hlao-roo, porque pode ser que a gente precise ir bem longe.

Um instante depois, todos os coelhos pularam em pânico. De algum lugar bem perto o barulho de um tiro cruzou os campos. Um galispo gritou. Os ecos vieram em ondas, como uma pedra rolando em uma caixa, e da floresta além do rio veio o som das asas dos pombos sobre os galhos. Num instante os coelhos corriam em todas as direções pelos corredores de feijões, cada um correndo por instinto para tocas que não existiam ali.

Avelã parou no fim da plantação de feijões. Olhando em torno, não viu nenhum dos outros. Esperou, tremendo, o próximo tiro, mas tudo continuou em silêncio. Então ele sentiu, vibrando no chão, o passo firme de um humano indo embora pelo cume pelo qual eles tinham chegado naquela manhã. Naquele momento, Prata apareceu, abrindo caminho entre plantas ali por perto.

— Espero que seja o corvo, você não? — disse Prata.

— Espero que ninguém tenha sido tolo o suficiente para sair correndo para fora deste campo — respondeu Avelá. — Todos eles se dispersaram. Como podemos achar todo mundo?

— Acho que não podemos — disse Prata. — Melhor a gente voltar para onde estava. Uma hora eles vão voltar.

Na verdade, um longo tempo se passou até que todos os coelhos estivessem de volta à clareira no meio do campo. Enquanto esperava, Avelá percebeu melhor do que antes quanto a situação deles era perigosa, sem tocas, vagando por campos que não conheciam. O lendri, o cachorro, o corvo, o atirador – eles tiveram sorte de escapar de tudo isso. Quanto tempo a sorte deles ia durar? Será que iam ser capazes de viajar até o lugar alto de que Quinto falava – fosse aquilo onde fosse?

"Eu, por mim, aceito qualquer barranco decente e seco", ele pensou, "desde que tenha grama e que não tenha humanos com armas. E quanto antes a gente achar um lugar assim melhor".

Leutodonte foi o último a voltar e, quando ele chegou, Avelá partiu imediatamente. Ele olhou cauteloso por entre os pés de feijão e depois correu para a cerca. O vento, quando ele parou para cheirá-lo, era tranquilizador, trazendo apenas os cheiros do orvalho noturno, de maio e de esterco de vaca. Ele liderou o grupo no caminho até o próximo campo, um pasto: e ali todos eles começaram a se alimentar, comendo grama com uma calma que fazia parecer que o viveiro estava ali perto.

Quando tinha cruzado metade do campo, Avelá percebeu um hrududu se aproximando muito rápido do outro lado da cerca mais distante. Era pequeno e menos barulhento que o trator da fazenda que ele tinha observado algumas vezes da beira da floresta de prímulas onde morava. Ele passou num átimo, com uma cor artificial, feita pelos humanos, cintilando aqui e ali e mais brilhante que uma árvore de azevinho no inverno. Avelá olhou, torcendo o nariz. Ele não conseguia entender como o hrududu podia se mover de modo tão rápido e tão suave pelos campos. Será que ele voltaria? Será que ele atravessaria os campos mais rápido do que eles podiam correr e, então, os caçaria?

Enquanto ele estava parado, pensando na melhor coisa a fazer, Topete apareceu.

— Tem uma estrada ali — ele disse. — Isso vai surpreender alguns deles, não vai?

— Uma estrada? — perguntou Avelã, pensando na alameda ao lado da placa. — Como você sabe?

— Bom, como você acha que um hrududu pode ir tão rápido? Além disso, você não consegue farejar a estrada?

O cheiro de piche quente agora estava perceptível no ar da noite.

— Nunca senti esse cheiro na vida — disse Avelã com certa irritação.

— Ah — disse Topete —, mas é que você nunca saiu com ordens de roubar alfaces para o Threarah, não é? Se tivesse saído, você ia saber sobre estradas. Elas não têm nada demais, na verdade, desde que você saia delas antes de anoitecer. À noite elas são elil.

— Melhor você me ensinar, acho — disse Avelã. — Vou subir com você e vamos deixar os outros nos seguirem.

Eles correram e pularam pelo buraco da cerca. Avelã olhou a estrada espantado. Por um momento pensou que estava vendo outro rio – negro, tranquilo e correndo entre barrancos. Depois viu pedras embutidas no asfalto e uma aranha correndo pela superfície.

— Mas isso não é natural — ele disse, farejando os odores estranhos e fortes do piche e do óleo. — O que é isso? Como veio parar aqui?

— É coisa dos humanos — explicou o Topete. — Eles põem essa coisa aí e os hrududu passam por cima... o mais rápido que podem. E o que mais pode correr mais rápido que a gente?

— É perigoso, então? Eles podem pegar a gente?

— Não, isso que é estranho. Eles nem percebem a gente. Se quiser, eu te mostro.

Os outros coelhos estavam começando a chegar na cerca quando o Topete pulou do barranco e se agachou na beira da estrada. De algum lugar depois da curva veio o som de outro carro que se aproximava. Avelã e Prata observaram tensos. O carro apareceu, brilhando verde e branco, e foi rápido na direção de Topete. Por um instante, ele encheu o mundo todo com ruído e terror. Mas logo ele se foi, e o pelo de Topete voou com a lufada de vento que o seguiu junto às cercas. Ele pulou de volta para a encosta entre os coelhos que o observavam.

— Viu? Eles não machucam a gente — disse o Topete. — Na verdade, acho que nem são seres vivos. Mas tenho que admitir que, na verdade, não consigo entendê-los.

Assim como aconteceu na beira do rio, Amora se afastou e já estava na estrada por conta própria, farejando e indo rumo ao centro da pista; já estava a meio caminho entre Avelã e a curva. Logo, eles o viram se assustar e pular para se abrigar no barranco.

— O que é isso? — disse Avelã.

Amora não respondeu, e Avelã e Topete pularam na direção dele seguindo sempre junto do barranco. Ele estava abrindo e fechando a boca e lambendo os lábios, como os gatos fazem quando algo os repele.

— Você diz que eles não são perigosos, Topete — ele confirmou em voz baixa. — Mas acho que devem ser, apesar de tudo.

No meio da estrada havia uma massa achatada e sangrenta de espinhos marrons e pele branca, com pequenos pés pretos e focinho esmagado. As moscas se amontoavam sobre o corpo, e aqui e ali pedaços pontudos de cascalho perfuravam a carne.

— Um yona — disse Amora. — Que mal um yona faz a alguém, fora lesmas e besouros? E dá para comer um yona?

— Ele deve ter vindo à noite — disse Topete.

— Sim, claro, os yonil sempre caçam à noite. Se você vir um deles de dia, é porque ele está morrendo.

— Eu sei. Mas o que estou tentando explicar é que à noite os hrududil têm grandes luzes, mais brilhantes do que o próprio Frith. Eles atraem criaturas na direção deles, e se eles brilham diante de você, você não consegue ver nem pensar em qual sentido ir. Então é bem provável que o hrududu te esmague. Pelo menos, foi isso que ensinaram para a gente na Owsla. E eu não pretendo testar.

— Bom, em breve *vai* ficar escuro — disse Avelã. — Venham, vamos atravessar. Até onde eu consigo ver, essa estrada não é nada boa para nós. Agora que aprendi sobre ela, quero sair daqui o quanto antes.

Quando a lua surgiu, eles tinham passado pelo cemitério de Newtown, onde corre um riachinho entre os gramados e sob uma trilha. Continuando a andar, eles subiram uma colina e chegaram às terras comunitárias de Newtown – uma área de turfa, juncos e vidoeiros. Depois dos campos que eles tinham deixado para trás, essa era uma área estranha, ameaçadora. Árvores, ervas e até mesmo o solo – tudo era desconhecido. Eles hesitaram no denso urzal, sem conseguir ver mais do que uns poucos metros adiante. O pelo deles se encharcou de orvalho. O solo era entrecortado por gretas e fendas com turfa negra nua, onde havia água e pedras brancas pontiagudas, algumas grandes como pombos, outras do tamanho do crânio de um coelho, que cintilavam à luz do luar. Sempre que chegavam a uma das fendas, os coelhos se amontoavam, esperando que Avelã ou Topete avançassem para o outro lado e encontrassem um caminho por onde seguir. Em todo lugar eles encontravam besouros, aranhas e pequenos lagartos que corriam enquanto eles abriam passagem pelas urzes fibrosas e resistentes. Em determinado momento, Espinheiro perturbou uma cobra e saltou no ar enquanto ela serpenteava entre as patas dele para então desaparecer em um buraco no pé de um vidoeiro.

Até as plantas eram desconhecidas para eles – pediculária rosa, com sua chuva de flores em gancho, asfódelos do pântano e as flores de caule fino das dróseras, erguendo as bocas peludas à caça de moscas, mas sempre fechadas à noite. Nessa selva fechada tudo era silêncio. Eles seguiam cada vez mais lentamente e faziam longas paradas nos trechos de turfa. Embora o urzal estivesse quieto, a brisa trazia distantes sons noturnos que cruzavam todo o ambiente. Um galo cantou. Um cachorro correu latindo e um humano gritou com ele. Uma pequena coruja chamou "Kee-wik, kee-wik" e algo – uma ratazana ou um musaranho – de repente guinchou. Não havia um só ruído que não parecesse indicar perigo.

Tarde da noite, perto de a lua se pôr, Avelã olhava por cima de uma fenda onde eles estavam agachados e observava um pequeno barranco logo acima. Enquanto pensava se escalaria aquilo, para ver se conseguiria ter uma visão clara do terreno adiante, ele ouviu um movimento atrás de si, e ao se virar encontrou Leutodonte em seu ombro. Havia algo de furtivo e hesitante nele, então Avelã olhou para o companheiro com atenção, pensando por um momento se ele não podia estar doente ou envenenado.

— Ahn... Avelã — disse Leutodonte, olhando não para ele, e sim para o paredão do assustador penhasco negro adiante. — Eu... ahn... quer dizer nós... ahn... achamos que nós... bom, que a gente não pode continuar assim. A gente acha que já foi o suficiente.

Ele parou. Avelã agora via que Verônica e Bolota estavam atrás dele, ouvindo ansiosos. Houve uma pausa.

— Continue, Leutodonte — incentivou Verônica. — Ou quer que eu fale?

— Mais do que suficiente — disse Leutodonte, impondo uma espécie de tola importância na voz.

— Bom, eu também acho — respondeu Avelã —, e espero que não falte muito. Então a gente pode parar para descansar.

— A gente quer parar agora — disse Verônica. — A gente acha que foi burrice ter vindo tão longe.

— As coisas ficam piores quanto mais a gente anda — disse Bolota. — Aonde a gente está indo e quanto falta para a gente poder parar de correr de uma vez por todas?

— É o lugar que preocupa vocês — afirmou Avelã. — Eu também não gosto daqui, mas não vai ser assim para sempre.

Leutodonte parecia astuto e matreiro.

— A gente acha que você não sabe *aonde* a gente está indo — ele disse. — Você não sabia da estrada, sabia? E você não sabe o que temos adiante.

— Olhem aqui — repreendeu Avelã —, que tal se vocês me dissessem o que vocês querem fazer e daí eu digo o que eu acho disso.

— A gente quer voltar — disse Bolota. — A gente acha que o Quinto estava errado.

— Como vocês vão voltar passando de novo por tudo que a gente passou? — questionou Avelã. — E provavelmente vão ser mortos por terem ferido um oficial da Owsla, se vocês um dia conseguirem chegar ao viveiro. Não falem coisas sem sentido, por Frith.

— Não fui eu que feri o Azevinho — disse Verônica.

— Você estava lá e o Amora trouxe você até aqui. Você acha que eles não vão se lembrar disso? Além disso...

Avelã parou quando Quinto se aproximou, seguido por Topete.

— Avelã — chamou Quinto —, você pode subir no barranco comigo um instante? É importante.

— E enquanto vocês estiverem lá — disse o Topete, franzindo o cenho para os outros debaixo do grande monte de pelo na sua cabeça —, eu vou ter uma palavrinha com esses três. Por que você não se lava, Leutodonte? Você parece a ponta da cauda de um rato presa na ratoeira. E quanto a você, Verônica...

Avelã não esperou para saber o que Verônica parecia. Seguindo Quinto, ele subiu pelas protuberâncias e degraus de turfa até o beiral de terra cheia de pedras e de grama rala que havia logo em cima. Assim que achou um lugar para escalar, Quinto foi à frente pela beira do barranco que Avelá estava olhando antes de Leutodonte chegar para falar com ele. O barranco ficava cerca de um metro acima do urzal dobrado pelo vento e era descampado e relvado no topo. Eles escalaram e ficaram ali agachados. À direita deles, a lua, enevoada e amarela em uma noite de nuvens ralas, estava acima de um aglomerado de distantes pinheiros. Eles olharam para o sul por sobre o deserto sombrio. Avelá esperou que Quinto falasse, mas ele ficou em silêncio.

— O que você queria me dizer? — perguntou Avelá por fim.

Quinto não respondeu, e Avelá fez uma pausa perplexa. Lá de baixo, mal se ouvia Topete.

— E você, Bolota, com essa orelha de cachorro, essa cara de cocô que seria uma desgraça para qualquer caçador, se eu tivesse tempo para dizer a você...

A lua navegava livre de nuvens e iluminou a urze, deixando-a mais brilhante, mas nem Avelá nem Quinto saíram do topo do barranco. Quinto estava olhando para muito longe da área comunitária. A sete quilômetros, junto ao horizonte no sul, erguiam-se os duzentos e vinte metros do cume da colina. No ponto mais alto, as faias do Arvoredo de Cottington se moviam com um vento mais forte do que aquele que passava pela urze.

— Olhe! — disse Quinto de repente. — Aquele é o lugar certo para a gente, Avelá. Colinas altas, isoladas, onde o vento e o som não têm barreiras e o solo é seco como uma palha no celeiro. É ali que a gente devia estar. É ali que a gente tem que chegar.

Avelá olhou para as colinas escuras e distantes. Obviamente, a ideia de tentar chegar lá estava fora de cogitação. Provavelmente, tudo o que eles seriam capazes de fazer era achar um jeito de chegar ao outro lado do urzal e encontrar um campo tranquilo ou uma encosta arborizada como aquelas a que estavam acostumados. Foi sorte o Quinto não ter falado essa tolice na frente dos outros, especialmente agora que já havia problemas suficientes para enfrentar. Se ele pudesse ser convencido a desistir disso imediatamente, não haveria problemas – a não ser, na realidade, que ele já tivesse falado alguma coisa para o Sulquinho.

— Acho que a gente não consegue convencer os outros a ir até lá, Quinto — ele disse. — Eles já estão assustados e cansados, sabe? O que a gente precisa é encontrar um lugar seguro logo. Eu prefiro ter sucesso em fazer o que a gente consegue do que fracassar fazendo o que a gente não consegue.

Pareceu que Quinto nem ouviu o que ele disse. Ele parecia estar perdido nos próprios pensamentos. Quando falou de novo, era como se ele estivesse confabulando sozinho.

— Tem uma névoa densa entre as colinas e a gente. Não dá para ver através da neblina. Mas a gente vai ter que atravessar essa névoa. Ou entrar nela, de qualquer forma.

— Uma névoa? — perguntou Avelá. — Como assim?

— A gente vai enfrentar algum problema misterioso — sussurrou Quinto —, e não é elil. É mais como... como uma névoa. Como ser enganado e perder a direção.

Não havia névoa em torno deles. A noite de maio estava clara e fresca. Avelá esperou em silêncio e depois de um tempo Quinto disse, lentamente e sem expressão:

— Mas a gente precisa ir em frente até chegar nas colinas. A voz dele submergiu e começou a parecer como a de um sonâmbulo. — Até a gente chegar nas colinas, o coelho que voltar pela fenda estará pondo sua cabeça em risco. Aquele que corre... não é sábio. Aquele que corre... não está seguro. Que corre... não...

Ele tremeu de modo violento, chutou uma, duas vezes e ficou parado.

No vale abaixo deles, Topete parecia estar finalizando sua fala.

— E agora, seu bando de carrapatos de ovelha, com focinhos de toupeira, limpadores de cocô feitos para viver em jaulas, saiam já da minha frente. Senão eu vou...

Mais uma vez, ele ficou inaudível.

Avelá olhou outra vez para a tênue linha das colinas. Então, enquanto Quinto se agitava e murmurava a seu lado, ele o empurrou suavemente com uma pata dianteira e acariciou seu ombro.

Quinto se assustou.

— O que eu estava dizendo, Avelá? — ele perguntou. — Acho que não consigo lembrar. Eu queria te dizer...

— Esquece — respondeu Avelá. — Vamos descer. É hora de botar todo mundo para andar de novo. Se você sentir alguma coisa esquisita outra vez, fique perto de mim. Eu cuido de você.

11

Duras penas

Então Sir Beaumains [...] cavalgou tudo o que poderia cavalgar em sua vida passando por pântanos e campos e grandes vales, e muitas vezes [...] mergulhou de cabeça em lagos profundos, pois não sabia o caminho, mas tomou o caminho mais lucrativo na floresta [...] E por fim calhou de encontrar um belo caminho verdejante.

Thomas Malory, *A morte de Artur*

Quando Avelã e Quinto chegaram ao fundo do vale, encontraram Amora à espera deles, agachado na relva e roendo talos marrons de junco.

— Oi — disse Avelã. — O que aconteceu? Onde estão os outros?

— Lá — respondeu Amora. — Houve uma briga feia. O Topete disse para o Leutodonte e para o Verônica que ia retalhar os dois em pedacinhos se eles não obedecessem. E quando o Leutodonte disse que queria saber quem era o Chefe Coelho, o Topete o mordeu. Parece que foi bem desagradável. Afinal, quem *é* o Chefe Coelho aqui... você ou o Topete?

— Não sei — respondeu Avelã. — Mas o Topete certamente é o mais forte. Não tinha por que morder o Leutodonte. Ele não tinha como fazer o caminho de volta nem se quisesse. Ele e os amigos dele iam perceber isso, era só deixar que eles falassem um pouquinho. Agora eles ficaram irritados com o Topete e vão achar que precisam ir adiante só porque o Topete os forçou a fazer isso. Quero que eles continuem indo com a gente porque compreendem que essa é a única coisa a se fazer. Somos muito poucos para alguém sair dando ordens e mordendo os outros. Frith na neblina! A gente já não tem problemas e perigos demais pela frente?

Eles seguiram até o fim do vale. Topete e Prata falavam com Espinheiro debaixo de flores de vassoura. Ali perto, Sulquinho e Dente-de-Leão fingiam comer em umas moitas. Um pouco mais longe, Bolota lambia de modo teatral o pescoço de Leutodonte, e Verônica observava.

— Fique quieto se conseguir, meu amigo. Coitado de você! — disse Bolota, que obviamente queria que o ouvissem. — Deixa só eu limpar esse sangue. Aguente firme agora! — Leutodonte tremeu de modo exagerado e se afastou. Quando Avelá chegou perto, todos se voltaram para ele e o encararam ansiosos.

— Olha — disse Avelá —, sei que tivemos um problema, mas a melhor coisa que a gente tem a fazer é tentar esquecer isso. Esse lugar é ruim, mas logo a gente vai ter saído daqui.

— Você realmente acha que a gente vai sair daqui logo? — perguntou Dente-de-Leão.

— Se vocês me seguirem — respondeu Avelá desesperado —, tiro vocês daqui antes do nascer do sol.

"Se eu não conseguir", ele pensou, "é bem provável que eles me destrocem: e talvez isso seja bom pra eles".

Pela segunda vez ele saiu do vale, e os outros o seguiram. A jornada cansativa e assustadora começou de novo, interrompida apenas por sinais de alerta. Uma vez, uma coruja branca voou em silêncio sobre eles, tão baixo que Avelá viu seus olhos escuros e penetrantes olhando direto para ele. Mas ou ela não estava à caça ou ele era muito grande para ela carregar, pois ela desapareceu sobre o urzal; e embora ele esperasse imóvel por algum tempo, ela não voltou. Outra vez, Dente-de-Leão sentiu o cheiro de um arminho e todos se uniram a ele, murmurando e farejando o solo. Mas o odor era antigo e depois de um tempo eles retomaram o caminho. Nesse mato rasteiro o progresso deles era desorganizado e desigual, e os ritmos diferentes de deslocamento atrasavam o grupo ainda mais do que na floresta. Os sinais de perigo apareciam em sequência, com coelhos parando, congelados no lugar por causa de um som de movimento real ou imaginário. Estava tão escuro que Avelá raramente tinha certeza de estar adiante, achando às vezes que Topete ou Prata podiam estar à sua frente. Uma vez, ao ouvir um ruído inexplicável à frente, que cessou rapidamente, ele ficou parado por um tempo. Quando por fim se moveu com cautela adiante, achou o Prata agachado atrás de um tufo de pé-de-galo por medo do som que o próprio Avelá fazia ao se aproximar. Tudo era confusão, ignorância, escalada e exaustão. Ao longo do pesadelo da viagem daquela noite, Sulquinho pareceu sempre estar logo atrás dele. Embora cada um dos outros desaparecesse e reaparecesse como fragmentos que flutuam em uma piscina, Sulquinho jamais o abandonou, e a necessidade de ele ser incentivado, no fim das contas, acabou se tornando o único apoio que Avelá tinha para enfrentar seu próprio cansaço.

"Não falta muito agora, Hlao-roo, não falta muito", ele seguia murmurando, até perceber que o que ele dizia tinha se tornado algo sem sentido, um mero refrão. Ele não estava falando com Sulquinho nem estava falando sozinho. Ele estava falando em seus sonhos, ou algo muito próximo disso.

Por fim, ele viu o primeiro sinal da aurora, como uma luz levemente percebida depois de uma curva na parte mais distante de uma toca desconhecida; e no mesmo momento uma escrevedeira-amarela cantou. Avelã sentiu algo semelhante ao que deve passar pela cabeça de um general derrotado. Onde exatamente estavam seus seguidores? Não muito longe, ele esperava. Mas será que estavam mesmo? Todos eles? Aonde ele os tinha levado? O que ele iria fazer agora? E se um inimigo aparecesse neste instante? Ele não tinha resposta para nenhuma dessas perguntas e estava sem ânimo para se forçar a pensar nelas. Atrás dele, Sulquinho tremia na umidade, e ele se virou para acariciá-lo – mais ou menos como o general, que não tendo mais nada a fazer, pode passar a pensar no bem-estar de seu criado, simplesmente porque o criado casualmente está ali.

A luz ficou mais forte e logo ele conseguiu ver que pouco adiante havia uma trilha nua de cascalho. Ele saiu mancando do urzal, sentou nas pedras e sacudiu a umidade do pelo. Dali ele conseguia ver nitidamente as colinas de Quinto, de um cinza-esverdeado e parecendo próximas no ar lavado pela chuva. Ele conseguia até ver os arbustos e os pequenos teixos atrofiados nas ladeiras íngremes. Enquanto olhava para lá, ele ouviu uma voz empolgada num ponto mais abaixo da trilha.

— Ele conseguiu! Eu não disse que ele ia conseguir?

Avelã se virou e viu Amora na trilha. Ele estava esfarrapado e exausto, mas era ele quem estava falando. Atrás dele, saindo do urzal, vieram Bolota, Verônica e Espinheiro. Todos os quatro coelhos estavam agora encarando Avelã. Ele ficou tentando imaginar o motivo. Então, quando eles se aproximaram, ele percebeu que não era para ele que estavam olhando, e sim para algo mais à frente. Ele se virou. A trilha de cascalho levava morro abaixo para uma estreita faixa de vidoeiros e sorvas. Mais além, havia uma sebe estreita; e pouco depois, um campo verde entre dois pequenos bosques. Eles tinham chegado ao fim da área comunitária.

— Ah, Avelã — disse Amora, chegando até ele perto de uma poça nas pedras. — Eu estava tão cansado e confuso que realmente comecei a duvidar se você sabia aonde estava indo. Eu conseguia ouvir você no urzal dizendo:

"Não falta muito" e isso estava me irritando. Eu achava que você estava inventando aquilo. Eu devia ter confiado. Frithrah, você é o que eu chamo de um Chefe Coelho!

— Muito bem, Avelã! — disse Espinheiro. — Muito bem!

Avelã não sabia o que responder. Ele olhou para eles em silêncio e foi Bolota que falou a seguir.

— Vamos! — ele disse. — Quem vai ser o primeiro a chegar naquele campo? Eu ainda consigo correr. — E então saiu, avançando lentamente colina abaixo, mas, quando Avelã pediu que parasse, ele o fez imediatamente.

— Onde estão os outros? — disse Avelã. — Dente-de-Leão? Topete?

Naquele exato momento, Dente-de-Leão apareceu saindo do urzal e se sentou na trilha, olhando para o campo. Ele veio seguido primeiro por Leutodonte e depois por Quinto. Avelã estava observando Quinto enquanto este assimilava a visão do campo, quando Espinheiro chamou a atenção dele para a parte baixa da colina.

— Olhe, Avelã — ele disse —, Prata e Topete estão lá embaixo. Estão esperando a gente.

O pelo cinza-claro do Prata era bem visível contra os juncos, mas Avelã só conseguiu ver Topete depois de ele sentar e então começar a correr em direção ao grupo.

— Esplêndido, Avelã — ele disse. — Está todo mundo aqui. Vamos entrar naquele campo.

Momentos depois eles estavam debaixo dos vidoeiros e à medida que o sol subia, tingindo de vermelho e de verde as gotas que estavam sobre as samambaias e os brotos, eles passaram pela cerca, por uma vala rasa e chegaram à densa grama da campina.

12

O estranho no campo

> No entanto, mesmo em um viveiro populoso, os visitantes que chegam na forma de jovens coelhos em busca de lugar seco podem ser tolerados [...] se forem fortes o suficiente podem conseguir um lugar e mantê-lo.
>
> R. M. Lockley, *The private life of the rabbit*

Chegar ao fim de uma época de ansiedade e de medo. Sentir a nuvem que está sobre nossa cabeça se erguer e se dispersar – a nuvem que entristecia o coração e que reduzia a felicidade a uma mera memória. Pelo menos essa é uma alegria que deve ser conhecida por quase toda criatura viva.

Eis um menino que estava esperando ser punido. Mas então, inesperadamente, ele descobre que seu erro foi ignorado ou perdoado e de imediato o mundo reaparece em cores que brilham, cheio de perspectivas deliciosas. Eis um soldado que estava esperando, aflito, sofrer e morrer em uma batalha. Mas, de repente, a sorte mudou. Há novidades! A guerra acabou e todos irrompem numa cantoria! Ele vai para casa afinal! Os pardais da fazenda estavam encolhidos apavorados com o falcão. Mas o falcão foi embora, e então eles voam em desordem sobre a cerca, brincando, tagarelando e se empoleirando onde bem entendem. O amargo inverno tinha todo o país sob seu domínio. As lebres nas tocas, letárgicas e adormecidas, estavam resignadas a afundar cada vez mais no gelado coração da neve e do silêncio. Mas agora – quem teria sonhado com isso? – o gelo derrete e goteja, o abelheiro soa seu sino do alto de um limoeiro nu, a terra está perfumada; e as lebres pulam e saltam no ar morno. O desamparo e a aversão são levados para longe como uma névoa, e a estúpida solidão onde elas se arrastavam, um lugar desolado como uma rachadura no chão, se abre como uma rosa e se estende sobre as colinas e até o céu.

Os coelhos cansados comeram e se aqueceram na campina ensolarada assim que chegaram à encosta do bosque mais perto. O urzal e a escuridão cambaleante tinham sido esquecidos, como se o nascer do sol os tivesse derretido. Topete e Leutodonte corriam atrás um do outro no extenso gramado. Verônica saltou sobre o pequeno riacho que corria no meio do campo e Bolota tentou segui-lo, mas não conseguiu pular até a margem. Prata tirou sarro do companheiro enquanto ele voltava desajeitado e rolou-o pelo chão em um monte de folhas mortas de carvalho até que ele secasse. À medida que o sol ia subindo, encurtando as sombras e secando o orvalho da grama, a maior parte dos coelhos passou para a sombra salpicada de claridade entre as salsas de vaca perto da beira da vala. Ali, Avelá e Quinto estavam sentados com Dente-de-Leão sob uma cerejeira selvagem em flor. As pétalas brancas caíam girando sobre eles, cobrindo a grama e colorindo seus pelos, enquanto dez metros acima um tordo cantava: "Cereja, cereja. Repique, repique, repique".

— Bom, este é o lugar, não é, Avelá? — disse Dente-de-Leão preguiçosamente. — Imagino que é melhor a gente começar a dar uma olhada nos barrancos logo, apesar de que preciso dizer que não estou especialmente com pressa. Mas acho que pode começar a chover em breve.

Quinto olhou como se estivesse prestes a falar, mas depois sacudiu as orelhas e começou a roer um dente-de-leão.

— Aquele parece um bom barranco, junto à beira das árvores lá em cima — respondeu Avelá. — O que você acha, Quinto? Nós devíamos ir até lá agora ou esperamos um pouco mais?

Quinto hesitou e depois respondeu:

— Como você preferir, Avelá.

— Bom, não tem necessidade de cavar muito, tem? — disse Topete. — Esse tipo de coisa é para fêmeas, mas não para a gente.

— Mesmo assim, melhor a gente começar a fazer um buraquinho ou outro, não acha? — sugeriu Avelá. Alguma coisa que ofereça abrigo em caso de necessidade. Vamos até o bosque dar uma olhada. A gente pode ir com calma e decidir onde quer fazer as tocas. Ninguém vai querer fazer o mesmo trabalho duas vezes.

— Sim, assim é que se fala — disse o Topete. — E enquanto vocês fazem isso, eu vou com o Prata e o Espinheiro correr os campos mais adiante, só para conhecer o terreno e ter certeza de que não tem nada perigoso.

Os três exploradores começaram ao lado do riacho, enquanto Avelá levou os outros coelhos pelo campo e subiu até a beira da floresta. Eles seguiram lentamente pela parte baixa do barranco, mexendo nas moitas de erva-traqueira e campions vermelhos. De tempos em tempos, um ou outro começava a arranhar o barranco cheio de pedras, ou se aventurava um pouco entre as árvores e os arbustos com nozes para brincar no solo embolorado. Depois de estarem há algum tempo fazendo buscas e indo adiante, eles chegaram a um lugar de onde podiam ver inteiramente o campo abaixo. Tanto do lado deles quanto do lado oposto, o limite da floresta parecia ser em uma curva, que seguia na direção oposta ao riacho. Eles também perceberam o telhado de uma fazenda, um pouco mais adiante. Avelá parou e eles se reuniram em torno dele.

— Acho que não faz muita diferença o lugar onde vamos começar cavar — ele disse. — Tudo é bom, até onde eu posso ver. Não tem o menor indício de elil – nem cheiro, nem rastros, nem fezes. Isso parece estranho, mas pode ser só pelo fato de que o viveiro de onde a gente veio atraía mais elil do que outros lugares. De todo modo, a gente vai ficar bem aqui. Agora deixa eu dizer o que parece ser a coisa certa do meu ponto de vista. Vamos voltar um pouco, entre os bosques, e fazer um buraco perto daquele carvalho – bem perto daquela trilha de cravos brancos. Sei que a fazenda fica longe, mas não faz sentido ir mais perto do que a gente precisa. E se a gente ficar mais ou menos perto do bosque do outro lado, as árvores vão ajudar a barrar um pouco o vento no inverno.

— Esplêndido — disse Amora. — Tem umas nuvens se formando, está vendo? Vai chover antes de o sol se pôr, mas nós estaremos abrigados. Bom, vamos começar. Ei, olhe. Lá vem o Topete pelo vale, e os outros dois com ele.

Os três coelhos voltavam pelo barranco do riacho e não tinham ainda visto Avelá e os outros. Eles passaram por baixo do grupo, na parte mais estreita do campo entre os dois bosques e foi só quando mandaram Bolota descer até a metade do declive para chamar a atenção dos outros que eles se viraram e subiram para a vala.

— Acho que a gente não vai ter muito problema aqui, Avelá — disse o Topete. — A fazenda fica a uma boa distância e os campos não têm qualquer traço de elil. Há uma trilha humana... na verdade, várias... e parece que elas são bastante usadas. O odor é puro e tem restos daqueles bastõezinhos brancos que eles queimam na boca. Mas isso tudo é bom, na minha avaliação. A gente mantém a distância dos humanos e os humanos assustam os elil, que vão embora.

— Por que os humanos vêm aqui, na tua opinião? — perguntou Quinto.

— Ninguém entende os motivos de os humanos fazerem as coisas. Eles podem levar ovelhas ou vacas para o campo, ou cortar madeira nos bosques. Que importância tem isso? Eu prefiro ter que desviar de um humano do que de um arminho ou de uma raposa.

— Bom, tudo bem — disse Avelã. — Você fez muitas descobertas, Topete, e todas boas. Estávamos indo fazer uns buracos naquele barranco. Melhor a gente começar. A chuva não vai demorar, se é que eu entendo alguma coisa disso.

Coelhos machos sozinhos quase nunca cavam muito. O trabalho de criar um lar antes de a ninhada nascer é algo que a fêmea faz naturalmente, e nesse caso o macho a ajuda. Mesmo assim, machos solitários – se não encontrarem buracos prontos que possam usar – às vezes cavam túneis curtos para servir de abrigo, embora não seja uma tarefa que eles levem a sério. Durante a manhã, a escavação foi feita de maneira despreocupada e intermitente. Dos dois lados do carvalho o barranco era nu e composto de um solo leve, com pedras. Houve vários falsos começos e novas escolhas, mas ao ni-Frith eles tinham três tocas mais ou menos dignas desse nome. Avelã, observando, ajudava aqui e ali e incentivava os outros. De vez em quando, voltava para observar o campo e ter certeza de que tudo estava em segurança. Só Quinto ficou sozinho. Ele não participou da escavação e ficou agachado na beira da vala, se mexendo para a frente e para trás, às vezes roendo algo e depois se assustando de súbito como se ouvisse algum som na floresta. Depois de falar com ele uma ou duas vezes e ficar sem resposta, Avelã achou melhor deixá-lo em paz. Da vez seguinte que saiu de perto dos que estavam cavando, ele ficou longe de Quinto, sentou-se no barranco e ficou observando, como se estivesse totalmente ocupado com o trabalho.

Pouco depois de ni-Frith, as nuvens se adensaram. A luz ficou menos viva e eles conseguiam sentir o cheiro da chuva chegando do oeste. O chapim-azul que dançava sobre um espinheiro, cantando "Ei, oi, vá pegar mais musgo lá", parou com suas acrobacias e voou para a floresta. Avelã cogitava se valia a pena começar uma passagem lateral para ligar a toca do Topete com a do Dente-de-Leão, quando sentiu um sinal de alerta vindo de algum lugar ali perto. Ele se virou rápido. Era Quinto, que tinha batido a pata no chão e que agora olhava com atenção para o outro lado do campo.

Ao lado de uma moita próxima ao bosque oposto, um coelho estava sentado e olhando para eles. Suas orelhas estavam eretas e era evidente que ele dedicava a eles toda a atenção de sua visão, de seu olfato e de sua audição.

Avelá se ergueu sobre as patas traseiras, fez uma pausa, e depois se sentou de volta sobre os quadris, inteiramente à vista. O outro coelho continuou imóvel. Avelá, sem nunca tirar dele seus olhos, ouviu três ou quatro outros subirem e se porem atrás dele. Depois de um momento, ele disse:

— Amora?

— Ele está na toca — respondeu Sulquinho.

— Vá chamá-lo.

O coelho desconhecido continuava sem se mexer. O vento subiu e a longa grama começou a se agitar e ondular no espaço entre eles. Vindo detrás, Amora disse:

— Chamou, Avelá?

— Eu vou lá falar com aquele coelho — disse Avelá. — Quero que você venha comigo.

— Posso ir? — perguntou Sulquinho.

— Não, Hlao-roo. Não queremos assustá-lo. Três seria demais.

— Tomem cuidado — disse Espinheiro, enquanto Avelá e Amora começavam a descer a ladeira. — Ele pode não estar sozinho.

Em vários pontos, o riacho era estreito – não muito mais largo do que um pulo de coelho. Eles pularam o córrego e subiram a encosta oposta.

— Aja simplesmente como se a gente estivesse de volta a nossa casa — disse Avelá. — Não vejo como isso pode ser uma armadilha, e de todo modo a gente vai ter a opção de correr.

À medida que eles se aproximavam, o outro coelho ficou parado e os observou com atenção. Agora, eles podiam ver que era um coelho grande, de pelo macio e bonito. O pelo dele brilhava e as garras e os dentes estavam em perfeitas condições. No entanto, ele não parecia agressivo. Pelo contrário, havia uma suavidade curiosa, que chegava a parecer artificial, no modo como esperou que eles se aproximassem. Eles pararam e olharam para o outro coelho de uma pequena distância.

— Não acho que ele seja perigoso — sussurrou Amora. — Se você quiser eu vou primeiro até ele.

— Vamos juntos — respondeu Avelá.

Mas neste momento o outro coelho tomou a iniciativa de ir até eles. Ele e Avelá tocaram o focinho de um no focinho de outro, farejando e fazendo perguntas em silêncio. O estranho tinha um cheiro incomum, mas que certamente não era desagradável. Avelã ficou com a impressão de que era um coelho bem alimentado, saudável e um pouco indolente, como se fosse alguém que viesse de uma terra rica e próspera, onde ele próprio jamais havia estado. Ele tinha ares aristocratas e quando se virou para ver Amora com seus grandes olhos castanhos, Avelã começou a se enxergar como um andarilho esfarrapado, líder de uma gangue de vagabundos. Ele não tinha a intenção de ser o primeiro a falar, mas algo no silêncio do outro o compeliu.

— Viemos pelo urzal — ele disse.

O outro coelho não respondeu, mas o olhar dele não era o de um inimigo. O comportamento dele tinha uma certa melancolia que espantava.

— Você mora aqui? — perguntou Avelã, depois de uma pausa.

— Sim — respondeu o outro coelho. E depois acrescentou: — Vimos vocês chegando.

— Pretendemos morar aqui, também — disse Avelã com firmeza.

O outro coelho não demonstrou estar preocupado. Fez uma pausa e então respondeu:

— E por que não? Imaginamos que vocês quisessem isso. Mas acho que vocês não estão em número suficiente para viver de maneira confortável por conta própria, estão?

Avelã ficou perplexo. Aparentemente o estranho não estava preocupado com a notícia de que eles pretendiam ficar. Quão grande era o viveiro dele? Onde ficava? Quantos coelhos estavam escondidos no bosque observando seu grupo agora? Será que havia chance de eles atacarem? Os modos do estranho não respondiam nada disso. Ele parecia indiferente, quase entediado, mas totalmente amistoso. A fadiga dele, seu grande porte e a beleza, a aparência arrumada, seu ar tranquilo de quem tem tudo o que quer e de não ser afetado pelos recém-chegados nem para bem nem para mal, tudo isso fez com que Avelã se deparasse com um problema diferente de tudo o que já tinha enfrentado. Se havia ali algum tipo de armadilha, ele não tinha ideia de qual fosse. Ele decidiu que ele próprio, independentemente de qualquer coisa, seria completamente franco e direto.

— Nós estamos em número suficiente para nos proteger — ele disse. — Não queremos fazer inimigos, mas se esbarrarmos em qualquer tipo de perturbação...

O outro interrompeu suavemente.

— Não fique chateado... Vocês são todos muito bem-vindos. Se estiverem voltando, eu posso acompanhá-los. Isso, claro, se vocês não se opuserem.

Ele começou a descer a ladeira. Avelã e Amora, depois de olharem um para o outro por um momento, alcançaram o coelho desconhecido e foram lado a lado com ele. Ele se movia com facilidade, sem pressa, e demonstrava menos cautela do que eles ao atravessar o campo. Avelã ficou ainda mais perplexo. O outro coelho, evidentemente, não tinha medo de que eles pudessem atacá-lo, hrair contra um, e matá-lo. Ele estava disposto a ir sozinho ficar em meio a uma multidão de estranhos suspeitos, mas era impossível adivinhar o que ele poder ganhar ao aceitar esse risco. Talvez, pensou Avelã, irônico, dentes e garras não fossem causar grande impressão naquele grande corpo firme e no pelo brilhante.

Quando chegaram à vala, todos os coelhos do grupo estavam agachados juntos, observando os três se aproximarem. Avelã parou em frente a eles, mas não sabia o que dizer. Se o estranho não estivesse ali, ele faria um relato do que tinha ocorrido. Se Amora e ele tivessem levado o estranho à força pelo campo, ele podia entregá-lo para que Topete ou Prata o mantivessem sob custódia. Mas estar com ele sentado lado a lado, olhando para seus seguidores em silêncio e esperando educadamente que alguém tomasse a iniciativa de falar primeiro, era uma situação que ultrapassava a experiência de Avelã. Foi Topete, direto e brusco como sempre, que quebrou o gelo.

— Quem é este, Avelã? — ele disse. — Por que ele voltou com vocês?

— Não sei — respondeu Avelã, tentando parecer franco e se sentindo tolo. — Ele veio por iniciativa própria.

— Bom, melhor perguntar para *ele*, então — disse o Topete, em um tom sarcástico. Ele chegou perto do estranho e farejou-o, como Avelã havia feito antes. Ele, também, foi obviamente afetado pelo cheiro particular de prosperidade, pois parou como se não estivesse seguro do que estava sentindo. Então, com um ar rude e abrupto, disse: — Quem é você e o que você quer?

— Meu nome é Prímula — disse o outro. — Não quero nada. Ouvi dizer que vocês vêm de longe.

— Talvez seja verdade — disse o Topete. — Assim como o fato de sabermos nos defender.

— Estou certo que sim — disse Prímula, olhando ao redor para os coelhos sujos de lama e desmazelados, com ar de quem estava sendo educado demais para comentar qualquer coisa. — Mas pode ser difícil se defender do clima. Vai chover e acho que as tocas de vocês não estão prontas. — Ele olhou para o Topete, como se esperasse que ele fizesse outra pergunta. Topete pareceu confuso. Ficou claro que ele não podia fazer muito mais do que Avelã naquela situação. Houve silêncio, exceto pelo som do vento que estava ganhando força. Acima deles, os galhos do carvalho começavam a ranger e a balançar. De repente, Quinto se adiantou.

— Não entendemos você — ele afirmou. — É melhor dizer isso e tentar esclarecer as coisas. A gente pode confiar em você? Tem muitos outros coelhos aqui? São essas coisas que a gente quer saber.

Prímula não demonstrou nenhuma preocupação com os modos tensos de Quinto, assim como não tinha demonstrado com nada do que aconteceu antes. Pôs uma pata dianteira atrás de uma das orelhas e depois respondeu:

— Acho que vocês estão confusos à toa. Mas, se vocês querem respostas para essas perguntas, então eu diria sim, vocês podem confiar na gente: não queremos expulsar vocês daqui. E há um viveiro aqui, mas não é tão grande quanto a gente gostaria que fosse. E por que a gente iria querer machucar vocês? Vocês não acham que tem grama suficiente?

Apesar dos modos estranhos, pouco transparentes, ele falou de maneira tão razoável que Avelã se sentiu envergonhado.

— Passamos por muitos perigos — ele disse. — Tudo que é novo nos parece perigoso. Afinal, vocês podem estar com receio de que a gente tivesse vindo para roubar as fêmeas ou as tocas de vocês.

Prímula ouviu sério e depois respondeu:

— Bom, quanto às tocas, tem uma coisa que eu acho que devia mencionar. Esses buracos não são muito profundos nem confortáveis, são? E embora estejam virados contra o vento agora, é bom que vocês saibam que não é este o vento que normalmente temos por aqui. Ele está trazendo essa chuva do sul. Normalmente o vento aqui vem do oeste e vai entrar direto nessas tocas. Há muitas tocas vazias no nosso viveiro e, se vocês quiserem vir, vão ser bem-vindos. E agora se me dão licença, vou embora. Odeio chuva. O viveiro é do outro lado do bosque.

Ele correu pela encosta e passou pelo riacho. Eles o observaram saltar o barranco do bosque mais distante e desaparecer em meio às samambaias verdes. Os primeiros pingos de chuva começavam a cair, batendo nas folhas de carvalho e caindo na pele rosa nua dentro das orelhas deles.

— Grande sujeito. Bacana ele, não? — disse Espinheiro. — Não parece que ele tenha grandes motivos para se preocupar morando aqui.

— O que a gente devia fazer, Avelã, o que você acha? — perguntou Prata.

— É verdade o que ele disse, não é? Essas tocas... bom, a gente pode entrar nessas para escapar da chuva, mas não muito mais do que isso. E como não dá para todo o mundo entrar numa só, a gente vai precisar se dividir.

— Vamos unir as tocas — disse Avelã —, e enquanto a gente faz isso eu queria falar sobre o que ele disse. Quinto, Topete e Amora, vocês podem vir comigo? Os outros podem se dividir como quiserem.

O novo buraco era curto, estreito e grosseiro. Não havia espaço para dois coelhos passarem. Quatro ficavam como feijões numa vagem. Pela primeira vez, Avelã começou a perceber o quanto eles tinham deixado para trás. Os buracos e os túneis de um viveiro antigo se tornam regulares, tranquilizadores e confortáveis com o uso. Não há protuberâncias ou cantos ásperos. Cada centímetro cheira a coelho – cheira a esse grande e indestrutível fluxo de coelhos em que cada um é transportado, com firmeza e segurança. O trabalho pesado já foi todo feito por incontáveis tataravós e seus parceiros. Todos os defeitos foram consertados e tudo que se usa é de valor comprovado. A chuva drena com facilidade e até mesmo o vento do inverno mais duro não pode penetrar nas tocas mais fundas. Nenhum dos coelhos do grupo de Avelã tinha tido qualquer participação em uma escavação de verdade. O trabalho que eles tinham feito naquela manhã era banal, e o resultado que tinham para mostrar era um abrigo rústico e sem muito conforto.

Não há nada como o mau tempo para revelar os defeitos de uma habitação, especialmente se for pequena demais. Você fica, como dizem, preso nela e tem tempo de sobra para sentir todas as suas irritações e seus desconfortos peculiares. Topete, com sua energia ativa de sempre, logo começou a trabalhar. Avelã, contudo, voltou e se sentou pensativo à beira do buraco, olhando para os silenciosos e agitados véus de chuva que seguiam à deriva cruzando tantas vezes o pequeno vale entre os dois bosques. Mais perto, diante de seu focinho, cada folha de grama, cada galho de samambaia estava se curvando, pingando e reluzindo. O cheiro das folhas e do carvalho do ano anterior enchia o ar. Havia esfriado. Do outro lado do campo as flores da cerejeira sob a qual eles tinham se sentado naquela manhã estavam penduradas, encharcadas e destruídas. Enquanto Avelã olhava, o vento lentamente virou para oeste, como Prímula disse que aconteceria, e fez com que a chuva caísse diretamente na entrada do buraco. Ele recuou e se uniu de novo aos outros. O tamborilar e o murmúrio da chuva soavam suaves mas nítidos do lado de fora. Os campos e as florestas estavam confinados sob a chuva, vazios e subjugados. A vida dos insetos das folhas e da grama havia parado. O tordo devia estar cantando, mas Avelá não o ouvia. Ele e seus companheiros eram um punhado de escavadores enlameados, agachados em um poço estreito e frio em um lugar solitário. Eles não estavam a salvo do clima. Estavam esperando, desconfortáveis, que o tempo melhorasse.

— Amora — disse Avelá —, o que você achou do nosso visitante e o que você pensa da ideia de ir ao viveiro dele?

— Bom — respondeu Amora —, o que eu acho é o seguinte. Não tem como descobrir se dá para confiar nele a não ser tentando. Ele pareceu amistoso. Mas, se um bando de coelhos estivesse com medo de um grupo de recém-chegados e quisesse fazer uma armadilha... colocando todos eles em um buraco para depois atacar... eles começariam... bem... mandando alguém razoável, não é verdade? Pode ser que eles queiram matar a gente, mas, como ele disse, tem bastante grama por aqui. E quanto a expulsar todos eles ou roubar as fêmeas, se todos eles forem daquele tamanho e tiverem o mesmo peso, eles não têm porque ter medo de um bando como o nosso. Eles devem ter visto a gente chegar. Estamos cansados. Aquele, certamente, era o momento de atacar a gente não era? Ou enquanto a gente se separou, antes de começar a cavar. Mas eles não atacaram. Acredito que o mais provável é que eles sejam amistosos. Só tem uma coisa que eu não entendo. O que eles querem convidando a gente para entrar para o viveiro deles?

— Tolos atraem elil sendo presas fáceis — disse o Topete, limpando a lama que estava em seus bigodes e soprando pelo meio de seus longos dentes da frente. — E *nós somos* tolos até aprendermos a viver aqui. Talvez seja mais seguro ensinar a gente. Ah, não sei... desisto. Mas não tenho medo de ir e descobrir. Se eles, *de fato*, tentarem algum truque, eles vão descobrir que eu também tenho minhas artimanhas. Eu não ia me importar de me arriscar para dormir em algum lugar mais confortável do que esse. A gente não dorme desde ontem à tarde.

— Quinto?

— Acho que a gente não devia ter qualquer relação com aquele coelho ou com o viveiro dele. A gente devia sair desse lugar imediatamente. Mas de que adianta falar?

Frio e molhado, Avelá estava impaciente. Ele estava acostumado a confiar em Quinto, e agora, quando o grupo realmente precisava dele, ele estava decepcionando. O raciocínio de Amora tinha sido de alto nível e Topete pelo menos tinha mostrado qual seria o caminho a que qualquer coelho de bom coração se inclinaria. Aparentemente a única contribuição que o Quinto podia dar era essa fala vazia e carrancuda. Ele tentou manter em mente que Quinto era pequeno, que eles tinham passado por um período de ansiedade e que todos estavam cansados. Nesse momento, o solo da outra ponta da toca começou a cair para dentro. Logo depois um buraco se abriu e a cabeça e as patas dianteiras do Prata apareceram.

— Aqui estamos — disse Prata alegre. — Fizemos o que você queria, Avelã. E o Espinheiro está logo ali na porta ao lado. Mas o que eu queria saber é, que tal o Como-é-o-nome-dele? Prístula... não... Prímula? A gente vai para o viveiro dele ou não? Claro que a gente não vai ficar aqui se encolhendo neste lugar só por medo de ir lá e ver, né? O que ele vai pensar da gente?

— Vou lhe dizer — respondeu Dente-de-Leão, por cima do ombro dele. — Se ele não for honesto, vai saber que a gente está com medo de ir. E se ele *for*, ele vai achar que nós somos desconfiados, uns covardes que ficam escondidos. Se vamos morar nesses campos, a gente vai ter que conviver com esse pessoal mais cedo ou mais tarde, e não faz sentido perder tempo e admitir que a gente não tem coragem de fazer uma visita para eles.

— Não sei em quantos eles são — disse Prata —, mas *nós somos* muitos. De todo modo, odeio a ideia de ficar mantendo distância. Desde quando coelhos são elil? O bom e velho Prímula não ficou com medo de vir aqui no meio da gente, ficou?

— Muito bem — disse Avelã. — É a mesma coisa que eu sinto. Só queria saber o que vocês pensavam. Vocês querem que Topete vá comigo primeiro, só nós dois, para contar o que a gente encontra?

— Não — disse Prata. — Vamos todos. Se vamos, pelo amor de Frith, vamos como se a gente não estivesse com medo. O que você acha, Dente-de-Leão?

— Acho que você está certo.

— Então vamos já — disse Avelã. — Juntem os outros e me sigam.

Do lado de fora, na luz cada vez mais densa do fim de tarde, com a chuva caindo nos olhos e molhando a parte de baixo do rabo, ele os observou enquanto os outros se uniam a ele. Amora, alerta e inteligente, olhou primeiro para cima e depois para baixo da vala antes de cruzá-la. Topete, alegre com a ideia de agir. O firme e confiável Prata. Dente-de-Leão, o impetuoso contador de histórias, tão ávido por sair dali que pulou a vala e correu um pouco pelo campo antes de parar para esperar os outros. Espinheiro, talvez o mais sensato deles todos. Sulquinho, que olhou em volta para achar Avelã e depois foi ficar ao lado dele. Bolota, Leutodonte e Verônica, recrutas suficientemente decentes desde que não forçassem os limites deles. E por último veio Quinto, abatido e relutante, como um pardal na geada. Enquanto Avelã se afastava do buraco, as nuvens a oeste se separaram um pouco e houve um brilho ofuscante e repentino de pálida luz dourada.

"Oh El-ahrairah!", pensou Avelã. "Os animais que vamos encontrar são coelhos. Você os conhece tanto quanto conhece a nós. Que eu esteja fazendo a coisa certa."

— Agora, vamos, Quinto! — ele disse em um tom mais alto — Estamos só esperando você e ficando mais molhados a cada instante.

Um zangão ensopado rastejou sobre uma flor de cardo, vibrou as asas por alguns segundos e depois voou para longe pelo campo. Avelã partiu em seguida, deixando atrás de si um rastro negro sobre a grama prateada.

13

Hospitalidade

À tarde eles chegaram a um lugar
Em que era sempre tarde, ou parecia.
Na costa o débil ar desfalecia,
Como respira alguém num sonho triste.

Tennyson, *Os lotófagos*

O canto do bosque do lado oposto era um ângulo agudo. Além dele, a vala e as árvores se curvavam em uma reentrância, de modo que o campo formava uma baía com um barranco que percorria todo o entorno.

Agora ficava evidente por que Prímula, quando os deixou, correu por entre as árvores. Ele tinha simplesmente corrido em linha reta das tocas do grupo de Avelã em direção à sua própria, passando no caminho pela estreita faixa de bosque que ficava entre os dois pontos. Na verdade, ao contornar o ângulo agudo e parar para olhar dali, Avelã conseguiu ver o lugar de onde Prímula deve ter saído. Uma visível trilha de coelhos surgia entre as samambaias, passava sob a cerca e entrava no campo. No barranco do lado mais distante da baía, as tocas dos coelhos ficavam à vista, escuras e nítidas contra o solo nu. Era um viveiro tão visível quanto ele poderia imaginar.

— Pelos céus! — disse o Topete. — Toda criatura viva num raio de quilômetros deve saber que isso está aqui! Vejam também todas essas trilhas na grama! Será que eles cantam de manhã como os tordos?

— Talvez eles estejam seguros demais para se preocupar em se esconder — disse Amora. — Afinal, o viveiro de onde a gente veio também ficava bem visível.

— Sim, mas não desse jeito! Tem hrududil que podiam entrar em algumas dessas tocas.

— Eu também podia entrar nelas — disse Dente-de-Leão — Estou ficando encharcado.

À medida que eles se aproximavam, um grande coelho apareceu na beira da vala, olhou rapidamente para eles e desapareceu no barranco. Poucos instantes depois dois outros saíram e esperaram o grupo que estava se aproximando. Eles também tinham pelos macios e eram de um tamanho incomumente grande.

— Um coelho chamado Prímula nos ofereceu abrigo aqui — disse Avelã. — Talvez vocês saibam que ele foi falar com a gente.

Os dois coelhos juntos fizeram um curioso movimento de dança com a cabeça e as patas dianteiras. Exceto por farejar, como Avelã e Prímula tinham feito ao se encontrar, Avelã e seus companheiros não conheciam gestos formais – a não ser os de acasalamento. Eles ficaram perplexos e pouco à vontade. Os dançarinos pararam, evidentemente esperando receber algum reconhecimento ou um gesto de reciprocidade, mas não aconteceu nada.

— Prímula está na grande toca — disse um deles sem pressa. — Vocês querem nos seguir até lá?

— Quantos de nós? — perguntou Avelã.

— Oras, todos vocês — respondeu o outro, surpreso. — Vocês não querem ficar na chuva, querem?

Avelã tinha imaginado que apenas ele e mais um ou dois de seus amigos seriam levados para encontrar o Chefe Coelho – que provavelmente não seria Prímula, já que ele tinha ido vê-los desacompanhado – na sua toca, e, depois disso, eles todos teriam instruções de ir para lugares diferentes. E era essa separação de que ele temia. Agora ele percebia espantado que aparentemente havia uma parte do viveiro sob a terra que era grande o suficiente para abrigá-los todos juntos. Ele ficou tão curioso para visitar esse lugar que não parou para fazer nenhum preparativo detalhado sobre a ordem em que eles deviam descer. No entanto, ele colocou Sulquinho imediatamente depois dele. "Pelo menos assim ele vai ficar mais tranquilo", ele pensou, "e se os líderes *forem* atacados, imagino que seja possível poupá-lo com mais facilidade do que alguns outros". Ele pediu que Topete ficasse por último.

— Se houver qualquer problema, saia — ele disse —, e leve com você todos os coelhos que conseguir.

Depois ele seguiu seus guias e entrou em um dos buracos no barranco.

O caminho era largo, suave e seco. Era obviamente uma estrada, pois outros caminhos a cortavam em todas as direções. Os coelhos à frente iam rápido e Avelã teve pouco tempo para farejar enquanto os seguia. De repente, ele parou. Tinha chegado a uma área aberta. Seus bigodes não conseguiam sentir terra à frente e não havia terra a seu lado. Havia bastante ar adiante – ele conseguia sentir o ar se movendo – e havia um espaço considerável sobre sua cabeça. Além disso, havia muitos coelhos perto dele. Não tinha ocorrido a Avelã que haveria um lugar debaixo da terra onde ele ficaria exposto de três lados. Ele recuou rapidamente e sentiu Sulquinho em sua cauda. "Que tolo eu fui!", ele pensou. "Por que não coloquei Prata ao meu lado?"

Nesse momento, ele ouviu a voz de Prímula. Ele se aproximou em alguns pulos, e dava para perceber que ele estava a alguma distância. O lugar devia ser imenso.

— É você, Avelã? — disse Prímula. — Seja bem-vindo, você e seus amigos. Estamos felizes que vocês vieram.

Nenhum ser humano, exceto um cego corajoso e experiente, seria capaz de perceber muita coisa em um lugar estranho sem poder ver, mas com os coelhos é diferente. Eles passam metade da vida debaixo da terra, na escuridão ou semiescuridão, e o tato, o olfato e a audição lhes revelam tanto quanto a visão ou até mais. Avelã agora sabia perfeitamente onde estava. Ele teria reconhecido o lugar se saísse imediatamente e voltasse seis meses depois. Ele estava em um dos extremos da maior toca que já havia visitado; arenosa, quente e seca, com um solo rijo e escalvado. Havia várias raízes de árvores cruzando o teto e era isso que dava sustentação a um lugar de tamanho tão atípico. Havia uma grande quantidade de coelhos no lugar – muito mais do que os que estavam com ele. Todos tinham o mesmo odor forte e opulento de Prímula.

O próprio Prímula estava no outro extremo do ambiente, e Avelã percebeu que ele esperava uma resposta. Os outros coelhos do grupo visitante ainda estavam chegando pelo caminho por onde eles haviam entrado, um a um, e havia muita correria e confusão. Ele ficou pensando se deveria ser formal. Independentemente do fato de ele poder se chamar de Chefe Coelho, ele não tinha qualquer experiência com esse tipo de situação. O Threarah certamente estaria à altura da ocasião e agiria com perfeição. Ele não queria parecer confuso nem decepcionar seus seguidores. Ele decidiu que o melhor a fazer era ser franco e amistoso. Afinal, haveria muito tempo, enquanto eles se estabelecessem no viveiro, para mostrar a esses estranhos que eles eram tão bons quanto eles, sem arriscar criar problemas por se vangloriar logo no início.

— Estamos felizes por sair da chuva — ele disse. — Somos como todos os coelhos... ficamos mais felizes quando estamos em um grande grupo. Quando você foi nos ver no campo, Prímula, você disse que o seu viveiro não era grande, mas pelos buracos que vimos ao longo do barranco, deve ser, no meu julgamento, um belo e grande viveiro.

Ao terminar, ele percebeu que Topete tinha acabado de entrar no saguão, e sabia que agora eles estavam todos juntos de novo. Os coelhos estranhos pareciam ligeiramente indiferentes a seu pequeno discurso e ele percebeu que por algum motivo ele não tinha acertado o tom ao elogiar o tamanho da comunidade. Talvez eles não fossem muitos afinal? Teria havido alguma doença? Não havia cheiro ou sinal que indicasse isso. Talvez a inquietação e o silêncio deles não tivessem nada a ver com o que ele falou? Talvez ele simplesmente não tivesse falado muito bem, por ser novato nisso, e eles achassem que ele não estava à altura dos modos refinados deles? "Não importa", ele pensou. "Depois da noite passada estou confiante no meu grupo. Não estaríamos aqui se não soubéssemos nos virar quando a situação fica difícil. Esses outros camaradas só vão ter que conhecer a gente. De todo modo, não parece que eles não tenham simpatizado com a gente."

Não houve outros discursos. Os coelhos têm suas próprias convenções e formalidades, mas pelos padrões humanos elas são poucas e curtas. Se Avelã fosse um ser humano, a expectativa seria que ele apresentasse seus amigos um a um e, sem dúvida, cada um deles ficaria sob responsabilidade de um dos anfitriões. Na grande toca, porém, as coisas aconteceram de modo diferente. Os coelhos se misturaram de maneira natural. Eles não falavam só por falar, da maneira artificial que os humanos – e às vezes até os cães e os gatos – comportam-se. Mas isso não quer dizer que eles não estivessem se comunicando. A única diferença é que eles não estavam se comunicando pela fala. Na toca toda, tanto os recém-chegados quanto os outros que estavam em casa estavam se acostumando uns aos outros a seu próprio modo e no seu próprio tempo: descobrindo qual era o cheiro dos estranhos, como se moviam, como respiravam, como se coçavam, como eram os ritmos e as pulsações deles. Esses eram os assuntos e os temas de debate, feito sem a necessidade da fala. Em medida maior do que o ser humano em uma reunião semelhante, cada coelho, ao perseguir seu próprio fragmento, estava atento à tendência da totalidade. Depois de um tempo, todos sabiam que a reunião não ia azedar nem acabar em briga. Assim como uma batalha começa num estado de equilíbrio entre os dois lados, que gradualmente se altera para um ou outro lado até que fique claro que o equilíbrio mudou – do mesmo modo, essa reunião de coelhos no escuro, começando com aproximações hesitantes, silêncios, pausas, movimentos, animais se agachando um ao lado do outro e toda maneira de tentar fazer avaliações, passou lentamente, como um hemisfério do planeta no verão, a uma região mais quente, mais brilhante de afeição e aprovações mútuas, até todos sentirem que não havia nada a temer. Sulquinho, um pouco distante de Avelã, se agachou à vontade entre dois grandes coelhos que podiam tê-lo partido ao meio em um segundo, enquanto Espinheiro e Prímula começavam a brincar de luta, dando mordidinhas um no outro como filhotes e depois se afastando para arrumar os pelos das orelhas em uma cômica farsa de súbita seriedade. Só Quinto ficou sentado sozinho e isolado. Ele parecia ou doente ou muito deprimido, e os anfitriões instintivamente o evitavam.

A consciência de que aquela reunião acontecia perto das tocas deles surgiu para Avelã na forma da lembrança da cabeça e das patas de Prata aparecendo em meio a terra depois de ele ter escavado o solo. Imediatamente, Avelã se sentiu animado e tranquilo. Ele já tinha atravessado o saguão em toda a sua extensão, e agora estava perto de dois coelhos, um macho e uma fêmea, ambos tão grandes quanto Prímula. Quando os dois deram alguns saltos em direção a um dos caminhos ali perto, Avelã os seguiu e, pouco a pouco, os três saíram do saguão. Eles chegaram a uma toca menor, mais profunda. Era evidente que pertencia ao casal, pois eles se acomodaram como se estivessem em casa e não fizeram qualquer objeção quando Avelã fez o mesmo. Aqui, enquanto o ânimo do grande saguão lentamente ficou para trás, os três ficaram por um tempo em silêncio.

— Prímula é o Chefe Coelho? — perguntou Avelã lentamente.

O outro respondeu com uma pergunta.

— Você é chamado de Chefe Coelho?

Avelã achou estranho responder a isso. Se ele respondesse que sim, seus novos amigos poderiam chamá-lo assim no futuro, e ele imaginava o que Topete e Prata teriam a dizer sobre isso. Como sempre, ele preferiu ser totalmente franco.

— Somos poucos coelhos — ele disse. — Saímos do nosso viveiro apressados para escapar de coisas ruins. A maior parte ficou para trás e o Chefe Coelho foi um deles. Tenho tentado guiar meus amigos, mas não sei se eles iam gostar de ouvir alguém me chamar de Chefe Coelho.

"Isso vai fazer com que ele faça algumas perguntas", Avelã pensou. 'Por que vocês saíram? Por que os outros não vieram? Do que vocês estavam com medo?' E, então, o que eu vou dizer?"

Quando o outro coelho falou, no entanto, ficou claro que ou ele não se interessava pelo que Avelã tinha dito, ou havia algum outro motivo para não querer interrogá-lo.

— Nós não chamamos ninguém de Chefe Coelho — ele disse. — Foi ideia de Prímula ir até vocês hoje à tarde, e por isso foi ele quem foi.

— Mas quem decide o que fazer quanto aos elil? E quanto a escavações e a mandar expedições de reconhecimento e essas coisas?

— Ah, a gente nunca faz *essas coisas*. Os elil mantêm distância daqui. Teve uma homba no inverno passado, mas o humano que atravessa o campo atirou nela com a arma.

Avelã olhou para ele.

— Mas humanos nunca atiram em uma homba.

— Bom, mas de todo modo, *ele* matou *essa*. Ele também mata corujas. A gente nunca precisa cavar. Desde que nasci nunca ninguém cavou. Tem várias tocas vazias, sabe? Há ratos morando em uma parte, mas o humano também mata os ratos, quando consegue. Não precisamos de expedições. A comida é melhor aqui do que em qualquer outro lugar. Os teus amigos vão ser felizes morando aqui.

Mas aquele coelho particularmente não parecia muito feliz, e outra vez Avelã ficou estranhamente perplexo.

— Onde o humano... — ele começou, mas foi interrompido.

— Meu nome é Morango. Essa é minha fêmea, Nildro-hain.[1] Algumas das melhores tocas vazias ficam aqui perto. Vou mostrar a você, caso seus amigos queiram ficar com elas. A grande toca é um lugar esplêndido, você não acha? Tenho certeza de que não há muitos viveiros em que todos os coelhos podem se encontrar juntos debaixo da terra. O teto é todo de raízes de árvores, sabe, e claro que a árvore do lado de fora evita que a chuva entre. É de espantar que a árvore continue viva, mas continua.

Avelã suspeitou que Morango falou com o propósito de evitar que ele fizesse perguntas. Ele estava parcialmente irritado e atônito.

"Não importa", ele pensou. "Se a gente for ficar grande como esses caras, a gente vai se sair muito bem. Deve haver comida muito boa aqui por perto. A fêmea dele é uma bela criatura também. Talvez existam outras como ela no viveiro."

Morango saiu da toca e Avelã o seguiu por outro caminho, indo cada vez mais fundo sob a floresta. Certamente era um viveiro admirável. Às vezes, quando eles cruzavam um caminho que levava a um buraco acima, dava para ouvir a chuva lá fora, que ainda caía na noite. Mas embora estivesse chovendo havia horas, ali não estava úmido ou frio, nem nos caminhos mais profundos nem nas muitas tocas pelas quais ele passou. Tanto a drenagem quanto a ventilação eram melhores do que aquelas a que ele estava acostumado. Aqui e ali outros coelhos se moviam. Em um determinado momento ele passou por Bolota, que estava evidentemente sendo levado em uma turnê do mesmo gênero.

---

1. Nildro-hain significa canção do melro.

— Bem amistosos, não são? — ele disse a Avelã enquanto eles passavam um pelo outro. — Nunca sonhei que a gente ia chegar num lugar assim. Você tem muito discernimento, Avelã.

Morango esperou educadamente que Bolota terminasse de falar e Avelã não conseguiu evitar certa felicidade pelo fato de o novo amigo ter ouvido aquilo.

Por fim, depois de passar com cuidado por algumas aberturas de onde saía um nítido cheiro de ratos, eles pararam em uma espécie de poço. Um túnel íngreme levava ao ar livre. Caminhos de coelho tendem a ter o formato de uma tigela, mas esse era reto, de modo que acima deles, pela abertura do buraco, Avelã conseguia ver folhas contra o céu noturno. Ele percebeu que uma das paredes do poço era convexa e feita de alguma substância dura. Ele a farejou sem ter certeza do que era aquilo.

— Você não sabe o que é isso? — disse Morango. — São tijolos, as pedras que os humanos usam para construir as casas deles e os celeiros. Muito tempo atrás tinha um poço aqui, mas agora ele foi aterrado... os humanos não o usam mais. Este aqui é o lado externo do poço. E essa parede de terra aqui é totalmente plana por causa de alguma coisa que os humanos colocaram por trás dela no chão, mas não sei bem o que é.

— Tem alguma coisa presa nela — disse Avelã. — Ei, são pedras, enfiadas na superfície! Mas para quê?

— Você gostou? — perguntou Morango.

Avelã ficou intrigado com as pedras. Eram todas do mesmo tamanho e colocadas a intervalos regulares no solo. Ele não conseguia entender.

— Mas para que servem? — ele perguntou de novo.

— É El-ahrairah — disse Morango. — Um coelho chamado Laburno fez isso, já tem algum tempo. Temos outras, mas essa é melhor. Vale uma visita, você não acha?

Avelã estava mais perdido do que nunca. Ele nunca tinha visto um Laburno antes, e estava intrigado com o nome, que em lapino significa "árvore de veneno". Como um coelho podia se chamar Veneno? E como pedras podiam ser El-ahrairah? O que, exatamente, Morango estava dizendo que era El-ahrairah? Confuso ele disse:

— Eu não compreendo.

— É o que nós chamamos de Forma — explicou Morango. — Você nunca viu isso antes? As pedras desenham a forma de El-ahrairah na parede. Roubando a alface do Rei. *Você* sabe, certo?

Avelá não ficava tão perplexo desde que Amora falou sobre a jangada à margem do Enborne. Obviamente, as pedras não podiam ter nada a ver com El-ahrairah. Ele estava com a impressão que daria na mesma se Morango tivesse dito que o rabo dele era um carvalho, ou algo tão estúpido quanto isso. Ele farejou de novo e depois colocou a pata na parede.

— Calma, calma — disse Morango. — Você pode estragar a Forma e isso não ia ser bom. Deixe isso para lá. A gente volta aqui outra hora.

— Mas onde estão... — Avelá estava começando a falar, quando Morango mais uma vez interpretou o que ele diria.

— Imagino que você esteja com fome agora. Eu sei que estou. Vai continuar chovendo o dia todo, tenho certeza, mas a gente pode comer aqui embaixo da terra, sabe? E depois você pode dormir na grande toca, ou mesmo na minha, se preferir. A gente pode voltar mais rápido do que veio. Tem um caminho que vai quase em linha reta. Na verdade, ele passa pelo...

Ele tagarelou sem parar, enquanto eles faziam o caminho de volta. De repente, ocorreu a Avelá que essas interrupções desesperadas de Morango pareciam se seguir a qualquer pergunta que começasse com "Onde?", e então ele pensou em testar isso. Depois de um tempo, Morango terminou dizendo.

— Estamos perto da grande toca, agora, mas estamos entrando por um caminho diferente.

— E onde... — disse Avelá.

Instantaneamente, Morango se virou para um caminho lateral e chamou:

— Malmequer? Você está descendo para a grande toca? — Houve silêncio.

— Estranho! — disse Morango, voltando e mais uma vez seguindo na frente.

— Normalmente ele está aqui a essa hora. Sempre venho chamá-lo, sabe?

Avelá, ficando para trás, fez uma busca rápida com o faro e os bigodes. O limiar da toca estava coberto com pedaços de solo macio que tinham caído do teto durante o dia. As pegadas de Morango estavam deixando suas marcas e não havia nenhuma outra por ali.

14

"Como árvores em novembro"

> Cortes e campos são os únicos lugares onde se aprende sobre o mundo. [...] Fale no mesmo tom da companhia que estiver com você.
>
> Conde de Chesterfield, *Cartas a seu filho*

A grande toca estava menos lotada do que quando eles saíram de lá. Nildro-hain foi o primeiro coelho que eles encontraram. Ela estava em um grupo de três ou quatro belas fêmeas que falavam baixo entre si e que pareciam estar comendo. Havia cheiro de vegetais. Era evidente que algum tipo de comida estava disponível debaixo da terra, como a alface do Threarah. Avelã parou para falar com Nildro-hain. Ela perguntou se ele tinha ido até o poço e o El-ahrairah de Laburno.

— Sim, fomos — disse Avelã. — Para mim é uma coisa bem estranha, admito. Mas prefiro admirar você e suas amigas do que pedras numa parede.

Enquanto dizia isso, Avelã percebeu que Prímula vinha se aproximando e que Morango estava falando baixinho com ele. Ele ouviu as palavras "nunca tinha chegado perto de uma Forma" e, um momento depois, escutou Prímula responder: "Bom, isso não faz muita diferença para nós".

Avelã subitamente se sentiu cansado e deprimido. Ele ouviu Amora por trás dos ombros pesados e de pelos macios de Prímula, e foi até o companheiro.

— Vá para a grama — Avelã disse baixinho. — E leve todo mundo que aceitar ir com você.

Naquele momento, Prímula virou para ele e disse.

— Você vai gostar de comer algo agora. Vou mostrar a você o que a gente tem aqui embaixo.

— Um ou dois de nós vamos silflay[1] — disse Avelã.

---

1. Silflay significa "subir ao nível da terra para comer".

— Ah, ainda está chovendo muito forte para isso — disse Prímula, como se não pudesse haver uma segunda opinião sobre o assunto. — Vamos dar comida para vocês aqui embaixo.

— Não desejo brigar por conta disso — disse Avelã com firmeza —, mas alguns de nós precisam silflay. Estamos acostumados, e a chuva não nos incomoda.

Prímula pareceu chocado por um instante. Depois riu.

O fenômeno do riso não é conhecido pelos animais, embora seja possível que cães e elefantes possam ter uma ideia do que seja isso. O efeito que aquilo teve sobre Avelã e Amora foi avassalador. A primeira coisa que passou pela cabeça de Avelã foi que Prímula estava mostrando o sintoma de algum tipo de doença. Amora claramente pensou que ele podia estar prestes a atacá-lo e recuou. Prímula não disse nada, mas seu estranho riso continuou. Avelã e Amora viraram e correram pelo caminho mais próximo como se estivessem fugindo de um furão. A meio caminho eles encontraram Sulquinho, que era pequeno o suficiente para primeiramente deixar que eles passassem e depois para se virar e segui-los.

A chuva continuava forte. A noite estava escura e, para maio, fria. Os três se agacharam na grama e roeram enquanto a chuva escorria por seus pelos.

— Caramba, Avelã — disse Amora. — Você realmente queria silflay? Isso é terrível! Eu estava indo comer o que quer que fosse que eles têm e depois ia dormir. Qual é a ideia?

— Não sei — respondeu Avelã. — De repente senti que precisava sair e queria a tua companhia. Consigo entender o que está preocupando o Quinto, embora acredite que ele vá superar. *Tem* alguma coisa estranha com esses coelhos. Sabia que eles fincam pedras na parede?

— Eles fazem o quê?

Avelã explicou. Amora estava tão confuso quanto ele próprio tinha ficado.

— Então vou te contar outra coisa — Amora disse. — O Topete não estava tão errado. Eles *realmente* cantam como os pássaros. Eu estava em uma toca de um coelho chamado Calêndula. A fêmea dele tem uma ninhada e ele fazia um barulho para eles como se fosse um pisco no outono. Para fazer os filhotes dormirem, segundo ela. Aquilo fez eu me sentir estranho, admito.

— E o que *você* acha deles, Hlao-roo? — perguntou Avelã.

— São muito gentis e simpáticos — respondeu Sulquinho —, mas vou dizer a minha impressão. Todos eles me parecem terrivelmente tristes. Não consigo imaginar o porquê, se são tão grandes e fortes e têm esse belo viveiro. Eles me fazem lembrar das árvores em novembro. Mas eu espero estar sendo tolo, Avelã. Você trouxe a gente aqui e tenho certeza de que deve ser um lugar ótimo e seguro.

— Não, você não está sendo tolo. Eu não tinha me dado conta disso, mas você está certíssimo. Todos eles parecem estar preocupados com alguma coisa.

— Mas afinal — disse Amora — não sabemos por que há tão poucos deles. Eles não ocupam todo o viveiro, nem perto disso. Talvez tenham tido algum tipo de problema que os deixou tristes.

— Não sabemos por que eles não contam. Mas, se vamos ficar aqui, temos de aprender a conviver com eles. Não podemos nos meter em brigas: eles são grandes demais. E não queremos que briguem com a gente.

— Não acho que eles *consigam* brigar, Avelã — disse Sulquinho. — Apesar de serem tão grandes, eles não me parecem ser lutadores. Não como o Topete e o Prata.

— Você é muito observador, não é, Hlao-roo? — disse Avelã. — Você observou que está chovendo mais forte que nunca? Já tenho grama na minha barriga para aguentar um bom tempo. Vamos descer de novo, mas essa conversa fica entre nós, por enquanto.

— Por que não dormir? — disse Amora. — Já faz uma noite e um dia que estamos acordados e eu estou exausto.

Eles voltaram para baixo por um buraco diferente e logo acharam uma toca seca e vazia, onde se abraçaram e dormiram, aquecidos pelos próprios corpos cansados.

Quando Avelã acordou, percebeu imediatamente que era manhã – algum tempo após o nascer do sol, pelo cheiro. O perfume da flor de macieira era perceptível o suficiente. Então ele começou a captar cheiros mais sutis de ranúnculos e cavalos. Misturado a esses odores, havia um outro. Embora o deixasse inquieto, por alguns instantes ele não sabia dizer o que aquilo era. Um cheiro perigoso, um cheiro desagradável, um cheiro totalmente artificial – bem pertinho do lado de fora da toca. Era um cheiro de fumaça... algo estava queimando. Então, ele se lembrou de que Topete, depois de fazer o reconhecimento da área no dia anterior, falou dos bastõezinhos brancos na grama. Era isso. Um humano tinha andado no chão ali em cima. Deve ter sido isso que o acordou.

Avelá estava deitado na toca quente e escura com uma deliciosa sensação de segurança. Ele conseguia sentir o cheiro do humano. O humano não conseguia sentir o cheiro dele. O único cheiro que o humano sentia era o da horrível fumaça que estava fazendo. Ele começou a pensar na Forma no poço, e depois caiu num estado de sonolência, envolvendo-se num sonho em que El-ahrairah dizia que aquilo era tudo um truque dele: se disfarçar de Árvore de Veneno e colocar as pedras na parede só para chamar a atenção de Morango enquanto ele conhecia melhor Nildro-hain.

Sulquinho se agitava e se revirava enquanto dormia, murmurando: "Sayn lay narn, Marli?" ["Tasneirinha é gostoso, mãe?", em lapino]. E Avelá, emocionado por achar que ele estava sonhando com outros tempos, rolou para dar espaço para que o companheirinho se ajeitasse de novo. Naquele momento, no entanto, ele ouviu um coelho se aproximando por algum caminho ali perto. Fosse quem fosse, ele estava chamando – e batendo os pés também, como Avelá percebeu – de modo bem pouco natural. O som, como Amora tinha dito, não era diferente de um pássaro cantando. Quando chegou mais perto, Avelá conseguiu entender o que dizia.

— Flayrah! Flayrah!

A voz era de Morango. Sulquinho e Amora estavam acordando, mais por causa da batida de pés do que da voz, que era aguda e jovem, não fazendo despertar nenhum instinto durante o sono deles. Avelá saiu da toca para o caminho e deu logo de cara com Morango, ocupado batendo uma pata traseira na terra dura do chão.

— Minha mãe costumava dizer: "Se você fosse um cavalo o teto ia cair" — Avelá disse. — Por que você está batendo o pé debaixo da terra?

— Para acordar todo o mundo — respondeu Morango. — A chuva durou quase a noite toda, sabe? Em geral, a gente dorme até o início da manhã só se o tempo estiver ruim. Mas agora está bom.

— Mas por que acordar todo mundo?

— Bom, o humano já foi e Prímula e eu achamos que a flayrah não devia dormir muito mais. Se a gente não for lá e pegar, os ratos e as gralhas vêm, e não gosto de brigar com ratos. Imagino que para um grupo de aventureiros como vocês isso seja comum.

— Não entendi.

— Bom, venha comigo. Só vou voltar por esse caminho para encontrar Nildro-hain. No momento nós não temos ninhada, sabe, então ela vai sair com todos nós.

Outros coelhos seguiam pelo caminho e Morango falou com vários deles, afirmando mais de uma vez que gostaria de levar seus novos amigos ao campo. Avelá começou a perceber que estava gostando de Morango. No dia anterior, ele estava cansado e impressionado demais para avaliá-lo. Mas agora que tinha dormido bem, ele via que Morango era um sujeito realmente inofensivo e decente. Era dedicado de modo comovente à sua bela Nildro-hain, e era evidente que ele era animado e que tinha uma grande capacidade de se divertir. Enquanto saíam para a manhã de maio, ele pulou sobre a vala e saltou para a longa grama, alegre como um esquilo. Ele parecia ter perdido o ar de preocupação que havia intrigado Avelá na noite anterior. O próprio Avelá parou na abertura do buraco, como sempre fazia atrás da cortina de espinhos em casa, e olhou para o vale.

O sol, que nascia por trás do bosque, projetava longas sombras das árvores na direção sudoeste ao longo do campo. A grama molhada cintilava e ali perto uma nogueira brilhava iridescente, tremeluzindo com seus galhos se movendo com o vento suave. O riacho estava cheio e as orelhas de Avelá distinguiam o som mais profundo, mais suave, diferente do dia anterior. Entre o bosque e o riacho, o aclive estava coberto com pálidos agriões-do-mato cor de lilás, cada um isolado sobre a grama, uma frágil haste florida sobre as várias folhas. A brisa cessou e o pequeno vale ficou completamente imóvel, com longos raios de luz e cercado de ambos os lados pelos limites dos bosques. Sobre essa límpida imobilidade, como penas na superfície de um lago, veio o canto do cuco.

— É bem seguro, Avelá — disse Prímula atrás dele no buraco. — Sei que você está acostumado a dar uma boa olhada em volta quando vai silflay, mas aqui a gente, em geral, sai direto.

Avelá não pretendia modificar seus modos nem aceitar instruções de Prímula. No entanto, ninguém o empurrou e não havia sentido brigar por bobagem. Ele pulou sobre a vala e avançou para o barranco, olhando novamente ao seu redor. Vários coelhos já corriam pelo campo em direção a uma cerca distante, com manchas brancas e tomada por trechos de espinheiro. Ele viu Topete e Prata e foi até eles, sacudindo a umidade das patas dianteiras a cada passo, como um gato.

— Espero que seus amigos estejam cuidando de você tão bem quanto esses sujeitos cuidam de nós, Avelã — disse Topete. — Prata e eu realmente nos sentimos novamente em casa. Se você me perguntar, acho que mudamos para melhor. Mesmo se Quinto estivesse errado e nada horrível *tiver acontecido* no antigo viveiro, ainda assim estamos melhor aqui. Você vai comer?

— Você sabe que história é essa da comida? — perguntou Avelã.

— Eles não te disseram? Parece que tem flayrah para pegar nos campos. A maior parte deles vai lá todos os dias.

(Coelhos normalmente comem grama, como todo mundo sabe. Mas comida mais apetitosa – por exemplo, alface ou cenouras, que os levaria a fazer uma expedição ou a roubar um jardim – é chamada flayrah.)

— Flayrah? Mas não é meio tarde para invadir um jardim? — disse Avelã, olhando para os distantes telhados da fazenda além das árvores.

— Não, não — disse um coelho do viveiro, que ouviu a conversa. — A flayrah é deixada no campo, normalmente perto do lugar em que o riacho nasce. A gente come lá mesmo ou às vezes traz para o viveiro... ou as duas coisas. Mas hoje a gente vai precisar trazer um pouco. A chuva foi tão forte ontem à noite que ninguém saiu, e a gente comeu quase tudo que tinha no viveiro.

O riacho corria por baixo da cerca, e havia um lugar para o gado atravessar. Depois da chuva, as margens ficavam pantanosas, com água preenchendo cada pegada dos cascos. Os coelhos passaram longe e usaram outra brecha mais acima como passagem, perto do tronco retorcido de uma velha macieira. Mais além, ao redor de uma moita de juncos, havia um cercado com postes e grades que chegavam à metade da altura de um homem. Do lado de dentro da cerca, a calêndula florescia e o riacho surgia de suas nascentes.

No pasto ali perto, Avelã conseguia ver fragmentos de cor castanho-alaranjada espalhados, alguns com uma folhagem verde-clara na ponta, bem visível contra a grama mais escura. Tinham um odor pungente, como se tivessem sido cortados recentemente. O cheiro o atraía. Ele começou a salivar e parou para fazer hraka. Prímula, chegando perto dele, se voltou para Avelã com seu sorriso artificial. Mas agora, Avelã, ávido, não prestou atenção. Atraído de maneira poderosa, ele correu para longe da cerca em direção aos pedaços jogados no chão. Eram cenouras.

Avelã tinha comido várias raízes em sua vida, mas só tinha provado cenoura uma única vez, quando uma carroça derrubou um embornal perto do antigo viveiro. Essas de agora eram cenouras velhas, algumas já meio comidas por ratos ou moscas. Mas para os coelhos cheiravam a luxo, um banquete que afastava do pensamento qualquer outra sensação. Avelã sentou roendo e mordendo, o sabor abundante e pleno de raízes cultivadas enchendo-o com uma onda de prazer. Ele pulou sobre a grama, roendo um pedaço após o outro, comendo os topos verdes junto com pedaços da raiz. Ninguém o interrompeu. Parecia haver bastante para todo o mundo. De tempos em tempos, instintivamente, ele olhava para cima e farejava o vento, mas a cautela não era a de quem estivesse realmente preocupado. "Se elil aparecer, deixe", ele pensou. "Vou enfrentar quem vier. Não ia conseguir correr, de todo modo. Que lugar! Que viveiro! Não é de admirar que eles estejam grandes como lebres e que cheirem a príncipes!"

— Olá, Sulquinho! Coma até sair pelas orelhas! Acabaram seus dias de ficar tremendo na beira de rios, amigão!

— Em uma ou duas semanas ele não vai mais saber como tremer — disse Leutodonte, com a boca cheia. — Isso faz eu me sentir muito melhor! Eu seguiria você para qualquer lugar, Avelã. Aquela noite no urzal eu não sabia o que dizia. Tudo parece ruim quando você sabe que não vai conseguir ir para debaixo da terra. Espero que você entenda.

— Está tudo esquecido — respondeu Avelã. — Melhor eu perguntar ao Prímula o que devemos fazer para levar um pouco disso de volta para o viveiro.

Ele encontrou Prímula perto da nascente. Era visível que ele tinha acabado de comer e estava lavando o rosto com as patas dianteiras.

— Tem raízes aqui todo dia? — perguntou Avelã. — Onde... — Ele parou bem a tempo. "Estou aprendendo", pensou.

— Nem sempre é raiz — respondeu Prímula. — Essas são do ano passado, você deve ter percebido. Imagino que estejam se livrando do que sobrou. Pode ser qualquer coisa... raízes, legumes, maçãs velhas, depende. Às vezes não tem nada, especialmente no tempo bom do verão. Mas com tempo ruim, no inverno, quase todo dia tem alguma coisa. Raízes grandes, normalmente, ou repolho, ou às vezes milho. A gente come isso também, sabe?

— Comida não é problema, então. Esse lugar devia estar cheio de coelhos. Suponho...

— Se você realmente já terminou... — interrompeu Prímula — mas não tenha pressa, demore quanto quiser... você podia tentar carregar. É fácil no caso dessas raízes... é o mais fácil, depois da alface. Você só dá uma mordida em uma, segura com a boca, leva para o viveiro e põe na grande toca. Eu normalmente levo duas por vez, mas é porque já tenho muita prática. Coelhos normalmente não carregam comida, eu sei, mas você vai aprender. É útil ter um estoque. As fêmeas precisam de comida para as crias que estão crescendo. E é especialmente conveniente para todo mundo quando o tempo fica ruim. Venha comigo e eu te ajudo, se você achar difícil carregar no início.

Avelá sofreu um pouco para conseguir prender metade de uma cenoura na boca e carregar, como se fosse um cachorro, aquele grande pedaço pelo campo, levando para o viveiro. Ele teve de largar a cenoura várias vezes. Mas Prímula ficava incentivando e ele estava decidido a manter o posto de líder útil para o seu grupo. Por sugestão de Avelá, os dois esperaram na entrada de um dos buracos maiores para ver como os recém-chegados estavam se saindo. Todos eles pareciam se esforçar fazendo o melhor que podiam, embora os coelhos menores – especialmente Sulquinho – claramente achassem a tarefa muito estranha.

— Anime-se, Sulquinho — disse Avelá. — Pense no quanto você vai gostar de comer isso hoje à noite. E de todo modo, tenho certeza de que o Quinto deve achar isso tão difícil quanto você. Vocês têm o mesmo tamanho.

— Não sei onde ele está — disse Sulquinho. — Você o viu?

Agora que pensou nisso, Avelá percebeu que não o tinha visto. Ele ficou um pouco ansioso e, ao fazer o caminho pelo campo de novo, com Prímula, fez o melhor que pôde para explicar algo sobre o temperamento peculiar de Quinto.

— Espero que ele esteja bem — Prímula disse.

— Acho que talvez eu vá dar uma olhada nele depois de a gente levar mais essa carga. Você tem alguma ideia de onde ele possa estar?

Ele esperou que Prímula respondesse, mas ficou decepcionado. Depois de alguns momentos, Prímula disse:

— Olha, está vendo aquelas gralhas em volta das cenouras? Faz dias que elas têm sido um aborrecimento. Preciso que alguém tente manter todas elas longe até a gente terminar de carregar. Mas elas são muito grandes para um coelho tentar enfrentar. Mas pardais...

— O que isso tem a ver com o Quinto? — perguntou Avelá bruscamente.

— Na verdade — disse Prímula, começando a correr —, eu mesmo vou.

Mas ele não enfrentou as gralhas e Avelá o viu pegar outra cenoura e voltar com ela. Chateado, ele foi até Espinheiro e Dente-de-Leão e os três voltaram juntos para o viveiro. Quando estavam chegando ao barranco, de repente ele viu Quinto. Ele estava sentado meio escondido debaixo das folhas de um teixo na beira do bosque, a alguma distância das tocas. Largando sua cenoura, Avelá correu, subiu o barranco e se encontrou com ele no solo nu sob os galhos baixos. Quinto não disse nada e continuou a olhar para o campo.

— Você não vai vir aprender a carregar, Quinto? — perguntou Avelá lentamente. — Depois que você pega o jeito não é difícil.

— Não quero me envolver com nada disso — respondeu Quinto em voz baixa. — Cachorros... vocês parecem cachorros carregando gravetos.

— Quinto! Você está tentando me deixar bravo? Não vou ficar bravo porque você está me xingando. Mas você está deixando que os outros façam todo o trabalho.

— Sou eu que devia ficar bravo — disse Quinto. — Mas não sou bom nisso, esse é o problema. Por que iriam me ouvir? Metade acha que eu sou maluco. E a culpa é sua, Avelá, porque você sabe que eu não sou maluco e mesmo assim não me ouve.

— Então você continua não gostando deste viveiro? Bom, eu acho que você está errado. Todos cometem erros de vez em quando. Por que você não erraria, como todo mundo? O Leutodonte estava errado no urzal e você está errado agora.

— O que você está vendo lá embaixo são coelhos trotando como se fossem esquilos carregando nozes. Como isso pode estar certo?

— Bom, eu diria que eles copiaram uma boa ideia dos esquilos e que isso faz deles coelhos melhores.

— Você acha que o humano, seja quem for, coloca as raízes lá porque tem um bom coração? O que será que ele quer?

— Só está jogando fora os restos. Quantos coelhos já fizeram uma boa refeição comendo restos de humanos? Alfaces passadas, nabos velhos? Você sabe que todos nós fazemos isso, quando dá. Não está envenenado, Quinto, isso eu garanto. E se ele quisesse atirar nos coelhos, teve várias chances hoje de manhã, por exemplo. Mas não fez isso.

Quinto parecia cada vez menor, encolhendo-se na terra dura.

— Sou um tolo de tentar argumentar — ele disse infeliz. — Avelá... meu caro Avelá... eu simplesmente *sei* que tem algo que não é natural e que é mau neste lugar. Não sei o que é, portanto, não é de se admirar que eu não saiba falar sobre isso. Mas várias vezes eu chego perto de descobrir. Sabe quando você bate o nariz numa tela de arame e empurra para tentar chegar numa macieira, mas continua sem conseguir morder a fruta por causa do arame? Eu estou perto dessa coisa... seja o que for... mas não consigo pegar. Mas, se eu ficar aqui sentado sozinho, acho que ainda vou conseguir.

— Quinto, por que você não pode fazer o que eu peço? Coma aquelas raízes e depois vá para baixo da terra e durma. Você vai se sentir muito melhor.

— Já disse que não quero me envolver com esse lugar — disse Quinto. — Quanto a ir para baixo da terra, eu preferia voltar para o urzal. O teto daquele saguão é feito de ossos.

— Não, não... raízes de árvores. Mas, afinal, você esteve embaixo da terra a noite toda.

— Não estive, não — disse Quinto.
— O quê? Onde você estava então?
— Aqui.
— A noite toda?
— Sim. Um teixo é um bom abrigo, sabe.

Agora Avelã estava realmente preocupado. Se os terrores de Quinto tinham feito ele ficar acima da terra a noite toda na chuva, sem ligar para o frio e para elil rondando a área, então era evidente que não ia ser fácil fazer com que ele esquecesse isso. Ele ficou em silêncio por um tempo. E, por fim, ele disse:

— Que pena! Ainda acho que seria melhor você vir com a gente. Mas vou deixar você em paz e depois venho ver como está se sentindo. E não vá comer o teixo, hein?

Quinto não respondeu, e Avelã voltou para o campo.

Certamente o dia não estava propício para incentivar pressentimentos. Ao ni-Frith estava tão quente que a parte baixa do campo ficou úmida. O ar estava pesado com densos odores herbais, como se já fosse fim de junho; a hortelã--da-água e a manjerona, que ainda não tinham florescido, liberavam perfumes de suas folhas e aqui e ali havia alguma ulmeira que havia florido precocemente. A felosa esteve ocupada a manhã toda, no alto de um vidoeiro, perto dos buracos abandonados do outro lado da vala; e das profundezas do bosque, em algum lugar perto do poço abandonado, vinha o belo canto da toutinegra. No início da tarde ainda havia uma imobilidade causada pelo calor, e um rebanho de vacas dos campos mais altos descia para a sombra. Só uns poucos coelhos continuavam acima da terra. Quase todos dormiam nas tocas. Mas Quinto permanecia sentado sozinho debaixo do teixo.

No início da noite, Avelã procurou o Topete e juntos se aventuraram no bosque atrás do viveiro. De início, eles se moviam com cautela, mas não demorou muito para ganharem confiança, pois não encontraram nenhum rastro de animais maiores do que camundongos.

— Não tem nada para farejar — disse o Topete — e também nenhum rastro. Acho que o que o Prímula falou para gente era simplesmente a verdade. Realmente não tem elil aqui. Diferente daquela floresta onde a gente cruzou o rio. Não vou mentir para você, Avelã, estava morrendo de medo naquela noite, mas não queria demonstrar.

— Eu também estava — respondeu Avelã. — Mas concordo com você quanto a este lugar. Parece completamente tranquilo. Se a gente...

— Mas isso é esquisito — interrompeu o Topete. Ele estava em uma moita de espinhos, no meio da qual havia um buraco de coelho que levava a uma das passagens do viveiro abaixo. O solo era macio e úmido, com velhas folhas grossas de bolor. No lugar onde o Topete parou havia sinais de agitação. As folhas apodrecidas pareciam ter sido jogadas. Algumas estavam penduradas nos espinhos e algo como massas úmidas estavam bem mais adiante no descampado além do arbusto. No centro, o solo tinha sido descoberto e estava marcado com grandes arranhões e sulcos, e havia um buraco estreito e simétrico, mais ou menos do tamanho de uma das cenouras que eles carregaram naquela manhã. Os dois coelhos farejaram e olharam, mas não conseguiam entender aquilo.

— O curioso é que não tem cheiro — disse o Topete.

— Não... só de coelho, e isso tem em toda parte, é claro. E de humano... que também está em toda parte. Mas aquele cheiro pode muito bem não ter nada a ver com isso. E nos diz que um humano andou pelo bosque e jogou um bastãozinho na grama. Não foi um humano que cavou este chão.

— Bom, esses coelhos malucos provavelmente dançam ao luar ou fazem algum ritual.

— Não ia ficar surpreso — disse Avelã. — Seria a cara deles. Vamos perguntar pro Prímula.

— Essa foi a única tolice que você disse até agora. Diga-me, desde que a gente chegou, o Prímula respondeu a alguma pergunta que você fez a ele?

— Bom, não... não muitas.

— Tente perguntar pra ele onde é que ele dança ao luar. Diga, Prímula, onde...

— Ah, você também percebeu isso, é? Ele não responde nada com "onde". Nem o Morango. Acho que eles podem ficar tensos perto de nós. O Sulquinho tinha razão quando disse que eles não são de briga. Então, estão mantendo um mistério para ficar em pé de igualdade com a gente. Melhor a gente deixar as coisas como estão. A gente não quer chatear ninguém e isso uma hora vai se resolver.

— Hoje à noite vai chover mais — disse Topete. — Não vai demorar para começar, acho. Vamos para baixo da terra ver se a gente consegue que eles falem com mais liberdade.

— Acho que isso é uma coisa que a gente só pode esperar. Mas concordo com a ideia de descer agora. E por tudo que há de mais sagrado, vamos levar o Quinto com a gente. Ele me deixa nervoso. Você sabe que ele passou a noite inteira na chuva?

Enquanto eles voltavam pelo bosque, Avelã contou a Topete sua conversa com Quinto naquela manhã. Eles o encontraram debaixo do teixo e, depois de uma cena meio tumultuada, durante a qual Topete ficou rude e impaciente, eles convenceram Quinto a descer para a grande toca.

O local estava lotado, e quando a chuva começou mais coelhos desceram pelos caminhos. Eles se empurravam, alegres e tagarelas. As cenouras que tinham sido trazidas eram comidas entre amigos ou levadas para fêmeas e famílias em tocas de todo o viveiro. Mesmo quando eles terminaram, o saguão continuou lotado. Estava agradavelmente aquecido com o calor de tantos corpos. Gradualmente, os grupos passaram da tagarelice a um silêncio contente, mas ninguém parecia disposto a ir dormir. Os coelhos ficam animados quando a noite cai, e mesmo quando a chuva os força a ficar debaixo da terra, eles continuam reunidos em grupos. Avelã percebeu que quase todos os seus companheiros pareciam ter feito amizade com os coelhos do viveiro. Além disso, descobriu que, aonde quer que fosse, passando de um grupo para outro, era evidente que os coelhos do viveiro sabiam quem ele era e o tratavam como o líder dos recém-chegados. Ele não conseguiu encontrar Morango, mas, depois de um tempo, Prímula se aproximou dele vindo do outro extremo do saguão.

— Fico feliz que você esteja aqui, Avelã — ele disse. — Alguns coelhos estão sugerindo que alguém conte uma história. Esperamos que alguns dos teus queiram contar algo, mas também podemos começar, se vocês quiserem.

Há um ditado dos coelhos que diz: "No viveiro, mais histórias que passagens". E é tão difícil um coelho recusar uma história quanto um irlandês recusar uma briga. Avelã e seus amigos conversaram e, depois de um momento, Amora anunciou:

— Pedimos a Avelã para contar sobre as nossas aventuras: como fizemos nossa jornada até aqui e como tivemos a sorte de encontrar vocês.

Houve um silêncio desconfortável, rompido apenas por ruídos e sussurros. Amora, chateado, virou-se para Avelã e Topete.

— Qual é o problema? — ele perguntou em voz baixa. — Não parece haver mal nisso, parece?

— Espere — respondeu Avelã discretamente. — Deixe que eles digam para gente se não gostam da ideia. Eles devem ter costumes próprios aqui.

No entanto, o silêncio durou algum tempo, como se os outros coelhos não quisessem mencionar o que eles achavam que estava errado.

— Não adianta — disse Amora, por fim. — Você mesmo vai ter que dizer algo, Avelã. Não, por que seria você? Deixe que eu falo — ele completou. — Pensando melhor, Avelã lembrou que temos um bom contador de histórias no grupo. Dente-de-Leão vai contar a vocês uma história de El-ahrairah. Não tem como essa falhar — ele sussurrou.

— Mas qual delas? — disse Dente-de-Leão.

Avelã se lembrou das pedras no poço.

— A Alface do Rei — ele respondeu. — Eles pensam bastante nisso, eu acho.

Dente-de-Leão aproveitou a deixa com a mesma prontidão e coragem que demonstrou na floresta.

— Vou contar a história da Alface do Rei — ele disse em voz alta.

— A gente vai gostar disso — respondeu Prímula imediatamente.

— Melhor eles gostarem mesmo — murmurou Topete.

Dente-de-Leão, então, começou.

15

A História da Alface do Rei

Don Alfonso: "Eccovi il medico, signore belle."
Ferrando e Guglielmo: "Despina in maschera, che triste pelle!"
Lorenzo da Ponte, Cosi fan tutte

— Dizem que houve uma época em que El-ahrairah e seus seguidores perderam toda a sua sorte. Os inimigos os expulsaram e eles foram forçados a viver nos pântanos de Kelfazin. Bem, onde são os pântanos de Kelfazin eu não sei, mas na época em que viveram El-ahrairah e seus seguidores, de todos os lugares assustadores no mundo, esse era o mais assustador. Não havia comida exceto pela grama ruim e até a grama se misturava com ervas amargas. O solo era úmido demais para cavar: a água entrava em qualquer buraco que eles abrissem. Mas todos os outros animais tinham ficado tão desconfiados de El-ahrairah e seus truques que não o deixavam sair daquele lugar horroroso; e todos os dias o Príncipe Arco-Íris andava pelos pântanos para ter certeza de que El-ahrairah continuava lá. O Príncipe Arco-Íris tinha poder sobre os céus e as colinas, e Frith determinou que ele governasse o mundo como quisesse.

"Um dia, quando o Príncipe Arco-Íris andava pelos pântanos, El-ahrairah foi até ele e disse: 'Príncipe Arco-Íris, meu povo passa frio e a umidade não os deixa ir para debaixo da terra. A comida é tão repetitiva e ruim que eles adoecem quando vem o mau tempo. Por que você nos mantém aqui contra a nossa vontade? Não causamos mal a ninguém'.

"'El-ahrairah', respondeu o Príncipe Arco-Íris, 'todos os animais sabem que você é um ladrão e um enganador. Agora você está pagando pelos seus ardis e terá de viver aqui até que nos convença de que é um coelho honesto'.

"'Então jamais sairemos', disse El-ahrairah, 'pois sentiria vergonha de dizer a meu povo para deixar de usar sua inteligência. Você nos deixaria sair caso eu atravessasse a nado um lago cheio de lúcios?'.

"'Não', disse o Príncipe Arco-Íris, 'pois já ouvi falar desse seu truque, El-ahrairah, e sei como ele funciona'.

"'E você nos deixaria ir se eu conseguisse roubar as alfaces do jardim do Rei Darzin?', perguntou El-ahrairah.

"O Rei Darzin governava a maior e mais rica cidade de animais do mundo naquele tempo. Seus soldados eram muito ferozes, e o jardim de alfaces era cercado por um fosso profundo e guardado por mil sentinelas dia e noite. Ficava perto de seu palácio, no limite da cidade onde todos os súditos moravam. Então, quando El-ahrairah falou sobre roubar as alfaces do Rei Darzin, o Príncipe Arco-Íris riu e disse:

"'Você pode tentar, El-ahrairah, e se conseguir multiplicarei o teu povo por todo o mundo e ninguém conseguirá impedir vocês de entrar em um jardim de vegetais de agora até o fim do mundo. Mas, na verdade, o que acontecerá é que você vai ser morto pelos soldados e o mundo vai se livrar de um malandro muito convincente'.

"'Muito bem', disse El-ahrairah, 'veremos'.

"Yona, o porco-espinho, estava por perto, procurando lesmas e caramujos nos pântanos, e ouviu o que se passou entre o Príncipe Arco-Íris e El-ahrairah. Ele deslizou até o grande palácio do Rei Darzin e implorou que o recompensassem por alertá-lo contra seus inimigos.

"'Rei Darzin', ele fungou, 'aquele perverso ladrão El-ahrairah disse que roubará suas alfaces e está vindo enganá-lo para entrar no jardim'.

"O rei Darzin correu ao jardim de alfaces e pediu que o capitão da guarda fosse falar com ele.

"'Está vendo essas alfaces?' ele disse. 'Desde que foram semeadas, nenhuma sequer foi roubada. Em breve elas estarão prontas e então pretendo dar um grande banquete para todo o meu povo. Mas ouço que aquele patife do El-ahrairah pretende vir aqui para tentar roubá-las. Você deve dobrar a vigilância: e todos os jardineiros e semeadores devem ser examinados todos os dias. Nem uma folha sequer deve sair do jardim até que eu ou meu provador-chefe determinemos que isso aconteça.'

"O capitão da guarda cumpriu as ordens. Naquela noite, El-ahrairah saiu dos pântanos de Kelfazin e foi em segredo até o grande fosso. Com ele estava seu fiel capitão da Owsla, Vigilante. Eles se agacharam nos arbustos e observaram a guarda dupla patrulhando e andando de um lado para o outro. Quando veio a manhã, ele viu todos os jardineiros e semeadores vindo até o muro e todos eram vistoriados por três guardas. Um dos trabalhadores era novato e substituía o tio doente, mas os guardas não o deixaram entrar porque não o conheciam de vista e quase o atiraram no fosso em vez de mandá-lo para casa. El-ahrairah e Vigilante foram embora perplexos e, naquele dia, quando o Príncipe Arco-Íris veio andando pelos campos, ele disse, 'Muito bem, Príncipe dos Mil Inimigos, onde estão as alfaces?'.

"'Vou fazer com que me entreguem', respondeu El-ahrairah. 'A quantidade é grande demais para carregar.' Então ele e Vigilante foram em segredo para um dos poucos buracos onde não havia água, puseram um sentinela do lado de fora e conversaram durante um dia e uma noite.

"No topo da colina, perto do palácio do Rei Darzin, havia um jardim onde os muitos filhos do rei e os filhos de seus principais súditos brincavam ao lado das mães e das babás. Não havia muro em torno do jardim. Ele era vigiado apenas quando as crianças estavam ali: à noite ficava vazio, porque não havia nada para roubar e ninguém para ser caçado. Na noite seguinte, Vigilante, que tinha recebido ordens de El-ahrairah sobre o que fazer, entrou no jardim e cavou um buraco. Ele se escondeu no buraco a noite toda; e na manhã seguinte, quando as crianças foram brincar, ele saiu e se uniu a elas. Havia tantas crianças que cada uma das mães e das babás achou que ele devia pertencer a alguma outra, mas como ele era mais ou menos do mesmo tamanho que as crianças e até se parecia com elas, conseguiu fazer amizade com algumas. Vigilante era cheio de truques e de jogos, e logo estava correndo e brincando como se ele próprio fosse uma criança. Quando chegou a hora de voltarem para casa, Vigilante as acompanhou. Elas foram até o portão da cidade e os guardas o viram junto do filho do Rei Darzin. Eles o pararam e perguntaram quem era a mãe dele, mas o filho do Rei disse: 'Deixe-o em paz. Ele é meu amigo', e Vigilante entrou com os outros.

"Assim que Vigilante entrou no palácio do Rei, correu e entrou numa das tocas escuras; e se escondeu ali durante um dia inteiro. Mas à noite ele saiu e foi até os depósitos reais, onde a comida estava sendo preparada para o Rei e seus principais súditos e esposas. Havia ervas e frutas e raízes e até nozes e amoras, pois o povo do Rei Darzin ia a todos os lugares naquele tempo, explorando as matas e os campos. Não havia soldados nos depósitos e Vigilante se escondeu no escuro. E ele fez tudo o que pôde para estragar a comida, tirando a parte que ele mesmo comeu.

"Naquela noite, o Rei Darzin mandou chamar seu provador-mor e perguntou se as alfaces estavam prontas. O provador-mor disse que várias delas estavam excelentes e que ele já tinha colocado algumas nos depósitos.

"'Ótimo', disse o Rei. 'Hoje à noite comeremos duas ou três.'

"Mas na manhã seguinte, o Rei e vários súditos tiveram dor de estômago. Independentemente do que comessem, eles continuavam passando mal, porque Vigilante estava escondido nos depósitos estragando a comida assim que a traziam. O Rei comeu mais várias alfaces, mas não melhorou. Na verdade, ele só piorou.

"Depois de cinco dias, Vigilante saiu novamente com as crianças e foi se encontrar com El-ahrairah. Quando ouviu que o Rei estava doente e que Vigilante tinha feito tudo o que ele queria, El-ahrairah começou a se disfarçar. Cortou seu rabo branco e mandou que Vigilante roesse seu pelo até ficar curto e depois que o manchasse com lama e amoras. Em seguida, ele se cobriu com faixas de capim e bardanas e até mesmo descobriu maneiras de mudar o seu cheiro. No fim, nem mesmo suas esposas o reconheciam, e El-ahrairah ordenou a Vigilante que o seguisse a certa distância; e os dois então partiram para o palácio do Rei Darzin. Mas Vigilante esperou do lado de fora, no topo da colina.

"Quando chegou ao palácio, El-ahrairah exigiu ver o capitão da guarda. 'Você tem de me levar até o rei', ele disse. 'O Príncipe Arco-Íris me mandou aqui. Ele ouviu que o Rei está doente e mandou me chamar, da distante terra além de Kelfazin, para encontrar a causa de sua doença. Seja rápido! Não estou acostumado a esperar.'

"'Como posso saber se isso é verdade?' perguntou o capitão da guarda.

"'A mim não interessa', respondeu El-ahrairah. 'O que é a doença de um pequeno rei para o maior médico da terra além do rio dourado de Frith? Voltarei e direi ao Príncipe Arco-Íris que a guarda do rei foi tola e me tratou do modo que só se esperaria de um grosseirão mordido por pulgas.'

"Ele se virou e começou a ir embora, mas o capitão da guarda ficou assustado e o chamou para que voltasse. El-ahrairah se deixou ser convencido e os soldados então o levaram ao Rei.

"Depois de cinco dias de comida ruim e dor de estômago, o Rei não estava inclinado a desconfiar de alguém que dizia ter sido mandado pelo Príncipe Arco-Íris para que ele melhorasse. Ele implorou a El-ahrairah que o examinasse e prometeu fazer tudo que ele mandasse.

"El-ahrairah examinou o Rei longamente. Olhou seus olhos e as orelhas e os dentes e as fezes e as pontas das garras e perguntou o que ele vinha comendo. Então exigiu ver os depósitos reais e o jardim de alfaces. Quando voltou, parecia muito sério e disse: 'Grande Rei, sei bem que essas serão péssimas notícias para vossa majestade, mas a causa de sua doença são as alfaces perto das quais a comida é armazenada'.

"'As alfaces?', gritou o Rei Darzin. 'Impossível! Elas vêm todas de sementes saudáveis e são vigiadas dia e noite.'

"'Que pena!', disse El-ahrairah. 'Sei muito bem disso! Mas foram contaminadas pelo temido Piolharudo, que voa em círculos cada vez mais baixos pelo Gumpato de Mixórdia... um vírus mortal... pobre de mim... isolado pelo distintíssimo Avago e que amadurece nas florestas cinza-esverdeadas de Abram Cadabram. Claro, o senhor entende, estou explicando o assunto de maneira simplificada, até onde isso é possível para mim. Falando em termos médicos, há certas complexidades com as quais não pretendo cansá-lo.'

"'Não posso acreditar', disse o Rei.

"'O método mais simples', disse El-ahrairah, 'será provar isso para o senhor. Mas não será preciso fazer com que um de seus súditos adoeça. Diga aos soldados para saírem e pegarem um prisioneiro'.

"Os soldados saíram e a primeira criatura que encontraram foi Vigilante, pastando no topo da colina. Eles o arrastaram pelos portões até a presença do Rei.

"'Ah, um coelho', disse El-ahrairah. 'Melhor ainda que seja essa criatura perversa. Coelho nojento, coma a alface!'

"Vigilante comeu e logo depois começou a gemer e a se debater. Ele chutou em meio a convulsões e seus olhos se reviraram. Ele mordeu o chão e espumou pela boca.

"'Ele está muito doente', disse El-ahrairah. 'Deve ter comido uma alface particularmente ruim. Ou então, o que é mais provável, a infecção é especialmente mortal para os coelhos. Mas, em todo caso, devemos agradecer que não aconteceu com Vossa Majestade. Bom, ele serviu a nossos propósitos. Atirem-no para fora daqui! Eu recomendaria fortemente, Vossa Majestade', prosseguiu El-ahrairah, 'não deixar as alfaces onde estão, pois vão crescer, florescer e criar sementes. A infecção vai se espalhar. Sei que é decepcionante, mas é preciso se livrar delas'.

"Nesse instante, conforme quis o destino, entrou o capitão da guarda, junto de Yona, o porco-espinho.

"'Majestade', ele disse, 'esse seu criado retorna dos pântanos de Kelfazin. O povo de El-ahrairah se prepara para a guerra. Eles dizem que virão atacar o jardim de Vossa Majestade e roubar as alfaces reais. Se Vossa Majestade permitir, levarei os soldados comigo e os destruirei'.

"'A-há!' disse o Rei. 'Pensei em uma estratégia muito mais valiosa. 'Especialmente mortal para coelhos. Muito bem! Que eles tenham todas as alfaces que desejarem. Na verdade, quero que você leve mil alfaces para o pântano de Kelfazin e as deixe lá. Há! Há! Que piada! Já me sinto melhor!'

"'Ah, que esperteza mortal!', disse El-ahrairah. 'Não é de admirar que Vossa Majestade seja governante de um grande povo. Acredito que o senhor já esteja se recuperando. Como no caso de muitas doenças, a cura é simples, depois que é compreendida. Não, não. Não aceitarei nenhuma recompensa. Em todo caso, não há nada aqui que seria visto como valioso na brilhante terra além do rio dourado de Frith. Já fiz o que o Príncipe Arco-Íris me pediu. É o suficiente. Talvez o senhor seja bondoso a ponto de mandar que seus guardas me acompanhem até o pé da colina?', ele fez uma mesura e deixou o palácio.

"Mais tarde, naquela noite, enquanto El-ahrairah incitava seus coelhos a rosnar de maneira mais feroz e a correr para cima e para baixo pelos pântanos de Kelfazin, o Príncipe Arco-Íris veio pelo rio.

"'El-ahrairah', ele chamou, 'estarei enfeitiçado?'

"'É muito possível', disse El-ahrairah. 'O temido Piolharudo...'

"'Há mil alfaces em uma pilha na parte alta do pântano. Quem as pôs lá?'

"'Eu avisei que elas seriam entregues', disse El-ahrairah. 'Você não podia esperar que meu povo, fraco e faminto como está, carregasse essas alfaces por todo o caminho desde o jardim do Rei Darzin. No entanto, agora eles em breve estarão recuperados, com o tratamento que prescreverei. Sou um médico, pode-se dizer, e se você ainda não foi informado disso, Príncipe Arco-Íris, certamente receberá essa informação vinda de outro lugar. Vigilante, vá e pegue as alfaces.'

"Então o Príncipe Arco-Íris viu que El-ahrairah tinha cumprido com sua palavra e que ele também devia manter sua promessa. Deixou que os coelhos saíssem dos pântanos de Kelfazin e eles se multiplicaram por toda a parte. E daquele dia em diante, nenhuma força sobre a terra é capaz de manter um coelho longe de um jardim de vegetais, pois El-ahrairah lhes proporciona mil truques, os melhores do mundo."

16

Erva-Prata

Ele disse, "Vem, dance para mim" e ele disse,
"Você é bela demais para o vento
Levar, ou para o sol te queimar". Ele disse,
"Eu sou só um farrapo, mas sou sempre atento
Ao que dança já morto ou a quem dança triste."

Sidney Keyes, *Quatro estados da morte*

— Muito bem — disse Avelá quando Dente-de-Leão terminou.

— Ele é muito bom, não é? — disse Prata. — Temos sorte de ele estar com a gente. Só de ouvir as histórias dele você já fica mais animado.

— Isso vai baixar as orelhas deles — sussurrou Topete. — Vamos ver se eles encontram alguém que conte histórias melhor.

Nenhum deles tinha dúvida de que Dente-de-Leão passou uma boa impressão em nome do grupo. Desde a chegada, a maior parte deles se sentia um pouco deslocada entre esses pomposos, bem alimentados, com suas maneiras elegantes, suas Formas na parede, sua elegância, com o modo como fugiam de quase toda pergunta... acima de tudo com crises de melancolia, pouco típicas de coelhos. Agora, o contador de histórias do grupo mostrou que eles não eram um mero bando de vagabundos. Certamente, nenhum coelho razoável podia deixar de admirar aquilo. Eles esperavam ouvir isso, mas depois de alguns instantes perceberam com surpresa que seus anfitriões estavam, evidentemente, menos entusiasmados.

— Muito bom — disse Prímula. Ele parecia procurar algo mais para dizer, mas depois repetiu. — Sim, muito bom. Uma história excepcional.

— Mas certamente ele conhecia, não? — Amora murmurou para Avelá.

— Sempre acho que essas histórias tradicionais possuem um grande encanto — disse outro dos coelhos —, especialmente quando contadas à moda antiga, como devem ser.

— Sim — disse Morango. — Convicção, isso é que é necessário. Você realmente precisa *crer* em El-ahrairah e no Príncipe Arco-Íris, não é? O resto vem naturalmente.

— Não diga nada, Topete — sussurrou Avelã, pois ele reparou que Topete estava mexendo as patas indignado. — Você não pode forçar ninguém a gostar de alguma coisa. Vamos esperar e ver o que eles sabem fazer.

Em voz alta, Avelã disse:

— Nossas histórias não mudam há gerações, sabem? Afinal de contas, nós mesmos não mudamos. Nossas vidas são iguais às dos nossos pais e às dos pais deles. As coisas são diferentes aqui. Percebemos isso, e achamos as novas ideias e os novos comportamentos de vocês muito empolgantes. Todos estamos nos perguntando sobre o que falam as histórias que *vocês* contam.

— Bom, não contamos muitas histórias — disse Prímula. — A maioria das nossas histórias e poemas são sobre nossa vida aqui mesmo. Claro, aquela Forma de Laburno que você viu... aquilo hoje é considerado antiquado. El-ahrairah não significa muito para nós. Não que a história do seu amigo não seja encantadora — acrescentou às pressas.

— El-ahrairah é ardiloso — disse Espinheiro —, e coelhos sempre vão precisar de ardis.

— Não — disse uma nova voz que vinha de um ponto mais distante, no extremo oposto do saguão, atrás de Prímula. — Os coelhos precisam de dignidade e, acima de tudo, da vontade de aceitar seu destino.

— Achamos que Erva-Prata é um dos melhores poetas que tivemos em muitos meses — disse Prímula. — As ideias dele atraem muitos coelhos. Gostariam de ouvi-lo agora?

— Sim, sim — disseram vozes de todos os lados. — Erva-Prata!

— Avelã — chamou Quinto de repente. — Quero ter uma ideia clara desse Erva-Prata, mas não ouso chegar mais perto. Você vem comigo?

— Por que, Quinto, o que você quer dizer? Do que você pode estar com medo?

— Oh, Frith, me ajude! — disse Quinto, tremendo. — Dá para sentir o cheiro dele daqui. Ele me deixa apavorado.

— Ah, Quinto, não seja disparatado! O cheiro dele é igual ao de todos os outros.

— Ele tem cheiro de cevada que a chuva molhou e que deixaram apodrecer no campo. Ele cheira como uma toupeira machucada que não consegue ir para debaixo da terra.

— Para mim ele tem cheiro de um coelho grande e gordo, com um monte de cenoura na barriga. Mas vou com você.

Quando eles passaram em meio à multidão para chegar ao extremo da toca, Avelã se surpreendeu ao perceber que Erva-Prata era um simples adolescente. No viveiro de Sandleford ninguém pediria a um coelho dessa idade que contasse uma história, exceto, talvez, para um pequeno grupo de amigos que estivessem sozinhos. Quando começou a falar, parecia que ele, a cada instante, tomava menos conhecimento da plateia e o tempo todo virava a cabeça, como se ouvisse algum som, que só ele conseguia ouvir, vindo do túnel de entrada que ficava atrás dele. Mas havia algo na voz dele que prendia e fascinava, como o movimento do vento e da luz na campina; e, à medida que seu ritmo envolvia os ouvintes, a toca toda ficava em silêncio.

O vento vai soprando, vai soprando sobre a relva.
Ele sacode os salgueiros; as folhas brilham prateadas.
Aonde você vai, vento? Muito, muito longe
Passando as colinas, passando os limites do mundo.
Me leve com você, vento, até a altura do céu.
Eu vou com você, vou ser o coelho-do-vento,
Céu adentro, o céu emplumado e o coelho.
A corrente vai passando, vai passando sobre as pedras,
Ao longo do leito, os ranúnculos, o azul e o ouro da primavera.
Aonde você vai, correnteza? Muito, muito longe
Além do urzal, deslizando a noite toda para longe.
Me leve com você, correnteza, até a luz das estrelas.
Eu vou com você, vou ser o coelho-da-correnteza,
Descendo pela água, a água verde e o coelho.

No outono as folhas vêm soprando, amarelas e marrons.
Elas farfalham nas valas, elas lutam e se agarram na sebe.
Aonde vocês vão, folhas? Muito, muito longe
Para dentro da terra nós vamos, com a chuva e as frutas.
Me levem, folhas, ah, me levem em sua escura jornada.

Eu vou com vocês, eu vou ser o coelho-das-folhas.
Nas profundezas da terra, a terra e o coelho.

Frith está no céu noturno. As nuvens sobre ele são vermelhas.
Estou aqui, Senhor Frith, estou correndo pela longa grama.
Ah, me leve com você, para cair além do bosque,
Muito longe, no coração da luz, o silêncio.
Pois estou pronto para te dar meu ar, minha vida,
O círculo brilhante do sol, o sol e o coelho.

Quinto, enquanto ouvia, aparentava uma mistura de intensa absorção e horror incrédulo. Simultaneamente, ele parecia aceitar cada palavra e ficar apavorado. A certa altura, ele prendeu a respiração, como se tivesse se assustado ao reconhecer seus pensamentos semiocultos. E, quando o poema acabou, ele pareceu lutar para voltar a si. Ele deixou à mostra os dentes e lambeu seus lábios, como Amora fez ao ver o porco-espinho morto na estrada.

Um coelho com medo do inimigo às vezes fica agachado e completamente imóvel, talvez fascinado, talvez confiando que o fato de não ser naturalmente muito chamativo faça com que não o percebam. Mas depois, a não ser que o fascínio seja poderoso demais, chega um momento em que ele desiste de continuar parado e, como se quebrasse um encanto, o coelho passa de um instante ao outro para seu outro recurso: a fuga. Esse parecia ser o caso de Quinto agora. De repente, ele pulou e começou a abrir caminho pela toca violentamente. Vários coelhos foram empurrados e se viraram irritados para ele, mas Quinto nem percebeu. Então, ele chegou a um ponto em que não conseguiu abrir uma brecha entre dois grandes machos do viveiro. Ele ficou histérico, chutando e empurrando, e Avelã, que estava atrás dele, teve dificuldades para impedir uma briga.

— Meu irmão também é uma espécie de poeta, sabe? — ele disse para os estranhos irritados. — Às vezes, as coisas o afetam muito intensamente e nem ele sabe dizer o porquê.

Um dos estranhos pareceu aceitar o que Avelã tinha dito, mas o outro respondeu:

— Ah, outro poeta? Vamos ouvi-lo, então. Vai servir como compensação pelo meu ombro, pelo menos. Ele arrancou um bom tufo dos meus pelos.

Quinto já tinha passado por eles e estava correndo rumo ao túnel que dava acesso à saída mais adiante. Avelã achou que devia ir atrás dele, mas depois de todo o esforço que tinha feito para ser amistoso, ele ficou tão bravo com o modo como Quinto havia se indisposto com os novos amigos que, ao passar por Topete, disse:

— Venha me ajudar a fazer com que ele seja mais razoável. A última coisa que a gente quer agora é uma briga. — Ele achou que o Quinto realmente merecia um leve toque de Topete.

Eles seguiram Quinto caminho acima e o ultrapassaram na saída. Antes de qualquer um deles poder dizer algo, Quinto se virou e começou a falar como se lhe tivessem perguntado alguma coisa.

— Vocês também sentiram, então? E querem saber se eu senti? É claro que senti. Essa é a pior parte. Não há nenhum truque. Ele está falando a verdade. Então, enquanto ele estiver falando a verdade não pode ser loucura... era isso que vocês iam dizer, não era? Não estou culpando você, Avelã. Eu mesmo me senti sendo levado por ele, como uma nuvem desliza ao encontro da outra. Mas depois, no último instante, eu me afastei. Quem sabe o motivo? Não foi por minha vontade; foi um acidente. Foi só uma pequena parte de mim que me levou para longe dele. Eu disse que o teto do saguão é feito de ossos? Não! É como uma grande névoa de loucura que cobre todo o céu. E nós nunca mais vamos seguir a luz de Frith. Ah, o que vai ser de nós? Uma coisa pode ser verdadeira e mesmo assim desesperadamente louca, Avelã.

— Que conversa é essa? — disse Avelã para Topete, perplexo.

— Ele está falando daquele poetinha imbecil de orelhas caídas lá embaixo — respondeu Topete. — Isso eu sei. Mas por que Quinto acha que a gente não devia querer mais nada com ele e com o papo requintado dele... aí já não consigo imaginar. Pode poupar saliva, Quinto. A única coisa que está incomodando a gente é a confusão que você começou. Sobre o Erva-Prata, só o que posso dizer é que eu fico com a Prata e ele pode ser só Erva.

O Quinto o encarou com olhos que, como os de uma mosca, pareciam maiores do que a cabeça.

— Você acha isso — ele disse. —Você acredita nisso. Mas cada um de vocês, a seu modo, está lá dentro daquela névoa. Onde está o...

Avelã o interrompeu e, então, Quinto deu um salto.

— Quinto, não vou fingir que não vim aqui atrás de você para te dar uma bronca. Você pôs em perigo nosso bom começo neste viveiro...

— Em perigo? — gritou Quinto. — Em perigo? Ora, esse lugar todo...

— Quieto. Eu ia te dar uma bronca, mas é evidente que você está tão chateado que isso não ia fazer o menor sentido. Mas o que você *vai* fazer agora é ir para baixo da terra com a gente e dormir. Venha! E nem mais uma palavra por enquanto.

Neste aspecto a vida do coelho é muito menos complicada do que a do ser humano: eles não têm pudor de usar a força. Sem ter alternativa, Quinto acompanhou Avelã e Topete até a toca onde Avelã tinha passado a noite anterior. Não havia ninguém lá, então eles se aconchegaram e dormiram.

17

O arame brilhante

Quando a grama é removida feito um tampo
Revelando o que melhor ficava oculto sob o campo:
    Repelente.
E vê, atrás de ti sem um rumor
A mata já cresceu ao teu redor
    Em um fatal crescente.
O ferrolho vai correndo pela tranca,
E já lá fora à espera da mudança
    Há um negro furgão.
E agora de lentes escuras e pressa profunda
A mulher se aproxima com um cirurgião corcunda
    E o homem de tesoura em mão.

W. H. Auden, *As testemunhas*

Estava frio, estava frio e o teto era feito de ossos. O teto era feito de ramos entrelaçados do teixo, galhos duros para lá e para cá, por cima e por baixo, duros como gelo e cheios de frutas vermelhas insossas.

— Venha, Avelã — disse Prímula. — Vamos carregar os frutos do teixo para casa com a boca e comer na grande toca. Seus amigos precisam aprender a fazer isso se quiserem viver com a gente.

— Não! Não! — gritou Quinto. — Avelã, não!

Mas então chegou Topete, se enroscando por entre os galhos, com a boca cheia de frutas.

— Olhe! — exclamou Topete. — Eu consigo. Estou correndo em outra direção. Pergunte para onde, Avelã! Pergunte para onde! Pergunte para onde!

E então eles estavam correndo em outra direção, correndo, não para o viveiro, mas sobre os campos no tempo frio, e Topete logo derrubou as frutas... gotas vermelhas da cor do sangue, fezes vermelhas duras como arame.

— Não adianta — ele disse. — Não adianta morder. Estão muito geladas.

Então, Avelã acordou. Ele estava na toca. E ele tremia. Por que não havia calor de corpos de coelhos deitados perto dele? Onde estava Quinto? Ele sentou. Ali perto, Topete se mexia e se revirava dormindo, em busca de calor, tentando se encostar no corpo de outro coelho que já não estava mais ali. A marca rasa no chão arenoso onde Quinto tinha se deitado ainda não estava fria: mas Quinto já tinha ido embora.

— Quinto! — disse Avelã no escuro.

Assim que falou ele sabia que não haveria resposta. Ele empurrou Topete com o focinho, dizendo com urgência:

— Topete! O Quinto foi embora! Topete!

Em um instante o Topete estava totalmente acordado, e Avelã nunca se sentiu tão contente por sua robusta prontidão.

— O que você disse? Qual é o problema?

— O Quinto foi embora.

— Pra onde ele foi?

— Silf... para fora. Só pode ter ido silf. Você sabe que ele não ia sair andando à toa pelo viveiro. Ele odeia isso.

— Ele dá trabalho, não dá? Além disso, deixou essa toca fria. Você acha que ele está correndo perigo, não é? Quer ir atrás dele?

— Sim, preciso. Ele está chateado e exausto, e ainda está escuro. Pode ter elil, independentemente do que o Morango diga.

O Topete ouviu e farejou por alguns instantes.

— Falta muito pouco para amanhecer — ele disse. — Já vai ter luz suficiente para achar o Quinto. Bom, acho melhor eu ir com você. Não se preocupe...

ele não pode ter ido muito longe. Mas pelas alfaces do rei! Ele vai me ouvir quando nós o pegarmos.

— Eu seguro enquanto você chuta, se a gente conseguir encontrá-lo. Vamos!

Eles correram caminho acima até a entrada da toca e pararam juntos.

— Como nossos amigos não estão aqui para empurrar a gente pra fora de uma vez — disse Topete —, a gente pode muito bem se certificar de que o lugar não está cheio de furões e corujas antes de sair.

Naquele momento, o pio de uma coruja soou no bosque oposto. Aquele foi o primeiro piado, e por instinto os dois se agacharam imóveis, contando quatro batidas do coração até ouvirem o segundo.

— Está indo para longe — disse Avelã.

— Eu fico pensando quantos camundongos do campo dizem isso toda noite? Você sabe que o pio engana. É feito para enganar.

— Bom, não posso deixar de sair — retrucou Avelã. — Quinto está em algum lugar aqui fora e eu vou atrás dele. Mas você está certo. *Está* claro, ou *quase*, de que está indo para longe.

—Vamos procurar primeiro debaixo do teixo?

Mas Quinto não estava sob o teixo. A luz, à medida que ficava mais forte, começou a mostrar a parte de cima do campo, enquanto a cerca distante e o riacho seguiam formas lineares na escuridão lá embaixo. Topete desceu a encosta e correu no campo fazendo uma longa curva pela grama molhada. Parou quase do lado oposto ao do buraco por onde tinham saído, e Avelã foi até ele.

— Esse é o rastro dele, certo? — disse o Topete. — Está fresco. Do buraco direto para o riacho. Ele não deve estar longe.

Quando há gotas de chuva no chão fica fácil ver onde a grama foi pisada há pouco tempo. Eles seguiram o rastro pelo campo e chegaram à cerca ao lado da área onde havia as cenouras e onde fica a nascente do riacho. Topete tinha razão quando disse que o rastro era fresco. Assim que passaram pela cerca, eles viram Quinto. Ele comia, sozinho. Uns poucos fragmentos de cenoura estavam jogados perto da nascente, mas ele nem tocou nelas; Quinto comia grama não muito longe da macieira retorcida. Avelã e Topete se aproximaram e ele levantou o olhar.

Avelã não disse nada e começou a comer ao lado dele. Agora ele estava arrependido de ter trazido Topete. Na escuridão antes de amanhecer e com o choque inicial de descobrir que o Quinto tinha ido embora, Topete tinha sido um consolo e um auxílio. Mas agora, vendo Quinto, pequeno e familiar, incapaz de machucar alguém ou de esconder o que sentia, tremendo na grama molhada, fosse de medo ou de frio, a raiva dele se derreteu instantaneamente. Ele sentiu só pena do irmão; e tinha certeza de que, se pudessem ficar sozinhos um pouco, Quinto iria se acalmar. Mas provavelmente era tarde demais para convencer Topete a ser gentil. Só o que ele podia fazer era torcer para dar tudo certo.

Ao contrário do que ele temia, no entanto, Topete ficou tão quieto quanto ele. Era evidente que estava esperando Avelã falar primeiro e que estava um pouco confuso. Por um tempo os três se moveram silenciosamente sobre a grama, enquanto as sombras apareciam e os pombos batiam asas em árvores distantes. Avelã começava a achar que tudo ficaria bem e que Topete era mais sensato do que ele pensava. Foi então que Quinto se sentou sobre as patas traseiras, limpou o focinho com as patas dianteiras e depois, pela primeira vez, olhou de frente para ele.

— Agora eu vou embora — ele disse. — Estou muito triste. Gostaria de desejar boa sorte a você, Avelã, mas não há sorte a desejar neste lugar. Então fica só o meu adeus.

— Mas aonde você vai, Quinto?

— Embora. Para as colinas. Se eu conseguir chegar lá.

— Por conta própria, sozinho? Você não vai conseguir. Você vai morrer.

— Você não teria a menor chance, amigão — argumentou o Topete. — Alguém ia te pegar antes do ni-Frith.

— Não — negou Quinto tranquilo. — Vocês estão mais perto da morte do que eu.

— Você está tentando me assustar, seu tagarelinha desgraçado? — gritou Topete. — Eu tenho uma boa ideia...

— Espera, Topete — pediu Avelã. — Não fale assim com ele.

— Mas você mesmo disse... — começou o Topete.

— Eu sei. Mas agora mudei de ideia. Desculpe, Topete. Eu ia pedir para você me ajudar a fazer ele voltar para o viveiro. Mas agora... bom, eu sempre achei que tinha alguma verdade no que o Quinto tinha para dizer. Nos últimos dois dias eu me recusei a ouvir e ainda acho que ele está um pouco fora de si. Mas não tenho estômago para forçar que ele volte ao viveiro. Realmente acredito que por algum motivo o lugar está fazendo com que ele fique apavorado. Vou andar um pouco com ele e, quem sabe, a gente consegue conversar. De todo modo, os outros precisam saber o que a gente está fazendo e eles não vão saber a não ser que você vá até lá para contar. Volto antes do ni-Frith. Espero que ele volte comigo.

Topete ficou olhando. Depois voltou-se furioso para Quinto:

— Seu besourinho miserável — ele disse. — Você nunca aprendeu a obedecer a ordens, não é? É só "eu, eu, eu" o tempo todo. "Ah, estou com um pressentimento esquisito no meu dedo, então é melhor a gente andar de cabeça para baixo!" E agora que a gente encontrou um belo viveiro e entrou nele sem nem precisar brigar, você *tem* que fazer o melhor que pode para chatear todo mundo! E daí você arrisca a vida de um dos melhores coelhos do grupo só para fazer papel de enfermeiro enquanto você sai passeando por aí como um camundongo olhando para a lua. Bom, *eu* cansei de você, sendo bem franco. E agora vou voltar para o viveiro para garantir que todo mundo também fique cansado de você. E eles *vão* ficar cansados... não tenha nenhuma dúvida disso.

Ele deu as costas e correu para o vão mais próximo da cerca. Imediatamente, houve uma agitação assustadora do outro lado. Havia sons de chutes e mergulhos. Um graveto voou pelos ares. Depois uma massa achatada e úmida de folhas mortas, vindo do outro lado da cerca, passou por um vão e caiu perto de Avelã. Os espinheiros se agitavam para cima e para baixo. Avelã e Quinto olharam um para o outro, os dois lutando contra o impulso de correr. Que inimigo agia ali do outro lado? Não havia gritos... nenhum gemido de gato, nenhum guincho de coelho... somente galhos quebrando e a grama sendo dilacerada violentamente.

Em um esforço de coragem contra o instinto, Avelã se forçou a ir até o vão da cerca, com Quinto logo atrás dele. Diante deles havia uma cena terrível. As folhas podres tinham sido jogadas para o alto, aos jatos. A terra tinha sido desnudada e estava marcada por longos arranhões e sulcos. Topete estava deitado de lado, com as patas traseiras chutando e lutando. Um pedaço de fio de cobre retorcido, com um brilho pálido à primeira luz do sol, estava enrolado no pescoço dele e seguia esticado de uma das patas dianteiras até um pedaço de pau grosso fincado no chão. O nó em torno do pescoço tinha se apertado e estava enterrado no pelo atrás da orelha. Uma saliência do arame lacerou seu pescoço e gotas de sangue, escuras e vermelhas como frutos do teixo, escorriam uma a uma por seu ombro. Por alguns instantes ele ficou deitado ofegante, seu peito se erguendo em exaustão. Depois, ele voltou a lutar e a se esforçar, para a frente e pra trás, sacudindo e caindo, até se engasgar e cair imóvel.

Arrebatado pela angústia, Avelã pulou até ele e se agachou a seu lado. Os olhos de Topete estavam fechados, e os lábios repuxados desde os longos dentes da frente em uma careta imóvel. Ele tinha mordido o lábio inferior e dali também escorria sangue. A espuma cobria suas mandíbulas e o peito.

— Thlayli! — disse Avelã, batendo as patas. — Thlayli! Ouça! Você está numa armadilha... uma armadilha! O que eles diziam na Owsla? Vamos... pense. Como a gente pode te ajudar?

Houve uma pausa. Depois, as patas traseiras de Topete começaram a chutar de novo, mas sem força. As orelhas caíram. Os olhos abriram cegos e a parte branca estava injetada de sangue enquanto as íris castanhas se reviravam de um lado para o outro. Depois de um momento, a voz dele saiu densa e baixa, borbulhando com a espuma de sangue da boca.

— Owsla... não adianta... fio morde. Madeira... tem que... cavar para arrancar.

Uma convulsão o sacudiu e ele arranhou o chão, cobrindo-se com uma máscara de terra úmida e de sangue. Depois ficou mais uma vez imóvel.

— Corra, Quinto, corra para o viveiro — gritou Avelã. — Chame os outros... Amora, Prata. Vá rápido. Ele vai morrer!

Quinto correu pelo campo como se fosse uma lebre. Avelã, sozinho, tentou compreender o que precisava fazer. O que era a madeira? Como ele devia arrancá-la? Ele olhou para a confusão que tinha diante de si. Topete estava deitado ao longo do arame, que parecia sair por baixo de sua barriga e desaparecer no chão. Avelã lutou contra sua própria falta de compreensão. Topete tinha dito para "cavar". Pelo menos isso ele entendeu. Ele começou a trabalhar na terra macia ao lado do corpo do amigo até que, depois de um tempo, suas garras esbarraram em algo ao mesmo tempo macio e firme. Quando parou, perplexo, viu que Amora estava em seu ombro.

— O Topete acabou de falar — ele disse para Amora —, mas acho que agora ele não consegue mais. Ele disse: "Cave para arrancar". O que isso quer dizer? O que a gente tem que fazer?

— Espere um pouco — disse Amora. — Deixe-me pensar, e tente não ser impaciente.

Avelá virou a cabeça e olhou para o curso do riacho. Muito longe, entre os dois bosques, ele via a cerejeira onde dois dias antes havia sentado com Amora e Quinto ao nascer do sol. Ele se lembrava de como Topete correu atrás de Leutodonte na grama crescida, a alegria da chegada fazendo esquecer a briga da noite anterior. Ele conseguia ver Leutodonte correndo na sua direção agora, junto de dois ou três dos outros... Prata, Dente-de-Leão e Sulquinho. Dente-de-Leão, que vinha na frente, correu para o vão e observou, contorcendo-se e observando.

— O que é isso, Avelá? O que aconteceu? O Quinto disse...

— O Topete está preso em um arame. Não mexa nele até o Amora falar o que a gente deve fazer. Não deixe os outros se aglomerarem em volta.

Dente-de-Leão deu as costas e se afastou. Sulquinho estava se proximando.

— O Prímula está vindo? — perguntou Avelá. — Talvez *ele* saiba...

— Ele não vem — respondeu Sulquinho. — Ele mandou o Quinto parar de falar nesse assunto.

— Mandou o *quê?* — perguntou Avelá incrédulo. Mas naquele momento Amora começou a falar e Avelá correu para perto dele.

— É isso — disse Amora. — O arame está preso a um pedaço de madeira e a madeira está fincada no chão... ali, veja. A gente tem que arrancar. Venham... cavem do lado da madeira.

Avelá começou a cavar novamente, as patas dianteiras abrindo espaço no solo macio e úmido e deslizando contra as laterais duras da madeira. Ele tinha uma vaga noção de que os outros esperavam ali perto. Depois de um tempo, ele foi obrigado a parar, de tão ofegante. Prata assumiu o lugar dele, e foi seguido por Espinheiro. Um pedaço mais ou menos do tamanho da orelha de um coelho da sórdida, pura e lisa madeira que cheirava a humanos tinha sido exposto, mas ele seguia fincado. Topete não tinha se mexido. Ele estava deitado ao longo do arame, rasgado e ensanguentado, com os olhos fechados. Espinheiro tirou a cabeça e as patas do buraco e limpou a lama do focinho.

— A madeira está mais estreita aqui — ele disse. — Ela vai ficando mais fina. Acho que dava para puxar com a boca, mas não consigo enfiar meus dentes lá.

— Manda o Sulquinho descer — disse Amora. — Ele é menor.

Sulquinho se lançou no buraco. Dava para ouvir a madeira lascando sob os dentes dele. Um som como o de um camundongo nos lambris de um galpão na madrugada. Ele saiu com o focinho sangrando.

— As lascas alfinetam e é difícil respirar, mas a madeira está quase saindo.
— Quinto, vai você — disse Avelã.
Quinto não ficou muito no buraco. E também saiu sangrando.
— Quebraram em duas. Está solta.
Amora pressionou o nariz contra o crânio de Topete. Enquanto ele fazia um carinho, a cabeça do amigo rolava para um lado e para o outro.
— Topete — disse Amora na orelha dele —, a madeira saiu.
Não houve resposta. O Topete ficou imóvel como antes. Uma grande mosca sentou em uma das orelhas dele. Amora a expulsou com fúria e ela voou, zumbindo, rumo à luz do sol.
— Acho que ele se foi — disse Amora. — Não consigo ouvir a respiração.
Avelã se agachou ao lado de Amora e pôs suas narinas perto das do Topete, mas uma suave brisa soprava e ele não conseguiu perceber se havia ou não respiração. As pernas estavam caídas, a barriga flácida e mole. Ele tentou pensar no pouco que tinha ouvido sobre armadilhas. Um coelho forte podia quebrar o pescoço numa armadilha. Ou será que ponta do arame teria perfurado sua traqueia?
— Topete — ele sussurrou —, a gente tirou você dessa. Você está livre.
Topete não se mexeu. De repente ocorreu a Avelã que se Topete estivesse morto – e o que mais poderia fazer com que *ele* ficasse quieto na lama? – então ele devia levar os outros para longe antes de a terrível perda tirar deles a coragem e devastar seus ânimos – o que certamente ocorreria se eles ficassem perto do corpo. Além disso, o humano apareceria em breve. Talvez já estivesse a caminho, com sua arma, para levar embora o pobre Topete. Eles precisavam partir. E Avelã precisava fazer o melhor que pudesse para garantir que todos eles – inclusive ele mesmo – esquecessem, para sempre, o que tinha acontecido ali.
— Meu coração se uniu aos Mil, pois meu amigo parou de correr hoje — ele disse para Amora, citando um provérbio dos coelhos.
— Se pelo menos não fosse o Topete — disse Amora. — O que a gente vai fazer sem ele?
— Os outros estão esperando — disse Avelã. — Precisamos nos manter vivos. Tem de haver alguma outra coisa em que eles possam pensar. Me ajude ou não vou conseguir fazer isso sozinho.
Ele se afastou do corpo e procurou Quinto entre os coelhos que estavam atrás dele. Mas Quinto não estava em nenhum lugar visível, e Avelã não queria

perguntar por ele, porque fazer isso poderia parecer sinal de fraqueza e de necessidade de ser consolado.

— Sulquinho — ele disse bravo —, por que você não limpa o focinho e estanca esse sangramento? O cheiro de sangue atrai elil. Você não sabe disso?

— Sim, Avelã. Desculpe. Será que o Topete...

— E outra coisa — disse Avelã desesperado. — O que foi que você me disse sobre o Prímula? Você disse que ele mandou o Quinto ficar quieto?

— Sim, Avelã. O Quinto chegou no viveiro e contou para a gente sobre a armadilha, e que o pobre Topete...

— Sei, certo. E daí o Prímula...?

— O Prímula e o Morango e os outros fingiram que não ouviram. Foi ridículo, porque o Quinto estava chamando todo mundo. E, depois, quando a gente estava correndo pra a saída, o Prata disse pro Prímula, "Vocês vêm, né?", e o Prímula simplesmente deu as costas. Daí o Quinto correu e falou com ele baixinho, mas ouvi o que o Prímula respondeu. Ele disse: "Colinas ou Inlé, para mim tanto faz para onde você vai, só cale a sua boca". E depois ele bateu no Quinto e arranhou a orelha dele.

— Vou matar esse sujeito — falou uma voz baixa, engasgada atrás dele.

Todos eles deram um salto para se virar. O Topete tinha erguido a cabeça e estava se sustentando sozinho, apoiado nas patas dianteiras. O copo dele estava contorcido; o quadril e as patas traseiras ainda estavam estirados no chão. Os olhos dele estavam abertos, mas o focinho era uma máscara assustadora de sangue, baba, vômito e terra, a ponto de ele parecer mais uma criatura demoníaca do que um coelho. A simples visão dele, que devia tê-los enchido de alívio e alegria, só causou horror. Todos os outros se encolheram e ninguém disse nada.

— Vou matar esse sujeito — repetiu Topete, falando com raiva por trás do bigode imundo e do pelo cheio de lama. — Me ajudem aqui, seus tolos! Não tem ninguém para me ajudar a me livrar desse arame? — Ele se debatia, arrastando as patas traseiras. Depois ele caiu de novo e rastejou, arrastando o arame pela grama e levando junto o pedaço de madeira quebrado, fazendo um ruído rouco.

— Deixem ele em paz! — gritou Avelã, pois agora todos estavam se aglomerando para ajudá-lo. — Vocês querem que ele morra? Deixem ele descansar! Deixem ele respirar!

— Não, descansar, não — ofegou Topete. — Eu estou bem. — Enquanto falava ele caiu de novo, mas imediatamente se reergueu sobre as patas dianteiras. — São minhas patas traseiras. Elas não se mexem. Aquele Prímula! Vou matar aquele cara!

— Por que a gente deixa eles ficarem nesse viveiro? — gritou o Prata.

— Que espécie de coelhos eles são? Deixaram o Topete morrer. Vocês todos ouviram o Prímula na toca. Eles são covardes. Vamos expulsar todos eles... vamos matar todos eles! E tomar o viveiro para nós!

— Sim! Sim! — todos eles responderam. — Vamos! De volta para o viveiro! Abaixo o Prímula! Abaixo o Erva-Prata! Matem todos!

— Ah, embleer Frith! — um grito ecoou em meio à grama alta.

Ao ouvir essa blasfêmia chocante, o tumulto cessou. Eles olharam em volta, imaginando quem é que estava falando. Houve silêncio. Então, do meio de dois grandes tufos de mato saiu Quinto, os olhos em chamas tomados por uma urgência frenética. Ele rosnou e falou alucinado com o grupo, como se fosse uma lebre feiticeira, e os que estavam mais perto se afastaram assustados. Nem Avelã conseguiu falar qualquer coisa. Eles perceberam que era Quinto quem estava gritando.

— O viveiro? Vocês estão indo para o viveiro? Seus tolos! Aquele lugar não é nada mais que um buraco cheio de morte! Aquele lugar inteiro é uma imunda despensa de elil! É cheio de armadilha... em toda parte, a qualquer momento! Isso explica tudo. Explica tudo o que aconteceu desde que a gente chegou aqui.

Ele estava sentado, imóvel, e as palavras dele pareciam vir rastejando pela luz do sol, sobre a grama.

— Escute, Dente-de-Leão. Você gosta de histórias, não é? Eu vou te contar uma... sim, uma história que faria El-ahrairah chorar. Era uma vez um belo viveiro à beira de um bosque, com vista para o pasto de uma fazenda. Era grande e cheio de coelhos. Mas um dia veio a cegueira branca e a maioria dos coelhos adoeceu e morreu. Mas alguns sobreviveram, como sempre acontece. E o viveiro ficou quase vazio. Um belo dia, o fazendeiro pensou: "Eu podia criar esses coelhos, fazê-los virarem parte da minha fazenda... a carne, a pele. Por que ia me dar o trabalho de usar coelheiras? Eles vão ficar bem onde estão". Então, ele começou a atirar nos elil... lendri, homba, furões, corujas. Ele punha comida para os coelhos, mas não muito perto do viveiro. Para conseguir o que queria, os coelhos precisavam se acostumar a andar pelo campo e pelo bosque. E daí ele punha armadilhas para pegá-los... não muitos deles. O suficiente para o que ele queria, mas não o suficiente para afugentar os outros ou para destruir o viveiro. Eles ficaram grandes e fortes e saudáveis, porque o homem providenciou para que tivessem tudo do bom e do melhor, especialmente no inverno, e nada para temer, exceto o laço corrediço no vão da cerca e na trilha do bosque. Então, eles viviam como queriam viver e o tempo todo alguém desaparecia. Os coelhos ficaram estranhos em vários sentidos. Sabiam exatamente o que estava acontecendo, mas até entre eles fingiam que estava tudo bem, porque a comida era boa, eles estavam protegidos e não havia nada a temer, exceto uma única coisa; e essa coisa atacava aqui e ali, mas nunca o bastante para fazer todos eles fugirem. Eles se esqueceram de como se comportam os coelhos selvagens. Eles se esqueceram de El-ahrairah, pois que uso eles encontrariam para os truques e para a esperteza dele, vivendo no viveiro do inimigo e pagando seu preço? Eles, então, descobriram outras artes maravilhosas para substituir os truques e as histórias antigas. Tinham danças cerimoniais de saudação, cantavam como os pássaros e faziam Formas nas paredes; e, apesar de isso não ajudar nem um pouco no problema deles, pelo menos fazia o tempo passar e dava a eles a chance de dizerem para si mesmos que eram sujeitos incríveis, a nata dos coelhos, mais espertos que um corvo. Eles não têm um Chefe Coelho... não, como poderiam ter... um Chefe Coelho precisa ser o El-ahrairah do viveiro e proteger todos eles da morte; e aqui só havia um tipo de morte, e que Chefe Coelho podia dar uma solução para ela? Em vez disso, Frith mandou para eles estranhos cantores, belos e doentes feito bugalhos, como uma vespa sobre uma rosa. E como eles não conseguem tolerar a verdade, esses cantores, que em algum outro lugar poderiam ter sido sábios, aqui foram esmagados sob o peso terrível do segredo do viveiro até cuspirem alguma bela loucura... sobre dignidade, assentimento e tudo mais que pudesse fazer com que eles acreditassem que coelhos amam o arame brilhante. Mas havia uma regra rígida. Ah, sim, a mais rigorosa de todas: ninguém devia perguntar onde outro coelho estava e qualquer um que usasse a palavra "onde" – exceto em uma canção ou num poema – devia ser silenciado. Perguntar "onde?" já era ruim o suficiente, mas falar abertamente dos arames, ah, isso era intolerável. Quem fizesse isso eles arranhariam e matariam.

 Ele parou. Ninguém se mexeu. Então, no silêncio, Topete se ergueu em meio a alguns tropeços, cambaleou, deu uns passos hesitantes em direção a Quinto e caiu novamente. Quinto não deu atenção a ele, mas olhou para os coelhos, um por um. E depois começou a falar de novo.

— E daí a gente chegou, tendo passado pelo urzal durante a noite. Coelhos selvagens, fazendo buracos no vale. Os coelhos do viveiro não apareceram imediatamente. Precisavam pensar qual era a melhor coisa a fazer. Mas logo eles decidiram. Levar a gente para o viveiro e não dizer nada. Vocês não percebem? O fazendeiro só coloca um certo número de armadilhas por vez, e se um coelho morre, os outros podem viver muito mais. Você sugeriu que o Avelã contasse nossas aventuras para eles, mas isso não foi bem aceito, foi? Quem quer ouvir sobre atos corajosos quando se está com vergonha das próprias ações? E quem gosta de uma história notória e honesta sobre alguém que está enganando? Querem que eu continue? Estou dizendo, cada coisinha que aconteceu aqui se encaixa como uma abelha numa dedaleira. E vocês ainda dizem para matar todos eles e ficar com o viveiro? A gente devia ficar com um teto de ossos, pendurados por arames brilhantes! Fiquem vocês com a desgraça e a morte!

Quinto se afundou na grama. Topete, ainda carregando consigo o horrível pedaço de madeira, arrastou-se até ele e tocou no focinho dele com o seu.

— Ainda estou vivo, Quinto — ele disse. — Todos estamos. Você mordeu uma madeira mais amarga do que essa que eu carrego. Diga o que a gente deve fazer.

— Fazer? — respondeu Quinto. — Ora, ir embora... agora. Eu disse ao Prímula que a gente estava indo embora antes de sair da toca.

— Para onde? — perguntou Topete. Mas foi Avelã quem respondeu.

— Para as colinas — ele disse.

Ao sul, o chão se elevava gentilmente para longe do riacho. Ao longo da parte mais alta corria a trilha usada pela carroça e, mais além, havia um bosque. Avelã avançou em direção à trilha e os outros o seguiram, subindo o aclive isolados ou em duplas.

— E o arame, Topete? — questionou Prata. — A madeira vai prender em alguma coisa e apertar o laço de novo.

— Não, ele está solto agora — disse Topete. — Se eu não estivesse com o pescoço machucado, conseguiria sacudir para ela cair.

— Tente — disse Prata. — Senão você não vai muito longe.

— Avelã — chamou Verônica de repente —, tem um coelho vindo do viveiro. Olhe!

— Só um? — disse Topete. — Que pena! Fique com ele para você, Prata. Não vou privá-lo disso. Faça um bom trabalho.

Eles pararam e esperaram, espalhados aqui e ali pelo aclive. O coelho que vinha do viveiro corria de um jeito estranho, apressado. Em certo momento, ele bateu em um cardo de caule grosso, o que o fez cair de lado e rolar várias vezes. Mas ele se levantou e continuou desajeitado na direção deles.

— É a cegueira branca? — disse Espinheiro. — Ele não enxerga por onde anda.

— Frith nos proteja! — disse Amora. — A gente devia fugir?

— Não, ele não ia conseguir correr assim se estivesse com a cegueira branca — disse Avelã. — Seja o que for que ele tem, não é isso.

— É o Morango! — gritou Dente-de-Leão.

Morango passou pela cerca ao lado da macieira, olhou ao seu redor e foi até Avelã. Toda a sua calma contida tinha desaparecido. Ele estava com os olhos arregalados e tremendo, e o seu grande porte só tornava mais impressionante seu ar de infelicidade. Ele se encolheu diante deles na grama enquanto Avelã aguardava, severo e imóvel, com Prata a seu lado.

— Avelã — disse Morango —, vocês estão indo embora?

Avelã não respondeu, mas Prata disse seco:

— O que você tem a ver com isso?

— Me levem com vocês. — Não houve resposta e então ele repetiu. — Me levem com vocês.

— A gente não gosta de criaturas que enganam a gente — disse Prata. — Melhor você voltar para a Nildro-hain. Sem dúvida ela é menos seletiva.

Morango soltou um guincho que parecia engasgado, como se ele estivesse ferido. Olhou de Prata para Avelã e depois para Quinto. Por fim, num sussurro de dar pena, ele disse:

— Os arames.

Prata estava prestes a falar, mas Avelã tomou a vez.

— Pode vir com a gente — ele disse. — E não diga mais nada. Pobre sujeito.

Poucos minutos depois, os coelhos tinham atravessado a trilha da carroça e desaparecido no bosque mais adiante. Um corvo, vendo um objeto claro e em destaque no aclive vazio, voou mais baixo para ver o que era. Mas tudo o que ele encontrou foi uma madeira lascada e um pedaço retorcido de arame.

PARTE II

Em Watership Down

18

Watership Down

O que hoje é provado antes tinha sido só imaginado.
William Blake, *O casamento do Céu e do Inferno*

Era o entardecer do dia seguinte. A encosta de Watership Down voltada para o norte, que estava sob a sombra desde o início da manhã, agora era iluminada pelo sol que vinha do oeste durante uma hora antes do crepúsculo. A colina subia na vertical a uma altura de cem metros num trecho de não mais de duzentos – uma parede íngreme, desde as fileiras de árvores na base até o cume, onde a terra ficava mais plana. A luz, plena e suave, era como casca dourada sobre a relva, o capim e os teixos, as poucas árvores retorcidas pelo vento. Do alto, a luz parecia cobrir todo o declive, inerte e imóvel. Mas na grama, entre os arbustos, na densa floresta em que pisavam o besouro, a aranha e o musaranho, a luz em movimento era como um vento que dançava entre eles para fazer com que corressem e se entrecruzassem. Os raios vermelhos tremeluziam nas folhas de grama, brilhando minuciosamente em asas membranosas, criando longas sombras atrás das mais finas pernas filamentares, esfarelando cada trecho de solo nu em uma infinidade de grãos individuais. Os insetos zumbiam, gemiam, sussurravam, estridulavam e murmuravam à medida que o ar se aquecia ao pôr do sol. Mais alto e, contudo, mais calmo, entre as árvores, soavam o tentilhão, o pintarroxo e o verdilhão. As cotovias subiam, cantando no ar perfumado sobre a colina. Do cume, a aparente imobilidade do vasto horizonte azul era rompida, aqui e ali, por tufos de fumaça e pequenas e momentâneas cintilações de vidro. Bem abaixo ficavam os campos verdes com trigo, os pastos planos onde passeavam cavalos, os tons de verde mais escuros da floresta. Assim como o matagal ao lado da colina, a floresta era agitada à noite, mas da altura remota parecia imóvel, sua ferocidade temperada pelo ar que ficava no caminho.

No pé do penhasco de relva, Avelá e seus companheiros estavam agachados sob galhos baixos de dois ou três evônimos. Desde a manhã anterior, eles tinham viajado por cerca de cinco quilômetros. Tiveram sorte, pois todos os que saíram do viveiro ainda estavam vivos. Tinham atravessado dois córregos e vagado amedrontados pela profundeza das florestas a oeste de Ecchinswell. Descansaram no palheiro de um celeiro abandonado e, ao acordarem, viram-se atacados por ratos. Prata e Espinheiro, com ajuda de Topete, deram cobertura para a retirada. Depois de todos estarem juntos do lado de fora, fugiram. Espinheiro tinha sido mordido na pata dianteira, e a ferida, como acontece com as mordidas de ratos, era irritante e dolorida. Passando pela margem de um pequeno lago, eles viram um grande pássaro pescador cinzento que bicava e chapinhava em meio às ervas, até que o voo de um pato selvagem os assustou pelo barulho e os fez fugir. Eles haviam atravessado quase um quilômetro de pasto sem qualquer cobertura, esperando, a qualquer momento, um ataque que jamais ocorreu. Tinham ouvido o estranho zumbido de uma torre de eletricidade no ar do verão; e de fato passaram por ela, depois que Quinto garantiu que aquilo não podia lhes fazer mal. Agora, estavam deitados sob os evônimos e farejavam, cansados e cheios de dúvidas, o estranho descampado à sua volta.

Desde que deixaram o viveiro das armadilhas, eles se transformaram em um bando mais cauteloso, mais atento e mais tenaz, que se entendia melhor e que trabalhava em conjunto. Não havia mais brigas. A verdade sobre o viveiro foi um choque cruel. Mas fez com que eles se tornassem mais unidos, confiando mais nas habilidades uns dos outros e valorizando-as. Sabiam que era disso e de mais nada que a vida deles dependia, e que não iriam gastar energia em disputas entre si. Apesar dos esforços de Avelá ao lado da armadilha, não havia um que não tivesse ficado de coração partido ao achar que Topete estava morto e que não tivesse pensado, como Amora, o que seria deles a partir de então. Sem Avelá, Amora, Espinheiro e Sulquinho, Topete teria morrido. Sem seus próprios esforços, ele também teria morrido, pois quem, deles todos, não teria desistido depois de um sofrimento como aquele? Não havia mais questionamentos sobre a força de Topete, a visão de Quinto, a inteligência de Amora ou sobre a autoridade de Avelá. Quando vieram os ratos, Espinheiro e Prata seguiram as ordens de Topete e resistiram ao ataque. Os outros seguiram Avelá quando ele os incitou e, sem explicação, disse a eles que era hora de sair do celeiro. Mais tarde, Avelã anunciou que a única opção que eles tinham era atravessar o descampado e, orientados por Prata, eles fizeram a travessia, com Dente-de-Leão seguindo na frente como batedor. Quando Quinto disse que a árvore de ferro era inofensiva, eles acreditaram

Morango tinha passado por problemas. Seu tormento deixou seu raciocínio mais lento e o tornou mais descuidado. Além disso, ele estava envergonhado pelo papel que desempenhou no viveiro. Ele era molenga e mais acostumado à preguiça e à boa comida do que gostaria de admitir. Mas ele não reclamou e era evidente que estava decidido a não merecer ser deixado para trás e a provar o que era capaz de fazer. Ele se mostrou útil na floresta, estando mais acostumado a selvas densas do que qualquer um dos outros.

— Ele vai ficar bem, sabe, se a gente der uma chance — disse Avelã a Topete, perto do lago.

— É bom mesmo que fique — respondeu o Topete. — O grande almofadinha!

Para os padrões deles, Morango era escrupulosamente limpo e delicado.

— Bom, é melhor não o intimidar, Topete. Veja bem, isso não vai ajudar em nada.

Topete aceitou a orientação de Avelã, embora de mau humor. No entanto, o próprio Topete ficou menos autoritário. A armadilha o deixou fraco e exausto. Foi ele quem deu o alarme no celeiro, pois não conseguia dormir e o som dos arranhões o acordou imediatamente. Ele não iria deixar Prata e Espinheiro lutarem sozinhos, mas se sentiu forçado a deixar a parte mais pesada para eles. Pela primeira vez na vida, Topete se via impelido à moderação e à prudência.

Enquanto o sol baixava e tocava a borda da faixa de nuvens no horizonte, Avelã saiu debaixo dos galhos e olhou com cuidado em torno da parte baixa do aclive. Depois, olhou por cima dos formigueiros, vendo a colina acima deles. Quinto e Bolota o seguiram e começaram a comer em um trecho de sanfeno. Era um alimento novo para eles, mas ninguém precisou lhes avisar que era bom, e o sanfeno melhorou o ânimo do grupo. Avelã voltou e ficou com eles entre os grandes canteiros de flores magentas rajadas de rosa.

— Quinto — ele disse —, deixa eu entender direito. Você quer que a gente escale essa colina, independentemente de quão longa ela for, e se abrigue no topo. É isso?

— Sim, Avelã.

— Mas o topo deve ser muito alto. Nem consigo enxergar daqui. Vai ser descampado e frio.

— Não no solo. E a terra é tão fofa que a gente vai conseguir cavar um abrigo com facilidade quando encontrar o lugar certo.

Avelã pensou de novo.

— O que eu não sei é como começar essa jornada. Aqui estamos, todos exaustos. Tenho certeza de que é perigoso ficar aqui. A gente não tem para onde correr, não conhece o lugar e não tem como ir para baixo da terra. Mas parece fora de questão que todos escalem a colina até a noite. A gente vai estar menos seguro ainda no meio do caminho.

— Vamos ser obrigados a cavar, não é? — disse Bolota. — Este lugar é quase tão descampado quanto o urzal que a gente atravessou, e as árvores não vão esconder a gente de nenhum caçador de quatro patas.

— Seria a mesma coisa em qualquer momento que a gente viesse — disse Quinto.

— Não estou sendo contra, Quinto — respondeu Bolota. — Mas é fato que a gente precisa de buracos. É um lugar ruim para não ter a opção de ir para debaixo da terra.

— Antes de todo mundo chegar no topo — disse Avelã —, a gente devia descobrir como é lá em cima. Vou subir um pouco para dar uma olhada em volta. Vou o mais rápido que puder e vocês fiquem torcendo para que tudo corra bem até eu retornar. De todo modo, vocês podem aproveitar para descansar e comer.

— Você não vai sozinho — disse Quinto com firmeza na voz.

Como, apesar do cansaço, todos estavam dispostos a ir com ele, Avelã cedeu e escolheu Dente-de-Leão e Leutodonte, que pareciam menos exaustos do que os demais. Eles subiram lentamente pelo barranco, fazendo sempre o caminho de um arbusto ou de um tufo até o outro, e parando o tempo todo para farejar e olhar a grande extensão de grama, que de ambos os lados se estendia até onde eles conseguiam ver.

Um humano anda ereto. Para ele é cansativo escalar uma colina íngreme, porque tem de empurrar sua massa vertical para cima e não consegue ganhar embalo. O coelho, nesse caso, se sai melhor. Seu apoio nas quatro patas, seu corpo horizontal e as grandes patas traseiras não deixam que o trabalho seja penoso. Eles têm grande facilidade para impulsionar ladeira acima a sua leve massa. Os coelhos conseguem subir colinas rapidamente. Na verdade, eles têm tanta força nas patas traseiras que acham estranho descer uma ladeira e, às vezes, ao correr num declive, podem literalmente acabar virando de cabeça para baixo. Por outro lado, um homem fica de um metro e meio a dois metros acima do solo e consegue ver tudo à sua volta. Para ele, a subida pode parecer íngreme e difícil, mas no geral será sempre uniforme, e do alto de seu um metro e oitenta ele escolhe com facilidade o caminho. As ansiedades e tensões do coelho ao subir a colina eram diferentes das que você, leitor, sentiria se estivesse lá. O maior problema deles não era o cansaço corporal. Quando Avelã disse que todos estavam exaustos, o que queria dizer era que todos eles estavam sentindo a tensão de uma insegurança e de um medo prolongados.

Coelhos acima do solo, a não ser quando estão em um terreno já explorado e conhecido, próximo de suas tocas, vivem sempre com medo. Se o medo ficar suficientemente forte, eles podem ficar petrificados e paralisados – tharn, para usar a palavra deles. Avelã e seus amigos estavam correndo havia quase dois dias. E, na realidade, desde que tinham saído de seu viveiro de origem, cinco dias antes, enfrentaram um perigo após o outro. Todos eles estavam no limite, às vezes se assustando por nada e deitando em qualquer trecho de grama alta que vissem pela frente. Topete e Espinheiro cheiravam a sangue e todos os outros sabiam disso. O que incomodava Avelã, Dente-de-Leão e Leutodonte era o fato de a colina ser desconhecida e descampada, e também a incapacidade de eles verem muito adiante. Eles escalaram, não por cima, mas pelo meio da grama queimada de sol, entre os movimentos dos insetos despertos e a luz candente. A grama ondulava ao redor deles. Eles observavam por cima dos formigueiros e olhavam com cautela para os arbustos de cardos. Não sabiam dizer a que distância estava o cume. Chegavam ao topo de um aclive e descobriam que havia mais um. Para Avelã, parecia um lugar muito provável de se encontrar uma doninha; ou um mocho, talvez, pudesse contornar a encosta em um voo sob o pôr do sol, olhando para a terra com seus olhos de pedra, pronto para desviar o caminho alguns metros para o lado e pegar da prateleira qualquer coisa que se movesse. Alguns elil esperam sua presa, mas o mocho sai à caça e voa em silêncio. Enquanto Avelã continuava a subir, o vento sul começou a soprar e o pôr do sol de junho fez com que o céu ficasse totalmente avermelhado. Avelã, como quase todos os animais selvagens, não estava acostumado a olhar para cima para ver o céu. Para ele, o céu era o horizonte, normalmente interrompido por árvores e cercas. Agora, com a cabeça virada para o alto, ele se pegou olhando para o cume, enquanto lá em cima, no céu, passavam as nuvens silenciosas, em movimento, tingidas de vermelho. A maneira como elas se mexiam era perturbadora, ao contrário do movimento das árvores, da grama ou dos coelhos. Essas grandes massas se moviam de forma contínua, sem ruído e sempre na mesma direção. Elas não pertenciam a este mundo.

"Oh Frith", pensou Avelá, virando a cabeça por um momento para o brilho que cintilava a oeste, "estás nos mandando viver entre as nuvens? Se você realmente fala com Quinto, ajude-me a confiar nele". Neste instante, ele viu Dente-de-Leão, que corria bem à frente, agachando-se em um formigueiro que era fácil de ver contra o céu. Alarmado, Avelá correu.

— Dente-de-Leão, desça daí! — ele disse. — Por que você está sentado aí?

— Porque daqui consigo ver — respondeu Dente-de-Leão, com uma espécie de alegre empolgação. — Venha ver! Dá para enxergar o mundo inteiro.

Avelá subiu em direção a ele. Havia outro formigueiro ali perto e, então, ele imitou Dente-de-Leão, sentado ereto sobre as patas traseiras e olhando em volta. Ele agora percebeu que eles estavam num terreno quase plano. Na verdade, a ladeira vinha ficando suave no caminho que eles fizeram, mas Avelá tinha estado preocupado com a possibilidade de perigo no descampado e acabou não percebendo essa alteração. Eles estavam no topo da colina. Empoleirados sobre a grama, conseguiam ver longe em qualquer direção. O entorno estava vazio. Se algo estivesse se mexendo, eles veriam imediatamente; e onde a relva acabava, começava o céu. Um humano, uma raposa – ou até mesmo um coelho – que subisse a colina seria facilmente detectado. Quinto estava certo. Ali em cima, eles seriam alertados sobre qualquer aproximação.

O vento agitava seus pelos e arrastava a grama, que cheirava a tomilho e erva-férrea. A solidão parecia uma libertação e uma bênção. A altitude, o céu e a distância lhes subiram à cabeça e eles se lançaram ao pôr do sol.

— Oh, Frith das colinas! — gritou Dente-de-Leão. — Ele deve ter feito isso para nós!

— Pode ser que tenha feito, mas foi Quinto que pensou nisso para nós — respondeu Avelá. — Espere só a gente trazer o Quinto até aqui! Quinto-rah!

— Onde está o Leutodonte? — indagou, de repente, Dente-de-Leão.

Embora ainda houvesse bastante luz, não se via Leutodonte na parte alta da colina. Depois de olhar em volta por algum tempo, eles correram até um morrinho ali perto e olharam de novo. Mas não viram nada, exceto um camundongo, que saiu de seu buraco e começou a roer um pedaço de grama.

— Deve ter descido — disse Dente-de-Leão.

— Bom, tendo descido ou não — disse Avelã —, a gente não pode ficar procurando por ele. Os outros estão esperando e podem estar em perigo. A gente precisa voltar.

— Mas que pena uma perda justo agora — disse Dente-de-Leão. — Justo quando a gente chegou às colinas do Quinto sem perder ninguém. Ele é tão burro; a gente não devia ter trazido o Leutodonte. Mas como alguma coisa podia ter pegado um coelho aqui, sem a gente ver?

— Não, ele voltou, com certeza — disse Avelã. — Imagino o que o Topete vai dizer a ele. Espero que não morda de novo. Melhor a gente ir.

— Você vai trazer todo mundo aqui para cima hoje à noite? — perguntou Dente-de-Leão.

— Não sei — disse Avelã. — É um problema. Onde vamos encontrar abrigo?

Eles chegaram à beira da descida. A luz estava começando a ficar mais fraca. Eles escolheram a direção a seguir perto de um grupo de árvores atrofiadas pelas quais tinham passado na subida. Elas formavam uma espécie de oásis seco – uma característica comum da região. Meia dúzia de espinheiros e dois ou três sabugueiros cresciam juntos em cima e embaixo de um barranco. Entre eles o solo era nu e era possível enxergar o calcário pálido, de um branco sujo sob as flores cor de creme do sabugueiro. Ao se aproximarem, de repente, eles viram Leutodonte sentado entre os troncos dos espinheiros, limpando o focinho com as patas.

— A gente estava procurando você — disse Avelã. — Onde você estava?

— Desculpe, Avelã — respondeu Leutodonte docilmente. — Estava olhando esses buracos. Achei que podiam ser úteis.

No barranco baixo atrás dele havia três buracos de coelho. E havia mais dois no solo plano, entre as raízes grossas e retorcidas. Eles não viam pegadas nem fezes. Era visível que os buracos tinham sido abandonados.

— Você entrou? — perguntou Avelã, farejando o entorno.

— Sim, entrei — disse Leutodonte. — Desci em três deles. São rasos e rústicos, mas não têm cheiro de morte nem de doença e são bem sólidos. Achei que podiam servir para a gente… pelo menos por enquanto.

No crepúsculo, uma andorinha voou gritando sobre eles e Avelã se virou para Dente-de-Leão.

— Extra! Extra! — ele disse. — Vá e traga todos aqui para cima.

Assim, coube a um soldado raso fazer a descoberta casual que, enfim, os levou às colinas: e provavelmente salvou uma ou duas vidas, já que dificilmente eles poderiam ter passado a noite no descampado, fosse sobre a colina ou a seu pé, sem ser atacados por algum tipo de inimigo.

19

Medo no escuro

— Quem é que está na sala ao lado? Quem?
Uma lívida figura
Com uma mensagem dura sobre algo devido por alguém?
Vou reconhecer a criatura?
— Sim, ele; e é isso o que trouxe; e você irá reconhecer a criatura.

Thomas Hardy, *Quem está na sala ao lado?*

Os buracos certamente eram rústicos.

— Combina direitinho com o bando de vagabundos[1] que nós somos — disse Topete. — Mas quem está exausto e vagando por um lugar estranho não é muito exigente em relação à hospedagem.

---

1. A palavra que Topete usou foi *hlessil*, que traduzi em vários lugares da história como andarilhos, nômades, vagabundos. Um *hlessi* é um coelho que vive ao ar livre, sem um buraco. Machos solitários e coelhos sem parceiras que vagam por aí fazem isso por períodos bastante longos, especialmente no verão. Os machos normalmente não cavam muito sob nenhuma circunstância, embora cavem abrigos rasos ou usem buracos existentes onde estiverem disponíveis. O verdadeiro trabalho de escavação é feito na maior parte das vezes pelas fêmeas esperando ninhadas.

Havia espaço para pelo menos doze coelhos e as tocas eram secas. Dois buracos – os que ficavam entre os espinheiros – levavam direto a tocas cavadas no subsolo calcário. Coelhos não forram os lugares onde dormem e um piso duro, quase rochoso, é desconfortável para quem não está acostumado. Os buracos do barranco, porém, tinham caminhos no formato usual de tigela, levando até o calcário e depois fazendo uma curva para cima que seguia até lugares que tinham terra calcada como piso. Não havia passagens que conectavam uma toca à outra, mas os coelhos estavam cansados demais para se importar com isso. Dormiram quatro em cada toca, confortáveis e seguros. Avelã ficou acordado por um tempo, lambendo a perna de Espinheiro, que estava rígida e sensível. Ele ficou tranquilo por não encontrar cheiro de infecção, mas tudo o que ele já tinha ouvido sobre ratos fez com que ele decidisse garantir que Espinheiro descansasse o suficiente e que não sujasse a perna até a ferida sarar. "Esse é o terceiro do grupo a se machucar. Ainda assim, pensando bem, as coisas podiam ter sido bem piores", ele pensou, enquanto caía no sono.

A curta escuridão de junho terminou em poucas horas. A luz voltou cedo ao alto colina, mas os coelhos nem se mexeram. Bem depois da aurora eles ainda dormiam, sem serem perturbados, em um silêncio mais profundo do que jamais haviam conhecido. Hoje em dia, em campos e florestas, o nível de ruído durante o dia é alto – intolerável para algumas espécies de animais. Poucos lugares ficam distantes do ruído humano – carros, ônibus, motos, tratores, caminhões. O som de um conjunto habitacional pela manhã pode ser ouvido de muito longe. Pessoas que costumam fazer gravações de cantos de pássaros, em geral o fazem bem cedo – antes das seis da manhã –, se possível. Logo depois disso, a invasão de ruídos distantes na maior parte das florestas se torna constante demais e muito alta. Durante os últimos cinquenta anos o silêncio de grande parte do interior foi destruído. Mas aqui, em Watership Down, só pequenos rastros do barulho ocorrido lá embaixo chegavam flutuando.

O sol já estava alto, embora ainda não tivesse chegado à altura da colina quando Avelã acordou. Com ele na toca estavam Espinheiro, Quinto e Sulquinho. Ele era quem estava mais perto da saída e não os acordou enquanto se retirava. Do lado de fora, ele parou para fazer hraka e depois foi saltando pelo caminho de espinheiros em meio à grama. Abaixo, o campo estava coberto com uma névoa matinal que começava a se dissipar. Aqui e ali, bem longe, havia formas de árvores e telhados, sobre os quais serpentinas de névoa deslizavam como se fossem ondas batendo nas pedras. O céu estava sem nuvens e era de um azul profundo, com tons de malva perto da linha do horizonte. O vento havia cessado e as aranhas já estavam na grama há algum tempo. Ia ser um dia quente.

Avelá andou sem rumo, do modo como os coelhos normalmente fazem para comer – cinco ou seis pulos lentos, ritmados na grama; uma pausa para olhar ao redor, sentado com as orelhas eretas; depois roer por um curto período, a que se segue novo movimento de mais alguns metros. Pela primeira vez em muitos dias ele se sentiu tranquilo e seguro. Ele começou a imaginar se havia muito o que aprender sobre o novo lar.

"Quinto estava certo", ele pensou. "Este é o lugar certo para nós. Mas vamos precisar nos acostumar com ele, e quanto menos erros cometermos melhor. Mas o que será que aconteceu com os coelhos que fizeram esses buracos? Será que pararam de correr ou simplesmente se mudaram? Se pudéssemos nos encontrar com eles, eles podiam nos contar muita coisa."

Neste instante ele viu um coelho sair hesitante do buraco mais distante de onde ele estava. Era Amora. Ele também fez hraka, se coçou e depois pulou para a luz do sol e ajeitou o pelo das orelhas. Enquanto ele começava a comer, Avelá se aproximou dele e ficou a seu lado, roendo entre os tufos de mato e vagando por onde quer que seu amigo fosse. Eles chegaram a um trecho de erva-leiteira – de um azul tão profundo quanto o do céu – com longos caules se arrastando pela grama e cada flor espraiando suas duas pétalas superiores como se fossem asas. Amora farejou-as, mas as folhas eram duras e pouco apetitosas.

— O que é isso, você sabe? — ele perguntou.

— Não, não sei — disse Avelá. — Nunca vi antes.

— Tem muita coisa que a gente não sabe — comentou Amora. — Sobre esse lugar, digo. As plantas são novas, os cheiros são novos. Então, a gente vai precisar de novas ideias.

— Bom, você é que é o cara das ideias — afirmou Avelá. — Nunca sei de nada até você me contar.

— Mas você vai na frente e corre os riscos antes de nós — respondeu Amora. — Todos já percebemos isso. E agora a nossa jornada terminou, não? Este lugar é tão seguro quanto Quinto disse que ia ser. Nada pode se aproximar daqui sem a gente saber. Quer dizer, não enquanto a gente conseguir cheirar e ver e ouvir.

— Mas a gente pode fazer tudo isso.

— Não quando a gente está dormindo e sem conseguir ver no escuro.

— Sempre vai ser escuro à noite — disse Avelã —, e coelhos precisam dormir.

— Ao ar livre?

— Bom, a gente pode seguir usando esses buracos, se a gente quiser, mas acho que muitos vão dormir do lado de fora. Afinal, você não pode esperar que um bando de machos vá cavar. Pode ser que façam um buraco ou outro, como no dia depois que a gente passou pelo urzal, mas não mais do que isso.

— Era nisso que eu estava pensando — disse Amora. — Esses coelhos que a gente deixou pra trás... Prímula e os outros... muitas coisas que eles faziam não eram naturais para coelhos... fincar pedras na terra e carregar comida para a toca e Frith sabe mais o quê.

— A alface do Threarah era carregada para debaixo da terra, se for por isso.

— Exato. Você percebe? Eles mudaram as coisas que os coelhos fazem naturalmente porque acharam que dava para fazer melhor. E se eles mudaram o comportamento deles, a gente também pode fazer isso, se quiser. Você diz que coelhos machos não cavam. E é verdade. Mas poderiam cavar, se quisessem. Suponha que a gente tivesse tocas profundas e confortáveis para dormir. Ficar sem se molhar quando chover e debaixo da terra à noite. Neste caso, a gente *ia* estar seguro. E não tem nada que impeça a gente de fazer isso, exceto o fato de que coelhos machos não cavam. Não é que não possam cavar, mas simplesmente não o fazem.

— Qual é a tua ideia, então? — perguntou Avelã, interessado porém relutante. — Você quer que a gente transforme esses buracos em um viveiro comum?

— Não, esses buracos não servem. É fácil entender por que foram abandonados. É só cavar um pouco e você chega naquela coisa branca e dura que ninguém consegue cavar. Devem ser frios de doer no inverno. Mas tem um bosque no topo da colina. Dei uma olhada por cima nele ontem à noite quando a gente chegou. Que tal a gente subir agora, só você e eu, e ver como é?

Eles correram até o cume. O bosque de faias ficava um pouco mais a sudeste, depois de um caminho de mato que acompanhava a encosta.

— Tem umas árvores grandes lá — disse Amora. — As raízes devem ter entrado bastante no solo. A gente podia cavar buracos e ficar tão bem quanto estava no nosso antigo viveiro. Mas se Topete e os outros decidirem não cavar ou se disserem que não conseguem... bom, é descampado e não há abrigos por aqui. É por isso que é isolado e seguro, claro, mas quando houver mau tempo certamente a gente vai ser afastado daqui.

— Nunca passou pela minha cabeça fazer um bando de machos cavar buracos normais — disse Avelã hesitante, enquanto voltavam descendo a ladeira. — Claro que filhotes precisam de tocas, mas será que nós precisamos?

— Todos nós nascemos em um viveiro que foi cavado antes de nossas mães nascerem — disse Amora. — Estamos acostumados a buracos e nenhum de nós jamais ajudou a cavar um. E se faziam alguma toca nova, quem cavava? Uma fêmea. Tenho para mim que se a gente não mudar nossos hábitos naturais não vai dar para ficar aqui por muito tempo. Em outro lugar, pode ser, mas não aqui.

— Vai dar um trabalhão.

— Veja, o Topete acordou e há outros com ele. Por que não falar sobre essa ideia e ver o que eles dizem?

Durante o silflay, porém, o único para quem Avelã mencionou a ideia de Amora foi Quinto. Mais tarde, quando a maior parte dos coelhos tinha terminado de comer e estava brincando na grama ou deitado no sol, Avelã sugeriu que eles podiam ir até o bosque "só para ver que tipo de árvore é aquela", nas suas próprias palavras. Topete e Prata concordaram imediatamente e, no fim, ninguém ficou para trás.

Aquele era diferente dos bosques sobre campinas que eles tinham deixado para trás: um aglomerado de árvores, com quatrocentos ou quinhentos metros de extensão, mas que mal chegava a cinquenta metros de largura, uma espécie de quebra-ventos comum na região das colinas. O bosque era formado quase que apenas de grandes faias. Os compridos troncos lisos e imóveis na sombra verde, os galhos se espraiando para os lados, um sobre o outro, em camadas firmes e com sutis diferenças de cores. Entre as árvores havia um descampado quase sem cobertura. Os coelhos ficaram perplexos. Eles não conseguiam compreender por que a madeira era tão clara e imóvel e por que eles conseguiam ver tão longe entre as árvores. O farfalhar contínuo e suave das folhas de faia era diferente dos sons que se ouvia num bosque de arbustos de nozes, carvalhos e videiros.

Com movimentos hesitantes, margeando a área do bosque, saindo e entrando nela, eles chegaram ao canto nordeste. Ali havia um barranco de onde olharam para trechos vazios de grama mais distantes. Quinto, tão pequeno em contraste com o pesado Topete a seu lado, virou-se para Avelá com um ar de alegre confiança.

— Estou certo de que o Amora tem razão, Avelá — ele disse. — A gente devia se esforçar para fazer umas tocas aqui. Eu, pelo menos, estou disposto a tentar.

Os outros foram surpreendidos. Sulquinho, porém, juntou-se imediatamente a Avelá no pé do barranco e logo outros dois ou três começaram a cavar o solo leve. Cavar era fácil e, embora eles parassem com frequência para comer ou simplesmente para se sentar ao sol, antes de meio-dia Avelá já estava fazendo um túnel entre as raízes das árvores e não era mais possível enxergá-lo pelo lado de fora.

No bosque havia pouco ou nenhum mato, mas pelo menos os galhos ofereciam proteção contra as ameaças do céu: e eles perceberam que pequenos falcões eram comuns naquela região erma. Embora essas aves dificilmente cacem animais maiores do que ratos, às vezes atacam coelhos jovens. Não há dúvida de que esse é o motivo de a maior parte dos coelhos adultos não ficar dando sopa debaixo de um falcão pairando no ar. Não demorou muito para Bolota avistar um vindo do sul. Ele bateu a pata no chão e correu para as árvores, seguido pelos outros coelhos que estavam no descampado. Eles mal tinham saído e voltado a cavar quando viram outro – ou talvez o mesmo – pairando a certa distância, bem acima dos campos que tinham atravessado na manhã anterior. Avelá colocou Amora de sentinela enquanto o trabalho não planejado do dia prosseguia, e o sinal de alerta soou mais duas vezes durante a tarde. Quando já começava a escurecer, eles se assustaram com um homem galopando pela trilha do cume que passava pelo extremo norte do bosque. Fora isso, eles não viram nada maior do que um pombo durante todo o tempo em que estiveram ali.

Depois que o homem a cavalo virou para o sul, perto do topo do Watership, e sumiu da vista dos coelhos, Avelá voltou para o limite do bosque e olhou para o norte, em direção aos campos brilhantes e imóveis, e para a indistinta torre de eletricidade ao longe, em Kingsclere. O ar estava mais fresco, e o sol começava a ficar cada vez mais baixo no horizonte.

— Acho que fizemos o bastante — ele disse —, pelo menos por hoje. Queria ir até o sopé da colina para encontrar grama boa de verdade. Essa daqui não é ruim, mas é bem fina e seca. Alguém quer vir comigo?

Topete, Dente-de-Leão e Verônica estavam dispostos, mas os outros preferiram comer no caminho de volta para os espinheiros e descer para baixo do nível da terra junto com o sol. Topete e Avelá escolheram o caminho com mais cobertura e, com os outros atrás deles, partiram para percorrer os quatrocentos ou quinhentos metros até o sopé da colina. Não se depararam com nenhum problema e logo estavam comendo a grama à beira do trigal, a clássica cena de coelhos em uma paisagem vespertina. Avelá, apesar do cansaço, não se esqueceu de procurar um lugar para onde correr caso houvesse alguma ameaça. Ele foi sortudo o suficiente de encontrar um pequeno trecho de uma antiga vala coberta, parcialmente desmoronada e tão cheia de salsa de vaca e de urtigas que funcionava quase como um túnel; e os quatro se certificaram de que era rápido chegar até ali partindo do descampado.

— Esse lugar vai ser útil se houver perigo — argumentou Topete, mastigando trevos e farejando flores caídas de uma árvore de viburno. — Caramba, a gente aprendeu bastante coisa desde que saiu do viveiro antigo, não é? Mais do que a gente tinha aprendido a vida inteira lá. Agora, sabemos até cavar! Imagino que logo a gente vai voar. Você já percebeu que este solo é bem diferente do solo do viveiro antigo? O cheiro é diferente e ele desliza e desmorona de um jeito diferente também.

— Isso me lembra uma coisa — disse Avelá. — Queria perguntar a você. Tinha uma coisa no terrível viveiro do Prímula que eu admirava muito... a grande toca. Eu queria copiar. É uma ideia maravilhosa ter um lugar debaixo da terra onde todo mundo pode ficar junto... conversar e contar histórias e tudo mais. O que você acha? Dá para fazer?

Topete pensou e, então, respondeu:

— O que eu sei é o seguinte — ele disse. — Se você faz uma toca grande demais, o teto começa a desmoronar. Então, se você quer fazer um lugar como aquele, vai precisar de alguma coisa que sustente o teto. O que Prímula usava?

— Raízes de árvores.

— Bom, tem aquelas árvores onde a gente está cavando. Mas será que são do tipo certo?

— Melhor a gente perguntar para o Morango o que ele sabe sobre a grande toca. Mas pode ser que ele não saiba muito. Tenho certeza de que quando ele nasceu a toca já existia.

— E ele não vai morrer quando ela desmoronar. Aquele viveiro é tharn como uma coruja durante o dia. Ele foi inteligente de sair junto com a gente.

O crepúsculo tinha caído sobre o milharal, pois embora longos raios vermelhos continuassem a iluminar a parte de cima da coluna, o sol já estava abaixo dela. A sombra irregular da cerca tinha esmaecido e desaparecido. Havia um cheiro fresco de umidade e da escuridão que se aproximava. Um besouro zumbiu perto deles. Os gafanhotos ficaram em silêncio.

— As corujas vão sair — disse o Topete. — Vamos subir de novo.

Nesse momento, do campo tomado pela escuridão, veio o som de uma pata batendo no chão. Logo depois veio outro, agora mais perto deles, e eles viram um relance de uma cauda branca. Os dois imediatamente correram para a vala. Agora que precisavam usá-la para valer, eles acharam que ela era ainda mais estreita do que tinham imaginado. Só havia espaço para se virar na extremidade final e, quando fizeram isso, trombaram com Verônica e Dente-de-Leão que vinham logo atrás deles.

— O que é aquilo? — perguntou Avelá. — O que vocês escutaram?

— Tem alguma coisa subindo, acompanhando a cerca — respondeu Verônica. — Um animal. Fazendo bastante barulho.

— Você viu o que era?

— Não, nem consegui farejar. Está contra o vento. Mas ouvi com clareza.

— Também ouvi — concordou Dente-de-Leão. — É alguma coisa bem grande... do tamanho de um coelho, no mínimo... está se movendo desajeitada, mas tentando continuar escondida, ou pelo menos foi isso que me pareceu.

— Homba?

— Não, isso a gente *ia ter* farejado — disse Topete —, com ou sem vento. Pelo que vocês disseram, parece um gato. Espero que não seja um furão. *Hoi, hoi, u embleer hrair*! Que chatice! Melhor a gente ficar sentado aqui um pouco. Mas estejam prontos para correr caso ele nos encontre.

Eles esperaram. Logo ficou mais escuro. Só uma luz muito tímida passava pelo emaranhado de mato de verão acima deles. A extremidade da vala estava tão encoberta que eles não conseguiam olhar para fora, mas o lugar por onde tinham entrado mostrava um pedacinho do céu – um arco de um azul muito escuro. À medida que o tempo passava, uma estrela apareceu por entre o capim que cobria a vala. Ela parecia pulsar em um ritmo tão sutil e irregular quanto o do vento. Lentamente, Avelá desviou seus olhos dela.

— Bom, a gente pode tirar uma soneca aqui — ele disse. — A noite não está fria. Seja o que for que vocês ouviram, é melhor a gente não se arriscar a sair.

— Escutem — alertou Dente-de-Leão. — O que é isso?

Por um instante Avelã não ouviu nada. Depois, escutou um som distante, mas nítido – um tipo de lamento ou choro, vacilante e intermitente. Embora não soasse como nenhuma espécie de apito de caça, era algo tão artificial que os encheu de terror. Logo a seguir, o barulho cessou.

— O que nesse mundo de Frith faz um barulho desses? — questionou Topete, com o seu grande tufo de pelos eriçados entre as orelhas.

— Um gato? — perguntou Verônica, de olhos arregalados.

— Isso não é gato! — disse Topete, os lábios arreganhados em uma careta rígida e estranha. — Isso não é gato! Você não sabe o que é? A sua mãe... — Ele parou por um instante e depois falou, bem baixinho — A sua mãe contou para você, não contou?

— Não! — gritou Dente-de-Leão. — Não! É algum pássaro... algum rato... machucado...

Topete ficou de pé. As costas dele estavam arqueadas, a cabeça abaixada e o pescoço rígido.

— O coelho Negro de Inlé — ele sussurrou. — O que mais poderia ser... em um lugar como este?

— Não fale assim! — disse Avelã. Ele conseguia sentir seu corpo tremendo, e apoiou as pernas contra as laterais da estreita vala.

De repente, o barulho voltou a soar, ainda mais perto. E agora já não havia mais como se enganar. O que eles escutaram era a voz de um coelho, mas modificada a ponto de ficar irreconhecível. A voz podia ter vindo dos espaços frios do céu escuro lá fora, de tão sobrenatural e desolada. Depois, nítidas e inequívocas, eles ouviram – todos eles ouviram – as palavras:

— Zorn! Zorn![2] — gritava a voz num terrível guincho. — Todos mortos! Oh, zorn!

Dente-de-Leão choramingou. Topete estava cavando o solo de tão nervoso.

— Quietos! — disse Avelã. — E pare de jogar terra em mim, Topete! Quero ouvir.

Naquele momento, com grande nitidez, a voz gritou:

— Thlayli! Oh, Thlayli!

---

2. *Zorn* significa "acabado" ou "destruído", no sentido de alguma catástrofe terrível.

Ao ouvir isso, os quatro coelhos entraram em um transe de pânico completo. Eles ficaram rígidos. Depois, Topete, com os olhos vítreos e fixos, começou a subir pela vala rumo à saída.

— Você tem que ir — ele murmurou, tão rouco que Avelã mal conseguiu entender as palavras. — Quando ele chama, você tem que ir.

Avelã ficou tão apavorado que não conseguia mais pensar. Como na beira do rio, o entorno virou algo surreal e fantasmagórico. Quem – ou o quê – estava chamando Topete pelo nome? Como alguma criatura viva neste lugar podia saber o nome dele? Só uma ideia não lhe escapou – ele tinha de impedir Topete de sair, pois ele estava desorientado. Ele passou por Topete, apertando-o contra a parede da vala.

— Fique parado onde está — ele disse, ofegante. — Seja que tipo de coelho for, eu mesmo vou sair e averiguar. — Depois, com as pernas bambas, ele pulou para o descampado.

Por alguns momentos, ele viu pouco ou nada; mas os odores do orvalho e da flor de espinheiro estavam inalterados, e então ele roçou o focinho contra as folhas frias de grama. Avelã se sentou e olhou à volta. Não havia nenhuma criatura ali perto.

— Quem está aí? — ele disse.

Houve silêncio, e ele estava prestes a falar novamente quando a voz respondeu:

— Zorn! Oh zorn!

A voz vinha da cerca ao longo da lateral do campo. Avelã se virou para o som e em poucos momentos percebeu, sob uma moita de cicuta, a forma de um coelho agachado. Ele se aproximou um pouco e disse:

— Quem é você? — mas não houve resposta. Enquanto hesitava, ele ouviu um movimento atrás de si.

— Estou aqui, Avelã — disse Dente-de-Leão, em uma espécie de suspiro engasgado.

Juntos eles avançaram um pouco mais. A imagem não se mexeu enquanto eles se aproximavam. Sob a luz sutil das estrelas, eles viram um coelho real como eles; um coelho nos últimos estágios da exaustão, as patas traseiras se arrastando atrás das ancas como se estivessem paralisadas; um coelho que olhava de um lado para outro, com olhos brancos, que se mexiam agitados, sem enxergar nada e sem encontrar trégua para seu medo, e que depois passou a lamber miseravelmente uma orelha rasgada e cheia de sangue que caía diante de seu focinho; um coelho que, de repente, chorava e gemia como se implorasse que os Mil viessem de toda parte para livrá-lo de uma carga pesada demais para ele carregar.

Era o capitão Azevinho, da Owsla de Sandleford.

20

Um favo de mel e um camundongo

Seu rosto era o de alguém que passou por uma longa jornada.

A epopeia de Gilgamesh

No viveiro de Sandleford, Azevinho era um coelho importante. O Threarah confiava imensamente nele e mais de uma vez ele havia cumprido ordens difíceis com grande coragem. No início da primavera, quando uma raposa tinha se mudado para um bosque vizinho, Azevinho, com dois ou três voluntários, manteve o animal sob estrita vigilância por vários dias e relatou todos os seus movimentos, até que certa tarde, assim como tinha chegado, ela subitamente foi embora. Embora ele tenha decidido a prisão de Topete por conta própria, ele não tinha reputação de vingativo. Pelo contrário, era do tipo que não tolerava tolices e que não só sabia quando uma coisa tinha de ser feita como ele mesmo se dedicava a fazê-la. Prudente, modesto, consciente, um pouco menos travesso do que a média dos coelhos, Azevinho era uma espécie de vice-líder inato. Ninguém sequer cogitaria tentar convencê-lo a deixar o viveiro com Avelã e Quinto. O simples fato de encontrá-lo em Watership Down, portanto, era bastante espantoso. Mas topar com ele nessas condições era praticamente inacreditável.

Nos primeiros instantes depois de reconhecer a pobre criatura debaixo da cicuta, Avelã e Dente-de-Leão ficaram totalmente estupefatos, como se tivessem se deparado com um esquilo debaixo da terra ou com um rio correndo morro acima. Eles não conseguiam confiar nos seus sentidos. A voz no escuro, afinal, não era sobrenatural, mas a realidade era assustadora o suficiente. Como era possível que o capitão Azevinho estivesse aqui, no pé da colina? E o que podia tê-lo reduzido – dentre todos os coelhos – a esse estado?

Avelã se acalmou. Fosse qual fosse a explicação, ele precisava, imediatamente, estabelecer prioridades. Eles estavam num descampado, à noite, longe de qualquer refúgio que não fosse uma vala coberta por vegetação, com um coelho que cheirava a sangue, que estava chorando descontroladamente e que parecia incapaz de se mexer. Era bem possível que houvesse uma doninha seguindo o rastro dele neste exato instante. Se queriam ajudá-lo, era melhor agirem rápido.

— Vá dizer para o Topete que é o Azevinho — ele disse para Dente-de--Leão. — E volte com ele. Mande o Verônica subir a colina até onde os outros estão e diga para ele deixar claro que ninguém deve descer. Eles não têm como ajudar e isso só ia aumentar o risco.

Dente-de-Leão mal tinha saído quando Avelã percebeu que mais alguma coisa se mexia na cerca. Mas não teve tempo para tentar adivinhar o que era, já que, de imediato, outro coelho apareceu e foi mancando até onde Avelã estava.

— Você tem que nos ajudar, se puder — ele disse para Avelã. — Passamos por maus bocados e meu mestre está doente. Podemos ir para debaixo da terra aqui?

Avelã o reconheceu como sendo um dos coelhos que tinha ido prender Topete, mas não sabia seu nome.

— Por que você ficou na cerca e deixou que ele rastejasse pelo descampado? — ele perguntou.

— Corri quando ouvi vocês chegando — respondeu o outro coelho. — Não consegui fazer com que o capitão se mexesse. Pensei que vocês eram elil e não fazia sentido ficar para ser morto. Acho que eu não conseguiria enfrentar um camundongo que fosse.

— Você me reconhece? — perguntou Avelã. Mas antes que o outro pudesse responder, Dente-de-Leão e Topete saíram da escuridão. Topete olhou para Azevinho por um instante e depois se agachou diante dele, tocando com o focinho no focinho dele.

— Azevinho, é o Thlayli — ele disse. — Eu ouvi você me chamar.

Azevinho não respondeu, só olhou fixamente para ele. Topete olhou para cima.

— Quem é esse que veio com ele? — ele perguntou. — Ah, é você, Campainha. Quantos mais estão com vocês?

— Mais ninguém — disse Campainha. Ele estava prestes a continuar quando Azevinho falou.

— Thlayli — ele disse. — Então nós *realmente* encontramos você.

Ele se sentou com dificuldade e olhou ao seu redor.

— Você é o Avelã, não é? — ele perguntou. — E esse é o... ah, eu devia saber, mas estou muito mal.

— É o Dente-de-Leão — completou Avelã. — Ouça... dá para ver que você está exausto, mas a gente não pode ficar aqui. Estamos correndo perigo. Você consegue vir com a gente até os buracos?

— Capitão — disse Campainha —, sabe o que uma folha de grama disse para a outra?

Avelã olhou rispidamente para ele, mas Azevinho respondeu:

— O quê?

— Ela disse: "Veja, um coelho! Estamos correndo perigo!".

— Não é hora para... — começou Avelã.

— Não faça ele se calar — disse Azevinho. — Não estaríamos aqui se não fosse a tagarelice dele. Sim, consigo ir agora. Fica muito longe daqui?

— Não fica muito longe — disse Avelã, achando muito provável que Azevinho não conseguisse chegar lá.

Levou muito tempo para eles subirem a colina. Avelã fez com que eles se separassem, ficando com Azevinho e Campainha enquanto Topete e Dente-de-Leão iam cada um por um lado. Azevinho foi obrigado a parar várias vezes e Avelã, cheio de pavor, teve dificuldade em reprimir sua impaciência. Só quando a lua começou a nascer – a borda de seu imenso disco ficando cada vez mais brilhante no horizonte abaixo e atrás deles –, ele enfim implorou para que Azevinho se apressasse. Enquanto falava, ele viu, na luz branca, Sulquinho descendo para encontrá-los.

— O que você está fazendo? — ele perguntou ríspido. — Eu disse ao Verônica que não era para ninguém descer.

— A culpa não é do Verônica — justificou Sulquinho. — Você ficou do meu lado no rio, então achei que devia descer e procurar você, Avelã. De todo modo, os buracos estão logo ali. Você realmente encontrou o capitão Azevinho?

Topete e Dente-de-Leão se aproximaram.

— Vou contar uma coisa — disse Topete. — Esses dois vão precisar descansar por um bom tempo. Que tal se o Sulquinho aqui e o Dente-de-Leão levassem ambos para uma toca vazia e ficassem com eles o tempo que fosse preciso? O resto do grupo pode deixar Azevinho e Campainha à vontade, até eles se sentirem melhor.

— Sim, é melhor assim — disse Avelã. — Vou subir com você agora.

Eles correram o curto trecho até os espinheiros. Todos os outros coelhos estavam acima da terra, esperando e sussurrando uns com os outros.

— Silêncio — pediu Topete, mesmo que ninguém tivesse feito pergunta alguma. — Sim, é o Azevinho, e o Campainha está com ele... mais ninguém. Estão moídos e não é para ninguém incomodar os dois. A gente vai deixar essa toca vazia para eles. Agora também vou para debaixo da terra e se vocês tiverem juízo vão fazer o mesmo.

Mas, antes de descer, Topete se virou para Avelã e disse:

— Você pulou para fora daquela vala lá embaixo no meu lugar, não foi, Avelã? Não vou esquecer isso.

Avelã se lembrou da pata machucada de Espinheiro e o levou para a toca com ele. Verônica e Prata seguiram os dois.

— Mas, afinal, o que aconteceu, Avelã? — perguntou Prata. — Deve ter sido alguma coisa muito ruim. O Azevinho jamais abandonaria o Threarah.

— Não sei — respondeu Avelã —, e ninguém sabe ainda. Vamos ter que esperar até amanhã. Pode ser que o Azevinho não consiga mais correr, mas acho que não é o caso do Campainha. Agora me deixe em paz que preciso cuidar dessa pata do Espinheiro.

A ferida já estava bem melhor e pouco tempo depois Avelã caiu no sono.

O dia seguinte foi igualmente quente e de céu limpo. Nem Sulquinho nem Dente-de-Leão participaram do silflay da manhã; e Avelã foi implacável ao levar os demais para o bosque de faia para continuar com a escavação. Ele perguntou ao Morango sobre a grande toca e ficou sabendo que o teto, além de ter um emaranhado de fibras que formavam uma abóbada, era reforçado por raízes que desciam verticalmente pelo solo. Avelã comentou que não tinha reparado nessas raízes.

— Não são muitas, mas são importantes — disse Morango. — Elas suportam boa parte do peso. Se não fossem essas raízes, o teto cairia depois de uma chuva pesada. Em noites de tempestade dava para sentir o peso extra no solo acima do teto, mas não havia perigo de desmoronar.

Avelã e Topete desceram com ele para debaixo da terra. O começo do novo viveiro tinha sido escavado entre as raízes de uma das faias. Por enquanto, era apenas uma caverna pequena e irregular com somente uma entrada. Eles começaram a trabalhar para alargá-la, cavando entre as raízes e fazendo um túnel para cima para criar um segundo caminho que emergiria dentro do bosque. Depois de algum tempo, Morango parou de cavar e começou a se mover entre as raízes, farejando, mordendo e arrastando as patas dianteiras pelo solo. Avelã pensou que ele estava cansado e fingindo estar ocupado enquanto descansava, mas depois de um bom tempo ele voltou para perto dos outros e disse ter algumas sugestões.

— Este é o caminho — ele explicou. — Não tem raízes boas se espraiando sobre ele, mas, mesmo assim, a gente pode fazer algo muito bom com o que tem aqui. Nós tivemos sorte naquela grande toca, e não acho que vocês vão conseguir achar algo igual.

— E *o que* tem aqui? — perguntou Amora, que tinha descido pelo caminho enquanto ele falava.

— Bom, aqui tem várias raízes grossas que descem bem na vertical... mais até do que havia na grande toca. O melhor seria cavar em torno delas e deixar que elas fiquem onde estão. A gente não devia roer as raízes. Podemos precisar delas se quisermos tentar construir um saguão, independentemente do tamanho.

— Mas então o nosso saguão vai ficar cheio dessas raízes grossas e verticais? — perguntou Avelã, decepcionado.

— Sim, vai — afirmou Morango. — Mas acho que não vai ficar ruim só por isso. A gente pode entrar e sair passando por elas e elas não vão impedir que ninguém fale ou conte histórias. Elas vão deixar o lugar mais aquecido e vão ajudar o som lá de cima a se propagar aqui embaixo, o que pode ser útil de vez em quando.

A escavação do saguão (que veio a ser conhecido entre eles como Favo de Mel) acabou sendo uma espécie de triunfo para Morango. Avelã se contentou em organizar os escavadores e deixou que Morango dissesse o que devia, de fato, ser feito. O trabalho foi realizado em turnos e os coelhos se revezavam para comer, brincar e deitar ao sol sobre o solo. Durante o dia nada interrompia a solidão, nem barulhos, nem humanos, nem tratores, nem mesmo gado, e eles começaram a sentir de maneira ainda mais profunda o quanto deviam à visão de Quinto. À tarde, a grande toca começava a tomar forma. Na extremidade norte, as raízes da faia formavam uma irregular fileira de colunas, que davam lugar a um espaço central mais aberto. Mais além, onde não havia raízes para sustentação, Morango deixou blocos de terra intocados, de modo que a extremidade sul contava com três ou quatro entradas separadas. Essas aberturas se estreitavam e se transformavam em caminhos com teto baixo que iam até as tocas de dormir.

Avelã, muito mais feliz agora que conseguia ver por conta própria que o empreendimento daria certo, estava sentado com Prata na saída do buraco quando, de repente, alguém bateu a pata no chão e gritou: "Falcão! Falcão!". Houve uma correria dos coelhos do lado de fora procurando abrigo. Avelã, que se encontrava seguro no local onde estava, continuou olhando para fora, para além da sombra do bosque onde ficava a grama ensolarada. O falcão voou até entrar em seu campo de visão e tomou posição, a orla negra de sua cauda apontada para baixo e as asas pontudas batendo rápido enquanto averiguava a superfície da colina.

— Mas você realmente acha que ele *iria* atacar a gente? — perguntou Avelã, vendo a ave voar mais baixo e recomeçar a planar. — Ele é pequeno demais, não é?

— Acho que você tem razão — respondeu Prata. — Mesmo assim, você ia se arriscar a sair lá agora e começar a comer?

— Eu ia gostar de começar a enfrentar alguns desses elil — disse Topete, que tinha entrado no caminho atrás deles. — Nós temos medo de muitas coisas. Mas um pássaro vindo do céu ia ser difícil de encarar, principalmente se ele viesse rápido. Ele pode ganhar até de um coelho grande se o pegar de surpresa.

— Está vendo o camundongo? — disse o Prata de repente. — Lá, veja. Pobre bichinho.

Todos eles conseguiam ver o camundongo, exposto em um trecho de grama macia. Era evidente que ele tinha se afastado demais de seu buraco e agora não sabia o que fazer. A sombra do falcão não tinha passado sobre ele, mas o súbito desaparecimento dos coelhos o deixou nervoso e ele estava encolhido contra o solo, olhando inseguro para um lado e para o outro. O falcão ainda não o tinha visto, mas era difícil que não o percebesse assim que ele se mexesse.

— A qualquer momento — disse Topete com cautela.

Em um impulso, Avelá pulou para o barranco e avançou um pouco na grama sem cobertura. Camundongos não falam lapino, mas existe uma língua franca muito simples, utilizada dentro dos limites dos campos e florestas.

— Corra — ele disse. — Aqui! Rápido!

O camundongo olhou para ele, mas não se mexeu. Avelá falou mais uma vez e o camundongo, de repente, começou a correr na direção dele enquanto o falcão virava e deslizava de lado e para baixo. Avelá voltou às pressas para a entrada no buraco. Olhando para fora, viu que o camundongo o estava seguindo. Quando já tinha quase alcançado a parte baixa do barranco, o camundongo passou por cima de um galho caído com duas ou três folhas verdes. O galho virou, as folhas refletiram a luz do sol que passava entre as árvores e Avelá viu a luz brilhar por um instante. Imediatamente, o falcão desceu em um deslizar oblíquo, fechou as asas e pousou em um galho.

Antes que a Avelá pudesse voltar para as profundezas da toca, o camundongo passou correndo por suas patas dianteiras e se encolheu contra o solo entre as patas traseiras do coelho. No mesmo instante, o falcão, com seu bico e suas garras, veio como um míssil disparado da árvore acima e atingiu o trecho de terra imediatamente ao lado da toca. Ele estava agitado, se movimentava de modo selvagem e, por um momento, os três coelhos viram seus olhos redondos e escuros mirando diretamente o interior do caminho sob a terra. Mas logo ele se foi. A velocidade e a força do ataque, a uma distância mínima, foram apavorantes. Avelá saltou para trás, desequilibrando o Prata, mas logo eles se ajeitaram de novo em silêncio.

— Quer tentar enfrentar um desses? — perguntou Prata, olhando para o Topete. — Me avise quando for fazer isso. Quero assistir.

— Avelá — disse Topete —, sei que você não é burro, mas o que a gente ganhou com isso? Você vai querer proteger cada toupeira e cada musaranho que não tiver como entrar debaixo da terra?

O camundongo não tinha se mexido. Continuava agachado quase na beira do buraco, na mesma altura da cabeça dele, com a luz traçando seu contorno. Avelá conseguia ver que ele o observava.

— Talvez o falcão não tenha ido embora — ele disse. — Fique agora. Vá depois.

Topete estava prestes a falar de novo quando Dente-de-Leão apareceu na entrada do buraco. Ele olhou para o camundongo, empurrou-o gentilmente para o lado e entrou na toca.

— Avelá — ele disse —, achei que devia vir te contar sobre o Azevinho. Ele está bem melhor agora, mas teve uma noite ruim, assim como todos nós. Cada vez que parecia que ele ia adormecer, ele se assustava e começava a chorar. Achei que ele estava ficando louco. O Sulquinho, que agiu muitíssimo bem, ficou falando com ele... e parece que ele gosta muito do Campainha. O Campainha ficou fazendo piadas. Ele estava exausto antes de amanhecer, assim como nós... a gente dormiu o dia inteiro. O Azevinho voltou mais ou menos ao normal, depois que acordou hoje de tarde, e, então, subiu para silflay. Ele perguntou onde você e os outros estariam hoje à noite e, como eu não sabia, vim perguntar.

— Então ele está em condições de falar? — perguntou Topete.

— Acho que sim. Se eu estiver certo, acho que essa seria a melhor coisa para ele. E, se ele ficar com o grupo todo hoje à noite, acho menos provável que ele tenha outra noite ruim.

— Bom, *onde* a gente vai dormir? — disse Prata

Avelá pensou. O Favo de Mel ainda precisava de retoques e estava inacabado, mas provavelmente seria tão confortável quanto os buracos sob os espinheiros. Além disso, se não se mostrasse à altura, eles seriam ainda mais estimulados a melhorá-lo. Saber que eles estavam de fato fazendo proveito do duro trabalho diário iria deixar todos felizes e era provável que preferissem dormir ali a passar uma terceira noite nos buracos de calcário.

— Acho que aqui — Avelá disse. — Mas vamos ver o que os outros acham.

— E o que este camundongo está fazendo aqui? — perguntou Dente-de-Leão.

Avelá explicou. Dente-de-Leão ficou tão intrigado quanto Topete havia ficado.

— Bom, admito que não estava pensando em nada específico quando saí para ajudá-lo — disse Avelá. — Mas agora eu já pensei, e vou explicar mais tarde. Mas, antes de mais nada, Topete e eu temos que ir e falar com Azevinho. E, você, Dente-de-Leão, vá e diga aos outros o que acabou de me contar e veja o que eles querem fazer hoje à noite, pode ser?

Eles encontraram Azevinho junto de Campainha e Sulquinho na relva ao lado do formigueiro onde Dente-de-Leão tinha olhado para o topo da colina pela primeira vez. Azevinho farejava uma orquídea roxa. As pétalas cor de malva balançaram suavemente sobre o caule quando ele encostou o focinho nelas.

— Não assuste a flor, mestre — disse Campainha. — Ela pode sair voando. Afinal, há muitos lugares para escolher. Olhe para as opções todas, por cima das folhas.

— Ah, deixe disso, Campainha — respondeu Azevinho bem-humorado. — A gente precisa aprender sobre o solo daqui. Não conheço metade das plantas. Esta aqui não dá para comer, mas pelo menos tem bastante pimpinela, e isso sempre é bom. — Uma mosca pousou na sua orelha machucada e ele estremeceu e sacudiu a cabeça.

Avelã estava feliz de ver que Azevinho estava evidentemente mais bem disposto. Ele começou a dizer que esperava que ele estivesse bem o suficiente para se unir aos outros, mas Azevinho já foi logo perguntando.

— Vocês estão em muitos?

— Hrair — disse Topete.

— Todos os que saíram do viveiro com vocês?

— Todos eles — Avelã respondeu orgulhoso.

— Ninguém ferido?

— Ah, vários se feriram, de um jeito ou de outro.

— Nenhum momento de tédio, na verdade — disse Topete.

— Quem é esse vindo? Eu não conheço.

Morango veio correndo do bosque e, ao chegar perto do grupo, começou a fazer o mesmo curioso passo de dança com a cabeça e as patas dianteiras que eles tinham visto pela primeira vez na campina chuvosa antes de entrarem na grande toca. Ele parou o que estava fazendo meio confuso e, para impedir que Topete o repreendesse, falou imediatamente para Avelã.

— Avelã-rah — ele disse. Azevinho olhou assustado, mas não disse nada. — Todo mundo quer dormir no novo viveiro nesta noite; e todos eles esperam que o capitão Azevinho se sinta em condições de dizer o que aconteceu e como ele chegou até aqui.

— Bom, naturalmente, todos nós queremos saber — disse Avelã para Azevinho. — Este é o Morango. Ele se uniu a nós em nossa jornada e estamos felizes por ele estar conosco. Mas você acha que consegue falar, Azevinho?

— Consigo — ele respondeu. — Mas devo alertar que isso vai mexer com o coração de todo coelho que ouvir.

Ele mesmo parecia tão triste e sombrio ao falar que todos ficaram quietos. E, depois de alguns instantes, os seis coelhos subiram o aclive, ainda em silêncio.

Quando chegaram de volta ao bosque, eles encontraram os outros comendo ou deitados ao sol da tarde, no lado norte das faias. Depois de dar uma olhada ao redor, Azevinho foi até Prata, que estava comendo com Quinto em uma área de trevos amarelos.

— Estou feliz de te ver aqui, Prata — ele disse. — Ouvi falar que vocês passaram por maus bocados.

— Não tem sido fácil — respondeu Prata. — Avelã fez maravilhas e devemos também muito ao Quinto aqui.

— Ouvi falar de você — comentou Azevinho, virando-se para Quinto. — Você foi o coelho que previu tudo. Você falou com o Threarah, não falou?

— Ele falou comigo — disse Quinto.

— Se ele tivesse ouvido você! Bom, agora não dá mais para mudar isso, pelo menos não até nascerem bolotas em cardos. Prata, tem uma coisa que eu queria dizer e é mais fácil falar para você do que para Avelã ou para Topete. Não quero criar problemas aqui... problemas para o Avelã, digo. Ele é o Chefe Coelho de vocês agora, isso está claro. Eu mal o conheço, mas ele deve ser bom ou vocês todos estariam mortos; e essa não é hora para brigas. Caso algum coelho estiver se perguntando se eu pretendo alterar as coisas, você pode dizer que eu não pretendo?

— Sim, vou fazer isso — disse Prata.

Topete foi até eles.

— Sei que ainda não é hora de coruja — ele disse —, mas todos estão tão ansiosos para ouvir você, Azevinho, que eles querem ir logo para debaixo da terra. Tudo bem para você?

— Debaixo da terra? — respondeu Azevinho. — Mas como vocês todos vão me ouvir debaixo da terra? Estava imaginando que ia falar daqui.

— Venha e você vai entender — disse o Topete.

Azevinho e Campainha ficaram impressionados com o Favo de Mel.

— Isso é uma bela novidade — disse Azevinho. — O que mantém o teto em cima de nossa cabeça?

— Ele não precisa ser mantido *em cima* — disse Campainha. — Ele já está em cima da colina.

— Uma ideia com qual esbarramos no caminho — disse Topete.

— Uma ideia jogada em uma campina — disse Campainha. — Tudo bem, mestre, vou ficar quieto enquanto você estiver falando.

— Sim, melhor você ficar — disse Azevinho. — Logo ninguém vai querer saber de piadas.

Quase todos os coelhos tinham descido atrás deles. O Favo de Mel, apesar de ser grande o suficiente para todos, não era tão arejado quanto a grande toca e, nesta noite de junho, parecia um pouco abafado.

— Vai ser fácil deixar o lugar mais fresco — disse Morango para Avelã. — Na grande toca a gente costumava abrir túneis para o verão e fechar para o inverno. A gente pode cavar outro caminho amanhã, um caminho que pegue a brisa da noite.

Avelã estava prestes a pedir que Azevinho começasse quando Verônica desceu pelo caminho do leste.

— Avelã — ele disse —, o seu... ahn... visitante... o seu camundongo. Ele quer falar com você.

— Ah, tinha me esquecido dele — disse Avelã. — Onde ele está?

— Lá em cima no caminho.

Avelã subiu. O camundongo estava à espera no alto.

— Você ir agora? — disse Avelã. — Achar seguro?

— Ir agora — disse o camundongo. — Não esperar coruja. Mas algo queria dizer. Você ajudar camundongo. Uma hora camundongo ajudar você. Você querer, ele vem.

— Por Frith! — murmurou Topete, mais abaixo no túnel. — E que venham também todos os irmãos e as irmãs dele. Arrisco dizer que este lugar vai ficar bem cheio. Por que você não pede que eles cavem uma toca ou duas para nós, Avelã?

Avelã olhou o camundongo partir em meio à grama alta. Depois voltou para o Favo de Mel e foi para perto de Azevinho, que começava a falar.

21

"Para El-ahrairah chorar"

Ame os animais. Deus deu a eles os rudimentos do raciocínio e da alegria imperturbável. Não os perturbe, não os incomode, não os prive de sua felicidade, não trabalhe contra a vontade de Deus.

Dostoiévsky, *Os irmãos Karamázov*

Toda ação injusta praticada
Durante a noite e na alta madrugada
Jaz na história como ossos, cada uma delas.

W. H. Auden e Christopher Isherwood, *A ascensão de F6*

— Na noite em que vocês deixaram o viveiro, mandaram a Owsla atrás de vocês. E parece que isso foi há tanto tempo! Seguimos o odor de vocês até o córrego, mas, quando dissemos ao Threarah que parecia que vocês tinham seguido correnteza abaixo, ele disse que não fazia sentido arriscar vidas para procurá-los. Se tinham decidido ir embora, que fossem. Mas quem quer que voltasse seria preso. Então cancelei a busca.

"Nada incomum aconteceu no dia seguinte. Falaram aqui e ali sobre o Quinto e os coelhos que tinham partido com ele. Todos sabiam que o Quinto disse que alguma coisa ruim ia acontecer e surgiram boatos de todo tipo. Muitos coelhos disseram que era bobagem, mas alguns acharam que o Quinto podia ter previsto humanos armados e furões. Isso era a pior coisa que a gente conseguia imaginar... isso ou a cegueira branca.

"O Salgueiro e eu discutimos a situação com o Threarah. 'Esses coelhos', ele disse, 'que afirmam ter uma segunda visão... conheci um ou dois nos meus tempos. Mas normalmente não é aconselhável dar muita atenção a eles. Para começar, muitos deles são simples farsas. Um coelho fraco que não tem esperanças de ir longe como combatente, às vezes, tenta se fazer de importante por outros meios, e a profecia é um dos métodos favoritos. O curioso é que quando ele erra, os amigos dele raras vezes parecem perceber, ele só precisa fazer um bom show e continuar a falar. Mas, por outro lado, você pode se deparar com um coelho que tenha de fato esse estranho poder, pois isso realmente existe. Ele é capaz de predizer uma enchente, talvez, ou furões e armas. E então uma certa quantidade de coelhos se desespera e não faz mais nada. Qual é a alternativa, então? Evacuar um viveiro é algo tremendamente trabalhoso. Alguns se recusam a sair. O Chefe Coelho parte com a maior quantidade possível. É provável que a autoridade dele passe pelo mais difícil dos testes e, se ele a perder, não vai ser fácil reconquistá-la. Na melhor das hipóteses, você tem um bando de hlessil andando por aí no descampado, provavelmente com fêmeas e filhotes no seu encalço. Os elil aparecem em hordas. O remédio acaba sendo pior do que a doença. Quase sempre, é melhor para o viveiro como um todo se os coelhos ficarem firmes onde estão e fizerem o possível para desviar dos perigos ficando embaixo da terra'."

— É claro, eu nunca parei para pensar nisso — disse Quinto. — Precisa ser o Threarah para pensar em coisas assim. Eu simplesmente entrei em pânico. Grande Frith dourado, espero nunca mais passar por aquilo! Nunca vou me esquecer daquilo... daquilo e da noite que passei debaixo do teixo. Há males terríveis no mundo.

— Quem causa esses males é o humano — disse Azevinho. — Todos os outros elil fazem o que têm de fazer e Frith comanda as ações deles como comanda as nossas. Eles vivem sobre a terra e precisam de comida. O humano não descansa enquanto não estragar a terra e destruir os animais. Mas é melhor eu terminar a minha história... No dia seguinte, à tarde, começou a chover.

(— Aqueles buracos que a gente cavou no barranco — Espinheiro sussurrou para Dente-de-Leão.)

— Todo mundo estava debaixo da terra, mascando cecotrofos ou dormindo — continuou Azevinho. — Eu tinha subido por uns minutos para fazer hraka. Estava na beira da floresta, bem perto da vala, quando vi uns humanos passarem pelo portão no topo da ladeira oposta, perto da tal placa. Não sei quantos eram... três ou quatro, acho. Tinham longas pernas negras e queimavam bastões brancos na boca. Não parecia que estavam indo a algum lugar. Começaram a andar lentamente na chuva, olhando as cercas e o riacho. Depois de um tempo, atravessaram o riacho e subiram até o viveiro. Sempre que viam um buraco de coelho, um deles cutucava com o pé, e todos eles continuavam falando sem parar. Lembro-me do cheiro da flor do sabugueiro e o cheiro dos palitos brancos. Mais tarde, quando eles se aproximaram mais, me enfiei no buraco de novo. Por mais um tempo, continuei ouvindo os passos e a conversa deles. Fiquei pensando: "Bom, ao menos eles não estão com armas nem com furões". Mas por alguma razão não gostei daquilo.

— O que o Threarah disse? — perguntou Prata.

— Não tenho ideia. Não perguntei para ele e até onde eu saiba ninguém perguntou. Fui dormir e quando acordei não havia nenhum som lá em cima. Era noite e decidi silflay. Ainda estava chovendo, mas mesmo assim dei uma volta e comi por um tempo. Não vi nenhuma alteração, exceto pelo fato de que tinham cutucado aqui e ali a entrada de uma toca.

"A manhã seguinte foi sem nuvens e de tempo bom. Todo o mundo saiu para silflay como sempre. Eu lembro que o Sombranoturna disse ao Threarah que ele devia tomar cuidado para não se cansar agora que estava ficando velho; e então o Threarah disse que ia mostrar a ele quem é que estava ficando velho e bateu nele e o empurrou barranco abaixo. Estavam todos de bom humor, vocês sabem como é, mas ele fez aquilo só para mostrar ao Sombranoturna que o Chefe Coelho ainda era páreo para ele. Eu estava saindo para buscar alfaces naquela manhã e, por algum motivo, decidi ir sozinho."

— O número normal de coelhos para ir buscar alfaces é três — disse Topete.

— Sim, eu sei que três era o número usual, mas houve algum motivo especial para eu ir sozinho naquele dia. Ah, sim, eu me lembro agora. Eu queria ver se havia alguma cenoura precoce. Achei que elas podiam estar prontas e pensei que, se ia caçar em algum lugar estranho do jardim, era melhor ir sozinho. Fiquei fora a maior parte da manhã e não devia faltar muito para ni-Frith quando voltei pela floresta. Estava descendo pelo Barranco Silencioso... sei que a maioria dos coelhos preferia o Caminho Verde, mas eu estava habituado a ir pelo Barranco Silencioso. Entrei na parte descampada, onde começa o aclive até a cerca antiga, e foi ali que percebi que havia um hrududu na alameda, no topo da ladeira oposta. Ele estava parado no portão ao lado da placa e vários humanos desciam dele. Havia um garoto com eles e ele estava armado. Eles pegaram umas coisas grandes, longas... não sei como descrever isso para vocês... eram feitas do mesmo tipo de material dos hrududu e deviam ser pesadas, porque precisava de dois humanos para carregar cada uma. Os humanos então carregaram essas coisas até o campo e os poucos coelhos que estavam acima do solo desceram. Eu não desci. Eu tinha visto a arma e pensei que eles provavelmente iam usar furões e talvez redes para nos caçar. Então fiquei onde estava e observei. Pensei: "Assim que eu entender o que eles estão fazendo, vou descer e avisar o Threarah".

"Houve novas conversas e mais bastões brancos. Os humanos nunca se apressam, não é? Então um deles pegou uma pá e começou a tapar as entradas de todos os buracos que encontrava. Cada buraco que via, ele pegava um pouco de turfa acima e jogava lá dentro. Aquilo me intrigou, porque quando usam furões eles tentam atrair os coelhos para fora. Eu estava esperando que eles fossem deixar alguns buracos abertos e colocar redes neles. Aquele parecia ser um jeito tolo de pegar coelhos, porque um coelho que subisse por um caminho bloqueado seria morto debaixo da terra e, nesse caso, o humano não ia recuperar o furão muito facilmente, vocês sabem."

— Não conte de um jeito tão ameaçador — disse Avelã, pois Sulquinho estava tremendo só com a ideia de um caminho bloqueado e de um furão perseguindo-o.

— Ameaçador? — respondeu Azevinho de modo amargo. — Eu mal comecei a história. Alguém prefere sair? — Ninguém se mexeu e, depois de alguns instantes, ele continuou.

— Então outro humano pegou umas coisas longas, finas e curvas. Não conheço palavras para todas essas coisas dos humanos, mas pareciam uns pedaços bem grossos de espinheiro. Cada humano pegou uma e colocou nas coisas pesadas. Houve um barulho meio sibilante e... e... bem, sei que vocês vão achar difícil de entender, mas o ar começou a ficar ruim. Por algum motivo, senti um cheiro forte saindo das coisas em forma de espinheiro. E, mesmo estando meio longe, eu não conseguia ver nem pensar. Parecia que eu estava caindo. Tentei pular e correr, mas eu não sabia onde estava e descobri que, sem perceber, tinha corrido para baixo rumo ao limite da floresta, em direção aos homens. Parei bem a tempo. Eu estava espantado e tinha deixado para trás qualquer ideia de alertar o Threarah. Depois disso eu simplesmente me sentei onde estava.

"Os humanos colocaram um espinheiro em cada buraco que tinham deixado aberto e, por um tempo, nada aconteceu. E quando vi o Escabiosa...

vocês se lembram do Escabiosa? Ele estava saindo de um buraco perto da cerca... um buraco que os humanos não tinham visto. Percebi imediatamente que ele tinha cheirado aquilo. Ele não sabia o que estava fazendo. Num primeiro momento, os humanos não o viram, mas depois um deles esticou o braço para mostrar onde ele estava e o garoto atirou nele. Não conseguiu matá-lo de primeira, e o Escabiosa começou a gritar. Um dos humanos, então, foi lá e bateu nele. Realmente acho que ele pode não ter sofrido muito, porque estava meio zonzo em função do ar ruim, mas eu queria não ter visto aquilo. Depois disso, o humano fechou o buraco por onde o Escabiosa tinha saído."

— A essa altura, o ar envenenado devia ter se espalhado pelos caminhos e pelas tocas debaixo da terra. Eu posso imaginar como deve ter sido...

— Não, você não pode — disse Campainha. Azevinho parou e, depois de uma pausa, Campainha prosseguiu.

— Ouvi a agitação começando antes de eu mesmo cheirar aquilo. As fêmeas pareciam ter percebido antes e algumas começaram a tentar sair. Mas as que tinham ninhadas não queriam deixar os filhotes e atacavam qualquer coelho que se aproximasse. Elas queriam lutar... para proteger os filhotes, entendem? Não demorou para os caminhos estarem lotados de coelhos arranhando e escalando uns aos outros. Subiam pelos caminhos que estavam acostumados a usar e descobriam que estavam bloqueados. Alguns conseguiam dar meia-volta, mas não conseguiam ir para trás por causa dos coelhos que estavam subindo. Logo depois, os caminhos começaram a ficar cada vez mais bloqueados por coelhos mortos, e os coelhos vivos os dilaceravam.

"Nunca vou entender como escapei fazendo o que fiz. Era uma chance em mil. Eu estava em uma toca perto dos buracos que os humanos estavam usando. Eles fizeram um barulhão para tentar colocar os espinheiros ali, mas percebi que aquilo não estava funcionando direito. Assim que senti o tal cheiro, o meu instinto foi pular para fora da toca, mas ainda estava bem lúcido. Subi pelo caminho bem quando os humanos estavam tirando o espinheiro de volta para verificar o que havia de errado. Eles estavam todos olhando para aquela coisa e conversando, então não me viram. Eu dei meia-volta, bem na entrada do buraco, e desci de novo."

— Vocês se lembram do Caminho Vazio? Acho provável que nenhum coelho tenha andado por aquele caminho desde que a gente nasceu... era muito profundo e não levava a lugar nenhum. Ninguém sabe nem quem foi que construiu aquilo. Frith deve ter me guiado, porque desci direto pelo Caminho Vazio e comecei a rastejar por ele. Em alguns momentos eu mesmo tive de cavar, era cheio de terra solta e pedras caídas. Havia um monte de poços e buracos que levavam lá para baixo, e de lá eu ouvia vindo de cima os sons mais terríveis... gritos de socorro, filhotes guinchando pelas mães, os membros da Owsla tentando dar ordens, coelhos xingando e brigando uns com os outros. Em certo momento, um coelho veio cambaleando na descida de um dos poços e as garras dele me arranharam, ele vinha como uma castanha-da-índia caindo no outono. Era o Celidônia, e ele estava morto. Precisei rasgar um pedaço dele para conseguir me livrar do seu corpo – o lugar era mesmo muito baixo e muito estreito – e depois fui em frente. Eu conseguia sentir o ar ruim, mas estava num lugar tão profundo que devo ter ficado fora da área mais atingida.

"De repente, vi que havia outro coelho comigo. Foi o único que encontrei em toda a descida do Caminho Vazio. Era o Pimpinela e dava para ver de cara que ele estava mal. Ele fazia barulho e se engasgava, mas conseguia ir em frente. Ele perguntou se eu estava bem, mas só o que eu disse foi: 'Por onde a gente sai?'. 'Eu te mostro', ele respondeu, 'se você me ajudar no caminho'. Então eu o segui e toda vez que ele parava – ele esquecia o tempo todo onde estava – eu o empurrava com força. Uma vez cheguei a dar uma mordida nele. Eu estava apavorado com a ideia de que ele ia morrer e bloquear o caminho. Por fim a gente começou a subir e eu consegui sentir o cheiro de ar fresco. Descobrimos que tínhamos entrado em um dos caminhos que levavam até a floresta."

— Os humanos tinham feito mal o trabalho deles — resumiu Azevinho. — Ou não sabiam dos buracos na floresta ou não tinham se incomodado de ir até lá para fechar. Quase todo coelho que saiu por ali foi baleado, mas vi dois escaparem. Um foi deles foi o Nariz-pra-Cima, mas não me lembro quem foi o outro. O barulho era muito assustador e eu mesmo teria corrido, mas fiquei esperando para ver se o Threarah ia sair. Depois de um tempo, comecei a perceber que havia alguns outros coelhos na floresta. O Pinhão estava lá, eu lembro, além do Petasite e do Cinza. Peguei todos os que pude e disse para eles ficarem sentados quietos debaixo das folhas.

— Depois de um longo tempo os humanos terminaram. Tiraram as coisas parecidas com espinheiros dos buracos e o garoto colocou os corpos em um pau...

Azevinho parou e encostou o focinho debaixo do flanco de Topete.

— Bom, deixe essa parte para lá — disse Avelã com voz firme. — Conte como você saiu de lá.

— Antes de isso acontecer — disse Azevinho —, um grande hrududu veio da alameda para o campo. Não era o mesmo em que os humanos tinham vindo. Era muito barulhento e era amarelo... amarelo como mostarda. Na parte da frente, tinha uma grande coisa prateada, brilhante que ele levantava com suas patas dianteiras gigantes. Não sei como descrever isso para vocês. Parecia Inlé, mas era largo e não era tão brilhante. E essa coisa... como é que vou dizer... fez o campo em pedaços. Destruiu o campo inteiro.

Ele parou de novo.

— Capitão — disse Prata —, todos nós sabemos que você viu coisas terríveis demais para contar. Mas acho que não é exatamente isso que você quer dizer.

— Pela minha vida — disse Azevinho, tremendo —, ele se enterrava no chão e empurrava quantidades imensas de terra que estavam na frente dele até o campo ser todo destruído. O lugar inteiro virou uma espécie de vau de gado no inverno e não dava mais para dizer onde ficava cada parte do campo, entre a floresta e o riacho. A terra e as raízes e a grama e os arbustos, ele empurrava e... e outras coisas também, de debaixo da terra.

"Depois de um longo tempo, voltei pela floresta. Não tinha pensado em me juntar a outros coelhos, mas acabei me encontrando com três deles, que vieram comigo mesmo assim... o Campainha aqui, o Pimpinela e o jovem Linário. O Linário era o único membro da Owsla que eu tinha visto e perguntei a ele sobre o Threarah, mas ele não conseguia falar coisa com coisa. Nunca descobri o que aconteceu com o Threarah. Espero que tenha morrido rápido.

"Pimpinela estava zonzo e tagarelando coisas estranhas e o Campainha não estava muito melhor. Por algum motivo, a única coisa em que eu conseguia pensar era no Topete. Eu me lembrava de que eu pretendia prender o Thlayli, quer dizer, matar, na verdade, e eu achava que precisava encontrá-lo para contar que eu estava errado. Essa ideia era a única coisa que fazia sentido na minha cabeça. Nós quatro continuamos vagando e acho que fizemos um semicírculo, porque depois de muito tempo chegamos ao riacho que ficava logo abaixo da área que antes era o nosso campo. Nós o seguimos até uma grande floresta, e, naquela noite, enquanto ainda estávamos na floresta, Linário se foi. Ele ficou lúcido por um tempo antes de morrer e eu me lembro de uma coisa que ele disse. O Campainha estava dizendo que sabia que os humanos nos odiavam por roubar as colheitas e os jardins deles, e Linário respondeu: 'Não foi por isso que eles destruíram o viveiro. Foi só porque a gente estava no caminho deles. Eles mataram a gente simplesmente porque isso era conveniente para eles'. Logo depois, ele foi dormir, e um pouco mais tarde, quando ficamos alarmados com algum barulho, ele não acordou. Nós o chamamos e então percebemos que ele estava morto.

"Deixamos o Linário deitado onde ele estava e fomos em frente até chegar ao rio. Não preciso descrevê-lo porque sei que vocês todos estiveram lá. Era de manhã a essa altura. Achamos que vocês deviam estar em algum lugar ali perto e começamos a seguir o curso do rio pelo barranco, correnteza acima, procurando vocês. Não demorou para acharmos o lugar onde vocês devem ter atravessado. Havia vários rastros na areia debaixo de um barranco íngreme e hraka de uns três dias antes. Os rastros não iam correnteza acima nem abaixo, então eu sabia que vocês deviam ter atravessado. Atravessei nadando e descobri mais rastros do outro lado: então os outros também atravessaram. O rio era fundo. Imagino que para vocês tenha sido mais fácil, antes da chuva.

"Não gostei dos campos do outro lado do rio. Tinha um humano com uma arma andando para todo lado. Levei os outros dois comigo, por uma estrada, e logo a gente chegou a um lugar ruim... um monte de urze e uma terra preta macia. Passamos por maus bocados lá, mas novamente eu encontrei hraka de uns três dias antes e nenhum sinal de buracos de coelho, então imaginei que tinha uma chance de ser de vocês. O Campainha estava bem, mas o Pimpinela estava com febre e fiquei com medo de que ele também morresse.

"Então demos sorte... ou pelo menos foi o que pareceu. Naquela noite encontramos um hlessi na beira do urzal... um coelho velho e durão com o focinho todo arranhado e cheio de cicatrizes. Ele disse pra gente que tinha um viveiro não muito longe e mostrou o caminho a seguir. Passamos por florestas e campos de novo, mas estávamos tão cansados que não conseguimos avançar muito na busca pelo viveiro. Rastejamos até uma vala e não tivemos coragem de dizer uns aos outros para ficar acordados. Tentei ficar eu mesmo acordado, mas não consegui.

— Quando foi isso? — perguntou Avelá.

— Antes de ontem — disse Azevinho —, de manhã cedo. Quando acordei ainda faltava um pouco para ni-Frith. Estava tudo quieto e a única coisa que eu conseguia farejar era coelho, mas imediatamente achei que tinha alguma coisa errada. Acordei Campainha e estava indo acordar Pimpinela quando percebi que havia vários coelhos à nossa volta. Era como... bem, como...

— Sabemos como era — disse Quinto.

— Achei mesmo que vocês saberiam. Então um deles disse: "Meu nome é Prímula. Quem vocês são e o que fazem aqui?". Não gostei do jeito que ele falou, mas não tinha porque imaginar que eles tivessem algum motivo para nos fazer mal, então eu disse que tínhamos passado por problemas, que tínhamos feito uma longa jornada até ali e que procurávamos uns coelhos do nosso viveiro... Avelã, Quinto e Topete. Assim que disse esses nomes, o coelho se virou para os outros e gritou: "Eu sabia! Acabem com eles!". E todos partiram para cima de nós. Um deles pegou a minha orelha e a rasgou antes de o Campainha conseguir arrancá-lo de cima de mim. Estávamos enfrentando o bando todo deles. Fiquei tão assustado que no começo não consegui fazer muita coisa. Mas o curioso era que, embora eles fossem tão grandes e estivessem gritando que iam tirar nosso sangue, eles não tinham ideia de como lutar. Era óbvio que não sabiam nada sobre luta. O Campainha nocauteou dois que tinham o dobro do tamanho dele e, embora a minha orelha sangrasse muito, não cheguei a ficar de fato em perigo em nenhum momento. Mesmo assim, eles eram muitos para nós, então precisamos fugir. O Campainha e eu tínhamos acabado de passar pela vala quando percebemos que o Pimpinela continuava lá. Ele estava doente, como eu disse, e não acordou a tempo. Então, depois de tudo que tinha passado, o pobre Pimpinela foi assassinado por coelhos. O que vocês acham disso?

— Acho que é uma tremenda vergonha — disse Morango, antes de qualquer outro coelho poder falar.

— Estávamos correndo pelos campos, ao lado de um pequeno córrego — prosseguiu Azevinho. — Alguns daqueles coelhos continuavam nos perseguindo e de repente pensei: "Bom, eu vou pegar um deles". Eu não estava feliz com a ideia de continuar apenas fugindo para salvar nossa pele. Não depois do que fizeram com o Pimpinela. Vi que esse Prímula estava na frente dos outros e correndo sozinho, então deixei que ele me alcançasse e, de repente, eu me virei e fui direto para as costas dele. Eu o derrubei e estava prestes a matá-lo quando ele guinchou: "Eu sei dizer aonde os teus amigos foram". "Fale logo, então", eu disse, com as minhas patas traseiras em volta da barriga dele. "Eles foram para as colinas", ele disse ofegante. "As colinas altas que você pode ver naquela direção. Eles saíram ontem de manhã". Fingi que não acreditei e agi como se fosse matá-lo. Mas ele não mudou a história, então eu o arranhei, deixei-o ir embora e seguimos para cá. O tempo estava bom e víamos as colinas com nitidez.

"Depois disso, passamos pelos momentos mais difíceis de todos. Se não fosse pelas piadas e pela tagarelice do Campainha, certamente teríamos parado de correr.

— Hraka de um lado, piadas do outro — disse Campainha. — Eu ia soltando uma piada atrás da outra e aquilo dava ânimo para a gente continuar. E assim seguimos adiante.

— Não sei realmente dizer muita coisa sobre o que se passou a partir de então — disse Azevinho. — Minha orelha doía terrivelmente e o tempo todo eu pensava que a morte do Pimpinela era minha culpa. Se eu não tivesse dormido, ele não ia ter morrido. Depois tentamos descansar de novo, mas meus sonhos eram insuportáveis. Eu estava fora de mim, na verdade. Eu só tinha uma coisa na cabeça: encontrar Topete para poder lhe dizer que ele estava certo em deixar o viveiro.

"Por fim a gente chegou às colinas, bem quando caiu a noite do outro dia. Já nem conseguíamos nos preocupar... subimos pelo descampado bem na hora da coruja. Não sei o que eu estava esperando. Sabe quando acreditamos que tudo vai dar certo se conseguirmos chegar a um certo lugar ou se fizermos uma coisa específica? Mas, então, quando chegamos onde queríamos descobrimos que as coisas não são tão simples assim. Acho que eu tinha alguma espécie de noção tola de que Topete ia estar esperando para encontrar a gente. Descobrimos que as colinas eram enormes, maiores do que qualquer coisa que já tínhamos visto. Sem florestas, sem cobertura, sem coelhos. E, então, chegou a noite, e tudo pareceu desmoronar. Eu vi Escabiosa, nítido como eu via a grama... e também ouvi os gritos dele. Eu vi o Threarah e o Linário e o Pimpinela. Tentei falar com eles. Ficava chamando o Topete, mas na verdade não esperava que ele ouvisse, porque tinha certeza de que ele não estava ali. Eu me lembro de passar por uma cerca e de ir para o descampado, esperando, realmente, que os elil viessem pôr um fim àquilo tudo. Mas, quando dei por mim, ali estava o Topete. A primeira coisa que pensei foi que eu estava morto, mas depois comecei a me perguntar se aquilo era ou não real. Bom, vocês sabem o resto. É uma pena que eu tenha assustado tanto vocês. Mas embora eu não seja o... o Coelho Negro, dificilmente haverá alguma criatura viva que tenha estado mais próximo dele.

Depois de um silêncio, ele acrescentou:

— Vocês podem imaginar o que significa para Campainha e para mim estar debaixo da terra, entre amigos. Não fui eu que tentei prender você, Topete... foi outro coelho, muito, muito tempo atrás.

22

A história do julgamento do El-ahrairah

> Ele não tem um rosto de canalha?... Ele tem um maldito rosto de Tyburn, sem o benefício de ser clérigo.
>
> Congreve, *Love for love* [Amor por amor]

Coelhos – diz o sr. Lockley – são como os humanos em muitos aspectos. Um deles certamente é a tenaz capacidade de suportar desastres e deixar que o curso de sua vida os leve adiante, além dos limites do terror e da perda. Eles têm uma certa qualidade que não seria correto definir como insensibilidade ou indiferença. É, para além disso, uma imaginação abençoadamente restrita e um sentimento intuitivo de que *a vida é agora*. Uma criatura selvagem que se alimenta do solo, decidida sobretudo a sobreviver, é tão forte quanto a grama. Coletivamente, os coelhos se sentem seguros em função da promessa que Frith fez a El-ahrairah. Mal tinha se passado um dia desde que Azevinho havia chegado rastejando delirante ao pé de Watership Down.

No entanto, ele já estava perto de se recuperar, e Campainha, mais despreocupado, quase não aparentava ter sobrevivido a uma catástrofe terrível. Avelã e seus companheiros tinham passado por momentos de tristeza e horror extremos enquanto Azevinho contava a sua história. Sulquinho chorou e tremeu de maneira comovente ao ouvir sobre a morte de Escabiosa. Bolota e Verônica tiveram uma espécie de asfixia convulsiva quando Campainha falou sobre o gás que matava debaixo da terra. Mesmo assim, da mesma forma que acontecia com humanos primitivos, a própria força e a intensidade da empatia deles fazia com que ela viesse acompanhada de uma verdadeira libertação. Os sentimentos deles não eram falsos nem simulados; enquanto a história era contada, eles a ouviram sem a reserva e o distanciamento que mesmo o mais gentil entre os humanos civilizados demonstra ao ler o jornal. Eles tinham a impressão de que cada um deles estava se debatendo pelos caminhos envenenados e todos se enfureceram com a história do pobre Pimpinela na vala. Era a sua maneira de homenagear os mortos. Porém, quando a história acabou, as exigências de suas próprias vidas difíceis e rústicas começaram a se impor a seus corações, nervos, sangue e apetite. Quem dera os mortos não estivessem mortos! Mas ainda havia grama que era preciso comer, cecotrofos que era preciso mascar, hraka que era preciso fazer, buracos que era preciso cavar, noites em que era preciso dormir. Ulisses não traz com ele nenhum homem à praia, no entanto, dorme profundamente ao lado de Calipso e, quando acorda, só pensa em Penélope.

Mesmo antes de Azevinho terminar sua história, Avelã tinha começado a farejar sua orelha ferida. Ele não tinha conseguido dar uma boa olhada antes, mas, agora que viu de perto, percebeu que o horror e a fadiga provavelmente não tinham sido as causas principais do colapso de Azevinho. Ele estava muito machucado, bem mais do que Espinheiro. Devia ter perdido muito sangue. A orelha estava estraçalhada e havia muita sujeira nela. Avelã ficou chateado com Dente-de-Leão. Enquanto vários coelhos começaram a silflay, atraídos pela noite agradável de junho e pela lua cheia, ele pediu a Amora que esperasse. Prata, que estava prestes a sair pelo outro caminho, voltou e se uniu a eles.

— Dente-de-Leão e os outros dois parecem ter te animado, isso é inegável — disse Avelã para Azevinho. — É só uma pena que também não tenham *limpado* você. Essa sujeira é um perigo.

— Bem, olhe... — começou Campainha, que tinha ficado ao lado de Azevinho.

— Não faça piadas — disse Avelá. — Parece que você acha que...

— Eu não ia fazer piada nenhuma — disse Campainha. — Só ia dizer que eu queria limpar a orelha do capitão, mas que ela está sensível demais ao toque.

— Ele tem razão — disse Azevinho. — Receio que eu tenha levado os outros a negligenciar a limpeza, mas faça como você achar melhor, Avelá. Estou me sentindo muito melhor agora.

Avelá começou ele mesmo a limpar a orelha. O sangue tinha coagulado e estava preto, a tarefa exigia paciência. Depois de um tempo, à medida que ficavam limpas, as grandes feridas começaram a sangrar de novo. Prata assumiu o posto de Avelá. Azevinho, aguentando o melhor que podia, gemia e se debatia, e Prata procurou alguma coisa que o distraísse.

— Avelá — ele perguntou —, que ideia foi essa que você teve... sobre o camundongo? Você disse que ia explicar mais tarde. Que tal explicar para a gente agora?

— Bem — disse Avelá —, só pensei que, na nossa situação, nós simplesmente não podemos nos dar ao luxo de desperdiçar qualquer coisa que possa nos fazer bem. Estamos em um lugar estranho que não conhecemos muito bem e precisamos de amigos. Elil, obviamente, não podem nos fazer bem, mas há muitas criaturas que não são elil – aves, camundongos, yonil e assim por diante. Os coelhos normalmente não querem saber muito deles, mas, na maior parte das vezes, os inimigos deles também são os nossos inimigos. Acho que devemos fazer todo o possível para que esses animais sejam nossos amigos. Pode ser que o sacrifício valha a pena.

— Não posso dizer que eu particularmente goste da ideia — disse Prata, tirando o sangue de Azevinho de seu focinho. — Esses animais pequenos merecem mais o nosso desprezo do que a nossa confiança, na minha avaliação. Que bem eles podem nos fazer? Eles não podem cavar para nós, não podem conseguir comida para nós, não podem lutar para nós. Sem dúvida eles vão *dizer* que são amigos, mas só enquanto estivermos ajudando, nada além disso. Ouvi o camundongo hoje à noite falando: "Você querer, ele vir". Aposto que vem, desde que tenha comida ou um lugar quentinho, mas certamente a gente não vai querer o viveiro cheio de camundongos e de besouros, não é?

— Não, não foi bem isso que imaginei — disse Avelá. — Não estou sugerindo que a gente saia por aí convidando camundongos para vir ficar com a gente. Eles não iam nem agradecer por isso, de todo modo. Mas aquele camundongo hoje à noite... nós salvamos a vida dele...

— *Você* salvou a vida dele — disse Amora.

— A vida dele foi salva, e ele vai se lembrar disso.

— Mas de que modo isso pode ser bom para a gente? — perguntou Campainha.

— Para começar, ele pode contar o que sabe sobre o lugar...

— O que camundongos sabem. Não o que coelhos precisam saber.

— Bem, admito que um camundongo pode ou não ser útil — disse Avelá. — Mas tenho certeza de que um pássaro seria útil, se a gente fizesse algo suficientemente importante para ele. Não sabemos voar, mas alguns deles conhecem bem o lugar e boa parte do seu entorno. Eles sabem muito sobre o clima, também. Só o que estou dizendo é isso. Se alguém encontrar um animal ou uma ave, que não seja inimigo, precisando de ajuda, por favor não perca a oportunidade de ajudar. Seria como deixar cenouras apodrecendo no chão.

— O que você acha? — indagou Prata para Amora.

— Acho que a ideia é boa, mas oportunidades reais do tipo que o Avelá está imaginando não acontecem com muita frequência.

— Acho que isso é verdade — concordou Azevinho, encolhendo-se enquanto Prata voltava a lamber sua orelha. — A ideia é boa, mas acho que não vai dar muito resultado na prática.

— Estou disposto a tentar — disse o Prata. — Acho que vale a pena. Faria isso só para ver o Topete contando histórias de ninar para uma toupeira.

— El-ahrairah fez isso uma vez — contou Campainha — *e* funcionou. Você se lembra?

— Não — disse Avelá —, não conheço essa história. Conte para a gente.

— Primeiro vamos silflay — sugeriu Azevinho. — Essa orelha já passou por tudo que eu consigo suportar por enquanto.

— Bom, pelo menos está limpa agora — disse Avelá. — Mas receio que nunca vai ficar boa como a outra. Você vai ficar com uma orelha rasgada.

— Não importa — disse Azevinho. — Continuo sendo um dos sortudos.

A lua cheia, que já ia alta em um céu oriental sem nuvens, cobria com sua luz a solidão de sua altitude. Nós não pensamos na luz do dia como algo que substitui a escuridão. A luz do dia, mesmo quando o sol está sem nuvens, parece a nós a condição natural da terra e do ar. Quando pensamos nas colinas, pensamos nelas à luz do dia, assim como quando pensamos em um coelho, imaginamos um animal com os pelos. Stubbs pode ter visualizado o esqueleto dentro do cavalo, mas a maior parte de nós não o faz, e em geral nós não visualizamos as colinas sem a luz do dia, embora a luz não seja parte da colina assim como o couro é parte do cavalo. Damos a luz do dia como certa. Mas a luz da lua é outra história. Ela é inconstante. A lua cheia desaparece e volta a aparecer. As nuvens podem obscurecê-la de uma maneira que não conseguem fazer com a luz do dia. A água é necessária para nós, mas uma cachoeira não é. Onde ela existe, é tida como um elemento extra, um belo ornamento. Nós precisamos da luz do dia e, nesse sentido, ela é utilitária, mas não precisamos da luz da lua. Quando ela surge, não atende a nenhuma necessidade. Mas ela transforma. Ela recai sobre os barrancos e sobre a grama, separando uma longa folha da outra, transformando um monte de folhas marrons congeladas em incontáveis fragmentos cintilantes ou refletindo longitudinalmente em galhos úmidos, como se a própria luz fosse maleável. Seus longos raios passam, brancos e agudos, por entre os troncos das árvores, sua claridade diminuindo à medida que recuam na distância empoeirada e enevoada de um bosque de faias à noite. À luz da lua, dois acres de áspera grama vergada, ondulantes até a altura da canela, caídas e grosseiras como a crina de um cavalo, parecem uma enseada de ondas, cheia de poças e vales de sombras. A vegetação é tão densa e emaranhada que nem mesmo o vento a move, mas é a luz da lua que parece lhe conferir essa imobilidade. Não damos a luz da lua como certa. É como a neve ou como o orvalho numa manhã de julho. Ela não apenas revela como muda tudo aquilo que cobre. E sua baixa intensidade – tão mais baixa do que a da luz do dia – nos torna conscientes de que ela é algo acrescentado às colinas, para lhe dar, apenas por um curto período, uma qualidade singular e maravilhosa que devíamos admirar enquanto podemos, já que logo ela terá ido novamente embora.

Enquanto os coelhos saíam pelo buraco que ficava dentro do bosque de faias, uma lufada rápida de vento passou pelas folhas, transformando e pintando o solo do campo logo abaixo, roubando e devolvendo a luz sob os galhos. Eles se puseram a ouvir, mas, além do sussurrar das folhas, nenhum som vinha do descampado, exceto o trinado monótono de uma toutinegra, lá longe na grama.

— Que lua — disse Prata. — Vamos aproveitar enquanto ela está aqui.

Ao subir no barranco eles encontraram Verônica e Leutodonte voltando.

— Ah, Avelã — disse Leutodonte — conversamos com outro camundongo. Ele tinha ouvido falar do falcão de hoje à noite e estava muito amistoso. Ele comentou sobre um lugar do outro lado do bosque onde a grama foi cortada... tem alguma coisa a ver com cavalos, ele disse: 'Vocês gostar grama boa? Muito boa grama". E então fomos lá. É mesmo coisa fina.

O pasto era um espaço de quarenta metros de largura, com grama de menos de quinze centímetros de altura. Avelã, com uma deliciosa sensação de ter tido sua ideia demonstrada pelos fatos, começou a comer num trecho de trevos. Todos eles mastigaram por um tempo, em silêncio.

— Você é um sujeito esperto, Avelã — disse Azevinho depois. — Você e o seu camundongo. Veja bem, a gente ia ter encontrado esse lugar por conta própria mais cedo ou mais tarde, mas não tão rápido.

Avelã podia ter apertado as suas glândulas de odor de tão feliz, mas simplesmente respondeu:

— No fim das contas, não vamos precisar descer a colina tantas vezes.
— E depois acrescentou: — Mas, Azevinho, o cheiro de sangue que você ainda tem, você sabe. Isso pode ser perigoso, mesmo aqui. Vamos voltar para a floresta. Está uma noite tão bonita... Podemos sentar perto das tocas para mascar cecotrofos e Campainha pode contar a história dele.

Eles encontraram Morango e Espinheiro no barranco; e quando todos estavam confortáveis, mascando e com as orelhas caídas, Campainha começou:

— Na noite passada, Dente-de-Leão estava me contando sobre o viveiro do Prímula e sobre como ele contou a história da Alface do Rei. Foi isso que me trouxe à memória essa história, antes mesmo de Avelã explicar a ideia dele. Eu costumava ouvir meu avô contar e ele sempre dizia que isso aconteceu depois de El-ahrairah tirar seu povo dos pântanos de Kelfazin. Eles foram para as campinas de Fenlo e lá cavaram seus buracos. Mas o Príncipe Arco-Íris estava de olho em El-ahrairah e estava decidido a não deixar que ele usasse novos truques.

"Em um entardecer, quando El-ahrairah e Vigilante estavam sentados num barranco ensolarado, o Príncipe Arco-Íris veio atravessando a campina acompanhado de um coelho que El-ahrairah jamais havia visto.

"'Boa noite, El-ahrairah', disse o Príncipe Arco-Íris. 'Este é um lugar muito melhor do que os pântanos de Kelfazin. Vejo que todas as suas fêmeas estão ocupadas cavando no barranco. Elas cavaram um buraco para você?'

"'Sim', disse El-ahrairah. 'Este buraco aqui pertence a Vigilante e a mim. Gostamos da aparência deste barranco assim que o vimos.'

"'É mesmo um ótimo barranco', disse o Príncipe Arco-Íris. 'Mas receio que precise lhe dizer uma coisa, El-ahrairah. Tenho ordens estritas do próprio Senhor Frith para não permitir que você compartilhe um buraco com Vigilante.'

"'Não compartilhar um buraco com Vigilante?' disse El-ahrairah. 'E por que eu não poderia fazer isso?'

"'El-ahrairah', disse o Príncipe Arco-Íris, 'conhecemos você e seus truques, e Vigilante é quase tão traiçoeiro quanto você. Vocês dois na mesma toca seria demais. Vocês estariam roubando as nuvens do céu antes de a lua mudar duas vezes. Não... Vigilante deve ir procurar uma toca do outro lado do viveiro. Deixe que eu fazer as apresentações apresente. Este é Hufsa. Quero que vocês sejam amigos e que você cuide dele'.

"'De onde ele vem?' perguntou El-ahrairah. 'Tenho certeza de que nunca o vi.'

"'Ele vem de outro país', disse o Príncipe Arco-Íris, 'mas não é diferente dos outros coelhos. Espero que você o ajude a se estabelecer aqui. E enquanto ele conhece o lugar, tenho certeza de que você ficará feliz em compartilhar uma toca com ele'.

"El-ahrairah e Vigilante ficaram desesperadamente chateados por não terem permissão para morar juntos na sua toca. Mas uma das principais regras de El-ahrairah era jamais deixar alguém perceber quando ele estava zangado e, além disso, ele sentiu pena de Hufsa por imaginar que ele se sentia solitário e incomodado, estando distante de seu povo. Hufsa foi totalmente amistoso e parecia muito disposto a agradar a todos. E então Vigilante se mudou para o outro lado do viveiro.

"Depois de um tempo, porém, El-ahrairah começou a ver que algo sempre dava errado com seus planos. Uma noite, durante a primavera, quando ele levou alguns de seus coelhos a um milharal para comer brotos verdes, eles encontraram um humano com uma arma andando por ali à luz da lua e tiveram sorte de escapar sem problemas. Outra vez, depois de El-ahrairah ter feito o reconhecimento do caminho até um jardim de repolhos e de ter cavado um buraco sob a cerca, ele o encontrou bloqueado por um arame na manhã seguinte e começou a suspeitar que seus planos estivessem vazando para pessoas que não deviam saber deles.

"Diante disso, ele decidiu fazer uma cilada para Hufsa, para descobrir se era ele quem estava causando todos aqueles problemas. Ele mostrou a Hufsa um caminho que cruzava o campo e disse a ele que seguindo por ali se chegava a um celeiro cheio de couves e nabos. Disse também que Vigilante e ele pretendiam ir até lá na manhã seguinte. Na verdade, El-ahrairah não tinha planos de fazer isso e tomou cuidado de não falar a mais ninguém sobre o assunto. Mas no dia seguinte, ao andar com cautela por perto da entrada do caminho, encontrou um arame colocado sobre a grama.

"Aquilo deixou El-ahrairah realmente furioso, pois algum dos coelhos de seu bando podia ter ficado preso na armadilha e morrido. Claro que ele não imaginou que Hufsa estava colocando armadilhas por conta própria ou mesmo que ele sabia que alguém o faria. Mas era evidente que o coelho novato estava em contato com alguém que não tinha escrúpulos. El-ahrairah acabou concluindo que o mais provável era que o Príncipe Arco-Íris estivesse repassando as informações de Hufsa para um fazendeiro ou um vigia e que não se importasse com as consequências dessas armadilhas. A vida de seus coelhos estava em perigo por causa de Hufsa – sem contar todas as alfaces e repolhos que eles estavam deixando de comer. Depois disso, El-ahrairah tentou não dizer mais nada a Hufsa. Mas era difícil impedir que ele ouvisse as coisas, já que, como vocês sabem, coelhos são muito bons em evitar que outros animais saibam de seus segredos, mas não conseguem manter sigilo uns com os outros. A vida do viveiro não é adequada para segredos. Ele pensou em matar Hufsa, mas sabia que, se fizesse isso, o Príncipe Arco-Íris viria e eles acabariam tendo mais problemas. Ele não ficava tranquilo nem mesmo quanto à ideia de não contar as coisas para Hufsa, já que pensou que, se Hufsa percebesse que El-ahrairah sabia que ele era um espião, ele iria contar ao Príncipe Arco-Íris, que, provavelmente, iria tirá-lo dali e pensar em algo ainda pior.

"El-ahrairah pensou e pensou. Ele ainda estava pensando na noite seguinte quando Príncipe Arco-Íris apareceu para uma visita no viveiro.

"'Você andou se regenerando, El-ahrairah', disse o Príncipe Arco-Íris. 'Se não tomar cuidado, as pessoas vão começar a confiar em você. Como estava passando por aqui, pensei em parar para agradecer pela sua gentileza de cuidar de Hufsa. Ele parece bem à vontade com você.'

"'Sim, parece, não é?' disse El-ahrairah. 'Ficamos mais encantadores um ao lado do outro. Enchemos a toca de alegria. Mas como sempre digo para o meu povo: 'Não confie em príncipes, em nenhum deles...'

"'Bem, El-ahrairah', disse o Príncipe Arco-Íris, interrompendo-o, 'tenho certeza de que posso confiar em *você*. E como prova disso, decidi que vou fazer uma bela plantação de cenouras no campo atrás da colina. É um pedaço de terra excelente e tenho certeza de que elas vão crescer bem. Especialmente porque ninguém nem sonharia em roubá-las. Na verdade, você pode vir me ver plantá-las, se quiser'.

"'Vou sim', disse El-ahrairah. 'Vai ser ótimo.'

"El-ahrairah, Vigilante, Hufsa e vários outros coelhos acompanharam o Príncipe Arco-Íris até o campo atrás da colina e o ajudaram a semear longas fileiras de cenouras. Era um solo leve e seco – o melhor tipo para cenouras. Mas essa história toda deixou El-ahrairah furioso, porque ele tinha certeza de que o Príncipe Arco-Íris estava fazendo aquilo para provocá-lo e para mostrar que, enfim, tinha as garras de El-ahrairah sob controle.

"'Isso vai ser esplêndido', disse o Príncipe Arco-Íris quando eles terminaram. 'É claro, eu sei que ninguém jamais sonharia em roubar minhas cenouras. Mas, se roubassem, se alguém *de fato* as roubasse, El-ahrairah, eu ia ficar muito bravo. Se o Rei Darzin as roubasse, por exemplo, tenho certeza de que o Senhor Frith tiraria dele o seu reino e o daria a outra pessoa'.

"El-ahrairah sabia que o Príncipe Arco-Íris estava dizendo que se o pegasse roubando as cenouras iria matá-lo ou bani-lo e, então, colocar outro coelho para governar seu povo – e o pensamento de que o outro coelho provavelmente seria Hufsa o deixou rangendo os dentes. Mas ele disse: 'É claro, é claro. Isso seria muito correto e adequado'. E depois disso o Príncipe Arco-Íris foi embora.

"Uma noite, na segunda lua depois da semeadura, El-ahrairah e Vigilante foram ver as cenouras. Ninguém as havia desbastado e a cobertura estava densa e verde. El-ahrairah achou que a maior parte das raízes seria um pouco mais fina do que uma pata dianteira de coelho. E depois de ficar olhando para as cenouras à luz da lua foi que ele bolou seu plano. Ele tinha ficado tão cauteloso em relação a Hufsa – e na verdade ninguém sabia onde Hufsa estaria no momento seguinte – que no caminho de volta ele e Vigilante fizeram um buraco em um barranco isolado e entraram ali para conversar. E lá El-ahrairah prometeu a Vigilante não apenas que roubaria as cenouras do Príncipe Arco-Íris, mas também que iria se livrar de Hufsa na barganha. Eles saíram do buraco e, então, Vigilante foi para a fazenda roubar um pouco de semente de milho. El-ahrairah passou o resto da noite caçando lesmas – e isso era algo bem nojento.

"Na noite seguinte, El-ahrairah saiu cedo e, depois de um tempo, encontrou Yona, o porco-espinho, caminhando perto da cerca.

"'Yona', ele disse, 'quer um monte de lesmas boas e gordas?'

"'Sim, quero, El-ahrairah', respondeu Yona, 'mas elas não são tão fáceis de pegar. Você saberia disso se fosse um porco-espinho'.

"'Bom, eu tenho umas boas aqui', disse El-ahrairah, 'e você pode ficar com todas elas. Mas posso te dar muito mais se você fizer o que eu pedir sem questionar. Você sabe cantar?'.

"'Cantar, El-ahrairah? Nenhum porco-espinho sabe cantar.'

"'Bom', disse El-ahrairah. 'Excelente. Mas você vai precisar tentar se quiser essas lesmas. Ah! Tem uma caixa velha e vazia, pelo que vejo, que o fazendeiro deixou na vala. Melhor ainda. Agora me ouça.'

"Enquanto isso, na floresta, Vigilante falava com Hawock, o faisão.

"'Ei, Hawock', ele disse, 'você sabe nadar?'.

"'Nunca passo perto da água se puder evitar, Vigilante', disse Hawock. 'Detesto água. Mas imagino que, se precisasse, eu saberia boiar um pouco.'

"'Esplêndido', disse Vigilante. 'Agora, escute. Tenho comigo uma porção de milho – e você bem sabe como é difícil encontrar milho nesta época do ano – a qual você pode ficar com tudo, desde que nade um pouco no lago na beira da floresta. Eu explico melhor enquanto a gente vai até lá.' E lá foram eles pela floresta.

"Fu Inlé, El-ahrairah entrou em seu buraco e encontrou Hufsa mascando cecotrofos. 'Ah, Hufsa, aqui está você', ele disse. 'Ótimo. Preciso de ajuda para fazer uma coisa, mas não confio em mais ninguém. Você vai vir comigo, não vai? Só você e eu... ninguém mais deve saber disso.'

"'Por que? O que vamos fazer, El-ahrairah?', perguntou Hufsa.

"'Estive olhando essas cenouras do Príncipe Arco-Íris', respondeu El-ahrairah. 'Não aguento mais. São as melhores que já vi. Estou decidido a roubá-las todas... ou pelo menos a maior parte delas. Claro, se eu levasse um monte de coelhos numa expedição desse tipo, logo estaríamos com problemas. As coisas iam vazar e o Príncipe Arco-Íris certamente iria ficar sabendo. Mas se você e eu formos sozinhos, ninguém jamais vai saber quem fez isso.'

"'Conte comigo', disse Hufsa. 'Vamos amanhã à noite.' Pois ele pensou que assim ele teria tempo de contar ao Príncipe Arco-Íris.

"'Não', disse El-ahrairah, 'nós vamos agora. Imediatamente'.

"Ele ficou imaginando se Hufsa iria tentar fazê-lo desistir da ideia, mas, quando olhou para ele, El-ahrairah viu que Hufsa estava pensando que esse seria o fim de El-ahrairah e que ele próprio seria nomeado rei dos coelhos.

"Eles, então, partiram juntos ao luar. Já tinham andado uma boa distância ao longo da cerca quando encontraram uma velha caixa jogada na vala. Sentado sobre a caixa estava Yona, o porco-espinho. Os espinhos dele estavam cobertos de pétalas de rosas-caninas e ele dava guinchos extraordinários, grunhindo e acenando com as patas negras. Eles pararam e olharam para ele.

"'O que você está fazendo, Yona?', perguntou Hufsa atônito.

"'Cantando para a lua', respondeu Yona. 'Todo porco-espinho precisa cantar para a lua para fazer as lesmas aparecerem. Certamente você sabe disso, não?'

"'Oh, Lua-lesma minha! Oh, Lua-lesma minha / Concedei essa dádiva ao fiel porco-espinho!'

"'Que barulho aterrorizante!', disse El-ahrairah e realmente era. 'Vamos logo andando antes que ele atraia todos os elil para perto de nós.' E eles foram em frente.

"Depois de um tempo, El-ahrairah e Hufsa alcançaram o lago na beira da floresta. Ao se aproximarem, ouviram um grasnido e um chapinhar e depois viram Hawock, o faisão, se debatendo sobre a água, com as longas penas da cauda flutuando atrás de si.

"'O que aconteceu?' perguntou Hufsa. 'Hawock, alguém atirou em você?'

"'Não, não', respondeu Hawock. 'Sempre saio para nadar na lua cheia. Faz a minha cauda crescer e, além disso, eu não conseguiria manter a minha cabeça vermelha, branca e verde se eu não nadasse. Mas você deve saber disso, Hufsa, é claro. Todo mundo sabe disso.'

"'A verdade é que ele não gosta que outros animais o vejam fazendo isso', sussurrou El-ahrairah para Hufsa. 'Vamos em frente.'

"Um pouco mais adiante eles encontraram um velho poço perto de um grande carvalho. O fazendeiro o tinha aterrado anos atrás, mas a boca dele ela muito perceptível e escura ao luar.

"'Vamos descansar', disse El-ahrairah, 'só por um minuto'.

"Enquanto ele falava, uma criatura muito curiosa saiu da grama. Parecia um coelho, mas mesmo à luz da lua dava para eles verem que tinha uma cauda vermelha e longas orelhas verdes. Na boca, ele carregava a ponta de um dos bastões brancos que os humanos queimam. Era Vigilante, mas nem mesmo

Hufsa poderia reconhecê-lo. Ele tinha achado um pouco de pó inseticida na fazenda e se sentou nele para o rabo ficar vermelho. As orelhas estavam enfeitadas com briônias e o bastão branco estava fazendo com que ele se sentisse mal.

"'Frith nos projeta!', disse El-ahrairah. 'O que pode ser isso? Tomara que não seja um dos Mil!' Ele saltou, pronto para correr, mas não sem antes perguntar, tremendo: 'Quem é você?'.

"Vigilante cuspiu o bastão branco.

"'Então!', ele disse com voz autoritária. 'Então você me viu, El-ahrairah! Muitos coelhos vivem a vida sem nunca me verem. Poucos ou nenhum têm essa chance! Eu sou um dos coelhos mensageiros do Senhor Frith, que anda em segredo pela terra de dia e volta à noite para seu palácio dourado! Agora mesmo ele me espera do outro lado do mundo, e devo ir até ele sem demora, passando pelo coração da terra! Adeus, El-ahrairah!'

"O estranho coelho pulou para dentro do poço e desapareceu na escuridão abaixo.

"'Nós vimos o que não devíamos ver!', disse El-ahrairah em uma voz de espanto. 'Que terrível é este lugar! Vamos, rápido!'

"Eles correram por um tempo e logo depois estavam na plantação de cenouras do Príncipe Arco-Íris. Não sei dizer quantas eles roubaram, mas claro, como vocês sabem, El-ahrairah é um grande príncipe e sem dúvida usou poderes que vocês e eu desconhecemos. Mas meu avô sempre me contava que antes do amanhecer já não restava nada da plantação. El-ahrairah e Hufsa deixaram as cenouras escondidas em um buraco profundo no barranco depois da floresta e, então, foram para casa. El-ahrairah colheu duas ou três flores e ficou debaixo da terra com elas o dia inteiro, mas Hufsa saiu à tarde sem dizer aonde ia.

"Naquela noite, enquanto El-ahrairah e seu povo começaram a silflay sob um belo céu vermelho, o Príncipe Arco-Íris foi aos campos. Atrás dele havia dois grandes cães negros.

"'El-ahrairah', ele disse, 'você está preso'.

"'E por qual razão?', perguntou El-ahrairah.

"'Você sabe muito bem qual é a razão', disse o Príncipe Arco-Íris. 'Chega de seus truques e da sua insolência, El-ahrairah. Onde estão as cenouras?'

"'Se eu estou preso', disse El-ahrairah, 'você pode me dizer o motivo? Não é justo me dizer que estou preso e depois me fazer perguntas'.

"'Ora, ora, El-ahrairah', disse o Príncipe Arco-Íris, 'você só está nos fazendo perder tempo. Diga-me onde estão as cenouras e, então, só vou te mandar para bem longe em vez de matá-lo'.

"'Príncipe Arco-Íris', disse El-ahrairah, 'pela terceira vez posso saber por que estou sendo preso?'.

"'Muito bem', disse o Príncipe Arco-Íris, 'se é assim que você quer morrer, El-ahrairah, você terá o processo legal completo. Você está preso por roubar minhas cenouras. Você realmente vai pedir um julgamento? Estou lhe avisando que tenho provas concretas e que você vai se dar mal.'

"A essa altura os coelhos do povo de El-ahrairah se aglomeravam ao redor, iam o mais perto que ousavam chegar dos cães. Só Vigilante não estava em nenhum lugar visível. Ele tinha passado o dia inteiro levando as cenouras para outro buraco secreto e agora estava escondido porque não conseguia fazer com que sua cauda ficasse branca de novo.

"'Sim, quero um julgamento', disse El-ahrairah, 'gostaria de ser julgado por um júri de animais. Pois não é certo, Príncipe Arco-Íris, que você seja ao mesmo tempo meu acusador e o meu juiz'.

"'Você terá um júri de animais', disse o Príncipe Arco-Íris. 'Um júri de elil, El-ahrairah. Pois um júri de coelhos se recusaria a te condenar, apesar das provas.'

"Para surpresa de todos, El-ahrairah imediatamente respondeu que ficaria feliz com um júri de elil. E, então, o Príncipe Arco-Íris disse que os traria ainda naquela noite. El-ahrairah foi mandado para sua toca e os cães ficaram de vigias do lado de fora. Ninguém de seu povo teve permissão para vê-lo, embora muitos tenham tentado.

"Pelos campos e bosques correu a notícia de que El-ahrairah seria julgado, correndo o risco de pena de morte, e de que o Príncipe Arco-Íris iria colocá-lo diante de um júri de elil. Os animais vieram aos montes. Fu Inlé, o Príncipe Arco-Íris voltou com os elil: dois texugos, duas raposas, dois furões, uma coruja e um gato. El-ahrairah foi levado para fora de seu buraco e colocado entre os cães. Os elil se sentaram, encarando-o com olhos que brilhavam à luz da lua. Eles lamberam os lábios, e os cães sussurraram que a tarefa de executar a sentença havia sido prometida a eles. Havia muitos animais – coelhos e outros – e todos tinham certeza de que dessa vez El-ahrairah estava acabado.

"'Agora, vamos começar', disse o Príncipe Arco-Íris. 'Não vai demorar muito. Onde está Hufsa?'

"E, então, Hufsa apareceu, fazendo reverências e sacudindo a cabeça. E ele disse aos elil que El-ahrairah tinha ido até ele na noite anterior, quando ele estava mascando cecotrofos tranquilamente, e o ameaçado para que fosse cúmplice no roubo das cenouras do Príncipe Arco-Íris. Ele disse que quis recusar, mas ficou muito assustado. Sabia que as cenouras estavam escondidas em um buraco e se dispôs a mostrar onde ficava. Ele afirmou ter sido forçado a fazer o que fez, mas, no dia seguinte, foi o mais rápido que pôde para contar ao Príncipe Arco-Íris, de quem sempre foi leal servidor.

"'Vamos recuperar as cenouras mais tarde', disse o Príncipe Arco-Íris. 'Agora, El-ahrairah, você tem alguma prova para exibir ou algo a dizer em sua defesa? Seja breve.'

"'Queria fazer algumas perguntas à testemunha', pediu El-ahrairah. E os elil concordaram que isso era justo.

"'Hufsa', disse El-ahrairah, 'podemos ouvir um pouco mais sobre essa jornada que você e eu supostamente fizemos? Pois eu realmente não consigo me lembrar de nada. Você diz que nós saímos da toca e fomos andando pela noite. O que aconteceu durante esse período, então?'.

"'Ora, El-ahrairah', indignou-se Hufsa, 'não é possível que você tenha esquecido. Passamos pela vala, e você não se lembra de que vimos um porco-espinho sentado numa caixa cantando para a lua?'.

"'Um porco-espinho fazendo *o quê?*', perguntou um dos texugos.

"'Cantando para a lua', disse Hufsa avidamente. 'Eles fazem isso, sabe, para atrair as lesmas. Ele tinha pétalas de rosa enfiadas nele e acenava com as patas e...'

"'Bem, calma lá, calma lá', disse El-ahrairah gentilmente. 'Não quero forçar você a dizer nada, pobre sujeito', ele acrescentou para o júri. 'Ele realmente acredita nessas coisas que diz, vocês sabem. Ele não faz por mal, mas...'

"'Mas ele *estava* cantando', gritou Hufsa. 'Ele estava cantando: *Oh, Lua-lesma minha! Oh, Lua-lesma minha! Concedei...*'

"'O que o porco-espinho cantava não serve como prova', disse El-ahrairah. 'Na verdade, pode-se perguntar o que pode servir como prova. Bom, tudo bem. Vimos um porco-espinho coberto de rosas, cantando uma canção em cima de uma caixa. E o que aconteceu depois?'

"'Depois', continuo Hufsa, 'fomos em frente e chegamos ao lago, onde vimos um faisão'.

"'Um faisão, é?', disse uma das raposas. 'Quem dera eu tivesse visto isso. O que ele estava fazendo?'

"'Nadando, dando voltas na água', disse Hufsa.

"'Ferido, é?', disse a raposa.

"'Não, não', disse Hufsa. 'Todos eles fazem isso, para fazer a cauda crescer, estou surpreso que vocês não saibam.'

"'Para fazer *o quê?*', disse a raposa.

"'Para fazer a cauda crescer', disse Hufsa aborrecido. 'Ele mesmo nos disse isso.'

"'Vocês estão ouvindo isso há pouco tempo', disse El-ahrairah aos elil. 'Leva um tempo para se acostumar. Olhem para mim. Fui forçado a viver nos últimos dois meses, dia e noite, com isso. Fui o mais gentil e compreensivo que pude, mas aparentemente isso só me causou prejuízos.'

"Houve um silêncio. El-ahrairah, com ar de paciência paternal, se virou novamente para a testemunha.

"'Minha memória é tão fraca', ele disse. 'Prossiga, Hufsa.'

"'Bom, El-ahrairah', disse Hufsa, 'você está sendo esperto em fingir, mas nem mesmo você vai poder dizer que esqueceu o que aconteceu em seguida. Um enorme coelho assustador, com uma cauda vermelha e orelhas verdes, surgiu em meio à grama. Tinha um bastão branco na boca e entrou na terra por um imenso buraco. Disse que passaria pelo meio da terra para encontrar o Senhor Frith do outro lado'.

"Dessa vez nenhum dos elil disse uma palavra. Eles encaravam Hufsa e sacudiam a cabeça.

"'São todos loucos, sabe', sussurrou um dos furões, 'animaizinhos nojentos. Dizem qualquer coisa quando estão assustados. Mas esse é o pior que já ouvi. Quanto tempo mais a gente precisa ficar aqui? Estou com fome'.

"El-ahrairah sabia com antecedência que, embora os elil detestassem coelhos, detestariam ainda mais aquele que parecesse o maior dos tolos. Por isso, ele concordou tão prontamente com um júri de elil. Um júri de coelhos podia ter tentado ir a fundo na história de Hufsa, mas isso não aconteceu com os elil, pois eles odiaram e desprezaram a testemunha. Queriam sair dali para caçar o quanto antes.

"'Então é isso', disse El-ahrairah. 'Vimos um porco-espinho coberto de rosas, cantando; depois um faisão perfeitamente saudável nadando, dando voltas no lago; e, por fim, vimos um coelho com cauda vermelha, orelhas verdes e um bastão branco, que pulou para dentro de um poço profundo. É isso?'

"'Sim', disse Hufsa.

"'E depois roubamos as cenouras?'

"'Sim.'

"'E eram roxas com bolinhas verdes?'

"'O que era roxo com bolinhas verdes?'

"'As cenouras?'

"'Bom, você sabe que não, El-ahrairah. Eram de cor comum. E estão no buraco!', gritou Hufsa desesperado. 'No buraco! É só ir lá e ver!'

"O tribunal foi dispensado enquanto Hufsa levou o Príncipe Arco-Íris até o buraco. Eles não encontraram nenhuma cenoura e, então, voltaram.

"'Estive debaixo da terra o dia inteiro', disse El-ahrairah, 'e posso provar. Devia ter ficado dormindo, mas é difícil dormir enquanto meu sábio amigo aqui... bom, deixe pra lá. Só quero dizer que, obviamente, eu não estava carregando cenouras ou algo parecido. Se é que *havia* cenouras', ele acrescentou. 'Mas não tenho mais nada a dizer.'

"'Príncipe Arco-Íris', disse o gato, 'odeio todos os coelhos. Mas não vejo como podemos dizer que ficou provado que aquele coelho pegou as cenouras. A testemunha obviamente perdeu o juízo. Hufsa está louco... louco como a neblina e a neve. O prisioneiro terá que ser libertado'. Todos os outros concordaram.

"'Melhor você ir rápido', disse o Príncipe Arco-Íris para El-ahrairah. 'Entre na tua toca antes que eu acabe com você.'

"'Vou entrar, meu senhor', disse El-ahrairah. 'Mas posso implorar para que você retire o coelho que mandou para viver entre nós? A tolice dele nos incomoda.'

"Assim, Hufsa foi embora com o Príncipe Arco-Íris e o povo de El-ahrairah ficou em paz, exceto pela indigestão causada por comer cenouras demais. Mas levou muito tempo para que Vigilante conseguisse deixar sua cauda branca de novo, como meu avô sempre disse."

23

Kehaar

> A asa se arrasta como um estandarte derrotado,
> Não mais para ser usada nos céus para sempre, mas para viver com
>   fome e dor por uns dias.
> Ele é forte, e a dor é pior para os fortes
>   a incapacidade é ainda pior.
> Ninguém salvo a morte a redentora irá rebaixar aquela cabeça,
> A intrépida velocidade, os olhos terríveis.
>
> Robinson Jeffers, *Falcões feridos*

Os humanos dizem: "Nunca só chove, é sempre um temporal". Isso não é muito verdadeiro, pois é comum que chova sem que realmente haja um temporal. O provérbio dos coelhos é bem melhor. Ele diz: "Uma nuvem sempre se sente solitária". E é verdade que o surgimento de uma única nuvem, muitas vezes, significa que logo todo o céu vai estar coberto. Não importa o motivo de ser assim, o dia seguinte ofereceu uma segunda oportunidade dramática de pôr em prática a ideia de Avelã.

Era ainda bem cedo, e os coelhos começavam a silflay, encontrando na superfície um silêncio cinzento. O ar ainda estava frio. Havia bastante orvalho, mas não ventava. Cinco ou seis patos selvagens, agrupados formando um V no céu, voaram sobre eles, seguindo para algum destino distante. O som que as asas deles faziam chegava nítido ao solo, diminuindo à medida que eles se afastavam rumo ao sul. O silêncio voltou. Com o derretimento do final do crepúsculo, uma espécie de tensão e de expectativa cresceu, como se a neve prestes a cair de um telhado inclinado estivesse derretendo. Então, a colina toda e tudo abaixo dela, a terra e o ar, abriram caminho para o nascer do sol. Como um touro, que com um movimento rápido, mas irresistível, liberta a cabeça da mão de um homem que se inclina na cocheira e segura seu chifre, o sol entrou no mundo com um poder suave e gigantesco. Nada interrompeu ou eclipsou sua chegada. Sem nenhum ruído, as folhas brilharam e a grama reluziu ao longo dos quilômetros colina abaixo.

Fora da floresta, Topete e Prata alisavam as orelhas, farejavam o ar e pulavam, seguindo suas próprias sombras até a grama baixa que haviam descoberto recentemente. Enquanto passavam pelo pequeno trecho de relva – roendo, sentando e olhando ao redor – eles se aproximaram de um pequeno vale, que não tinha sequer um metro de largura. Antes de chegarem à beira, Topete, que estava à frente de Prata, parou e se agachou, observando. Embora não conseguisse olhar para dentro da depressão, ele sabia que havia alguma criatura ali – algum animal relativamente grande. Olhando por entre as folhas de grama em volta de sua cabeça, ele só conseguia ver a curva de um dorso branco. Fosse qual fosse a criatura, era quase de seu tamanho. Ele esperou, imóvel, por algum tempo, mas o animal não se mexeu.

— O que tem dorso branco? — sussurrou Topete.

Prata especulou:

— Um gato?

— Não tem gatos aqui.

— Como você sabe?

Naquele momento, os dois ouviram um assobio de respiração vindo do buraco. Durou poucos instantes, e logo houve silêncio outra vez.

Topete e Prata se tinham em alta conta. Com exceção de Azevinho, eram os únicos sobreviventes da Owsla de Sandleford e sabiam que eram admirados por seus camaradas. O ataque dos ratos no celeiro não tinha sido uma simples brincadeira e ali eles comprovaram seu valor. Topete, que era generoso e honesto, em nenhum momento se ressentiu da coragem de Avelã na noite em que ele foi vencido por seu medo supersticioso. Mas Topete não podia suportar a ideia de voltar para o Favo de Mel e relatar que tinha visto uma criatura desconhecida na grama e a deixado lá. Ele virou a cabeça e olhou para Prata. Vendo que ele estava disposto a enfrentar a situação, Topete deu uma última olhada para o dorso branco do estranho animal e depois foi direto para a beira da depressão. Prata o seguiu.

Não era um gato. A criatura no buraco era uma ave – uma ave grande, de cerca de trinta centímetros de comprimento. Nenhum deles jamais tinha visto uma ave como aquela antes. A parte branca de seu dorso, que eles vislumbraram em meio à grama, era de fato apenas os ombros e a nuca. A parte de baixo era de um cinza claro e da mesma cor eram as asas, que se afunilavam em longas penas primárias de pontas negras fechadas juntas sobre a cauda. A cabeça era de um marrom muito escuro, quase negro, e fazia um contraste tão forte com o pescoço branco que o pássaro parecia estar vestido com uma espécie de capuz. A única perna vermelho-escura que eles podiam ver terminava em um pé com membranas e três dedos poderosos com garras. O bico, virado ligeiramente para baixo perto da cauda, era forte e afiado. Enquanto os coelhos olhavam, ele se abriu, mostrando boca e garganta vermelhas. O pássaro assobiou de modo selvagem e fez menção de atacar, mas ainda assim não se moveu.

— Está machucado — disse Topete.

— Sim, dá para ver — respondeu Prata. — Mas a ferida não está em nenhum lugar que eu consiga ver. Vou dar a volta...

— Cuidado! — disse o Topete. — Ele pode pegar você!

Prata, ao começar a dar a volta na depressão, acabou ficando mais perto da cabeça da ave. Ele deu um salto para trás bem a tempo de evitar um golpe rápido com o bico.

— Isso teria quebrado a sua pata — considerou Topete.

Enquanto eles ficavam agachados, olhando para a ave – pois os dois sabiam, por intuição, que ela não iria se levantar – ela repentinamente irrompeu em gritos altos e roucos – "Iarc! Iarc! Iarc!" – um som assustador de perto, que cortou o ar da manhã e chegou até uma grande distância lá embaixo. Topete e Prata deram as costas e saíram correndo.

Eles se controlaram o suficiente para parar pouco antes da floresta e se aproximar do barranco, já recompostos do susto. Avelã foi encontrá-los na grama. Não havia como deixar de perceber os olhos arregalados e as narinas dilatadas.

— Elil? — perguntou Avelã.

— Bom, para falar a verdade, não sei — respondeu o Topete. — Tem uma ave grande lá fora, diferente de qualquer coisa que eu já vi.

— De que tamanho? Grande como um faisão?

— Não tão grande — admitiu Topete, mas maior do que um pombo, e bem mais feroz.

— Esse grito foi dela?

— Sim. Admito que me assustou. A gente estava bem do lado dela. Mas por algum motivo ela não consegue se mexer.

— Está morrendo?

— Acho que não.

— Vou lá dar uma olhada — disse Avelã.

— É uma ave selvagem. Por favor, tenha cuidado.

Por fim, Topete e Prata voltaram com Avelã. Os três se agacharam fora do alcance do pássaro enquanto ele olhava de modo penetrante e desesperado de um para o outro. Avelã falou na língua franca dos campos.

— Você machucado? Você não voar?

A resposta foi uma fala rápida e áspera que eles imediatamente perceberam ser um tanto exótica. Fosse de onde fosse essa ave, ela vinha de muito longe. O sotaque era estranho e gutural e a fala era distorcida. Eles só conseguiam entender uma palavra aqui e outra ali.

— Vem mata... Ká! Ká! Vocês vêm mata... Iarc! Acha eu acabado... eu não acabado... machuca vocês muito... — A cabeça marrom escura se virava de um lado para o outro. Então, inesperadamente, a ave começou a levar o bico para o solo. Eles perceberam, pela primeira vez, que a grama em frente ao pássaro estava remexida e marcada por linhas. Por alguns instantes o pássaro bicou aqui e ali, depois desistiu. Levantou a cabeça e olhou novamente para eles.

— Acho que ela está com fome — disse Avelã. — Melhor darmos comida para ela. Topete, vá pegar minhocas ou algo assim, por favor.

— Hán... o que você disse, Avelã?

— Minhocas.

— Você quer que eu cave para achar minhocas?

— Na Owsla não te ensinaram? Ah, tudo bem, deixa que eu faço — disse Avelã. — Você e Prata, esperem aqui.

No entanto, depois de alguns instantes, Topete foi atrás de Avelã rumo à vala e começou a escavar a terra seca junto com ele. Minhocas não são muito comuns nas colinas e não chovia há dias. Depois de um tempo, Topete olhou para cima e disse:

— Será que besouro serve? Ou piolhos de madeira? Alguma coisa assim?

Eles acharam uns gravetos podres e levaram de volta. Avelã empurrou um deles para a frente com cautela.

— Insetos.

Em questão de segundos o pássaro quebrou o graveto em três partes e abocanhou os poucos insetos que havia lá dentro. Um tempo depois, havia no buraco uma pequena pilha de detritos, que crescia à medida que os coelhos traziam qualquer coisa em que o pássaro pudesse arranjar comida. Topete achou fezes de cavalo pelo caminho, tirou os vermes que havia ali em cima, passou por cima de seu nojo e os levou um a um. Quando Avelá o elogiou, ele murmurou algo como: "é a primeira vez que um coelho faz isso, e não conte aos melros". Por fim, muito tempo depois de todos eles já estarem exaustos, o pássaro parou de comer e olhou para Avelá.

— Terminar comer. — Ela parou. — Fazer por que isso?

— Você ferido?

O pássaro pareceu esperto.

— Não ferido. Muito voar. Ficar pouco tempo, daí vai.

— Você ficar aqui você acabado — disse Avelá. — Lugar ruim. Vem homba, vem falcão.

— Dane todos. Muito luta.

— Aposto que sim — disse o Topete, olhando com admiração o bico de cinco centímetros e o grosso pescoço.

— Nós não querer você acabado — disse Avelá. — Você ficar aqui você acabado. Nós ajudar talvez.

— Cai fora!

— Venham — disse Avelá imediatamente para os outros. — Deixem a ave sozinha. — Ele começou a pular de volta para a floresta. — Deixe que ela tente manter os falcões afastados por um tempo.

— Qual é a ideia, Avelá? — disse Prata. — É um pássaro bruto, um selvagem. Não dá para fazer amizade com ele.

— Talvez você tenha razão — disse Avelá. — Mas que uso tem a nós um chapim ou um tordo? Eles não voam longe. Precisamos de um pássaro grande.

— Mas por que você faz tanta questão de um pássaro?

— Depois explico — disse Avelá. — Quero que o Amora e o Quinto ouçam também. Mas agora vamos para baixo da terra. Se você não quer mascar cecotrofos, eu quero.

Durante a tarde, Avelá organizou novos trabalhos no viveiro. O Favo de Mel estava praticamente pronto. Embora coelhos não sejam metódicos e nunca estejam realmente certos de quando terminaram algo, as tocas e os caminhos à sua volta já ganhavam forma. Bem no início da noite, no entanto, ele foi mais uma vez à depressão. O pássaro continuava lá. Parecia mais fraco e menos desperto, mas se virou sem muita agilidade quando Avelá se aproximou,

— Ainda aqui? — disse Avelá. — Lutar falcão?

— Sem lutar — respondeu o pássaro. — Sem lutar, mas ver, ver, sempre ver. Não bom.

— Fome?

O pássaro não respondeu.

— Ouça — disse Avelá. — Coelhos não comer aves. Coelhos comer grama. Nós ajudar você.

— Ajudar por quê?

— Não importar. Nós deixar você seguro. Grande buraco. Comida também.

O pássaro pensou por um tempo de depois disse:

— Perna boa. Asa não boa. Ruim.

— Bom, andar então.

— Você me machucar, eu machucar mal vocês.

Avelá virou as costas. O pássaro falou de novo.

— Caminho longe?

— Não, não longe.

— Ir, então.

Ele se levantou com grande dificuldade, vacilando sobre suas grandes pernas vermelho-sangue. Depois, abriu as asas apontando-as para cima e Avelá deu um salto para trás, assustado com o tamanho. Mas imediatamente a ave as fechou de novo, fazendo uma careta de dor.

— Asa não boa. Eu ir.

Ele seguiu Avelá de modo bastante dócil pelo gramado, mas o coelho teve a cautela de ficar fora de seu alcance. A chegada deles ao barranco criou um clima estranho, que Avelá interrompeu com uma veemência que não era típica dele.

— Vamos, ajudem — ele disse para Dente-de-Leão e Espinheiro. — O pássaro está ferido e vamos dar abrigo a ele até que melhore. Peça ao Topete que mostre a vocês como arranjar comida. Ele come minhocas e insetos. Tentem gafanhotos, aranhas... qualquer coisa. Leutodonte! Bolota! Sim, e você também, Quinto. Saia desse transe, ou o que quer que seja isso. Precisamos de um novo buraco, grande, mais largo do que fundo, com um chão plano um pouco abaixo do nível do chão: antes de cair a noite.

— Mas a gente cavou a tarde inteira, Avelã...

— Eu sei. Eu vou ajudar vocês — disse Avelã. — Só me deem um instante. Mas já comecem. A noite está chegando.

Os coelhos, atônitos, obedeceram resmungando. A autoridade de Avelã estava sendo colocada em teste, mas se manteve firme com o apoio de Topete. Embora não tivesse ideia do que Avelã tinha em mente, Topete estava fascinado pela força e pela coragem do pássaro e já tinha aceitado a ideia de tê-lo no viveiro, sem nem mesmo se preocupar com o motivo. Ele liderou os trabalhos de escavação enquanto Avelã explicava ao pássaro, do melhor jeito que podia, como eles viviam, os meios que tinham de se proteger de inimigos e o tipo de abrigo que podiam oferecer. A quantidade de comida que os coelhos conseguiam não era muito grande, mas, depois de entrar na floresta, o pássaro nitidamente se sentia mais seguro e, então, ficou à vontade para andar, ainda que mancando, para pegar comida por conta própria.

Na hora da coruja, Topete e seus assistentes tinham cavado uma espécie de vestíbulo na entrada de um de seus caminhos dentro da floresta. Eles forraram o chão com galhos e folhas de faia. Quando começou a ficar escuro, o pássaro já estava instalado. Ele continuava desconfiado, mas parecia estar com bastante dor. Era evidente que, como não conseguia bolar nenhum plano melhor por conta própria, estava disposto a experimentar o buraco dos coelhos para salvar sua vida. Do lado de fora, eles conseguiam ver sua cabeça marrom sempre em alerta em meio à escuridão, os olhos negros ainda bem abertos. Ele só dormiu depois que os coelhos terminaram um silflay tardio e foram para debaixo da terra.

Gaivotas de cabeça negra são gregárias. Vivem em colônias onde comem, conversam e lutam o dia inteiro. A solidão e a discrição não são naturais para elas. Elas voam para o sul na época da reprodução e, quando um membro do grupo se fere, é muito provável que seja deixado para trás. A selvageria e a desconfiança da gaivota se deviam em parte à dor e em parte à enervante consciência de que estava sem companheiros e de que não podia voar. Na manhã seguinte, os instintos naturais dela de fazer parte de um bando e de falar começaram a voltar. Topete virou seu companheiro. Ele não queria saber de deixar a gaivota sair sozinha para ir atrás do que comer. Antes do ni-Frith os coelhos tinham conseguido arranjar comida suficiente – por um tempo, pelo menos – e depois conseguiram dormir durante a parte mais quente do dia.

Topete, porém, continuou com a gaivota, falando com ela e escutando por várias horas, sem esconder sua admiração. Na hora da refeição noturna, ele se uniu a Avelá e Azevinho perto do barranco onde Campainha tinha contado a sua história de El-ahrairah.

— Como está o pássaro agora? — perguntou Avelá.

— Acho que está bem melhor — respondeu o Topete. — Ele é meio durão, sabe? Caramba, que vida ele teve! Vocês não sabem o que estão perdendo! Eu podia ficar sentado escutando ele falar o dia inteiro.

— Como ele se machucou?

— Um gato pulou nele numa fazenda. Ele só percebeu o gato no último instante. Ele rasgou o músculo de uma de suas asas, mas aparentemente deu ao gato algo de que se lembrar antes de ir embora. Depois, ele chegou até aqui mal sabe como e simplesmente desabou. Imaginem ter de enfrentar um gato! Agora eu consigo perceber que ainda tenho muito o que viver. Por que um coelho não devia enfrentar um gato? Imagine que…

— Mas o que exatamente é esse pássaro? — interrompeu Azevinho.

— Bom, não consegui descobrir — respondeu o Topete. — Mas, se estou entendendo o que ele diz, e não tenho certeza de que entendo, ele diz que vem de um lugar onde existem milhares como ele… mais do que a gente poderia imaginar. A revoada deles torna o céu inteiro branco e, na época da procriação, os ninhos deles são como folhas na floresta… é o que ele diz.

— Mas onde? Eu nunca vi *um* deles sequer.

— Ele conta — diz o Topete, olhando bem de frente para Azevinho —, ele conta que muito longe daqui a terra acaba e não existe mais nada.

— É óbvio que ela termina em algum lugar. O que há depois disso?

— Água.

— Um rio, você quer dizer?

— Não — disse o Topete. — Não um rio. Ele diz que há um imenso lugar com água, que parece que não acaba nunca. Não dá para ver o outro lado. Não existe outro lado. Ou existe, porque ele diz que já esteve lá. Ah, não sei… tenho que admitir que não entendo tudo.

— Ele estava dizendo a você que saiu do mundo e voltou? Isso só pode ser mentira.

— Não sei — disse Topete —, mas tenho certeza de que ele não está mentindo. Essa água, aparentemente, se mexe o tempo todo e fica batendo na terra. E agora que ele não consegue mais ouvir isso, sente falta. Esse é o nome dele: Kehaar. É como o barulho que a água faz.

Os outros estavam impressionados, mesmo contra vontade.

— Bom, por que ele está aqui? — perguntou Avelã.

— Não era para estar. Ele devia ter partido para esse lugar da Grande Água muito tempo atrás, para procriar. Aparentemente muitos deles vêm para cá no inverno, porque fica muito frio e deserto. Depois voltam no verão. Mas, na primavera, ele acabou se machucando. Não foi nada demais, mas ficou para trás. Ele descansou e morou perto de umas gralhas por um tempo. Depois ficou mais forte e foi embora, e estava vindo para a floresta quando parou numa fazenda e encontrou esse gato terrível.

— Então quando ele melhorar vai embora de novo? — questionou Avelã.

— Sim.

— Então estamos perdendo nosso tempo.

— Por que, Avelã, o que você tem em mente?

— Vá buscar Amora e Quinto. Melhor trazer o Prata também. Daí eu explico.

O silêncio do silflay do fim da tarde, quando o sol a oeste brilha direto sobre o topo da colina, os tufos de grama fazem sombras com o dobro de seu tamanho e o ar fresco tem cheiro de tomilho e rosas, era algo de que todos eles tinham passado a gostar ainda mais do que das tardes nas campinas de Sandleford. Embora não tivessem como saber disso, a colina era agora mais isolada do que tinha sido por centenas de anos. Não havia ovelhas, e os aldeões de Kingsclere e Sydmonton já não tinham como andar por sobre aqueles campos, fosse a negócios ou por prazer. Nas campinas de Sandleford, entretanto, os coelhos viam humanos quase todos os dias. Aqui, desde que chegaram, só viram um, e a cavalo. Olhando o pequeno grupo que se reuniu à sua volta na grama, Avelã viu que todos eles – até Azevinho – pareciam mais fortes, com pelos mais macios e em melhor forma do que quando chegaram às colinas. Independentemente do que os esperava, ele podia perceber que, pelo menos, não os tinha decepcionado até aqui.

— Estamos nos saindo bem aqui — ele começou —, ou pelo menos é o que eu acho. Certamente já não somos um bando de hlessil. Mesmo assim, ainda tenho algo em mente. Estou surpreso, na verdade, que eu seja o primeiro de nós a começar a pensar nisso. A não ser que a gente consiga encontrar uma solução para esse problema, este viveiro está fadado a desaparecer, apesar de tudo que fizemos.

— Mas como assim, Avelá? — disse Topete.

— Vocês se lembram de Nildro-hain? — perguntou Avelá.

— Ela parou de correr. Pobre Morango.

— Eu sei. E nós não temos fêmeas, nenhuma sequer, e ficar sem fêmeas significa não ter filhotes e isso significa que, em poucos anos, não haverá mais viveiro.

Pode parecer inacreditável que os coelhos não tivessem pensado em algo tão vital. Mas os homens cometeram o mesmo erro mais de uma vez – deixar tudo de lado e achar que basta confiar na sorte e no destino da guerra. Coelhos vivem perto da morte e, quando a morte chega mais perto do que eles estão acostumados, pensar na sobrevivência deixa pouco espaço na cabeça para qualquer outra coisa. Mas agora, com o sol de fim de tarde brilhando na tranquila e deserta colina, com uma boa toca atrás de si e a grama se transformando em fezes na barriga, Avelá sentia que estava sozinho e queria uma fêmea. Os outros ficaram em silêncio e ele percebeu que suas palavras tinham causado efeito.

Os coelhos estavam comendo ou deitados ao sol. Uma cotovia passou por cima deles no céu iluminado. Planou, cantou e desceu lentamente, deslizando de lado, com as asas bem abertas, em um rasante junto à relva. O sol se afundou ainda mais. Por fim, Amora disse:

— O que vamos fazer? Partir novamente?

— Espero que não — disse Avelá. — Depende. O que eu queria era trazer algumas fêmeas para cá.

— De onde?

— De outro viveiro.

— Mas tem algum outro viveiro nessas colinas? Como a gente vai descobrir? O vento nunca traz nem o mais leve cheiro de coelho.

— Vou dizer para vocês como vamos descobrir — disse Avelá. — O pássaro. O pássaro vai voar e procurar para nós.

— Avelá-rah — gritou Amora —, que ideia maravilhosa! Aquele pássaro pode achar em um dia o que nós não conseguiríamos descobrir em mil! Mas você tem certeza de que consegue convencer a ave a fazer isso? Com certeza assim que ela melhorar ela vai simplesmente voar e nos abandonar, não?

— Não sei dizer — respondeu Avelã. — Só o que a gente pode fazer é dar comida para ela e esperar que tudo dê certo. Mas, Topete, já que parece que vocês estão se dando tão bem, talvez você possa explicar para ele o quanto isso é importante para nós. Ele só tem que sobrevoar as colinas e dizer o que viu.

— Deixe comigo — disse Topete. — Acho que sei como fazer isso.

Logo, todos ficaram sabendo da ansiedade de Avelã e do motivo para ele estar assim, e não houve um coelho sequer que não tenha compreendido o problema. Não havia nada espantoso no que ele havia dito. Ele foi simplesmente aquele – como deve ser com os Chefes Coelhos – em quem uma sensação forte, latente em todo o viveiro, veio à tona. E o plano de usar a gaivota empolgou a todos e foi visto como algo que nem Amora podia ter inventado. A ideia de fazer reconhecimento é familiar a todo coelho – na verdade, é uma segunda natureza –, mas a ideia de usar um pássaro para a tarefa, e um pássaro tão estranho e selvagem, convenceu-os de que Avelã, se realmente conseguisse fazer isso, devia ser tão esperto quanto o próprio El-ahrairah.

Nos dias que se seguiram eles tiveram muito trabalho para alimentar Keehar. Bolota e Sulquinho, contando vantagem de que eram os melhores caçadores de insetos do viveiro, traziam muitos besouros e gafanhotos. De início, a principal dificuldade da gaivota foi a falta de água. Ela sofreu bastante e ficou limitada a quebrar folhas longas de grama para sugar a umidade. No entanto, em sua terceira noite no viveiro, choveu por três ou quatro horas seguidas e algumas poças se formaram pelo chão. Houve um período de clima confuso, como acontece muitas vezes em Hampshire quando chega a época de colher o feno. Ventos fortes vindos do sul faziam a grama ficar deitada o dia inteiro, dando-lhe a aparência de uma joia de prata com suaves ondas. Os grandes galhos pouco se moviam, mas falavam alto. Havia rajadas de chuva no vento. O clima deixou Kehaar inquieto. Ele andava muitas vezes de um lado para o outro, observando as nuvens flutuantes e comendo tudo que os coelhos traziam. A busca por comida se tornou mais difícil, pois na umidade os insetos se escondiam nas profundezas do solo e era preciso cavar para encontrá-los.

Uma tarde Avelã, que agora dividia uma toca com Quinto, como antigamente, foi acordado por Topete, que contou que Kehaar tinha algo a lhe dizer. Ele foi até o vestíbulo de Kehaar e não subiu até a superfície. A primeira coisa que notou foi que a cabeça da gaivota estava perdendo as penas e ficando branca, embora ainda houvesse um trecho de marrom escuro atrás de cada olho.

Avelá o cumprimentou e ficou surpreso quando a resposta veio em poucas palavras de um hesitante lapino cheio de erros. Era evidente que Kehaar tinha preparado um breve discurso.

— Metre 'Velá, coelhos trabalhar duro — disse Kehaar. — Eu não acabar agora. Logo estar bem.

— Que boas notícias — disse Avelá. — Fico feliz.

Kehaar voltou para o dialeto dos campos.

— Metre Dobede bom camarada.

— Sim, ele é.

— Ele dizer vocês não ter mães. Vocês sem mães. Muito problema vocês.

— Sim, é verdade. Não sabemos o que fazer. Não mães em lugar nenhum.

— Ouve, eu ter belo plano. Eu ficar bom agora. Asa é melhor. Parar vento, eu voar. Voar para vocês. Achar muitas mães, dizer onde estar, sim?

— Ora, esplêndida ideia, Kehaar! Muito inteligente pensar isso! Você ser pássaro muito bom.

— Para mim não ter mães este ano. Muito tarde. Todas mães sentar ninho agora. Ovos vir.

— Lamento.

— Outra hora eu ter mãe. Agora voar para vocês.

— Vamos fazer o possível para ajudar você.

No dia seguinte, o vento parou e Kehaar fez um ou dois voos curtos. No entanto, só três dias mais tarde ele se sentiu em condições de começar a sua busca. Era uma perfeita manhã de junho. Ele estava pegando vários pequenos caracóis de casca branca que encontrava na grama e quebrando-os com seu grande bico, quando, de repente, virou-se para Topete e disse:

— Agora eu voar para vocês.

Abriu as asas e seu diâmetro de sessenta centímetros fez um arco acima de Topete, que ficou sentado totalmente imóvel enquanto as penas brancas moviam o ar em torno de sua cabeça em uma espécie de adeus cerimonial. Deixando suas orelhas caírem com o vento das asas, ele olhou para Kehaar enquanto o pássaro levantava voo, com dificuldade. Quando ele voou, o corpo, tão longo e gracioso no solo, assumiu a aparência de um grosso cilindro atarracado, na frente do qual o bico vermelho se projetava entre os grandes olhos negros. Por alguns instantes ele pairou, o corpo subindo e descendo entre as asas. Depois, começou a subir, inclinou-se um pouco para o lado e desapareceu rumo ao norte seguindo colina abaixo. Topete voltou para o bosque com a novidade de que Kehaar tinha partido.

A gaivota se ausentou por vários dias – mais tempo do que os coelhos esperavam. Avelã não conseguiu evitar pensar se ele realmente voltaria, pois sabia que Kehaar, assim como eles próprios, sentia a necessidade de acasalar, e achou bastante provável que no final das contas ele acabaria indo para a Grande Água ao encontro das estridentes colônias cheias de aves das quais falou tão emocionado a Topete. Até onde conseguiu, ele manteve para si a sua ansiedade, mas um dia, quando estavam sozinhos, ele perguntou a Quinto se ele achava que Kehaar voltaria.

— Ele vai voltar — disse Quinto sem hesitar.

— E o que ele vai trazer?

— Como posso saber? — respondeu Quinto. Mas depois, quando estavam debaixo da terra, quietos e sonolentos, ele disse, de repente: — Os dons de El-ahrairah: astúcia, grande perigo e bênção para o viveiro.

Quando Avelã perguntou de novo, ele parecia não saber o que tinha falado e não pôde acrescentar mais nada.

Topete passava a maior parte das horas de luminosidade esperando a volta de Kehaar. Ele costumava ser curto e grosso, e, certa vez, quando Campainha comentou que achava que o chapéu de pelos de "Metre Dobede" estava de muda em solidariedade aos amigos ausentes, Topete teve uma recaída de seus tempos de sargento e deu-lhe um soco e insultou-o duas vezes, até que Azevinho interveio e safou seu fiel fanfarrão de maiores problemas.

Foi no fim de uma tarde, com um suave vento norte soprando e com o cheiro de feno vindo dos campos de Sydmonton, que Topete veio correndo até o Favo de Mel para anunciar que Kehaar tinha voltado. Avelã conteve a empolgação e disse a todos que mantivessem distância enquanto ia falar sozinho com a gaivota. Pensando melhor, porém, levou consigo Quinto e Topete.

Os três encontraram Kehaar em seu vestíbulo. O lugar estava cheio de fezes, bagunçado e malcheiroso. Os coelhos não defecam em suas tocas e o hábito de Kehaar de sujar o próprio ninho sempre enojou Avelã. Mas agora, em sua ânsia por ouvir as novidades, o odor do estrume pareceu quase bem-vindo.

— Bom ver você de novo, Kehaar — ele disse. — Cansado?

— Asa ainda cansa. Voar pouquinho, parar pouquinho, tudo ir bem.

— Com fome? Quer que a gente arranje insetos?

— Bom. Bom. Bons amigos. Muito besouro. (Para Kehaar qualquer inseto era "besouro".)

Era óbvio que ele tinha sentido falta da atenção deles e que estava pronto para desfrutar dela novamente na sua volta. Embora não precisasse mais que lhe trouxessem comida no vestíbulo, ele evidentemente achava que merecia isso. Topete foi buscar seus coletores de comida e Kehaar os manteve ocupados até o pôr do sol. Por fim, olhou de modo astuto para Quinto e disse:

— Ah, Metre Pequenino Inco, saber o que trago, sim?

— Não tenho ideia — respondeu Quinto, lacônico.

— Então eu dizer. Essa colina tuda, eu voar, pra lá, pra cá, onde sol subir, onde sol descer. Não coelhos. Nada coelhos, nada.

Ele parou. Avelã olhou para Quinto apreensivo.

— Depois descer, descer até o final. Fazenda com grandes árvores todo lugar, pequena colina. Conhecer?

— Não, não conhecemos. Mas continue.

— Eu mostrar. Não longe. Você ver. E ali ter coelhos. Coelhos viver em caixas. Viver com mano. Saber?

— Vivem com humanos? Você disse "vivem com humanos"?

— Sim, sim, viver com mano. Em galpão. Coelhos viver em caixa dentro galpão. Mano traz comida. Saber?

— Sei que isso acontece — disse Avelã. — Já ouvi falar disso. Muito bem, Kehaar. Você foi minucioso. Mas acho que isso não nos ajuda, não é?

— Acho ser mães. Em caixa grande. Mas fora isso sem coelhos. Não no campo, não na floresta. Sem coelhos. Pelo menos eu não ver eles.

— Isso parece ruim.

— Esperar. Contar mais. Agora escutar. Eu voar, outro lado, onde sol ir fim do dia. Você saber, deste lado Grande Água.

— Você foi até a Grande Água, então? — perguntou Topete.

— Na, na, não tão longe. Mas neste lado ter rio, saber?

— Não, não fomos tão longe.

— Ter rio — repetiu Kehaar. — E lá ter cidade coelhos.

— Do outro lado do rio?

— Na, na. Ir este lado, grandes campos tempo todo. Depois muito tempo vir cidade coelhos, muito grande. E depois lá estrada ferro e depois rio.

— Estrada de ferro? — perguntou Quinto.

— Sim, sim, estrada ferro. Vocês não ver ele... estrada ferro? Manos fazer.

A fala de Kehaar era tão estranha e distorcida, mesmo nas frases mais claras, que era comum que os coelhos ficassem sem ter certeza do que ele queria dizer. As palavras do vernáculo que ele usava agora para "estrada" e "ferro" (bastante familiares para as gaivotas) mal tinham sido ouvidas pelo grupo de coelhos antes disso. Kehaar perdia a paciência fácil e agora, como muitas vezes, eles se sentiram em desvantagem frente à familiaridade que ele tinha com um mundo mais amplo. Avelã pensou rápido. Duas coisas eram claras. Kehaar evidentemente tinha encontrado um grande viveiro pouco mais ao sul, e fosse o que fosse a estrada de ferro, o viveiro ficava antes dela e também do rio. Se ele tinha entendido direito, parecia que o viveiro seguia a estrada de ferro e o rio podia ser ignorado para os objetivos deles.

— Kehaar — ele disse. — Quero ter certeza. Podemos chegar à cidade dos coelhos sem precisar pensar na estrada de ferro e no rio?

— Sim, sim. Não ir para estrada ferro. Cidade coelhos em arbustos em grandes campos isolados. Muitas mães.

— Quanto tempo você acha que levaria para ir daqui até... até a cidade?

— Achar dois dias. Longo caminho.

— Ótimo, Kehaar. Você fez tudo que esperávamos. Descanse agora. Vamos trazer mais comida enquanto você quiser.

— Dormir agora. Amanhã muitos besouros, sim, sim.

Os coelhos voltaram para o Favo de Mel. Avelã contou as novidades que Kehaar trouxe e começou uma longa, confusa e intermitente discussão. Esse era o modo de chegarem a uma conclusão. O fato de que havia um viveiro a dois ou três dias de viagem ao sul brilhava e oscilava diante deles como uma moeda que afunda em águas profundas, se movendo de um lado para o outro, virando, desaparecendo, reaparecendo, mas cada vez mais inalcançável. Avelã deixou que a conversa seguisse naturalmente, até que, por fim, todos se dispersaram e foram dormir.

Na manhã seguinte, eles continuaram com a vida como de costume, alimentando Kehaar e a si mesmos, brincando e cavando. Mas durante todo este tempo, assim como uma gota d'água cresce até ser pesada o suficiente para cair de um galho, a ideia do que eles pretendiam fazer se tornava cada vez mais óbvia e unânime. Alguns dias depois, Avelã viu com clareza. Calhou que o momento em que ele sentiu necessidade de expor sua ideia veio quando ele estava sentado no barranco ao pôr do sol, com Quinto e três ou quatro outros. Não havia necessidade de convocar uma assembleia geral. A coisa estava resolvida. Quando ouvissem, os que não tinham estado ali iriam aceitar o que ele tinha dito sem precisar ouvir de sua boca.

— Esse viveiro que o Kehaar encontrou — começou Avelá —, ele disse que é grande.

— Então não podemos tomar à força — disse Topete.

— E não acho que eu queira ir para passar a fazer parte dele — disse Avelá. — Vocês querem?

— E sair daqui? — respondeu Dente-de-Leão. — Depois de todo o trabalho que tivemos? Além disso, passamos por maus bocados. Não, tenho certeza de que ninguém de nós quer isso.

— O que a gente quer é que algumas fêmeas voltem para cá com a gente — disse Avelá. — Vocês acham que isso vai ser difícil?

— Acho que não — disse Azevinho. — Viveiros grandes são muitas vezes superlotados e alguns coelhos não têm o suficiente para comer. As fêmeas jovens ficam irritadas e nervosas e algumas delas não têm ninhadas por causa disso. Os filhotes começam a crescer dentro delas e depois derretem de novo lá dentro do corpo delas. Sabia disso?

— Não sabia — disse Morango.

— É porque você nunca esteve num viveiro superlotado. Mas nosso viveiro, o viveiro do Threarah, ficou superlotado há um ou dois anos e muitas fêmeas jovens estavam reabsorvendo as ninhadas antes de elas nascerem. O Threarah me disse que há muito tempo El-ahrairah fez uma barganha com Frith, que prometeu que os coelhos não nasceriam mortos nem sem ser desejados. Se houver pouca chance de que eles tenham uma vida decente, a fêmea tem o privilégio de levá-los, sem nascer, de volta ao corpo dela.

— Sim, eu me lembro da história da barganha — disse Avelá. — Então você acha que lá pode haver fêmeas descontentes? Isso nos dá esperanças. Estamos de acordo, então, que devemos mandar uma expedição a esse viveiro e que existe uma grande chance de sucesso sem luta. Vocês acham que todos devem ir?

— Eu diria que não — disse Amora. — É uma viagem de dois ou três dias. E todos nós estaremos em perigo, tanto indo quanto voltando. Seria menos perigoso para três ou quatro coelhos do que para hrair. Três ou quatro podem viajar mais rápido e não chamam atenção. Além disso, o Chefe Coelho do viveiro provavelmente teria menos objeções a uns poucos estranhos que fizessem um pedido civilizado.

— Tenho certeza de que é isso mesmo — disse Avelã. — Vamos mandar quatro coelhos. Eles podem explicar como viemos parar nessa situação difícil e pedir permissão para convencer algumas fêmeas a voltar com eles. Não vejo por que algum Chefe Coelho pudesse fazer alguma objeção a isso. Fico pensando quem seria melhor mandar?

— Avelã-rah, você não deve ir — disse Dente-de-Leão. — Você é necessário aqui e não queremos pôr você em risco. Todo o mundo concorda com isso.

Avelã já sabia que não o deixariam liderar a delegação. Ele gostaria de ir, mas também achava que eles estavam certos. O outro viveiro não iria ter em alta conta um Chefe Coelho que cumpra as suas próprias missões. Além disso, ele não causava uma impressão especialmente boa nem com a aparência nem com a retórica. Esse trabalho era para outro coelho.

— Certo — ele disse. — Sabia que vocês não me deixariam ir. De todo modo, não sou o sujeito certo. Azevinho fará isso melhor. Ele sabe tudo sobre viajar em áreas descampadas e vai saber falar bem quando chegar lá.

Ninguém contradisse isso. Azevinho era a escolha óbvia, mas selecionar seus companheiros era mais difícil. Todos estavam dispostos a ir, mas era algo tão importante que eles acabaram pensando em todas as possibilidades, discutindo quem teria mais chance de sobreviver à viagem, de chegar em bom estado e de se dar bem em um viveiro estranho. Topete, recusado porque poderia brigar num viveiro estranho, de início ficou chateado, mas depois mudou de ideia quando lembrou que, ao ficar ali, podia continuar a cuidar de Kehaar. O próprio Azevinho queria levar Campainha, mas, como Amora disse, uma piadinha qualquer em frente ao Chefe Coelho podia pôr tudo a perder. Por fim, eles escolheram Prata, Espinheiro e Morango. Morango pouco falou, mas era evidente que ele estava muito feliz. Ele tinha sofrido bastante para demonstrar que não era covarde e agora recebia de seus amigos o reconhecimento de seu valor.

Eles saíram no amanhecer do dia seguinte, quando a luz ainda estava cinzenta. Kehaar aceitou voar mais tarde naquele dia para se certificar de que eles estavam indo na direção certa e para trazer notícias sobre a viagem. Avelã e Topete foram com eles até a borda sul do bosque e os viram ir embora, seguindo a oeste da distante fazenda. Azevinho parecia confiante e os outros três estavam animados. Logo eles saíram do campo de visão, e Avelã e Topete voltaram pela floresta.

— Bom, fizemos o nosso melhor — disse Avelã. — O resto depende deles e de El-ahrairah. Mas acho que vai dar tudo certo, não?

— Sem dúvida — disse Topete. — Tomara que eles voltem logo. Mal posso esperar para ter uma boa fêmea e uma ninhada de filhotes na minha toca. Muitos pequenos Topetes, Avelã! Pense nisso e trema!

24

A fazenda Nuthanger

> Quando Robin veio a Notingham,
> Sem nem ter um pouso seu,
> Só pediu que saísse salvo
> Para a Virgem e seu Deus.
>
> A seu lado um grande monge,
> Quem será, meu bom Senhor!
> Logo viu que era Robin,
> Bastou nele os olhos pôr.
>
> *Robin Hood e o monge* (Child, *Baladas*, nº 119)

Avelã se sentou no barranco na noite de verão. Não tinha havido mais do que cinco horas de escuridão, e uma escuridão à maneira de um pálido crepúsculo que o mantinha em vigília e inquieto. Tudo corria bem. Kehaar encontrou Azevinho à tarde e corrigiu seu caminho um pouco para oeste. Ele deixou os coelhos abrigados em uma densa sebe, certo de que estavam no rumo do grande viveiro. Parecia certo a essa altura que dois dias seriam suficientes para a viagem. Topete e alguns outros coelhos já começavam a alargar suas tocas em preparação para a volta dos outros coelhos com as fêmeas. Kehaar teve uma briga violenta com um falcão, gritando insultos em um tom de voz capaz de assustar alguém num porto na Cornualha. Embora o fim da discussão tenha sido inconclusivo, parecia provável que o falcão visse os arredores do bosque com um saudável respeito no futuro. Aquele era o melhor momento para o grupo desde que eles saíram de Sandleford.

Um espírito de astúcia feliz tomou conta de Avelã. Ele se sentiu como na manhã em que atravessaram o Enborne e ele saiu sozinho para encontrar o campo de feijões. Ele estava confiante e pronto para se aventurar. Mas qual seria essa aventura? Tinha de ser algo que valesse a pena contar a Azevinho e Prata quando eles voltassem. Algo que... bom, não para diminuir o valor de sua expedição, é claro que não... mas apenas para mostrar que o Chefe Coelho deles estava à altura de qualquer coisa que eles pudessem fazer. Ele pensou nisso enquanto pulava barranco abaixo e farejava um trecho em que havia pimpinelas na grama. O que será que causaria neles um ligeiro choque, que não fosse desagradável? De repente ele pensou: "Imagine se, quando eles voltarem, já tivermos uma ou duas fêmeas aqui?". E no mesmo instante ele lembrou que Kehaar falou de uma caixa cheia de coelhos na fazenda. Que tipo de coelhos seriam? Já teriam saído da caixa? Será que já viram um coelho selvagem? Kehaar falou que a fazenda não ficava longe do sopé da colina, em um pequeno morro. Então ele podia facilmente chegar lá no início da manhã, antes de os humanos irem até lá. Se houvesse cães, provavelmente estariam acorrentados, mas os gatos estariam soltos. Um coelho podia correr mais rápido do que um gato desde que estivesse num descampado e o visse vindo antes. O importante era não ser seguido sem perceber. Ele devia conseguir passar pelo campo sem atrair elil, a não ser que tivesse muito azar.

Mas o que ele pretendia fazer, exatamente? Por que iria à fazenda? Avelã terminou de comer a última pimpinela e respondeu a si mesmo, à luz das estrelas.

— Vou só dar uma olhada — disse. — E se conseguir achar essas caixas vou tentar falar com eles. Nada além disso. Não vou correr riscos... bom, pelo menos nenhum risco de verdade... a não ser depois de ver se vale ou não a pena.

Será que ele deveria ir sozinho? Seria mais seguro e agradável ir acompanhado, mas só de mais um coelho. Eles não deviam chamar atenção. Quem seria o melhor? Topete? Dente-de-Leão? Avelá os rejeitou. Ele precisava de alguém que seguisse suas ordens e que não fosse começar a ter ideias por conta própria. De imediato pensou em Sulquinho. Ele o seguiria sem fazer perguntas e faria tudo que ele pedisse. A essa hora ele provavelmente estava dormindo na toca que dividia com Campainha e Bolota, descendo por um pequeno caminho que levava ao Favo de Mel.

Mas Avelá teve sorte. Encontrou Sulquinho já acordado na entrada da toca. Ele o chamou para fora sem incomodar os outros dois coelhos e o levou pelo caminho que dava no barranco. Sulquinho olhou em volta inseguro, perplexo e como se estivesse à espera de algum perigo.

— Está tudo bem, Hlao-roo — disse Avelá. — Não tem nada para ter medo. Quero que você venha comigo e me ajude a encontrar uma fazenda de que ouvi falar. Só vamos dar uma olhada.

— Uma fazenda, Avelá-rah? Pra quê? Não vai ser perigoso? Cães e gatos e...

— Não, você vai ficar bem comigo. Só você e eu... não quero mais ninguém. Tenho um plano secreto. Não conte para os outros... pelo menos por enquanto. Quero especificamente que você venha comigo, mais ninguém.

Isso teve exatamente o efeito que Avelá pretendia. Sulquinho não precisava de mais nada para se convencer e eles saíram juntos, pela trilha de grama, atravessando a relva mais adiante e descendo a encosta. Cruzaram o estreito enfileirado de árvores e saíram no campo em que encontraram Azevinho e Campainha pela primeira vez. Ali, Avelá parou, farejando e ouvindo. Era o momento antes da aurora em que as corujas voltam para seus ninhos, normalmente caçando pelo caminho. Embora um coelho adulto não corra riscos reais com corujas, são poucos os que não as levam em conta. Doninhas e raposas também podem estar à solta, mas a noite estava tranquila e úmida, e Avelá, que se sentia seguro em seu clima de alegre confiança, teve certeza de que conseguiria farejar qualquer caçador de quatro patas.

Onde quer que fosse a fazenda, ela devia ficar além da estrada que corria no extremo oposto do campo. Ele partiu em um passo tranquilo, com Sulquinho logo atrás, entrando e saindo silenciosamente das campinas pelas quais Azevinho e Campainha tinham passado. Em seu caminho, por baixo de cabos que zumbiam baixinho na escuridão acima, eles levaram apenas uns poucos minutos para chegar à estrada.

Há épocas em que temos a certeza de que tudo está bem. Um rebatedor que jogou bem dirá mais tarde que sentia que não havia como errar a bola, e um orador ou um ator, em seu dia de sorte, poderia sentir que a plateia o carregou como se eles estivessem nadando em uma água milagrosa e feliz. Avelã se sentia assim agora. Tudo em seu entorno era a silenciosa noite de verão, iluminada pela luz das estrelas, mas empalidecendo rumo à aurora em um dos lados. Não havia nada a temer e ele se sentia pronto para entrar em mil fazendas, uma após a outra. Enquanto se sentava com Sulquinho no barranco sobre a estrada que cheirava a piche, ele não achou que era uma sorte extraordinária quando viu um jovem rato sair correndo da cerca oposta e desaparecer em uma moita de erva-canária abaixo deles. Ele sabia que algum guia desse tipo iria aparecer. Ele desceu rápido o barranco e encontrou o rato fuçando na vala.

— A fazenda — disse Avelã —, onde é a fazenda... perto daqui, em um pequeno morro? O rato olhou para ele mexendo os bigodes. Ele não tinha nenhum motivo especial para ser amistoso, mas havia algo no olhar de Avelã que incitava e tornava natural uma resposta civilizada.

— Estrada acima. Subindo o caminho.

O céu ficava mais claro a cada momento. Avelã atravessou a estrada sem esperar Sulquinho, que o alcançou debaixo da cerca antes da pequena alameda. Dali, depois de outra breve pausa, eles começaram a subir a ladeira rumo ao norte, indo em direção ao horizonte.

Nuthanger é como as fazendas das histórias antigas. Entre Ecchinsewll e o sopé de Watership Down, a mais ou menos um quilômetro de cada um, há um largo morro, mais íngreme no lado norte, mas que tem um suave aclive no lado sul – como acontece com o próprio cume da colina. Estreitos caminhos subiam pelos dois lados e se encontravam em um grande anel de ulmeiros que ficava ao redor do cume. Qualquer vento – mesmo o mais suave – fazia as folhas das árvores produzirem um som urgente e poderoso. Dentro do anel ficava a fazenda, com seus celeiros e anexos. A casa devia ter duzentos anos de idade ou mais, feita de tijolos, com uma fachada de pedras voltada para o sul, na direção da colina. No lado leste, em frente à casa, via-se um celeiro sobre seus alicerces de pedra; e em frente a ele ficava o galpão do gado.

Enquanto Avelã e Sulquinho chegavam ao topo do morro, a primeira luz mostrou com clareza a fazenda e suas construções. Os pássaros cantando em volta deles eram os mesmos a que eles tinham se acostumado nos dias anteriores.

Um chapim, acomodado em um galho baixo, cantou uma frase e ouviu outro respondê-lo além da fazenda. Um tentilhão fez soar sua pequena canção e, mais longe, alto no ulmeiro, outro pássaro de mesma espécie começou a chamar. Avelá parou e se sentou, para sentir melhor o odor do ar. Cheiros poderosos de palha e de esterco se misturaram com os das folhas dos ulmeiros, de cinzas e de comida de gado. Traços de aromas mais sutis vinham até ele da mesma maneira que os harmônicos de um sino são audíveis para um ouvido treinado. Tabaco, como era de se esperar. Bastante cheiro de gato e menos de cachorro. Depois, repentina e obviamente, cheiro de coelho. Ele olhou para Sulquinho e viu que ele também havia notado.

Enquanto se dedicavam a identificar os odores, eles também escutavam. Mas, além dos movimentos leves dos pássaros, dos zunidos das moscas imediatamente à sua volta e do farfalhar contínuo das árvores, eles não conseguiam ouvir mais nada. Sob a encosta norte da colina o ar estava parado, mas ali onde eles estavam a brisa sul era ampliada pelos ulmeiros, com suas miríades de pequenas folhas trêmulas, assim como o efeito da luz do sol em um jardim é ampliado pelo orvalho. O som, que vinha dos galhos mais altos, perturbava Avelá porque sugeria a aproximação de algo imenso – uma aproximação que não tinha fim. Ele e Sulquinho continuaram parados por um tempo, escutando tensos essa veemência alta, mas sem sentido, muito acima deles.

Eles não viram nenhum gato, mas perto da casa havia um canil com teto plano. Eles só conseguiram ter um rápido vislumbre do cão dormindo lá dentro – um cão negro e grande, de pelo macio e deitado com a cabeça sobre as patas. Avelá, de início, não viu nenhuma corrente, mas então, após um momento, percebeu a linha de uma corda fina que saía pela porta do canil e acabava em uma espécie de presilha no telhado. "Por que uma corda?", ele se perguntou. E logo depois encontrou a resposta: "Para que um cachorro inquieto não fique fazendo barulho com correntes de metal à noite".

Os dois coelhos começaram a vagar por entre os anexos. De início, tomaram o cuidado de continuar sob alguma cobertura e ficavam o tempo todo verificando a existência de gatos. Mas eles não avistaram nenhum e, aos poucos, foram ficando mais corajosos, atravessando descampados e até parando para roer dentes-de-leão e trechos de ervas e grama alta. Guiado pelo faro, Avelá seguiu até um galpão de teto baixo. A porta estava entreaberta, e eles passaram pela soleira de tijolos quase sem parar. Imediatamente em frente à porta, sobre uma placa de madeira – uma espécie de plataforma – havia uma jaula com frente de arame. Por entre a grade ele conseguiu ver uma tigela marrom, alguns legumes e as orelhas de dois dos três coelhos. Enquanto ele observava, um dos coelhos veio perto da grade, olhou para fora e o viu.

Ao lado da plataforma, perto deles, havia um fardo de palha. Avelã pulou com facilidade sobre ele e dali para as grossas tábuas, que eram antigas e tinham a superfície lisa, empoeirada e cheia de palha. Então ele se virou para Sulquinho, que esperava perto da porta.

— Hlao-roo — ele disse —, esse lugar só tem uma saída. Você precisa ficar de olho nos gatos ou a gente pode ficar encurralado. Fique aí na porta e, se aparecer algum do lado de fora, diga-me imediatamente.

— Certo, Avelã-rah — disse Sulquinho. — No momento não tem nada.

Avelã avançou e ficou do lado da jaula. A frente de arame se projetava para fora do limite da prateleira, de modo que ele não conseguia nem alcançá-la nem olhar para dentro, mas havia um buraco em uma das tábuas que estavam ao seu lado e, do lado oposto, ele conseguia ver um focinho se contraindo.

— Sou Avelã-rah — ele disse. — Vim falar com vocês. Vocês me entendem?

A resposta veio em um lapino um pouco estranho, mas perfeitamente compreensível.

— Sim, entendemos você. Meu nome é Buxo. De onde você vem?

— Das colinas. Meus amigos e eu vivemos lá como queremos, sem humanos. Comemos grama, deitamos ao sol e dormimos sob a terra. Quantos vocês são?

— Quatro. Machos e fêmeas.

— Vocês saem às vezes?

— Sim, de vez em quando. Uma criança põe a gente para fora e coloca em um curral na grama.

— Vim falar sobre o meu viveiro. Precisamos de mais coelhos. Queremos que vocês fujam da fazenda e venham com a gente.

— Tem uma porta de arame na parte de trás desta jaula — disse Buxo. — Vá até lá. Ali a gente pode falar com mais facilidade.

A porta era feita de uma tela de arame e envolta em uma moldura de madeira, com duas dobradiças de couro pregadas na madeira e um ferrolho e um prego ligados por um arame retorcido. Quatro coelhos estavam espremidos contra o arame, apertando os focinhos na grade. Dois deles – o Louro e a

Trevo – eram angorás negros de pelos curtos. Os outros, Buxo e sua fêmea, Palhinha, eram himalaias preto e brancos.

Avelá começou a falar sobre a vida nas colinas e sobre a felicidade e a liberdade de que desfrutavam os coelhos selvagens. Em seu costumeiro modo franco, ele falou sobre o problema da falta de fêmeas que sofria o seu viveiro e de como ele havia decidido procurar algumas.

— Mas — ele disse — não queremos roubar as fêmeas de vocês. Vocês quatro são bem-vindos se quiserem vir com a gente, tanto os machos quanto as fêmeas. Temos o suficiente para todos nas colinas. — Ele continuou falando sobre como eles se alimentavam no fim da tarde ao pôr do sol e como comiam de manhã na grama alta.

Os coelhos da jaula pareciam ao mesmo tempo espantados e fascinados. Trevo, a fêmea angorá – um coelho forte e ativo – estava visivelmente empolgada com a descrição de Avelá e fez várias perguntas sobre o viveiro e as colinas. Ficou evidente que eles viam a vida na jaula como tediosa, porém segura. Eles tinham aprendido bastante sobre elil em algum lugar e pareciam ter certeza de que poucos coelhos selvagens viviam muito. Avelá percebeu que, embora estivessem felizes por falar com ele e achassem a visita bem-vinda por trazer alguma agitação e mudança à sua vida monótona, eles não tinham a capacidade de tomar uma decisão e agir com base nela. Eles não sabiam como se decidir. Para ele e seus companheiros, compreender e agir era algo quase natural, mas esses coelhos nunca tinham precisado agir para salvar a vida e nem mesmo para encontrar comida. Se ele quisesse levar algum deles até as colinas, seria preciso incitá-los. Ele ficou sentado em silêncio por um tempo, roendo um pedaço de farelo que tinha caído nas tábuas do lado de fora da jaula. E, então, disse:

— Agora preciso voltar para os meus amigos nas colinas, mas nós viremos aqui outra vez. Vamos voltar aqui em alguma noite, e quando viermos, acreditem em mim, vamos abrir essa jaula com a mesma facilidade do fazendeiro; e, então, quem de vocês quiser estará livre para vir com a gente.

Buxo estava prestes a responder quando de repente Sulquinho falou lá de baixo.

— Avelá, tem um gato no quintal lá fora!

— Não temos medo de gatos — disse Avelá para Buxo —, desde que estejamos num descampado. — Tentando parecer que não estava com pressa, voltou para o chão passando pelo fardo de palha e atravessou até a porta. Sulquinho olhava pela fresta. Ele estava visivelmente amedrontado.

— Acho que ele farejou a gente, Avelã — ele disse. — Acho que sabe onde a gente está.

— Então não fique aí — disse Avelã. — Venha logo atrás de mim e corra quando eu correr. — E sem esperar para olhar pela fresta, ele circundou a porta entreaberta do galpão e parou na soleira.

O gato, malhado e com peito e patas brancas, estava na cerca mais distante do pequeno quintal, andando de maneira lenta e deliberada ao longo de uma pilha de troncos. Quando Avelã apareceu na porta, ele o viu imediatamente e ficou imóvel, encarando-o e sacudindo o rabo. Avelã saltou lentamente passando pela soleira e parou de novo. A luz do sol já caía oblíqua sobre o quintal, e no silêncio as moscas zumbiam sobre fezes a uns poucos metros. Havia um odor de palha e poeira e espinheiros.

— Você parece faminto — disse Avelã para o gato. — Os ratos estão ficando muito espertos, não é?

O gato não respondeu. Avelã ficou sentado, piscando sob o sol. O gato se abaixou no chão, colocando a cabeça para a frente entre as patas dianteiras. Sulquinho estava inquieto um pouco atrás e Avelã, sem jamais tirar os olhos do gato, percebia que o companheiro estava tremendo.

— Não tenha medo, Hlao-roo — ele sussurrou. — Vou tirar você daqui, mas você tem que esperar até ele vir na nossa direção. Fique parado.

O gato começou a bater com o rabo no chão. Sua traseira, então, se ergueu e ia de um lado para outro em uma empolgação cada vez maior.

— Você consegue correr? — perguntou Avelã ao gato. — Acho que não. Ora, seu lambedor de pires de porta de cozinha de olhos arregalados...

O gato voou pelo quintal e os dois coelhos saltaram em fuga com grandes impulsos das patas traseiras. O gato veio de fato muito rápido e, embora os dois tenham se preparado para sair correndo imediatamente, quase não saíram do quintal a tempo. Correndo pela lateral do longo celeiro, eles ouviram o labrador latindo nervoso enquanto corria até onde a corda deixava. A voz de um humano gritou com ele. Quando estavam cobertos pela cerca ao lado da alameda, eles se viraram e olharam para trás. O gato tinha parado e lambia uma pata fingindo não se importar.

— Eles odeiam parecer bobos — disse Avelã. — Ele não vai mais incomodar a gente. Se ele não tivesse corrido na nossa direção com tanto desespero, teria conseguido correr muito mais e talvez até tivesse chamado outro gato.

Eu sei que, por algum motivo, você não deve correr antes que eles comecem a correr. Foi bom que você viu o gato rápido, Hlao-roo.

— Fico feliz que isso tenha ajudado, Avelá. Mas o que a gente estava fazendo, e por que você estava falando com os coelhos na caixa?

— Depois eu te conto tudo. Vamos para o campo agora para comer alguma coisa. Depois, podemos ir para casa bem devagar, se você preferir.

25

A incursão

Ele seguia consentindo, ou não seria rei [...]. A ninguém cabia lhe dizer: "É hora de fazer a oferta".

Mary Renault, *O rei deve morrer*

Já era fim de tarde e Avelá e Sulquinho ainda não tinham voltado ao Favo de Mel. Eles ainda estavam se alimentando no campo quando começou a chover, com um vento frio, e então se abrigaram primeiro numa vala ali perto e depois – como a vala ficava numa ladeira e em cerca de dez minutos já tinha bastante água escorrendo para dentro – entre uns galpões em meio à alameda. Eles se enfiaram em uma densa pilha de palha e, durante algum tempo, ficaram ouvindo para ver se havia ratos. Mas tudo estava silencioso e eles ficaram tão sonolentos que acabaram dormindo, enquanto do lado de fora a chuva continuou até a manhã seguinte. Quando eles acordaram já estava no meio da tarde do dia seguinte e continuava a chuviscar. Avelá achou que não havia motivo especial para ter pressa. Seria uma tarefa difícil fazer o percurso na chuva e, de todo modo, nenhum coelho que se preze podia partir sem comer algo dos galpões. Uma pilha de beterrabas e couves ocupou-os por um tempo e eles só partiram quando a luz começava a cair. Eles não se apressaram e chegaram ao bosque pouco antes de escurecer, tendo como única preocupação o desconforto do pelo encharcado. Apenas dois ou três coelhos estavam do lado de fora para um silflay pouco animado na chuva. Ninguém comentou a ausência deles e Avelã foi direto para debaixo da terra, pedindo a Sulquinho que não falasse nada sobre a aventura deles por enquanto. Ele entrou na toca e descobriu que estava vazia, então deitou e dormiu.

Ao acordar, Quinto estava a seu lado, como de costume. Faltava pouco para amanhecer. A terra em que eles se deitavam estava agradavelmente seca e confortável e ele estava prestes a voltar a dormir quando Quinto falou.

— Você está encharcado, Avelã.

— Sim, qual o problema? A grama está molhada, sabe?

— Você não se molhou tanto assim só para silflay. Você está ensopado. Você não esteve aqui o dia inteiro ontem, não é?

— Ah, fui comer lá embaixo da colina.

— Comer couve? Os seus pés estão com cheiro de fazenda... esterco de galinha e farelo. Mas tem mais uma coisa engraçada... alguma coisa que eu *não consigo* cheirar. O que aconteceu?

— Bom, tive uma briga à toa com um gato, mas por que a preocupação?

— Porque você está escondendo alguma coisa, Avelã. Alguma coisa perigosa.

— É o Azevinho que está em perigo, não eu. Por que se preocupar comigo?

— Azevinho? — Quinto respondeu surpreso. — Mas o Azevinho e os outros chegaram ao grande viveiro no começo da noite de ontem. O Kehaar contou para a gente. Você está me dizendo que não sabia disso?

Avelã percebeu que tinha sido descoberto.

— Bom, agora eu sei — ele respondeu. — Fico feliz com a notícia.

— Então é isso — disse Quinto. — Você foi a uma fazenda ontem e escapou de um gato. E independentemente do que estivera fazendo, ficou tão preocupado com isso que se esqueceu de perguntar sobre o Azevinho ontem à noite.

— Está certo, Quinto... vou te contar tudo. Eu peguei o Sulquinho e a gente foi à fazenda em que o Kehaar mencionou ter coelhos em jaulas. Encontrei os coelhos, conversei com eles e fiquei com vontade de voltar lá uma noite e libertá-los, para eles virem morar aqui com a gente.

— Para quê?

— Bom, tem duas fêmeas entre eles, é por isso.

— Mas, se o Azevinho tiver sucesso, logo a gente vai ter muitas fêmeas. E por tudo que já ouvi falar de coelhos que moram em jaulas, sei que eles não se dão muito bem na vida selvagem. A verdade é que você é só um tolo exibido.

— Um tolo exibido? — disse Avelã. — Bom, vamos ver se Topete e Amora pensam assim.

— Arriscando a própria vida e a de outros coelhos por uma coisa que tem pouco ou nenhum valor para nós — disse Quinto. — Ah, sim, mas é claro que os outros vão aceitar ir com você. Você é o Chefe Coelho. Você é quem deve decidir o que é sensato, e eles confiam em você. Convencer os outros não vai provar nada, mas três ou quatro coelhos mortos vão provar que você é um tolo, mas aí vai ser tarde demais.

— Ah, fique quieto — respondeu Avelã. — Vou voltar a dormir.

Durante o silflay da manhã seguinte, com Sulquinho fazendo um respeitoso coro ao seu discurso, ele contou aos outros da visita à fazenda. Como esperava, Topete agarrou de cara a ideia de fazer uma incursão para libertar os coelhos das jaulas.

— Não tem como dar errado — ele disse. — É uma ideia esplêndida, Avelã! Não sei como se abre uma jaula, mas Amora vai dar um jeito nisso. O que me incomoda é pensar que você correu de um gato. Um bom coelho é páreo para um gato, seja quando for. Minha mãe brigou com um gato uma vez e deu a ele um motivo para se lembrar dela para sempre, garanto para você. Ela arranhou o pelo dele como se fosse erva de salgueiro no outono! Deixe os gatos da fazenda comigo e mais uns dois coelhos!

Amora precisou de um pouco mais de convencimento, mas ele, assim como Topete e o próprio Avelã, estava secretamente decepcionado por não ter ido na expedição com Azevinho. Então, quando os outros dois disseram que confiavam nele para dizer como se abre uma jaula, logo concordou em acompanhá-los.

— Precisamos levar todo mundo? — ele perguntou. — Você falou que o cachorro fica preso e imagino que não deve ter mais do que três gatos. Se formos em muitos coelhos vai ser um transtorno no escuro: alguém vai se perder e a gente vai desperdiçar muito tempo procurando.

— Bom, levamos Dente-de-Leão, Verônica e Leutodonte, então — disse Topete. — Deixamos os outros aqui. Você quer ir hoje à noite, Avelã-rah?

— Sim, quanto antes melhor — disse Avelã. — Vá contar aos outros três. Pena que vai estar escuro... senão a gente podia levar o Kehaar, ele ia gostar.

No entanto, as expectativas que eles tinham para aquela noite foram frustradas, pois voltou a chover antes de escurecer, com um vento nordeste que levava colina acima o odor agridoce de alfeneiros floridos nos casebres lá embaixo. Avelã se sentou no barranco até a luz ter praticamente desvanecido. Por fim, quando estava evidente que a chuva ia durar a noite toda, ele foi ficar com os outros no Favo de Mel. Eles tinham convencido Kehaar a sair do frio e da chuva e a entrar na terra, e uma das aventuras de El-ahrairah contadas por Dente-de-Leão foi seguida por uma história extraordinária que deixou todos perplexos e fascinados, sobre um tempo em que Frith precisou partir em uma jornada, deixando que o mundo todo fosse coberto pela chuva. Mas um homem construiu uma grande jaula flutuante e manteve lá todos os animais e os pássaros até que Frith voltou e os libertou.

— Não vai acontecer isso hoje à noite, não é, Avelã-rah? — perguntou Sulquinho, ouvindo a chuva nas folhas de faia lá fora. — Não tem jaulas aqui.

— Kehaar vai voar carregando você até a lua, Hlao-roo — disse Campainha —, e você pode descer em cima da cabeça do Topete como um galho de bétula cai na neve. Mas antes de tudo, ainda dá tempo de ir dormir.

Antes de Quinto se recolher, porém, ele falou mais uma vez com Avelã sobre a incursão.

— Imagino que não adiante pedir para você não ir, não é? — ele disse.

— Escute — respondeu Avelã —, você está tendo um dos teus maus pressentimentos sobre a fazenda? Se for isso, por que não diz de uma vez? Aí todo mundo ia saber o que está acontecendo.

— Não tenho nenhum pressentimento sobre a fazenda, nem bom nem ruim — disse Quinto. — Mas isso não quer dizer que esteja tudo bem. Os pressentimentos vêm quando querem... não vêm a todo momento. Não vieram para o lendri e nem para o corvo, por exemplo. Se for por isso, não tenho a menor ideia do que está acontecendo com Azevinho e os outros. Pode ser bom ou ruim. Mas tem uma coisa que me assusta em você, Avelã. E só em você, não nos outros. Você está totalmente sozinho, nítido e visível, como um galho morto que tem o céu como paisagem de fundo.

— Bom, se o que você está dizendo é que consegue ver que eu vou ter problemas mas não os outros, conte para eles e eu vou deixar que eles decidam se devo ou não ficar de fora disso. Mas isso significa abrir mão de muita coisa, Quinto, você sabe. Mesmo você dando a tua palavra, vai ter alguém que vai achar que eu estou com medo.

— Bom, eu só acho que não vale o risco, Avelã. Por que não esperar Azevinho voltar? É só isso que a gente precisa fazer.

— Não vou esperar o Azevinho de jeito nenhum. Você não percebe que o que eu quero é exatamente ter essas fêmeas aqui quando ele voltar? Mas escute, Quinto, vou lhe dizer uma coisa. Passei a confiar tanto em você que vou ser o mais cuidadoso possível. Na verdade, eu mesmo não vou nem entrar na fazenda. Fico do lado de fora, na parte de cima da alameda. E se isso não for fazer concessões para os teus receios, não sei o que mais posso fazer.

Quinto não disse mais nada e Avelã passou a pensar na incursão e na dificuldade que seria guiar os coelhos da jaula por todo percurso até o viveiro.

O dia seguinte estava ensolarado e sem chuva, com um vento agradável que levou a umidade que havia restado. As nuvens passavam por sobre o cume vindas do sul como tinham feito na noite de maio em que Avelã escalou a colina pela primeira vez. Mas agora elas eram mais altas e menores, criando, por fim, um céu nublado que lembrava uma praia na maré baixa. Avelã levou Topete e Amora até a beira da encosta, de onde eles podiam ver Nuthanger sobre seu pequeno morro. Ele descreveu a maneira como iriam se aproximar e prosseguiu explicando como encontrar a jaula com os coelhos. Topete estava animado. O vento e a perspectiva de ação o empolgavam. Ele passou algum tempo com Dente-de-Leão, Leutodonte e Verônica, fingindo ser um gato e os incentivando a atacá-lo do modo mais realista que pudessem. Avelã, que tinha ficado um pouco desanimado depois da conversa com Quinto, se recuperou ao vê-los brigando sobre a grama e acabou se juntando a eles, primeiro no papel de atacante e depois no de gato, olhando profundamente e tremendo, exatamente como fazia o malhado de Nuthanger.

— Vou ficar frustrado se depois de tudo isso a gente não encontrar um gato — disse Dente-de-Leão enquanto esperava sua vez para correr até um galho caído de faia, arranhá-lo duas vezes e correr de volta. — Estou me sentindo um animal perigoso de verdade.

— Tomar cuidado, Metre Den-de-Lão — disse Kehaar, que caçava caracóis na grama ali perto. — Metre Dobede, ele querer que vocês pensar tudo grande piada. Fazer vocês coragem. Gato não piada. Você não ver ele, não ouvir ele. Daí pular! Ele vir.

— Mas a gente não vai lá para comer, Kehaar — disse Topete. — Isso faz toda a diferença. Não vamos ficar procurando gatos o tempo todo.

— Por que não comer o gato? — disse Campainha. — Ou trazer um deles de volta para cá para procriar? Isso vai melhorar muito a linhagem do viveiro.

Avelã e Topete tinham decidido que a incursão devia se iniciar assim que começasse a escurecer e a fazenda ficasse em silêncio. Isso significava que eles iriam percorrer o quilômetro que os separava dos galpões anexos à fazenda durante o pôr do sol, em vez de correr os riscos de uma viagem noturna por um terreno que apenas Avelã conhecia. Podiam fazer uma refeição entre as couves, esperar escurecer e percorrer a curta distância até a fazenda após um bom descanso. Depois – desde que conseguissem lidar com os gatos – haveria bastante tempo para dar conta da jaula. Se chegassem ali pela manhã, eles iam ter de trabalhar contra o tempo antes de os humanos entrarem em cena. No entanto, agindo durante a noite, ninguém daria pela falta dos coelhos da jaula antes da manhã seguinte.

— E lembrem-se — disse Avelã —, esses coelhos provavelmente vão precisar de um bom tempo para chegar à colina. A gente vai precisar ter paciência com eles. Prefiro fazer isso na escuridão, com ou sem elil. Não queremos dar chance para o azar em plena luz do dia.

— Se as coisas não derem certo — disse Topete —, podemos deixar os coelhos da jaula para trás e correr. Elil sempre pegam o último da fila, não é? Sei que é duro, mas se houver problemas para valer precisamos salvar nossos coelhos primeiro. Mas vamos esperar que isso não aconteça.

Quando decidiram partir, Quinto não estava à vista. Avelã ficou aliviado, pois estava com medo de que ele pudesse falar algo que desanimasse os outros. Mas não havia nada pior do que lidar com a decepção de Sulquinho em ser deixado para trás; e isso foi resolvido quando Avelã garantiu a ele que o único motivo para essa decisão era o fato de que ele já tinha feito sua parte. Campainha, Bolota e Sulquinho foram com eles até o sopé da colina e ficaram vendo enquanto eles desciam pelo campo.

Eles chegaram aos galpões no crepúsculo. O silêncio da noite de verão não era perturbado por corujas e era tão profundo que eles conseguiam até ouvir o intermitente e monótono piu-piu de um rouxinol nos bosques distantes. Dois ratos que estavam entre as couves mostraram seus dentes, mas pensaram melhor e deixaram os coelhos em paz. Depois de comer, eles descansaram confortavelmente na palha até a luz oeste ter quase desaparecido.

Coelhos não dão nome às estrelas, mas mesmo assim Avelá estava familiarizado com a visão do surgimento da Capella. Nesse momento, ele observava até a estrela ficar dourada e brilhante no horizonte ao nordeste da fazenda. Quando a estrela chegou a certa altura que ele havia estabelecido, junto de um galho nu, Avelá chamou os outros e os levou pelo aclive até os ulmeiros. Perto do topo, ele passou pela cerca e os levou pela alameda.

Avelá tinha avisado a Topete da promessa feita a Quinto de ficar longe do perigo; e Topete, que tinha mudado muito desde os primeiros tempos, não viu nenhum problema em Avelá ficar do lado de fora.

— Se é isso que Quinto diz, é melhor seguir — ele disse. — De todo modo, vai ser bom para nós. Você fica do lado de fora da fazenda em um lugar seguro e nós levamos os coelhos até você. De lá você pode liderar o grupo e nos guiar pelo resto do caminho. — O que Avelá não tinha dito era que a ideia de ele ficar na alameda tinha sido dele próprio, e que Quinto aquiesceu só por não conseguir convencê-lo a desistir da ideia da incursão.

Agachado sob um galho caído à beira da alameda, Avelá olhou os outros seguirem Topete descendo rumo à fazenda. Eles foram lentamente, à maneira dos coelhos, um pulo, um passo e uma pausa. A noite estava escura e logo não dava mais para vê-los, embora ele conseguisse ouvi-los se movendo pela lateral do longo celeiro. Ele, então, se instalou para esperar.

A esperança de Topete de que iria haver ação se realizou quase de imediato. O gato que ele encontrou ao chegar no outro extremo do celeiro não era o malhado que Avelá havia comentado, mas, sim, outro, dourado, preto e branco (e, portanto, uma fêmea). Era uma daquelas gatas esguias, trotadoras, que se mexem rápido, balançam a cauda e se sentam nos peitoris das janelas das fazendas na chuva ou que montam guarda em cima de sacos em tardes de sol. Ela vinha andando rápido, virou ao chegar ao fim do celeiro, deu de cara com os coelhos e ficou absolutamente imóvel.

Sem hesitar nem por um segundo, Topete partiu para cima dela, como se fosse o galho de faia na colina. Mas ainda mais rápido do que ele Dente-de-Leão correu para a frente, arranhou a gata e pulou. Enquanto ela se virava, Topete jogou todo o seu peso sobre o outro lado do animal. A gata lutou com ele, mordendo e arranhando, e Topete rolou pelo chão. Os outros o ouviam xingando como se ele mesmo fosse um gato e lutando para se manter na briga. Então, ele enfiou uma pata traseira no flanco da gata e chutou rápido, várias vezes.

Qualquer um que conheça gatos sabe que eles não gostam de enfrentar alguém determinado. Um cachorro que tente agradar um gato pode muito bem receber um arranhão como recompensa. Mas, se o mesmo cachorro correr para atacar, há muitos gatos que não vão esperar para enfrentá-lo. A gata da fazenda estava aturdida pela velocidade e pela fúria do ataque de Topete. Ela não era fraca e era uma boa caçadora de ratos, mas teve o azar de enfrentar um combatente dedicado e louco por uma briga. Enquanto ela arranhava para sair do alcance de Topete, Verônica bateu no focinho dela com a pata. Esse foi o último golpe que eles deram, já que a gata, ferida, correu pelo quintal e desapareceu sob a cerca do galpão do gado.

Topete sangrava em três arranhões paralelos e profundos na parte interna da pata traseira. Os outros se uniram em torno dele, elogiando, mas ele mandou que parassem, olhando ao redor no quintal escuro enquanto tentava se orientar.

— Venham — ele disse. — E rápido, enquanto o cachorro ainda está quieto. O galpão, a jaula... para que lado vamos?

Foi Leutodonte que encontrou o pequeno quintal. Avelã tinha ficado ansioso com a possibilidade de a porta do galpão estar fechada, mas ela estava entreaberta e os cinco coelhos entraram, um depois do outro. Na densa escuridão eles não conseguiam encontrar a jaula, mas conseguiam farejar e ouvir os coelhos.

— Amora — disse Topete rápido —, venha comigo e abra a jaula. Vocês três, fiquem de guarda. Se outro gato vier, vocês vão ter que dar conta dele.

— Ótimo — disse Dente-de-Leão. — Deixe com a gente.

Topete e Amora encontraram o fardo de feno e subiram nas tábuas. Enquanto faziam isso, Buxo falou de dentro da jaula.

— Quem está aí? Avelã-rah, você voltou?

— Avelã-rah nos enviou — respondeu Amora. — Viemos soltar vocês. Vocês vêm com a gente?

Houve uma pausa e algum movimento na forragem, mas logo depois Trevo respondeu:

— Sim, solte a gente.

Amora farejou o caminho até a porta de arame e se sentou, colocando o focinho na grade, no ferrolho e no prego. Ele demorou um pouco para perceber que as dobradiças de couro eram macias o suficiente para serem roídas. Então, ele descobriu que elas ficavam tão perto da moldura que ele não conseguia pôr os dentes nelas. Por várias vezes ele tentou encontrar um ângulo e por fim se sentou novamente, sem saber o que fazer.

— Acho que essa porta não vai ajudar — ele disse. — Será que não tem algum outro jeito?

Naquele momento, Buxo ficou em pé sobre as patas traseiras e colocou as dianteiras bem no alto da grade. Pressionada por seu peso, a parte de cima da porta se moveu ligeiramente para fora e a dobradiça superior cedeu um pouco onde o prego do lado de fora a prendia à caixa. Quando Buxo voltou, baixou as patas dianteiras, Amora viu que a dobradiça tinha se curvado e se soltado um pouco da madeira.

— Tente agora — ele disse a Topete.

Topete pôs os dentes na dobradiça e mordeu. Conseguiu rasgar um pedacinho.

— Por Frith, vai funcionar — disse Amora, exatamente como o duque de Wellington em Salamanca. — Só precisamos de tempo, apenas isso.

A dobradiça era bem feita e só cedeu depois de muito esforço e várias mordidas. Dente-de-Leão ficava cada vez mais nervoso e chegou a dar dois alarmes falsos. Topete, percebendo que os sentinelas estavam aflitos de apenas observar e esperar sem ter nada para fazer, trocou de lugar com Dente-de-Leão e mandou que Verônica assumisse o lugar de Amora. Quando, por fim, Dente-de-Leão e Verônica tinham conseguido remover a tira de couro do prego, Topete voltou à jaula. Mas eles não pareciam estar mais perto de conseguir o que queriam. Sempre que um dos coelhos do lado de dentro ficava de pé e punha as patas dianteiras sobre a parte de cima da grade, a porta girava levemente sobre o eixo do prego e da dobradiça inferior, mas ela não rasgava. Soprando seus bigodes de modo impaciente, Topete trouxe Amora de novo para cima das tábuas.

— O que devemos fazer? — ele disse. — Precisamos de alguma mágica, como aquele pedaço de madeira que você enfiou no rio.

Amora olhou para a porta enquanto Buxo, do lado de dentro, empurrava de novo. A parte vertical da moldura pressionava com força a tira de couro, mas ela continuava presa à madeira, e de maneira firme, sem dar lugar para que eles colocassem os dentes.

— Empurre no outro sentido… empurre pelo lado de fora — ele disse.
— Você empurra, Topete. E diga ao coelho do lado de dentro para se abaixar.

Quando Topete ficou de pé e empurrou a parte de cima da porta para dentro, a moldura girou bem mais do que antes, porque do outro lado não havia nenhuma madeira na parte debaixo que a segurasse. A tira de couro se retorceu e Topete quase perdeu o equilíbrio. Se não fosse pela peça de metal que impedia um giro maior, ele podia ter caído dentro da jaula. Assustado, ele saltou para trás, resmungando.

— Bom, você pediu uma mágica, não foi? — disse Amora satisfeito. — Faça isso de novo.

Não há tira de couro presa apenas por um prego de cabeça grande em cada extremo que resista se a ficarem retorcendo várias vezes. Logo, quase não dava mais para ver a cabeça de um dos pregos debaixo das bordas desgastadas.

— Cuidado agora — alertou Amora. — Se ela romper de repente, você vai sair voando. Tente arrancar com os dentes.

Dois minutos depois, a porta estava pendurada apenas por um prego. Trevo empurrou o lado da dobradiça aberta e saiu, seguida por Buxo.

Quando várias criaturas – homens ou animais – trabalharam juntas para superar algo que oferecia resistência e acabaram obtendo êxito, é comum que se siga uma pausa – como se eles sentissem que fosse adequado prestar uma homenagem ao adversário que lutou com tanto empenho. A grande árvore cai, quebrando, rachando, desabando sobre folhas num trêmulo baque final contra o chão. Então, os lenhadores fazem silêncio e não se sentam imediatamente. Depois de horas de trabalho, a camada de neve foi retirada da estrada e o caminhão está pronto para levar os homens para casa, protegidos do frio. Mas eles ficam ali por mais um momento, apoiados nas pás e apenas acenando com a cabeça sem sorrir enquanto os motoristas passam, gesticulando em agradecimento. A ardilosa porta da jaula tinha se tornado apenas um pedaço de grade de arame, presa a uma estrutura de quatro tiras de um centímetro de comprimento; e os coelhos se sentaram nas tábuas, farejando-as e fuçando nelas sem dizer uma palavra. Depois de um tempo, os outros dois ocupantes da jaula, Louro e Feno, saíram hesitantes e olharam em volta.

— Onde está Avelã-rah? — perguntou Louro.

— Não muito longe — disse Amora. — Está nos esperando na alameda.

— O que é alameda?

— Alameda? — disse Amora surpreso. — Com certeza você...

Mas ele parou quando lhe ocorreu que esses coelhos não sabiam nem o que era alameda nem o que era fazenda. Eles não tinham a menor ideia nem mesmo do que estava à sua volta. Ele estava pensando o que isso significava quando Topete falou.

— Não devemos ficar esperando agora — ele disse. — Venham atrás de mim, vocês todos.

— Mas para onde? — disse Buxo.

— Bom, para fora daqui, é claro — disse Topete impaciente.

Buxo olhou ao redor:

— Eu não sei... — ele começou.

— Bom, mas eu sei — disse Topete. — Só venham com a gente. O resto não importa.

Os coelhos da jaula olharam uns para os outros espantados. Era evidente que estavam com medo do grande macho de pelos eriçados, com seu tufo de pelos na cabeça e o cheiro de sangue fresco. Eles não sabiam o que fazer nem compreendiam o que era esperado deles. Eles apenas tinham se lembrado de Avelã e ficaram empolgados forçando a porta e curiosos em sair da jaula assim que puderam. Fora isso, não tinham qualquer objetivo nem meios para definir um. A noção que eles tinham do que estava acontecendo não era mais precisa do que a de uma criança pequena que diz que vai acompanhar os alpinistas numa escalada.

Amora ficou frustrado. O que deviam fazer com eles? Se os deixassem ali, eles iriam saltar lentamente em volta do galpão e pelo quintal até que os gatos os pegassem. Por conta própria, era tão provável que eles corressem para as colinas quanto que voassem para a lua. Será que havia alguma ideia simples que pudesse fazer com que eles – ou pelo menos alguns deles – se pusessem em movimento? Ele, então, se virou para Trevo.

— Imagino que vocês nunca comeram grama à noite — ele disse. — O gosto é muito melhor do que durante o dia. Vamos lá comer um pouco?

— Ah, sim — disse Trevo —, eu adoraria. Mas é seguro? A gente tem muito medo de gatos, sabe? Eles vêm e olham para a gente, às vezes, do outro lado da grade. A gente chega a tremer.

"Pelo menos isso era uma pequena mostra de sensatez", pensou Amora.

— O coelho grande ali é páreo para qualquer gato — ele respondeu. — Ele quase matou um gato hoje à noite no caminho para cá.

— Mas, se puder evitar, ele não quer enfrentar outro — disse Topete abruptamente. — Então, se vocês *querem* comer grama à luz da lua vamos ao lugar em que Avelã-rah está nos esperando.

Enquanto Topete os guiava pelo quintal, viu a silhueta da gata que tinha derrotado, e que, agora, os observava de uma pilha de madeiras. Como era típico dos gatos, ela era fascinada por coelhos e não conseguia deixá-los em paz, mas era evidente que não tinha estômago para outra luta. Então, enquanto eles atravessavam o jardim, ela ficou onde estava.

O ritmo era assustadoramente lento. Buxo e Trevo pareciam ter compreendido que havia alguma espécie de urgência e era nítido que faziam o seu melhor para acompanhar o ritmo, mas os outros dois coelhos, depois de chegarem ao quintal, sentaram-se e olharam em volta de modo tolo, completamente perdidos. Depois de um longo tempo, durante o qual a gata saiu da pilha de lenha e começou a andar furtivamente rumo à lateral do galpão, Amora conseguiu levá-los para a fazenda. Mas ali, ao se verem em um lugar ainda mais desprotegido, eles entraram em uma espécie de pânico estático, como aquele que às vezes atinge alpinistas inexperientes expostos a um grande penhasco. Eles não conseguiam se mover e apenas ficavam sentados, piscando e olhando para a escuridão, sem se dar conta dos estímulos de Amora e das ordens de Topete. Neste instante, um segundo gato – agora, sim, o malhado de Avelã – veio do extremo mais distante da sede da fazenda e foi na direção deles. Enquanto ele passava pelo canil, o labrador acordou e se sentou, colocando a cabeça e os ombros para a frente e olhando primeiro para um lado e depois para o outro. Ele, então, viu os coelhos, correu até onde a corda permitia e começou a latir.

— Venham! — disse Topete. — A gente não pode ficar aqui. Subindo a alameda, todo mundo, e rapidinho. — Amora, Verônica e Leutodonte correram imediatamente, levando Buxo e Trevo com eles para a escuridão debaixo do celeiro. Dente-de-Leão continuou ao lado de Feno, implorando que ela andasse e esperando, a cada momento, sentir as garras do gato em suas costas. Topete foi pulando até ele.

— Dente-de-Leão — ele disse na orelha do outro —, saia daqui, a não ser que você queira morrer!

— Mas a... — começou Dente-de-Leão.

— Apenas faça o que eu estou mandando! — disse Topete. O barulho do latido era assustador e ele mesmo estava quase entrando em pânico.

Dente-de-Leão hesitou por mais um instante, mas depois deixou Feno e correu pela alameda, com Topete a seu lado.

Ele descobriu que os outros tinham se juntado a Avelã, debaixo do barranco. Buxo e Trevo tremiam e pareciam exaustos. Avelã estava falando com eles para tranquilizá-los, mas parou quando Topete apareceu saindo da escuridão. O cão parou de latir e houve silêncio.

— Estamos todos aqui — disse Topete. — Vamos embora, Avelã?

— Mas tinha quatro coelhos na jaula — disse Avelã. — Onde estão os outros dois?

— Na fazenda — disse Amora. — Não pudemos fazer nada com eles... e depois o cachorro começou a latir.

— Sim, eu ouvi. Você está dizendo que eles estão soltos?

— E logo vão estar bem mais soltos — disse Topete furioso. — Os gatos estão lá.

— Mas então por que vocês os deixaram para trás?

— Porque eles não se mexem. Já estava ruim o suficiente antes de o cachorro começar a latir.

— O cachorro está preso? — perguntou Avelã.

— Sim, está preso. Mas você não vai querer que um coelho fique dando sopa a poucos metros de um cachorro bravo, vai?

— Não, é claro que não — respondeu Avelã. — Você fez maravilhas, Topete. Eles estavam acabando de me contar, antes de você chegar, que você deu uma surra tão grande num dos gatos que ele ficou com medo de voltar depois. Agora, escute, acha que você e o Amora, mais o Verônica e o Leutodonte, conseguem levar esses dois coelhos para o viveiro? Infelizmente acho que isso vai levar a maior parte da noite. Eles não conseguem ir muito rápido e vocês vão precisar ter paciência com eles. Dente-de-Leão, você vem comigo, pode ser?

— Para onde, Avelã-rah?

— Buscar os outros dois — disse Avelã. — Você é o mais rápido, por isso não vai ser perigoso para você, não é? Agora, não demore, Topete, seja um bom coelho. Vejo vocês amanhã.

Antes de Topete ter chance de responder, ele desapareceu debaixo dos ulmeiros. Dente-de-Leão continuou onde estava, olhando para Topete, sem saber bem o que fazer.

— Você vai fazer o que ele pediu? — perguntou Topete.

— Bom, *você* vai? — respondeu Dente-de-Leão.

Topete precisou apenas de um momento para perceber que, se dissesse que não, logo haveria completa desordem. Ele não tinha como levar todos os outros de volta para a fazenda, e também não podia deixá-los sozinhos. Ele murmurou algo sobre Avelá ser embleer de esperto, deu com a pata em Leutodonte, para que ele largasse um cardo que estava roendo, e levou seus cinco coelhos barranco acima, chegando ao campo. Dente-de-Leão, por sua vez, partiu atrás de Avelá na direção do quintal da fazenda.

Enquanto descia pela lateral do celeiro, ele ouviu Avelá no descampado, perto da fêmea Feno. Nenhum dos coelhos da jaula tinha saído do lugar em que ele e Topete os tinham deixado. O cão tinha voltado para o canil, mas, apesar de não ser possível vê-lo, Dente-de-Leão achou que ele estava acordado e vigilante. Ele saiu da sombra com cuidado e se aproximou de Avelá.

— Estou só batendo um papo com a Feno aqui — disse Avelá. — Estava explicando que o caminho que a gente tem que fazer não é longo. Você acha que consegue ir até onde está o Louro e trazer ele aqui para perto da gente?

Ele falou quase feliz, mas Dente-de-Leão viu suas pupilas dilatadas e o leve tremor nas suas patas dianteiras. Ele mesmo estava sentindo agora algo peculiar – uma espécie de luminosidade – no ar. Parecia haver uma curiosa vibração em algum lugar distante. Ele olhou em volta procurando gatos e viu que, como temia, os dois estavam agachados em frente à sede da fazenda a uma pequena distância. Era possível atribuir a relutância deles em chegar mais perto de Topete, mas eles não iriam embora. Enquanto olhava para o outro lado do jardim e observava os gatos, Dente-de-Leão sentiu um súbito horror.

— Avelá! — ele sussurrou. — Os gatos! Por Frith, por que os olhos deles estão cintilantes e verdes daquele jeito? Olhe!

Avelá se sentou rápido e, quando ele fez isso, Dente-de-Leão deu um salto para trás realmente apavorado, pois os olhos de Avelá estavam brilhantes de um profundo vermelho incandescente no escuro. Naquele momento, a vibração sussurrante ficou mais forte, fazendo cessar os movimentos dos ulmeiros na brisa noturna. Então, todos os quatro coelhos se sentaram, petrificados pela repentina luz ofuscante que recaiu sobre eles como uma violenta tempestade. O próprio instinto deles ficou amortecido nesse terrível clarão. O cachorro latiu e depois voltou a ficar em silêncio. Dente-de-Leão tentou se mexer, mas não conseguia. A horrível claridade parecia mexer com o cérebro dele.

O carro, que veio pela alameda e passou pela elevação sobre os ulmeiros, andou mais uns poucos metros e parou.

— O coelho da Lucy fugiu, olha lá!

— Ah! Melhor pegá-lo rápido. Deixe os faróis acesos!

O som da voz de humanos, vindo de algum lugar além da luz feroz, fez Avelá voltar a si. Ele não conseguia ver, mas percebeu que aquilo não havia afetado sua audição e seu olfato. Ele fechou os olhos e imediatamente soube onde estava.

— Dente-de-Leão! Feno! Fechem os olhos e corram — ele disse. Um instante depois ele farejou o líquen e a fria umidade de uma das grandes pedras que sustentavam o celeiro. Ele estava embaixo da instalação. Dente-de-Leão estava perto dele e um pouco mais longe estava Feno. Do lado de fora, as botas do humano arranhavam e raspavam as pedras.

— É isso! Dê a volta por trás dele.

— Ele não vai muito longe!

— Então pegue!

Avelá foi na direção de Feno.

— Infelizmente acho que vamos ter que deixar o Louro — ele disse. — Venha atrás de mim.

Sempre se mantendo no vão entre a base do celeiro e o chão, os três correram para os ulmeiros. As vozes dos humanos ficaram para trás. Ao sair na grama perto da alameda, eles viram que a escuridão por trás dos faróis estava tomada pela fumaça do cano de escape – um cheiro hostil e asfixiante que aumentou ainda mais a confusão em que eles se achavam. Feno sentou e, mais uma vez, eles não conseguiram convencê-la a se mexer.

— Será que a gente não devia deixar ela para trás, Avelá-rah? — perguntou Dente-de-Leão. — Afinal, os humanos não vão fazer mal nenhum a ela... eles pegaram o Louro e o levaram de volta para o viveiro.

— Se fosse um macho eu diria que sim — disse Avelá. — Mas a gente precisa dessa fêmea. Foi por isso que a gente veio.

Nesse instante, eles perceberam o odor de bastões brancos queimando e ouviram o humano voltando pelo quintal. Houve um baque metálico quando eles mexeram no carro. O som pareceu despertar Feno. Ela olhou em volta e falou para Dente-de-Leão:

— Não quero voltar para a jaula — ela disse.

— Tem certeza? — perguntou Dente-de-Leão.

— Tenho, vou com vocês.

Dente-de-Leão imediatamente se virou para a sebe. Foi só ao passar por ela e ao chegar à vala mais adiante que percebeu que estavam do lado oposto da alameda ao qual eles tinham chegado. No entanto, não parecia ter motivo para se preocupar – a vala levava à encosta e esse era o caminho para casa. Ele avançou lentamente, esperando Avelã encontrá-los.

Avelã tinha atravessado a alameda poucos instantes depois de Dente-de--Leão e Feno. Atrás dele, ouviu os humanos se afastando do hrududu. Ao chegar ao topo do barranco, a luz de uma lanterna iluminou a alameda e revelou seus olhos vermelhos e sua cauda branca sumindo na cerca.

— É um coelho selvagem, tá vendo?

— Ah! Acho que os outros nossos não iam tão longe. Seguiram ele, viu só? Melhor ir dar uma olhada.

Na vala, Avelã ultrapassou Feno e Dente-de-Leão debaixo de uns espinheiros.

— Venha rápido, se conseguir — ele disse para Feno. — Os humanos estão bem atrás de nós.

— A gente não consegue ir para a frente, Avelã — disse Dente-de-Leão —, pelo menos não sem sair da vala. O caminho está bloqueado.

Avelã farejou o que havia adiante. Imediatamente depois dos espinheiros, a vala estava fechada por um monte de terra, sementes e detritos. Eles iam precisar sair para o descampado. Os humanos já estavam sobre o barranco e a luz da lanterna tremia na sebe e por entre os espinheiros sobre a cabeça deles. Depois, a uns poucos metros de distância, passos vibraram ao longo da beirada da vala. Avelã se virou para Dente-de-Leão.

— Ouça — ele disse —, vou correr de um lado para o outro do campo, desta vala para a outra, para que eles me vejam. Eles com certeza vão tentar jogar aquela luz em mim. Enquanto eles fazem isso, você e a Feno escalam o barranco, chegam na alameda e correm para o galpão de couves. Vocês podem se esconder lá e eu alcanço vocês. Estão prontos?

Não houve tempo para discutir. Um instante depois Avelã saiu quase debaixo dos pés dos humanos e correu pelo campo.

— Lá vai ele!

— Mire a lanterna nele, então. Não perca ele de vista!

Dente-de-Leão e Feno subiram cambaleando no barranco e chegaram à alameda. Avelã, com a luz da lanterna atrás dele, tinha quase chegado à outra vala quando sentiu um baque forte em uma de suas patas traseiras e uma dor forte, aguda em seu flanco. O barulho do cartucho soou um momento depois. Enquanto mergulhava em umas urtigas no fundo da vala, ele se lembrou vividamente do cheiro das flores de feijão ao pôr do sol. Ele não sabia que o humano tinha uma arma.

Avelã se rastejou por entre as urtigas, arrastando a pata ferida. Em poucos instantes, os humanos iriam iluminá-lo com sua lanterna e pegá-lo. Ele cambaleou pela parede da vala, sentindo o sangue escorrer sobre a pata. De repente, percebeu uma lufada de vento que vinha na direção de uma de suas narinas, um cheiro de algo úmido, podre e um som oco, cheio de eco, bem perto de sua orelha. Ele estava ao lado de um tubo de dreno que escoava na vala – um túnel macio e frio, mais estreito do que uma toca de coelho, mas largo o suficiente para ele entrar. Com as orelhas deitadas e a barriga pressionada contra o chão úmido ele rastejou até subir pelo buraco, empurrando um pouco de lama rala à sua frente, e ficou ali parado enquanto ouvia o barulho das botas chegando mais perto.

— Não sei dizer se você acertou nele ou não, John.

— Ah, acertei, sim. Tem sangue ali, tá vendo?

— Ah, sim. Bom, mas isso não quer dizer nada. Ele pode estar longe a essa altura. Acho que a gente perdeu ele.

— Acho que ele tá no meio da urtiga.

— Dá uma olhada, então.

— Não, não tá.

— Bom, a gente não pode ficar aqui procurando procurando um coelho pelo resto da noite. A gente devia ter pegado quando eles saíram da jaula. Não foi uma boa ideia atirar, John. Você assustou os bichinhos, viu? Amanhã você pode dar uma olhada com mais calma. Vai que ele ainda está por aí.

O silêncio voltou, mas Avelã continuava imóvel no frio murmurante do túnel. Uma profunda exaustão se abateu sobre ele e ele entrou num estado de inerte estupor, cheio de cãibras e de dor. Depois de um tempo, um filete de sangue começou a pingar pelo dreno na vala calcada e deserta.

* * *

Topete, agachado perto de Amora na palha do galpão do gado, pulou como se estivesse prestes a correr quando ouviu o som do tiro vindo da alameda. Mas ele se conteve e falou para os outros.

— Não corram! E para onde vocês iriam, afinal de contas? Não temos buracos aqui.

— Para o mais longe da arma possível — respondeu Amora, com os olhos brancos.

— Espere! — alertou Topete, escutando. — Eles estão correndo pela alameda. Você está ouvindo?

— Só consigo ouvir dois coelhos — respondeu Amora, depois de uma pausa —, e um deles parece exausto.

Eles olharam um para o outro e esperaram. Depois, Topete se levantou de novo.

— Fiquem aí, todos vocês — ele disse. — Eu vou lá buscá-los.

Do lado de fora, ele encontrou Dente-de-Leão incitando Feno, que mancava e estava exausta.

— Entrem aqui, rápido — disse Topete. — Em nome de Frith, onde está Avelã?

— Os humanos atiraram nele — respondeu Dente-de-Leão.

Eles foram até os outros cinco coelhos na palha. Dente-de-Leão não esperou as perguntas deles.

— Atiraram no Avelã — ele disse. — Tinham pegado o Louro e colocado de volta na jaula. Depois disso, vieram atrás da gente. Nós três estávamos na extremidade de uma vala bloqueada. O Avelã saiu por conta própria, para distrair a atenção deles enquanto a gente fugia. Mas a gente não sabia que eles tinham uma arma.

— Tem certeza de que mataram Avelã? — questionou Verônica.

— Não cheguei a ver se acertaram, mas estavam bem perto dele.

— Melhor a gente esperar — disse Topete.

Eles esperaram por muito tempo. Por fim, Dente-de-Leão e Topete seguiram com cautela pela alameda. Viram o fundo da vala pisado por botas e manchado de sangue e voltaram para contar aos outros.

A viagem de volta, com os três coelhos da jaula mancando, durou mais de duas exaustivas horas. Todos estavam abatidos e tristes. Quando, por fim, eles chegaram ao sopé da colina, Topete disse a Amora, Verônica e Leutodonte que os deixassem e fossem para o viveiro. Eles se aproximaram da floresta à primeira luz do dia, e um coelho correu para encontrá-los em meio à grama úmida. Era Quinto. Amora parou e esperou ao lado dele enquanto os outros dois ficaram em silêncio.

— Quinto — ele disse, temos más notícias. — O Avelá...

— Eu sei — respondeu Quinto. — Agora eu sei.

— Como você sabe? — perguntou Amora, assustado.

— Quando vocês estavam vindo pela grama, agora mesmo — disse Quinto, muito baixinho —, eu vi um quarto coelho atrás de vocês, mancando e coberto de sangue. Corri para ver quem era, mas depois só tinha vocês três, lado a lado.

Ele parou e olhou para a colina, como se ainda procurasse o coelho sangrando que tinha desaparecido à meia-luz. Depois, como Amora não disse mais nada, ele perguntou:

— Vocês sabem o que aconteceu?

Quando Amora terminou de contar, Quinto voltou para o viveiro e foi para debaixo da terra em sua toca vazia. Pouco depois, Topete levou os coelhos da jaula ao topo da colina e imediatamente chamou todos do grupo para uma espécie de reunião no Favo de Mel. Quinto não compareceu.

Foi um triste encontro de boas-vindas para os estranhos. Nem Campainha conseguiu encontrar uma palavra para animar os outros. Dente-de-Leão estava inconsolável por pensar que podia ter impedido Avelá de sair correndo da vala. O encontro terminou em um silêncio melancólico e um silflay sem entusiasmo.

Mais tarde naquela manhã, Azevinho chegou mancando ao viveiro. De seus três companheiros, apenas Prata estava alerta e incólume. Espinheiro estava ferido no focinho e Morango tremia, evidentemente doente de tanta exaustão. Não havia nenhum outro coelho com eles.

26

Quinto além

> Em sua terrível jornada, depois de o xamã ter vagado por florestas escuras e subido por grandes montanhas [...] ele chega a uma abertura no chão. A fase mais difícil da aventura começa agora. As profundezas do submundo se abrem diante dele.
>
> Uno Harva, citado por Joseph Campbell em *O herói de mil faces*

Quinto estava deitado no chão de terra da toca. Lá fora, as colinas estavam imóveis sob o intenso e brilhante calor do meio-dia. O orvalho e a umidade tinham evaporado da grama e, pelo meio da manhã, os tentilhões tinham caído em silêncio. Agora, ao longo das grandes extensões de relva quente, o ar ondulava. Na trilha que cruzava o viveiro, brilhantes fios de luz – úmida, uma miragem – gotejavam e brilhavam na mais curta e macia das gramas. Lá longe, as árvores ao longo da divisa com o bosque de faias pareciam cheias de grandes sombras densas, que os olhos ofuscados não podiam enxergar. O único som era o cri-cri dos gafanhotos, e o único cheiro era o do tomilho quente

Na toca, Quinto dormia e acordava inquieto enquanto durava o calor do dia, sentindo pequenos tremores e arranhando de leve o solo enquanto os últimos traços de umidade secavam na terra acima dele. Em certo momento, quando um pouco de terra caiu do teto, ele acordou com um salto e chegou à saída da toca antes de cair em si. Depois disso, voltou para onde estava deitado. A cada vez que acordava, ele se lembrava da perda de Avelã e sofria outra vez com aquilo que soube antecipadamente ao ver sumir na colina, na primeira luz da manhã, a sombra do coelho que mancava. Onde estava Avelã agora? Para onde teria ido? Ele começou a segui-lo em meio ao emaranhado dos próprios pensamentos, sobre o frio e úmido cume e entre a névoa da manhã que encobria as campinas.

A névoa girava em torno de Quinto enquanto ele rastejava em meio a cardos e urtigas. Agora ele já não conseguia ver o coelho manco à sua frente. Ele estava sozinho e amedrontado, mas percebia sons e cheiros antigos, familiares – os sons e cheiros do campo em que nasceu. As densas ervas do verão tinham ido embora. Ele estava sob os galhos nus dos freixos e dos espinheiros floridos de março. Atravessava o riacho, subindo a ladeira rumo à alameda, em direção ao lugar em que Avelã e ele encontraram a placa. Será que a placa continuava lá? Ele olhava tímido para o topo da ladeira. A visão estava borrada pela névoa, mas à medida que se aproximava do topo viu um humano ocupado com uma pilha de ferramentas – uma pá, uma corda e outros instrumentos menores, que ele não sabia para que serviam. A placa estava caída no chão. Era menor do que ele lembrava e estava pregada em um único poste, longo e quadrado, afiado em uma das pontas para poder ser cravado na terra. A superfície da placa era branca, como ele tinha visto antes, e coberta com linhas negras nítidas, como se fossem pedaços de pau. Quinto subiu hesitante a ladeira e parou perto do humano, que continuou olhando para baixo, para um profundo e estreito buraco cavado no solo a seus pés. O humano olhou para Quinto com o tipo de amabilidade que um ogro pode demonstrar a uma vítima quando os dois sabem que ele vai matá-la e comê-la assim que lhe for conveniente.

— Ah! E o que eu estou fazendo, hein? — perguntou o humano.

— *O que* você está fazendo? — respondeu Quinto, olhando e se contraindo de medo.

— Estou só colocando essa placa velha — disse o humano. — E imagino que você queira saber pra quê, né?

— Sim — sussurrou Quinto.

— É pro velho Avelã — disse o humano. — Aqui, tá vendo, a gente colocou um aviso sobre ele. E o que você acha que ela diz, hein?

— Não sei — disse Quinto. — Como... como é que uma placa pode dizer alguma coisa?

— Ah, mas tá vendo? — respondeu o humano. — É aí que a gente sabe coisas que vocês não sabem. É por isso que a gente mata vocês quando quer. Agora, dá uma boa de uma olhada na placa e acho muito provável que você vai entender mais do que sabe agora.

No lívido e nublado crepúsculo, Quinto olhou para a placa. Enquanto olhava, os pauzinhos negros tremeram sobre a superfície branca. Eles ergueram as pequenas cabeças afiadas em formato de cunha e tagarelaram como em um ninho cheio de furões. O som, cheio de zombaria e cruel, chegou de leve a seus ouvidos, como se abafado por areia ou estopa: *Em memória de Avelã-rah! Em memória de Avelã-rah! Em memória de Avelã-rah! Ha ha ha ha ha ha!*

— Bom, é isso aí, tá vendo? — disse o humano. — E ele vai ficar pendurado nessa placa. Quer dizer, assim que eu conseguir pôr ele lá em cima. Que nem você ia pendurar um passarinho ou um furão. Ah! Eu vou pendurar ele.

— Não! — gritou Quinto. — Não, você não pode fazer isso!

— Só que eu ainda não peguei ele, tá vendo? — prosseguiu o humano. — É por isso que ainda não pendurei. Não posso pendurar ele, porque ele entrou na droga do buraco, foi lá que ele foi. Entrou na droga do buraco, bem quando tava na minha mira e tudo, e não consigo fazer ele sair.

Quinto rastejou até as botas do humano e olhou para o buraco. Era circular, um cilindro de argila que desaparecia no chão, descendo na vertical. Ele chamou:

— Avelã! Avelã!

Bem lá embaixo no buraco, algo se moveu e estava prestes a responder. Então, o humano se curvou e o acertou bem entre as orelhas.

Quinto estava se debatendo em uma densa nuvem de terra, macia e quebradiça. E alguém estava falando:

— Calma, Quinto, calma!

Então, ele se sentou. Havia terra em seus olhos, orelhas e narinas. Ele não conseguia sentir cheiros. Ele se sacudiu e perguntou:

— Quem está aí?

— É o Amora. Vim ver como você estava. Só caiu um pedaço de teto, está tudo bem. Caiu terra do teto no viveiro inteiro hoje… é por conta do calor. Pelo menos isso fez você acordar de um pesadelo, pelo que entendi. Você estava se debatendo e chamando o Avelã. Coitado de você! Que desgraça isso que aconteceu! A gente deve tentar reagir da melhor maneira possível. Todos vamos parar de correr um dia, sabe. Dizem que Frith conhece todos os coelhos, cada um deles.

— Já é noite? — perguntou Quinto.

— Ainda não. Mas já passou um bom tempo de ni-Frith. Azevinho e os outros voltaram, sabe. O Morango está bem mal e eles não trouxeram nenhuma fêmea… nenhuma. As coisas não podiam estar piores. Azevinho ainda está dormindo, ele está completamente exausto. Disse que ia contar o que aconteceu hoje à noite. Quando a gente falou para ele sobre o coitado do Avelã, ele disse… Quinto, você não está ouvindo. Acho que você prefere que eu fique quieto.

— Amora — disse Quinto, — você conhece o lugar onde atiraram no Avelã?

— Sim, o Topete e eu vimos a vala inteira antes de voltar para cá. Mas você não devia...

— Você podia ir lá comigo agora?

— Voltar lá? Ah, não. É um longo caminho, Quinto, e de que adiantaria? O risco, e esse calor assustador, e isso só ia deixar a gente mais infeliz.

— O Avelã não morreu — disse Quinto.

— Sim, os humanos o levaram. Quinto, eu vi o sangue.

— Sim, mas você não viu Avelã, isso porque ele não está morto. Amora, você precisa fazer o que estou pedindo.

— Você está pedindo demais.

— Então vou ter que ir sozinho. Mas o que estou pedindo é que você salve a vida do Avelã.

Quando, por fim, Amora cedeu, ainda relutante, eles saíram descendo a colina. Quinto andou quase tão rápido quanto se estivesse procurando cobertura. De tempos em tempos, ele insistia para que Amora se apressasse. Os campos estavam desertos na claridade. Toda criatura maior que uma varejeira estava se protegendo do calor. Quando chegaram aos galpões anexos ao lado da alameda, Amora começou a explicar como ele e Topete tinham voltado para fazer a busca, mas Quinto o interrompeu.

— A gente precisa subir a ladeira, disso eu sei. Mas você precisa me mostrar a vala.

Os ulmeiros estavam inertes. Não havia o menor farfalhar das folhas. A vala estava cheia de salsa-de-vaca, cicuta e longos trechos de briônias floridas. Amora foi na frente no caminho de urtigas cheio de pegadas e Quinto ficou sentado no chão, farejando e olhando à sua volta em silêncio. Amora olhou para ele desconsolado. Uma leve brisa passou pelos campos e um melro começou a cantar em algum lugar além dos ulmeiros. Por fim, Quinto começou a se mover pelo fundo da vala. Os insetos zumbiam ao redor de suas orelhas e, de repente, uma pequena nuvem de moscas voou, depois de terem sido perturbadas por uma pedra que ali havia sido lançada. Não, não era uma pedra. Era um torrão macio e regular – um torrão circular de barro. A abertura marrom de um tubo de dreno estava manchada de preto na borda inferior por um fio fino e seco de sangue – de sangue de coelho.

— O buraco! — sussurrou Quinto. — O buraco!

Ele olhou pela abertura escura. Estava bloqueada. Bloqueada por um coelho. Era fácil perceber isso com o faro. Um coelho cujas fracas pulsações podiam ser ouvidas ligeiramente, amplificadas pelo eco do túnel estreito.

— Avelã? — disse Quinto.

Amora foi para o lado dele imediatamente.

— O que foi, Quinto?

— Avelã está neste buraco — disse Quinto —, e está vivo.

27

"Só é possível imaginar se você esteve lá"

Deus abençoe, nunca vi um povo assim.

Signor Piozzi, citado por Cecilia Thrale

No Favo de Mel, Topete e Azevinho esperavam para começar o segundo encontro desde a perda de Avelã. À medida que o ar ficava mais frio, os coelhos acordavam e, um a um, desciam pelos caminhos que saíam das tocas menores. Todos estavam abatidos e cheios de dúvidas no coração. Como a dor de um ferimento grave, o efeito de um choque profundo demora um pouco para ser sentido. Quando contam para uma criança, pela primeira vez na vida dela, que uma pessoa que ela conhecia morreu, embora ela não deixe de acreditar, é bem possível que não consiga compreender e que mais tarde pergunte – talvez mais de uma vez – onde a pessoa morta está e quando vai voltar. Quando Sulquinho plantou em si mesmo, como uma árvore sombria, a ideia de que Avelã não voltaria mais, o espanto foi maior do que a dor. E esse espanto ele via em toda parte entre seus companheiros. Apesar de não enfrentarem nenhuma crise de ação e nada os impedisse de continuar a vida no viveiro como antes, os coelhos estavam convictos de que a sorte deles tinha acabado. Avelã estava morto e a expedição de Azevinho fracassou completamente. O que viria a seguir?

Azevinho, magro, seu pelo manchado de sangue e cheio de grama e de fragmentos de bardana, estava falando com os três coelhos da jaula e os tranquilizava da melhor maneira possível. Agora, ninguém podia dizer que Avelã tinha desperdiçado sua vida em uma brincadeira impensada. As duas fêmeas eram a única conquista que algum deles tinha obtido – o único patrimônio do viveiro. Mas era tão evidente que elas não ficavam à vontade no novo ambiente que Azevinho já lutava contra a própria crença de que não se podia esperar muito delas. As fêmeas, quando ficam nervosas e tensas, tendem a ser inférteis. E como era possível que essas fêmeas se sentissem em casa em condições tão estranhas e em um lugar em que todos estavam completamente perdidos em seus próprios pensamentos? Talvez elas morressem ou mesmo fossem embora. Ele se dedicou mais uma vez à tarefa de explicar que tinha certeza de que tempos melhores viriam – e quanto mais fazia isso, menos ele mesmo ficava convencido de que era verdade.

Topete tinha enviado Bolota para checar se ainda havia alguém que participaria do encontro. Bolota voltou para dizer que Morango se sentia mal e que não havia conseguido achar nem Amora nem Quinto.

— Bom, deixe o Quinto em paz — disse Topete. — Coitado! Ouso dizer que ele vai se sentir melhor ficando sozinho por um tempo.

— Mas ele não está na toca dele — disse Bolota.

— Não importa — disse Topete. Mas, de repente, lhe ocorreu: "Quinto e Amora? Será que eles teriam ido embora do viveiro sem falar nada a ninguém? Se fosse o caso, o que iria acontecer quando os outros descobrissem?". Será que ele devia pedir ao Kehaar para procurar os dois enquanto ainda estava claro? Mas e se o Kehaar os encontrasse, o que ele poderia fazer? Não daria para forçar os dois a voltar. E se os dois voltassem forçados, que bem isso faria, se eles queriam ir embora? Naquele instante, Azevinho começou a falar e todos ficaram em silêncio.

— Todo mundo sabe que estamos com problemas — disse Azevinho —, e imagino que logo teremos de conversar sobre o que vamos fazer a partir de agora. Mas achei que, antes de mais nada, eu devia contar a vocês o motivo de nós quatro – Prata, Espinheiro, Morango e eu – termos voltado sem nenhuma fêmea. Vocês não precisam me lembrar de que, quando partimos, todo mundo achava que ia ser simples. E aqui estamos nós, um coelho doente, outro ferido e sem nenhum resultado para mostrar. Todos vocês devem estar tentando entender o porquê.

— Ninguém está culpando você, Azevinho — disse Topete.

— Não sei se tenho culpa ou não — respondeu Azevinho. — Mas vocês podem me dizer depois de ouvirem a história.

— Na manhã em que partimos, o tempo estava bom para hlessil viajarem e achamos que não havia motivo para pressa. Estava fresco, eu lembro, e parecia que ia demorar um pouco antes de o dia ficar realmente brilhante e sem nuvens. Tem uma fazenda não muito longe do outro extremo desta floresta, e, embora não houvesse humanos lá tão cedo, eu não queria ir por aquele caminho, por isso ficamos na parte alta do terreno, mais a oeste. Todos esperávamos chegar a uma encosta no fim da colina, mas não há nada lá parecido com o que existe na parte norte. O terreno alto continua por muito tempo, amplo, seco e deserto. Tem bastante vegetação para coelhos usarem como cobertura – milharais, sebes e barrancos – mas nada de floresta. São só grandes campos de terra fofa com grandes pedras brancas de sílica. Eu estava com esperança de encontrar o tipo de terreno que conhecíamos, como campinas e florestas, mas isso não aconteceu. De todo modo, encontramos uma trilha com uma boa e densa sebe de um dos lados e decidimos seguir por ali. Fomos sem pressa e paramos por um bom tempo, porque eu estava sendo cauteloso para não dar de cara com elil. Tenho certeza de que o terreno deve ter furões e raposas, e eu não tinha muita ideia do que fazer se encontrássemos um animal desses.

— Tenho quase certeza de que passamos perto de uma doninha — disse Prata. — Cheguei a sentir o cheiro, mas vocês sabem como são os elil… se não estão realmente caçando, muitas vezes não te percebem. Deixamos bem pouco rastro, e enterramos nossa hraka como se fôssemos gatos.

— Bom, antes de ni-Frith — continuou Azevinho —, a trilha nos levou a um longo bosque estreito que seguia paralelo ao caminho pelo qual estávamos avançando. Esses bosques de vales são estranhos, não são? Esse não era mais denso do que o que fica em cima do nosso viveiro, mas ia até onde nossa vista alcançava, dos dois lados, em uma linha reta sem-fim. Não gosto de linhas retas, são os humanos que fazem isso. E como eu estava certo do que ia acontecer, encontramos uma estrada do lado desse bosque. Era uma estrada muito isolada e vazia, mas mesmo assim eu não queria ficar por ali, então passamos direto pelo bosque e saímos do outro lado. O Kehaar nos viu nos campos e falou que devíamos mudar de direção. Perguntei a ele como a gente estava se saindo e ele disse que já estávamos na metade do caminho, então achei que a gente devia começar a procurar um lugar para passar a noite. Eu não gostava do descampado e acabamos fazendo alguns buracos no fundo de uma espécie de fosso que a gente encontrou. Comemos bem e passamos a noite sem problemas.

"Acho que não precisamos contar absolutamente tudo sobre a viagem. Começou a chover e ventar forte logo depois de comermos pela manhã, um vento gelado. Por isso ficamos onde estávamos até depois de ni-Frith. Depois, ficou mais claro e, então, fomos em frente. O percurso não foi muito bom por causa da umidade, mas no final da tarde achei que devíamos estar perto do lugar. Estava olhando em volta quando uma lebre veio pela grama e perguntei se ele sabia de um grande viveiro ali por perto.

"'*Efrafa?*', ele perguntou. 'Vocês estão indo pra Efrafa?'[1]

"'Se esse é o nome', respondi.

"'Você conhece lá?'

"'Não', eu respondi, 'não conhecemos, mas queremos saber onde fica'.

"'Bom', ele disse, 'aconselharia vocês a correr, e rápido'.

"Eu estava pensando o que fazer quando, de repente, três coelhos grandes vieram por cima do barranco, do mesmo jeito que fiz na noite em que fui prender você, Topete. E um deles disse: 'Posso ver as marcas de vocês?'.

"'Marcas?', eu questionei. 'Que marcas? Não sei do que você está falando.'

"'Vocês não são de Efrafa?'

"'Não', eu disse, 'estamos indo para lá. Somos forasteiros'.

"'Venham comigo', ele ordenou. Nada de 'Vieram de longe?', ou 'Vocês estão muito molhados?', nem nada do gênero.

"Então, esses três coelhos levaram a gente barranco abaixo e foi assim que chegamos a Efrafa, como eles chamam. E é melhor eu tentar explicar uma coisa sobre o lugar, para vocês entenderem que grupinho sujo de roedores de sebes nós somos aqui.

---

1. A tônica fica na primeira sílaba, e não na segunda. É como na palavra "príncipe".

"Efrafa é um viveiro grande, bem maior do que o viveiro de onde viemos, o viveiro do Threarah, quero dizer. E o único medo dos coelhos lá é que os humanos descubram onde eles estão e os infestem com a cegueira branca. O viveiro inteiro é organizado para esconder sua existência. Os buracos são todos escondidos e os integrantes da Owsla mantêm todos os coelhos em seus lugares, sempre sob suas ordens. Você não pode decidir sobre sua vida por conta própria, mas em troca você tem segurança. Se valer a pena, pelo preço que você paga.

"Além da Owsla, eles têm o que chamam de Conselho, e cada um dos coelhos do Conselho tem uma tarefa especial. Um cuida da alimentação, outro é responsável pelos modos de manter o viveiro oculto, outro cuida da procriação, e assim por diante. Quanto aos coelhos comuns, só uma determinada quantidade deles pode ficar na superfície ao mesmo tempo. Todo coelho é marcado ainda quando filhote: eles dão uma mordida profunda debaixo do queixo ou numa das patas. Então, pelo resto da vida pode-se saber que ele é um membro do viveiro. Você não deve ser visto na superfície a não ser que seja a hora certa do dia para os coelhos que têm o teu tipo de marca.

— E quem é que os impede? — resmungou Topete.

— Essa é a parte realmente assustadora. A Owsla... bom, não dá para imaginar a não ser que você tenha estado lá. O Chefe é um coelho chamado Vulnerária, general Vulnerária, como eles o chamam. Logo vou contar mais sobre ele. Então, abaixo dele estão os capitães – cada um deles é responsável por uma Marca – e cada capitão tem seus próprios oficiais e sentinelas. Há sempre um capitão de Marca com seu bando cumprindo turnos durante todos os momentos do dia e da noite. Se um humano, por acaso, passa em algum lugar ali perto, o que não é comum, os sentinelas dão alarme bem antes de ele estar perto o suficiente para ver algo. Eles também emitem alarmes contra elil. Eles impedem que todo mundo faça hraka exceto em lugares especiais nas valas, onde tudo é enterrado. E se reconhecem algum coelho na superfície o qual não tem o direito de estar lá, pedem para ver a marca. Sabe Frith o que acontece se ele não souber se explicar... mas acho que consigo muito bem adivinhar. É comum que os coelhos de Efrafa passem dias a fio sem ver Frith. Se a Marca deles é de silflay noturno, então eles só comem à noite, esteja ou não chovendo, faça frio ou calor. Eles todos estão acostumados a conversar, brincar e acasalar nas tocas subterrâneas. Se uma Marca não puder silflay no horário designado para ela por algum motivo, digamos que haja um humano trabalhando em algum lugar perto, os coelhos simplesmente têm de esperar. E podem perder seu turno e ficar sem comer até o dia seguinte.

— Mas claro que isso altera muito o jeito como eles são, não? — perguntou Dente-de-Leão.

— Muito mesmo — respondeu Azevinho. — A maioria deles só sabe fazer alguma coisa se receber ordens. Eles nunca saíram de Efrafa e nunca cheiraram um inimigo. O único objetivo de um coelho de Efrafa é entrar para a Owsla, por causa dos privilégios. E o único objetivo de quem está na Owsla é entrar para o Conselho. O Conselho vive no maior bem-bom. Mas os membros da Owsla precisam se manter firmes e fortes. Eles se revezam fazendo o que chamam de Patrulha Avançada. Eles saem pelo campo – em todo o entorno do viveiro – vivendo ao ar livre por dias a fio. Por um lado, fazem isso para descobrir tudo o que está ao seu alcance; por outro para ficarem bem treinados, resistentes e espertos. Qualquer hlessil que eles encontrem, eles pegam e levam para Efrafa. Se um estranho se recusar a ir com eles, eles simplesmente matam. Eles veem os hlessil como um perigo, porque podem atrair a atenção dos humanos. As Patrulhas Avançadas fazem seu relato para o general Vulnerária, e o Conselho decide o que fazer em relação a qualquer situação que considerarem que possa ser perigosa.

— Eles não perceberam vocês chegando, então? — disse Campainha.

— Ah, sim, eles perceberam a nossa chegada! Soubemos mais tarde que quem nos levou até lá foi esse coelho – o capitão Candelária –, um corredor que estava chegando de uma Patrulha Avançada para dizer que tinham encontrado o rastro de três ou quatro coelhos vindo do norte para Efrafa, e que perguntou o que devia fazer conosco. Ele foi enviado de volta para dizer que estávamos seguramente sob controle.

"De todo modo, esse capitão Candelária nos levou para um buraco em uma vala. A entrada do buraco era um velho cano de barro, e caso um humano o tirasse de lá, a abertura desmoronaria e não deixaria nenhum traço do caminho que havia lá dentro. E ali ele nos entregou a outro capitão, pois precisava voltar para a superfície para dar seguimento ao seu turno. Fomos levados a uma grande toca e nos disseram para que ficássemos à vontade.

"Havia outros coelhos na toca e foi fazendo perguntas e ouvindo as respostas deles que fiquei sabendo da maior parte das coisas que estou contando a vocês. Ficamos falando com algumas fêmeas e fiquei amigo de uma delas, chamada Hyzenthlay.[2] Falei sobre nosso problema aqui e contei por que tínhamos ido até lá, e então ela nos contou quase tudo sobre Efrafa. Quando ela acabou eu disse: 'Parece horrível. Sempre foi assim?'. Ela disse que não, a mãe dela havia lhe contado que em outras épocas o viveiro ficava em outro lugar e era muito menor, mas aí veio o general Vulnerária, que os fez mudar para Efrafa, elaborou todo esse sistema de ocultação e o aperfeiçoou até que os coelhos do viveiro estivessem seguros como as estrelas no céu. 'A maioria dos coelhos morre de velhice, a não ser que seja morto pela Owsla', ela disse. 'Mas o problema é que agora há mais coelhos do que o viveiro suporta. Qualquer nova escavação que seja permitida deve ser feita sob supervisão da Owsla, e eles fazem tudo de um modo terrivelmente lento e cuidadoso. Tudo tem que estar oculto, entende? Estamos com uma superpopulação e muitos coelhos não vão tanto à superfície quanto precisariam. E, por algum motivo, não há machos suficientes e há muitas fêmeas. Muitas de nós descobriram que não podem produzir ninhadas, por causa do superpovoamento, mas ninguém nunca tem permissão para sair. Faz uns poucos dias, várias de nós, fêmeas, fomos ao Conselho e perguntamos se poderíamos montar uma expedição para começar um novo viveiro em algum outro lugar. Dissemos que iríamos para algum canto muito, muito distante, tão distante quanto eles quisessem. Mas eles não queriam nem saber disso, de jeito nenhum. As coisas não podem continuar assim, o sistema está entrando em colapso. Mas não é bom que ouçam a gente falando sobre isso.'

"Eu pensei que aquela situação aparentava ser promissora. Parecia óbvio que eles não iam ter objeções à nossa proposta, não é? Só queríamos levar algumas poucas fêmeas e nenhum macho. Eles tinham mais fêmeas do que o lugar podia suportar e nós queríamos levá-las para um lugar mais distante do que qualquer um deles poderia ter ido.

"Um pouco mais tarde, um outro capitão veio e disse que devíamos ir com ele a uma reunião do Conselho.

"O Conselho se reúne em uma espécie de grande toca. Ela é longa e bastante estreita. Não é tão boa quanto no nosso Favo de Mel, porque eles não

---

2. Hyzenthlay significa "brilho-orvalho-pelo" e pode ser traduzida como "pelo-que--brilha-como-orvalho".

têm raízes de árvores para criar um teto amplo. Precisamos esperar do lado de fora enquanto eles falavam sobre todo tipo de coisa. Éramos apenas um dos assuntos da pauta diária do Conselho: 'Os forasteiros apreendidos'. Tinha outro coelho esperando, mas ele estava sob custódia de uma guarda especial – membro da Owslafa, que é como eles chamam a polícia do Conselho. Nunca tinha visto alguém tão assustado na minha vida, achei que ele ia enlouquecer de tanto medo. Perguntei a um desses Owslafa qual era o problema e ele disse que esse coelho, chamado Negro, tinha sido pego tentando fugir do viveiro. Bom, eles o levaram para dentro e, antes de mais nada, ouvimos o coitado tentando se explicar, mas logo depois ele estava chorando e implorando por misericórdia. Quando ele saiu, vimos que eles tinham reduzido as duas orelhas dele a trapos, uma situação bem pior do que a dessa minha orelha aqui. Todos nós o farejamos, absolutamente tomados pelo horror, mas um dos integrantes da Owslafa nos disse: 'Vocês não precisam ficar tão escandalizados. Ele tem sorte de estar vivo'. Então, enquanto estávamos ali ruminando aquele acontecimento, alguém saiu e disse que o Conselho iria nos receber.

"Assim que entramos, fomos colocados em frente a esse general Vulnerária, e ele realmente é um sujeito difícil de agradar. Acho que nem você seria páreo para ele, Topete. Ele é quase tão grande quanto uma lebre e a simples presença dele tem algo de assustador, como se sangue e luta e morte fossem parte da rotina dele. Achei que ele ia começar fazendo algumas perguntas para nós sobre o que queríamos, mas ele não fez nada disso. Ele já foi logo dizendo: 'Vou explicar as regras do viveiro e as condições sob as quais vocês vão viver aqui. Vocês devem ouvir com cuidado, porque as regras devem ser obedecidas e as infrações serão punidas'. Então eu o interrompi imediatamente, dizendo que havia um mal-entendido. Eu falei que éramos uma delegação que vinha de outro viveiro em busca da boa vontade e da ajuda de Efrafa. E continuei explicando que tudo o que queríamos era que eles permitissem que convencêssemos algumas fêmeas a ir embora conosco. Quando terminei, o general Vulnerária disse que isso estava fora de questão e que não havia mais nada para se discutir. Respondi que gostaríamos de ficar com eles por um dia ou dois e, então, tentar convencê-los a mudar de ideia.

"'Ah, sim', ele disse, 'vocês vão ficar. Mas não vai haver outra chance de vocês ocuparem o tempo deste Conselho, pelo menos não pelos próximos dias'.

"Eu disse que aquela atitude parecia muito rigorosa. Nossa solicitação, sem dúvida, era razoável. E ia pedir que eles considerassem uma ou duas coisas do nosso ponto de vista. Foi quando outro conselheiro – um coelho muito velho – disse: 'Vocês parecem pensar que estão aqui para discutir conosco e tentar uma barganha. Mas somos nós que dizemos o que vocês vão ou não fazer'.

"Eu reafirmei que eles deviam lembrar que nós representávamos outro viveiro, ainda que fosse menor do que o deles. Nós nos víamos como hóspedes deles. E foi só quando eu disse isso que percebi, com um choque terrível, que eles nos viam como prisioneiros, ou algo equivalente a isso, independentemente do nome que *eles* dão.

"Bom, prefiro não falar mais nada sobre o final dessa reunião. Morango tentou o que pôde para me ajudar. Falou muito bem sobre a decência e sobre a camaradagem natural entre os animais. 'Os animais não se comportam como os humanos', ele disse. 'Se têm de lutar, lutam. Se têm de matar, matam. Mas não ficam sentados botando a inteligência para funcionar para bolar modos de prejudicar a vida das outras criaturas e de machucá-las sem motivo nenhum. Eles têm dignidade e animalidade.'

"Mas isso não adiantou nada. Por fim, ficamos em silêncio e o general Vulnerária disse: 'O Conselho, por ora, não pode gastar mais tempo com vocês, e devo deixá-los com seu capitão de Marca para que ele lhes explique as regras. Vocês entrarão para a Marca do Flanco Direito, devendo obedecer às ordens do capitão Borragem. Mais tarde, nós nos veremos de novo e vocês certamente nos enxergarão como coelhos perfeitamente amistosos e úteis para aqueles que entendem o que se espera deles'.

"Então, a Owsla nos levou para entrarmos para a Marca do Flanco Direito. Aparentemente, o capitão Borragem estava ocupado demais para nos receber e eu fiz questão de ficar fora de seu caminho, porque achei que ele podia querer começar a nos marcar ali mesmo. Mas logo comecei a entender o que a Hyzenthlay quis dizer quando falou que o sistema não estava mais funcionando direito. As tocas estavam superlotadas, pelo menos para os nossos padrões. Era fácil fugir à atenção. Ainda que dentro de uma mesma Marca, os coelhos não tinham a chance de conhecer todos os membros. Encontramos um espaço em uma toca e tentamos dormir um pouco, mas logo no início da noite nos acordaram e ordenaram que fôssemos silflay. Achei que poderia ter uma chance de escapar à luz da lua, mas parecia ter sentinelas espalhados por toda parte. E além dos sentinelas, o capitão mantinha dois corredores a seu lado, e o trabalho deles era correr imediatamente em qualquer direção de onde viesse um sinal de alarme.

"Quando tínhamos terminado de comer, fomos novamente para debaixo da terra. Quase todos os coelhos estavam muito abatidos; mas eram dóceis. Nós os evitávamos, porque queríamos encontrar uma maneira de escapar, então não queríamos ficar conhecidos. Mas por mais que eu tentasse, não conseguia bolar nenhum plano.

"Comemos de novo pouco depois do ni-Frith do dia seguinte e logo tivemos de voltar para debaixo da terra. O tempo passava de maneira horrivelmente arrastada. Por fim, quando já devia ser perto do fim da tarde, juntei-me a um pequeno grupo de coelhos que escutava uma história. E adivinhem? Era "A Alface do Rei". O coelho que estava contando não chegava nem aos pés de Dente-de-Leão, mas escutei mesmo assim, só para ter alguma coisa para fazer. E foi quando ele chegou na parte em que El-ahrairah se disfarça e finge ser o médico no palácio do rei Darzin que subitamente tive uma ideia. Era bem arriscada, mas achei que havia uma chance de funcionar, simplesmente porque todos os coelhos de Efrafa normalmente fazem aquilo que lhes mandaram, sem nenhum questionamento. Eu tinha ficado observando o capitão Borragem e ele me pareceu um sujeito bacana, decente e um tanto fraco e sobrecarregado por ter mais coisas para fazer do que dava conta.

"Naquela noite, quando nos chamaram para silflay, estava um breu lá fora e chovia, mas você não se importa nem um pouco com coisas desse tipo em Efrafa – você fica feliz demais só por poder sair e comer alguma coisa. Todos os coelhos se aglomeraram; e nós esperamos até o último instante para sair. O capitão Borragem estava do lado de fora, no barranco, com dois sentinelas. Prata e os outros saíram na minha frente e depois eu fui ao encontro do nosso líder ofegante, como se tivesse vindo correndo.

"'Capitão Borragem?'

"'Sim?' ele disse. 'O que foi?'

"'O Conselho pede a sua presença imediatamente.'

"'Como assim, o que você quer dizer?' ele perguntou. 'Para quê?'

"'Sem dúvida eles vão dizer assim que o senhor chegar lá', respondi. 'Se eu fosse o senhor não os faria esperar.'

"'Mas quem é você?', ele disse. 'Você não é um dos corredores do Conselho. Conheço todos eles. De que Marca você é?'

"'Não estou aqui para responder às suas perguntas', eu disse. 'Devo voltar e dizer a eles que o senhor não vai?'

"Ele pareceu ficar em dúvida e fingi que estava indo embora. Mas então, de repente, ele cedeu: 'Muito bem', ele parecia apavorado, coitado, 'mas quem é que vai assumir as coisas aqui enquanto eu estiver fora?'

"'Eu, senhor', eu disse. 'Ordens do general Vulnerária. Mas volte rápido. Não quero passar metade da noite fazendo o seu trabalho.' Ele saiu às pressas, e então eu me virei para os outros dois vigias e disse: 'Fiquem aqui e mantenham-se sempre atentos. Vou fazer a ronda nas sentinelas'.

"Bom, depois disso, nós quatro saímos correndo rumo à escuridão e, claro, assim que nos afastamos um pouco dois sentinelas saltaram com pressa e tentaram nos deter. Todos nós corremos para cima deles. Achei que eles iriam fugir, mas não fugiram. Lutaram avidamente e um deles fez um talho no focinho do Espinheiro. Mas como estávamos em quatro, acabamos conseguindo passar por eles e simplesmente saímos correndo pelo campo. Não tínhamos ideia da direção que estávamos tomando, por causa da chuva e da escuridão, nós só continuamos correndo. Acho que o motivo de a perseguição ter sido um pouco mais lenta do que o normal foi o fato de o coitado do Borragem não estar lá para dar ordens. De qualquer maneira, tivemos uma boa vantagem na saída. Mas nesse momento já conseguíamos ouvir que estávamos sendo seguidos – e, o que era pior, estávamos sendo alcançados.

"A Owsla de Efrafa não é brincadeira, acreditem em mim. Todos eles são escolhidos pelo tamanho e pela força e não tem nada que eles não saibam sobre como se movimentar na chuva e no escuro. O medo que eles têm do Conselho é tanto que eles não temem nada além disso. Não demorou muito para eu saber que estávamos encrencados. A patrulha que nos perseguia conseguia avançar no escuro e na chuva mais rápido do que conseguíamos fugir, e não demorou muito para eles estarem logo atrás de nós. Eu estava prestes a dizer para os outros que nossa única saída seria virar e lutar contra eles quando chegamos a um grande barranco íngreme, que parecia subir quase que direto para o céu. Era mais inclinado do que essa encosta abaixo de nós, e o aclive parecia ser regular, como se tivesse sido feito por humanos.

"Bom, não havia muito tempo para pensar, então começamos a subir. O aclive era coberto por tufos de grama e arbustos. Não sei qual era a distância exata até o topo, mas acho que era da altura de uma sorveira grande – talvez até um pouco mais alta. Quando chegamos ao topo nos vimos sobre pequenas pedras claras que rolavam quando passávamos por elas. Isso acabou nos entregando de vez. Então passamos por pedaços largos e planos de madeira e por duas grandes barras fixas de metal que faziam um ruído: uma espécie de barulho baixo, um zumbido no escuro. Eu estava acabando de dizer para mim mesmo: 'Isso é trabalho de humanos, está tudo bem', quando caí do outro lado. Eu não tinha percebido que o cume do barranco era bem pequeno e que o outro lado era tão íngreme quanto o primeiro. Rolei pelo barranco no escuro e fui parar em um arbusto de sabugos – e lá fiquei.

Azevinho parou e ficou em silêncio, como se estivesse buscando lembranças na memória. Por fim, disse:

— Vai ser bem difícil descrever para vocês o que aconteceu em seguida. Embora nós quatro estivéssemos lá, nós mesmos não entendemos direito. Mas o que vou falar agora é a pura verdade. O Senhor Frith enviou um de seus grandes Mensageiros para nos salvar da Owsla de Efrafa. Todos tínhamos rolado por diferentes partes do barranco. Espinheiro, que estava cegado pelo próprio sangue, rolou quase até o ponto mais baixo. Eu já tinha conseguido me reerguer e estava olhando de volta para o cume.

A luz que havia no céu era suficiente apenas para ver os coelhos de Efrafa se eles aparecessem. E então... então veio uma coisa enorme. Não tenho como dar a vocês nem uma ideia do que era aquilo. Era grande como mil hrududil – ou ainda maior – e veio correndo pela noite. Ela estava cheia de fogo e fumaça e luz e rugia e batia nas placas metálicas até o chão tremer debaixo dela. Ela se posicionou entre nós e os coelhos de Efrafa como mil tempestades de raio. Vou dizer para vocês, eu sentia algo muito mais forte do que simples medo. Eu não conseguia me mexer. As luzes e o barulho... eles cortavam a própria noite. Não sei o que aconteceu com os coelhos de Efrafa: ou eles correram ou aquilo os dizimou. E então aquela coisa de repente foi embora e nós a ouvimos sumir, um ruído e um estrondo, outro ruído e outro estrondo, até ir para bem longe de nós. Estávamos completamente sozinhos.

"Fiquei sem conseguir me mexer por muito tempo. Por fim, eu me levantei e encontrei os outros, um por um, no escuro. Nenhum de nós disse uma palavra. Na parte baixa da ladeira descobrimos uma espécie de túnel que atravessava o barranco de um lado até o outro. Nos arrastamos por ele e chegamos à lateral por onde tínhamos subido. Depois, andamos muito tempo pelos campos, até concluirmos que estávamos finalmente livres de Efrafa. Nós nos arrastamos até uma vala e dormimos lá, nós quatro, até a manhã seguinte. Não tinha qualquer razão para que algo não nos atacasse algo, mas, no entanto, sabíamos que estávamos seguros. Vocês podem achar que é uma coisa maravilhosa ser salvo pelo poder de Senhor Frith. E eu me pergunto quantos coelhos podem dizer que isso aconteceu com eles. Mas acreditem em mim, isso foi mais assustador do que ser perseguido pelos coelhos de Efrafa. Nenhum de nós vai se esquecer dos momentos em que ficamos deitados naquele barranco, na chuva, enquanto a criatura de fogo passava sobre nossa cabeça. Por que aquilo veio nos salvar? Acho que a gente nunca vai descobrir isso.

"Na manhã seguinte andei um pouco pelas redondezas e logo sabia qual era a direção certa. Simplesmente soube, como nós sempre sabemos. A chuva tinha parado e nós partimos. Mas a viagem de volta foi bem difícil. Já estávamos exaustos bem antes de chegarmos aqui – todos nós, exceto o Prata. Não sei o que teríamos feito sem ele. Continuamos andando por um dia e uma noite sem descansar nem um minuto. Achávamos que a única coisa que todos queriam era voltar ao viveiro o quanto antes. Quando chegamos à floresta hoje de manhã eu estava me arrastando e mancando para tentar sair de um pesadelo. Na verdade, não estou muito melhor do que o pobre Morango. E o Espinheiro... bom, esse já é o segundo ferimento grave que ele teve em tão pouco tempo. Mas isso não é o pior, não é? Nós perdemos o Avelã. Essa, sim, é a pior coisa que nos poderia ter acontecido. Alguns de vocês me perguntaram hoje à tarde se eu aceitaria ser Chefe Coelho. Fico feliz de saber que vocês confiam em mim, mas estou totalmente acabado e não tenho como assumir esse posto por enquanto. Me sinto tão seco e vazio quanto um cogumelo bola-de-neve... parece que o vento pode levar meu pelo embora a qualquer momento.

28

No sopé da colina

Que maravilha ir a caminho
Sem mais ninguém, mas não sozinho.
Terror e escuro abandonar
E ver seu lar.

Walter de la Mare, *O peregrino*

— Vocês não estão cansados demais para silflay, estão? — perguntou Dente-de-Leão. — E este é um horário adequado, para variar um pouco. A tarde está agradável, se meu faro não me engana. Devíamos tentar evitar ser mais infelizes do que o necessário, sabem?

— Mas antes de a gente silflay — disse Topete —, queria falar uma coisa a você, Azevinho. Eu não acredito que nenhum outro coelho teria sido capaz de se livrar de um lugar como aquele, voltar para casa e ainda trazer os outros três companheiros em segurança.

— Frith queria que voltássemos — respondeu Azevinho. — Esse é o verdadeiro motivo de estarmos aqui.

Ao se virar para seguir Verônica na subida do caminho que levava à floresta, Azevinho se viu ao lado de Trevo.

— Você e os seus amigos devem achar estranho ir à superfície para comer grama — ele disse. — Mas vocês vão se acostumar, sabe? E prometo que Avelã-rah estava certo quando disse a vocês que a vida é melhor aqui do que na jaula. Venha comigo e eu te mostro um lugar que tem uma bela grama curta, se é que o Topete não comeu tudo enquanto eu estive fora.

Azevinho tinha criado um vínculo com Trevo. Ela parecia mais robusta e menos tímida do que Buxo e Feno, e era evidente que fazia o melhor que podia para se adaptar à vida no viveiro. Ele não tinha como saber como seriam os filhotes dela, mas ela parecia saudável.

— Eu gosto de ficar embaixo da terra — disse Trevo, enquanto eles subiam até chegar ao ar fresco. — O espaço fechado é bem parecido com uma jaula, só que mais escuro. O difícil para nós é ir comer lá fora. Não estamos acostumados a estarmos livres para ir aonde bem entendermos e, então, ficamos sem saber como agir. Vocês todos fazem as coisas tão rápido e, na maior parte do tempo, eu não consigo entender o porquê. Eu preferiria não comer muito longe da toca, se você não se importar.

Eles foram lentamente pela grama ao pôr-do-sol, roendo enquanto se moviam. Trevo logo ficou absorta com a comida, mas Azevinho parava o tempo todo para se sentar e farejar à sua volta na colina tranquila e deserta. Quando viu Topete a uma pequena distância, olhando fixamente para o norte, ele imediatamente olhou para a mesma direção.

— O que foi? — ele perguntou.

— É o Amora — respondeu Topete. Ele pareceu aliviado.

Amora vinha pulando lentamente pela colina, vindo do horizonte. Parecia exausto, mas assim que viu os outros coelhos avançou mais rápido e foi até Topete.

— Onde você estava? — perguntou Topete. — E onde está o Quinto? Vocês não estavam juntos?

— O Quinto está com o Avelã — disse Amora. — Avelã está vivo. Ele está ferido, é difícil dizer o quanto, mas o que importa é que não vai morrer.

Os outros três coelhos olharam para ele atônitos. Amora esperou, satisfeito com o efeito da sua notícia.

— Avelã está *vivo*? — disse Topete. — Tem certeza?

— Absoluta — disse Amora. — Ele está no sopé da colina neste exato instante, naquela vala em que você estava quando Azevinho e Campainha chegaram.

— Mal posso acreditar — disse Azevinho. — Se for verdade, posso dizer que essa é a melhor notícia que ouvi na vida. Amora, você realmente tem certeza? O que aconteceu? Conte para a gente.

— Foi o Quinto que o encontrou — disse Amora. — O Quinto me levou com ele até bem perto da fazenda. Depois fomos pela vala e encontramos o Avelã em uma espécie de buraco que serve para drenar a terra. Ele estava muito fraco pela perda de sangue e não conseguia sair de lá sozinho. Tivemos que puxar a pata traseira dele, a pata saudável, até ele sair. Ele não conseguia se virar, entende?

— Mas como é que o Quinto conseguiu encontrar o Avelá?

— Como é que o Quinto sabe dessas coisas? É melhor você perguntar para ele. Quando levamos o Avelá para a vala, Quinto olhou para ver o tamanho do ferimento dele. Ele tem um machucado feio na pata traseira, mas o osso não quebrou. Ele também tem um corte que vai de uma ponta a outra, em um dos flancos. Limpamos as feridas o melhor que pudemos e depois tomamos o caminho de volta. A gente precisou da tarde inteira para chegar até a vala. Luz do dia, silêncio total e um coelho mancando com cheiro de sangue fresco, dá para imaginar? Por sorte, foi o dia mais quente desse verão, então não havia um camundongo sequer por aí. Várias vezes a gente precisou buscar esconderijo debaixo da salsa-de-vaca e descansar. Eu ficava o tempo todo alerta e assustado, mas o Quinto agia como uma borboleta pousada em uma pedra. Ele se sentava na grama e alisava as orelhas. 'Não fique chateado', ele dizia o tempo todo. 'Não temos nada com que nos preocupar. Não temos pressa'. Depois do que eu tinha visto, eu teria acreditado nele até se ele dissesse que podíamos caçar raposas. Mas, quando chegamos à parte baixa da colina, o Avelá estava totalmente exausto e não conseguia ir adiante. Ele e Quinto se abrigaram na vala coberta por vegetação e vim falar com vocês. E aqui estou eu.

Houve um silêncio enquanto Topete e Azevinho assimilavam a notícia. Por fim Topete disse:

— Eles vão passar a noite lá?

— Acho que sim — respondeu Amora. — Tenho certeza de que o Avelá não vai conseguir subir a colina enquanto não estiver bem melhor.

— Vou descer lá — disse Topete. — Posso ajudar a deixar a vala um pouco mais confortável, e é provável que o Quinto precise de mais alguém para ajudar a cuidar do Avelá.

— Nesse caso, é melhor você se apressar — disse Amora. — Logo o sol vai se pôr.

— Há! — disse Topete. — Se eu encontrar uma doninha, é melhor ela se cuidar. Amanhã trago uma para vocês, está bem? — Ele saiu correndo e desapareceu na encosta.

— Vamos reunir os outros — disse Azevinho. — Vamos, Amora, você vai ter que contar tudo de novo, desde o começo.

O trecho de pouco mais de um quilômetro em um calor rigoroso, entre Nuthanger e o sopé da colina, tinha feito Avelá sentir mais dor e sofrer mais do que em qualquer outro momento de sua vida. Se Quinto não o tivesse encontrado, ele teria morrido no dreno. Quando a voz de Quinto penetrou em sua letargia cada vez mais escura, ele, de início, pensou em não responder. Era tão mais fácil continuar onde ele estava, já estando na margem mais avançada do sofrimento pelo qual tinha passado. Mais tarde, quando se viu deitado na escuridão verde da vala, com Quinto procurando suas feridas e garantindo que ele conseguiria ficar em pé e se locomover, ainda assim Avelã não conseguia encarar a ideia de iniciar a viagem de volta ao viveiro. Seu flanco ferido latejava e a dor na perna parecia ter afetado seus sentidos. Ele estava zonzo e a audição e o olfato estavam prejudicados. Por fim, quando compreendeu que Quinto e Amora tinham se arriscado em uma segunda jornada à fazenda, à luz do dia, só para encontrá-lo e salvar sua vida, ele se forçou a ficar de pé e começou a mancar pela ladeira até a trilha. A sua visão estava turva e ele precisava parar o tempo todo. Sem o incentivo de Quinto, ele teria se deitado novamente e desistido. Na trilha, ele não conseguiu escalar o barranco e precisou ir mancando pelas beiradas até poder rastejar por baixo de um portão. Muito mais tarde, enquanto passavam por debaixo das linhas de alta tensão, ele se lembrou da vala coberta de vegetação no sopé da colina e decidiu que iria, pelo menos, chegar até lá. Quando chegou, ele se deitou e imediatamente voltou a cair no sono, completamente exausto.

Quando Topete chegou até eles, pouco antes de escurecer, encontrou Quinto comendo rapidamente em meio à grama alta. Estava fora de questão perturbar Avelã com escavações, e eles passaram a noite agachados ao lado dele no solo estreito.

A primeira coisa que Topete viu aparecer na luz acinzentada antes do amanhecer foi Kehaar, comendo entre os sabugueiros. Ele bateu a pata no chão para chamar a atenção do pássaro e a gaivota voou até ele com uma batida de asas e um longo voo planando.

— Metre Dobede, você encontrar Metre Velá?

— Sim — disse Topete. — Ele está nesta vala aqui.

— Não morto?

— Não, mas está ferido e muito fraco. O fazendeiro atirou nele, entende?

— Vocês tirar as pedras pretas?

— Como assim?

— Sempre com arma sair pequenas pedras pretas. Você nunca ver?

— Não, não sei nada sobre armas.

— Tirar pedras pretas, ele melhorar. Ele vai sair agora, sim?

— Vou ver — disse Topete. Ele desceu e encontrou Avelá acordado falando com Quinto. Quando Topete lhe disse que Kehaar estava do lado de fora, ele se arrastou pelo curto caminho e chegou à grama.

— Essa maldita arma — disse Kehaar. — Eles pôr pequenas pedras para machucar você. Eu ver, sim?

— Acho que é melhor — disse Avelá. — Minha perna ainda está bem ruim, infelizmente.

Ele se deitou e a cabeça de Kehaar ia de um lado para outro, como se estivesse procurando lesmas no pelo marrom de Avelá. Ele olhou com atenção todo o trecho do corte no flanco.

— Não ter pedras aqui — ele disse. — Entrar, sair... não ficar. Agora ver teu perna. Talvez machucar você um pouco, não demorar.

Dois projéteis estavam alojados no músculo da coxa. Kehaar os encontrou pelo faro e os removeu exatamente como teria pegado aranhas em uma rachadura de madeira. Avelá mal teve tempo de se contrair e Topete já estava farejando os projéteis colocados na grama.

— Agora ter mais sangue — disse Kehaar. — Você ficar, esperar um, dois dias. Depois ser como antes. Aqueles coelhos lá em cima esperar, esperar Metre Velá. Eu dizer a eles que ele vem. — E ele voou antes de alguém poder responder qualquer coisa.

Avelá acabou ficando três dias no sopé da colina. O calor continuou e, por um longo tempo, ele ficou sentado sobre os galhos dos sabugos, dormindo intermitentemente na superfície como um hlessi solitário. Aos poucos ele sentia as suas forças voltarem. Quinto ficou ao lado dele, mantendo as feridas limpas e observando sua recuperação. Era comum que eles passassem horas juntos sem falar uma palavra, deitados na grama áspera e quente enquanto as sombras seguiam rumo à noite, até que, por fim, o melro que vivia por ali levantava sua cauda e voava para procurar abrigo. Nenhum dos dois falou sobre a fazenda Nuthanger, mas Avelá deixou claro que, no futuro, quando Quinto lhe desse algum conselho, não precisaria fazer muito esforço para convencê-lo.

— Hrairoo — disse Avelá uma tarde —, o que teríamos feito sem você? Nenhum de nós estaria aqui, não é?

— Você tem certeza de que *estamos* aqui, então? — perguntou Quinto.

— Essa pergunta é misteriosa demais para mim — respondeu Avelã. — O que você quer dizer com isso?

— Bom, existe outro lugar, não existe? Nós vamos para lá quando dormimos – em outras ocasiões, também – e quando morremos. El-ahrairah vem e vai entre esses dois lugares como bem entende, imagino eu, mas nunca consegui entender isso direito nas histórias. Alguns coelhos vão dizer que lá tudo é tranquilo, comparando com os perigos pelos quais passamos aqui. Mas acho que isso só mostra que eles não sabem muito sobre o assunto. É um lugar selvagem e muito inseguro. E onde nós estamos realmente... lá ou aqui?

— Nossos corpos estão aqui, e para mim isso já está bom o suficiente. Seria melhor você ir falar com aquele camarada Erva-Prata, ele pode saber melhor.

— Ah, você se lembra dele? Eu senti isso quando estávamos ouvindo ele falar, sabe? Ele me apavorou, mas ao mesmo tempo eu sabia que eu compreendia aquele coelho melhor do que qualquer outro que estava ali. Ele sabia qual era o lugar a que ele pertencia, e não era aqui. Coitado, tenho certeza de que ele morreu. Eles iam pegá-lo, certamente... os que vivem naquele lugar. Eles não revelam os segredos deles de jeito nenhum, sabe? Mas olhe ali, lá vêm Azevinho e Amora. É bom ter certeza de que a gente está aqui, pelo menos por enquanto.

Azevinho já tinha descido a colina no dia anterior para ver Avelã e para contar de novo a história de como escapou de Efrafa. Quando falou que foi salvo pela grande aparição no meio da noite, Quinto escutou atento e fez uma pergunta:

— Essa coisa fazia barulho?

Mais tarde, quando Azevinho tinha ido embora, ele disse para Avelã que tinha certeza de que havia alguma explicação natural para aquilo, embora não tivesse ideia de qual era. Mas Avelã não ficou muito interessado. Para ele, o que importava era a decepção pela qual os coelhos tinham passado e o motivo dela. Azevinho não tinha conseguido nada e isso se devia inteiramente à inesperada hostilidade dos coelhos de Efrafa. Nesta tarde, assim que eles começaram a comer, Avelã voltou ao assunto.

— Azevinho — ele disse —, não estamos muito mais perto de resolver nosso problema, estamos? Você fez milagres e mesmo assim não conseguiu resultados. E infelizmente acho que a nossa ida a Nuthanger foi só uma brincadeira sem graça e que acabou por me custar caro. O verdadeiro buraco ainda precisa ser cavado.

— Bom — disse Azevinho —, você fala que foi só uma brincadeira, Avelá, mas pelo menos você trouxe duas fêmeas, e foram as duas únicas que conseguimos.

— Elas servem?

O tipo de ideias que se tornaram naturais para muitos machos da espécie humana ao pensar em fêmeas – ideias de proteção, fidelidade, amor romântico e assim por diante – são, é claro, desconhecidas para coelhos, embora eles formem laços com frequência muito maior do que a maior parte das pessoas imagina. No entanto, os coelhos não são românticos e, para Avelá e Azevinho, era natural pensar nas duas fêmeas de Nuthanger simplesmente como reprodutoras para o viveiro. E foi por isso que eles arriscaram a vida.

— Por enquanto é difícil dizer — respondeu Azevinho. — Elas estão fazendo o melhor que podem para se estabelecer no viveiro, principalmente a Trevo. Ela parece muito sensata. Mas é inacreditável como são incapazes de fazer algumas coisas, sabe? Nunca vi nada parecido e receio que sejam ainda mais frágeis quando expostas ao mau tempo. Pode ser que sobrevivam ao inverno, mas também é possível que não. Mas não tinha como você saber disso quando tirou os coelhos da fazenda.

— Com um pouco de sorte, poder ser que cada uma delas tenha uma ninhada até o inverno — disse Avelá. — Sei que a época de reprodução terminou, mas as coisas estão tão confusas para a gente que é difícil dizer.

— Você perguntou o que eu acho — comentou Azevinho. — Vou te dizer. Acho que elas são muito pouco para serem a única coisa separando a gente do fim de tudo que conseguimos até agora. Acho que é bem possível que elas não consigam ter nenhuma ninhada por um tempo, em parte porque não é época e em parte porque essa vida é muito estranha para elas. E quando elas tiverem ninhadas, é bem provável que os filhotes tenham muitas características de coelhos de jaula. Mas o que mais podemos querer? Temos que fazer o melhor possível com o que temos na mão.

— Alguém já acasalou com elas? — perguntou Avelá.

— Não, nenhuma delas está pronta ainda. Mas já dá para imaginar que vai ter umas boas brigas quando elas estiverem preparadas.

— Esse é outro problema. Não podemos ficar apenas com essas duas fêmeas.

— Mas o que mais nós podemos fazer?

— Eu sei *o que* a gente precisa fazer — disse Avelã —, mas ainda não consigo saber *como*. A gente precisa voltar lá e conseguir umas fêmeas de Efrafa.

— Dava no mesmo se você dissesse que ia tirar fêmeas do Inlé, Avelã-rah. Acho que não consegui descrever Efrafa muito bem para você.

— Ah, sim, conseguiu... a ideia toda me deixa apavorado. Mas a gente vai dar um jeito de conseguir.

— Não tem como.

— Não tem como fazer por meio de luta ou usando palavras bonitas. Então vamos ter que usar algum truque.

— Nenhum truque vai conseguir enganar o viveiro inteiro, acredite em mim. Eles estão em número muito maior do que nós. São muito organizados. E estou apenas dizendo a verdade quando digo que eles sabem lutar, correr e seguir rastros tão bem quanto a gente, e, no caso de vários deles, ouso dizer que muito melhor.

— O truque... — disse Avelã, virando-se para Amora, que durante todo esse tempo esteve roendo e ouvindo em silêncio. — O truque vai ter que fazer três coisas. Primeiro, vai ter que fazer as fêmeas saírem de Efrafa. Depois, vai ter que dar um jeito de acabar com a perseguição, porque certamente eles vão vir atrás de nós e não dá para contar com outro milagre. E não é só isso. Por fim, depois que a gente sair de lá, vai ter que ser impossível que eles nos encontrem. Temos que estar fora do alcance de qualquer Patrulha Avançada.

— Sim — disse Amora, hesitante. — Concordo. Para dar certo, a gente precisaria de um truque que desse conta dessas três coisas.

— Sim. E esse truque, Amora, é você quem vai inventar.

O cheiro doce de carniça do corniso encheu o ar. Ao sol da tarde, os insetos zumbiam em torno das cimeiras que se curvavam até perto da grama. Um par de besouros marrom e laranja, incomodado com o momento de refeição dos coelhos, decolou de uma folha de grama e voou para longe, mantendo-se um ao lado do outro.

— Eles se reproduzem. Nós não — disse Avelã, olhando os besouros voarem. — Um truque, Amora, um truque que resolva nosso problema de uma vez por todas.

— Consigo ver como faríamos a primeira parte — disse Amora. — Pelo menos, acho que consigo. Mas é perigoso. As outras duas ainda não tenho ideia e queria poder conversar sobre isso com o Quinto.

— Quanto antes Quinto e eu voltarmos para o viveiro melhor — disse Avelá. — Minha perna já está boa o suficiente, mas mesmo assim acho melhor passarmos mais essa noite aqui. Bom e velho Azevinho, você avisa que Quinto e eu vamos chegar amanhã no começo da manhã? Fico preocupado achando que o Topete e o Prata podem começar a brigar pela Trevo a qualquer momento.

— Avelá — disse Azevinho —, ouça. Não gosto nem um pouco dessa tua ideia. Estive em Efrafa e você não. Você está cometendo um erro perigoso e pode muito bem ser que isso acabe nos matando.

Foi Quinto que respondeu.

— Pode dar essa impressão, eu sei — ele disse —, mas por algum motivo, não é isso o que eu sinto. Acho que a gente consegue fazer isso. De todo modo, tenho certeza de que o Avelá tem razão quando diz que é a nossa única chance. Imagino que a gente vá discutir essa ideia por mais um tempo, certo?

— Agora não — disse Avelá. — É hora de ir para debaixo da terra... venha. Mas, se vocês dois subirem rápido a colina, é provável que peguem mais sol lá no topo. Boa noite.

29

Retorno e partida

E quem não teve nervos para a luta
Que parta, faça já seu passaporte,
No bolso ponha corvos por comboio.
Não morreríamos sabendo ao lado
Quem teme a nosso lado vir morrer.

Shakespeare, *Henrique V*

Na manhã seguinte, todos os coelhos saíram para silflay ao amanhecer e houve grande agitação enquanto esperavam Avelá. Nos dias anteriores,

Amora precisou repetir muitas vezes a história da jornada até a fazenda e de como tinham encontrado Avelã no tubo de dreno. Um ou dois coelhos sugeriram que Kehaar devia ter encontrado Avelã e contado em segredo para Quinto. Mas Kehaar negou isso e, quando pressionado, respondeu de forma um pouco misteriosa que Quinto era alguém que já tinha viajado muito antes de ele mesmo ter feito isso. Quanto a Avelã, ele tinha adquirido, aos olhos de todos, uma espécie de aura mágica. De todo o viveiro, Dente-de-Leão era o último a deixar de fazer jus a uma boa história, e ele tinha explorado ao máximo a corrida de Avelã até a vala para salvar seus amigos do fazendeiro. Ninguém jamais chegou a sugerir que Avelã pudesse ter sido imprudente ao ir até a fazenda. Contra todas as possibilidades, ele conseguiu duas fêmeas para o viveiro, e agora estava trazendo de novo a sorte para eles.

Pouco antes de o sol nascer, Sulquinho e Verônica viram Quinto chegando pela grama úmida perto do topo da colina. Eles foram correndo para encontrá-lo e ficaram todos juntos até Avelã chegar. Avelã mancava e era evidente que a subida tinha sido difícil para ele, mas depois de descansar e comer um pouco ele conseguiu ir até o viveiro correndo quase tão rápido quanto os outros. Os coelhos se aglomeraram em volta dele. Todos queriam tocá-lo. Seus amigos o farejaram, empurraram e rolaram-no na grama quase a ponto de ele achar que estava sendo atacado. Seres humanos, em ocasiões como essa, normalmente fazem muitas perguntas, mas os coelhos expressaram sua felicidade simplesmente provando a si mesmo, por meio dos sentidos, que aquele realmente era Avelã-rah. Só o que ele conseguia fazer era tentar ficar de pé e aguentar as brincadeiras pesadas.

"O que ia acontecer se eu me entregasse a esse alvoroço?", ele pensou. "Eles iam me expulsar, ouso dizer. Não iam querer um Chefe Coelho aleijado. Além de ser uma festa de boas-vindas, isso é também um teste, embora nem eles saibam disso. Mas eu também vou testar esses malandros antes de eles acabarem comigo."

Avelã tirou Espinheiro e Verônica de cima dele e saiu correndo até o limite do bosque. Morango e Buxo estavam no barranco e ele ficou ali sentado com os dois, limpando-se e alisando os pelos à luz do sol.

— É bom ter uns sujeitos bem-comportados como você — ele disse para Buxo. — Olhe aqueles bagunceiros lá, eles quase acabaram comigo! Estava aqui pensando, o que você tem achado de nós e como está se adaptando?

— Claro que achamos estranho — disse Buxo, mas estamos aprendendo. — O Morango aqui tem me ajudado muito. Estávamos justamente vendo quantos cheiros eu conseguia sentir no vento, mas isso é uma coisa que só vou aprender com o tempo. Os cheiros são muito fortes numa fazenda, como você sabe, e não dizem muita coisa quando você mora atrás de uma grade. Pelo que consigo entender, vocês todos vivem do faro.

— Não corra muitos riscos no começo — disse Avelá. — Fique perto das tocas, não saia sozinho, essas coisas todas. E você, Morango? Está melhor?

— Mais ou menos — respondeu Morango —, preciso dormir bastante e ficar um pouco no sol, Avelá. Fiquei completamente em pânico, essa é a verdade. Tive calafrios e pânico por dias. Ficava pensando que estava de volta a Efrafa.

— Como era estar em Efrafa? — perguntou Avelá.

— Eu preferia morrer a voltar para Efrafa — disse Morango —, ou mesmo me arriscar a passar em qualquer lugar perto de lá. Não sei o que era pior, o tédio ou o medo. — E ele continuou depois de uma pausa: — Mesmo assim tem coelhos lá que seriam iguais a nós se tivessem a chance de viver naturalmente, como fazemos. Vários ficariam felizes de sair de lá se pudessem.

Antes de eles irem para debaixo da terra, Avelá conversou com quase todos os coelhos. Como ele esperava, todos estavam decepcionados com o fracasso da expedição à Efrafa e indignados com o tratamento que os companheiros receberam. Mais de um deles achava, como Azevinho, que as duas fêmeas iam fazer surgir problemas.

— Precisávamos de mais — disse Topete. — Vamos pular um no pescoço do outro, você sabe, e eu não sei como evitar isso.

Ainda naquela tarde Avelá chamou todos ao Favo de Mel.

— Andei pensando sobre os acontecimentos — ele disse. — Sei que vocês todos devem ter se decepcionado por não terem se livrado de mim no incidente da fazenda Nuthanger, então decidi ir um pouco mais longe da próxima vez.

— Para onde? — perguntou Campainha.

— Para Efrafa — respondeu Avelá —, se eu conseguir que alguém venha comigo. E vamos trazer todas as fêmeas de que o nosso viveiro precisa.

Houve murmúrios de espanto, e depois Verônica perguntou:

— Como?

— Amora e eu temos um plano — afirmou Avelá —, mas por alguns motivos não vou explicar agora. Todos vocês sabem que isso vai ser perigoso.

Se algum de vocês for pego e levado para Efrafa, eles vão fazer com que vocês falem, com certeza. Mas quem não souber o plano não vai ter como contar. Vou explicar mais tarde, na hora certa.

— Você vai precisar de muitos coelhos, Avelá-rah? — perguntou Dente-de-Leão. — Pelo que ouvi, todos nós juntos não seríamos suficientes para enfrentar os coelhos de Efrafa.

— Espero que a gente não precise lutar — respondeu Avelá —, mas sempre existe essa possibilidade. De todo modo, vai ser uma longa jornada na volta com as fêmeas e, se por acaso encontrarmos uma Patrulha Avançada no caminho, precisamos estar em quantidade suficiente para lidar com eles.

— Vamos precisar entrar em Efrafa? — perguntou Sulquinho timidamente.

— Não — disse Avelá —, vamos...

— Nunca imaginei, Avelá — interrompeu Azevinho. — Nunca imaginei que chegaria o dia em que ia me sentir obrigado a falar algo que fosse contrariá-lo. Mas só posso dizer, mais uma vez, que acho que isso tem grande probabilidade de ser um grande desastre. Sei o que você está pensando, está contando com o fato de o general Vulnerária não ter ninguém tão esperto quanto o Amora e o Quinto. E você tem razão, acho que ele não tem. Mas isso não elimina o fato de que é impossível alguém tirar um monte de fêmeas daquele lugar. Todos vocês sabem que eu passei a vida fazendo patrulhas e farejando rastros ao ar livre. Bom, tem coelhos no viveiro de Efrafa que são melhores do que eu nisso, eu tenho de admitir. E eles vão seguir vocês com as fêmeas e vão matar vocês. Frith do céu! Uma hora ou outra todo mundo encontra alguém que não pode superar! Sei que você só quer ajudar a todos nós, mas seja sensato e desista desse plano. Acredite em mim, a melhor coisa a fazer com um lugar como Efrafa é ficar o mais longe possível.

Todos começaram a falar ao mesmo tempo no Favo de Mel:

— Ele deve estar certo!

— Quem quer ser picado em pedacinhos?

— E aquele coelho com as orelhas mutiladas...

— Bom, mas Avelá-rah deve saber o que está fazendo.

— É longe demais.

— Eu não quero ir.

Avelá esperou pacientemente até que se fizesse silêncio. Por fim disse:

— É o seguinte. Podemos ficar aqui e tentar fazer o melhor possível com o que temos ou podemos resolver as coisas de uma vez por todas. Claro que é arriscado: todo mundo que ouviu o que aconteceu com o Azevinho e com os outros sabe disso. Mas não enfrentamos um risco depois do outro desde que saímos do nosso antigo viveiro? O que vocês querem fazer? Ficar aqui e furar os olhos uns dos outros por causa das duas fêmeas, quando há várias em Efrafa que vocês têm medo de ir resgatar, mesmo sabendo que elas iam ficar felizes com a ideia de vir com a gente?

Então, alguém perguntou:

— O que o Quinto acha?

— Eu vou com certeza — disse Quinto em voz baixa. — O Avelã tem toda a razão e não tem nada de errado com o plano dele. Mas prometo uma coisa para todos vocês. Se em algum momento, mais tarde, eu tiver algum pressentimento, vou avisar.

— E se isso acontecer, eu não vou ignorar — disse Avelã.

Houve silêncio. Então Topete falou:

— Vocês podem contar comigo e o Kehaar também vai com a gente, se isso faz alguém se sentir mais seguro.

Houve um rumor de surpresa.

— É claro que alguns de nós vão precisar ficar aqui — disse Avelã. — Não podemos esperar que os coelhos da fazenda venham com a gente. E também não estou pedindo a companhia de nenhum dos que foram da primeira vez.

— Mas eu vou mesmo assim — disse Prata. — Odeio o general Vulnerária e seu Conselho do fundo do meu coração e, se realmente vamos enganar aqueles coelhos, eu quero estar lá para ver isso, mas desde que não seja necessário entrar de novo no viveiro. Isso eu já não ia aguentar. No final das contas, Avelã, você vai precisar de alguém que conheça o caminho.

— Eu também vou — disse Sulquinho. — Avelã-rah me salvou... digo, tenho certeza de que ele sabe o que é... — Ele ficou confuso. — Eu vou de qualquer maneira — ele repetiu, com uma voz muito nervosa.

Houve um tumulto no caminho que vinha do bosque e Avelã perguntou:

— Quem está aí?

— Sou eu, Avelã-rah, o Amora.

— Amora! — disse Avelã. — Ora, achei que você estivesse aqui desde o começo. Onde estava?

— Desculpe não ter vindo antes — disse Amora. — É que eu estava falando com o Kehaar sobre o nosso plano. Ele ajudou a melhorar bastante. Se não estou enganado, o general Vulnerária vai parecer extraordinariamente tolo quando acabarmos. Antes eu achava que não ia dar certo, mas agora tenho certeza de que pode funcionar.

E então, Campainha tomou a palavra e recitou um poema:

— "Venha aonde é mais verde a grama, / E crescem tão bem as alfaces, / E um coelho de livre tem fama / Se for arranhada sua face." — Então, ele continuou: — Acho que vou ter que ir, só para satisfazer minha curiosidade. Estou doido para saber sobre esse plano e sei que ninguém vai me falar nada. Imagino que o Topete vai se vestir de hrududu e levar todas as fêmeas pelo campo.

Avelã olhou para ele de maneira penetrante. Campainha se sentou sobre as patas traseiras e disse:

— Por favor, general Vulnerária, sou apenas um pequeno hrududu e deixei todo o meu petróleo na grama. Então, se o senhor não se importar, pode ficar aí comendo grama enquanto dou uma carona a essa dama...

— Campainha — disse Avelá —, fique quieto!

— Desculpe, Avelá-rah — respondeu Campainha surpreso. — Não falei por mal. Só quis animar o pessoal um pouquinho. Afinal, a maior parte de nós está com medo da ideia de ir a esse lugar, e você não tem como culpar a gente, não é? Parece terrivelmente perigoso.

— Bom, escute — disse Avelá —, vamos encerrar essa reunião agora. Vamos esperar e ver o que nós decidimos, é assim que os coelhos fazem. Ninguém precisa ir a Efrafa se não quiser, mas está evidente que alguns de nós querem ir. Agora, eu mesmo vou falar com o Kehaar.

Ele encontrou Kehaar nas árvores, cutucando e rasgando com seu grande bico um pedaço mau cheiroso de carne castanha e escamada, que parecia estar pendurada em um arabesco de ossos. Ele torceu o nariz enojado pelo odor, que se espalhava pelo bosque e já atraía formigas e varejeiras.

— O que diabos é isso, Kehaar? — ele perguntou. — O cheiro é horrível!

— Você não saber? Ser peixe. Peixe vir do Grande Água. Ser bom.

— Vem da Grande Água? Eca! Você encontrou ele aí?

— Na, na. Humano encontrar ele. Perto do fazenda ter grande lugar de resíduo, todo tipo coisa lá. Vou procurar comida, achar ele, tudo cheirar como

Grande Água, pegar ele, trazer de volta. Faz eu pensar tudo sobre Grande Água.

— Ele começou a bicar de novo o arenque meio comido. Avelá sentou engasgado com náusea e nojo enquanto Kehaar erguia o peixe e batia com ele numa raiz de faia, de modo que pequenos fragmentos voavam em torno deles. O coelho se recompôs e fez um esforço para continuar ali.

— Kehaar — ele disse —, o Topete me contou que você afirmou que vai com a gente ajudar a conseguir mães para o grande viveiro.

— Sim, sim, eu ir por vocês. Metre Dobede, ele precisar de mim para ajudar ele. Vir e falar comigo. Eu não ser coelho, ser bom, sim?

— Sim, muito. É a única maneira possível. Você é um bom amigo para nós, Kehaar.

— Sim, sim, ajudar vocês conseguir mães. Mas ser assim, Metre Velá. Sempre eu querer Grande Água agora... sempre, sempre. Eu ouvir Grande Água, querer voar Grande Água. Agora logo vocês ir conseguir mães, eu ajudar, como querer. Depois, quando vocês conseguir mães, eu deixar vocês aqui, voar longe, não voltar. Mas voltar outra hora, sim? Vem outono, no inverno, vem viver com vocês, sim?

— Vamos sentir a sua falta, Kehaar. Mas, quando você voltar, vamos ter um belo viveiro aqui, com muitas mães. Você vai poder sentir orgulho por tudo que fez para nos ajudar.

— Sim, vai ser orgulhoso. Mas, Metre Velá, quando ir? Querer ajudar vocês, mas não querer esperar muito para Grande Água. Duro ficar mais, sabe? Isso que querer fazer, fazer rápido, sim?

Topete subiu pelo caminho, colocou a cabeça para fora do buraco e parou horrorizado.

— Por Frith! — ele disse. — Que cheiro horroroso! Você que matou isso, Kehaar, ou ele morreu embaixo de uma pedra?

— Você gostar, Metre Dobede? Trazer bom pedaço para você, sim?

— Topete — disse Avelá —, vá dizer aos outros que vamos partir amanhã quando o dia raiar. Azevinho vai ser o Chefe Coelho até nós voltarmos e Espinheiro, Morango e os coelhos da fazenda devem ficar com ele. Os outros podem ficar, se quiserem.

— Não se preocupe — disse Topete, de dentro do buraco. — Vou mandar todos eles silflay com o Kehaar. Eles vão a qualquer lugar que você quiser antes de um pato conseguir mergulhar.

PARTE III
Efrafa

30

Uma nova jornada

> Um empreendimento de grande proveito, mas ninguém ainda sabe o que é.
> Prospecto da Companhia da Bolha dos Mares do Sul

À exceção de Espinheiro e com o acréscimo de Campainha, os coelhos que partiram do extremo sul do bosque de faias no início da manhã seguinte eram os mesmos que tinham partido de Sandleford com Avelã cinco semanas antes. Avelã não tinha dito mais nada para convencê-los, achando que seria melhor simplesmente deixar as coisas correrem a seu favor. Ele sabia que os outros estavam com medo, pois ele mesmo estava amedrontado. Na verdade, ele tinha consciência de que, assim como ele próprio, eles não conseguiam tirar Efrafa e sua sombria Owsla da cabeça. Mas o que trabalhava na direção contrária do medo deles era o desejo e a necessidade de encontrar mais fêmeas e o fato de saberem que havia muitas delas em Efrafa. E, para além disso, havia também certo gosto por aventuras. Todo coelho adora fazer invasões e roubar coisas, mas, quando há a chance de fazer isso, poucos admitirão que têm medo de fazê-lo – a não ser (como no caso de Espinheiro e de Morango nesta situação) que saibam que não estão à altura do desafio e que seus corpos talvez os deixem na mão quando enfrentarem dificuldades. Além disso, ao falar sobre seu plano secreto, Avelã despertou a curiosidade de seus companheiros. Ele esperava, tendo Quinto como apoio, ser capaz de atraí-los com insinuações e promessas; e ele estava certo. Os outros confiavam totalmente nele e em Quinto, pois eram os coelhos que os tinham tirado de Sandleford antes que fosse tarde demais, atravessado o Enborne e a terra comunitária, salvado Topete de uma armadilha, encontrado o viveiro nas colinas, conseguido transformar Kehaar em um aliado e trazido duas fêmeas, mesmo quando isso parecia totalmente improvável. Não tinha como saber o que eles fariam em seguida. Mas era evidente que eles tinham algo em mente. E, como Topete e Amora pareciam estar confiantes no plano, ninguém estava disposto a dizer que preferia ficar de fora, especialmente depois de Avelã ter dito que quem quisesse podia ficar à vontade no viveiro – o que significava que aquele que escolhesse perder a aventura era tão pobre de espírito que sequer faria falta. Azevinho, para quem a lealdade era algo natural, não disse mais nada contra a proposta de Avelã. Ele os acompanhou até o fim do bosque com toda a alegria que foi capaz de reunir; apenas implorou a Avelã, sem que os outros o pudessem ouvir, que não subestimasse o perigo.

— Mande notícias por Kehaar quando ele alcançar vocês — ele disse —, e volte logo.

No entanto, à medida que Prata os guiava rumo ao sul ao longo do terreno mais alto a oeste da fazenda, quase todos, agora que estavam realmente comprometidos com a aventura, sentiram medo e apreensão. O que eles ouviram sobre Efrafa era suficiente para assombrar até mesmo o mais corajoso dos coelhos. Mas antes de chegar ao viveiro – ou aonde quer que eles estivessem indo – eles precisavam esperar por dois dias na colina descampada. Eles podiam se deparar com raposas, furões, arminhos, e o único recurso diante disso seria fugir correndo pela superfície. Eles avançavam de modo disperso e irregular, mais lento do que o grupo de três coelhos escolhido por Azevinho na viagem anterior. Os coelhos se afastavam, se assustavam e paravam para descansar. Depois de um tempo, Avelã os dividiu em três grupos, liderados por Prata, Topete e por ele próprio. Mesmo assim, eles se moviam com lentidão, como alpinistas numa parede rochosa, atravessando uns depois dos outros o mesmo trecho de terreno, como se cada pequeno grupo precisasse esperar a sua vez.

Mas pelo menos a cobertura vegetal era boa. Já era fim de junho e logo estariam no auge do verão. As sebes e as cercas-vivas estavam em seu momento mais denso e exuberante. Os coelhos se abrigavam em grutas verde-escuras de grama, manjerona em flor e salsa-de-vaca salpicadas de sol. Espiavam à sua volta em meio a trechos de língua-de-vaca com caules sarapintados e a hirsutos com suas flores vermelhas e azuis sobre a cabeça deles. Abriam caminho entre altos talos amarelos de verbasco. Às vezes, corriam pela grama descoberta, colorida como uma campina de tapeçaria com prunelas, centáureas e potentilhas. Em função da inquietação decorrente do constante medo de se depararem com elil e como o focinho estava sempre voltado ao chão e eles não conseguiam ver muito longe, o caminho parecia muito comprido.

Se tivessem feito a viagem em épocas anteriores, eles teriam encontrado colinas com menos cobertura vegetal, sem plantações, com a grama cortada curta pelas ovelhas e mal poderiam ter esperança de ir longe sem ser observados por inimigos. Mas as ovelhas, há muito, tinham ido embora, e os tratores araram grandes extensões para que se plantasse trigo e cevada. O cheiro dos milharais verdes esteve ao redor deles o dia todo. Havia pequenos falcões e muitos camundongos. Os falcões os deixavam aflitos, mas Avelá tinha razão quando concluiu que um coelho adulto seria uma presa grande demais para esse tipo de ave. De todo modo, ninguém foi atacado por nenhum pássaro.

Pouco antes de ni-Frith, no calor do dia, Prata parou em meio a um trecho de espinheiros. Não havia brisa, e o ar estava tomado por um cheiro doce parecido com o de crisântemos, que vinha das composições florais dos planaltos secos – macela, milefólio e tanaceto. Quando Avelá e Quinto o alcançaram e se sentaram ao lado dele, Prata olhou para o descampado à sua frente.

— Lá, Avelá-rah — ele disse —, aquele é o bosque de que Azevinho não tinha gostado.

Duzentos ou trezentos metros adiante e em linha reta a partir do ponto onde eles estavam, uma fileira de árvores corria alinhada pela colina, indo nas duas direções até onde a vista alcançava. Eles tinham chegado ao caminho de Portway, uma estrada irregular que vai de Andover, no norte, passando por St. Mary Bourne – com suas campânulas, córregos e plantações de agrião –, pelo bosque Bradley, seguindo em meio às colinas, indo na direção de Tadley e, por fim, chegando a Silchester – a Calleva Atrebatum dos romanos. Onde cruza as colinas, o caminho é marcado pelo Cinturão de César, uma faixa de floresta tão ou mais estreita que a estrada, mas com mais de cinco quilômetros de extensão. Nesse meio-dia quente, as árvores do Cinturão estavam embaladas e cobertas pelas mais escuras sombras. O sol ficava do lado de fora, as sombras, dentro das árvores. Tudo estava imóvel, exceto pelos gafanhotos e pela música de um tentilhão que cantava sobre um espinheiro. Avelá ficou ali parado, olhando, por muito tempo, ouvindo com as orelhas erguidas e mexendo o nariz no ar imóvel.

— Não vejo nada de errado nele — disse por fim. — Você vê, Quinto?

— Não — respondeu Quinto. — Azevinho achou que era um tipo estranho de bosque, e realmente é, mas não parece haver humanos ali. Mesmo assim, acho que alguém devia ir lá para dar uma olhada. Vou eu?

O terceiro grupo de coelhos havia chegado enquanto Avelá estava olhando para o Cinturão, e agora todos eles estavam ou comendo em silêncio ou descansando, com as orelhas abaixadas, no verde iluminado pelo sol e sombras do espesso espinheiro.

— O Topete está por aí? — perguntou Avelã.

Durante toda a manhã, Topete tinha se comportado de modo atípico – quieto e preocupado, sem dar muita atenção ao que ocorria à sua volta. Embora a coragem dele continuasse sendo inquestionável, alguém poderia achar que ele estava nervoso. Durante uma pausa longa para descanso, Campainha o ouviu conversando com Avelã, Quinto e Amora, e depois contou a Sulquinho que teve a impressão de que eles estavam tranquilizando Topete.

— Lutar, sim, onde for — ele ouviu Topete dizer —, mas continuo achando que essa tarefa é mais para outro coelho do que para mim.

— Não — respondeu Avelã —, você é o único que pode fazer isso. E lembre-se: não vai ser uma brincadeira, como foi a incursão na fazenda. Nossa vida e o nosso viveiro dependem disso.

Depois, percebendo que Campainha podia estar ouvindo, Avelã acrescentou:

— De todo modo, continue pensando no assunto e tente se acostumar com a ideia. Agora a gente precisa ir.

Topete, então, desceu a ladeira melancólico para se unir ao grupo.

Agora, ele estava saindo de uma moita de artemísias e de cardos em flor ali perto para se juntar a Avelã no espinheiro.

— Você perguntou por mim? O que você quer? — ele perguntou abruptamente.

— Rei dos gatos (Pfeffa-rah) — respondeu Avelã —, você gostaria de ir dar uma olhada naquelas árvores? E, se encontrar gatos, humanos ou alguma coisa assim, você podia só afugentá-los, por favor? E depois você volta para nos contar se está tudo certo.

Quando Topete já tinha saído para sua missão, Avelã disse para Prata:

— Você tem ideia de até onde as Patrulhas Avançadas vão? Será que estamos dentro do raio de ação deles?

— Não sei, mas meu palpite é que sim — disse Prata. — Pelo que entendi, a Patrulha é que decide até onde vai. Se o capitão for bastante exigente, acho que uma patrulha pode ir bem longe.

— Entendo — afirmou Avelã. — Bom, se for possível evitar, não quero encontrar uma patrulha, mas, caso encontrarmos, nenhum coelho deles deve voltar à Efrafa. Esse é um dos motivos para eu ter trazido tantos coelhos.

Entretanto, para tentar evitar encontrar uma patrulha, quero experimentar usar esse bosque. Talvez, assim como Azevinho, eles não gostem muito do lugar.

— Mas, certamente, ele não leva ao lugar aonde a gente quer ir — disse Prata.

— Mas nós não estamos indo para Efrafa — disse Avelá. — Vamos encontrar algum lugar para nos esconder, o mais perto de lá que a gente conseguir chegar em segurança. Alguma ideia?

— Só consigo pensar que isso é terrivelmente perigoso, Avelá-rah — disse Prata. — Não *dá* para chegar em segurança perto de Efrafa e não sei como seria possível começar a procurar algum lugar para se esconder. E a Patrulha, se houver alguma, vai ser formada por brutamontes espertos. É muito possível que eles nos vejam sem nem percebermos. E, então, eles simplesmente voltam e informam para o resto o que viram.

— Veja, o Topete está voltando — disse Avelá. — Tudo bem, Topete?

A resposta à pergunta de Avelá foi positiva e, então, ele continuou:

— Ótimo, vamos levar os coelhos todos para o bosque e avançar um pouco. Depois, precisamos sair do outro lado e ter certeza de que o Kehaar vai nos encontrar. Ele vai vir nos procurar hoje à tarde e precisamos que ele nos encontre a todo custo.

Menos de um quilômetro a oeste, eles encontraram um pequeno bosque contíguo à extremidade sul do Cinturão de César. Ainda um pouco mais a oeste, mais ou menos quatrocentos metros adiante, havia um vale não muito profundo de terra seca, coberto com ervas e moitas amarelas e ásperas de verão. Ali, bem antes de o sol se pôr, Kehaar, voando rumo a oeste pelo Cinturão, viu os coelhos deitados em meio à grama e à urtiga. Ele desceu em um movimento confiante e pousou perto de Avelá e Quinto.

— Como está Azevinho? — perguntou Avelá.

— Tá triste — disse Kehaar. — Diz você não voltar. — Depois acrescentou: — Siorita Trevo, ela pronta ser mãe.

— Que bom — disse Avelá. — Alguém está fazendo algo quanto a isso?

— Sim, sim, todos lutar.

— Ah, bem, acho que isso vai acabar se resolvendo.

— O que querer agora, Metre Velá?

— Aqui começa a sua ajuda, Kehaar. Precisamos de um lugar para nos escondermos, o mais perto que der para chegar de Efrafa em segurança. Algum lugar onde aqueles outros coelhos não nos achem. Se você conhece bem o entorno, talvez possa sugerir algo.

— Metre Velá, quanto perto querer?

— Bom, tem de ser no máximo a distância da fazenda Nuthanger até o Favo de Mel. Esse é mais ou menos o limite.

— Só uma coisa, Metre Velá. Vocês ir outro lado rio, e eles não achar vocês.

— Atravessar o rio? Você quer dizer a nado?

— Na, na, coelhos não nadar este rio. Ser grande, ser fundo, ser forte. Mas ter ponte, depois outro lado muito lugar esconder. Ser perto viveiro, como você dizer.

— E você acha que esse é o melhor que a gente vai conseguir?

— Muitos árvore e ter rio. Outros coelho não achar vocês.

— O que você acha? — Avelá perguntou a Quinto.

— Parece melhor do que eu esperava — disse Quinto. — Detesto dizer isso, mas acho que a gente devia ir direto para lá o mais rápido que der, mesmo que todos fiquem exaustos. A gente está correndo perigo o tempo todo enquanto está na colina, e podemos descansar assim que chegarmos lá.

— Bom, podemos continuar à noite, se eles aceitarem, já fizemos isso antes, mas primeiro eles precisam comer e descansar aqui ao menos um pouquinho. Partimos fu Inlé? Vai ter lua.

— Ah, como eu passei a detestar essas palavras "partir" e "fu Inlé" — disse Amora.

No entanto, a refeição noturna foi tranquila e num clima agradável. E, depois de um tempo, todos se sentiram revigorados. Enquanto o sol se punha, Avelá reuniu todos eles num lugar com boa cobertura para mascar cecotrofos e descansar. Embora fizesse o melhor possível para parecer confiante e alegre, Avelá sentia que eles estavam nervosos e, depois evitar responder a uma ou duas perguntas sobre o plano, ele começou a pensar em como distraí-los e fazer com que relaxassem até estarem prontos para partir novamente. Ele se lembrou da vez em que, na primeira noite de sua liderança, eles foram forçados a descansar na mata sobre o Enborne. Pelo menos era bom ver que ninguém estava exausto agora. Eles já podiam ser considerados um bando de hlessil muito valente. Ninguém destoava – Sulquinho e Quinto pareciam tão descansados quanto Prata e Topete. Mesmo assim, um pouco de entretenimento cairia muito bem para animar todos eles. Ele estava prestes a falar quando Bolota o poupou desse trabalho.

— Conta uma história para a gente, Dente-de-Leão? — ele pediu.

— Sim! Sim! — os outros responderam. — Vamos, conte uma história bem agradável!

— Certo — disse Dente-de-Leão. — Que tal "El-ahrairah e a Raposa na Água"?

— E aquela "O Buraco no Céu"? — perguntou Leutodonte.

— Não, essa não — Topete disse de repente. Ele tinha falado muito pouco durante a noite e todos olharam para ele. — Se você vai contar uma história, só tem uma que eu gostaria de ouvir — ele falou. — "El-ahrairah e o Coelho Preto de Inlé".

— Talvez essa não seja uma boa ideia — disse Avelã.

Topete falou duro com ele, rosnando.

— Se vamos ouvir uma história, você não acha que eu tenho tanto direito quanto qualquer outro de escolher? — ele perguntou.

Avelã não respondeu e, depois de uma pausa, em que ninguém mais falou, Dente-de-Leão, um pouco intimidado, começou.

31

A história de El-ahrairah e o Coelho Preto de Inlé

A força da noite, a pressão da tempestade,
A posição do oponente;
De onde está, o Medo Supremo em forma de entidade,
Mas, ainda, o homem forte deve ir em frente.

Robert Browning, *Prospício*

— Mais cedo ou mais tarde, tudo vaza e os animais ficam sabendo o que os outros pensam sobre eles. Alguns dizem que foi Hufsa quem contou ao rei Darzin a verdade sobre o truque das alfaces. Outros dizem que Yona, o porco-espinho, ficou fofocando nos bosques. Mas, seja como for, o rei Darzin ficou sabendo que foi enganado quando enviou as alfaces para os pântanos de Kelfazin. Ele não enviou seus soldados para um combate, pelo menos não imediatamente. Mas decidiu que iria encontrar uma oportunidade para se vingar daquele farsante. El-ahrairah tinha consciência disso e pediu a seu povo que fosse cuidadoso, especialmente quando saíssem sozinhos.

"No fim de uma tarde de fevereiro, Vigilante levou alguns coelhos a uma pilha de resíduos à beira de um jardim, a alguma distância do viveiro. A tarde foi ficando fria e com neblina e, bem antes do crepúsculo, o nevoeiro ficou mais denso. Quando já estavam voltando para casa, eles se perderam e tiveram problemas com uma coruja, e acabaram ficando confusos quanto à direção a seguir. De todo modo, Vigilante acabou se separando dos demais, e, depois de andar sem rumo por um tempo, chegou ao alojamento dos guardas anexo à cidade do rei Darzin. Eles, então, o pegaram e o levaram ao rei.

"O rei Darzin deparou-se, então, com sua chance de aborrecer El-ahrairah. Pôs Vigilante em um buraco-prisão especial e, todos os dias, ele era tirado de lá e o faziam trabalhar, às vezes num frio congelante, cavando e fazendo túneis. Mas El-ahrairah jurou que o tiraria de lá de algum modo. E foi o que ele fez, pois ele e duas de suas fêmeas passaram quatro dias cavando um túnel que ia da floresta até a parte de trás do barranco em que Vigilante era enviado para trabalhar. E, no fim, esse túnel chegou bem perto do buraco no barranco, no qual Vigilante cavava. Ele tinha recebido ordens de cavar para transformar o buraco em um depósito, e os guardas o ficavam observando do lado de fora enquanto ele trabalhava. Mas El-ahrairah conseguiu chegar até ele, pois conseguia ouvi-lo cavando no escuro, e, por fim, todos escaparam pelo túnel e fugiram pela floresta.

"Quando o rei Darzin ficou sabendo dessa fuga, ficou realmente furioso, e decidiu que, agora, ele realmente começaria uma guerra e exterminaria El-ahrairah de uma vez por todas. Os soldados dele partiram à noite e caminharam pelas campinas de Fenlo, mas o problema era que nem todos eles conseguiam descer pelos buracos dos coelhos. Alguns tentaram, para se certificar, mas logo voltaram, pois acabaram encontrando El-ahrairah e os outros coelhos. Eles não estavam acostumados a combater em lugares estreitos e no escuro, e foram mordidos e arranhados até ficarem aliviados ao conseguirem sair de lá, mesmo que de ré.

"Mas os soldados não foram embora, eles se sentaram do lado de fora da toca e esperaram. Sempre que algum coelho tentava silflay encontrava os inimigos prontos para atacá-lo. O rei Darzin e seus soldados não conseguiam vigiar todos os buracos – havia muitos –, mas eram rápidos o suficiente para correr para onde quer que vissem um coelho botando o focinho para fora. Logo, o povo de El-ahrairah descobriu que só o que eles conseguiam era pegar um ou dois bocados de grama – o suficiente apenas para mantê-los vivos – antes de ter de correr para debaixo da terra de novo. El-ahrairah tentou todos os truques em que conseguia pensar, mas não era capaz de se livrar do exército de rei Darzin nem de tirar seu povo dali. Os coelhos começaram a emagrecer e a ficar infelizes debaixo da terra e alguns até mesmo ficaram doentes.

"Por fim, El-ahrairah ficou desesperado e numa noite, depois de arriscar sua tantas vezes para levar para debaixo da terra um pouco de grama para uma fêmea e para a família dela cujo pai tinha sido morto no dia anterior, ele gritou: 'Senhor Frith! Eu faria qualquer coisa para salvar meu povo! Eu faria uma barganha com uma doninha ou com uma raposa, até mesmo com o Coelho Preto de Inlé!'.

"Assim que disse isso, El-ahrairah percebeu em seu coração que, se havia uma criatura que poderia ter determinação e que certamente teria a força necessária para destruir seus inimigos, essa criatura era o Coelho Preto de Inlé. Pois, apesar de ser um coelho, ele ainda assim era mil vezes mais poderoso do que o rei Darzin. Mas a ideia fazia El-ahrairah suar e tremer, a ponto de ele precisar fazer uma pausa e se agachar no caminho. Depois de um tempo, ele foi para a sua toca e começou a pensar no que tinha dito e no que aquilo significava.

"Como todos vocês sabem, o Coelho Preto de Inlé é o medo e a escuridão eternos. Ele é um coelho, mas é aquele sonho ruim e frio do qual só podemos suplicar ao Senhor Frith que nos salve hoje e sempre. Quando uma armadilha para matar coelhos é montada, o Coelho Preto sabe como ela está presa ao chão, e, quando a doninha faz a sua dança de caça, o Coelho Preto não está longe. Vocês todos sabem como alguns coelhos parecem jogar a vida fora entre duas piadas e um roubo, mas a verdade é que a tolice deles vem do Coelho Preto, pois é por meio da vontade dele que eles não sentem o cheiro do cachorro ou não veem a arma do humano. O Coelho Preto também traz doenças. Ou, às vezes, ele pode aparecer à noite e chamar um coelho pelo nome, e, então, esse coelho precisa segui-lo, mesmo que seja jovem e forte o suficiente para se livrar de qualquer outro perigo. Há quem diga que o Coelho Preto nos odeia e que quer que sejamos destruídos. Mas a verdade é – ou assim me ensinaram – que ele também serve ao Senhor Frith e só cumpre a tarefa que lhe foi designada: fazer com que aconteça o que deve acontecer. Nós viemos ao mundo e dele precisamos partir, mas não partimos meramente para servir aos desejos de um ou outro inimigo. Se fosse assim, seríamos todos destruídos em um único dia. Partimos pela vontade do Coelho Preto de Inlé e só por isso. E embora essa vontade pareça a todos nós dura e amarga, a seu modo, ele é nosso protetor, pois sabe da promessa de Frith aos coelhos e vingará cada um que, por acaso, seja destruído sem o seu consentimento. Qualquer coelho que tenha visto um caçador na forca sabe o que o Coelho Preto pode causar aos elil que pensam que podem fazer o que quiserem.

"El-ahrairah passou a noite sozinho em sua toca e os pensamentos dele foram terríveis. Até onde ele sabia, nenhum coelho jamais tinha tentado fazer o que ele tinha em mente. Mas quanto mais ele pensava nisso – fazendo o esforço que era possível, apesar da fome, do medo e do transe que atinge os coelhos quando se deparam com a morte – mais parecia que havia pelo menos uma chance de sucesso. Ele iria procurar o Coelho Preto e oferecer sua vida em troca da segurança de seu povo. Mas, se existisse alguma chance de essa oferta não ser aceita, era melhor que ele nem se aproximasse do Coelho Preto. Mas era possível que sua vida não fosse aceita, entretanto, ele talvez pudesse tentar outra oferta. A única coisa que não podia fazer era tentar enganar o Coelho Preto. Se ele precisava garantir a segurança de seu povo a qualquer custo, o preço seria a sua vida. Assim, a não ser que falhasse, ele não iria voltar. Portanto, precisaria levar consigo um companheiro que trouxesse de volta o que quer que fosse derrotar o rei Darzin e salvar o viveiro.

"Logo pela manhã, El-ahrairah foi encontrar Vigilante e eles conversaram por boa parte do dia. Então, ele reuniu sua Owsla e contou o que pretendia fazer.

"No fim da tarde, quando o sol já havia desaparecido, os coelhos saíram de seus buracos atacaram os soldados do rei Darzin. Eles lutaram com imensa bravura e alguns foram mortos. O inimigo achou que eles estavam tentando abandonar o viveiro e fez o que pôde para cercar os coelhos e forçá-los a voltar a seus buracos. Mas a verdade era que eles estavam entrando em combate simplesmente para distrair a atenção do rei Darzin e para manter seus soldados ocupados. Assim que chegou a escuridão, El-ahrairah e Vigilante saíram escondidos pelo outro extremo do viveiro e foram até a vala, enquanto a Owsla recuou e os soldados do rei Darzin zombavam dos coelhos nos buracos. Quanto ao rei Darzin, ele enviou uma mensagem dizendo que estava pronto para conversar com El-ahrairah sobre os termos de sua rendição.

"El-ahrairah e Vigilante partiram para sua jornada sombria. Não sei qual foi o caminho que eles seguiram, nenhum coelho nunca soube. Mas sempre lembro do que o velho Matricária – vocês se lembram dele? – dizia quando contava essa história: 'Eles não precisaram de muito tempo', ele dizia. 'Na verdade não precisaram de tempo algum. Eles mancaram e cambalearam num sonho ruim até chegar a esse lugar terrível que era seu destino. Lá, aonde eles foram, o sol e a lua não significavam nada, e menos ainda o inverno e o verão. Mas vocês nunca saberão'. E então ele fazia uma pausa para olhar para todos nós e finalizava: 'Vocês nunca saberão, e eu também não, a distância que El-ahrairah percorreu em sua jornada rumo à escuridão. Você vê o topo de uma grande rocha saindo do chão. Qual é a distância até o meio? Quebre a rocha em duas, então você vai saber'.

"Enfim eles chegaram a um lugar alto onde não havia grama. Eles subiram com dificuldade, passando por cima de lascas de ardósia e por entre rochas cinza maiores do que ovelhas. Neblina e chuva gelada giravam à volta deles e o único som era de água pingando, somado, às vezes, ao grito de algum pássaro grande e mau, que voava muito acima da cabeça deles. E esses sons ecoavam, pois eles estavam entre penhascos de pedra negra, numa altura mais elevada do que as maiores árvores que conhecemos. Havia trechos de neve em toda parte, pois o sol nunca brilhava ali para derretê-los. O musgo era escorregadio, e, quando eles esbarravam em uma pedrinha, ela caía fazendo barulho por muito tempo atrás deles na ravina. Mas El-ahrairah conhecia o caminho e foi seguindo adiante, até o nevoeiro ficar tão denso que eles já não conseguiam ver nada à frente. Então eles se mantiveram perto do penhasco e, pouco a pouco, à medida que continuavam a andar, ele se dobrava sobre eles até se tornar um escuro teto sobre suas costas. No lugar em que acabava o penhasco, havia a entrada de um túnel, como um grande buraco de coelho. No frio congelante e no silêncio, El-ahrairah bateu a pata no chão e acenou com a cauda para Vigilante. Depois, quando estavam prestes a entrar no túnel, eles perceberam que o que no escuro eles acharam ser parte de uma rocha, na verdade não era. Aquela coisa era mesmo o Coelho Preto de Inlé, logo atrás deles, imóvel como o líquen e frio como uma pedra."

— Avelã — disse Sulquinho, olhando para o crepúsculo e tremendo —, eu não gosto dessa história. Sei que eu não sou corajoso...

— Tudo bem, Hlao-roo — acalmou-o Quinto —, você não é o único.

— Na verdade, ele próprio parecia sereno e até indiferente, mas não se podia dizer o mesmo de nenhum outro coelho na plateia. Mas Sulquinho dificilmente perceberia isso.

— Vamos sair um pouco para ver as aranhas caçar mariposas, que tal? — sugeriu Quinto. — Acho que consigo lembrar onde tinha um tufo de ervilhaca, deve ser por ali.

Ainda falando baixo, ele levou Sulquinho para o bosque com cobertura vegetal lá fora. Avelã se virou para ter certeza da direção que estavam seguindo e, quando ele fez isso, Dente-de-Leão hesitou, sem saber se devia ou não continuar a história.

— Continue — disse Topete — e não deixe nenhum detalhe de fora.

— Acho que muitas coisas ficam de fora, pois não se sabe exatamente a verdade — disse Dente-de-Leão —, e ninguém tem como dizer o que acontece naquele lugar a que El-ahrairah foi por vontade própria. Mas, como me disseram, quando eles perceberam o Coelho Preto de Inlé, eles fugiram pelo túnel, como que por impulso, já que não havia nenhum outro lugar para onde correr. E fizeram isso ainda que tivessem ido até lá com o objetivo de encontrá-lo e que tivessem apostado tudo nesse encontro. Mas eles fizeram o que todos nós faríamos, e o final não foi muito diferente do princípio, pois depois de correr e tropeçar e cair túnel adentro, eles se viram em uma enorme toca de pedra. Tudo em volta deles era rocha: o Coelho Preto tinha cavado aquela toca na montanha com suas próprias garras. E ali eles encontraram, esperando por eles, aquele de quem tinham fugido. E junto dele havia outros na toca – sombras sem som nem cheiro. O Coelho Preto também tem a sua Owsla, como vocês sabem. Mas eu não gostaria nem um pouco de encontrá-los.

"O Coelho Preto falou com a voz da água que cai em poças em lugares escuros e com eco.

"'El-ahrairah, por que você veio até mim?'

"'Eu vim pelo meu povo', sussurrou El-ahrairah.

"O Coelho Preto tinha um cheiro neutro como o de ossos antigos e, no escuro, El-ahrairah podia ver seus olhos, pois eles eram vermelhos com uma luz que não iluminava.

"'Você é um estranho aqui, El-ahrairah', disse o Coelho Preto. 'Você é um coelho vivo.'

"'Meu Senhor', respondeu El-ahrairah. 'Eu vim para lhe entregar a minha vida. A minha vida pelo meu povo.'

"O Coelho Preto arrastou as garras pelo chão.

"'Barganhas, barganhas, El-ahrairah', ele disse. 'Não se passa um dia ou uma noite sem que uma fêmea ofereça a vida dela pela dos seus filhotes, ou que um capitão honesto da Owsla ofereça sua vida pela do seu Chefe Coelho. Às vezes, a oferta é aceita, às vezes não. Mas não há barganha, pois aqui as coisas são como devem ser.'

"El-ahrairah ficou em silêncio. Mas pensou consigo mesmo: 'Talvez eu possa enganá-lo para que ele tire a minha vida. Ele manteria a promessa, assim como o Príncipe Arco-Íris manteve'.

"'Você é meu hóspede, El-ahrairah', disse o Coelho Preto. 'Fique na minha toca o tempo que quiser. Pode dormir e comer aqui. E olhe que são poucos os que podem fazer isso. Deixem que ele coma', ele disse para a Owsla.

"'Não vamos comer, meu senhor', disse El-ahrairah, pois ele sabia que se comesse a comida que lhe dariam naquela toca seus pensamentos secretos seriam revelados e não haveria mais truque nenhum.

"'Então devemos pelo menos entreter você', disse o Coelho Preto. 'Você precisa se sentir em casa, El-ahrairah, fique à vontade. Vamos, venha jogar esconde-pedra.'[1]

"'Muito bem', disse El-ahrairah, 'e se eu ganhar, talvez o senhor tenha a bondade de aceitar minha vida em troca da segurança de meu povo'.

"'Aceitarei', disse o Coelho Preto. 'Mas, se eu ganhar, El-ahrairah, você terá que me dar sua cauda e seus bigodes.'

"As pedras foram trazidas e El-ahrairah se sentou no chão frio e em meio aos ecos para jogar com o Coelho Preto de Inlé. Como vocês podem imaginar,

---

1. *Esconde-pedra* é um jogo tradicional dos coelhos. Joga-se com pedras pequenas, fragmentos de gravetos ou algo do tipo. Basicamente, é uma espécie muito simples de aposta, aos moldes de "par ou ímpar". Uma quantia de pedras sobre o solo é coberta pela pata dianteira de um dos jogadores. Então, o oponente precisa arriscar algum tipo de palpite sobre sua natureza – por exemplo, uma ou duas, clara ou escura, pontuda ou arredondada. Quem fizer mais palpites certeiros, vence.

El-ahrairah sabia muito bem como jogar esconde-pedra. Ele jogava tão bem quanto qualquer outro coelho que já tivesse coberto pedras com a pata. Mas ali, naquele lugar assustador, com os olhos do Coelho Preto sobre ele e na presença da Owsla que não fazia sons, não importava o quanto ele tentasse, o talento dele parecia ter desaparecido, e ele sentia que o Coelho Preto, mesmo antes de fazer seu lance, sempre sabia o que estava embaixo de sua pata. O anfitrião jogou sem emitir som algum e sem alterar a sua expressão, até que, por fim, o ânimo de El-ahrairah arrefeceu e ele soube que não teria como vencer.

"'Você pode pagar a aposta à Owsla, El-ahrairah', disse o Coelho Preto, 'e eles irão te mostrar uma toca para você dormir. Voltarei amanhã e se você ainda estiver aqui, nós falaremos. Mas você pode partir quando quiser'.

"Então a Owsla levou El-ahrairah dali, cortou sua cauda e arrancou seus bigodes. E, quando ele deu por si, estava sozinho com Vigilante em uma toca oca de pedra, com uma abertura que dava para a montanha.

"'Ah mestre', disse Vigilante, 'o que você vai fazer agora? Vamos embora, pelo amor de Frith. Eu posso guiá-lo no escuro'.

"'Certamente não', disse El-ahrairah. Ele ainda tinha esperanças de conseguir, de algum modo, aquilo que queria do Coelho Preto, e tinha certeza de que a Owsla os havia colocado naquela toca para que se sentissem tentados a fugir. 'Certamente não. Posso me virar muito bem com um pouco de epilóbio e clematite. Vá e arranje isso para mim, Vigilante, mas volte sem falta antes do fim da tarde de amanhã. Tente arranjar um pouco de comida também, se conseguir.

"Vigilante obedeceu e El-ahrairah ficou sozinho. Ele dormiu muito pouco, em parte por causa da dor e em parte pelo medo que nunca o abandonava, mas principalmente porque ainda estava em busca de algum truque que servisse a seus objetivos. No dia seguinte, Vigilante voltou com pedaços de nabo, e, depois que El-ahrairah os comeu, Vigilante o ajudou a se remendar com uma cauda cinza e bigodes feitos com miolo de clematites e com tasneirinhas que se acumulavam no inverno. À noite, ele saiu para encontrar o Coelho Preto como se nada tivesse acontecido.

"'Bem, El-ahrairah', disse o Coelho Preto, e ele não mexeu o nariz enquanto farejava, e sim o moveu para a frente, como fazem os cães, 'talvez minha toca não seja aquilo a que você está acostumado, mas você conseguiu se sentir confortável?'.

"'Sim, meu senhor', disse El-ahrairah. 'Estou feliz por ter a sua permissão para ficar aqui.'

"'Talvez nesta noite seja melhor não jogarmos esconde-pedra', disse o Coelho Preto. 'Você deve compreender, El-ahrairah, que não desejo que você sofra. Não sou um dos Mil. Repito, você pode ficar ou partir quando quiser. Mas se decidir ficar, talvez você gostasse de ouvir uma história, e quem sabe de contar uma também.'

"'Certamente, meu senhor', disse El-ahrairah. 'E se eu conseguir contar uma história tão boa quanto a sua, talvez o senhor aceite minha vida e garanta a segurança de meu povo.'

"'Farei isso', disse o Coelho Preto. 'Mas, se você não conseguir, El-ahrairah, você perderá suas orelhas.' E ele esperou para ver a reação de El-ahrairah, mas a aposta não foi recusada.

"O Coelho Preto, então, contou uma tal história de medo e trevas que congelou o coração de Vigilante e de El-ahrairah, que estavam agachados sobre a pedra, pois eles sabiam que cada palavra era verdadeira. A inteligência os abandonou. Eles pareciam ter mergulhado em nuvens tão frias que amorteciam seus sentidos; e a história do Coelho Preto rastejou para dentro do coração deles como um verme entra em uma noz, deixando-os secos e vazios. Quando finalmente a história terminou, El-ahrairah tentou falar, mas ele não conseguia raciocinar direito, então gaguejou e saiu correndo e se arrastando pelo chão, como um camundongo quando o falcão voa baixo demais. O Coelho Preto esperou em silêncio, sem demonstrar impaciência. Por fim, ficou claro que não haveria a história de El-ahrairah. Diante disso, a Owsla o pegou e o fez dormir profundamente, e quando ele acordou suas orelhas tinham desaparecido. Ao seu lado, na toca de pedra, estava Vigilante, chorando como um filhote.

"'Ah, mestre', disse Vigilante, 'que bem pode trazer esse sofrimento? Pelo amor do Senhor Frith e da grama verde, deixe que eu te leve para casa'.

"'Bobagem', disse El-ahrairah, 'vá buscar duas boas e grandes folhas de labaça. Elas darão orelhas muito boas'.

"'Elas irão murchar, mestre', disse Vigilante. 'Vão ficar tão murchas como eu estou agora'.

"'Elas vão durar o suficiente para o que eu preciso fazer', disse El-ahrairah em tom sombrio. 'Mas não consigo imaginar como fazer isso.'

"Quando Vigilante partiu, El-ahrairah se forçou a pensar com clareza. O Coelho Preto não queria aceitar a sua vida. Além disso, estava claro que ele jamais conseguiria vencer qualquer tipo de aposta contra o Coelho Preto. Era como uma tartaruga apostando corrida com uma lebre. Mas, se o Coelho Preto não o odiava, por que lhe impunha todos esses sofrimentos? Certamente era para destruir sua coragem e fazer com que ele desistisse de seu objetivo e fosse embora. Mas por que não mandá-lo embora simplesmente? E por que esperar, antes de machucá-lo, até que ele mesmo propusesse uma aposta e perdesse? A resposta lhe ocorreu de repente. Aquelas sombras não tinham poder para mandá-lo embora nem mesmo para machucá-lo, a não ser que o Coelho Preto consentisse. Eles certamente não iriam ajudá-lo. O que eles fariam é tomar conta de sua vontade e destruí-la se pudessem. Mas supondo que El-ahrairah conseguisse encontrar, em meio a eles, algo que pudesse utilizar para salvar seu povo, será que eles poderiam impedi-lo de levar essa coisa embora?

"Quando Vigilante voltou, ele ajudou El-ahrairah a disfarçar sua horrível cabeça mutilada com duas folhas de labaça no lugar das orelhas, e depois de um tempo eles dormiram. Mas El-ahrairah seguia sonhando com os coelhos famintos que esperavam, presos em suas tocas, que ele voltasse para afugentar os soldados do rei Darzin. Coelhos que depositavam nele todas as suas esperanças. Então, de repente, ele acordou, com frio e cheio de tensão, e saiu andando pelos corredores da grande toca de pedra. Enquanto mancava pelo caminho – arrastando as folhas de labaça dos dois lados da cabeça, já que não conseguia levantá-las ou movê-las como as orelhas que tinha perdido –, ele chegou a um nível mais profundo do buraco, um lugar ao qual vários caminhos levavam, e ali ele encontrou dois dos sinistros e sombrios membros da Owsla, tratando de algum de seus assuntos terríveis. Eles se viraram e o encararam, para deixá-lo com medo, mas El-ahrairah já estava além do ponto de sentir medo e os encarou de volta, imaginando o que eles tentariam convencê-lo a perder.

"'Saia daqui, El-ahrairah', disse por fim um deles. 'Você não tem nada o que fazer aqui no poço. Você está vivo e já sofreu bastante.'

"'Não tanto quanto o meu povo', respondeu El-ahrairah.

"'Há sofrimento suficiente aqui para mil viveiros', disse a sombra. 'Não seja teimoso, El-ahrairah. Nestes buracos estão todas as pragas e doenças que afligem os coelhos: febre e sarna e a doença das vísceras. E aqui também, no buraco mais próximo, está a cegueira branca, que leva as criaturas a saírem mancando para morrer nos campos, onde nem mesmo os elil vão querer tocar em seus corpos podres. E esta é a sua tarefa: ver que tudo isso está disponível para o uso de Inlé-rah. Pois as coisas são como devem ser.

"Então, El-ahrairah soube que não devia se permitir ter tempo para pensar. Ele fingiu que ia embora, mas de repente se virou, correu para cima das sombras e mergulhou no buraco ao lado mais rápido do que uma gota de chuva cai no solo. E ali ele ficou, enquanto as sombras se moviam e tagarelavam junto da entrada, pois não tinham poder nenhum para retirá-lo dali. A única coisa que podiam fazer era amedrontá-lo. Depois de certo tempo, eles se retiraram e El-ahrairah ficou sozinho, perguntando-se se conseguiria alcançar o exército do rei Darzin a tempo e sem usar os bigodes e as orelhas.

"Por fim, quando teve certeza de que tinha permanecido no buraco tempo o suficiente para estar infectado, El-ahrairah saiu e começou a fazer o caminho de volta. Ele não sabia quanto tempo a doença demoraria para aparecer ou quanto tempo ele demoraria para morrer, mas era evidente que ele devia voltar o mais rápido que pudesse – se possível antes de demonstrar qualquer sintoma da doença. Era preciso dizer a Vigilante, sem chegar perto dele, que se tomasse o caminho de volta, alcançasse os coelhos no viveiro, avisasse a eles para bloquear as entradas de todos os buracos e ficasse do lado de dentro até que o exército do rei Darzin estivesse completamente destruído.

"Ele esbarrou em uma pedra no escuro, pois estava tremendo e com febre e, para além disso, ele pouco ou nada conseguia sentir sem os bigodes. Naquele momento uma voz baixa disse: 'El-ahrairah, aonde você vai?'. Ele também não ouviu nada, mas sabia que o Coelho Preto estava a seu lado.

"'Vou para casa, meu senhor', ele respondeu. 'O senhor disse que eu poderia ir quando quisesse.'

"'Você tem algum propósito, El-ahrairah', disse o Coelho Preto. 'Qual é?'

"'Estive no poço, meu senhor', respondeu El-ahrairah. 'Estou infestado pela cegueira branca e vou salvar meu povo destruindo o inimigo.'

"'El-ahrairah', disse o Coelho Preto, 'você sabe como a cegueira branca é transmitida?'.

"Um súbito pressentimento tomou conta de El-ahrairah, mas ele não disse nada.

"'Ela é transmitida por pulgas que ficam nas orelhas dos coelhos', disse o Coelho Preto. 'Elas passam da orelha de um coelho doente para as de um companheiro. Mas, El-ahrairah, você não tem orelhas e as pulgas não moram em folhas de labaça. Você não tem como pegar a doença nem como transmiti-la.'

"Então, por fim, El-ahrairah sentiu que sua força e sua coragem tinham lhe abandonado. Ele caiu no chão. Tentou se mover, mas suas pernas traseiras se arrastavam pela pedra e ele não conseguia se levantar. Ele se esforçava, e elas continuavam imóveis no escuro e no silêncio.

"'El-ahrairah', disse o Coelho Preto enfim, 'esse é um viveiro frio, um lugar ruim para os vivos e de maneira nenhuma o lugar ideal para corações quentes e espíritos corajosos. Você é um estorvo para mim. Vá para casa. Eu mesmo vou salvar o teu povo. Não tenha a impertinência de me perguntar quando. Não existe tempo aqui. Mas considere-os a salvo'.

"Naquele momento, enquanto o rei Darzin e seus soldados continuavam fazendo zombarias à beira dos buracos do viveiro, a confusão e o horror se abateram sobre eles na escuridão que se aproximava. Os campos pareciam estar tomados por coelhos imensos com olhos vermelhos, observando-os por entre os cardos. Eles, então, deram meia-volta e fugiram, desaparecendo na noite. E é por isso que nenhum coelho que conta as histórias de El-ahrairah sabe dizer que tipo de criatura eram aquelas e qual era sua aparência; nenhuma delas jamais foi vista, desde aquele dia até hoje.

"Quando, por fim, El-ahrairah conseguiu ficar sobre suas patas, o Coelho Preto tinha ido embora e Vigilante estava descendo por um dos corredores, procurando por ele. Juntos, eles saíram para a montanha e desceram a ravina de pedras soltas em meio ao nevoeiro. Eles não sabiam para que direção estavam seguindo, exceto pelo fato de que estavam indo para longe da toca do Coelho Preto. Mas depois de um tempo ficou claro que El-ahrairah estava mesmo doente por causa do choque e da exaustão. Vigilante cavou um buraco e eles repousaram ali por vários dias.

"Mais tarde, quando El-ahrairah começou a melhorar, eles vagaram pela região, mas não conseguiam encontrar o caminho de volta. Eles estavam confusos e precisaram implorar para que outros animais que encontraram lhe dessem abrigo. A jornada para casa acabou por durar três meses, e eles tiveram muitas aventuras. Algumas delas, como vocês sabem, viraram elas próprias grandes histórias. Eles chegaram a morar com um lendri e acharam ovos de faisão para ele na floresta. Também escaparam por pouco do meio de um campo de feno quando a vegetação estava sendo cortada. O tempo todo, Vigilante cuidou de El-ahrairah, levou folhas de labaça novas para ele e afastou as moscas de suas feridas até elas sararem.

"Enfim, um dia, eles chegaram de volta ao viveiro. Era de tarde e, enquanto o sol se esticava atrás das colinas, eles viram muitos coelhos silflay, comendo na grama e brincando nos formigueiros. Eles pararam no topo da campina, farejando a carqueja e os gerânios no vento.

"'Bom, eles parecem bem', disse El-ahrairah. 'Um bando de coelhos saudáveis, na verdade. Vamos entrar discretamente e ver se encontramos um ou dois dos capitães da Owsla debaixo da terra. Não queremos causar muita confusão.'

"Eles passaram pelo campo, mas não conseguiam entender o que estava acontecendo, porque, aparentemente, o viveiro tinha ficado maior e havia mais buracos do que antes, tanto no barranco quanto no campo. Pararam para conversar com um grupo de jovens machos e fêmeas sentado alegre sob o sabugueiro em flor.

"'Queremos encontrar o Salgueiro', disse Vigilante. 'Sabe nos dizer onde é a toca dele?'

"'Nunca ouvi falar dele', respondeu um dos machos. 'Tem certeza de que é desse viveiro?'

"'A não ser que tenha morrido', disse Vigilante. 'Mas com certeza você deve ter ouvido falar do capitão Salgueiro. Ele era um oficial da Owsla durante o combate.'

"'Que combate?', perguntou outro macho.

"'O combate contra o rei Darzin', respondeu Vigilante.

"'Olha, faça-me um favor, velhinho, pode ser? Esse combate de que você está falando, eu ainda não tinha nascido quando ele terminou.'

"'Mas com certeza você conhece os capitães da Owsla que participaram dele, não?', perguntou Vigilante.

"'Não quero nem saber deles', disse o coelho. 'Aquele bando de velhinhos de bigodes brancos? Por que a gente ia querer saber deles?'

"'Mas o que foi que eles fizeram de errado?', disse Vigilante.

"'Esqueça aquela guerra tola, velhinho', disse o primeiro macho. 'Aquilo tudo já acabou. Não tem nada a ver com a gente.'

"'Se esse Salgueiro lutou com o rei Seja-lá-qual-for-o-nome, isso é problema dele', disse uma das fêmeas. 'Não é assunto nosso, é?'

"'A coisa toda foi muito cruel', disse uma fêmea. 'Uma vergonha, na verdade. Se ninguém lutasse nas guerras, elas não existiriam, não é verdade? Mas não dá para fazer coelhos mais velhos entenderem isso.'

"'Meu pai esteve na guerra', disse o segundo macho. 'Às vezes ele fala disso, mas eu sempre fujo desse assunto, sempre a mesma conversa mole. Dá vontade de morrer, de verdade. Coitado, por que ele não esquece isso? Acho que ele inventa metade daquelas histórias. E o que foi que ele conseguiu com isso, hein?'

"'Se o senhor não se importar de esperar um pouco', disse então um terceiro coelho a El-ahrairah, 'vou ver se encontro o capitão Salgueiro para o senhor. Eu não sei quem ele é, mas o viveiro é bem grande'.

"'É muita bondade sua', disse El-ahrairah, 'mas acho que já me localizei e consigo me virar sozinho'.

"El-ahrairah seguiu a cerca viva até o bosque e se sentou sozinho debaixo de um arbusto de nozes, olhando para a campina. À medida que a luz começou a baixar, ele percebeu que o Senhor Frith estava bem perto dele, entre as folhas.

"'Você está com raiva, El-ahrairah?', perguntou o senhor Frith.

"'Não, meu senhor', respondeu El-ahrairah. 'Não estou com raiva. Mas aprendi que o sofrimento não é a única razão para sentir pena das criaturas que você ama. Um coelho que não sabe reconhecer uma dádiva que o deixou mais seguro é mais pobre do que uma lesma, ainda que não saiba disso.'

"'A sabedoria, El-ahrairah, está do lado deserto da colina, onde ninguém vai comer, e no barranco cheio de pedras em que nenhum coelho cava sua toca. Mas, falando em dádivas, eu trouxe algumas ninharias para você. Um par de orelhas, uma cauda e bigodes. Pode ser que, de início, você ache as orelhas um pouco estranhas. Pus um pouco da luz das estrelas nelas, mas é bem fraca. Não é forte o suficiente, tenho certeza, para entregar um ladrão esperto como você. Ah, Vigilante está voltando. Ótimo, também tenho algo para ele. Será que devíamos...'"

— Avelã! Avelã-rah! — Era a voz de Sulquinho vindo de trás de uma moita de bardanas perto do pequeno círculo de ouvintes. — Tem uma raposa vindo pelo bosque!

32

Do outro lado da estrada de ferro

Esprit de rivalité et de mésintelligence qui préserva plus d'unefois l'armée anglaise d'une défaite.

General Jourdan, *Memórias militares*

Algumas pessoas acham que coelhos passam boa parte de seu tempo fugindo de raposas. É verdade que todo coelho tem medo delas e que corre se sentir o cheiro de uma. Mas muitos coelhos passam a vida inteira sem ver uma raposa sequer e é provável que apenas alguns realmente sejam vítimas de um inimigo que tem cheiro forte e que não é capaz de correr tanto quanto eles. Uma raposa tentando pegar um coelho normalmente rasteja contra o vento debaixo de cobertura vegetal – talvez em meio a um trecho de floresta, perto da divisa com o campo. Então, se for bem-sucedida em chegar perto de onde os coelhos estão silflay perto de um barranco ou no campo, ela fica imóvel e espera pela chance de um bote rápido. Há quem diga que, às vezes, a raposa fascina os coelhos, como faz a doninha, rolando e brincando no descampado, aproximando-se pouco a pouco até poder agarrar um deles. Seja como for, o certo é que nenhuma raposa caça coelhos andando abertamente por um bosque ao pôr do sol.

Nem Avelã nem qualquer outro coelho que estava ouvindo a história de Dente-de-Leão jamais tinha visto uma raposa. Mesmo assim, eles sabiam que uma raposa num descampado, facilmente visível, não é perigosa desde que seja vista a tempo. Avelã percebeu que tinha sido descuidado em permitir que todos eles se reunissem em torno de Dente-de-Leão sem ter colocado alguém para ficar como vigia. O pouco vento que havia vinha de nordeste e a raposa, vindo pelo bosque pelo lado oeste, podia ter chegado até eles sem que notassem. Mas desse perigo eles tinham sido salvos pelo fato de Quinto e Sulquinho terem saído para o descampado. Instantaneamente, enquanto Sulquinho falava, passou pela cabeça de Avelá que Quinto, certamente relutante em dar conselhos a ele diante dos outros, provavelmente tinha aproveitado a oportunidade criada pelo medo de Sulquinho para se colocar como sentinela.

Avelá pensou rápido. Se a raposa não estivesse perto demais, só o que eles precisariam fazer era correr. Havia um trecho de floresta ali perto e eles podiam desaparecer entrando nela, mantendo-se mais ou menos unidos, e simplesmente seguir o seu caminho. Ele, então, abriu caminho em meio às bardanas.

— A que distância ela está? — ele perguntou. — E onde está Quinto?

— Estou aqui — respondeu Quinto, a poucos metros de distância. Ele estava agachado debaixo dos longos galhos de uma roseira-canina e não virou a cabeça até Avelá chegar ao lado dele.

— E lá está a raposa — ele acrescentou.

Avelá seguiu o olhar do irmão.

No chão irregular, coberto de ervas do bosque, uma descida tinha início logo adiante, uma longa depressão que fazia limite, ao norte, com o Cinturão de César. Os últimos raios que o sol emitia antes de se pôr chegavam ali depois de passar por uma brecha entre as árvores. A raposa estava abaixo deles e a certa distância. Embora estivesse quase diretamente no sentido do vento e, portanto, devesse ser capaz de farejá-los, ela não parecia particularmente interessada nos coelhos. Trotava direto pelo bosque como um cão, arrastando sua cauda de ponta branca. Seu pelo era de um marrom cor de areia, com pernas e orelhas um pouco mais escuras. Mesmo agora, embora obviamente não estivesse caçando, tinha um olhar astuto e predatório, o que fazia os observadores entre as rosas tremerem. Enquanto ela passava entre os cardos e desaparecia do campo de visão deles, Avelá e Quinto voltaram para os outros.

— Venham — disse Avelá. — Se vocês nunca viram uma raposa, não tentem fazer isso agora. Só me sigam.

Ele estava prestes a guiá-los subindo pelo lado sul do bosque quando, de repente, um coelho o empurrou bruscamente para o lado com o ombro e abriu caminho, passando também por Quinto, na direção do descampado. Avelá parou e ficou olhando ao seu redor espantado.

— Quem era? — ele perguntou.

— Topete — respondeu Quinto, olhando para ele.

Juntos, eles voltaram rapidamente para as sarças e, mais uma vez, olharam para o bosque. Topete, totalmente visível, galopava rapidamente pela descida, indo exatamente na direção da raposa. Eles o observaram, horrorizados. Ele se aproximou, mas mesmo assim a raposa não deu atenção a ele.

— Avelá — disse Prata atrás deles —, será que eu devia...?

— Ninguém se mexe — disse Avelá rápido. — Fiquem parados, vocês todos.

A cerca de trinta metros de distância, a raposa, finalmente, notou o coelho que se aproximava. Ela parou por um momento e, em seguida, continuou a trotar adiante. Topete tinha quase chegado até ela quando se virou e começou a subir a ladeira norte do bosque rumo às árvores do Cinturão. A raposa hesitou outra vez, mas depois o seguiu.

— O que ele está tentando fazer? — murmurou Amora.

— Tentando afastar a raposa, imagino — respondeu Quinto.

— Mas não precisava! A gente teria escapado sem que ele precisasse se arriscar assim.

— Que tolo! — disse Avelá. — Não me lembro de ter ficado tão bravo com ele como estou agora.

A raposa apressou o passo e agora estava a uma boa distância deles. Parecia que ela estava quase alcançando Topete. O sol já tinha se posto e, na luz fraca, eles mal conseguiam vê-lo quando ele se emaranhou na cobertura vegetal. Ele desapareceu e a raposa continuava em seu encalço. Por vários momentos tudo ficou quieto. Depois, de modo horrivelmente nítido do outro lado do bosque deserto, que ficava cada vez mais escuro, veio o guincho agonizante de um coelho ferido.

— Por Frith e Inlé! — gritou Amora, batendo os pés.

Sulquinho se virou para correr e Avelá não se mexeu.

— Vamos embora, Avelá? — perguntou Prata. — Não tem como ajudar o Topete agora.

Enquanto ele falava, Topete de repente saiu correndo muito rápido das árvores. Quase antes de eles conseguirem entender que ele estava vivo, ele já tinha cruzado toda a parte superior da ladeira do bosque de uma só vez e chegado até eles.

— Vamos — disse Topete —, vamos embora daqui!

— Mas o que... o que... você não está ferido? — perguntou Campainha aturdido.

— Não — disse Topete — nunca estive melhor! Vamos embora!

— Você pode esperar até eu estar pronto para partir — disse Avelá em um tom frio e raivoso. — Você fez o melhor que pôde para se matar e agiu como um perfeito idiota. Agora fique quieto e sente-se aí!

Ele se virou e, embora estivesse ficando escuro demais para ver qualquer coisa a distância, fingiu ainda estar olhando para o outro lado do bosque. Atrás dele, os coelhos se agitavam, nervosos. Vários tinham começado a ter uma sensação de irrealidade, como se tudo aquilo fosse um sonho. O longo dia na superfície, o bosque denso e desconhecido, a história assustadora contada por Dente-de-Leão, o repentino aparecimento da raposa, o choque da aventura inexplicável de Topete – todas essas coisas, uma na sequência da outra, inundaram seu espírito e os deixaram aborrecidos e confusos.

— Tire todo mundo daqui, Avelá — sussurrou Quinto —, antes que todos fiquem tharn.

Avelá se virou imediatamente.

— Bom, não há mais nenhuma raposa — ele disse contente. — Ela foi embora e nós também vamos. Pelo amor de Frith, fiquem bem perto uns dos outros, porque se alguém se perder no escuro talvez a gente não consiga encontrar de novo. E lembrem-se: se por acaso encontrarmos coelhos desconhecidos, ataquem imediatamente e só façam perguntas depois.

Eles seguiram pela margem da floresta que acompanhava a margem sul do bosque e depois, sozinhos ou em duplas, cruzaram rapidamente a estrada deserta. Pouco a pouco, os ânimos foram melhorando. Eles se viram em uma área agrícola e conseguiam cheirar e ouvir uma fazenda não muito distante a oeste. O caminho era tranquilo: vastas áreas regulares de pasto, com uma ligeira inclinação, e divididos não por cercas, mas por largos e baixos barrancos, cada um deles do tamanho de uma alameda, cobertos com sabugueiros, cornos e evônimos. Era um campo realmente adequado para coelhos, um ambiente tranquilizador depois do Cinturão e do emaranhado de ervas do bosque. Depois de terem percorrido uma boa distância sobre a relva – parando o tempo todo para ouvir e farejar e correndo, um atrás do outro, pelos trechos de pasto –, Avelá se sentiu seguro para deixá-los descansar um pouco. Assim que colocou Verônica e Leutodonte como sentinelas, levou Topete para um local mais reservado.

— Estou furioso com você — ele disse. — Você é o único coelho sem o qual a gente não consegue seguir adiante com o nosso plano. Precisava se arriscar daquele jeito? Não era necessário e não foi nem mesmo inteligente. O que você queria com aquilo?

— Acho que perdi a cabeça, Avelã — respondeu Topete. — Fiquei nervoso o dia todo, pensando nessa história de Efrafa. Acho que fiquei realmente no meu limite. Quando fico assim, preciso fazer alguma coisa, sabe, como brigar ou correr algum risco. Achei que se conseguisse enganar aquela raposa eu não ia ficar tão preocupado com a outra história. E quer saber? Funcionou! Eu estou muito melhor agora.

— Brincando de El-ahrairah — disse Avelã. — Seu tolo, você podia ter jogado a sua vida fora por nada, todo mundo achou que você tinha morrido. Não tente isso de novo, por favor, seja um bom camarada. Você sabe que a coisa toda depende de você. Mas me conte, o que foi que aconteceu no meio das árvores? Por que você gritou daquele jeito, se não se machucou?

— Não gritei — disse Topete. — Foi muito estranho o que aconteceu, e muito ruim também, infelizmente. Eu ia deixar a homba para trás, perdida entre as árvores, e depois voltar para encontrar vocês, entende? Então, entrei na área com cobertura vegetal e estava começando a correr muito rápido quando, de repente, dei de cara com um bando de coelhos desconhecidos. Eles estavam vindo na minha direção, como se estivessem saindo para o descampado. É claro que não deu tempo de dar uma boa olhada neles, mas pareciam ser grandes. "Cuidado, corram!", eu gritei enquanto corria na direção deles, mas só o que eles fizeram foi tentar me parar. Um deles disse: "Parado aí!", ou algo assim, e depois ficou bem no meu caminho. Então, derrubei o sujeito, não tive escolha, e continuei correndo. E o que eu ouvi em seguida foi esse guincho assustador. Claro, corri ainda mais rápido, saí do trecho de árvores e voltei até onde vocês estavam.

— Então a homba pegou esse outro coelho?

— Deve ter pegado. Afinal, eu levei a raposa bem na direção deles, sem nem mesmo saber que estava fazendo isso. Mas não cheguei a ver o que aconteceu.

— O que aconteceu com os outros?

— Não faço ideia. Devem ter corrido, imagino.

— Entendo — disse Avelã pensativo. — Bom, talvez tenha sido melhor assim. Mas olhe, Topete, nada de fazer outros truques até que chegue a hora certa. Tem muita coisa em jogo. Melhor você ficar perto de Prata e de mim. A gente vai ajudar você a manter o controle.

Naquele instante Prata foi até eles.

— Avelã — disse ele —, consegui me localizar e percebi que estamos bem perto de Efrafa. Acho que a gente deve partir o quanto antes.

— Quero contornar Efrafa, passando longe do viveiro — disse Avelã. — Você acha que a gente pode encontrar um caminho para a estrada de ferro que Azevinho mencionou?

— Acho que sim — respondeu Prata. — Mas a gente não pode fazer um círculo grande demais ou todos vão ficar completamente exaustos. Não posso dizer que conheço o caminho, mas sei dizer a direção.

— Bom, a gente vai precisar correr o risco — disse Avelã. — Se a gente conseguir chegar lá amanhã cedinho, eles podem descansar do outro lado da ferrovia.

Naquela noite, eles não tiveram mais aventuras, apenas caminharam rápido ao longo do limite dos campos sob a pálida luz da lua crescente. A semiescuridão estava cheia de som e movimento. A certa altura, Bolota viu uma tarambola, que voava ao redor deles, com gritos estridentes, até que, depois de um bom tempo, eles passaram por um barranco e a deixaram para trás. Logo depois, em algum lugar perto de onde estavam, eles ouviram o borbulhar incessante de um bacurau – um som tranquilizador, que não demonstrava ameaças e que, gradualmente, foi desaparecendo na medida em que se moviam. Ainda mais adiante ouviram uma codorna cantando enquanto se arrastava por um trecho de grama alta à margem de uma trilha. (Ela faz um som que parece uma unha humana se arrastando pelos dentes de um pente.) Mas não encontraram elil e, embora estivessem o tempo todo à procura de sinais de uma patrulha de coelhos de Efrafa, não viram nada além de camundongos e uns poucos porcos-espinhos procurando lesmas nas valas.

Por fim, quando a primeira cotovia voou em direção à luz que ainda estava distante no céu, Prata, que tinha os pelos encharcados e escuros em função do orvalho, veio mancando até o ponto em que Avelã estava encorajando Campainha e Sulquinho.

— Pode se animar, Campainha — Prata disse. — Acho que estamos perto da estrada de ferro.

— O problema não é o meu ânimo — comentou Campainha —, mas, sim, as minhas pernas que estão tão cansadas. As lesmas têm sorte por não ter pernas. Acho que queria ser uma lesma.

— Bom, eu sou um porco-espinho — disse Avelã —, então é melhor você ir andando!

— Você não é — disse Campainha. — Você não tem pulgas o suficiente. Bem, mas lesmas também não têm pulgas. Que reconfortante ser uma lesma entre os dentes-de-leão andando a esmo...

— E sentir o melro te comendo como se fosse torresmo — disse Avelã. — Tá bom, Prata, estamos indo. Mas onde é a estrada de ferro? Azevinho falou de um barranco íngreme com bastante cobertura vegetal. Não estou vendo nada assim.

— Não, isso é mais perto de Efrafa, mais acima. Aqui ela passa por um tipo de bosque. Você não consegue sentir o cheiro?

Avelã farejou. Na fria umidade, ele percebeu imediatamente os cheiros pouco naturais de metal, fumaça de carvão e óleo. Eles seguiram em frente e logo depois se viram entre arbustos e capim. Ao olhar para baixo, viram a estrada de ferro. Estava tudo quieto, mas, quando eles pararam no topo da encosta, um grupo briguento de seis ou sete pardais voou, pousou na linha do trem e começou a bicar entre os trilhos. De algum modo, a cena era tranquilizadora.

— Devemos atravessar, Avelã-rah? — perguntou Amora.

— Sim — disse Avelã —, imediatamente. Essa estrada tem de ficar entre nós e os coelhos de Efrafa. Depois paramos um pouco para comer.

Eles desceram de modo hesitante até a linha, em parte esperando que o anjo feroz e atordoante de Frith aparecesse saindo do crepúsculo, mas o silêncio não foi rompido. Logo todos eles estavam comendo na campina do outro lado dos trilhos, cansados demais para se preocupar com esconderijos ou com qualquer coisa que não fosse descansar as pernas e comer a grama com tranquilidade.

Vindo por cima dos lariços, Kehaar desceu abrindo caminho entre eles, pousou e recolheu suas grandes asas cinza-claro.

— Metre Velá, que fazer? Você não ficar aqui?

— Eles estão cansados, Kehaar. Precisam descansar.

— Não descansar aqui. Coelhos vir.

— Sim, mas não ainda. Podemos...

— Sim, sim, vir agora encontrar vocês! Estar perto!

— Ah, malditas patrulhas! — gritou Avelã. — Venham todos, corram pelo campo e entrem na floresta! Sim, você também, Verônica, a não ser que você queira ter as orelhas mastigadas em Efrafa. Vamos, rápido!

Eles foram cambaleando pelo pasto até a floresta e deitaram completamente exaustos em um solo plano e nu debaixo de abetos. Avelã e Quinto consultaram Kehaar novamente.

— Não adianta esperar que eles consigam ir mais longe, Kehaar — disse Avelã. — Eles andaram a noite inteira, você sabe. Vamos precisar dormir aqui hoje. Você viu mesmo uma patrulha?

— Sim, sim, vir todos seguindo outro lado estrada de ferro. Vocês sair bem a tempo.

— Bom, então você salvou a gente. Mas olhe, Kehaar, será que você podia ver onde eles estão agora? Se eles tiverem ido, vou dizer para todo mundo dormir. Não que eles precisem que alguém lhes dê essa ordem, olhe para eles!

Kehaar voltou contando que a patrulha de Efrafa tinha voltado para trás sem atravessar a estrada de ferro. Então, ele se ofereceu para ficar de vigia até o fim da tarde e Avelã, imensamente aliviado, imediatamente mandou os coelhos dormirem. Um ou dois já tinham caído no sono, deitados de lado no descampado. Avelã ficou pensando se devia acordá-los e mandar que fossem para debaixo de uma cobertura mais densa, mas enquanto pensava nisso ele mesmo dormiu.

O dia nasceu quente e sem vento. Entre as árvores, os pombos cantavam sonolentos e, de tempos em tempos, um cuco tardio balbuciava. Nas campinas, nada se movia exceto pelas vacas que, uma ao lado da outra na sombra, seguiam com o rabo açoitando o ar o tempo todo.

33

O grande rio

Em sua vida toda ele jamais tinha visto antes um rio – esse animal liso, sinuoso, encorpado [...] Tudo tremulava e estremecia – brilhos, cintilações e centelhas, sussurros e redemoinhos, ruídos e bolhas.

Kenneth Grahame, *O vento nos salgueiros*

Ao acordar, Avelá logo correu, pois o ar à sua volta estava cheio de gritos cortantes de alguma criatura caçando. Ele olhou rápido em volta, mas não viu sinais de alarme. Era fim de tarde. Vários coelhos já tinham acordado e se alimentavam na beirada do bosque. Ele percebeu que os gritos, embora fossem agudos e assustadores, eram curtos e estridentes demais para qualquer espécie de elil. Vinham de algum ponto acima de sua cabeça. Um morcego voava entre as árvores e depois ia para longe delas, sem tocar em nenhum galho. Depois, era seguido por outro morcego. Avelá sentia que havia muitos deles no entorno, levando moscas e mariposas nas asas e emitindo seus gritos minúsculos enquanto voavam. Dificilmente um ouvido humano os escutaria, mas para os coelhos o ambiente estava muito rumoroso. Fora da floresta, o campo ainda brilhava com o sol de fim de tarde, mas entre os abetos a luz estava mais fraca e os morcegos iam e vinham aos montes. Misturado ao cheiro resinoso daquelas árvores havia ainda outro odor, algum cheiro desconhecido para Avelá. Ele o seguiu até a sua fonte à beira da floresta. O cheiro vinha de densos trechos de sabugos que cresciam no limite do pasto. Algumas plantas ainda não tinham florescido, seus botões estavam enrolados em espirais róseas pontiagudas sobre os cálices verde-claros, mas a maior parte já tinha flores estreladas e exalava seu cheiro forte. Os morcegos faziam a sua caça ali, entre as moscas e mariposas atraídas pelo sabugo.

Avelá fez hraka e começou a comer no campo. Ele estava perturbado por descobrir que sua pata traseira ainda estava incomodando. Ele pensou que a ferida já tinha sido curada, mas a viagem forçada pelas colinas evidentemente foi demais para o músculo lesionado pelos projéteis. Ele ficava se perguntando se eles estavam longe do rio que Kehaar mencionou. Se estivessem, ele estaria com problemas.

— Avelá-rah — disse Sulquinho, subindo em meio aos sabugos —, você está bem? Sua perna parece estranha, você está arrastando a pata.

— Não, está tudo bem — disse Avelá. — Olhe, Hlao-roo, onde está Kehaar? Queria falar com ele.

— Ele voou para ver se tem alguma patrulha aqui perto, Avelá-rah. O Topete acordou faz um tempo e ele e Prata pediram a Kehaar para fazer isso. Eles não queriam te incomodar.

Avelá ficou irritado. Teria sido melhor se alguém lhe dissesse imediatamente para que lado ir em vez de ficar esperando que ele procurasse patrulhas por toda parte. Eles precisavam atravessar o rio e, do ponto de vista de Avelã, quanto antes fizessem isso, melhor. Aflito, ele esperou Kehaar voltar. Logo ele ficou mais tenso e nervoso do que jamais tinha ficado na vida. Ele estava começando a acreditar que, afinal, podia ter se precipitado. Era evidente que Azevinho não tinha subestimado o perigo que eles correriam perto de Efrafa. Ele tinha quase certeza de que Topete, por mero acaso, tinha levado a raposa a uma Patrulha Avançada que seguia o rastro deles. Então, pela manhã, de novo por sorte e com ajuda de Kehaar, eles claramente evitaram outra patrulha logo após a travessia da ferrovia. Talvez o medo de Prata tivesse fundamento e uma patrulha já tivesse visto o grupo e informado sobre sua presença sem que eles soubessem. Será que o general Vulnerária tinha ele próprio alguma espécie de Kehaar? Será que nesse momento algum morcego estava falando com ele? Como alguém podia prever tudo e se proteger contra tudo? A grama parecia amarga e o brilho do sol, frio. Avelã se agachou sob os abetos, preocupado e triste. Agora ele estava menos chateado com Topete: dava para entender o que ele estava sentindo. Esperar era uma tarefa difícil. Ele estava impaciente para que entrassem mais uma vez em ação. Bem quando decidiu que não iria mais esperar, mas, sim partir imediatamente com todos, Kehaar chegou voando vindo da direção da estrada. Pousou desajeitado entre os abetos, silenciando os morcegos.

— Metre Velã, não coelhos. Achar que talvez eles não gostar de passar estrada ferro.

— Bom. Falta muito para o rio, Kehaar?

— Na, na. Estar perto, na floresta.

— Esplêndido. Podemos encontrar esse ponto de travessia enquanto é dia?

— Sim, sim. Eu mostrar ponte.

Os coelhos tinham percorrido apenas um pequeno trecho de floresta quando perceberam que já estavam perto do rio. O solo ficou macio e úmido. Eles sentiam o cheiro do junco e da água. De repente, o grito agudo e vibrante de um frango-d'água ecoou entre as árvores, seguido por um bater de asas e uma agitação da água. O farfalhar das folhas parecia também ecoar, mas vinha de mais longe, refletido por um solo rígido. Pouco adiante, ouvia-se nitidamente a própria água – o som contínuo de uma pequena cascata. Um humano, ao ouvir a distância o ruído de uma multidão, consegue ter ideia do seu tamanho. O som do rio dizia aos coelhos que ele devia ser maior do que qualquer outro que eles já tinham visto – largo, suave e rápido. Parando entre os confreis e sabugos, eles olharam uns para os outros, tentando se tranquilizar. Depois, começaram a saltar adiante de modo hesitante em meio a um descampado. Ainda não era possível ver o rio, mas eles já conseguiam perceber uma luz refletida que tremeluzia e dançava no ar. Pouco depois, Avelã, mancando na frente e com Quinto a seu lado, se viu em um trecho verde estreito que servia de limite entre a floresta e a margem do rio.

O trecho era quase tão macio quanto um gramado e não tinha arbustos nem ervas, pois era mantido baixo pelos pescadores. Ao fim da passagem as plantas ribeirinhas cresciam em grande quantidade. A margem do rio era tomada por uma espécie de cerca de salgueirinhas roxas, ervas de salgueiro, cornos, escrofulárias e agrimônias, aqui e ali já em flor. Mais dois ou três coelhos saíram da floresta. Olhando por entre as moitas de plantas, eles conseguiam ter relances do rio suave e cintilante, que evidentemente era muito maior e mais rápido do que o Enborne. Embora não houvesse inimigos ou outro perigo a ser percebido, eles sentiram a apreensão e a dúvida dos que, sem estar preparados, encontram um lugar impressionante onde eles próprios se tornam sujeitos insignificantes e irrelevantes. Quando Marco Polo chegou enfim a Cataio, há setecentos anos, ele não sentiu – e seu coração certamente não vacilou quando ele percebeu isso – que essa grande e esplêndida capital de um império estava ali durante todos os anos de sua vida, na verdade, desde muito tempo antes, nem sabia de sua existência? Ele não sentiu que ela de nenhum modo precisava dele, de Veneza ou da Europa? Que a cidade estava cheia de maravilhas além de sua compreensão? Que sua chegada era algo sem nenhuma importância? Nós sabemos que ele sentiu essas coisas, e o mesmo aconteceu a muitos viajantes fora de seu país que não sabiam o que iriam encontrar além de suas fronteiras. Não há nada mais eficiente para reduzir você ao seu verdadeiro tamanho como chegar a um lugar estranho e maravilhoso onde ninguém sequer percebe que você está ali e olhando em volta.

Os coelhos estavam preocupados e confusos. Eles se agacharam na grama, sentindo os cheiros da água no ar fresco do pôr do sol. Avançavam um bem perto do outro, todos esperando não ver nos companheiros a mesma agitação nervosa que sentia. Quando Sulquinho chegou ao trecho que dava no rio, uma grande libélula cintilante de dez centímetros de comprimento, toda esmeralda e negra, apareceu bem perto do ombro dele e pairou, zumbindo e imóvel, e depois foi como um raio na direção dos juncos. Sulquinho saltou para trás alarmado. Ao fazer isso, ele ouviu um grito estridente e vibrante e viu, entre as plantas, um brilhante pássaro azul voando rápido sobre as águas. Poucos instantes depois, veio, de trás de uma cerca de plantas, o som do mergulho de algum animal de tamanho razoável, mas não era possível saber que criatura tinha pulado na água.

Olhando em torno para procurar Avelã, Sulquinho viu Kehaar, um pouco distante, parado em um trecho de águas rasas entre dois tufos de ervas. Ele bicava algo na lama e depois de alguns momentos pegou uma sanguessuga de quinze centímetros e engoliu inteira. Atrás dele, a alguma distância no trecho de grama, Avelã tirava a grama grudada no pelo e evidentemente escutava Quinto enquanto eles estavam sentados juntos sob um rododendro. Sulquinho correu pelo barranco e foi até eles.

— Não tem nada errado com o lugar — Quinto dizia. — Não tem nenhum perigo aparente aqui. Kehaar vai mostrar para a gente onde atravessar, não vai? O que a gente deve fazer é seguir em frente antes que escureça.

— Eles nunca se ambientariam aqui — respondeu Avelã. Não podemos esperar que o Topete fique bem em um lugar como esse. Não é natural para coelhos.

— Sim, a gente vai conseguir, fique calmo. Eles vão se acostumar com o lugar mais rápido do que você imagina. Estou lhe dizendo, é melhor do que alguns lugares em que a gente já esteve. Nem tudo que é estranho é ruim. Você quer que *eu* lidere a travessia? Você pode dizer que é por causa da sua perna.

— Ótimo — disse Avelã. — Hlao-roo, você pode trazer todo mundo aqui?

Quando Sulquinho já tinha se retirado para chamar os outros, ele disse:

— Estou me sentindo incomodado, Quinto. Estou exigindo demais deles, e há tantos riscos nesse nosso plano.

— Eles são melhores do que você pensa — respondeu Quinto. — Se você fosse...

A voz rouca de Kehaar o interrompeu, assustando um pássaro que estava nos arbustos.

— Metre Velá, o que esperar?

— Estamos esperando para saber aonde ir — respondeu Quinto.

— Ponte perto. Em frente, vocês ver.

Ali onde eles estavam, a cobertura vegetal ficava perto do caminho verde que dava no rio, mas mais além – seguindo a corrente, como eles percebiam instintivamente – o que havia era uma área descampada. E foi para lá que eles avançaram, com Avelá seguindo Quinto.

Avelá não sabia o que era uma ponte. Era outra das palavras desconhecidas de Kehaar que ele não se sentia à vontade para questionar. Apesar da confiança que tinha em Kehaar e do respeito pela sua vasta experiência, ele ficou ainda mais preocupado quando eles passaram para o descampado. Era óbvio que esse era o tipo de lugar perigoso por ser frequentado por humanos. Pouco adiante havia uma estrada. Ele conseguia ver sua superfície suave e artificial passando por cima da grama. Ele parou e olhou para ela. Depois de um tempo, após se certificar de que não havia nenhum humano ali perto, ele foi com cautela até a beirada.

A estrada cruzava o rio em uma ponte de mais ou menos dez metros de extensão. Não ocorreu a Avelá que isso fosse algo, de alguma maneira, incomum. A ideia de uma ponte era simplesmente incompreensível para ele. Só o que ele viu foi uma fila de postes robustos e de grades dos dois lados da estrada. De modo semelhante, aldeões africanos que nunca saíram de suas casas em lugares remotos podem não ficar particularmente surpresos ao ver pela primeira vez um avião, pois aquilo está apenas fora de sua compreensão. Mas, por outro lado, quando virem pela primeira vez um cavalo puxando uma carroça, eles vão apontar e rir da engenhosidade do sujeito que pensou nisso. Avelá viu sem surpresa a estrada atravessar o rio. O que o preocupava era que ali havia apenas margens muito estreitas e com grama curta, o que não oferecia cobertura. Seus coelhos estariam expostos à visão e sem poder correr para nenhum lado, exceto ao longo da estrada.

— Você acha que a gente pode se arriscar, Quinto? — ele perguntou.

— Não entendo por que você está preocupado — respondeu Quinto. — Você entrou na fazenda e no galpão para resgatar os coelhos. Isso é muito menos perigoso. Venha, todos eles estão vendo você hesitar.

Quinto pulou para a estrada. Ele olhou em volta por um momento e depois avançou em direção ao início da ponte. Avelá o seguiu ao longo da borda da ponte, mantendo-se do lado por onde entrava o rio. Olhando ao redor, viu Sulquinho vindo pouco atrás deles. No meio da ponte, Quinto, que estava totalmente calmo e sem pressa, parou e sentou. Os outros dois o alcançaram.

— Vamos fazer uma encenação — disse Quinto. — Vamos deixar os outros curiosos. Eles vão vir até aqui só para saber o que estamos olhando.

Não havia peitoril ao longo da ponte: eles podiam ter andado até a borda e cair direto na água, um metro abaixo. Por baixo da grade mais baixa eles olharam para fora, correnteza acima, e agora, pela primeira vez, viram todo o rio à sua frente. Se a ponte não tinha deixado Avelã impressionado, o rio o fez. Ele lembrava o Enborne, com sua superfície interrompida por trechos de pedras e plantas. Para Avelã, o Test, um córrego com trutas muito bem cuidado e sem ervas, parecia um mundo de água. Ele tinha uns bons dez metros de largura, corria rápido e suave, cintilante e ofuscando ao sol da tarde. O reflexo dos três coelhos na correnteza regular permanecia intacto, como se a imagem estivesse sobre as águas paradas de um lago. Não havia nenhum junco ou erva acima da superfície. Perto dali, sob a margem esquerda, um canteiro de estrepes deslizava corrente abaixo, com as folhas semelhantes a rodas inteiramente submersas. Ainda mais escuros, quase negros, eram os tapetes de musgos aquáticos, com suas densas massas imóveis no leito do rio, com somente as frondes ondulando lentamente de um lado para o outro. Ondulando também estavam as vastas extensões de ervas daninhas, mas essas seguiam a correnteza, leves e rápidas. A água era muito clara, com um leito de cascalho amarelo limpo, e mesmo longe da margem dificilmente o rio tinha mais de um metro de profundidade. Olhando para baixo os coelhos conseguiam discernir, aqui e ali, uma camada muito fina, como fumaça – pó de calcário e de cascalho que o rio levava como o ar carrega poeira. De repente, vindo debaixo da ponte, com um lânguido movimento de sua cauda plana, apareceu nadando um peixe cor de cascalho do tamanho de um coelho. Os observadores, imediatamente acima, conseguiam ver as manchas escuras e vívidas nas laterais de seu corpo. Cautelosamente, ele seguia a correnteza abaixo deles, ondulando também de um lado para o outro. Isso fez com que Avelã se lembrasse do gato no quintal da fazenda. Enquanto eles olhavam, o peixe nadou para cima com ágeis cintilações, e parou pouco abaixo da superfície. Um instante depois seu nariz chato saiu da água e eles viram a boca dele aberta, com o interior completamente branco. De maneira ritmada, mas sem pressa, o peixe sugou uma mosca que flutuava e afundou de novo na água. Uma onda se espalhou para fora em círculos concêntricos, acabando tanto com os reflexos quanto com a transparência da água. Gradualmente a correnteza ficou mais suave e, mais uma vez, eles viram o peixe abaixo deles, ondulando a cauda e mantendo seu lugar na correnteza.

— Um falcão-d'água! — disse Quinto. — Então eles caçam e comem lá embaixo também! Não caia, Hlao-roo. Lembre-se de El-ahrairah e do lúcio.

— Será que ele me comeria? — perguntou Sulquinho, olhando.

— Pode haver criaturas ali que comeriam — disse Avelã. — Como podemos saber? Vamos, vamos atravessar. Pode ser que venha um hrududu!

— Correr — Quinto disse simplesmente. — Assim? — E, então, ele foi às pressas na direção da outra extremidade da ponte e chegou até a grama depois dela.

Na margem do outro lado do rio, a cobertura vegetal e um bosque de grandes castanheiros-da-Índia subiam até quase a ponte. O solo era pantanoso, mas pelo menos havia bastante lugar para se esconder. Quinto e Sulquinho começaram imediatamente a cavar, enquanto Avelã se sentou mascando cecotrofos e descansando a perna machucada. Logo Prata e Dente-de-Leão se uniram a eles, mas os outros coelhos, hesitando ainda mais do que Avelã, continuaram agachados na grama alta do outro lado do rio. Por fim, pouco antes de escurecer, Quinto foi até eles e os convenceu a acompanhá-lo na travessia. Topete, para surpresa de todos, mostrou bastante relutância, e foi o último a cruzar a ponte. E só fez isso depois de Kehaar, que voltava de outro voo sobre Efrafa, perguntar se Topete queria que ele fosse buscar uma raposa para encorajá-lo.

A noite que se seguiu pareceu a todos eles desorganizada e precária. Avelã, ainda consciente de estar em território humano, esperava que aparecessem cachorros ou gatos. Mas embora eles tenham ouvido corujas mais de uma vez, nenhum elil os atacou e pela manhã eles estavam mais animados.

Logo depois de eles comerem, Avelã começou a explorar o entorno. Ficou ainda mais claro que o solo perto do rio era muito úmido para coelhos. Na verdade, em alguns lugares era quase pantanoso. Ali cresciam carriças de pântano, valerianas rosas de cheiro doce e a prostrada erva-benta. Prata disse que o solo ficava mais seco na floresta longe da margem, e de início Avelã pensou em escolher um lugar fresco e começar cavar de novo. Mas àquela hora o dia estava tão quente e úmido que nenhuma atividade era possível. A leve brisa desapareceu. O sol extraía uma umidade entorpecida da vegetação sobre a água. O cheiro da hortelã-da-água enchia o ar hidrófano. Os coelhos se arrastavam para a sombra, debaixo de qualquer cobertura que encontrassem. Bem antes de ni-Frith, todos estavam cochilando sob a vegetação.

Foi só depois de a longa tarde começar a ficar mais fresca que Avelã acordou de repente, encontrando Kehaar a seu lado. A gaivota andava de um lado para outro com passos curtos e rápidos e bicava impaciente a grama alta. Avelã se sentou rapidamente.

— O que foi, Kehaar? Uma patrulha?

— Na, na. Tudo bom dormir como malditas corujas. Talvez eu ir Grande Água, Metre Velá, vocês conseguir mães logo agora? O que estão esperar agora?

— Não, você está certo, Kehaar, precisamos ir agora. O problema é que eu consigo ver como começar o nosso plano, mas não como terminar.

Avelã abriu caminho em meio à grama, acordou o primeiro coelho que encontrou – que por acaso era Campainha – e mandou que ele encontrasse Topete, Amora e Quinto. Quando todos chegaram, Avelã os levou até Kehaar, na grama curta da margem do rio.

— Nós temos uma questão para resolver, Amora — ele disse. — Você lembra que, quando a gente estava no sopé da colina naquela tarde, eu disse que a gente precisava fazer três coisas: tirar as fêmeas de Efrafa, interromper a perseguição e depois ir embora rápido para que as patrulhas não encontrassem a gente. O plano que você bolou é inteligente. Eu vou fazer as duas primeiras partes, sem dúvida. Mas e quanto à última? Os coelhos de Efrafa são rápidos e selvagens. Eles vão encontrar a gente se isso for possível e não acho que a gente consiga fugir tão rápido quanto eles conseguem perseguir – especialmente com um monte de fêmeas que nunca saíram de Efrafa. Seria impossível ficar e lutar com eles até o fim, nós somos muito poucos. E ainda por cima, minha pata parece estar com problemas de novo. O que você acha que podemos fazer?

— Não sei — respondeu Amora. — Mas é óbvio que a gente vai precisar desaparecer. — Será que a gente podia nadar pelo rio? Isso não deixaria rastro, você sabe.

— Mas é muito rápido — disse Avelã. — Seríamos arrastados. E mesmo que a gente *fosse* nadando, não daria para ter certeza de que ninguém conseguiria nos seguir. Pelo que eu ouvi desses coelhos de Efrafa, eles certamente iam nadar no rio se achassem que *nós* nadamos. O fato é que, com a ajuda de Kehaar, dá para parar a perseguição enquanto a gente tira as fêmeas de lá, mas eles vão saber para qual direção a gente foi e não vão deixar barato. Não, você está certo, a gente precisa desaparecer sem deixar rastro, de um jeito que eles não consigam nem achar sinal da gente. Mas como?

— Não sei – disse Amora de novo. — Será que a gente devia subir o rio um pouco e dar uma olhada? Talvez tenha alguma coisa que a gente possa usar como esconderijo. Você consegue fazer isso, com a perna assim?

— Desde que a gente não vá muito longe — respondeu Avelã.

— Posso ir com vocês, Avelã-rah? — perguntou Campainha, que estava esperando perto deles.

— Sim, pode — disse Avelã, bondoso, enquanto começava a mancar ao longo da margem rio acima.

Logo eles perceberam que a floresta na margem esquerda era isolada, densa e com cobertura vegetal – mais cerrada que os bosques de nogueira e as florestas de campainhas de Sandleford. Várias vezes eles ouviram as bicadas de um grande pica-pau, o mais tímido dos pássaros. Enquanto Amora sugeria que talvez eles devessem procurar um esconderijo em outro lugar da selva, eles perceberam um outro som – a queda-d'água que tinham ouvido ao se aproximar no dia anterior. Logo mais adiante, eles chegaram a um lugar onde o rio fazia uma curva para leste, e eis que encontraram a uma larga queda-d'água não muito elevada. Ela não tinha mais do que trinta centímetros de altura – era uma daquelas quedas artificiais, comuns em córregos com leito de calcário, feitas para facilitar a pesca de trutas. Várias, inclusive, estavam subindo até a superfície no entardecer em busca de moscas. Logo acima da queda, uma passarela de tábuas cruzava o rio. Kehaar voou, circulou o trecho e pousou no corrimão.

— Este lugar é mais abrigado e isolado do que a ponte que nós cruzamos ontem — disse Amora. — Talvez a gente pudesse usá-lo. Você não sabia dessa ponte aqui, Kehaar?

— Na, não saber, não ver antes. Mas ser bom ponte, coelhos não vão vir.

— Queria atravessar — disse Amora.

— Bom, Quinto é o coelho certo para isso — respondeu Avelã. — Ele simplesmente adora atravessar pontes. Vá em frente. Eu vou logo atrás, com Topete e o Campainha aqui.

Os cinco coelhos saltaram lentamente pelas tábuas, com as grandes e sensíveis orelhas cheias do som da água caindo. Avelã, que não tinha certeza de sua condição física, precisou fazer várias pausas. Quando finalmente chegou ao outro lado, descobriu que Quinto e Amora já tinham ido até um pequeno trecho rio abaixo para lá da queda-d'água e estavam olhando algum objeto grande que saía do rio para a margem. De início parecia que era um tronco de árvore caído, mas quando chegou mais perto ele viu que, embora certamente fosse algo de madeira, não era redondo, e sim plano – ou quase isso – com as bordas mais altas. Era certamente alguma coisa de humanos. Ele se lembrou de que, certa vez, há muito tempo, farejando uma pilha de dejetos de uma fazenda com Quinto, tinha se deparado com um objeto semelhante – grande, liso e plano. (Aquilo era, na verdade, uma porta velha jogada fora.) O objeto não parecia ter uso nenhum e, então, eles o deixaram para lá. Mais uma vez sem encontrar utilidade, ele estava inclinado a deixar esse novo pedaço de madeira de lado também.

Uma das pontas do objeto estava sobre a margem, mas acompanhando-o rumo à outra extremidade, dava para ver que ia se afundando um pouco no rio. O objeto criava ondulações na água, já que nas margens a correnteza era tão rápida quanto no meio do rio, pois a grama ali era bem aparada e havia um madeiramento para conter o barranco. Ao se aproximar, Avelã viu que Amora estava na verdade em cima do objeto. As garras dele faziam um barulho oco na madeira, e, portanto, deveria haver água lá embaixo. Independentemente do que fosse, o objeto não ia até o leito do rio, ficava ali parado sobre a água.

— O que você está procurando, Amora? — ele perguntou um tanto bruscamente.

— Comida – ele respondeu. — Flayrah. Você está sentindo o cheiro.

Kehaar também tinha pousado em cima do objeto, e agora bicava alguma coisa branca. Amora correu pela madeira na direção dele e começou a roer algum tipo de vegetal. Depois de um tempo, Avelã também se aventurou sobre a madeira e se sentou à luz do sol, observando as moscas sobre a superfície quente e envernizada e farejando os odores estranhos que subiam da água.

— O que é essa coisa dos humanos, Kehaar — ele perguntou. — É perigoso?

— Na, não perigoso. Não saber? Ser parco. Na Grande Água ter muito, muito parco. Humanos fazer eles para ir na água. Não perigo.

Kehaar continuou bicando os farelos de pão velho. Amora, que tinha terminado de comer os fragmentos de alface que encontrou, estava sentado e olhando por cima da lateral baixa do objeto, observando uma truta cor de pedra com manchas negras nadar até a queda-d'água. O "barco" era uma pequena chata usada para cortar junco – um pouco maior do que uma jangada e com um único assento de madeira. Mesmo sem ninguém a bordo, como agora, a lateral subia apenas uns poucos centímetros acima da água.

— Você sabe... — disse Quinto, da margem, para Amora — ver você sentado aí me lembra aquela outra coisa de madeira que você encontrou quando o cachorro estava na floresta e você me colocou junto com o Sulquinho em cima do rio. Lembra?

— Eu me lembro de ter empurrado vocês — disse Topete. — Estava frio pra caramba.

— O que me intriga — comentou Amora — é por que esse tal de barco não se mexe. Tudo nesse rio se mexe, e rápido. Veja ali.

Ele olhou para um pedaço de graveto que flutuava na correnteza que seguia a cerca de três quilômetros por hora.

— Então, o que está impedindo isso de se mexer?

Kehaar demonstrava pouca paciência com os coelhos de que ele não gostava muito. Amora não era um dos favoritos dele. Ele preferia personalidades mais diretas, como as de Topete, Espinheiro e Prata.

— Ser corda. Você morder ela, daí ir bem rápido, bem longe.

— Sim, entendo — disse Quinto. — A corda passa em volta daquela coisa de metal onde o Avelã está sentado. E a outra ponta está presa aqui na margem. É como o talo de uma folha grande. Você pode roer e a folha (que, no caso, representa o barco) iria sair da margem.

— Bom, de todo modo, vamos voltar agora — disse Avelã, bastante abatido. — Infelizmente acho que não estamos mais perto de encontrar aquilo que queremos, Kehaar. Será que você pode esperar até amanhã? Eu achava que a gente ia conseguir chegar a algum lugar mais seco antes de anoitecer, um lugar mais alto na floresta, longe do rio.

— Ah, que pena! — exclamou Campainha. — Sabe, eu meio que decidi ser um coelho-d'água.

— Um o quê? — perguntou Topete.

— Um coelho aquático — repetiu Campainha. — Bom, tem ratos-d'água e cobras-d'água e Sulquinho disse que ontem de noite ele viu um falcão-d'água. Então por que não um coelho-d'água? Vou flutuar feliz pelo...

— Grande Frith dourado na colina! — gritou Amora de repente. — Grande Vigilante saltitante! É isso! É isso! Campainha, você *vai* ser um coelho d'água!

Ele começou a pular e saltitar na margem e a bater em Quinto com as patas dianteiras.

— Você não percebe, Quinto? Você não percebe? A gente rói a corda e vai embora: e o general Vulnerária não fica sabendo!

Quinto ficou paralisado.

— Sim, eu entendo — ele respondeu depois de um tempo. — Você está sugerindo que a gente fuja no barco. Tenho que admitir, Amora, você é um sujeito esperto. Eu me lembro agora que depois de a gente ter atravessado aquele outro rio você disse que o truque de flutuar podia ser útil de novo alguma hora.

— Espera um pouco — pediu Avelã. — Nós somos só coelhos comuns, Topete e eu. Você se importa de explicar?

Ali mesmo, enquanto mosquitos negros pousavam nas orelhas deles ao lado da ponte de tábuas e da queda-d'água, Amora e Quinto explicaram.

— Você pode ir e testar a corda, Avelã-rah? — acrescentou Amora, ao terminar. — Pode ser que ela seja grossa demais para roer.

Eles subiram de volta no barco.

— Não, não é — negou Avelã —, e está bem esticada, o que facilita bastante o nosso trabalho. Eu consigo roer isso, com certeza.

— Sim, ser bom — disse Kehaar. — Vocês ir bem no parco. Mas fazer isso rápido, sim? Algum coisa poder mudar talvez. Humano vir, levar parco... saber?

— Não precisamos esperar mais nada — afirmou Avelã. — Vai, Topete, agora mesmo, e que El-ahrairah esteja com você. E lembre-se, você é o líder agora. Mande recado pelo Kehaar dizendo o que você quer que a gente faça. Vamos estar todos aqui, prontos para te apoiar.

Mais tarde, todos eles se lembrariam de como Topete tinha reagido às ordens de Avelã. Ninguém podia dizer que ele não agia de acordo com o que pregava. Ele hesitou por alguns instantes, mas depois olhou nos olhos de seu companheiro.

— Isso me pegou de surpresa — ele disse. — Não esperava que fosse partir hoje à noite. Mas é melhor assim, estava odiando esperar. Nos vemos mais tarde.

Ele encostou seu focinho no de Avelã, virou-se e saiu pulando em direção à cobertura vegetal. Poucos minutos depois, guiado por Kehaar, ele corria no pasto descampado ao norte do rio, indo na direção do arco de tijolos no aterro coberto de vegetação da ferrovia e dos campos que vinham depois dele.

34

General Vulnerária

Como um obelisco para o qual convergem as principais ruas de uma cidade, a vontade forte de um espírito orgulhoso se destaca e comanda em meio à arte da guerra.

Carl Von Clausewitz, *Da guerra*

    O crepúsculo caía sobre Efrafa. Na luz decrescente, o general Vulnerária observava os coelhos da Marca da Pata Traseira Esquerda silflay ao longo do limite da grande pastagem que ficava entre o viveiro e a estrada de ferro. A maior parte dos coelhos comia perto dos buracos de sua Marca, que ficavam todos bem ao lado do campo, escondidos entre as árvores e a vegetação rasteira à beira de uma solitária trilha para cavalos. Uns poucos, no entanto, tinham se aventurado a sair no campo, para procurar comida e brincar sob os últimos raios de sol. Ainda mais longe estavam os guardas da Owsla, alertas à aproximação de homens ou elil e também a coelhos que pudessem se afastar demais, impossibilitando que fossem rapidamente para debaixo da terra em caso de alarme.

    Capitão Cerefólio, um dos dois oficiais da Marca, acabava de voltar de uma ronda e falava com umas fêmeas perto do centro da área da Marca quando viu o general se aproximar. Ele olhou rapidamente à volta para ver se havia algo fora do lugar. Como tudo parecia bem, ele começou a comer um tufo de erva-santa fingindo indiferença do melhor modo que podia.

    O general Vulnerária era um coelho singular. Cerca de três anos antes, ele havia nascido – o mais forte de uma ninhada de cinco filhotes – em uma toca perto do jardim de um chalé na área de Cole Henley. O pai dele, um *bon-vivant* despreocupado, não via problemas em viver perto de humanos, e ainda achava bom poder comer no jardim deles logo pela manhã. Ele pagou caro por essa imprudência. Depois de duas ou três semanas de alfaces estragadas e repolhos roídos, o dono do chalé esperou por ele e não hesitou em atirar quando o viu correndo em meio às batatas no alvorecer. Na mesma manhã, o humano começou a tentar encontrar a fêmea e sua ninhada. A mãe de Vulnerária escapou, correndo pelo campo de couves rumo às colinas, com os filhotes fazendo o melhor que podiam para segui-la. Apenas Vulnerária conseguiu. A mãe dele, com um ferimento de bala sangrando, abriu caminho em meio às sebes em plena luz do dia, com Vulnerária mancando a seu lado.

Não demorou muito para que uma doninha farejasse o sangue e o seguisse. O pequeno coelho se encolheu na grama enquanto sua mãe era morta diante de seus olhos. Ele não tentou correr, mas a doninha, tendo saciado a fome, deixou-o em paz e saiu correndo em meio aos arbustos. Várias horas depois, um gentil diretor de escola de Overton, andando pelos campos, se deparou com Vulnerária chorando e acariciando o corpo frio e imóvel. Ele o levou para casa, manteve-o na sua cozinha e salvou a vida dele, alimentando-o com um conta-gotas nasal até ele ter idade suficiente para comer farelo e vegetais. Mas Vulnerária cresceu selvagem e, como a lebre de Cowper, mordia sempre que podia. Dentro de um mês, ele tinha se tornado grande, forte e agressivo. Ele quase matou o gato da casa, que o tinha encontrado livre na cozinha e tentou atormentá-lo. Uma noite, após uma semana, ele rompeu o arame da porta da jaula e escapou para o campo aberto.

A maior parte dos coelhos nessa situação, quase sem experiência de vida selvagem, teria imediatamente sido vítima de elil, mas não Vulnerária. Depois de vagar por alguns dias, ele encontrou um pequeno viveiro e, agindo de forma ríspida e machucando alguns coelhos, forçou-os a aceitá-lo. Logo ele se tornou Chefe Coelho, depois de matar os dois chefes anteriores e um rival chamado Erva-Fina. Quando combatia, ele era aterrorizante, lutava mesmo para matar. Era sempre indiferente aos ferimentos que recebia e se apinhava com os inimigos até que seu peso os oprimisse e exaurisse. Os que não tinham estômago para se opor a ele não demoraram para perceber que ali estava de fato um líder.

Vulnerária se prontificava a lutar com qualquer animal, exceto raposas. Uma tarde, ele atacou e afugentou um filhote de terrier enquanto o cachorrinho comia. Ele não se deixava fascinar pelos mustelídeos e esperava um dia ter a chance de matar uma doninha, talvez até um arminho. Quando já tinha explorado os limites da própria força, ele começou a trabalhar para satisfazer seu desejo por mais poder da única maneira possível – aumentando o poder dos coelhos à sua volta. Ele precisava de um reino maior. Os humanos eram o grande perigo, mas podiam ser evitados com esperteza e disciplina. Ele abandonou o pequeno viveiro, levando consigo apenas seus seguidores, e começou a procurar um lugar que fosse adequado para seu objetivo, onde a própria existência dos coelhos pudesse ser ocultada e seu extermínio fosse difícil.

Efrafa cresceu ao redor do ponto em que dois caminhos verdes se cruzavam, um dos quais (o caminho leste-oeste) tinha a aparência de um túnel, cercado dos dois lados por uma vegetação densa de árvores e arbustos. Os imigrantes, sob direção de Vulnerária, cavaram seus buracos entre as raízes das árvores, debaixo da vegetação e ao longo das valas. Desde o início o viveiro prosperou. Vulnerária cuidava deles com zelo incansável e acabou por conquistar a lealdade dos coelhos, embora ao mesmo tempo eles o temessem. Quando as fêmeas paravam de cavar, o próprio Vulnerária dava continuidade ao trabalho enquanto elas dormiam. Se um humano se aproximava, Vulnerária era capaz de notá-lo a quase um quilômetro de distância. Ele lutava com ratos, pegas, esquilos-cinzentos e, uma vez, chegou a lutar com um corvo. Quando nascia uma ninhada, ele ficava atento a seu crescimento, escolhia os jovens mais fortes para a Owsla e ele próprio os treinava. Ele não permitia que nenhum coelho deixasse o viveiro. Logo no início, três coelhos que tentaram fugir foram caçados e forçados a voltar.

À medida que o viveiro crescia, Vulnerária desenvolveu seu sistema para mantê-lo sob controle. Se houvesse uma multidão de coelhos comendo de manhã e no fim da tarde era provável que isso chamasse atenção. Ele, então, inventou as Marcas, cada uma controlada por seus oficiais e sentinelas, com horários de alimentação que variavam regularmente para que todos recebessem, de tempos em tempos, a oportunidade de comer no início da manhã e ao pôr do sol – as horas prediletas dos coelhos para silflay. Todos os sinais da existência dos coelhos eram escondidos da melhor maneira possível. A Owsla tinha privilégios no que dizia respeito à alimentação, ao acasalamento e à liberdade de movimento. Qualquer falha deles no trabalho era passível de punição com rebaixamento e perda de privilégios. No caso de coelhos comuns, as punições eram mais severas.

Quando já não era mais possível que Vulnerária controlasse tudo, foi criado o Conselho. Alguns dos membros vinham da Owsla, mas outros foram escolhidos somente por sua lealdade ou por serem conselheiros inteligentes. O velho Floco de Neve, por exemplo, já estava até mesmo ficando surdo, mas ninguém sabia organizar um viveiro em segurança como ele. Por conselho dele, os caminhos e as tocas de várias Marcas não se conectavam debaixo da terra, de modo que, se o viveiro fosse acometido por alguma doença ou veneno, isso não se espalharia com tanta facilidade. As conspirações contra o seu poder também se espalhariam mais lentamente, pois, além de os buracos não serem conectados, não era permitido visitar as tocas de outra Marca sem permissão do oficial. Também foi por conselho de Floco de Neve que Vulnerária acabou determinando que o viveiro parasse de se expandir, em função do risco de serem descobertos e do enfraquecimento do controle central. Foi difícil convencê-lo disso, já que a nova política frustrava seu incansável desejo de um poder cada vez maior. Essa circunstância, então, exigia outra solução, e logo depois de o viveiro parar sua expansão ele deu início às Patrulhas Avançadas.

Elas começaram como meras incursões ou saques, liderados por Vulnerária, na região em volta do viveiro. Ele simplesmente escolhia quatro ou cinco integrantes da Owsla e os levava com eles para, basicamente, ir em busca de problemas. Na primeira ocasião, eles tiveram a sorte de encontrar e matar uma coruja doente que tinha comido um camundongo que tinha se alimentado com semente de milho envenenada. Na vez seguinte, eles se depararam com dois hlessil que foram obrigados a acompanhá-los e a entrar para o viveiro. Vulnerária não era um simples valentão. Ele sabia encorajar outros coelhos e fazer com que eles se enchessem de espírito de emulação. Não demorou para que seus oficiais passassem a pedir permissão para liderar patrulhas. Vulnerária, então, dava tarefas a eles – procurar hlessil em uma certa direção ou descobrir se uma vala ou um celeiro tinha ratos que, mais tarde, pudessem ser atacados e expulsos. Eles tinham ordens apenas de se manter longe de fazendas e jardins. Uma dessas patrulhas, liderada por um certo capitão Orquídea, descobriu um pequeno viveiro três quilômetros a leste, depois da estrada de Kingsclere-Overton, às margens do bosque de Nutley. O general liderou uma expedição contra o viveiro e acabou com ele, levando todos os prisioneiros para Efrafa, onde alguns poucos chegaram mais tarde a ser, eles próprios, integrantes da Owsla.

À medida que os meses passavam, as Patrulhas Avançadas se tornaram sistemáticas. Durante o verão e o início do outono havia normalmente duas ou três ao mesmo tempo. Já não havia nenhum outro coelho vivendo a uma grande distância de Efrafa, e qualquer coelho que vagasse pela vizinhança por acaso seria rapidamente identificado. Havia muitas baixas nas Patrulhas Avançadas. Era comum que o líder precisasse ter coragem e habilidade para completar uma tarefa e levar seus coelhos – ou pelos menos os coelhos sobreviventes – de volta para o viveiro. Mas a Owsla se orgulhava dos riscos que corria. Para além disso, Vulnerária tinha o hábito de ir ele próprio ver como eles estavam se saindo. Um líder de patrulha, a mais de um quilômetro e meio de Efrafa, subindo uma campina na chuva, podia se deparar com o general agachado como uma lebre debaixo de um tufo de joio e ser intimado a apresentar ali mesmo um relatório sobre que estava fazendo ou sobre por que estava naquela rota. As patrulhas eram um treinamento para bons rastreadores, corredores rápidos e lutadores ferozes, e as baixas – embora pudessem chegar a cinco ou seis em um mês ruim – vinham de encontro ao objetivo de Vulnerária, pois já havia coelhos demais no viveiro e, com a frequente morte de alguns soldados, sempre haveria novas vagas na Owsla, estimulando os jovens machos a sempre fazerem o seu melhor para estarem à altura de ocupá-las. Sentir que os coelhos estavam competindo para arriscar a vida seguindo suas ordens dava prazer a Vulnerária, embora ele acreditasse – e assim também acreditavam o Conselho e a Owsla – que ele estava dando paz e segurança ao viveiro a um preço suficientemente baixo.

Mesmo assim, nesta tarde, enquanto saía entre as árvores de freixo para falar com o capitão Cerefólio, o general estava bastante preocupado com várias coisas. Era cada vez mais difícil manter a quantidade de coelhos do viveiro sob controle. A superpopulação estava se tornando um problema grave, mesmo diante do fato de muitas fêmeas estarem reabsorvendo as ninhadas antes do nascimento. Embora fosse bom que elas fizessem isso, algumas delas estavam se tornando cada vez mais inquietas e difíceis de controlar. Não fazia muito tempo um grupo de fêmeas tinha comparecido diante do Conselho e pedido para deixar o viveiro. De início, elas foram pacíficas, oferecendo-se para ir tão longe quanto o Conselho desejasse, mas, quando ficou claro que o pedido delas não seria aceito de maneira alguma, elas começaram a ficar petulantes e agressivas e o Conselho acabou precisando adotar medidas mais rigorosas, e ainda havia ressentimento por causa desse episódio. Depois, em terceiro lugar, a Owsla tinha recentemente perdido uma parte do respeito dos coelhos de baixa patente.

Quatro coelhos que vagavam por ali – e que diziam estar em uma espécie de expedição vinda de outro viveiro – tinham sido apreendidos e colocados na Marca do Flanco Direito. Ele tinha a intenção de, mais tarde, descobrir de onde eles tinham vindo, mas eles conseguiram bolar um truque muito simples, enganando o comandante da Marca, atacando seus guardas e escapando durante a noite. O capitão Borragem, o oficial responsável, tinha, claro, sido rebaixado e expulso da Owsla, mas a desonra dele, embora muito adequada, só criou mais dificuldades para o general. A verdade era que Efrafa enfrentava, momentaneamente, uma escassez de bons oficiais. Membros comuns da Owsla – sentinelas – eram fáceis de encontrar, mas não se podia dizer o mesmo de oficiais e ele tinha perdido três em menos de um mês. Borragem contava como se fosse uma baixa, pois nunca mais ele receberia uma promoção. Pior do que isso, o capitão Mostarda – um coelho corajoso e hábil – enquanto liderava a perseguição aos fugitivos, tinha sido atropelado na estrada de ferro por um trem; mais uma prova, se fosse necessária, da maldade dos humanos. Mas o pior de tudo tinha acontecido apenas duas noites atrás. Uma patrulha que tinha saído para o norte voltou com a notícia chocante de que seu líder, o capitão Malva, um oficial de excepcional prestígio e experiência, havia sido assassinado por uma raposa. Foi uma história estranha. A patrulha tinha farejado o cheiro de um grupo grande de coelhos que, evidentemente, estava vindo do norte em direção à Efrafa. Eles seguiram o rastro, mas ainda não tinham visto sua presa quando, de repente, um coelho desconhecido surgiu diante deles enquanto eles se aproximavam do limite de uma floresta. Os patrulheiros, é claro, tentaram pará-lo, mas, naquele exato momento momento a raposa, que aparentemente o seguia de perto, saiu do vale descampado e matou o pobre Malva instantaneamente. Levando em conta o grave incidente, a Patrulha tinha voltado de maneira ordenada e Tasneirinha, o segundo em comando, se saiu bem. Mas não conseguiram encontrar o coelho desconhecido, e essa falha de Malva, que não tinha nada para mostrar como resultado da patrulha, abateu e desmoralizou bastante a Owsla.

Outras patrulhas foram enviadas imediatamente, mas só o que elas conseguiam afirmar era que os coelhos do norte tinham atravessado a estrada de ferro e desaparecido rumo ao sul. Era inadmissível que eles tivessem passado tão perto de Efrafa e seguido seu caminho sem ser apreendidos. Mas ainda assim era possível capturá-los, caso houvesse um oficial realmente cheio de iniciativa que ele pudesse colocar no comando das buscas. Certamente seria necessário alguém muito determinado – assim como o capitão Candelária –, pois as patrulhas raramente atravessavam a estrada de ferro, e o campo úmido próximo ao rio que ficava depois da ferrovia só era parcialmente conhecido. O próprio Vulnerária iria de boa vontade, mas com os recentes problemas disciplinares do viveiro, ele não podia correr esse risco; e também, pensando melhor, tudo o que ele não precisava era perder Candelária agora. Por mais que isso o deixasse furioso, o melhor era esquecer os desconhecidos por enquanto. A primeira coisa a fazer era substituir as perdas da Owsla – e de preferência com coelhos que soubessem como lidar de maneira implacável com novos sinais de dissidência. Eles simplesmente teriam de promover os melhores disponíveis, se retrair por um tempo e se concentrar em treinamentos intensos até que as coisas voltassem ao normal.

Vulnerária cumprimentou o capitão Cerefólio bastante distraído e continuou pensando no problema que estava em sua cabeça.

— Como são os seus guardas, Cerefólio? — ele perguntou por fim. — Eu conheço algum deles?

— São muito bons, senhor — respondeu Cerefólio. — O senhor conhece o Manjerona, ele já participou de patrulhas com o senhor como corredor. E acredito que o senhor também conheça o Lisimáquia.

— Sim, conheço os dois — confirmou Vulnerária. — Mas eles não poderiam ser oficiais. Precisamos substituir Mostarda e Malva. É nisso que estou pensando.

— Isso é difícil, senhor — disse Cerefólio. — Esse tipo de coelho não brota da grama.

— Bom, eles precisam brotar de algum lugar — disse Vulnerária. — Pense nisso e me diga as ideias que lhe ocorrerem. De todo modo, quero passar uma ronda em seus vigias. Venha comigo, por favor.

Eles estavam prestes a partir quando um terceiro coelho se aproximou; era o próprio capitão Candelária. A principal tarefa de Candelária era vigiar os arredores de Efrafa de manhã e à noite e relatar qualquer novidade – marcas de pneus de trator na lama, fezes de um gavião ou fertilizante sendo borrifado no campo. Rastreador experiente, era difícil ele deixar de perceber algo e era um dos poucos coelhos por quem Vulnerária sentia um respeito genuíno.

— Quer falar comigo? — questionou Vulnerária, parando.

— Sim, quero sim, senhor — respondeu Candelária. — Pegamos um hlessi e o trouxemos para o viveiro.

— Onde ele estava?

— Perto do arco da estrada, senhor. Do nosso lado do arco.

— O que ele estava fazendo?

— Bem, senhor, ele diz que veio de longe para entrar para Efrafa. Foi por isso que achei que o senhor poderia querer vê-lo.

— Quer *entrar* para Efrafa? — perguntou Vulnerária, intrigado.

— É o que ele diz, senhor.

— Por que o Conselho não pode falar com ele amanhã?

— Como o senhor quiser, senhor, é claro. Mas ele me pareceu ser bem incomum. Eu diria que é um coelho nitidamente útil.

— Hummm — disse Vulnerária, pensativo. — Bem, nesse caso, está bem, tudo bem, eu falo com ele. Mas não tenho muito tempo. Onde ele está agora?

— Na Crixa, senhor. — Candelária se referia ao ponto em que os dois caminhos se cruzavam, que ficava entre as árvores e a mais ou menos cinquenta metros de distância de onde eles estavam. — Dois membros de minha patrulha estão com ele.

Vulnerária retornou até a Crixa. Cerefólio, que estava em serviço em sua Marca, continuou fazendo o seu trabalho. Apenas Candelária acompanhou o general.

A essa hora a Crixa estava tomada por uma grande sombra verde e por raios vermelhos de sol, que cintilavam entre as folhas que se moviam. A grama úmida ao longo das beiradas das trilhas era pontilhada por ajudas cor de malva, e as sanículas e os arcanjos-amarelos estavam carregadas de flores. Sob um arbusto de sabugos, do outro lado da senda, dois membros da Owslafa, ou polícia do Conselho, aguardavam o general; e com eles estava o desconhecido.

Vulnerária entendeu imediatamente o que Candelária queria dizer. O desconhecido era um coelho grande, pesado, mas esperto, com aparência rude e experiente e o olhar de lutador. Tinha um estranho tufo de pelo – uma espécie de topete – no alto da cabeça. O desconhecido olhou para Vulnerária com um ar indiferente, de avaliação, com o qual o general não se deparava havia muito tempo.

— Quem é você? — disse Vulnerária.

— Meu nome é Thlayli — respondeu o desconhecido.

— Thlayli, *senhor* — Candelária o corrigiu.

O estranho ficou em silêncio.

— Soube que a patrulha encontrou você nos arredores do viveiro. O que você estava fazendo?

— Vim para entrar para Efrafa.

— Por quê?

— Fico surpreso com a sua pergunta. O viveiro é seu, não é? Há algo de estranho no fato de alguém querer entrar para ele?

Vulnerária ficou desconcertado. Ele não era nenhum tolo e tinha a consciência de que era – ele não conseguia evitar essa sensação – extremamente estranho que qualquer coelho no uso de suas faculdades mentais quisesse entrar para Efrafa por vontade própria. Mas ele não podia assumir isso.

— O que você sabe fazer?

— Sei correr, lutar e estragar uma história se decidir contar uma. Fui oficial em uma Owsla.

— Você sabe mesmo? Você poderia lutar com ele? — disse Vulnerária, olhando para Candelária.

— Certamente, se essa for a sua vontade, senhor.

O estranho se ergueu e tentou dar uma patada em Candelária, que pulou para trás bem a tempo.

— Não seja tolo — disse Vulnerária. — Sente. Em que Owsla você esteve.

— Muito longe. O viveiro foi destruído por humanos, mas eu escapei. Vaguei por um tempo. Não deve ser surpresa para você que eu tenha ouvido falar de Efrafa. Andei muito para chegar até aqui. Achei que poderia ser útil para vocês.

— Você está sozinho?

— Agora estou.

Vulnerária pensou de novo. Era bastante provável que este coelho tivesse sido oficial em uma Owsla. Qualquer Owsla gostaria de contar com ele. Se ele estava falando a verdade, ele tinha sido inteligente o bastante para escapar da destruição de seu viveiro e para sobreviver a uma longa jornada por um terreno descampado. Deve ter sido um caminho muito longo, pois não havia nenhum viveiro no raio de alcance das patrulhas de Efrafa.

— Bom — ele disse por fim. — Ouso dizer que podemos ser capazes de encontrar algum uso para você, como você disse. O Candelária aqui vai cuidar de você hoje à noite, e amanhã de manhã você vai comparecer diante do Conselho. Enquanto isso, não vá começar a brigar, entendeu? Podemos dar a você muito o que fazer, não precisa se meter em encrencas.

— Muito bem.

Na manhã seguinte, depois de o Conselho ter discutido a má situação do viveiro devido às perdas recentes, o general Vulnerária propôs que o grande recém-chegado fosse posto como oficial da Marca da Pata Traseira Esquerda, sob instrução do capitão Cerefólio. Ao ni-Frith, Thlayli, ainda sangrando do talho da Marca feito em sua coxa esquerda, já tinha assumido suas tarefas.

35

Tateando

Este mundo, onde há muito a se fazer, e pouco é conhecido...

Dr. Johnson

— E antes de a Marca silflay — dizia Cerefólio —, sempre dou uma olhada no clima. A Marca anterior manda um corredor, é claro, para dizer quando eles vão descer, e ele também informa sobre o clima, mas eu sempre subo e dou uma olhada eu mesmo. À luz da lua, colocamos sentinelas mais perto e ficamos andando para ter certeza de que ninguém vá longe demais. Mas, quando está chovendo ou muito escuro, mandamos a Marca subir em pequenos grupos, um depois do outro, e cada grupo fica sob responsabilidade de um guarda. Se o clima estiver terrivelmente ruim, pedimos permissão ao general para adiar o silflay.

— Mas é comum que eles tentem fugir? — perguntou Topete. Durante a tarde ele tinha corrido por caminhos e tocas com Cerefólio e Marmelo, um outro oficial da Marca, e tinha pensado consigo mesmo que nunca em sua vida tinha visto um grupo tão triste e desanimado de coelhos.

— Eles não me parecem ser um grupo tão difícil de controlar.

— A maior parte não nos dá dor de cabeça, é verdade — disse Marmelo —, mas você nunca sabe quando vai haver problemas. Por exemplo, dava para se dizer que não havia um grupo mais dócil em Efrafa do que a Marca do Flanco Direito. E, então, um dia o Conselho colocou lá quatro hlessil, e, na noite seguinte, o Borragem marcou bobeira por alguma razão, e esses hlessil aplicaram um truque nele e fugiram. E esse foi o fim da linha para ele, sem falar no pobre velho Mostarda, morto na estrada de ferro. Quando alguma coisa desse tipo acontece, ela surge como um relâmpago e nem sempre é planejada. Às vezes, esses acontecimentos se parecem com um delírio. Um coelho sai correndo por impulso e, se você não o derruba rapidinho, logo aparecem outros três indo atrás dele. A única maneira de manter o controle é ficar de olho o tempo todo quando eles estão na superfície e relaxar quando for possível. Afinal, é para isso que você está aqui. Para isso e para as patrulhas.

— Agora, quanto à hraka — disse Cerefólio —, todo rigor é pouco. Se o general encontrar um pouco de hraka que seja no campo ele vai fazer você engolir a própria cauda. E os coelhos sempre tentam evitar o trabalho de enterrar a hraka. Eles querem ser naturais, essas pequenas bestas antissociais. Simplesmente não percebem que o bem de todos depende da cooperação coletiva. O que eu faço é sempre mandar uns três ou quatro cavarem um buraco novo na vala a cada dia, como punição. Você pode quase sempre encontrar alguém para punir se se esforçar. A equipe de hoje fecha o buraco de ontem e cava um novo. Existem caminhos especiais que levam ao fundo da vala, e a Marca tem de usar apenas esses caminhos quando vai fazer hraka. Mantemos sempre um vigia na vala para garantir que eles voltem.

— Como vocês fazem para checar todo mundo depois do silflay? — perguntou Topete.

— Bom, conhecemos todos de vista — respondeu Cerefólio —, e vamos observando enquanto eles descem. Só há dois buracos de entrada da Marca e cada um de nós fica em um buraco. Cada coelho sabe qual buraco tem que usar para descer e eu certamente vou perceber se um dos meus não aparecer. Os vigias entram por último, e eu só chamo depois de ter certeza de que a Marca toda já entrou. E depois de eles descerem, é claro, não podem mais subir, e sempre fica um vigia sentinela em cada buraco. Se tentarem cavar, eu vou ouvir. Você não pode cavar em Efrafa sem permissão do Conselho. O único momento realmente perigoso é quando soa um alarme, digamos, por causa de um humano ou de uma raposa. Nesse caso, todos nós corremos para o buraco mais próximo, obviamente. Até agora, não parece ter ocorrido a algum deles que poderia correr no sentido oposto dos buracos e, então, conseguir uma boa vantagem antes de ser seguido. Mesmo assim, nenhum coelho, na realidade, vai querer correr na direção de elil, e por isso estamos seguros.

— Bom, admiro o rigor de vocês — disse Topete, pensando que sua tarefa secreta era ainda mais difícil do que ele imaginava. — Vou pegar o jeito o mais rápido possível. Quando vamos ter a chance de fazer uma patrulha?

— Imagino que o general vá te levar ele mesmo em uma patrulha, para poder treiná-lo — disse Marmelo. Ele fez isso comigo. Depois de um dia ou dois com ele você não vai estar exatamente inteiro; vai estar exausto. Mesmo assim, admito, Thlayili, você tem um bom tamanho, e se você já passou por uns maus bocados por aí, provavelmente vai se sair bem.

Nesse momento um coelho com uma cicatriz branca na garganta desceu pelo caminho e foi em direção a eles.

— A Marca do Pescoço está descendo, capitão Cerefólio — ele disse de maneira respeitosa. — E está uma bela tarde. Acho que devemos aproveitar esse clima.

— Estava aqui me perguntando quando você ia aparecer — respondeu Cerefólio. — Diga ao capitão Sanfeno que vou levar minha Marca para cima imediatamente.

Virando para um de seus próprios guardas que estava ali por perto, Cerefólio ordenou que ele fosse às tocas e mandasse todo mundo silflay.

— E você, Marmelo — ele disse —, vá para o buraco mais distante, como de costume, e Thayli ficará comigo no buraco mais próximo. Vamos mandar quatro guardas para fora, para começar a subida, e, quando a Marca toda estiver lá no campo, vamos mandar mais quatro para cima e deixar dois de prontidão aqui embaixo. Vejo você no lugar de sempre, perto da grande pedra no barranco.

Topete seguiu Cerefólio pelo caminho, por onde desciam os odores da grama morna, dos trevos e do lúpulo. Ele achou os caminhos mais estreitos e mais abafados do que estava acostumado, sem dúvida porque havia muito poucos buracos que davam para o ar livre. A perspectiva de um silflay no fim da tarde, mesmo em Efrafa, era agradável. Ele pensou nas folhas de faia farfalhando sobre o distante Favo de Mel e suspirou.

"Como será que o velho Azevinho está se saindo?", ele pensou. "Será que vou chegar a vê-lo de novo? Ou mesmo Avelã e os outros? Bom, vou dar a esses bastardos uma coisinha em que pensar antes de eu estar acabado.

Mas me sinto tão sozinho. Como é difícil não poder dividir um segredo com absolutamente ninguém!"

Eles chegaram à boca do buraco e Cerefólio saiu para dar uma olhada no entorno. Quando ele voltou, foi para seu lugar no topo do caminho. Enquanto Topete se posicionava ao lado dele, percebeu, pela primeira vez, na parede oposta do caminho, uma espécie de recesso, como que uma caverna aberta. Nela, três coelhos estavam agachados. Os que estavam nas pontas tinham a aparência dura e sólida dos membros da Owslafa, mas foi para o coelho do meio que ele olhou. Esse coelho tinha o pelo muito escuro, quase preto. Mas esse não era o aspecto mais marcante dele. Ele estava terrivelmente mutilado. As orelhas eram um amontoado de retalhos sem forma, esfiapadas nas pontas, sulcadas por cicatrizes profundas e marcadas aqui e ali por pedaços visíveis de carne viva. Uma pálpebra estava deformada e semicerrada. Apesar do ar fresco e empolgante da noite de julho, o coelho parecia apático e inerte. Ele mantinha o olhar fixo no chão e piscava o tempo todo. Após um tempo, baixou a cabeça e esfregou o focinho nas patas dianteiras de modo desinteressado. E, depois, ele coçou o pescoço e voltou à sua posição arqueada de antes.

Topete, com sua natureza apaixonada e impulsiva, levado pela curiosidade e pela pena, foi até o outro lado do caminho.

— Quem é você? — ele perguntou.

— Meu nome é Negro, senhor — respondeu o coelho. Ele continuou olhando para baixo e falou sem expressão, como se tivesse respondido a essa pergunta muitas vezes antes.

— Você vai silflay? — disse Topete. Sem dúvida, ele pensou, esse era um herói do viveiro, ferido em um grande combate e agora enfermo, cujos grandes serviços mereciam uma escolta ilustre quando ele saía.

— Não, senhor — respondeu o coelho.

— E por que não? — perguntou Topete. — A tarde está linda.

— Eu não faço silflay a essa hora, senhor.

— Então por que você está aqui? — perguntou Topete, direto como sempre.

— A Marca que tem o silflay da tarde, senhor... — começou a falar o coelho. — A Marca que tem... eles vêm... eu... — ele hesitou e ficou quieto.

— Diga de uma vez — falou um dos integrantes da Owslafa.

— Eu venho aqui só para a Marca me ver — disse o coelho com sua voz baixa e seca. — Toda Marca devia ver como eu fui punido da forma que mereço por minha traição ao tentar abandonar o viveiro. O Conselho teve misericórdia... o Conselho... eu não consigo me lembrar, senhor, eu realmente não consigo — ele irrompeu, virando-se para o guarda que tinha falado com ele antes. — Eu realmente não consigo me lembrar.

O guarda não disse nada. Topete, depois de olhar em um silêncio e escandalizado por alguns instantes, voltou para perto de Cerefólio.

— Ele deve dizer a verdade a todo o mundo que pergunta — disse Cerefólio —, mas está ficando meio bobo depois de meio mês fazendo isso. Ele tentou fugir. Candelária o pegou e o trouxe de volta. Então, o Conselho rasgou as orelhas dele como punição e definiu que isso deveria ser mostrado a cada silflay da manhã e da tarde, como exemplo para os outros. Mas, se você me perguntar, ele não vai durar muito. Ele vai encontrar um coelho mais negro do que ele próprio uma noite dessas.

Topete tremeu, em parte por causa do tom de Cerefólio de absoluta indiferença e em parte por suas próprias memórias. A Marca já estava subindo e ele os viu passarem, cada um deles fazendo uma sombra na entrada por um instante antes de pular para fora, debaixo do espinheiro. Era evidente que Cerefólio se orgulhava de conhecer seus coelhos pelo nome. Ele falou com a maior parte deles e se esforçou para mostrar que sabia algo sobre a vida pessoal deles. Para Topete, pareceu que as respostas não eram particularmente animadas ou amistosas, mas ele não sabia se isso se devia ao fato de não gostarem de Cerefólio ou simplesmente ao desânimo que parecia ser comum entre os coelhos de baixa patente em Efrafa. Ele procurava atentamente – como Amora o tinha aconselhado a fazer – qualquer sinal de descontentamento ou rebelião, mas não via muito motivo para ter esperanças nos rostos sem expressão que passavam por ele. No final, veio um grupo pequeno de três ou quatro fêmeas, conversando entre elas.

— E, então, está se dando bem com suas novas amigas, Nelthitta? — perguntou Cerefólio para a primeira, enquanto ela passava.

A fêmea, uma coelha bonita de focinho longo, que não tinha mais de três meses de idade, parou e olhou para ele.

— Você vai se dar bem um dia, capitão, ouso dizer — ela respondeu. — Assim como o capitão Malva. Ele se deu bem, sabe? Por que você não manda umas fêmeas numa Patrulha Avançada?

Ela parou para que Cerefólio respondesse, mas ele não respondeu e não falou com as fêmeas que saíram depois de Nelthilta para o campo.

— O que ela quis dizer com isso? — perguntou Topete.

— Bem, nós tivemos alguns problemas, sabe? — disse Cerefólio. — Um grupo de fêmeas da Marca da Pata Dianteira Esquerda começou um tumulto numa reunião do Conselho. O general disse que elas deviam ser separadas e mandaram algumas aqui para nós. Tenho ficado de olho nelas. Elas não são um problema em si, mas Nelthita agora anda com elas e parece que isso a deixou atrevida e ressentida. Ela tem me dado umas respostas atravessadas, como essa que você acaba de ver. Eu, na realidade, não me importo com isso. Esse comportamento só mostra que elas percebem que a Owsla está por cima. Se as fêmeas jovens ficassem quietas e fossem muito educadas, eu ia ficar mais preocupado; ia ficar imaginando o que elas estavam aprontando. Mesmo assim, Thlayli, eu gostaria que você fizesse o que estiver ao teu alcance para conhecer essas fêmeas em particular e para colocá-las mais nos eixos.

— Certo — assentiu Topete. — A propósito, quais são as regras de acasalamento?

— Acasalamento? — indagou Cerefólio. — Se você quer uma fêmea, você pode ter. E pode ser qualquer fêmea da Marca. Nós não somos oficiais à toa, não é? As fêmeas recebem ordens e nenhum macho pode impedi-lo. Isso faz com que só sobrem você, eu e Marmelo; e dificilmente a gente vai brigar. Temos muitas fêmeas, afinal de contas.

— Entendo — disse Topete. — Bom, vou silflay agora. A não ser que você tenha outra ideia. Vou falar com alguns coelhos da Marca e depois fazer a ronda dos vigias e ver o que está acontecendo por aí. E o Negro?

— Deixe ele pra lá — disse Cerefólio. — Ele não é problema nosso. A Owslafa vai mantê-lo aqui até que a Marca volte para a toca e depois vão levá-lo embora.

Topete foi para o campo, consciente dos olhares prudentes dos coelhos pelos quais passava. Ele ficou perplexo e apreensivo. Como começaria essa perigosa tarefa? De um jeito ou de outro, era preciso começar, pois Kehaar já tinha deixado claro que não estava disposto a esperar muito tempo. A única coisa que ele podia fazer era aproveitar uma oportunidade e confiar em alguém. Mas em quem? Um viveiro como esse deve estar cheio de espiões. Provavelmente, só o general Vulnerária sabia quem eram os espiões. Será que tinha um espião o observando nesse momento?

"Vou precisar simplesmente confiar nos meus instintos", ele pensou. "Vou andar pelo lugar um pouco e ver se consigo fazer amizades. Mas só sei de uma coisa: se eu *conseguir* tirar alguma fêmea daqui, vou levar aquele pobre desgraçado do Negro comigo também. Frith do céu! Fico furioso de pensar que o forçam a ficar sentado ali daquele jeito. General Vulnerária, realmente! Um tiro de uma arma seria bom demais para ele."

Comendo e pensando, ele se movia lentamente pelo descampado no sol da tarde. Depois de um tempo, ele viu que estava se aproximando de uma pequena depressão, bem parecida com aquela de Watership Down, onde ele e Prata encontraram Kehaar. Logo adiante estavam quatro fêmeas, de costas para ele. Ele as reconheceu como sendo o pequeno grupo que tinha saído por último da toca. Era evidente que elas já tinham terminado a fase em que se come com fome, com mais intenção, e agora estavam se movimentando e falando à vontade. Dava para perceber também que uma delas tinha a atenção das outras três. Ainda mais do que a maioria dos coelhos, Topete adorava uma história e, nesse momento, se sentiu atraído pela perspectiva de ouvir alguma coisa nova no estranho viveiro. Ele se moveu em silêncio até a beira da depressão bem quando a fêmea começou a falar.

Imediatamente, ele percebeu que não era uma história. No entanto, ele tinha ouvido algo do gênero antes. O ar arrebatado, a fala ritmada, os ouvintes atentos – por que aquela cena lhe era tão familiar? Então, ele se lembrou do cheiro de cenouras e de Erva-Prata dominando a multidão na grande toca. Mas esses versos, agora, chegaram ao coração dele de uma maneira que os daquele coelho não chegaram.

Muito tempo atrás
O tentilhão cantou, no alto do espinheiro.
Cantou perto de uma ninhada que a fêmea levou para brincar.
Cantou ao vento enquanto os filhotes brincavam embaixo.
O tempo deles escapava debaixo do sabugo.
Mas o pássaro voou e agora meu coração está triste,
E o tempo nunca mais vai brincar de novo nos campos.

Muito tempo atrás
Os besouros laranja se agarravam ao caule do centeio.
A grama ondulava ao vento. Um macho e uma fêmea
Corriam pela campina. Eles cavaram um buraco no barranco.
Eles faziam o que queriam debaixo das folhas da aveleira.

*Mas os besouros morreram no frio e meu coração está triste.
E eu nunca mais vou escolher um companheiro.*

*A geada cai, a geada cai no meu corpo.
Minhas narinas, minhas orelhas estão inertes sob a geada.
A andorinha virá no verão, gritando: "Extra! Extra!
Fêmeas, cavem novos buracos e encham de leite para suas ninhadas".
Eu não vou ouvir. Os embriões voltam
Para meu corpo embotado. Cortando meu sono?
Corre uma cerca de arame para prender o vento.
E eu nunca mais vou ver o vento soprar.*

Quando terminou, a fêmea ficou em silêncio e as três companheiras dela não disseram nada, mas o modo como ficaram paralisadas mostrava claramente que a fala dela representava todas as outras. Uma revoada de estorninhos passou acima de suas cabeças, tagarelando e assobiando, e fezes líquidas caíram na grama em meio ao pequeno grupo, mas nenhuma delas se mexeu ou se assustou. Todas pareciam tomadas pelos mesmos pensamentos melancólicos – pensamentos que, embora tristes, pelo menos ficavam longe de Efrafa.

A alma de Topete era dura como seu corpo e praticamente vazia de sentimentalismos, mas, como a maior parte das criaturas que passaram por problemas e perigos, ele sabia reconhecer e respeitar o sofrimento quando se deparava com ele. Ele estava acostumado a avaliar outros coelhos e a decidir para que serviam. E a impressão que teve era a de que essas fêmeas não estavam longe do fim de suas forças. Um animal selvagem que sente não ter mais razão para viver chega a um ponto em que suas energias podem realmente ser direcionadas para a morte. Foi esse estado mental que Topete atribuiu erroneamente a Quinto no viveiro das armadilhas. Desde então, o julgamento dele tinha amadurecido. Ele sentiu que o desespero não estava longe dessas fêmeas; e por tudo o que ouviu de Efrafa, tanto de Azevinho quanto de Cerefólio, ele conseguia entender o motivo. Ele sabia que os efeitos da superpopulação e da constante tensão em um viveiro aparecem primeiro nas fêmeas. Elas se tornam inférteis e agressivas. Mas, se a agressão não é capaz de resolver os seus problemas, é comum que elas comecem a seguir rumo à única outra saída. E ele se perguntou qual o ponto dessa trajetória de tristeza essas fêmeas já tinham atingido.

Ele pulou na depressão. As coelhas, tiradas de seus pensamentos, olharam para ele ressentidas e se afastaram.

— Sei que você é Nelthilta — disse Topete para a bela fêmea jovem que enfrentou Cerefólio na saída do buraco. — Mas qual é o seu nome? — ele prosseguiu, virando-se para a fêmea ao lado dela.

Depois de uma pausa, ela respondeu relutante:

— Thethuthinnang, senhor.[1]

— E o seu? — disse Topete, para a fêmea que recitou os versos.

Ela se virou para ele com um olhar tão cheio de tristeza, acusação e sofrimento, que ele teve de se conter para não contar a ela ali mesmo que ele era seu amigo em segredo e que odiava Efrafa e a autoridade que representava. A resposta de Nelthita a Cerefólio no caminho tinha sido cheia de ódio, mas o olhar dessa fêmea falava de injustiças que ela não teria como exprimir. Olhando para ela, Topete, de repente, se lembrou da descrição que Azevinho tinha feito do grande hrududu amarelo que rasgou a terra e destruiu o viveiro. "Aquela situação podia ter sido explicada com um olhar assim", ele pensou. Então a fêmea respondeu.

— Meu nome é Hyzenthlay, senhor.

— Hyzenthlay? — confirmou Topete, espantado com a própria calma. — Então foi com você que... — ele parou. Podia ser perigoso perguntar se ela se lembrava de ter falado com Azevinho. Mas independentemente do fato de ela lembrar ou não, evidentemente aqui estava a coelha que tinha contado a Azevinho e aos companheiros dele sobre os problemas de Efrafa e sobre o descontentamento das fêmeas. Se ele se lembrava direito da história de Azevinho, ela já tinha feito algum tipo de tentativa de abandonar o viveiro.

"Mas", ele pensou, ao se deparar novamente com o olhar desolado, "de que ela me serve agora?"

— Podemos ter sua permissão para ir, senhor? — perguntou Nelthilta. — Ficar em companhia de oficiais é muito difícil para nós, entende? Para nós, mesmo um instante nessa situação parece durar horas.

— Ah, sim, certamente, claro — respondeu Topete, confuso. Ele ficou onde estava enquanto as fêmeas saltavam para longe, com Nelthita erguendo a voz para dizer:

---

1. *Thethuthinnang* significa "movimento das folhas". A primeira e a última sílabas são fortes, como na frase "Era uma vez".

— Que grande imbecil! — E ela olhou de volta para ele na evidente esperança de que Topete fosse discutir com ela.

"Bom, de todo modo, eis uma fêmea que ainda tem coragem", ele pensou enquanto fazia seu caminho até os guardas.

Ele passou algum tempo falando com os vigias e aprendendo como eles se organizavam. Era um sistema deprimente de tão eficiente. Cada sentinela tinha como chegar até seu colega ao lado em questão de instantes; e o sinal específico dado por batidas de pata no chão (eles tinham mais de um tipo de sinal) faria surgir os oficiais e os reservas. Se necessário, era possível alertar a Owslafa sobre algum perigo ou desordem quase imediatamente e o mesmo valia para o capitão Candelária, ou para qualquer outro oficial patrulhando as imediações do viveiro. Como apenas uma Marca se alimentava por vez, dificilmente poderia ocorrer alguma confusão sobre para onde ir caso o alarme soasse. Um dos guardas, Manjerona, contou a ele sobre a tentativa de fuga de Negro.

— Ele foi se afastando enquanto comia — disse Manjerona —, e fez isso até onde pôde, depois saiu em disparada. Ele chegou a conseguir derrubar dois guardas que tentaram pará-lo. Eu duvido que algum outro coelho teria conseguido fazer o mesmo por conta própria. Ele correu como um doido, mas Candelária tinha ouvido o alarme, entende, e ele simplesmente deu a volta e o interceptou mais adiante nos campos. Claro, se ele não tivesse derrubado os guardas, o Conselho podia ter dado uma sentença mais leve para ele.

— Você gosta da vida no viveiro? — perguntou Topete.

— Não é muito ruim agora que estou na Owsla — respondeu Manjerona —, e se eu conseguir virar um oficial vai ser melhor ainda. Já fiz duas Patrulhas Avançadas: elas são o melhor meio para você ser percebido. Sei rastrear e lutar tão bem quanto a maioria, mas claro que eles querem mais do que isso de um oficial. Acho que nossos oficiais são um grupo muito forte, você não acha?

— Acho sim — disse Topete ressentido. Ele percebeu que Manjerona obviamente não sabia que ele próprio era um recém-chegado a Efrafa. De todo modo, ele não demonstrou inveja nem descontentamento. Topete estava começando a perceber que nesse lugar só se contava o mínimo necessário aos coelhos, e dificilmente alguém sabia mais do que aquilo que estava diante do seu focinho. Manjerona provavelmente supunha que ele, Topete, tinha sido promovido depois de sair de outra Marca.

Enquanto escurecia, pouco antes do fim do silflay, o capitão Candelária veio pelo campo com uma patrulha de três coelhos e Cerefólio correu para encontrá-los na linha dos guardas. Topete foi até eles e ouviu a conversa. Ele compreendeu que Candelária tinha ido até a estrada de ferro, mas que não tinha encontrado nada fora do comum.

— Vocês nunca passam da estrada de ferro? — ele perguntou.

— Quase nunca — respondeu Candelária. — É úmido, sabe? Um mau lugar para coelhos. Já estive lá, mas nessas patrulhas circulares comuns inspeciono, na verdade, um raio mais próximo do viveiro. Meu trabalho é, por um lado, perceber qualquer coisa nova de que o Conselho possa querer ser informado, e, por outro, ter certeza de que a gente pegue qualquer um que tente fugir. Como aquele desgraçado do Negro. E ele me deu uma mordida da qual eu não vou me esquecer antes de derrubá-lo. Numa tarde bonita como essa, em geral, vou até o barranco da ferrovia e depois sigo a linha. Ou, às vezes, saio na outra direção, até o celeiro. Depende do que querem. A propósito, vi o general no começo da tarde e acho que ele quer te levar em uma patrulha em dois ou três dias, assim que você tiver se estabelecido e sua Marca sair do silflay do início da manhã e da tarde.

— Por que esperar por isso? — disse Topete, com todo o entusiasmo que conseguia fingir. — Por que não ir antes?

— Uma Marca normalmente precisa contar com a Owsla completa quando está no silflay do início da manhã e da tarde. Os coelhos normalmente são mais animados nesses horários e precisam de mais supervisão. Mas uma Marca que está no silflay do ni-Frith e de fu Inlé normalmente pode dispensar a Owsla para uma Patrulha Avançada. Agora vou deixar vocês aqui. Tenho que levar meu grupo até a Crixa e apresentar o relatório ao general.

Assim que a Marca tinha ido para baixo da terra e que Negro tinha sido levado embora pela sua escolta, Topete pediu licença a Cerefólio e Marmelo e foi para sua toca. Embora os coelhos de baixa patente ficassem apertados debaixo da terra, os guardas tinham duas grandes tocas espaçosas para eles, enquanto cada oficial tinha uma toca privada. Quando ficou, enfim, sozinho, Topete começou a pensar em seu problema.

As dificuldades eram espantosas. Ele tinha quase certeza de que, com a ajuda de Kehaar, ele próprio conseguiria escapar de Efrafa quando quisesse. Mas como ele iria tirar um bando de fêmeas dali – supondo que elas estivessem dispostas a tentar? Se ele tomasse a iniciativa de chamar os guardas durante o silflay, Cerefólio perceberia o que ele tinha feito em questão de momentos. A única possibilidade, então, era fugir durante o dia: esperar Cerefólio dormir e dar ordem para que um dos guardas deixasse seu posto na entrada de um dos buracos. Topete refletiu mais um pouco. Ele não conseguia ver falhas nessa ideia. Mas depois ele pensou: "E o Negro?".

Negro possivelmente passava o dia escoltado numa toca especial. Era provável que pouca gente soubesse onde – ninguém sabia de coisa alguma em Efrafa – e certamente ninguém iria contar. Então ele precisaria deixar Negro: nenhum plano realista podia incluí-lo.

— De jeito nenhum eu vou deixar ele — Topete murmurou. — Sei que Amora ia dizer que eu sou um tolo. Mas ele não está aqui e estou fazendo isso sozinho. Mas e se eu estragar a coisa toda só por causa do Negro? Ah, Frith num celeiro! Que fardo!

Ele refletiu até perceber que estava pensando em círculos. Depois de um tempo, dormiu. Ao acordar, sabia que lá fora a lua brilhava, bela e imóvel. Ele pensou que talvez pudesse começar o trabalho pela outra ponta – convencendo algumas fêmeas a se unir a ele e bolar um plano depois, talvez com ajuda delas. Ele correu pelo caminho até que encontrou um jovem coelho dormindo da melhor forma possível em uma toca superlotada. Ele, então, o acordou.

— Você conhece Hyzenthlay? — ele perguntou.

— Ah, sim, senhor — respondeu o coelho, numa tentativa meio patética de parecer ativo e disposto.

— Vá encontrá-la e diga para ela vir à minha toca — disse Topete. — Ninguém mais deve vir com ela. Entendeu?

— Sim, senhor.

Assim que o coelho saiu correndo, Topete voltou à toca, pensando se aquilo levantaria suspeitas. Parecia improvável. Pelo que Cerefólio disse, era bem comum que oficiais de Efrafa mandassem buscar fêmeas. Se alguém perguntasse era só mentir. Ele se deitou e esperou.

No escuro, um coelho veio lentamente pelo caminho e parou na entrada da toca. Houve uma pausa:

— Hyzenthlay? — disse Topete.

— Sim, sou Hyzenthlay.

— Quero falar com você — disse Topete.

— Estou na Marca, senhor, e sob suas ordens. Mas o senhor se enganou.

— Não, não me enganei — respondeu Topete. — Não precisa ter medo. Entre aqui, venha para mais perto de mim.

Hyzenthlay obedeceu. Ele conseguia sentir a pulsação rápida dela. O corpo estava tenso: os olhos estavam fechados e as garras cavavam o chão.

— Hyzenthlay — Topete sussurrou no ouvido dela —, ouça com atenção. Você se lembra de que há muitos dias, quatro coelhos chegaram a Efrafa em uma tarde. Um deles tinha o pelo cinza bem claro e um tinha uma cicatriz de uma mordida de rato na pata dianteira. Você conversou com o líder deles, o nome dele era Azevinho. Eu sei o que ele disse a você.

Ela virou a cabeça com medo.

— Como você sabe?

— Não importa. Só me escute.

Então, Topete falou sobre Avelã e Quinto, sobre a destruição do viveiro de Sandleford e sobre a jornada até Watership Down. Hyzenthlay não se mexeu nem o interrompeu.

— Os coelhos que falaram com você naquela tarde — disse Topete —, que contaram a você sobre o viveiro que foi destruído e sobre como tinham vindo pedir fêmeas em Efrafa, você sabe o que aconteceu com eles?

A resposta de Hyzenthlay foi apenas um murmúrio muito baixo no ouvido dele.

— Sei o que ouvi. Fugiram na outra tarde. E o capitão Mostarda foi morto enquanto os perseguia.

— E, no dia seguinte, alguma outra patrulha foi enviada atrás deles, Hyzenthlay?

— Ouvimos que não se podia perder mais oficiais, pois Borragem estava preso e Mostarda, morto.

— Aqueles coelhos voltaram para nós em segurança. Um deles não está muito longe agora, com nosso Chefe Coelho e vários outros. Eles são espertos e hábeis. Estão esperando que eu tire fêmeas de Efrafa; o maior número que eu conseguir. Devo conseguir enviar uma mensagem a eles amanhã de manhã.

— Como?

— Por um pássaro, se tudo correr bem.

Topete falou para ela sobre Kehaar. Quando ele terminou, Hyzenthlay não respondeu e ele não sabia dizer se ela estava pensando em tudo o que ele havia dito ou se ela estava tão perturbada por medo e descrença que, simplesmente, não sabia o que dizer. Será que ela pensou que ele era um espião tentando armar uma cilada para ela? Talvez ela só quisesse que ele a deixasse ir embora? Por fim, ele disse.

— Você acredita em mim?

— Sim, acredito.

— Eu não poderia ser um espião mandado pelo Conselho?

— Você não é. Eu sei que não é.

— Como?

— Você falou do seu amigo, aquele que sabia que aquele viveiro que vocês moravam era um lugar ruim. Ele não é o único coelho assim. Às vezes, eu consigo saber dessas coisas, também. Mas isso não tem mais acontecido com frequência, porque meu coração está congelado.

— Então você vai vir comigo? E vai convencer as suas amigas também? Nós precisamos de vocês, mas a Efrafa, não.

De novo ela ficou em silêncio. Topete conseguia ouvir uma minhoca se movendo na terra ali perto e, suave, pelo túnel, veio o som de alguma criatura pequena andando em meio à grama, do lado de fora. Ele esperou quieto, sabendo que era fundamental não chateá-la.

Por fim, ela falou de novo, tão baixo na orelha dele que as palavras mais se pareciam com cadências quebradas de respiração.

— Nós podemos escapar de Efrafa. O perigo é muito grande, mas podemos conseguir. Mas não sou capaz de imaginar o que vai vir depois disso. Confusão e medo ao cair da noite, e depois humanos, humanos, tudo é coisa de humanos! Um cão, uma corda que rompe como um galho seco. Um coelho – não, não é possível! – um coelho que anda em um hrududu! Ah, eu virei uma tola, só enxergo histórias que se contam para filhotes em uma noite de verão. Não, eu não consigo mais ver como via antes: agora são como sombras de árvores depois de um campo de chuva.

— Bom, é melhor você vir e conhecer esse meu amigo — disse Topete. — Ele fala exatamente como você, e eu passei a confiar nele, então também confio em você. Se você achar que vamos conseguir, então ótimo. Mas o que estou perguntando é se você vai trazer suas amigas com a gente.

Depois de outro silêncio, Hyzenthlay falou:

— Minha coragem, meu espírito, é tudo tão menor do que já foi. Tenho medo de deixar que você confie em mim.

— Consigo ver isso. O que foi que te deixou assim? Você não foi a líder das fêmeas que foram ao Conselho?

— Éramos eu e Thethuthinnang. Não sei o que aconteceu com as outras fêmeas que estavam com a gente. Na época estávamos todas na Marca da Pata Dianteira Direita, sabe? Ainda tenho a marca na Pata Direita, mas fui marcada de novo depois. Sabe o Negro? Você chegou a vê-lo?

— Sim, claro.

— Ele estava nessa Marca. Era nosso amigo e nos incentivou. Só tinham passado uma ou duas noites depois de as fêmeas irem falar com o Conselho quando ele tentou fugir, mas foi pego. Você viu o que fizeram com ele. Foi naquela mesma tarde que seus amigos chegaram. E já na noite seguinte eles escaparam. Depois disso, o Conselho mandou que nosso grupo de fêmeas voltasse lá. O general disse que mais ninguém ia ter a chance de fugir. Devíamos ser separadas entre as Marcas, não mais de duas em cada. Não sei por que deixaram Thethuthinnang e eu juntas. Talvez não tenham parado para pensar. Na Efrafa é assim, sabe? A ordem foi "duas em cada Marca", então, desde que a ordem fosse cumprida, não tinha importância quais eram as duas. Agora estou com medo e acho que o Conselho está sempre observando.

— Sim, mas *eu estou* aqui agora — disse Topete.

— O Conselho é muito astuto.

— Eles vão precisar ser. Temos alguns coelhos que são bem mais astutos, acredite em mim. É a Owsla do El-ahrairah, nada menos do que isso. Mas conte-me mais: a Nelthilta estava com vocês quando vocês foram ao Conselho?

— Ah, não, ela nasceu aqui, na Marca da Pata Traseira Esquerda. Ela tem personalidade, mas é jovem e tola. Fica empolgada de deixar todo mundo ver que ela é amiga de coelhas vistas como rebeldes. Ela não percebe o que está fazendo ou como é o Conselho de verdade. Para ela é como se tudo fosse um jogo; bancar a atrevida com os oficiais e essas coisas. Um dia ela vai passar do limite e colocar a gente em uma situação ruim de novo. Não dá para contar um segredo para ela, de jeito nenhum.

— Quantas fêmeas nesta Marca estariam dispostas a participar de uma fuga?

— Hrair. Há um grande descontentamento, sabe? Mas, Thlayli, é preciso contar a elas só bem perto da hora da fuga. Não só para a Nelthilta, quero dizer todas elas. Ninguém consegue guardar um segredo em um viveiro e tem espiões em toda parte. Você e eu precisamos bolar um plano juntos e só contar para a Thethuthinnang. Ela e eu vamos conseguir fêmeas suficientes para vir com a gente quando for a hora.

Topete percebeu que tinha esbarrado, de modo bastante inesperado, naquilo de que ele mais precisava: uma amiga forte e sensata que pensava por conta própria e que o ajudaria a suportar esse fardo.

— Vou deixar que você escolha as fêmeas — ele disse. — Eu arranjo a chance da fuga se você conseguir que elas estejam prontas para ir.

— Quando?

— É mais adequado ao pôr do sol, e, quanto antes, melhor. Avelã e os outros vão nos encontrar e enfrentar qualquer patrulha que nos siga. Mas o principal é que o pássaro vai lutar do nosso lado. Nem Vulnerária vai estar esperando por isso.

Hyzenthlay ficou em silêncio de novo e Topete percebeu com admiração que ela estava repassando o que ele tinha dito e procurando falhas.

— Mas com quantos coelhos o pássaro consegue lutar? — ela disse enfim.
— Ele pode afugentar *todos* eles? Essa vai ser uma fuga grande e, não se iluda, Thlayli, o próprio general vai atrás da gente com os melhores coelhos que tem. Não podemos fugir para sempre. Eles não vão perder o nosso rastro e mais cedo ou mais tarde vão alcançar a gente.

— Eu falei que nossos coelhos são mais astutos do que o Conselho. Acho que você não entenderia essa parte, mesmo que explicasse com cuidado. Você já viu um rio?

— O que é um rio?

— Aí é que está. Não tenho como explicar. Mas garanto que não vamos precisar fugir por muito tempo. Na verdade, vamos desaparecer diante dos olhos da Owsla... se eles estiverem lá para ver. Admito que estou ansioso para fazer isso acontecer.

Ela não disse nada e, então, ele acrescentou:

— Você precisa confiar em mim, Hyzenthlay. Juro pela minha vida, nós vamos desaparecer. Não estou te enganando.

— Se você estiver errado, os que morrerem rápido vão ser os sortudos.

— Ninguém vai morrer. Meus amigos prepararam um truque que deixaria até El-ahrairah orgulhoso.

— Se vai ser ao pôr do sol — ela disse —, precisa ser amanhã ou depois de amanhã. Em dois dias a Marca perde o silflay da tarde. Você sabia disso?

— Sim, ouvi falar. Amanhã, então. Por que esperar mais? Mas tem mais uma coisa. Nós vamos levar Negro.

— Negro? Como? Ele é escoltado pela polícia do Conselho.

— Eu sei. Aumenta bastante o risco, mas decidi que não posso deixá-lo para trás. O que eu pretendo fazer é o seguinte. Amanhã à noite, quando a Marca for silflay, você e Thethuthinnang precisam manter as fêmeas perto de vocês, todas as que vocês conseguirem reunir, prontas para fugir. Vou encontrar o pássaro um pouco mais longe no campo e mandar que ele ataque os guardas assim que me vir de volta no buraco. Então eu vou voltar e lidar eu mesmo com a escolta do Negro. Eles não vão estar esperando nada do gênero. Em instantes eu tiro ele de lá e alcanço vocês. Isso tudo vai gerar uma confusão total e é nessa confusão que vamos fugir. O pássaro vai atacar qualquer um que tente seguir a gente. Meus amigos vão estar esperando lá. Você só precisa me seguir. Eu vou mostrar o caminho.

— O capitão Candelária pode estar de patrulha.

— Ah, espero que esteja — disse Topete —, realmente espero.

— O Negro pode não correr imediatamente. Ele vai ficar tão assustado quanto os guardas.

— Tem como avisá-lo?

— Não. Os guardas dele nunca saem de perto dele e ele sai para silflay sozinho.

— Por quanto tempo ele vai ter que viver assim?

— Quando ele tiver passado por todas as Marcas, uma de cada vez, o Conselho vai matá-lo. Todos nós temos certeza disso.

— Então está decidido. Eu *não vou* sem ele.

— Thlayli, você é muito corajoso. Você é esperto também? A vida de todos vai depender de você amanhã.

— Bom, você consegue ver alguma coisa errada no plano?

— Não, mas eu sou apenas uma fêmea que nunca saiu de Efrafa. E se alguma coisa inesperada acontecer?

— Tudo é um risco. Mas você não quer sair e viver nas colinas com a gente? Pense nisso!

— Ah, Thlayli! Vamos poder acasalar com quem quisermos e cavar as próprias tocas e manter nossas ninhadas vivas?

— Sim! E contar histórias no Favo de Mel e silflay quando tiverem vontade. É uma boa vida, prometo para você.

— Eu vou! Vou correr o risco!

— Que sorte que você está nessa Marca — disse Topete. — Antes dessa conversa com você hoje à noite, eu estava num beco sem saída, sem saber o que fazer.

— Vou voltar para as tocas de baixo agora, Thlayli. Alguns outros coelhos devem estar imaginando por que você me chamou. Não é minha época de acasalamento, como você pode ver. Se eu for agora, podemos dizer que você se enganou e ficou decepcionado. Não se esqueça de dizer isso.

— Não vou me esquecer. Sim, vá agora, e faça com que elas estejam prontas no silflay de amanhã à tarde. Não vou deixar vocês na mão.

Quando ela foi embora, Topete se sentiu desesperadamente cansado e sozinho. Ele tentou manter em mente que seus amigos não estavam longe e que ele os veria de novo em menos de um dia. Mas ele sabia que havia Efrafa inteira entre ele e Avelã. Os pensamentos dele levaram a pequenas crises de ansiedade. Ele entrou num estado letárgico em que viu o capitão Candelária se transformando em uma gaivota e voando e gritando sobre o rio, até acordar em pânico. Depois, adormeceu de novo e viu o capitão Cerefólio levando Negro diante dele até um arame brilhante na grama. E, por cima de tudo, grande como um cavalo no campo, pairava a imagem gigantesca do general Vulnerária. Por fim, cansado de suas apreensões, ele passou para um estado de sono profundo, em que nem mesmo seu medo conseguia atingi-lo, e ficou deitado sem emitir som ou se movimentar em sua toca solitária.

36

O trovão se aproxima

Ia tudo fugir, eles mais eu,
Mas o Bill 'Arper 'pareceu
E ninguém fez foi mais nada.

Canção de cabaré

Topete saiu do sono oscilando, como uma bolha de gás no pântano em um leito sem correnteza. Havia outro coelho ao lado dele na toca – um macho. Ele se levantou imediatamente e disse:

— Quem está aí?

— Marmelo — respondeu o outro. — Hora de silflay, Thlayli. As andorinhas estão voando. Você é um sujeito que dorme profundamente.

— Ouso dizer que sou — disse Topete. — Bem, estou pronto. — Ele estava prestes a assumir a dianteira no caminho, mas as palavras que Marmelo disse a seguir o fizeram parar.

— Quem é Quinto? — perguntou Marmelo.

Topete ficou tenso.

— O que você disse?

— Perguntei quem é Quinto.

— Por que eu devia saber?

— Porque você estava falando dele enquanto dormia. Você falava o tempo todo "Pergunte ao Quinto, pergunte ao Quinto". Fiquei pensando quem poderia ser.

— Ah, já sei. Foi um coelho que eu conheci. Ele costumava prever o clima e essas coisas.

— Então, ele podia fazer isso agora. Você consegue sentir o cheiro do trovão?

Topete farejou. Misturado aos odores da grama e do gado veio o cheiro quente e denso de uma massa pesada de nuvens, ainda distante. Ele percebeu aquilo com inquietação. Quase todo animal fica perturbado com a aproximação do trovão, que os oprime com sua tensão crescente e muda o ritmo natural da vida deles.

A vontade de Topete era voltar para sua toca, mas ele tinha quase certeza de que eles não deixariam que uma bobagem como uma manhã de tempestade interferisse no cronograma de uma Marca de Efrafa.

E ele estava certo. Cerefólio já estava na entrada, agachado do lado oposto a Negro e sua escolta. Ele olhava em volta enquanto seus oficiais subiam pelo caminho.

— Venha, Thlayli, ele disse. — Os guardas já saíram. O trovão te incomoda?

— Um pouco — respondeu Topete.

— Mas não vai ter tempestade hoje — disse Cerefólio. — Ela ainda está a uma boa distância. Arriscaria dizer que vai ser amanhã à noite. De todo modo, não deixe a Marca ver que isso te afeta. Nada deve ser alterado a não ser por ordens do general.

— Não conseguia acordá-lo — disse Marmelo, com um toque de malícia.

— Tinha uma fêmea na sua toca ontem à noite, Thlayli, não tinha?

— Ah, tinha? — disse Cerefólio. — Qual?

— Hyzenthlay — disse Topete.

— Ah, a marli tharn[1] — disse Cerefólio. — Engraçado, achei que ela não estava pronta.

— Não estava — disse topete. — Eu me enganei. Mas, se você se lembrar, você me perguntou o que eu podia fazer para conseguir conhecer melhor o pelotão das esquisitonas e colocá-las um pouco mais sob controle, então fiquei falando com ela por um tempo, mesmo assim.

— Conseguiu alguma coisa?

— Difícil dizer, na verdade — disse Topete —, mas vou insistir.

Ele passou o tempo em que a Marca estava fora decidindo o jeito melhor e mais rápido de entrar no buraco e atacar a escolta de Negro. Ele teria de neutralizar um dos guardas o mais rápido possível e depois partir para cima do outro, que estaria bem menos despreparado. Se tivesse de lutar com ele, seria melhor evitar fazer isso deixando a saída do buraco livre para Negro, já que o pobre coelho podia ficar tão espantado quanto os guardas e talvez corresse pelo túnel. E, se ele fosse correr para algum lugar, tinha que ser para fora. Claro, com alguma sorte, o segundo guarda podia sair correndo para debaixo da terra sem lutar, mas não dava para contar com isso. Os integrantes da Owslafa não eram dados a fugir.

Ao sair para o campo, ele ficou se perguntando se Kehaar conseguiria vê-lo. Eles haviam acordado que Kehaar o encontraria na hora em que ele conseguisse ir para a superfície no segundo dia.

Ele não precisava ter se preocupado. Kehaar sobrevoava Efrafa desde antes do amanhecer. Assim que viu a Marca subir, ele pousou um pouco além do viveiro, no campo, a meio caminho entre a vegetação mais alta e a linha de vigias, e começou a bicar na grama. Topete foi comendo lentamente até chegar a ele e depois se sentou para continuar se alimentando sem sequer olhar na direção de Kehaar. Depois de um tempo, percebeu que a gaivota estava atrás dele, um pouco na diagonal.

---

1. *Marli* significa "uma fêmea" e *tharn* significa "perturbada, louca". Nesse contexto específico, a tradução mais próxima poderia ser "a donzela desesperada".

— Metre Dobede, achar não bom falar muito. Metre Velá ele dizer como você ir? O que querer?

— Quero duas coisas, Kehaar. E as duas ao pôr do sol de hoje. Primeiro, nossos coelhos devem estar embaixo do grande arco. Vou passar por aquele arco com as fêmeas. Se formos perseguidos, você e Avelá e o resto devem estar prontos para lutar. O tal barco, ainda está lá?

— Si, si, mano não tirar ele. Eu dizer a Metre Velá o que você dizer.

— Ótimo. Agora escute, Kehaar, essa é a segunda coisa, e é terrivelmente importante. Está vendo aqueles coelhos atrás da gente, no campo? São os guardas. Ao pôr do sol, encontre-me aqui. Então eu vou correr de volta para aquelas árvores e entrar em um buraco. Assim que você me vir entrar, ataque os guardas, deixe-os apavorados, afaste-os daqui. Se não correrem, machuque. Eles *precisam* sair daqui. Você vai me ver sair de novo, em seguida, e depois as fêmeas – as mães – vão começar a correr comigo e vamos direto para o arco. Mas é bem possível que nos ataquem no caminho. Se isso acontecer, você pode ajudar de novo?

— Si, si. Eu voar neles, eles não parar vocês.

— Esplêndido. É isso, então. Avelá e os outros, todos bem?

— Bem, bem. Eles dizer que você ser mui bom companheiro. Metre Capainha, ele dizer para trazer uma mãe para cada um dos outros e duas para ele.

Topete tentava pensar em uma resposta apropriada para isso quando viu Cerefólio correndo pela grama na direção dele. Imediatamente, sem falar com Kehaar, ele deu alguns saltos na direção de Cerefólio e começou a comer com dedicação em um trecho de trevos. Quando Cerefólio chegou, Kehaar voou baixo sobre as cabeças deles e desapareceu sobre as árvores.

Cerefólio olhou para a gaivota voando e depois se virou para Topete.

— Você não tem medo desses pássaros? — ele perguntou.

— Não particularmente — respondeu Topete.

— Às vezes eles atacam ratos, sabe, e filhotes de coelhos, também — disse Cerefólio. — Você se arriscou vindo comer aqui. Por que você foi tão descuidado?

Como resposta, Topete se sentou e deu um tapinha de brincadeira em Cerefólio, forte o bastante, para fazê-lo rolar.

— Por isso — ele disse.

Cerefólio se levantou com um ar aborrecido.

— Tá bom, eu sei que você é mais pesado do que eu — ele disse. — Mas você tem que aprender, Thlayli, que é preciso mais do que peso para ser um oficial em Efrafa. E isso não altera o fato de que esses pássaros podem ser perigosos. De todo modo, essa não é a estação dele, e isso, para começar, já é estranho. Vou precisar relatar isso ao Conselho.

— Por quê?

— Porque é incomum. Tudo que é incomum precisa ser relatado. Se não relatarmos e alguém o fizer antes de nós, vamos ficar parecendo uns tolos quando tivermos de dizer que também tínhamos visto o pássaro. Não dá para dizer que não vimos; muitos coelhos na Marca viram. Na verdade, preciso ir e relatar isso agora. O silflay está quase acabando, então, se eu não voltar a tempo, é melhor você e o Marmelo levarem a Marca para baixo da terra por conta própria.

Assim que Cerefólio o deixou, Topete foi procurar Hyzenthlay. Ele a encontrou na depressão com Thethuthinnang. A maior parte da Marca não parecia estar excessivamente afetada pelo trovão, que ainda estava distante, como disse Cerefólio. As duas fêmeas, porém, estavam deprimidas e nervosas. Topete disse a elas o que tinha combinado com Kehaar.

— Mas esse pássaro vai atacar os guardas? – perguntou Thethuthinnang.

— Nunca ouvi falar de nada parecido.

— Ele vai, garanto a vocês. Reúnam as fêmeas assim que o silflay começar hoje à tarde. Quando eu sair com o Negro, os guardas vão estar correndo para encontrar proteção.

— E para que lado corremos? — perguntou Thethuthinnang.

Topete caminhou com elas por um bom trecho pelo campo para que elas pudessem ver o distante arco no aterro, a cerca de quatrocentos metros de distância.

— Com certeza vamos ter de enfrentar o Candelária — disse Thethuthinnang.

— Você sabe disso?

— Soube que ele teve alguma dificuldade em parar Negro — respondeu Topete. — Então tenho certeza de que ele não vai ser páreo para mim e para o pássaro. Olhe, lá vem o Marmelo trazendo os guardas, temos que ir. Agora, não se preocupem. Masquem seus cecotrofos e durmam. Se não conseguirem dormir, afiem as garras, pode ser que precisem delas.

A Marca foi para debaixo da terra e Negro foi levado pela escolta. Topete voltou para sua toca e tentou recapitular o plano em sua mente. Depois de um tempo, ele desistiu da ideia de passar o dia sozinho. Fez uma ronda pelas tocas de baixo, participou de um jogo de esconde-pedra, ouviu duas histórias e contou uma, fez hraka na vala e depois, por impulso, foi até Cerefólio e conseguiu permissão dele para visitar outra Marca. Ele vagou pela Crixa, viu-se no meio do silflay de ni-Frith com a Marca do Flanco Esquerdo e foi para baixo da terra com eles. Os oficiais deles dividiam uma única toca grande e ali ele encontrou alguns veteranos experientes e ouviu com interesse as histórias deles sobre as Patrulhas Avançadas e outras explorações. No meio da tarde, ele voltou para a Marca da Pata Traseira Esquerda relaxado e confiante, e dormiu até que um dos guardas o acordou para silflay.

Ele subiu pelo caminho. Negro já estava enfiado em sua alcova. Agachado ao lado de Cerefólio, Topete observou a Marca sair. Hyzenthlay e Thethuthinnang passaram por ele sem nem olhar. Elas pareciam tensas, mas firmes. Cerefólio seguiu o último coelho.

Topete esperou até ter certeza de que Cerefólio tinha tido tempo de se afastar bastante do buraco. Depois, dando uma última olhada rápida para o lugar onde Negro estava sentado, também saiu. O sol brilhante ofuscou seus olhos e ele se sentou sobre as patas traseiras, piscando e alisando o pelo em um dos lados do focinho enquanto se acostumava à luz. Poucos momentos depois, ele viu Kehaar voando pelo campo.

— É isso, então — ele disse para si mesmo —, aqui vamos nós.

Naquele momento, um coelho falou atrás dele.

— Thlayli, quero dar uma palavrinha com você. Venha para debaixo dos arbustos, por favor.

Topete deixou cair as patas dianteiras e olhou em volta. Era o general Vulnerária.

37

O trovão ganha força

Esconder o fogo é fácil, mas o que fazer com a fumaça?
Joel Chandler Harris, *Provérbios do Tio Remo*

O primeiro impulso de Topete foi querer lutar com Vulnerária ali mesmo. Mas ele percebeu imediatamente que isso seria inútil e que só ia destruir todo o seu plano. A única coisa a fazer era obedecer. Ele seguiu Vulnerária pela vegetação e foram até uma sombra na trilha. Apesar do pôr do sol, a tarde parecia densamente nublada e, em meio às árvores, estava abafado e cinzento. O trovão ganhava força. Ele olhou para Vulnerária e esperou.

— Você esteve nas tocas da Marca da Pata Traseira Esquerda à tarde? — começou Vulnerária.

— Sim, senhor — respondeu Topete. Ele continuava não gostando de se dirigir a Vulnerária como "senhor", mas como ele fingia ser um oficial de Efrafa, não havia outro modo de fazer as coisas. No entanto, ele não acrescentou que Cerefólio havia lhe dado permissão. Ele ainda não tinha sido acusado de nada.

— Aonde você foi?

Topete engoliu seu aborrecimento. Sem dúvida Vulnerária sabia perfeitamente bem onde ele tinha estado.

— Fui até a Marca do Flanco Esquerdo, senhor. Estive nas tocas deles.

— Por que você foi?

— Para passar o tempo e aprender algo ouvindo os oficiais.

— Você foi a mais algum lugar?

— Não, senhor.

— Você encontrou um dos coelhos da Owsla do Flanco Esquerdo, um coelho chamado Tasneira.

— Provavelmente. Ainda não aprendi o nome de todos eles.

— Você já tinha visto aquele coelho antes?

— Não, senhor. Como poderia?

Houve uma pausa.

— Posso perguntar do que se trata, senhor? – questionou Topete.

— Eu faço as perguntas — disse Vulnerária. — Tasneira já viu *você* antes. Ele o reconheceu pelo tufo na cabeça. Onde você acha que ele viu você?

— Não tenho ideia.

— Você já correu de uma raposa?

— Sim, senhor, uns dias atrás, enquanto vinha para cá.

— Você levou a raposa a alguns outros coelhos e ela matou um deles. Isso está correto?

— Eu não queria levar a raposa na direção deles. Eu não sabia que eles estavam lá.

— Você não nos contou nada sobre isso.

— Nunca me ocorreu. Não tem nada de errado em correr de uma raposa.

— Você causou a morte de um oficial de Efrafa.

— Por mero acidente. E a raposa poderia ter atacado de todo modo, mesmo se eu não estivesse lá.

— Não poderia — disse Vulnerária. — Malva não era o tipo de coelho que corre na direção de uma raposa. Raposas não são perigosas para coelhos que sabem se cuidar.

— Lamento que a raposa tenha atacado aquele coelho, senhor. Foi um grande azar.

Vulnerária olhou para ele com seus grandes olhos pálidos.

— Então, mais uma pergunta, Thlayli. Aquela patrulha estava no rastro de um bando de coelhos, de desconhecidos. O que você sabe sobre eles?

— Também vi rastros deles, nessa época. Não sei dizer nada além disso.

— Você não estava com eles?

— Se estivesse com eles, senhor, eu viria para Efrafa?

— Eu disse que eu faria as perguntas. Você sabe me dizer para onde eles podem ter ido?

— Infelizmente creio que não, senhor.

Vulnerária parou de encará-lo e se sentou em silêncio por um tempo. Topete sentiu que o general estava esperando que ele perguntasse se aquilo era tudo e se ele podia ir. Mas decidiu que também ficaria em silêncio.

— Uma outra coisa — disse Vulnerária, por fim. — Sobre esse pássaro branco no campo hoje de manhã. Você não tem medo deles?

— Não, senhor. Nunca ouvi falar que um deles tenha machucado um coelho.

— Apesar de toda a sua vasta experiência, saiba que eles podem fazer mal a coelhos, Thlayli. Mas, de todo modo, por que você se aproximou dele?

Topete pensou rápido.

— Para falar a verdade, senhor, acho que estava tentando impressionar o capitão Cerefólio.

— Bem, você poderia ter motivos piores. Mas, se você quiser impressionar alguém, melhor começar por mim. Depois de amanhã vou comandar pessoalmente uma Patrulha Avançada. Vamos cruzar a estrada de ferro e tentar encontrar rastros desses coelhos, dos coelhos que Malva teria encontrado se você não tivesse aparecido e dado de cara com ele. Portanto, é melhor você vir e me mostrar se é mesmo bom nisso.

— Certo, senhor. Ficarei feliz em ir.

Houve mais um silêncio. Dessa vez, Topete decidiu dar a entender que estava indo embora. Ele fez isso, mas imediatamente uma nova pergunta o fez parar.

— Quando você esteve com Hyzenthlay, ela contou por que foi posta na Marca da Pata Traseira Esquerda?

— Sim, senhor.

— Não tenho certeza de que aquele problema acabou. Fique de olho nisso. Se ela se abrir com você, melhor. Talvez aquelas fêmeas estejam se acalmando, mas talvez, não. Quero saber.

— Muito bem, senhor — disse Topete.

— Isso é tudo — disse Vulnerária. — Melhor você voltar para sua Marca agora.

Topete foi até o campo. O silflay estava no fim, o sol já tinha se posto e estava escurecendo. Nuvens pesadas esmaeciam a luz que restava. Kehaar não estava à vista. Os guardas entraram e a Marca começou a descer. Sentado sozinho na grama, ele esperou até o último coelho desaparecer. Ainda não havia qualquer sinal de Kehaar. Ele pulou lentamente para o buraco. Ao entrar, esbarrou em um dos policiais da escolta, que bloqueava a entrada para garantir que Negro não tentasse correr enquanto era levado para baixo.

— Sai do meu caminho, seu carregador de rabo sujo, chupador de sangue — disse Topete. — Agora vá e relate isso ao Conselho — ele acrescentou por sobre o ombro, enquanto descia para a sua toca.

*　*　*

Enquanto a luz diminuía no céu denso, Avelã correu mais uma vez pelo solo duro e nu debaixo do arco da ferrovia, saiu do lado norte e se sentou para escutar. Poucos momentos depois, Quinto se uniu a ele e os dois rastejaram um pouco até o campo, na direção de Efrafa. O ar estava denso e quente, e cheirava a chuva e a cevada madura. Não havia sons nos arredores, mas atrás e abaixo deles, da campina inundada no lado do barranco mais próximo do Test, vinha sutil o ruído agudo e incessante de dois agitados borrelhos. Kehaar voou do topo do barranco.

— Certeza de que ele disse que seria hoje à noite? — perguntou Avelã pela terceira vez.

— Ser ruim — disse Kehaar. — Talvez pegaram ele. Ser acabado Metre Dobede. Você achar?

Avelã não respondeu.

— Não sei se foi isso — duvidou Quinto. — Nuvens e trovão. Aquele lugar no topo do campo é como o fundo de um rio. Qualquer coisa pode estar acontecendo ali.

— Topete está lá. Imagine que se ele estiver morto? Imagine que estejam tentando fazer com que ele fale...

— Avelã — disse Quinto. — Avelã, você não vai ajudar o Topete ficando aqui no escuro e se preocupando. Muito provavelmente não tem nada de errado. Ele só teve de esperar por algum motivo. De todo modo, ele não vai vir hoje à noite (isso já é certeza) e nossos coelhos estão em perigo aqui. Kehaar pode subir ao amanhecer e trazer outra mensagem para nós.

— Acho que você está certo — disse Avelã —, mas odeio a ideia de ir embora. Imagine se ele vier. Deixe o Prata levar os outros de volta e eu fico aqui.

— Você não ia ter como fazer nada sozinho, Avelã, mesmo se a sua perna estivesse boa. Você está tentando comer grama que não existe. Por que você não dá uma chance para a grama nascer?

Eles voltaram por sob o arco e, assim que Prata saiu dos arbustos para encontrá-los, eles ouviram os outros coelhos se mexendo inquietos em meio às urtigas.

— Vamos desistir por hoje, Prata — disse Avelá. — Precisamos atravessar o rio agora, antes de escurecer completamente.

— Avelá-rah — disse Sulquinho, enquanto passava por ele —, vai dar... vai dar tudo certo, não vai? O Topete vai vir amanhã, não vai?

— É claro que vai — disse Avelá —, e nós todos vamos estar aqui para ajudá-lo. E vou te dizer mais uma coisa, Hlao-roo. Se ele não vier amanhã, eu mesmo vou até Efrafa.

— Eu vou com você, Avelá-rah — disse Sulquinho.

* * *

Topete ficou agachado em sua toca, encostado em Hyzenthlay. Ele tremia, mas não de frio. Os caminhos abafados da Marca estavam cheios de trovão, o ar parecia uma profunda correnteza de folhas. Topete estava à beira da exaustão nervosa. Desde que deixou o general Vulnerária, ele ficou cada vez mais enredado nos eternos terrores do conspirador. Quanto Vulnerária tinha descoberto? Era visível que nenhuma informação deixava de chegar até ele. Ele sabia que Avelá e os outros tinham vindo do norte e atravessado a ferrovia. Sabia sobre a raposa. Sabia que uma gaivota, que devia estar bem longe nessa época do ano, estava rondando Efrafa e que ele, Topete, tinha deliberadamente se aproximado dela. Sabia que Topete tinha ficado amigo de Hyzenthlay. Quanto podia demorar antes de ele dar o passo final de juntar todas essas coisas? Talvez já tivesse entendido tudo e estivesse só esperando para prendê-lo na hora certa?

Vulnerária tinha todas as vantagens. Ele se sentava em segurança na junção de todos os caminhos, vendo claramente cada um deles, enquanto ele, Topete, ridículo em seus esforços de estar à altura do general como inimigo, escalava atrapalhado e ignorante sob a vegetação, traindo-se a cada movimento. Ele não sabia como entrar novamente em contato com Kehaar. Mesmo que conseguisse fazer isso, será que Avelá conseguiria levar os coelhos mais uma vez para o arco? Talvez eles já tivessem sido vistos por Candelária em uma patrulha? Falar com Negro seria suspeito. Chegar perto de Kehaar seria suspeito. Por mais buracos do que ele jamais seria capaz de tapar, o segredo dele estava vazando – aos borbotões – para fora.

O pior, porém, ainda estava por vir.

— Thlayli — sussurrou Hyzenthlay —, você acha que você e eu e a Thethuthinnang podíamos fugir hoje à noite? Se lutássemos com os guardas na saída do caminho, podíamos correr um bom tanto antes de uma patrulha conseguir nos perseguir.

— Por quê? — perguntou Topete. — O que te faz perguntar isso?

— Estou com medo. Nós contamos tudo para as outras fêmeas um pouco antes de silflay, entende? Elas estavam prontas para fugir quando o pássaro atacasse os guardas, mas aí nada aconteceu. Todas elas sabem do plano, Nelthilta e o resto. Não vai demorar para o Conselho descobrir. Claro que dissemos que a vida delas dependia de ficarem quietas e que íamos tentar de novo. A Thethuthinnang está de olho nelas agora: disse que vai fazer o melhor que puder para não dormir. Mas não se pode guardar um segredo em Efrafa. É possível até que uma das fêmeas seja uma espiã, embora Frith saiba que a gente escolheu com todo o cuidado. Pode muito bem acontecer de sermos presos antes de amanhecer.

Topete tentou pensar com clareza. Ele certamente podia conseguir escapar com duas fêmeas decididas e sensatas. Mas os guardas – a não ser que os fugitivos pudessem matá-los – iriam dar o alarme imediatamente e ele não tinha certeza de que podia conseguir encontrar o caminho até o rio no escuro. Mesmo se conseguisse, era possível que os perseguidores o seguissem até a ponte de tábuas e até mesmo chegar ao restante do grupo, despreparado e adormecido. E, na melhor das hipóteses, ele teria saído de Efrafa com apenas duas fêmeas, porque não tinha tido estômago. Prata e os outros não teriam como saber o que ele passou.

— Não, a gente não deve desistir ainda — ele disse do modo mais gentil possível. — O trovão e a espera é que estão te deixando tão chateada. Escute, garanto que a essa hora amanhã você já vai ter saído de Efrafa para sempre e que todas as outras estarão com você. Agora vá dormir um pouco e depois volte e ajude Thethuthinnang. Continue pensando nas colinas altas e em tudo que eu te disse. Nós vamos chegar lá. Nossos problemas não vão durar muito mais.

* * *

Ao acordar, ele descobriu que estava sozinho na toca. Por um momento, ficou imaginando se Hyzenthlay tinha sido presa. Depois teve certeza de que a

Owslafa não teria como levá-la dali com ele dormindo. Ela devia ter acordado e voltado para ajudar Thethuthinnang sem incomodá-lo.

Faltava pouco para amanhecer, mas a opressão no ar tinha diminuído. Ele correu pelo túnel até a entrada. Lisimáquia, o vigia de plantão, estava olhando inquieto para fora do buraco, mas se virou quando ele se aproximou.

— Queria que chovesse, senhor — ele disse. — O trovão azeda a grama, mas não tenho muita esperança de que chova antes da tarde.

— Má sorte para o último dia da Marca no silflay do amanhecer e do início da tarde — respondeu Topete. — Vá acordar o Capitão Cerefólio. Eu fico no seu lugar até a marca subir.

Quando Lisimáquia se afastou, Topete sentou na entrada do buraco e cheirou o ar pesado. O céu parecia tão perto quanto o topo das árvores, coberto com nuvens imóveis e vermelho a leste, com um brilho sinistro e sujo. Não havia uma andorinha no céu, nenhum tordo cantando. O campo diante dele estava vazio e inerte. A vontade de correr o atingiu. Em menos de um instante ele poderia estar indo rumo ao arco. Era muito provável que Candelária e sua patrulha não estivessem fazendo ronda num tempo como esse. Todas as criaturas acima e abaixo dos campos e dos bosques deviam estar em silêncio, encolhidas como se estivessem sob uma pata grande e macia. Nada devia estar em movimento, já que o dia não estava propício e os instintos ficavam inseguros, não se podendo confiar neles. Era hora de se agachar e ficar em silêncio. Só um fugitivo estaria em segurança. Na verdade, ele não podia esperar uma chance melhor.

— Oh, Senhor com as orelhas que são luzes de estrelas, envia-me um sinal! — disse Topete.

Ele, então, ouviu movimentos no túnel atrás dele. Era a Owslafa trazendo o prisioneiro. No crepúsculo da tempestade, Negro parecia mais doente e abatido do que nunca. O focinho estava seco e era possível ver o branco de seus olhos. Topete saiu para o campo, pegou um bocado de trevo e trouxe de volta para a entrada do buraco.

— Anime-se — ele disse para Negro. — Pegue um pouco de trevo.

— Isso não é permitido, senhor — disse um dos membros da escolta.

— Ah, deixe ele comer, Escamédrio — disse o outro. — Não tem ninguém vendo. Já é difícil para todo o mundo um dia como esse, imagine para o prisioneiro.

Negro comeu o trevo e Topete foi para seu lugar de sempre enquanto Cerefólio chegava para supervisionar a saída da Marca.

Os coelhos estavam lentos e hesitantes e o próprio Cerefólio parecia incapaz de manter seus modos ríspidos de sempre. Ele tinha pouco a dizer enquanto os coelhos passavam por ele. Ele deixou tanto Thethuthinnang quanto Hyzenthlay passarem em silêncio. Nelthilta, no entanto, parou por vontade própria e olhou de maneira imprudente para ele.

— Doente, capitão? — ela disse. — Prepare-se. Logo você pode ter uma surpresa, quem sabe?

— Como assim? — respondeu seco Cerefólio.

— Fêmeas podem criar asas e voar — disse Nelthilta —, e isso pode não demorar. Debaixo da terra segredos andam mais rápido que toupeiras.

Ela seguiu as outras fêmeas no campo. Por um momento, pareceu que Cerefólio ia chamá-la de volta.

— Queria pedir para você dar uma olhada na minha pata, pode ser? — disse Topete. — Acho que tem um espinho nela.

— Venha, então — disse Cerefólio —, vamos ali para fora. Não que a gente vá conseguir ver muito melhor lá.

Talvez por estar pensando no que Nelthilta tinha dito ou por qualquer outra razão, ele não procurou o espinho com muito empenho – o que não era um problema, já que não havia espinho nenhum ali.

— Essa não! — ele disse, olhando para o alto — Lá está aquele maldito pássaro branco de novo. Por que ele continua vindo aqui?

— Por que você se preocupa com isso? — perguntou Topete. — Ele não está causando nenhum problema, só procurando lesmas.

— "Qualquer coisa fora do comum é uma possível fonte de perigo" — respondeu Cerefólio, citando Vulnerária. — E fique longe dele hoje, Thlayli, entendeu? Isso é uma ordem.

— Está bem — disse Topete. — Mas você certamente sabe se livrar dele, não? Achei que todo coelho sabia fazer isso.

— Não seja ridículo. Você não está sugerindo atacar um pássaro daquele tamanho, com um bico da grossura da minha pata dianteira, não é?

— Não, não, é uma espécie de simpatia que a minha mãe me ensinou. Você sabe, tipo "Joaninha, joaninha, volte para casa". Aquilo funciona e isso também, ou pelo menos sempre funcionava com a minha mãe.

— A história da joaninha só funciona porque toda joaninha se arrasta até o topo do caule e depois voa.

— Está bem — disse Topete —, como você preferir. Mas você não gosta do pássaro e eu me ofereci para tirar ele daqui. Nós tínhamos vários desses ditados e simpatias no meu antigo viveiro. Só queria que a gente tivesse um para se livrar de humanos.

— Bom, qual é a simpatia? — perguntou Cerefólio.

— Você diz: "Oh ave grande, vá-se embora, por favor / E não retorne até que o sol queira se pôr".

— Claro, é preciso usar dialeto dos campos. Não adianta esperar que eles entendam lapino. Vamos tentar, de todo modo. Se não funcionar, não perdemos nada, e se funcionar, a Marca vai pensar que foi você que expulsou a ave. Para onde ele foi? Mal consigo ver alguma coisa nessa luz. Ah, lá está ele, veja, atrás daqueles cardos. Bom, você corre assim. Tem que pular deste lado, depois do outro lado, coçar com as pernas... isso, esplêndido! Levante as orelhas e depois vá direto... ah! Aí vamos nós. Agora, recite: "Oh ave grande, vá-se embora, por favor / E não retorne até que o sol queira se pôr."

— Viu só, *realmente* funcionou. Acho que essas antigas rimas e esses encantamentos são mais poderosos do que a gente imagina. Claro, pode ser que ele fosse voar de qualquer jeito. Mas você tem que admitir que ele foi embora.

— Provavelmente por causa de toda aquela dança que a gente fez enquanto se aproximava dele — disse Cerefólio amargo. — Devemos ter parecido completamente malucos. O que diabos a Marca vai pensar? De todo modo, já que estamos aqui, podemos fazer uma ronda pelas sentinelas.

— Vou parar e comer, se você não se importar — disse Topete. — Não comi muito ontem à noite, sabe?

* * *

A sorte de Topete não tinha acabado completamente. Mais tarde, naquela manhã, de maneira bastante inesperada, ele esbarrou em uma chance de falar em particular com Negro. Ele tinha passado pelas tocas sufocantes, encontrando em todo lugar respirações curtas e pulsos febris. Estava imaginando se não poderia haver uma chance de ele ir até Cerefólio e pedir permissão do Conselho para que a Marca passasse parte do dia nos arbustos na superfície – já que isso podia muito bem trazer algum tipo de oportunidade – quando começou a sentir necessidade de fazer hraka. Como nenhum coelho faz hraka debaixo da terra, e, assim como crianças na escola que sabem que não se pode negar a elas o direito de ir ao banheiro desde que se tenha passado algum tempo desde a última vez, os coelhos de Efrafa costumavam pedir para ir até a vala fazer hraka, mas com a intenção apenas de pegar um pouco de ar fresco e mudar de ambiente. Embora supostamente eles não pudessem ir mais vezes do que o necessário, alguns membros da Owsla eram mais tranquilos do que outros nesse quesito. Quando Topete se aproximou do buraco que levava à vala, viu dois ou três jovens machos de bobeira no túnel e, como de costume, se dispôs a representar seu papel da maneira mais convincente possível.

— Por que vocês estão aqui? — ele perguntou.

— A escolta do prisioneiro está lá em cima no buraco e eles nos mandaram de volta, senhor — respondeu um deles. — Não estão deixando ninguém sair no momento.

— Nem para fazer hraka?

— Não, senhor.

Indignado, Topete abriu caminho até a entrada do buraco. Ali, ele encontrou a escolta de Negro falando com o guarda de plantão.

— Receio que o senhor não possa sair agora, senhor — disse Escamédrio. — O prisioneiro está na vala, mas não vai demorar.

— Eu também não vou demorar — disse Topete. — Saia do caminho, sim? — Ele empurrou Escamédrio para o lado e pulou na vala.

O dia tinha se tornado ainda mais ameaçador e nublado. Negro estava agachado a uma pequena distância, debaixo de uma plumagem de salsa de vaca. As moscas andavam nos retalhos de suas orelhas, mas ele parecia não percebê-las. Topete percorreu a vala e se agachou ao lado dele.

— Negro, ouça — ele disse rapidamente. — Essa é a verdade, por Frith e o Coelho Preto. Sou um inimigo secreto de Efrafa. Ninguém sabe disso além de você e de algumas fêmeas da Marca. Vou fugir com elas hoje à noite e vou levar você comigo também. Não faça nada por enquanto. Quando a hora chegar, vou estar lá para lhe dizer. Só se prepare e fique pronto.

Sem esperar uma resposta, ele se afastou, como se estivesse procurando um lugar melhor. Mesmo assim, ele voltou para o buraco antes de Negro, que evidentemente pretendia ficar fora a maior quantidade de tempo que os guardas da escolta – que também não tinham nenhum motivo para se apressar – permitissem.

— Senhor — disse Escamédrio, quando Topete entrou —, essa é a terceira vez, senhor, que o senhor desrespeita a minha autoridade. A polícia do Conselho não pode ser tratada assim. Receio que vou precisar relatar isso, senhor.

Topete não respondeu e voltou para o túnel.

— Espere mais um pouco se puder — ele disse enquanto passava pelos machos. — Imagino que esse pobre coitado não vai sair de novo hoje.

Ele ficou pensando se devia ir procurar Hyzenthlay, mas decidiu que seria prudente ficar longe dela. Ela sabia o que fazer, e quanto menos eles fossem vistos juntos melhor. A cabeça dele doía no calor e ele só queria ficar sozinho e quieto. Então, voltou para a toca dele e dormiu.

38

O trovão irrompe

Que vente e que o mar suba e o barco vá!
Já vem a tempestade e tudo é risco!

Shakespeare, *Júlio César*

No final da tarde tudo escureceu e ficou abafado. Era evidente que não haveria um verdadeiro pôr do sol. No trecho verde perto da margem do rio, Avelá estava sentado agitado enquanto tentava imaginar o que estava acontecendo em Efrafa.

— Ele disse que queria que você atacasse os guardas enquanto os coelhos comiam, não foi? — ele disse a Kehaar. — E que ele ia tirar as mães de lá durante a confusão?

— Sim, ele dizer isso, mas não acontecer. Depois ele dizer ir embora, voltar hoje de noite.

— Então é isso que ele ainda pretende fazer. A questão é, quando eles *vão* comer? Já está escurecendo. Prata, o que você acha?

— Se eu bem conheço os coelhos de lá, eles não vão mudar nada do que está planejado para o dia — disse Prata. — Mas, se você está preocupado com a possibilidade de a gente não estar lá na hora certa, por que não ir já?

— Porque eles estão sempre patrulhando. Quanto mais a gente esperar lá, maior o risco. Se uma patrulha encontrar a gente antes de o Topete vir, não vai ser só uma questão de a gente conseguir fugir. Eles vão perceber que estamos aqui com algum objetivo e vão soar o alarme, e isso vai acabar com a chance que ele tem.

— Ouça, Avelã-rah — disse Amora. — Precisamos chegar na estrada de ferro na mesma hora que o Topete, nem um momento antes. Por que você não vai com eles agora pelo rio e espera debaixo da vegetação, perto do barco? Quando Kehaar tiver atacado os guardas, ele pode voar de volta e avisar.

— Sim, é isso — respondeu Avelã. — Mas, quando Kehaar vier, precisamos correr para chegar no arco o mais rápido possível. Tanto o Topete quanto o Kehaar vão precisar da gente.

— Bom, *você* não vai conseguir correr até o arco — disse Quinto —, não com essa sua perna machucada. O melhor que você pode fazer é ir para o barco e roer metade da corda até a hora que a gente voltar. O Prata pode ficar responsável pela luta, se é que isso vai ser preciso.

Avelã hesitou.

— Mas é provável que alguns de nós se machuquem. Não posso ficar para trás.

— O Quinto tem razão — disse Amora. — Você *tem* que esperar no barco, Avelã. Não podemos correr o risco de os coelhos de Efrafa pegarem você. Além disso, é muito importante que a corda esteja roída pela metade. E isso é trabalho para alguém sensato. Se ela se romper cedo demais, estamos acabados.

Eles precisaram de um tempo para convencer Avelã. E, mesmo quando acabou concordando, ele continuou hesitante.

— Se o Topete não vier hoje à noite — ele disse —, eu vou lá encontrá-lo, onde ele estiver. Frith sabe o que já pode ter acontecido.

Enquanto eles partiam para a margem esquerda, o vento começou a soprar em rajadas irregulares e quentes, provocando o farfalhar multifolhado das juncas. Eles tinham acabado de chegar à ponte de tábuas quando soou um estrondo de trovão. Na luz intensa e estranha, as plantas e as folhas pareceram ficar maiores e os campos além do rio pareceram ficar muito próximos. Havia uma inércia opressiva.

— Sabe, Avelá-rah — disse Campainha —, essa realmente é a tarde mais divertida em que já saí para procurar uma fêmea.

— Logo vai ficar bem mais divertida — disse Prata. — Vai ter relâmpagos e muita chuva. Por Frith, vocês todos, não entrem em pânico, ou nunca mais vamos ver nosso viveiro. Acho que vai ser um trabalho difícil — ele acrescentou em voz baixa para Avelá. — Não gosto muito disso.

* * *

Topete acordou ouvindo seu nome repetido com urgência.

— Thlayli! Thlayli! Acorde! *Thlayli!*

Era Hyzenthlay.

— Que foi? — ele disse. — O que aconteceu?

— Nelthilta foi presa.

Topete ficou em pé rapidamente.

— Há quanto tempo? Como isso aconteceu?

— Agora mesmo. Lisimáquia desceu até a nossa toca e mandou a subir para se encontrar com o capitão Cerefólio imediatamente. Fui atrás deles pelo túnel. Quando chegamos na toca de Cerefólio, tinha dois policiais do Conselho esperando do lado de fora e um deles disse para Cerefólio: "Bom, o mais rápido que você puder, e não demore". E então eles a levaram de lá imediatamente. Devem ter ido para o Conselho. Ah, Thlayli, o que a gente deve fazer? Ela vai contar tudo para eles...

— Escute o que eu vou dizer — disse Topete. — Não podemos perder nem um momento. Vá pegar a Thethuthinnang e as outras e traga todas para esta toca. Eu não vou estar aqui, mas você deve esperar em silêncio até que eu volte. Não vai demorar. Vamos logo! Tudo depende disso.

Hyzenthlay mal tinha desaparecido túnel abaixo quando Topete ouviu outro coelho se aproximar vindo da direção oposta.

— Quem está aqui? — ele disse, virando-se rapidamente.

— Cerefólio — respondeu o outro. — Que bom que você está acordado. Escute, Thlayli, vamos ter problemas. A Nelthilta foi presa pelo Conselho. Tinha certeza de que isso ia acontecer, depois do relato que fiz para o Verbena hoje de manhã. Seja do que for que ela estivesse falando, eles vão fazer que ela confesse. Ouso dizer que o próprio general vai estar lá assim que souber o que está acontecendo. Agora olhe, preciso ir imediatamente para o Conselho. Você e o Marmelo fiquem aqui e ponham já os guardas em serviço. Não vai ter silflay e ninguém deve sair por motivo algum. Todos os buracos devem ter dois guardas. Você entende essas ordens, não entende?

— Você já falou com o Marmelo?

— Não tenho tempo para procurar o Marmelo. Ele não está na toca dele. Vá e alerte você mesmo os vigias. Mande alguém encontrar o Marmelo e mande outro coelho dizer a Escamédrio que a exposição do Negro não será necessária hoje à noite. Depois, fique ao lado dos buracos e vigie os buracos de hraka também, com todos os guardas que você tiver à disposição. Pelo que sei, pode haver um plano para uma fuga. Nós prendemos Nelthilta com a maior discrição possível, mas a Marca vai perceber o que aconteceu. Se for preciso, aja com violência, entendeu? Agora eu vou embora.

— Certo — disse Topete. — Vou começar imediatamente.

Ele seguiu Cerefólio até o topo do túnel. O vigia no buraco era Manjerona. Quando ele abriu caminho para Cerefólio passar, Topete subiu atrás dele e olhou para as nuvens.

— O Cerefólio falou para você? — ele questionou. — O silflay vai ser cedo hoje, por causa do mau tempo. A ordem é começar imediatamente.

Ele esperou a resposta de Manjerona. Se Cerefólio já tivesse dito que não era para ninguém sair, seria necessário lutar com ele. Mas, depois de um instante, Manjerona disse:

— Você já ouviu algum trovão?

— Comece imediatamente, eu disse — respondeu Topete. — Desça e traga Negro com a escolta para cima e seja rápido. Vamos precisar trazer a Marca para fora o mais rápido possível para dar tempo de eles comerem antes de a tempestade começar.

Manjerona saiu e Topete correu para a sua própria toca. Hyzenthlay não tinha perdido tempo. Três ou quatro fêmeas estavam apertadas na toca e nas proximidades, em um túnel lateral. Thethuthinnang estava agachada com várias outras. Todas estavam em silêncio e com medo e uma ou duas estavam no limite da estupefação do terror.

— Não é hora de tharn — disse Topete. — A vida de vocês depende de fazerem o que eu disser. Escutem. Negro e os guardas da polícia vão subir direto. Manjerona provavelmente vai subir atrás deles e vocês precisam arranjar algum assunto para ficar conversando com ele. Logo depois, vocês vão ouvir uma luta, porque vou atacar os guardas da polícia. Quando ouvirem isso, venham o mais rápido que puderem e me sigam pelo campo. Não parem por nada.

Quando ele terminou de falar, ele ouviu o inconfundível som de Negro e dos guardas se aproximando. A marcha triste e arrastada de Negro não se parecia com a de nenhum outro coelho. Sem esperar que as fêmeas respondessem, Topete voltou para a saída do túnel. Os três coelhos vinham em fila indiana, com Escamédrio à frente.

— Receio que eu trouxe vocês até aqui à toa — disse Topete. — Acabam de me informar que o silflay da tarde foi cancelado. Olhem lá fora e vocês vão entender o porquê.

Quando Escamédrio foi olhar fora do buraco, Topete rapidamente se colocou entre ele e Negro.

— Parece que vai ter tempestade, sem dúvida — disse Escamédrio — mas eu nunca teria imaginado...

— *Agora*, Negro! — gritou Topete, e pulou nas costas de Escamédrio.

Escamédrio caiu para fora do buraco com Topete em cima dele. Ele não era membro da Owslafa à toa e era tido como bom combatente. Enquanto eles rolavam pelo chão, ele virou a cabeça e enfiou os dentes no ombro de Topete. Ele tinha sido treinado para agarrar o oponente e para não soltar de jeito nenhum. Mais de uma vez no passado isso tinha sido útil para ele. Mas ao lutar contra um coelho com a força e a coragem de Topete isso acabou se revelando um erro. A melhor chance dele teria sido manter distância e usar as garras. Ele manteve os dentes fincados no ombro do oponente como se fosse um cão e Topete, rosnando, colocou as duas patas traseiras para a frente, enfiou os pés no flanco de Escamédrio e então, ignorando a dor no ombro, fez força para ficar de pé. Ele sentiu os dentes cerrados de Escamédrio rasgando sua carne, mas logo depois ele estava de pé sobre Escamédrio, que caiu de costas no chão, chutando impotente. Topete saltou para longe. Era evidente que o quadril de Escamédrio estava machucado. Ele fez força, mas não conseguiu se levantar.

— Pense que você teve sorte — disse Topete, sangrando e xingando — que eu não te matei.

Sem esperar para ver o que Escamédrio ia fazer, ele pulou de volta para o buraco. Ele se deparou com Negro atracado com o outro guarda. Logo depois deles, Hyzenthlay estava subindo pelo túnel com Thethuthinnang atrás dela. Topete deu um tremendo tapa na lateral da cabeça do guarda, que o fez rolar pelo túnel e entrar no recesso do prisioneiro. Ele se levantou, ofegante, e olhou para Topete sem dizer uma palavra.

— Não se mexa — disse Topete. — Vai ser pior se você tentar. Negro, tudo bem com você?

— Sim, senhor — disse Negro —, mas o que nós fazemos agora?

— Sigam-me — pediu Topete —, todos vocês. Venham!

Ele saiu de novo à frente dos outros. Não havia nem sinal de Escamédrio, mas, quando ele olhou para trás para ter certeza de que os outros o seguiam, viu de relance o rosto assustado de Marmelo olhando do outro buraco.

— O capitão Cerefólio está procurando você! — ele disse e saiu correndo pelo campo.

Ao chegarem à moita de cardos em que tinha conversado com Kehaar na manhã anterior, um grande estrondo de trovão soou no vale abaixo deles. Umas poucas gotas grandes e mornas de chuva caíram. No horizonte a oeste as nuvens mais baixas formavam uma única massa púrpura, contra a qual se viam as árvores distantes, pequenas e nítidas. Os cumes mais altos subiam até a luz, uma terra distante de montanhas selvagens. Com cor de cobre, leves e imóveis, elas sugeriam uma fragilidade vítrea, como a do gelo. Certamente, quando o trovão as atingisse elas vibrariam, tremeriam e se estilhaçariam, até que cacos quentes, afiados como estalactites, cairiam cintilando pelas ruínas. Correndo pela luz ocre, Topete era impelido por um frenesi de tensão e energia. Ele não sentia a ferida no ombro. A tempestade lhe pertencia. A tempestade derrotaria Efrafa.

Ele já tinha percorrido boa parte do grande campo e procurava ver o arco distante quando sentiu no solo os primeiros baques do alarme. Ele parou e olhou em torno. Não parecia haver retardatários. As fêmeas – independentemente de quantas fossem – estavam junto com ele, mas espalhadas ao seu redor. Coelhos, quando correm, tendem a se afastar uns dos outros, e as fêmeas tinham feito isso assim que saíram do buraco. Se houvesse uma patrulha entre eles e a estrada de ferro, os fugitivos só passariam se ficassem mais perto uns dos outros. Ele teria de reuni-las, apesar do atraso. Depois, outro pensamento lhe ocorreu. Se eles conseguissem sair do campo de visão, os perseguidores poderiam se atrapalhar, já que a chuva e a luz decrescente tornariam o rastreamento mais difícil.

A chuva agora caía mais rápido e o vento estava ficando mais forte. Do lado oeste, havia uma cerca acompanhando o campo até a ferrovia. Ele viu Negro por perto e correu até ele.

— Quero todo o mundo do outro lado daquela cerca — ele disse. — Você pode pegar algumas delas e fazer com que elas o acompanhem nessa direção?

Topete lembrou que Negro não sabia nada, exceto que eles estavam fugindo. Não havia tempo para explicar sobre Avelã e o rio.

— Vá direto na direção daquele freixo perto da cerca — ele disse —, e leve todas as fêmeas que puder pegar pelo caminho. Atravesse para o outro lado e eu chego lá junto com você.

Neste momento Hyzenthlay e Thethuthinnang vieram correndo na direção deles, seguidas por duas ou três outras fêmeas. Elas estavam nitidamente confusas e inseguras.

— O alarme, Thlayli! — disse ofegante Thethuthinnang. — Eles estão vindo!

— Então, corram — disse Topete. — Fiquem perto de mim, todas vocês.

Elas corriam melhor do que ele ousou esperar. Enquanto eles corriam até o freixo, mais fêmeas os alcançaram e agora ele tinha a impressão de que eles podiam ser páreo para uma patrulha, a não ser que fosse uma patrulha muito forte. Depois de atravessar para o outro lado, ele virou para o sul e, mantendo-se perto da cerca, levou-os ladeira abaixo. Lá, à frente deles, estava o arco no barranco coberto pela vegetação. Mas será que Avelã estaria lá? E onde estava Kehaar?

* * *

— Bom, e o que iria acontecer depois disso, Nelthilta? — perguntou o general Vulnerária. — Não se esqueça de contar nada, porque já sabemos bastante coisa. Deixe ela em paz, Verbena — ele acrescentou. — Ela não tem como falar se você continuar batendo nela, seu tolo.

— Hyzenthlay disse que... Ai! Ai! Ela disse que um grande pássaro iria atacar os guardas da Owsla — arfou Nelthilta —, e que nós íamos fugir na confusão. E depois...

— Ela disse que um *pássaro* ia atacar os guardas? — interrompeu Vulnerária, intrigado. — Você está falando a verdade? Que espécie de pássaro?

— Não... eu não sei — ofegou Nelthilta. — O novo oficial... ela disse que ele tinha falado sobre o pássaro...

— Você sabe alguma coisa sobre algum pássaro? — perguntou Vulnerária, virando-se para Cerefólio.

— Eu relatei isso, senhor — respondeu Cerefólio. — O senhor deve se lembrar, senhor, de que relatei que o pássaro...

Houve um tumulto do lado de fora da superlotada toca do Conselho e Marmelo veio abrindo caminho entre os coelhos.

— O novo oficial, senhor! — ele gritou. — Ele fugiu! Levou várias fêmeas da Marca com ele. Atacou o Escamédrio e quebrou a perna dele, senhor! O Negro também fugiu. Não tivemos chance de impedi-los. Não sabemos quantos foram com eles. Thlayli... isso foi coisa do Thlayli!

— Thlayli? — gritou Vulnerária. — Embleer Frith, vou *furar os olhos* daquele coelho quando eu pegá-lo! Cerefólio, Verbena, Marmelo. Sim, vocês dois também. Venham todos comigo. Para que lado ele foi?

— Estava descendo a colina, senhor — respondeu Marmelo.

— Leve-me na direção que você o viu correr — disse Vulnerária.

Quando eles saíram da Crixa, dois ou três oficiais de Efrafa fizeram a checagem na luz turva e sob a chuva cada vez mais forte. Mas a visão do general era ainda mais apavorante. Parando apenas para dar o sinal de alarme, eles partiram atrás de Topete em direção à estrada de ferro.

Logo eles encontraram rastros de sangue que a chuva ainda não havia levado e seguiram esses rastros até o freixo na cerca a oeste do viveiro.

* * *

Topete saiu do outro lado do arco da ferrovia, sentou e olhou em torno. Não havia sinal nem de Avelã nem de Kehaar. Pela primeira vez desde que tinha atacado Escamédrio ele começou a se sentir inseguro e inquieto. Talvez, afinal, Kehaar não tivesse entendido a mensagem críptica que ele mandou pela manhã? Ou tinha acontecido algum desastre com Avelã e os outros? E se eles estivessem mortos? E se tivessem se dispersado? E se não houvesse ninguém vivo para encontrá-lo? Ele e as fêmeas dele vagariam pelos campos até que as patrulhas os caçassem.

"Não, não vai ser assim". Topete disse para si mesmo. "Na pior das hipóteses podemos atravessar o rio e tentar nos esconder na floresta. Maldito ombro! Vai incomodar mais do que imaginei. Bom, pelo menos, vou tentar levar todo o mundo até a ponte de tábuas. Se eles não nos alcançarem logo, talvez a chuva acabe desencorajando quem quer que esteja nos perseguindo. Mas duvido que isso aconteça."

Ele se virou para as fêmeas que esperavam debaixo do arco. A maior parte delas parecia perplexa. Hyzenthlay tinha prometido que eles seriam protegidos por um grande pássaro e que o novo oficial estava trabalhando em um truque para escapar dos perseguidores – um truque que derrotaria até mesmo o general. Nada disso tinha acontecido. Elas estavam encharcadas. A água escorria aos borbotões pelo arco no lado mais alto da colina, e a terra nua começava a virar lama. À frente delas não havia nada para se ver, exceto um caminho que passava pelas urtigas e levava a outro vasto campo vazio.

— Venham — disse Topete. — Não falta muito, logo todos nós vamos estar em segurança. Nessa direção.

Todos os coelhos obedeceram imediatamente. "Pelo menos, havia um ponto positivo na disciplina de Efrafa", pensou Topete sombrio, enquanto eles saíam debaixo do arco e se deparavam com a força da chuva.

De um dos lados do campo, ao lado dos olmos, tratores da fazenda tinham criado um amplo caminho plano ladeira abaixo na direção das terras alagadas – o mesmo caminho pelo qual ele tinha passado três noites antes, depois de deixar Avelã perto do barco. Ele estava ficando enlameado agora – o que é desagradável para os coelhos – mas pelo menos essa trilha levava direto para o rio e era descampada o suficiente para que Kehaar os visse caso aparecesse.

Ele mal tinha começado a correr de novo quando um coelho o alcançou.

— Pare, Thlayli! O que você está fazendo aqui? Aonde você está indo?

Topete, de certo modo, esperava que Candelária aparecesse e tinha decidido matá-lo se necessário. Mas agora que ele o via de fato a seu lado, apesar da tempestade e da lama, sereno enquanto liderava a patrulha de apenas quatro coelhos em meio a um grande grupo de fugitivos desesperados, ele só sentiu pena pelo fato de que os dois precisavam ser inimigos e pensou no quanto gostaria de levar Candelária com ele para fora de Efrafa.

— Vá embora daqui — ele disse. — Não tente nos impedir, Candelária. Não quero machucar você.

Ele olhou rapidamente para o outro lado.

— Negro, faça as fêmeas ficarem perto umas das outras. Se houver retardatárias a patrulha vai pular nelas.

— Seria melhor você se entregar agora — disse Candelária, ainda correndo ao lado dele. — Não vou deixar você sair do meu campo de visão, não importa aonde você for. Há uma patrulha de fuga a caminho. Eu ouvi o sinal. Quando eles chegarem aqui, você não vai ter a menor chance. Você está sangrando bastante.

— Maldito seja você! — gritou Topete, batendo nele. — Você também vai sangrar antes de eu te matar.

— Posso lutar com ele, senhor? — perguntou Negro. — Ele não vai ganhar de mim de novo.

— Não — respondeu Topete —, ele só está tentando atrasar a gente. Continue correndo.

— Thlayli — gritou Thethuthinnang, atrás dele. — O general! O general! Ah, o que nós vamos fazer?

Topete olhou para trás. Era de fato uma visão que causaria terror nos corações mais cheios de coragem. Vulnerária tinha passado pelo arco na frente de seus seguidores e corria na direção deles sozinho, rosnando de fúria. Atrás dele, vinha a Patrulha. Em uma olhada rápida, Topete reconheceu Cerefólio, Marmelo e Tasneira. Com eles havia muitos mais, incluindo um coelho pesado, de aparência selvagem que ele adivinhou ser Verbena, o chefe da polícia do Conselho. Passou pela cabeça dele que se ele corresse, imediatamente e sozinho, era provável que eles o deixassem ir embora do mesmo jeito que tinha chegado, e se sentiriam felizes de se livrar dele com tanta facilidade. Certamente, a outra opção era ser morto. Nesse instante, Negro falou.

— Não se preocupe, senhor — ele disse. — O senhor fez o melhor que pôde e nós quase conseguimos. Podemos até ser capazes de matar um ou dois deles antes de tudo acabar. Algumas dessas fêmeas podem lutar bem se forem obrigadas.

Topete esfregou rapidamente o focinho na orelha mutilada de Negro e sentou sobre as patas traseiras enquanto Vulnerária se aproximava deles.

— Seu animalzinho sujo — disse Vulnerária. — Ouvi dizer que você atacou um dos membros da polícia do Conselho e que quebrou a perna dele.

Vamos resolver o seu caso aqui mesmo. Não há necessidade de levar você de volta para Efrafa.

— Seu tolo explorador de coelhos — respondeu Topete. — Quero ver você tentar.

— Muito bem — disse Vulnerária —, já chega. Quem está aqui? Verbena, Candelária, acabem com ele. Os outros, comecem a levar essas fêmeas de volta para o viveiro. O prisioneiro, podem deixar comigo.

— Que Frith acabe com você! — gritou Topete. — Você não merece ser chamado de coelho! Que Frith exploda você e a tua Owsla cheia de valentões.

Naquele instante uma ofuscante garra relampejante cortou o céu. A cerca e as árvores distantes pareceram pular para a frente com o brilho cintilante. Imediatamente depois ouviu-se o trovão: um ruído alto, rascante, como se algo enorme estivesse sendo retalhado pouco acima deles, um som que foi ficando cada vez mais profundo e se transformou em imensos golpes de dissolução. E, então, a chuva caiu como uma catarata. Em poucos segundos o solo estava coberto de água e, sobre ele, num acúmulo de vários centímetros, cresceu uma névoa formada por uma miríade de minúsculas explosões d'água. Aturdidos pelo choque, incapazes até mesmo de se mexer, os coelhos encharcados ficaram agachados inertes, quase presos à terra pela chuva.

Uma pequena voz falou na cabeça de Topete: "Essa é a sua tempestade, Thlayli-rah. Use-a".

Arquejando, ele se esforçou e empurrou Negro com a pata.

— Venha — ele disse —, pegue Hyzenthlay e vamos embora daqui.

Ele balançou a cabeça, tentando tirar a chuva dos olhos. E então já não era Negro que estava agachado à frente dele, mas, sim, Vulnerária, ensopado de lama e chuva, furioso e se agarrando no limo com suas grandes garras.

— Eu mesmo vou matar você — disse Vulnerária.

Os longos dentes da frente dele estavam descobertos como as presas de um rato. Com medo, Topete o observou com atenção. Ele sabia que Vulnerária, com toda a vantagem do peso, iria pular e tentar uma luta corporal. Ele precisava evitar isso e confiar nas suas garras. Ele se deslocava inseguro e sentiu que escorregava na lama. Por que Vulnerária não pulou? Então ele percebeu que Vulnerária já não olhava para ele, mas observava alguma coisa distante, por cima de sua cabeça, algo que ele próprio não conseguia ver. De repente, Vulnerária saltou para trás e, no mesmo momento, em meio ao som da chuva que envolvia todo o ambiente, soou um ruído rouco:

— Iarc! Iarc! Iarc!

Alguma coisa grande e branca estava atacando Vulnerária, que se encolhia protegendo a cabeça como podia. Depois ele deixou o coelho, voou para cima e se virou na chuva.

— Metre Dobede, os coelhos vir!

Imagens e sentimentos se revolveram na cabeça de Topete como se num sonho. As coisas que estavam acontecendo pareciam ligadas apenas por seus sentidos aturdidos. Ele ouviu Kehaar gritando enquanto mergulhava de novo para atacar Verbena. Ele sentiu a chuva fria caindo no talho aberto em seu ombro. Através da cortina de chuva ele viu Vulnerária se escondendo entre seus oficiais e mandando que eles voltassem para a vala na borda do campo. Ele viu Negro atacando Candelária e Candelária se virando para fugir. Então, alguém ao lado dele estava dizendo:

— Oi, Topete. Topete! Topete! O que você quer que a gente faça?

Era Prata.

— Onde está Avelã? — ele disse.

— Esperando no barco. Você está ferido! O que...

— Então leve essas fêmeas para lá — disse Topete.

Tudo era confusão. Sozinhas ou em duplas, as fêmeas, completamente assombradas e mal capazes de se mover ou de entender o que se dizia para elas, foram incitadas a se levantar e a ir tropeçando ladeira abaixo pelo caminho. Outros coelhos começaram a aparecer na chuva: Bolota, nitidamente amedrontado, mas determinado a não sair correndo; Dente-de-Leão encorajando Sulquinho; Verônica e Leutodonte indo em direção a Kehaar – a única criatura visível acima da névoa que cobria o solo. Topete e Prata reuniram todos do melhor jeito possível e fizeram-nos entender que eles precisavam ajudar a levar as fêmeas embora.

— Voltem para onde está o Amora, voltem para onde está o Amora — Prata continuava repetindo. — Deixei três coelhos nossos em lugares diferentes para marcar o caminho de volta — ele explicou para Topete. — Amora é o primeiro, depois Campainha, depois Quinto, que está bem perto do rio.

— E lá *está* Amora — disse Topete.

— Você conseguiu então, Topete — disse Amora, tremendo. — Foi muito ruim? Caramba, o teu ombro...

— Ainda não acabou — disse Topete. — Todo mundo passou por você?

— Você é o último — disse Amora. — Podemos ir? Esta tempestade está me apavorando!

Kehaar pousou ao lado dele.

— Metre Dobede — ele disse. — Eu voar naqueles malditos coelhos, mas eles não fugir, eles ir para vala. Eu não pegar eles lá. Eles vir atrás vocês.

— Eles não vão desistir nunca — disse Topete. — Estou dizendo, Prata, eles vão vir pra cima da gente antes de conseguirmos escapar. Tem uma vegetação densa na área alagada, eles vão usar aquilo. Bolota, volte aqui, fique longe daquela vala!

— Voltem para onde está o Campainha! Voltem para onde está o Campainha! — repetia Prata, correndo de um lado para o outro.

Eles encontraram Campainha perto da cerca, na parte mais baixa do campo. Ele estava com os olhos brancos e pronto para sair em disparada.

— Prata — ele disse —, vi um bando de coelhos desconhecidos, imagino que de Efrafa, saírem da vala ali e entrarem na área alagada. Estão atrás da gente agora. Um deles era o maior coelho que já vi na vida.

— Então não fique aqui — disse Prata. — Lá vai o Verônica. E quem está lá? Bolota e duas fêmeas com ele. Todo mundo aqui. Venham, o mais rápido que puderem.

Agora, só faltava uma pequena distância até o rio, mas em meio aos caminhos encharcados de juncos, os arbustos, os carriços e as poças profundas eles não conseguiam dizer em que direção estavam indo. Esperando ser atacados a qualquer momento, eles se espalharam e chafurdaram em meio à vegetação, encontrando aqui uma fêmea e ali um de seus próprios coelhos e forçando-os a seguir em frente. Sem Kehaar eles certamente teriam perdido contato um com o outro e talvez nunca chegassem ao rio. A gaivota continuou voando para lá e para cá ao longo da linha reta que levava ao barranco, só pousando de vez em quando para orientar Topete em direção a alguma fêmea em situação difícil que ele percebia estar indo no sentido errado.

— Kehaar — disse Topete, enquanto eles esperavam que Thethuthinnang conseguisse passar por uma moita quase plana de urtigas para chegar até eles —, será que você pode ir lá e ver se enxerga os coelhos de Efrafa? Eles não devem estar longe. Mas por que eles não atacaram a gente? Estamos tão espalhados que seria fácil para eles causarem um belo estrago. Estou achando que eles estão tramando algo.

Kehaar voltou muito rápido.

— Eles se esconder na bonte — ele disse —, todos debaixo arbustos. Eu descer, aquele coelho grande tentar lutar comigo.

— Ele tentou? — disse Topete. — O brutamontes tem coragem, admito.

— Eles pensar que vocês precisa atravessar rio ali ou passar todos pelo barranco. Eles não saber barco. Vocês perto barco agora.

Quinto veio correndo em meio à vegetação.

— Conseguimos colocar algumas delas no barco, Topete — ele disse —, mas a maioria não confia em mim. Elas ficam perguntando onde está *você*.

Topete correu atrás dele e saiu no trecho de grama atrás do barranco. Toda a superfície do rio cintilava e tremia na chuva. O nível da água não parecia ter subido muito ainda. O barco estava exatamente como ele lembrava – uma extremidade no barranco, a outra tocando um pouco a correnteza. Na parte arqueada da extremidade mais próxima, Avelã estava agachado, as orelhas caídas dos dois lados da cabeça e o pelo achatado completamente enegrecido pela chuva. Ele segurava a corda esticada entre os dentes. Bolota, Hyzenthlay e mais dois coelhos estavam agachados perto dele sobre a madeira, mas os outros estavam amontoados aqui e ali ao longo do barranco. Amora tentava, sem sucesso, convencê-las a subir no barco.

— O Avelã está com medo de largar a corda — ele disse para Topete. — Aparentemente ele já roeu até deixar bem fina. Todas essas fêmeas insistem que você é a autoridade delas.

Topete se virou para Thethuthinnang.

— Este é o truque de mágica — ele disse. — Traga todas até aqui, onde a Hyzenthlay está, está vendo? Todas elas, rápido.

Antes de ela poder responder, outra fêmea soltou um guincho de pavor. Um pouco mais abaixo na correnteza, Candelária e sua patrulha tinham emergido dos arbustos e eles estavam subindo pelo caminho. Do lado oposto, Verbena, Cerefólio e Tasneira se aproximavam. A fêmea se virou e correu para a vegetação imediatamente atrás de Thethuthinnang. Assim que ela chegou até as plantas, o próprio Vulnerária apareceu em seu caminho, colocou-se de pé e deu uma pancada no rosto dela. A fêmea se virou outra vez, correu cegamente pelo caminho e entrou no barco.

Topete percebeu que, desde o momento em que Kehaar atacou Vulnerária no campo, o general não só tinha mantido o controle sobre seus oficiais como tinha também bolado um plano e o colocado em ação. A tempestade e as dificuldades do caminho tinham feito com que os fugitivos se aborrecessem e se desorganizassem. Vulnerária, por outro lado, tinha levado seus coelhos para a vala e depois usado a localização para levá-los até a área alagada, onde não ficava exposto a novos ataques de Kehaar. Depois de chegar lá, ele deve ter ido direto para a ponte de madeira – a qual, evidentemente, conhecia – e armado uma emboscada. Mas assim que ele compreendeu que, por algum motivo, os fugitivos não estavam indo para a ponte, ele instantaneamente mandou Candelária dar a volta por baixo da vegetação, posicionar-se na margem, num ponto mais abaixo da correnteza, e ficar no caminho deles. E Candelária fez isso sem erros nem atrasos. Agora, Vulnerária pretendia lutar com eles, ali mesmo no barranco. Ele sabia que Kehaar não podia estar em toda parte e que os arbustos e a vegetação davam cobertura suficiente para que ele pudesse evitar um possível ataque do pássaro. Era verdade que o outro lado tinha o dobro de coelhos, mas a maior parte tinha medo dele e nenhum era um oficial treinado de Efrafa. Agora que ele os tinha emboscado no rio, ele iria matar a maior quantidade possível. Os sobreviventes podiam fugir e lamentar quanto quisessem.

Topete começou a entender por que os oficiais de Vulnerária o seguiam e lutavam por ele daquele modo.

"Ele não é um coelho", ele pensou. "Fugir é a última coisa que passa pela cabeça dele. Se eu soubesse três noites atrás o que sei agora, acho que nunca teria entrado em Efrafa. Será que ele percebeu a história do barco também? Eu não ficaria surpreso."

Topete correu pela grama e pulou na madeira ao lado de Avelã.

O surgimento de Vulnerária teve o efeito que Amora e Quinto não tinham conseguido. Todas as fêmeas correram do barranco para o barco, e os dois, então, correram atrás delas. Vulnerária, seguindo-os de perto, chegou à margem e ficou frente a frente com Topete. Topete, que não se mexeu, ouviu Amora logo atrás dele, falando com Avelã com urgência na voz.

— Dente-de-Leão não está aqui — disse Amora. — Só falta ele.

Avelã falou pela primeira vez.

— Talvez a gente precise deixá-lo — Avelã lamentou. — É uma pena, mas eles vão atacar a gente a qualquer instante e não temos como impedi-los.

Topete falou sem tirar os olhos de Vulnerária.

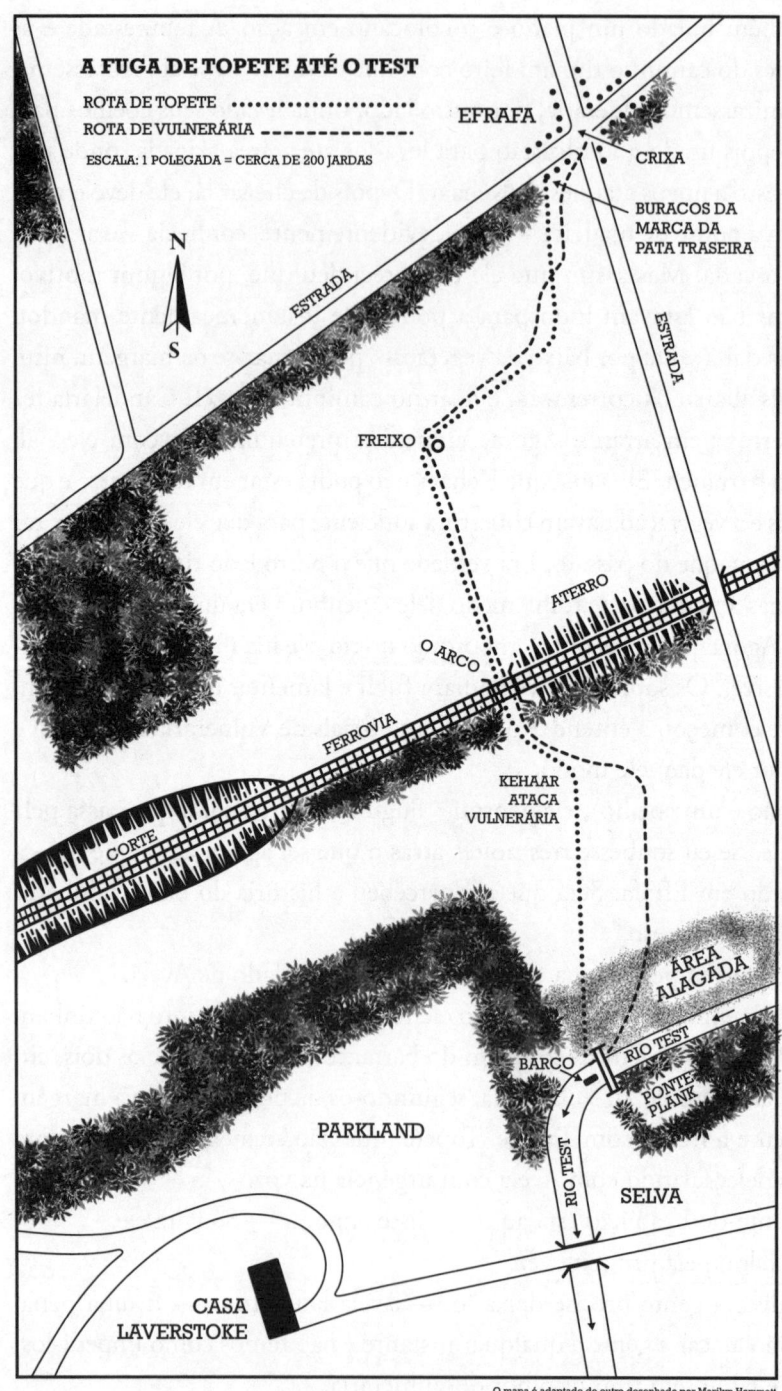

O mapa é adaptado de outro desenhado por Marilyn Hammett

— Só mais uns instantes, Avelá — ele disse. — Eu não vou deixar que eles entrem. Não podemos deixar Dente-de-Leão.

Vulnerária zombou dele.

— Eu confiei em você, Thlayli — ele disse. — E você pode confiar em mim agora. Ou vocês vão cair no rio ou vão ser retalhados aqui mesmo. Todos vocês. Não tem para onde fugir.

Topete viu Dente-de-Leão olhando para fora da vegetação do outro lado. Ele estava visivelmente perdido.

— Tasneira! Verbena! — disse Vulnerária. — Venham aqui do meu lado. Quando eu der a ordem, vamos para cima deles. Quanto àquele pássaro, ele não é perigoso...

— Lá está ele! — gritou Topete. Vulnerária olhou rápido para cima e saltou para trás. Dente-de-Leão saltou para fora dos arbustos, atravessou o caminho em um instante e entrou no barco ao lado de Avelá. No mesmo momento a corda se partiu e, imediatamente, o pequeno barco começou a se mover ao longo da margem na correnteza tranquila. Quando o barco já tinha andado alguns metros, a popa oscilou lentamente até estar toda dentro da água. Nesta posição, o barco foi até o meio do rio e até a curva mais ao sul.

Olhando para trás, a última coisa que Topete viu foi o rosto do general Vulnerária olhando do buraco em meio às ervas em que o barco estava atracado. Isso o fez lembrar o falcão em Watership Down, que atacou a entrada do buraco, mas não conseguiu atingir o camundongo.

PARTE IV

Avelã-rah

39

As pontes

Barqueiro canta, barqueiro dança,
Barqueiro faz quase tudo que a mente alcança
Dança, barqueiro, dança.
    Dança a noite e a madrugada até chegar a alvorada,
    Vai para casa com as moças de manhã;
Ei, barqueiro, rema como um raio,
    Descendo pelo rio Ohio.

Canção popular americana

    Em quase qualquer outro rio, o plano de Amora não teria funcionado. O barco não teria saído da margem ou, se tivesse, teria encalhado em ervas ou qualquer outro tipo de obstrução. Mas aqui, no Test, não havia ramos submersos, acúmulo de cascalho nem emaranhados de ervas na superfície. De margem a margem a correnteza, regular e invariável, fluía rápido como o caminhar de um humano. O barco deslizou correnteza abaixo suavemente, sem nenhuma alteração da velocidade que ganhou poucos metros depois de se afastar da margem.

    A maior parte dos coelhos tinha muito pouca ideia do que estava acontecendo. As fêmeas de Efrafa nunca tinham visto um rio e certamente Sulquinho e Leutodonte não tinham como explicar a elas que estavam num barco. Elas – e quase todos os outros – simplesmente confiaram em Avelã e apenas seguiram ordens. Mas todos – tanto machos quanto fêmeas – perceberam que Vulnerária e seus seguidores tinham desaparecido. Esgotados por tudo que tinham passado, os coelhos encharcados se agacharam sem dizer nada, incapazes de sentir qualquer coisa além de um amorfo alívio e sem energia nem mesmo para imaginar o que aconteceria a seguir.

O fato de eles sentirem algum alívio – amorfo ou como fosse – era algo notável, e mostrava não só como mal entendiam a sua situação como também o tamanho do medo Vulnerária inspirava, pois fugir dele parecia ser o maior êxito que obtiveram. A tempestade continuava. Embora já estivessem molhados a ponto de não perceberem mais a chuva, eles estavam tremendo de frio e o pelo encharcado os deixava pesados. O barco estava com mais de um centímetro de água acumulada na base. E havia ali um pequeno assoalho de madeira flutuando. Alguns coelhos, em meio à confusão da entrada no barco, tinham ficado sentados nessa água, mas agora todos tinham saído dela – a maior parte para a proa ou para a popa, embora Thethuthinnang e Verônica estivessem sentados numa estreita tábua que cruzava o barco. Além do desconforto, eles estavam expostos e desamparados. Por fim, não havia modo de controlar o barco e eles não sabiam para onde estavam indo. Mas esses últimos problemas estavam além da compreensão de qualquer um deles, exceto por Avelã, Quinto e Amora.

Topete tinha desmoronado ao lado de Avelã e estava deitado de lado, exausto. A coragem febril que o levou de Efrafa até o rio tinha desaparecido e o ombro ferido começou a doer muito. Apesar da chuva e da pata latejando, ele sentiu que estava pronto para dormir onde estava, esticado sobre a tábua do barco. Ele abriu os olhos e olhou para Avelã.

— Eu não teria como fazer isso de novo, Avelã-rah — ele disse.

— Você não precisa fazer de novo — respondeu Avelã.

— Era muito perigoso, sabe? — disse Topete. — Uma chance em mil.

— Os filhos de nossos filhos vão ter uma boa história para ouvir — respondeu Avelã, citando um provérbio dos coelhos. — Como você se machucou assim? Está bem feio.

— Lutei com um membro da Owslafa — disse Topete.

— Um o quê? — Avelã não conhecia o termo "Owslafa".

— Um animalzinho sujo como o Hufsa — disse Topete.

— Você bateu nele?

— Ah, sim, ou eu não estaria aqui. Acho que ele vai parar de correr. Avelã-rah, conseguimos as fêmeas. Mas o que vai acontecer agora?

— Não sei — disse Avelã. — Precisamos que um desses coelhos inteligentes conte para a gente. E o Kehaar, para onde ele foi? Ele devia entender dessa coisa em que estamos.

Dente-de-Leão, agachado ao lado de Avelã, levantou à menção de "coelhos inteligentes", caminhou pelo chão empoçado e voltou com Amora e Quinto.

— Estamos todos pensando no que fazer agora — disse Avelã.

— Bom — disse Amora —, imagino que não vai demorar muito para o barco acabar subindo na margem e daí podemos sair e encontrar abrigo. Mas não faz mal ir para bem longe daqueles amigos do Topete.

— Faz mal, sim — disse Avelã. — Estamos presos aqui expostos e não temos como fugir. Se um humano vê a gente, estaremos encrencados.

— Humanos não gostam de chuva — disse Amora. — Nem eu, para falar a verdade, mas no momento ela nos deixa mais seguros.

Neste momento Hyzenthlay, que estava sentada ao lado dele, mexeu-se e olhou para cima.

— Peço desculpas, senhor, por interrompê-lo — ela disse, como se estivesse falando com um oficial de Efrafa —, mas o pássaro, o pássaro branco, está vindo na nossa direção.

Kehaar veio voando pelo rio, em meio à chuva, e pousou na parte estreita do barco. As fêmeas que estavam mais perto recuaram nervosas.

— Metre Velá — ele disse —, chegando ponte. Você ver ponte?

Não tinha ocorrido aos coelhos que eles estavam flutuando ao lado do caminho pelo qual eles tinham andado naquela tarde antes de a tempestade começar. Eles estavam no lado oposto ao da cerca de plantas ao longo da margem e o rio inteiro parecia diferente. Mas agora eles viam, não muito adiante, a ponte que atravessaram ao chegar ao Test quatro noites antes. E eles a reconheceram imediatamente, pois tinha a mesma aparência quando vista da margem.

— Talvez vocês passar por baixo, talvez não — disse Kehaar. — Mas, se ficar sentado aí, ter problema.

A ponte ia de margem a margem entre dois pilares baixos. Não era arqueada. O lado de baixo, feito de vigas de ferro, era perfeitamente reto – paralelo à superfície e a mais ou menos vinte centímetros da água. Bem a tempo, Avelã entendeu o que Kehaar estava dizendo. Se o barco passasse por baixo da ponte sem prender, seria pela espessura de uma garra. Qualquer criatura acima do nível das laterais bateria na ponte e talvez fosse jogada no rio. Ele correu pela água suja e morna acumulada no fundo do barco até a outra extremidade e abriu caminho entre os coelhos molhados e amontoados.

— Desçam para o fundo! Desçam para o fundo! — ele disse. — Prata, Leutodonte, todos vocês. Não se importem com a água. Você e você... qual é o seu nome? Ah, Negro, sim? Leve todo mundo para o fundo. Rápido.

Assim como Topete, ele descobriu que os coelhos de Efrafa o obedeciam imediatamente. Ele viu Kehaar voar de onde estava empoleirado e desaparecer por cima das laterais de madeira. Os pilares de concreto se projetavam das margens, de modo que o rio, mais estreito, corria um pouco mais rápido sob a ponte. O barco vinha navegando com a lateral voltada para a frente, mas agora uma das extremidades acabou tomando a dianteira, e Avelã ficou desorientado, descobrindo que não estava mais olhando para a ponte, e sim para a margem. Enquanto ele hesitava, a ponte parecia vir na direção dele como uma grande massa escura, como neve deslizando de um galho. Ele se encolheu contra a água suja. Houve um guincho e um coelho caiu em cima dele. Então um golpe violento vibrou por toda a extensão do barco e o seu movimento suave quase cessou. A isso se seguiu um som oco de arranhão. Tudo ficou mais escuro e um teto apareceu, bem baixo acima da cabeça dele. Por um instante Avelã teve a vaga noção de que estava embaixo da terra. Depois, o teto desapareceu, o barco seguiu deslizando e ele ouviu Kehaar chamando. Eles passaram debaixo da ponte e seguiram deslizando correnteza abaixo.

O coelho que tinha caído sobre ele era Bolota. Ele tinha sido atingido pela ponte e o golpe o fez voar. No entanto, embora estivesse aturdido e machucado, ele parecia ter escapado sem ferimentos.

— Não fui rápido o suficiente, Avelã-rah — ele disse. — Melhor eu passar um tempo em Efrafa.

— Você estaria arruinado — disse Avelã. — Mas infelizmente tem alguém na outra ponta que parece que não teve tanta sorte.

Uma das fêmeas tinha tentado evitar a água do fundo do barco e, então, a viga sob a ponte bateu nas costas dela. Era visível que estava machucada, mas Avelã não conseguia dizer o quanto. Ele viu Hyzenthlay ao lado dela e parecia que, como não havia nada que ele pudesse fazer para ajudar, talvez fosse melhor deixá-las a sós. Ele olhou à volta para seus camaradas desmazelados e tremendo e, então, para Kehaar, elegante e cheio de energia na popa.

— Precisamos voltar para a margem, Kehaar — ele disse. — Como podemos fazer isso? Coelhos não servem para essas coisas, sabe.

— Não ter como parar parco. Mas ter mais um outra ponte. Ponte parar ele.

A única coisa a se fazer era esperar. Eles deslizaram e chegaram a uma segunda curva, onde o rio seguia caminho para oeste. A correnteza não abrandou e o barco fez a curva quase no meio do leito, girando. Os coelhos tinham ficado assustados em função do que tinha ocorrido com Bolota e a fêmea, e continuaram agachados e com medo, com metade do corpo mergulhado na água suja. Avelá voltou se arrastando para a proa erguida e olhou para a frente.

O rio se alargou e a corrente ficou mais lenta. Ele percebeu que eles tinham passado a navegar mais devagar. A margem mais próxima era alta e as árvores ficavam perto umas das outras, mas na margem mais distante havia um descampado. Coberto com grama, ele seguia vasto e suave, como a erva segada de Watership Down. Avelá tinha esperança de que, de algum modo, eles pudessem sair da correnteza e chegar àquele lado, mas o barco seguia se movendo em silêncio, rumo ao centro do remanso. A margem descampada ficou para trás e agora havia árvores altas de ambos os lados. Seguindo a correnteza, a área de água mais mansa terminava na segunda ponte que Kehaar tinha mencionado.

Era uma ponte velha, feita de tijolos escuros. Havia hera sobre ela e valeriana e linária cor de malva. Bem longe das margens havia quatro arcos baixos, como passagens, cada um deles preenchido pela água até mais ou menos trinta centímetros antes de chegar ao topo. Por eles, era possível ver finos segmentos da luz do dia que vinham do outro lado. Os pilares da ponte não se projetavam para além das bordas, mas em cada um havia um pequeno acúmulo de dejetos, do qual continuamente se soltavam algas e gravetos, que eram levados para o outro lado da ponte.

Era visível que o barco iria ser levado até a ponte e que ali iria parar. À medida que ela se aproximava, Avelá voltou para a água do fundo do barco. Mas dessa vez isso não era preciso. Com o costado para a frente, o barco bateu de leve contra dois pilares e parou, preso na boca de um dos arcos. Ele não tinha como seguir adiante.

Eles tinham flutuado pouco menos de oitocentos metros em pouco mais de quinze minutos.

Avelá colocou as patas dianteiras sobre o lado mais baixo e olhou cautelosamente rio acima. Imediatamente abaixo, uma pequena ondulação se espalhou pela superfície, onde a correnteza encontrava a madeira. Estava muito longe para pular para a terra firme e as duas margens eram íngremes. Ele se virou e olhou para cima. A parede de tijolos era perpendicular, com uma parte que se projetava para fora no meio do caminho entre ele e o parapeito. Não havia como escalar aquilo.

— O que vamos fazer, Amora? — ele perguntou, abrindo caminho até o ferrolho preso na proa, com o que restou da corda roída. — Você nos colocou nessa coisa. Agora como é que a gente sai?

— Não sei, Avelã-rah — respondeu Amora. — De tudo o que podia acontecer com a gente, nunca imaginei isso. Parece que a gente vai precisar nadar.

— Nadar? — disse Prata. — Eu não gosto nada disso, Avelã-rah. Sei que não é muito longe, mas olhe como são íngremes essas margens. Além disso, a correnteza nos levaria antes de a gente conseguir sair: e isso significa ser levado para um dos buracos embaixo da ponte.

Avelã tentou olhar para além do arco. Havia muito pouco a se ver. O túnel escuro não era longo – talvez não fosse mais longo do que o próprio barco. A água parecia tranquila. Parecia não haver obstruções e havia espaço para a cabeça de um animal que estivesse nadando entre a superfície da água e o topo do arco. Mas o trecho era tão estreito que era impossível ver com exatidão o que havia do outro lado da ponte. A luz estava cada vez mais fraca. Água, folhas verdes, reflexos de folhas em movimento, os pingos da chuva e uma coisa intrigante que parecia estar sobre a água e que parecia ser feita de linhas cinzas verticais – isso era tudo que se podia ver. A chuva ecoava triste no arco. O ruído duro e vibrante que vinha de baixo da ponte, tão diferente de qualquer som ouvido em um túnel em terra firme, era perturbador. Avelã voltou até Amora e Prata.

— Esse é um problema tão grande quanto qualquer outro que a gente já enfrentou — ele disse. — Não podemos ficar aqui, mas não consigo ver como sair.

Kehaar apareceu no parapeito acima deles, sacudiu as asas molhadas e desceu para o barco.

— Acabar barco — ele disse. — Não esperar mais.

— Mas como podemos chegar à margem, Kehaar? — disse Avelã.

A gaivota pareceu surpresa.

— Cachorro nadar, gato nadar. Vocês não nadar?

— Sim, a gente nada desde que não seja muito longe. Mas as margens são muito íngremes para nós, Kehaar. Não íamos conseguir impedir que a correnteza nos levasse por um desses túneis e não sabemos o que tem do outro lado.

— Ser bom. Vocês se sair bem.

Avelá se sentiu perdido. O que exatamente a gaivota queria dizer com aquilo? Kehaar não era um coelho. Independentemente de como fosse a Grande Água, devia ser pior do que isso e Kehaar estava acostumado àquilo. Ele, na realidade, nunca falou muito, e o que ele chegou a dizer era sempre restrito ao mais simples, já que ele não falava lapino. Ele estava devolvendo um favor por eles terem salvado a vida dele, mas, como Avelá sabia, ele não conseguia evitar sentir um certo desprezo por criaturas que achava tímidas, impotentes, que só viviam dentro de casa e não sabiam voar. Ele frequentemente ficava impaciente. Será que ele estava querendo dizer que tinha olhado o rio e pensado nele como se fosse um coelho? Que havia águas lentas logo após a ponte, com uma margem baixa, plana onde eles poderiam subir com facilidade? Parecia ser esperar demais. Ou será que ele simplesmente estava dizendo que era melhor eles se apressarem e se arriscarem a fazer o que ele mesmo faria sem esforço? Isso parecia mais provável. Suponha que um deles pulasse do barco e avançasse com a correnteza. Que mensagem isso passaria para os outros se ele não conseguisse voltar?

O pobre Avelá olhava a sua volta. Prata lambia o ombro ferido de Topete. Amora estava se mexendo agitado sobre o assento, erguido, conseguindo sentir exatamente aquilo que Avelá estava sentindo. Enquanto ele continuava hesitando, Kehaar soltou um grasnido.

— Iarc! Vocês coelhos não ser bons. O que eu vai fazer, eu mostrar vocês.

Ele caiu desajeitado da proa erguida. Quase não havia espaço entre o barco e a entrada escura do arco. Sentado sobre a água como se fosse um pato, ele deslizou para dentro do túnel e desapareceu. Seguindo com o olhar, Avelá de início não conseguiu ver nada. Depois ele viu a silhueta negra de Kehaar contra a luz do outro lado. Ele flutuou rumo à luz do dia, virou para o lado e saiu do estreito campo de visão deles.

— O que isso prova? — disse Amora, com os dentes batendo. — Ele pode ter voado sobre a superfície ou colocado os pés com membranas no chão. Não é ele que está encharcado e tremendo e com o dobro do peso por causa do pelo molhado.

Kehaar reapareceu no parapeito acima deles.

— Agora vocês ir — ele disse lacônico.

O desafortunado Avelã continuou imóvel. A perna tinha começado a doer de novo. A visão de Topete – principalmente ele, dentre todos os coelhos – no fim de suas forças, semiconsciente, sem desempenhar qualquer papel nessa exploração desesperada, diminuiu ainda mais a coragem de Avelã. Ele sabia que não estava convencido de que teria de pular na água. Aquela situação horrorosa estava além da capacidade dele. Ele cambaleou na tábua escorregadia e, enquanto sentava, viu que Quinto estava a seu lado.

— Eu vou, Avelã — disse Quinto em voz baixa. — Acho que vai dar tudo certo.

Ele colocou as patas dianteiras na borda da proa, mas, então, instantaneamente, todos os coelhos ficaram congelados na mesma posição, imóveis. Uma das fêmeas bateu o pé no chão inundado do barco. De cima vieram os sons de passos que se aproximavam e vozes humanas, e o cheiro de um bastão branco queimando.

Kehaar voou para longe. Nenhum coelho se moveu. Os passos se aproximaram, as vozes ficaram mais altas. Eles estavam em cima da ponte, a uma distância que não era superior à altura de uma cerca. Todos os coelhos tiveram o instinto de correr, de ir para debaixo da terra. Avelã viu Hyzenthlay olhando para ele e devolveu o olhar, desejando com todas as suas forças que ela ficasse parada. As vozes, o cheiro do suor dos humanos, do couro, dos bastões brancos, a dor na perna, o túnel úmido e abafado bem na sua orelha – ele já tinha passado por aquilo. Como era possível que os humanos não o vissem? Deviam vê-lo. Ele estava aos pés deles. Ele estava ferido. Eles estavam vindo para pegá-lo.

Então os sons e os odores foram diminuindo com a distância, o barulho dos passos foi ficando menor. Os humanos haviam cruzado a ponte sem olhar pelo parapeito. Tinham ido embora.

Avelã, então, despertou.

— Está decidido — ele disse. — Todo o mundo vai ter que nadar. Venha, Campainha, você diz que é um coelho-d'água. Venha comigo. Ele subiu na tábua do meio e atravessou-a até a lateral.

Mas quem ele encontrou a seu lado foi Sulquinho.

— Rápido, Avelã-rah — disse Sulquinho, com contrações musculares e tremendo. — Eu vou também. Só seja rápido.

Avelã fechou os olhos e pulou na água.

Como no Enborne, houve um choque de frio instantâneo. Mas mais do que isso, imediatamente, ele sentiu a força da correnteza. Ele estava sendo arrastado por um poder semelhante ao de um vento forte, mas que, no entanto, era suave e silencioso. Ele estava sendo levado impotente por um túnel sufocante e frio sem ter como pôr os pés no chão. Cheio de medo, ele mexeu as patas e se debateu, colocou a cabeça para cima e respirou, arranhou os tijolos da ponte debaixo da água com suas garras e perdeu novamente contato com eles à medida que era arrastado. Então, a correnteza ficou mais fraca, o túnel desapareceu, a escuridão se transformou em luz e, de novo, havia folhas e céu sobre sua cabeça. Ainda se debatendo, ele bateu em algo duro que o fez voltar para trás, colidir de novo e, depois, por um instante, tocou um solo macio. Ele patinhou para a frente e descobriu que estava se arrastando em meio à lama liquefeita. Ele estava em um solo pegajoso e ficou ali deitado ofegante por um bom tempo. Depois, limpou o rosto e abriu os olhos. A primeira coisa que viu foi Sulquinho, coberto de lama, rastejando até o barranco a uma pequena distância.

Cheio de alegria e confiança, esquecendo todos os seus terrores, Avelã rastejou até Sulquinho e juntos foram na direção da vegetação. Ele não disse nada e Sulquinho não parecia esperar que ele falasse. Abrigados por uma moita de salgueirinhas, eles olharam para o rio novamente.

A água saía da ponte e seguia para um lamaçal. Em todo o entorno, em ambas as margens, havia muitas árvores e vegetação densa. Havia ali uma espécie de pântano e era difícil dizer onde terminava a água e onde começava a floresta. As plantas cresciam em tufos tanto dentro do mangue quanto fora dele. O leito era coberto com uma fina camada de limo e de lama, que era metade composta por água, e os dois coelhos faziam sulcos no solo enquanto se arrastavam para a terra firme. Numa diagonal em relação ao mangue, desde onde estavam os tijolos da ponte na outra margem até um ponto um pouco abaixo da margem onde eles estavam, havia uma paliçada de pedaços de ferro finos e verticais. Na temporada de corte, as algas do rio, que vinham das áreas de pesca, formando tapetes na superfície, ficavam presas nesses pedaços de metal e eram retiradas do remanso por homens usando galochas, que as empilhavam para serem usadas como adubo. A margem esquerda era uma grande montanha de algas que apodreciam entre as árvores. Era um lugar verde, fétido, úmido e fechado.

— O bom e velho Kehaar! — disse Avelã, olhando satisfeito a solidão fétida ao redor. — Eu devia ter confiado nele.

Enquanto ele falava, um terceiro coelho veio nadando de baixo da ponte. A visão do animal, se debatendo na corrente como uma mosca na teia de uma aranha, encheu-os de terror. Ver alguém numa situação de perigo pode ser tão ruim quanto estar na mesma situação. O coelho bateu nos ferros, foi à deriva por um trecho ao longo da paliçada, finalmente encontrou o fundo e rastejou para fora das águas turvas. Era Negro. Ele deitou de lado e parecia não ter percebido Avelã e Sulquinho quando eles se aproximaram. Depois de um momento, porém, ele começou a tossir, vomitou um pouco de água e se sentou.

— Você está bem? — perguntou Avelã.

— Mais ou menos — disse Negro. — Mas vamos precisar fazer muito mais hoje à noite, senhor? Estou muito cansado.

— Não, pode descansar aqui — disse Avelã. — Mas por que você se arriscou por conta própria? Você não tinha como saber se a gente tinha se afogado.

— Achei que o senhor tinha dado uma ordem — respondeu Negro.

— Entendo — disse Avelã. — Bom, tendo Efrafa como padrão, você vai achar que nós somos uns desleixados. Tinha mais alguém que parecia que ia vir quando você pulou?

— Acho que eles estão um pouco nervosos — respondeu Negro. — Não dá para culpar ninguém por isso.

— Não, mas o problema é que qualquer coisa pode acontecer — disse Avelã, aflito. — Eles podem ficar tharn se continuarem sentados lá. E os humanos podem voltar. Se a gente tivesse como dizer para eles que está tudo bem...

— Acho que temos como fazer isso, senhor — disse Negro. — A não ser que eu esteja errado, é só uma questão de subir o barranco aqui e descer do outro lado. Quer que eu vá?

Avelã estava desconcertado. Pelo que ele tinha entendido, esse era um prisioneiro que envergonhava Efrafa – não era nem mesmo um membro da Owsla, aparentemente – e ele tinha acabado de dizer que estava exausto. Avelã teria que se mostrar à altura.

— Vamos juntos — ele disse. Hlao-roo, você pode ficar aqui de vigia? Com alguma sorte, eles vão começar a vir na sua direção. Ajude-os a sair da água, se puder.

Avelã e Negro passaram pela vegetação encharcada. A trilha de grama que atravessava a ponte corria por cima deles, no topo de um barranco íngreme. Eles subiram a encosta e olharam com cautela da grama alta que ficava no limite. A trilha estava deserta e não havia nada para ser ouvido ou farejado. Eles a atravessaram e chegaram ao fim da ponte indo no sentido contrário à correnteza. Ali o barranco terminava de maneira brusca descendo quase perpendicularmente até o rio, uns dois metros abaixo. Negro desceu sem hesitar, mas Avelã o seguiu mais lentamente. Pouco acima da ponte, entre a estrutura de tijolos e um arbusto de espinheiros rio acima, havia um trecho de grama que pendia sobre a água. No rio, a pequena distância, eles conseguiam ver o barco encalhado nos pilares cheios de algas.

— Prata! — disse Avelã. — Quinto! Venham, coloquem todo mundo na água. Não tem problema debaixo da ponte. Mandem as fêmeas primeiro, se puderem. Não há tempo a perder. Os humanos podem voltar.

Não era fácil animar as letárgicas fêmeas e explicá-las exatamente o que precisavam fazer. Prata ia de uma para a outra. Dente-de-Leão, assim que viu Avelã no barranco, foi imediatamente para a proa e mergulhou. Verônica o seguiu, e Quinto estava prestes a pular quando Prata o impediu.

— Se todos os machos forem, Avelã — ele disse —, as fêmeas vão ficar aqui sozinhas e acho que elas não vão conseguir fazer isso sem a nossa ajuda.

— Elas vão obedecer Thlayli, senhor — disse Negro, antes de Avelã poder responder. — Acho que ele é o coelho certo para fazer com que elas comecem.

Topete estava deitado na água do fundo do barco, no mesmo lugar a que tinha ido quando eles chegaram à primeira ponte. Ele parecia adormecido, mas, quando Prata encostou o focinho nele, ele levantou a cabeça e olhou em volta um pouco confuso.

— Ah, oi, Prata — ele disse. — Estou achando que infelizmente esse meu ombro vai me incomodar. Também estou com muito frio. Onde está o Avelã?

Prata explicou. Topete se levantou com dificuldade e eles viram que ele continuava sangrando. Ele foi mancando até o banco e subiu nele.

— Hyzenthlay — ele disse —, suas amigas não vão ficar mais encharcadas do que já estão, então vamos fazer com que elas pulem agora. Uma a uma, você concorda? Assim não vai ter risco de elas arranharem ou machucarem umas às outras enquanto nadam.

Apesar do que Negro tinha dito, um longo tempo se passou antes de todo mundo deixar o barco. Havia exatamente dez fêmeas no total – mas nenhum dos coelhos tinha noção desse número – e, embora uma ou duas tenham reagido à incitação paciente de Topete, várias estavam tão exaustas que continuaram amontoadas onde estavam ou olhando estupidamente para a água até que outros viessem para empurrá-las. De tempos em tempos, Topete pedia a um dos machos que desse o exemplo e, assim, Bolota, Leutodonte e Campainha foram pulando sobre a lateral do barco. A fêmea machucada, Thrayonlosa, estava visivelmente em más condições, e Amora e Thethuthinnang nadaram junto com ela, um na frente e outro atrás.

À medida que a escuridão chegava, a chuva parou, Avelã e Negro, então, voltaram para o barranco no mangue para se encontrarem com os outros. O céu ficou mais limpo e a opressão os abandonou à medida que a tempestade ia embora rumo ao leste. Mas já era fu Inlé quando o próprio Topete passou pela ponte com Prata e Quinto. O esforço que ele fez para ficar à tona foi quase maior do que o que ele era capaz, e quando chegou aos ferros, ele rolou na água, com a barriga para cima, como um peixe agonizante. Ele foi à deriva até o mangue e, com a ajuda de Prata, foi se arrastando pela lama. Avelã e vários outros estavam esperando por ele, mas ele os interrompeu com uma amostra de seu velho estilo mandão.

— Vamos, saiam do caminho — ele disse. — Vou dormir agora, Avelã, e Frith o ajude se você disser que não.

— É assim que *nós* vivemos, entendeu? — disse Avelã para Negro, que olhava para ele. — Depois de um tempo você se acostuma. Agora vamos ver se achamos algum lugar seco que ainda esteja disponível por aí e talvez a gente também consiga dormir um pouco.

Todos os lugares secos debaixo da vegetação pareciam estar lotados de coelhos exaustos e dormindo. Depois de procurar por um tempo, eles encontraram um tronco de árvore caído, que estava descascado de um lado. Eles se arrastaram por baixo dos galhos e folhas, se ajeitaram na vala macia e curva – que logo ganhou um pouco do calor dos corpos deles – e dormiram instantaneamente.

40

O caminho de volta

> Senhora Nogueira, Senhora Nogueira,
> Tem um lobo por perto,
> Dentes arreganhados
> E apetite aberto!
> "Não", disse a Senhora Nogueira,
> "Isso é conto de fadas, brincadeira!"
> Mas o lobo de fato não ia distante
> E seu apetite era mesmo gigante.
>
> Walter de la Mare, Dame Hickory

A primeira coisa da qual Avelã ficou sabendo na manhã seguinte foi que Thrayonlosa morreu durante a noite. Thethuthinnang estava angustiada, pois tinha sido ela que escolheu Thrayonlonsa como uma das fêmeas mais robustas e sensatas da Marca e que a convenceu a participar da fuga. Depois de elas terem passado juntas pela ponte, Thethuthinnang a ajudou a chegar à terra firme e dormiu ao lado dela na vegetação, esperando que ela estaria recuperada no dia seguinte. Mas, quando acordou, ela viu que Thrayonlosa tinha ido embora e, ao procurá-la, encontrou-a perto de uns juncos rio abaixo. Era evidente que a pobre criatura tinha percebido que ia morrer e que, à maneira dos animais, havia se afastado.

A notícia deprimiu Avelã. Ele sabia que eles tinham tido sorte de tirar tantas fêmeas de Efrafa e de fugir de Vulnerária sem precisar lutar. O plano tinha sido bom, mas a tempestade e a assustadora eficiência dos coelhos de Efrafa quase foram suficientes para impedir que tudo acabasse bem. Apesar de toda a coragem de Topete e de Prata, eles teriam fracassado sem Kehaar. Agora Kehaar estava indo embora, Topete estava ferido e a perna dele próprio não estava nada boa. Com as fêmeas para cuidar, eles não iriam conseguir viajar pelo descampado com a mesma velocidade nem com a mesma facilidade que tiveram quando estavam saindo de Watership. Ele gostaria de ficar ali por uns dias, para que Topete recuperasse as forças e para que as fêmeas se acostumassem à nova situação e à vida fora do viveiro. Mas o lugar, ele percebeu, era absolutamente inóspito. Embora houvesse boa cobertura vegetal, era úmido demais para coelhos. Além disso, era evidentemente muito próximo de uma estrada muito movimentada, mais do que qualquer outra que ele já tivesse conhecido. Pouco depois de surgir a luz do dia, eles começaram a ouvir e a cheirar hrududil passando a uma distância que não era maior do que a largura de um campo pequeno. Houve perturbações contínuas e as fêmeas particularmente estavam assustadas e inquietas. A morte de Thrayonlosa agravou a situação. Preocupadas com o ruído e com as vibrações e sem conseguir se alimentar, as fêmeas vagavam correnteza abaixo para ver o corpo e para sussurrar juntas sobre o estranho e perigoso entorno.

Ele consultou Amora, que ressaltou que provavelmente não demoraria para que os humanos encontrassem o barco. Então era muito provável que vários deles viessem e ficassem ali por um bom tempo. Isso fez Avelá decidir que eles deviam partir imediatamente e tentar chegar a algum lugar onde pudessem descansar mais tranquilos. Pela audição e pelo olfato ele conseguia saber que o pântano se estendia por um bom trecho correnteza abaixo. Com a estrada movimentada ao sul, o único caminho parecia ser para o norte, passando pela ponte, que, de todo modo, era também o caminho de casa.

Levando Topete consigo, ele subiu o barranco até a trilha de grama. A primeira coisa que eles viram foi Kehaar, catando lesmas de uma moita de cicuta perto da ponte. Eles foram até o pássaro sem falar nada e começaram a comer na grama curta ali perto.

Depois de um tempo, Kehaar disse:

— Agora vocês ter mães, Metre Velá. Tudo ir bem, né?

— Sim. Nunca teríamos conseguido sem você, Kehaar. Ouvi dizer que você apareceu bem a tempo para salvar Topete ontem à noite.

— Este coelho ruim, grande, ele ir lutar comigo. Muito esperto, também.

— Sim. Mas pelo menos dessa vez ele levou um susto.

— Si, si, Metre Velá. Logo manos vir. O que vocês fazer agora?

— Vamos voltar para o nosso viveiro, Kehaar, se conseguirmos chegar lá.

— Estar acabado para mim agora aqui. Eu ir Grande Água.

— Vamos nos ver de novo, Kehaar?

— Vocês voltar colinas? Ficar lá?

— Sim, a gente pretende voltar para lá. Vai ser difícil viajar com tantos coelhos, e imagino que vamos precisar escapar das patrulhas de Efrafa.

— Vocês chegar lá, depois ser inverno, muito frio, muita tempestade em Grande Água. Muito pássaro vir. Depois eu voltar, ver vocês onde vocês quiser.

— Não se esqueça de nós então, Kehaar, está bem? — disse Topete. — Vamos esperar por você. Desça de repente, como você fez ontem à noite.

— Si, si, assustar todas mães e coelhos pequenos, todos pequenos Dobedes fugir.

Kehaar arqueou as asas e subiu no ar. Ele voou sobre o parapeito da ponte e seguiu correnteza acima. Então, fez uma circunferência para a esquerda, voltou sobre a trilha de grama e voou em linha reta sobre ela, quase roçando a cabeça dos coelhos. Deu um de seus gritos roucos e foi embora rumo ao sul. Eles olharam para ele enquanto ele desaparecia sobre as árvores.

— Oh ave grande, vá-se embora, por favor — disse Topete. — Sabe, ele fez com que eu sentisse que também podia voar. Aquela Grande Água! Como eu queria poder vê-la.

Enquanto eles continuavam a olhar na direção para onde Kehaar tinha ido, Avelá percebeu, pela primeira vez, um chalé na extremidade da trilha, num local em que a grama fazia um aclive para se unir à estrada. Um humano, que tomava cuidado para permanecer imóvel, se inclinava sobre a cerca e os observava atento. Avelá bateu com os pés no chão e correu para a vegetação do pântano, com Topete logo atrás dele.

— Sabe no que ele está pensando? — indagou Topete. — Está pensando nos vegetais do jardim dele.

— Eu sei — respondeu Avelá. — E não vamos ter como manter esse bando de coelhos longe dos vegetais a hora que a ideia passar pela cabeça deles. Quanto antes formos embora daqui, melhor.

Pouco depois, os coelhos atravessaram o campo rumo a norte. Topete logo descobriu que não teria como fazer uma viagem longa. A ferida dele doía e o músculo do ombro não aguentaria muito esforço. Avelá continuava mancando e as fêmeas, embora dispostas e obedientes, mostravam saber pouco sobre a vida dos hlessil. O momento era de dificuldade.

Nos dias que se seguiram – dias de céu limpo e de tempo bom – Negro mostrou vez após vez ser um coelho valoroso, até que Avelá passou a confiar nele tanto quanto em qualquer um de seus veteranos. Ele tinha qualidades que ninguém poderia ter imaginado. Ao decidir que não sairia de Efrafa sem Negro, Topete tinha sido levado apenas por compaixão a uma vítima infeliz e impotente do implacável Vulnerária. No entanto, o que eles descobriram foi que, quando não estava sendo oprimido pela humilhação e pelos maus tratos, Negro era muito acima da média. A história dele era incomum. A mãe dele não tinha nascido em Efrafa. Ela foi uma das coelhas levadas como prisioneiras quando Vulnerária atacou o viveiro do Bosque de Nutley. Ela acasalou com um capitão de Efrafa, que depois foi morto em uma Patrulha Avançada, e não teve nenhum outro acasalamento. Negro, orgulhoso do pai, cresceu decidido a se tornar oficial da Owsla. Mas junto com isso – e de maneira paradoxal – ele herdou da mãe um certo ressentimento contra o viveiro e um sentimento de que eles só tinham direito a receber dele o que estivesse disposto a dar. Ele foi mandado para a Marca da Pata Dianteira Direita para ser testado por capitão Malva, que elogiara sua coragem e resistência, sem deixar de perceber que sua natureza era marcada por um orgulhoso desapego. Quando a Marca precisou de um oficial júnior para ajudar o capitão Cerefólio, Marmelo, e não Negro, foi escolhido pelo Conselho. Negro, que sabia de seu valor, convenceu-se de que o sangue da mãe havia levado o Conselho a ter preconceito contra ele. Enquanto se sentia injustiçado, ele conheceu Hyzenthlay e se tornou secretamente amigo e conselheiro das fêmeas descontentes da Marca. Ele começou a incitá-las a tentar obter o consentimento do Conselho para deixar Efrafa. Se tivessem obtido êxito elas teriam pedido permissão para que ele fosse junto. Mas, quando a delegação recebeu uma negativa do Conselho, Negro começou a pensar em fugir. De início, ele pensou em levar as fêmeas com ele, mas, diante dos perigos e incertezas da conspiração, ele foi tomado por uma onda de nervosismo, assim como tinha acontecido com Topete, e, por fim, decidiu simplesmente fugir sozinho, sendo pego por Candelária. Com a punição aplicada pelo Conselho, seu ânimo ficou tão abalado que ele acabou por se transformar naquele coelho infeliz e apático que tanto chocou Topete. No entanto, ao ouvir a mensagem sussurrada na vala de hraka, Negro retomou as suas forças num momento em que muitos já não conseguiriam isso, e ele estava pronto a arriscar tudo e fazer mais uma tentativa. Agora, livre e em meio a esses desconhecidos de temperamento tranquilo, ele se via como um coelho com o treinamento de Efrafa, que podia usar suas habilidades para ajudá-los quando eles tinham necessidade. Embora fizesse tudo que lhe pediam, ele não hesitava em também fazer sugestões, particularmente quando se tratava de expedições de reconhecimento e de procurar sinais de perigo. Avelã, que estava aberto a aceitar conselhos de todo mundo quando achava a ideia boa, ouvia grande parte do que ele sugeria e ficava feliz de deixar para Topete – por quem, naturalmente, Negro tinha tremendo respeito – a tarefa de ver se ele não se excedia em seu zelo fervoroso e franco.

Depois de dois ou três dias de viagem lenta e cuidadosa, com muitas paradas sob abrigos, eles se viram, no final de uma tarde, mais uma vez perto do Cinturão de César, mas mais a oeste do que antes, perto de um pequeno bosque no topo de uma elevação. Todos estavam cansados e depois de comerem – "Silflay à tarde, todos os dias, como prometido", disse Hyzenthlay a Topete – Campainha e Verônica sugeriram que podia valer a pena cavar uns buracos no solo leve sob as árvores e morar ali por um ou dois dias. Avelã estava suficientemente disposto, mas foi necessário convencer Quinto.

— Sei que um descanso podia ser bom, mas por algum motivo eu não gosto nem um pouco disso — ele disse. — Talvez eu deva tentar entender o porquê?

— Não por minha causa — respondeu Avelã. — Mas duvido que você faça os outros mudarem de ideia dessa vez. Uma ou duas dessas fêmeas estão "prontas para ser mães", como Kehaar diria, e esse é o verdadeiro motivo de Campainha e os outros estarem preparados para enfrentar o trabalho de cavar buracos. Mas certamente não teremos problemas se as coisas continuarem nesse ritmo, não é? Você sabe o que dizem: "Um buraco é como um muro, lá dentro o coelho está seguro".

— Bom, talvez você esteja certo — disse Quinto. — Aquela Vithuril é uma fêmea bonita. Queria uma chance de conhecê-la melhor. Afinal, não é natural para coelhos, isso de seguir em frente o tempo todo, dia após dia, né?

Mais tarde, porém, Negro, ao voltar com Dente-de-Leão de uma patrulha que tinham feito por iniciativa própria, rejeitou a ideia com mais veemência.

— Isso não é lugar de parar, Avelã-rah — ele disse. — Nenhuma Patrulha Avançada de Efrafa iria acampar aqui. Aqui existem raposas. Precisamos tentar ir mais adiante antes que escureça.

O ombro de Topete vinha doendo bastante durante a tarde e ele estava deprimido e intratável. Ele tinha a impressão de que Negro estava sendo esperto às custas dos outros. Se ele conseguisse convencê-los, eles teriam de prosseguir, cansados como estavam, até chegarem a um lugar adequado aos padrões de Efrafa. Ali eles estavam tão seguros – nem mais nem menos – quanto se estivessem no bosque. Mas Negro seria o sujeito esperto que os salvou de uma raposa que só existia na imaginação dele. O teatrinho de escoteiro de Efrafa dele estava se tornando uma chatice. Era hora de pagar para ver até onde ia o blefe dele.

— É provável que haja raposas em todo lugar em torno das colinas — Topete disse seco. — Por que aqui teria mais raposas do que em algum outro lugar?

Tato era uma qualidade que Negro valorizava quase tanto quanto Topete; e, então, ele deu a pior resposta possível.

— Não sei dizer exatamente o porquê — ele disse. — Tenho uma forte impressão, mas é difícil explicar no que ela está baseada.

— Ah, uma impressão, é? — zombou Topete. — Você viu alguma hraka de raposa? Farejou algo? Ou foi só uma mensagem de camundonguinhos verdes cantando debaixo de um cogumelo?

Negro ficou magoado. Topete era o último coelho com quem ele queria brigar.

— Você acha que eu sou um tolo, então? — ele respondeu, com o sotaque de Efrafa ficando mais marcado. — Não, não havia nem hraka nem farejei nada, mas continuo achando que esse é um lugar onde as raposas vêm. Nessas patrulhas que a gente costumava fazer, sabe, a gente...

— E, *você*, viu ou farejou algo? — disse Topete para Dente-de-Leão.

— É... bem, não tenho bem certeza — disse Dente-de-Leão. — Digo, Negro parece saber muito sobre patrulhas e ele me perguntou se eu senti um tipo de...

— Bom, a gente pode continuar com isso a noite toda — disse Topete. — Negro, você sabe que bem antes de contarmos com o benefício da tua experiência, já há algum tempo, nós andamos durante dias por todo tipo de terreno, campos, urzais, florestas, colinas, e nunca perdemos um coelho sequer?

— Eu só não acho boa a ideia de cavar buracos aqui, só isso — disse Negro como se pedindo desculpas. — Buracos novos são notados, e é possível ouvir um coelho cavando a uma distância surpreendentemente grande, você sabe.

— Deixe ele em paz — disse Avelã, antes de Topete falar de novo. — Você não o tirou de Efrafa para ficar implicando com ele, né? Olhe, Negro, penso que eu vou ter de tomar uma decisão quanto a isso. Acho que provavelmente você tem razão e existe um certo risco. Mas correremos riscos o tempo todo até voltar ao nosso viveiro e está todo mundo tão cansado que acho que a gente pode muito bem parar aqui por um dia ou dois. Todo mundo vai estar em melhores condições depois disso.

Depois do pôr do sol, eles já tinham buracos suficientes e, no dia seguinte, sem dúvida, todos os coelhos se sentiam muito melhor depois de uma noite debaixo da terra. Como Avelã havia previsto, houve alguns acasalamentos e uma ou duas brigas, mas ninguém saiu ferido. À tarde prevaleceu uma espécie de espírito de dia de folga. A perna de Avelã estava mais forte e Topete se sentiu mais em forma do que em qualquer outro momento desde Efrafa. As fêmeas, perturbadas e magérrimas dois dias antes, começavam a ficar com o pelo mais macio.

Na segunda manhã, o silflay só começou algum tempo depois do amanhecer. Um vento suave soprava diretamente sobre o barranco norte do bosque, onde haviam sido cavados os buracos, e Campainha, ao sair, jurou que conseguia sentir nele o cheiro de coelhos.

— É o velho Azevinho pressionando as glândulas do queixo para nós, Avelã-rah — ele disse. — O espirro de um coelho repisa, voando bem cedo na brisa, a saudade de quem quer voltar.

— Sentado, cobiça uma fêmea roliça, com quem queira se acasalar — respondeu Avelã.

— Assim não vai dar, Avelã-rah — disse Campainha. — Ele já tem duas fêmeas lá com ele.

— Mas só fêmeas de jaula — respondeu Avelã. — Acho que dá para dizer que a essa altura elas devem estar mais resistentes e rápidas, mas mesmo assim elas nunca vão ser exatamente como a gente. A Trevo, por exemplo, nunca se afastava do buraco no silflay, porque sabia que não ia conseguir correr tão rápido quanto a gente. Mas essas fêmeas de Efrafa, você pode ver, elas foram mantidas sob vigilância a vida toda, no entanto, agora que não há mais guardas, elas andam por aí bem felizes. Olhe aquelas duas, bem ali debaixo do barranco. Elas sentem que podem... Ah, grande Frith!

Enquanto ele falava, uma forma avermelhada, parecida com um cachorro, brotou dos arbustos de nozes acima delas de maneira silenciosa, como a luz que sai detrás das nuvens. Ela aterrissou entre as duas fêmeas, pegou uma delas pelo pescoço e a arrastou para o barranco em um instante. O vento virou e o mau cheiro da raposa veio pela grama. Com pés batendo e rabos sacudindo, todos os coelhos que estavam na ladeira correram em busca de abrigo.

Avelá e Campainha se viram agachados com Negro. O coelho de Efrafa estava lúcido e indiferente.

— Pobre animalzinho — ele disse. — Você vê, os instintos delas são enfraquecidos pela vida na Marca. Ficar comendo debaixo de arbustos no lado da floresta que está contra o vento! Tudo bem, Avelá-rah, essas coisas acontecem. Mas, olhe, vou lhe dizer. A não ser que haja duas hombil, o que seria muito azar, temos pelo menos até ni-Frith para ir embora. Aquela homba não vai caçar por um tempo. Sugiro que a gente vá em frente assim que for possível.

Com uma palavra de concordância, Avelá saiu para reunir os outros coelhos. Eles correram rapidamente, de modo desordenado, para nordeste, perto da borda de um campo de trigo quase maduro. Ninguém falou sobre a fêmea. Eles tinham andado mais de um quilômetro antes de Topete e Avelá pararem para descansar e para ter certeza de que ninguém tinha ficado para trás. Quando Negro veio com Hyzenthlay, Topete disse:

— Você avisou como ia ser, não foi? E fui eu que não escutei.

— Avisei? — disse Negro. — Não estou entendendo.

— Que era provável que tivesse uma raposa.

— Não me lembro, infelizmente. Mas acho que nenhum de nós teria como saber. Afinal, o que é uma fêmea a mais ou a menos?

Topete olhou para ele assombrado, mas Negro, aparentemente despreocupado tanto em explicar o que tinha falado quanto em interromper a conversa, simplesmente começou a comer grama. Topete, intrigado, afastou-se e também começou a comer a uma certa distância, com Hyzenthlay e Avelá.

— O que ele está querendo? — ele perguntou depois de um tempo. — Vocês estavam todos lá quando ele alertou a gente, faz duas noites, de que era provável que tivesse uma raposa e eu o maltratei.

— Em Efrafa — disse Hyzenthlay —, se um coelho deu um conselho e o conselho não foi aceito, ele esquece imediatamente, assim como todos os demais. Negro acatou o que Avelá decidiu, e, se mais tarde aquilo se provou certo ou errado, já não faz mais diferença. O conselho dele jamais foi dado.

— Eu acredito nisso — disse Topete. — Efrafa! Formigas lideradas por um cão! Mas não estamos em Efrafa agora. Será que ele realmente se esqueceu de que tinha avisado a gente?

— Provavelmente esqueceu mesmo. Mas tenha ou não esquecido, você jamais vai conseguir que ele admita ter avisado você nem que escutou você dizer que ele, no fim das contas, estava certo. Para ele isso é tão impossível quanto fazer hraka debaixo da terra.

— Mas você também é de Efrafa. Você também pensa assim?

— Eu sou fêmea — disse Hyzenthlay.

* * *

No início da tarde, eles começaram a se aproximar do Cinturão e Topete foi o primeiro a reconhecer o lugar onde Dente-de-Leão tinha contado a história do Coelho Preto de Inlé.

— Era a mesma raposa, sabe — ele disse para Avelã. — Tenho quase certeza. Eu devia ter percebido o quanto era provável que...

— Olha — disse Avelã —, você sabe muito bem o que nós devemos a você. As fêmeas acham que El-ahrairah mandou você tirar todas elas de Efrafa. Elas acham que mais ninguém conseguiria ter feito isso. Quanto ao que aconteceu hoje pela manhã, aquilo foi tão culpa minha quanto sua. Eu nunca imaginei que a gente *chegaria* em casa sem perder alguns coelhos. Na verdade, perdemos dois e isso é melhor do que eu esperava. Podemos voltar para o Favo de Mel hoje à noite se forçarmos o passo. Vamos esquecer a homba agora, Topete, já que isso não pode ser alterado, e tentar... olha, quem é aquele?

Eles estavam chegando a uma mata de juníperos e de rosas, emaranhados ao nível do solo com urtigas e com trechos de briônias, em que as frutas estavam começando a amadurecer e a ficar vermelhas. Enquanto eles paravam para escolher uma direção debaixo da vegetação, quatro coelhos grandes saíram da grama alta e se sentaram, olhando para eles. Uma das fêmeas, subindo a ladeira um pouco atrás dos outros, bateu a pata no chão e se virou para correr. Eles ouviram Negro fazê-la parar bruscamente.

— Bom, por que você não responde à pergunta dele, Thlayli? — disse um dos coelhos. — Quem sou eu?

Houve numa pausa. Então Avelã falou.

— Posso ver que eles são de Efrafa porque têm marcas — ele disse. — Esse é Vulnerária?

— Não — disse Negro, no ombro dele. — Esse é o capitão Candelária.

— Sei — disse Avelá. — Bom, ouvi falar de você, Candelária. Não sei se você pretende nos fazer mal, mas o melhor que você pode fazer é deixar a gente em paz. De nossa parte, nossos negócios com Efrafa estão acabados.

— Você pode achar que sim — respondeu Candelária — mas você vai descobrir que não é bem assim. Aquela fêmea ali atrás deve vir com a gente. E o mesmo vale para todas as outras que estão com você.

Enquanto ele falava, Prata e Bolota apareceram mais abaixo na ladeira, seguidos por Thethuthinnang. Depois de olhar de relance para os coelhos de Efrafa, Prata falou rapidamente com ela, que voltou para as bardanas. Então, ele subiu até onde estava Avelá.

— Chamei o pássaro branco, Avelá — ele disse em voz baixa.

Como blefe, funcionou. Eles viram Candelária olhar para cima nervoso e outro integrante da patrulha olhou para trás, onde havia uma cobertura de arbustos.

— O que você está dizendo é tolice — disse Avelá para Candelária. — Estamos em muitos aqui e, a não ser que você tenha mais coelhos do que consigo ver, estamos numa quantidade muito grande para vocês.

Candelária hesitou. A verdade era que, pela primeira vez na vida, ele agira precipitadamente. Ele tinha visto Avelá e Topete se aproximarem, com Negro e uma fêmea atrás deles. Na ânsia de ter algo realmente valioso para mostrar quando voltasse ao Conselho, ele logo concluiu que os dois estavam sozinhos. Os coelhos de Efrafa normalmente ficavam bem próximos uns dos outros no descampado e não tinha ocorrido a Candelária que outros coelhos pudessem andar mais afastados. Ele tinha visto uma oportunidade de ouro de atacar – talvez até matar – os detestáveis Thlayli e Negro, junto com seu único companheiro, que parecia ser manco, e levar a fêmea de volta para o Conselho. Se o cenário fosse esse, ele certamente poderia ter conseguido; e por isso tinha decidido partir para o confronto em vez de armar uma emboscada, na esperança de que os machos se rendessem sem lutar. Mas agora, à medida que mais coelhos começaram a aparecer, sozinhos ou em duplas, ele percebeu que tinha cometido um erro.

— Tenho muito mais coelhos — ele disse. — As fêmeas devem ficar aqui. O resto de vocês pode partir. Senão nós vamos matá-los.

— Muito bem — disse Avelá. — Traga toda a sua patrulha para o descampado e vamos fazer o que você está dizendo.

A essa altura, um número considerável de coelhos estava subindo a ladeira. Candelária e sua patrulha olharam para eles em silêncio, mas não se moveram.

— Melhor vocês ficarem onde estão — disse Avelã finalmente. — Se vocês tentarem entrar em confronto com a gente vai ser pior para vocês. Prata e Amora, levem as fêmeas e sigam em frente. O resto de nós logo vai alcançar vocês.

— Avelã-rah — sussurrou Negro —, a patrulha deve morrer, todos eles. Eles não devem relatar nada para o general.

Isso também tinha ocorrido a Avelã. Mas enquanto ele pensava na terrível luta e nos quatro coelhos de Efrafa realmente retalhados – pois era disso que aquilo tudo se tratava – ele não conseguia se convencer a entrar em ação. Como Topete, ele tinha uma simpatia relutante por Candelária. Além disso, seria necessário algum esforço. Muito provavelmente, alguns dos seus coelhos seriam mortos e certamente haveria feridos. Eles não chegariam ao Favo de Mel naquela noite e iriam deixar uma trilha de sangue fresco aonde quer que fossem. Além do fato de ele não gostar da ideia como um todo, havia ainda desvantagens que poderiam ser fatais.

— Não, vou deixá-los em paz — ele respondeu firme.

Negro ficou em silêncio e eles ficaram sentados observando Candelária enquanto a última fêmea desaparecia nos arbustos.

— Agora — disse Avelã —, saia daqui e leve a sua patrulha pelo mesmo caminho que nós viemos. Não fale nada, apenas vá.

Candelária e a patrulha partiram ladeira abaixo e Avelã, aliviado por ter se livrado deles tão facilmente, correu atrás de Prata, com os outros bem próximos a ele.

Depois de passarem pelo Cinturão, eles progrediram de modo excelente. Após o descanso de um dia e meio, as fêmeas estavam em boa forma. A promessa de terminar a jornada naquela noite e o pensamento de que elas tinham escapado tanto da raposa quanto da Patrulha Avançada de Efrafa fez com que elas ficassem impacientes e suscetíveis. A única causa de atraso era Negro, que parecia inquieto e que ficava repetidas vezes para trás. Por fim, no final da tarde, Avelã mandou chamá-lo e pediu que ele fosse na frente, na direção do caminho que eles estavam seguindo, e que procurasse a longa faixa de faias no declive a leste. Negro ainda não tinha ido muito longe quando começou a correr de volta.

— Avelá-rah, fui bem perto daquele bosque que você mencionou — ele disse —, e tem dois coelhos brincando em um trecho de grama curta perto dali.

— Vou lá ver — afirmou Avelá. — Dente-de-Leão, você vem junto comigo, pode ser?

Enquanto eles desciam a ladeira à direita da trilha, Avelá quase não reconheceu o bosque de faias. Ele percebeu uma ou duas folhas amarelas e um leve toque de bronze aqui e ali nos galhos verdes. Depois, ele viu Espinheiro e Morango correndo em direção a ele na grama.

— Avelá-rah! — gritou Espinheiro. — Dente-de-Leão! O que aconteceu? Onde estão os outros? Vocês trouxeram fêmeas? Está tudo bem?

— Eles logo vão chegar aqui — disse Avelá. — Sim, conseguimos várias fêmeas e todos os que partiram estão de volta. Este é Negro, que veio de Efrafa.

— Bom para ele — disse Morango. — Ah, Avelá-rah, desde que vocês saíram, ficávamos todas as tardes olhando para o limite da floresta. Azevinho e Buxo estão bem, eles já voltaram para o viveiro. E olha só, a Trevo está prenha. Isso é ótimo, não é?

— Esplêndido — disse Avelá. — Ela vai ser a primeira. Caramba, passamos por maus bocados, preciso contar para vocês. E vou contar mesmo, que história! Mas isso vai ter que esperar um pouco. Vamos, temos que trazer os outros.

Ao pôr do sol, vinte coelhos ao todo tinham subido até o bosque de faias e chegado ao viveiro. Eles comeram em meio ao orvalho e às longas sombras, com o crepúsculo já caindo sobre os campos mais baixos. Então, todos se amontoaram no Favo de Mel para ouvir Avelá e Topete contar a história das aventuras deles para os que esperaram ansiosamente por tanto tempo para ouvi-la.

Por fim, os coelhos desapareceram debaixo da terra e a Patrulha Avançada, que os estava seguindo desde o Cinturão de César, com habilidade e disciplina impressionantes, virou para leste e depois partiu rumo a Efrafa. Candelária era especialista em encontrar refúgio para passar a noite num descampado. Ele, então, planejou descansar até o amanhecer e depois percorrer os cinco quilômetros de volta ao seu viveiro antes da noite seguinte.

41

A história de Ralph Latil e da fada Cacho Rinha

Não tenhas misericórdia de nenhum dos pérfidos que praticam a iniquidade. [...] Dão ganidos como cães, e rodeiam a cidade. [...] Mas tu, Senhor, te rirás deles; zombarás de todos os gentios.

Salmo 59

Enfim, chegaram os dias de calor intenso – dia após dia de verão quente e inerte –, quando por horas seguidas a única coisa que parecia se mover era a luz. O céu – o sol, as nuvens e a brisa – acordava sobre as colinas sonolentas. As folhas das faias ficavam escuras nos galhos e grama nova crescia onde a velha tinha sido roída rente ao solo. O viveiro finalmente prosperava, e Avelã podia ficar deitado ao sol no barranco, admirando as suas bênçãos. Acima e abaixo do solo, os coelhos adotavam, naturalmente, um ritmo tranquilo e sem perturbações ao se alimentar, cavar e dormir. Vários novos túneis e tocas foram construídos. As fêmeas, que jamais haviam cavado antes em suas vidas, gostaram do trabalho. Tanto Hyzenthlay quanto Thethuthinnang disseram a Avelã que não tinham ideia de quanto da frustração e da infelicidade delas em Efrafa se devia simplesmente ao fato de não terem permissão para cavar. Mesmo Trevo e Feno descobriram que podiam fazer o trabalho bastante bem, e se gabavam de que iriam parir as primeiras ninhadas do viveiro em tocas que tinham cavado para si mesmas. Negro e Azevinho se tornaram amigos íntimos. Eles falavam muito sobre suas visões diferentes de como patrulhar e rastrear, e fizeram algumas patrulhas juntos, mais para satisfazer a si próprios do que por alguma real necessidade. No início de uma manhã, eles convenceram Prata a ir com eles e viajaram por quase dois quilômetros até os limites de Kingsclere, e ao voltar contaram uma história de como aplicaram um truque e se banquetearam no jardim de uma casa de campo. A audição de Negro tinha se deteriorado após a mutilação das orelhas, mas Azevinho descobriu que a capacidade dele de percepção e de tirar conclusões a partir de qualquer coisa incomum era quase inacreditável. Percebeu também que ele parecia ser capaz de ficar invisível quando queria.

Dezesseis machos e dez fêmeas formavam uma sociedade suficientemente feliz para um viveiro. Havia brigas aqui e ali, mas nada sério. Como Campainha disse, qualquer coelho que estivesse descontente podia sempre contar com a possibilidade de voltar a Efrafa; e a ideia de tudo o que eles tinham passado juntos era suficiente para diminuir a importância de qualquer coisa que pudesse causar uma briga de verdade. A felicidade das fêmeas tinha contagiado a todos, até que, certa tarde, Avelã disse se sentir uma perfeita fraude como Chefe Coelho, já que não havia problemas e dificilmente havia alguma disputa para ser resolvida.

— Você já pensou no inverno? — perguntou Azevinho.

Quatro ou cinco machos, juntamente com Trevo, Hyzenthlay e Vilthuril, comiam ao longo do ensolarado lado oeste do bosque mais ou menos uma hora antes de o sol se pôr. Ainda estava quente e a colina estava tão quieta que era possível ouvir cavalos correndo sobre a grama na fazenda Cannon Heath, a mais de dois quilômetros. Certamente não parecia hora de pensar no inverno.

— Provavelmente o frio aqui vai ser maior do que o que qualquer um de nós está acostumado a enfrentar — disse Avelã. — Mas o solo é tão fofo e as raízes são tão profundas que podemos cavar bem mais fundo antes de o frio chegar. Acho que vamos conseguir ficar abaixo da camada de gelo. Quanto ao vento, podemos bloquear alguns buracos e dormir aquecidos. A grama é rala no inverno, eu sei, mas qualquer um que queira variar um pouco sempre tem como ir com o Azevinho aqui e tentar a sorte achando vegetais ou raízes nas pastagens. Entretanto, não podemos nos esquecer de que também é uma época do ano em que precisamos tomar cuidado com elil. Quanto a mim, vou ficar bem feliz de dormir debaixo da terra, jogar esconde-pedra e ouvir umas histórias de vez em quando.

— Que tal uma história agora? — disse Campainha. — Vamos, Dente-de-Leão. "Como eu Quase Perdi o Barco", que tal essa?

— Ah, você quer dizer "Vulnerária Desconcertado" — disse Dente-de-Leão. — Essa história é do Topete, não vou me atrever a contar. Mas estar pensando no inverno em uma tarde quente como essa me faz lembrar de uma história que ouvi, mas que nunca tentei contar. Então, pode ser que muitos de vocês conheçam e que muitos não conheçam. É a história de Ralph Latil e da fada Cacho Rinha.

— Pode começar — disse Quinto —, e conte com detalhes.

— Havia um grande coelho — disse Dente-de-Leão. — Havia um pequeno coelho. Havia El-ahrairah, e ele tinha geada em seus belos bigodes novos. A terra dentro dos túneis do viveiro estava tão dura que dava para cortar as patas ali, e os piscos respondiam uns aos outros nos bosques nus e imóveis: "Este aqui é meu lugar. Vá passar fome em outro lugar".

"Uma tarde, quando Frith mergulhava imenso e vermelho em um céu verde, El-ahrairah e Vigilante andavam tremendo pela grama congelada, pegando um pedaço de comida aqui e outro ali para levarem para outra longa noite debaixo da terra. A grama estava quebradiça e insossa como feno, e, embora estivessem com fome, eles estavam se virando há muito tempo com a comida miserável que encontravam, e aquilo era o máximo que conseguiam levar para a toca. Por fim, Vigilante sugeriu que eles poderiam se arriscar e ir pelo campo até o limite da aldeia, onde havia um grande jardim com vegetais.

"Este jardim era maior do que qualquer outro nas redondezas. O humano que trabalhava nele vivia em uma casa em uma das extremidades e costumava escavar ou cortar grandes quantidades de vegetais, colocar em um hrududu e levar embora. Ele tinha colocado arame em volta do jardim inteiro para evitar que os coelhos entrassem. Mesmo assim, El-ahrairah normalmente conseguia encontrar um modo de entrar se quisesse. Mas aquilo era perigoso, pois o humano tinha uma arma e frequentemente atirava em pássaros e pombos e os deixava pendurados.

"'A arma não é o único perigo que vamos enfrentar', disse El-ahrairah, pensando no assunto. 'Também temos que ficar de olho naquele maldito Ralph Latil.'

"Ralph Latil era o cachorro do humano. Ele era o brutamontes mais desagradável, maldoso e nojento que já lambeu a mão de um humano. Era um cão grande e peludo com pelos sobre os olhos, e o humano o usava para proteger o jardim de vegetais, especialmente à noite. Ralph Latil, é claro, não comia vegetais, e era possível imaginar que ele estaria disposto a deixar um animal faminto comer uma alface ou uma cenoura, de vez em quando, sem se importar.

Mas nada disso. Ralph Latil ficava solto desde que escurecia até de manhã; e não satisfeito em manter homens e meninos longe do jardim, ele partia para cima de animais que encontrava por ali – ratos, coelhos, lebres, camundongos, até toupeiras – e, se pudesse, matava. Assim que farejava um intruso, ele começava a latir e a fazer alarde, embora muitas vezes esse barulho tolo fosse responsável por alertar um coelho e permitir que ele fugisse a tempo. Ralph Latil era visto como um grande caçador de ratos, e o dono dele se gabava dessa habilidade do cão com tanta frequência que ele tinha se tornado pretensioso a ponto de ser chato. O cachorro acreditava que era o melhor caçador de ratos do mundo. Ele comia bastante carne crua (mas não à tarde, porque ele precisava ter fome à noite para se manter ativo) e isso tornava mais fácil perceber, por causa do odor, que ele estava vindo. Mas mesmo assim, ele tornava o jardim um lugar perigoso.

"'Bom, vamos nos arriscar com Ralph Latil', disse Vigilante. 'Acho que você e eu podemos fugir dele se for o caso.'

"El-ahrairah e Vigilante foram pelo campo até o limite do jardim. Quando chegaram lá, a primeira coisa que viram foi o próprio humano, com um bastão queimando na boca, colhendo uma fileira após outra de repolhos congelados. Ralph Latil estava com ele, balançando o rabo e pulando para lá e para cá de um jeito ridículo. Depois de um tempo, o humano tinha empilhado todos os repolhos que conseguiu numa coisa com rodas e os levou para a casa. Ele voltou várias vezes e, quando tinha levado todos os repolhos para a porta da casa ele começou a levá-los para dentro.

"'Por que ele está fazendo isso?', perguntou Vigilante.

"'Acho que ele quer descongelar os repolhos hoje à noite', respondeu El-ahrairah, 'antes de colocar no hrududu para levar embora amanhã de manhã'.

"'Acho que seria muito melhor *comer* os repolhos que estão sem a camada de gelo, não seria?', disse Vigilante. 'Queria pegar alguns enquanto estão dentro da casa. Mas deixe para lá. Agora é a nossa chance. Vamos ver o que podemos fazer nessa extremidade do jardim enquanto ele está ocupado lá do outro lado.'

"Mal ele tinha entrado no jardim e se colocado entre os repolhos, Ralph Latil sentiu o cheiro dos coelhos e veio correndo, latindo e ganindo, mas eles tiveram sorte de sair a tempo.

"'Animaizinhos sujos', gritou Ralph Latil. 'Al-al-alto lá, nada de rou-rou--roubar aqui. Sa-Sai! Sa-Sai!'

"'Brutamontes desprezível', disse El-Ahraihrah, enquanto eles corriam de volta para o viveiro sem ter conseguido nada em troca do seu esforço. 'Ele realmente me deixou furioso. Ainda não sei como fazer isso, mas, por Frith e Inlé, antes de o gelo derreter, vamos comer os repolhos dele dentro da casa e fazer com que aquele cachorro fique parecendo um tolo!'

"'Isso é um exagero, mestre', disse Vigilante. 'Uma pena jogar a sua vida fora por um repolho, depois de tudo o que já passamos juntos.'

"'Bom, vou ficar de olho numa oportunidade', disse El-ahrairah. 'Vou só ficar de olho numa oportunidade, nada mais do que isso.'

"Na tarde seguinte, Vigilante estava fuçando no topo do barranco ao lado da estrada quando um hrududu passou. Ele tinha portas na parte de trás e, de algum modo, elas tinham aberto e estavam balançando enquanto o hrududu andava. Havia coisas ali dentro embaladas em sacos como os que os humanos às vezes deixam pelos campos. Enquanto ele passava por Vigilante, um desses sacos caiu na estrada. Quando o hrududu já tinha ido embora, Vigilante, que esperava encontrar algo para comer dentro do saco, correu para a estrada para farejar aquilo. Mas ele ficou desapontado ao descobrir que a embalagem só continha algum tipo de carne. Mais tarde, ele contou a El--ahrairah sobre sua decepção.

"'Carne?' disse El-ahrairah. 'Ainda está lá?'

"'Como posso saber?', disse Vigilante. 'Aquilo era uma coisa horrorosa.'

"'Venha comigo', disse El-ahrairah. 'E seja rápido.'

"Quando eles chegaram à estrada, a carne continuava lá. El-ahrairah arrastou a carne até a vala e eles a enterraram.

"'Mas de que isso vai nos servir, mestre?', questionou Vigilante.

"'Ainda não sei', disse El-ahrairah. 'Mas de alguma coisa certamente vai servir, se os ratos não comerem antes. Mas vamos para casa agora. Já está escurecendo.'

"Enquanto eles iam para casa, eles encontraram uma cobertura de roda tirada de um hrududu, jogada na vala. Se vocês já viram essas coisas, sabem que são mais ou menos como um enorme fungo – lisos e muito fortes, mas também às vezes almofadados e macios. O cheiro é desagradável e não servem para comer.

"'Venha', disse El-ahrairah imediatamente. 'Temos que roer um bom pedaço disso. Vou precisar.'

"Vigilante achou que seu mestre podia estar ficando louco, mas fez o que ele pediu. Aquilo estava quase apodrecido e não demorou para que eles conseguissem roer um pedaço mais ou menos do tamanho da cabeça de um coelho. O gosto era terrível, mas El-ahrairah carregou aquilo com cuidado de volta para o viveiro. Ele passou um bom tempo naquela noite roendo aquilo e, depois do silflay da manhã seguinte, ele continuou. Perto do ni-Frith, ele acordou Vigilante, levou-o para fora e colocou o pedaço roído diante dele.

"'Com o que isso se parece?', ele perguntou. 'Não se importe com o cheiro. Com o que isso se *parece*?'

"Vigilante olhou e respondeu: 'Parece o focinho de um cachorro preto, mestre', ele respondeu, 'exceto pelo fato de estar seco'.

"'Esplêndido', disse El-ahrairah, e foi dormir.

"Naquela noite, o clima continuou frio, mas o céu estava aberto, com lua minguante. Fu Inlé, quando os coelhos todos estavam se aquecendo debaixo da terra, El-ahrairah disse a Vigilante para acompanhá-lo. El-ahrairah levou o focinho preto com ele e, no caminho, ele o esfregou em todas as coisas nojentas que encontrou. Ele encontrou um..."

— Bom, não importa — disse Avelã. — Continue com a história.

— No fim — continuou Dente-de-Leão —, Vigilante mantinha uma boa distância dele, mas El-ahrairah prendeu a respiração e seguiu carregando o focinho até eles chegarem ao lugar onde tinham enterrado a carne.

"'Desenterre', disse El-ahrairah. 'Vamos.'

"Eles cavaram e encontraram a embalagem. A carne era um amontoado de pedacinhos unidos em uma espécie de trilha, como numa flor de briônia, e o pobre Vigilante recebeu ordens de carregar aquilo até o fundo do jardim de vegetais. Era um trabalho difícil e ele ficou bem feliz quando pôde largar aquilo.

"'Agora', disse El-ahrairah, 'vamos dar a volta pela frente'.

"Quando eles chegaram à frente da casa, dava para ver que o humano tinha saído. Um dos indícios era o fato de o lugar estar completamente às escuras, mas, além disso, eles conseguiam farejar que ele tinha passado pelo portão um pouco antes. A parte da frente da casa tinha um jardim de flores que era separado da parte de trás e da horta por uma cerca alta de tábuas bem próximas umas das outras que cruzava toda a propriedade e terminava em uma grande moita de loureiros. Do outro lado da cerca ficava a porta de trás da casa, que levava à cozinha.

"El-ahrairah e Vigilante passaram em silêncio pelo jardim da frente e olharam por uma fenda na cerca. Ralph Latil estava sentado numa trilha de pedras, bem acordado e tremendo de frio. Ele estava tão perto que dava para ver os olhos dele piscando à luz da lua. A porta da cozinha estava fechada, mas perto dali, ao longo da parede, havia um buraco acima do bueiro em que faltava um tijolo. O chão da cozinha era feito de tijolos e o humano costumava limpá-lo com uma vassoura e drenar a água pelo buraco. O buraco estava tampado com um pano velho para evitar que o frio entrasse.

"Depois de um tempo El-ahrairah disse baixinho:

"'Ralph Latil! Ei, Ralph Latil!'

"Ralph Latil sentou e olhou em volta, eriçando os pelos.

"'Quem está aí?', ele disse. 'Quem é você?'

"'Ei, Ralph Latil!', disse El-ahrairah, se agachando do outro lado da cerca. 'Oh, feliz e abençoado Ralph Latil! A sua recompensa está próxima! Trago as melhores notícias do mundo para você!'

"'O quê?', disse Ralph Latil. 'Quem está aí? Chega de truques!'

"'Truques, Ralph Latil?', indagou El-ahrairah. 'Ah, vejo que você não me conhece. Mas como poderia me conhecer? Escute, fiel e habilidoso cão. Sou a fada Cacho Rinha, mensageira do grande espírito canino do oriente, a rainha Babona. O palácio dela fica muito, muito distante no oriente. Ah, Ralph Latil, se você pudesse ver a poderosa nação dela, as maravilhas do seu reino! A carniça que jaz sobre a areia! O esterco, Ralph Latil! As fossas abertas! Ah, você pularia de felicidade e correria fuçando em tudo!'

"Ralph Latil se ergueu e olhou em volta em silêncio. Ele não sabia de onde vinha a voz, mas estava desconfiado.

"'A sua fama como caçador de ratos chegou aos ouvidos da rainha', disse El-ahrairah. 'Conhecemos e celebramos você como o maior caçador de ratos do mundo. É por isso que estou aqui. Mas pobre criatura atônita, vejo que você está perplexo. E faz sentido que esteja. Venha aqui, Ralph Latil! Chegue perto da cerca e me conheça melhor!'

"Ralph Latil foi até a cerca e, então, El-ahrairah colocou o focinho de borracha na fenda, movendo-o para lá e para cá. Ralph Latil se aproximou ainda mais e ficou ali farejando.

"'Nobre caçador de ratos', murmurou El-ahrairah, 'sou eu, a fada Cacho Rinha. Fui enviada para te homenagear!'

"'Ah, fada Cacho Rinha!', disse Ralph Latil, babando e urinando no cascalho. 'Ah, quanta elegância! Que distinção aristocrática! Será que esse cheiro que eu sinto pode realmente ser de gato apodrecido? Que delicado toque de camelo pútrido! Ah, o belo oriente!'"

— O que diabos é um camelo? — interrompeu Topete.

— Não sei, mas estava na história quando eu ouvi, então imagino que seja algum tipo de criatura. — Dente-de-Leão respondeu e logo continuou. 'Cão feliz!', disse El-ahrairah. 'Devo informar que a rainha Babona em pessoa expressou seu gracioso desejo de conhecê-lo. Mas não ainda, Ralph Latil, não ainda. Primeiro você precisa se mostrar valoroso. Fui enviada para trazer a você um teste e uma demonstração. Ouça, Ralph Latil. Além da extremidade do jardim há um grande pacote de carne. Sim, carne de verdade, Ralph Latil, pois apesar de sermos fadas caninas trazemos presentes reais para nobres e corajosos animais como você. Vá até lá agora, encontre e coma aquela carne. Confie em mim, pois vou proteger a casa até que você volte. Este é o teste para saber se você tem fé.'

"Ralph Latil estava desesperado de fome e o frio havia afetado o estômago dele, mas mesmo assim ele hesitou. Ele sabia que seu mestre esperava que ele protegesse a casa.

"'Ah, bem', disse El-ahrairah, 'não importa. Eu já vou indo. Na aldeia ao lado mora um ótimo cão...'.

"'Não, não', disse Ralph Latil. 'Não, fada Cacho Rinha, não me abandone! Eu confio em você! Vou imediatamente! Apenas proteja a casa e não me decepcione!'

"'Não tema, nobre cão', disse El-ahrairah. 'Apenas confie na palavra da grande rainha.'

"Ralph Latil foi saltando à luz da lua até sair do campo de visão de El-ahrairah.

"'Devemos entrar na casa agora, mestre?', perguntou Vigilante. 'Vamos precisar ser rápidos.'

"'Certamente não', disse El-ahrairah. 'Como você pode sugerir um engodo desses? Que vergonha, Vigilante! Nós vamos proteger a casa.'

"Eles esperaram em silêncio e depois de um tempo Ralph Latil voltou, lambendo os lábios e sorrindo. Ele chegou à cerca farejando.

"'Percebo, honesto amigo', disse El-ahrairah, 'que você achou a carne rápido como se fosse um rato. A casa está protegida e tudo está bem. Agora escute.

Preciso voltar até a rainha e contar a ela tudo o que ocorreu. Era o gracioso propósito dela que, se você se mostrasse valoroso hoje à noite, se confiasse na mensageira da rainha, ela iria homenageá-lo pessoalmente. Amanhã à noite ela vai passar por esta terra a caminho do Festival do Lobo do Norte e ela pretende interromper a viagem para que você possa comparecer diante dela. Esteja pronto, Ralph Latil!'

"'Ah, fada Cacho Rinha!', disse Ralph Latil. 'Que alegria será rastejar e me humilhar diante da rainha! Com quanta humildade rolarei pelo chão! Farei de mim um escravo completo! Quão grande será o meu servilismo! Vou mostrar a ela que sou um verdadeiro cão!'

"'Não duvido disso', disse El-ahrairah. 'E agora, adeus. Seja paciente e espere pela minha volta!'

"Ele tirou o focinho de borracha e, em silêncio, os coelhos rastejaram para longe.

"A noite seguinte foi, se é que isso era possível, ainda mais fria. O próprio El-ahrairah precisou se preparar antes de partir para os campos. Eles tinham escondido o focinho de borracha fora do jardim e precisaram de algum tempo para recuperá-lo. Quando tiveram certeza de que o humano tinha saído, eles foram com cautela até o jardim da frente e até a cerca. Ralph Latil estava andando para lá e para cá perto da porta de trás, a respiração fazendo fumaça no ar gelado. Quando El-ahrairah falou, ele logo colocou a cabeça no chão entre as patas dianteiras e gemeu de alegria.

"'A rainha está vindo, Ralph Latil', disse El-ahrairah por detrás do focinho, 'com sua nobre comitiva, as fadas Mijona e Cheirabunda. E vou lhe dizer o desejo dela. Você conhece as encruzilhadas da aldeia, certo?'

"'Sim, sim!', gemeu Ralph Latil. 'Sim, sim! Ah, deixe-me mostrar o quanto eu posso ser abjeto, cara fada Cacho Rinha. Eu vou...'

"'Muito bem', interrompeu El-ahrairah. 'Agora, oh felizardo cão, vá até a encruzilhada e espere a rainha. Ela está vindo nas asas da noite. Ela vem de longe, mas espere com paciência. Apenas espere. Não a decepcione e a grande bênção será sua.'

"'Decepcionar a Rainha? Não, náo!', gritou Ralph Latil. 'Vou esperar como um verme na estrada. Sou um suplicante dela, fada Cacho Rinha! Um mendigo, um idiota, um...'

"'Certíssimo, excelente', disse El-ahrairah. 'Apresse-se.'

"Assim que Ralph Latil foi embora, El-ahrairah e Vigilante passaram rápido pelos loureiros, deram a volta pelo fim da cerca e foram até a porta de trás. El-ahrairah puxou o pano para fora do buraco acima da calha com os dentes e entrou na cozinha à frente de Vigilante.

"A cozinha estava aquecida como esse barranco, e em uma das extremidades havia um grande monte de vegetais prontos para irem para o hrududu na manhã seguinte – repolhos, couves-de-bruxelas e chirivia. Elas estavam descongeladas e o cheiro delicioso era irresistível. El-ahrairah e Vigilante começaram imediatamente a compensar os dias que vinham passando comendo grama congelada e casca de árvore.

"'Sujeito bom e leal', disse El-ahrairah com a boca cheia. 'Como ele vai ficar grato por a rainha tê-lo feito esperar. Ele vai poder mostrar a ela o tamanho de sua lealdade, não vai? Pegue mais uma chirivia, Vigilante.'

"Enquanto isso, na encruzilhada, Ralph Latil esperava ansioso no frio, tentando ouvir os sinais da chegada da rainha Babona. Depois de muito tempo, ele ouviu passos. Não eram passos de cachorro, e sim de humano. À medida que eles se aproximavam ele percebeu que eram os passos de seu dono. Ele era burro demais para fugir ou para se esconder e simplesmente ficou onde estava até seu dono – que estava voltando para casa – chegasse à encruzilhada.

"'Ué, Ralph Latil', disse seu dono, 'o que você está fazendo aqui?'.

"Ralph Latil parecia um tolo e ficou fuçando em volta de onde estava. O dono dele ficou intrigado, mas depois lhe ocorreu uma ideia.

"'Ah, velho companheiro', ele disse, 'você veio me encontrar, foi isso? Bom sujeito, hein! Venha, vamos juntos para casa'.

"Ralph Latil tentou escapar, mas o seu dono o agarrou pelo pescoço, amarrou-o com um pedaço de corda que tinha no bolso e o levou para casa.

"A chegada deles pegou El-ahrairah de surpresa. Na verdade, ele estava tão ocupado comendo repolhos que só ouviu algo quando alguém mexeu na maçaneta. Ele e Vigilante só tiveram tempo de pular para trás de uma pilha de cestas antes de o humano entrar, trazendo consigo o cachorro. Ralph Latil estava em silêncio e abatido e nem percebeu o cheiro de coelho, que de todo modo estava misturado com o cheiro do fogo e da despensa. Ele se deitou no capacho enquanto o humano preparava uma espécie de bebida.

"El-ahrairah estava de olho na oportunidade de correr para fora do buraco na parede. Mas o homem, enquanto estava ali sentado, bebendo e baforando no bastão, de repente olhou em volta e se levantou. Ele tinha percebido a corrente de ar entrando pelo buraco aberto. Para horror dos coelhos, ele pegou um saco e fechou completamente o buraco. Depois, ele terminou sua bebida, acendeu a lareira e subiu para dormir, deixando Ralph Latil trancado na cozinha. Era evidente que ele achava que estava frio demais para botar o cachorro para fora.

"De início, o cachorro gemeu e ficou arranhando a porta, mas depois de um tempo ele voltou para o capacho perto da lareira e se deitou. El-ahrairah foi andando silenciosamente junto à parede até chegar atrás de uma grande caixa de metal, num canto debaixo da pia. Havia sacos e jornais antigos ali, e ele tinha quase certeza de que Ralph Latil não conseguia vê-lo atrás daquilo. Assim que Vigilante chegou aonde ele estava, ele disse:

"'Oh Ralph Latil!', sussurrou El-ahrairah.

"Ralph Latil se levantou num átimo.

"'Fada Cacho Rinha!' ele gritou. 'É você que eu ouço?'

"'Sim, sou eu', disse El-ahrairah. 'Lamento sua decepção, Ralph Latil. Você não se encontrou com a rainha.'

"'Infelizmente, não', disse Ralph Latil. E ele, então, contou o que aconteceu na encruzilhada.

"'Não importa', disse El-ahrairah. 'Não fique triste, Ralph Latil. Houve um bom motivo para a rainha não vir. Ela foi informada sobre um perigo. Ah, um grande perigo, Ralph Latil! Mas conseguiu evitá-lo a tempo. Eu mesma estou aqui correndo risco para lhe avisar. Você tem sorte na verdade de eu ser sua amiga, pois, se fosse diferente, seu mestre poderia ser atingido por uma doença mortal.

"'Uma doença?', disse Ralph Latil. 'Mas como assim, boa fada?'

"'Há muitas fadas e espíritos nos reinos animais do oriente', disse El-ahrairah. 'Alguns são amigos, mas há os que – possa o infortúnio atingi-los – são inimigos mortais. O pior deles todos, Ralph Latil, é o grande espírito do rato, o gigante de Sumatra, a praga de Hamelin. Ele não ousa lutar abertamente com a nobre rainha, ele trabalha de maneira furtiva, por meio de veneno e de doenças. Logo depois de você me deixar, eu soube que ele tinha enviado seus odiosos gnomos-ratos pelas nuvens, levando doenças por aí. Alertei a rainha, mas mesmo assim permaneci aqui, Ralph Latil, para alertar você. Se a doença vier – e os gnomos estão bem perto daqui –, ela não afetará você, mas o seu dono ela irá matar – e a mim também. E eu temo por isso. Mas você pode salvá-lo, Ralph Latil, e só você pode fazer isso. A salvação dele está fora do meu alcance.'

"'Ah, que horror', gritou Ralph Latil. 'Não podemos perder tempo! O que eu devo fazer, fada Cacho Rinha?'

"'A doença funciona com um feitiço', disse El-ahrairah. 'Mas, se um verdadeiro cão de carne e osso puder correr quatro vezes em torno da casa, latindo o mais alto que puder, então o feitiço será quebrado e a doença não terá nenhum poder. Mas que tristeza! Eu esqueci! Você está trancado aqui, Ralph Latil. O que devemos fazer? Receio que tudo esteja perdido.'

"'Não, não!' disse Ralph Latil. 'Eu vou te salvar, fada Cacho Rinha, e também vou salvar meu querido dono. Deixe comigo!'

"Ralph começou a latir. Ele latiu forte o suficiente para acordar os mortos. As vidraças tremeram. O carvão caiu na grelha. O barulho era apavorante. Dava para ouvir o humano no andar de cima, gritando e xingando. Mesmo assim Ralph latia. O humano veio batendo os pés. Ele abriu rápido a janela e tentou ouvir barulho de ladrões, mas não conseguiu ouvir nada, em parte porque não havia nada para se ouvir e em parte por causa do latido incessante. Por fim, ele pegou a arma, abriu a porta e saiu cautelosamente para ver qual era o problema. Ralph Latil saiu correndo, arfando feito um touro, e disparou em torno da casa. O humano logo foi atrás dele, deixando a porta escancarada.

"'Rápido, Vigilante!', disse El-ahrairah. 'Mais rápido do que a Cacho Rinha do arco Tártaro! Vamos!'

"El-ahrairah e Vigilante correram para o jardim e desapareceram, passando em meio aos loureiros. No campo mais adiante, eles pararam por um momento. De trás vieram os sons de ganidos e latidos, misturados com berros e gritos furiosos de 'Venha aqui, seu desgraçado!'.

"'Sujeito nobre', disse El-ahrairah. 'Ele salvou o dono, Vigilante. Salvou todos nós. Agora, vamos para casa dormir tranquilos na nossa toca.'

"Pelo resto da vida, Ralph Latil nunca esqueceu a noite em que ele esperou a grande rainha canina. É verdade que foi uma decepção, mas isso, para ele, era um problema menor, comparado com a lembrança de sua nobre conduta e com o fato de ele ter salvado tanto seu dono quanto a fada Cacho Rinha do terrível espírito do rato."

42

Novidades ao pôr do sol

Você tem certeza de que provará que o ato é injusto e odioso para os deuses? Sim, certamente, Sócrates; pelo menos, se eles me escutarem.

Platão, *Eutífron*

Ao chegar ao fim desta história, Dente-de-Leão lembrou que devia auxiliar Bolota na vigilância do viveiro. O posto ficava a uma certa distância, perto do canto leste do bosque, e Avelã – que queria ver como Buxo e Verônica estavam se saindo em um buraco que estavam cavando – foi acompanhando Dente-de-Leão pela parte de baixo do barranco. Ele estava descendo pelo novo buraco quando percebeu que alguma criatura pequena corria pela grama. Era o camundongo que ele tinha salvado do falcão tempos atrás. Feliz por ver que ele continuava são e salvo, Avelã voltou para conversar com ele. O camundongo o reconheceu e se sentou, limpando o rosto com as patas dianteiras e conversando efusivamente.

— Ser bons dias agora, quentes dias. Você gostar? Muito por comer, ficar quente não problema. Descer colina ser colheita. Eu ir atrás milho, mas muito longe. Achar que vocês ir embora, não voltar faz muito tempo, sim?

— Sim — disse Avelã — vários de nós fomos embora, mas achamos o que estávamos procurando e agora voltamos para ficar.

— Ser bom. Ser muito coelhos agora, manter grama curta.

— Que diferença faz para ele se a grama está curta — disse Topete, que estava saltando e comendo com Negro ali por perto. — Ele não come grama.

— Ser bom para andar, sabe? — disse o camundongo em um tom familiar que fez Topete sacudir as orelhas de irritação. — Ter túnel no espinheiro, mas sem sementes na grama curta. Agora ter viveiro aqui e hoje ter mais coelhos vir, logo outro viveiro. Novos coelhos amigos vocês também?

— Sim, sim, todos amigos — confirmou Topete, virando-se para o outro lado. — Tem uma coisa que eu queria dizer, Avelã. É sobre os coelhos recém-nascidos, quando eles estiverem prontos para subirem para a superfície.

Avelã, porém, continuou onde estava, olhando com atenção para o camundongo.

— Espere um pouco, Topete — ele disse. — O que você disse, camundongo, sobre outro viveiro? Onde vai ter outro viveiro?

O camundongo ficou surpreso.

— Vocês não saber? Não ser seus amigos?

— Explique isso melhor. O que você quis dizer com novos coelhos e outro viveiro em breve?

O tom dele era urgente e inquisitivo.

O camundongo ficou nervoso e, à maneira da sua espécie, passou a dizer o que achava que os coelhos iam gostar de ouvir.

— Talvez não ser viveiro. Ter muitos coelhos aqui, todos meus amigos. Não ter mais coelhos. Não querer mais coelhos.

— Mas que outros coelhos? — insistiu Avelã.

— Não, senhor. Não, senhor, não outros coelhos, não ir para logo coelhos, todos ficar aqui ser meus amigos, salvar muito bom minha vida, então como posso eu se ela me fazer? — chilreou o camundongo.

Avelã pensou um pouco, mas ainda não conseguia entender.

— Ah, pare com isso, Avelã — disse Topete. — Deixe o pobre do bichinho em paz. Eu quero falar com você.

Avelã o ignorou mais uma vez. Chegando perto do camundongo, ele inclinou a cabeça e falou em voz baixa e firme.

— Você sempre diz que é nosso amigo — ele falou. — Se é mesmo, diga-me, sem medo, o que você sabe sobre outros coelhos vindo para cá.

O camundongo pareceu confuso. Mas, por fim, ele disse:

— Eu não ver outros coelhos, senhor, mas meu irmão ele diz pássaro diz ter novos coelhos, muitos, muitos novos coelhos vindo para cá do leste. Talvez ser só bobeira. Eu dizer errado, vocês não gostar mais camundongo, não mais amigo.

— Não, está tudo bem — disse Avelã. — Não se preocupe. Só me diga mais uma vez, onde esse pássaro disse que os novos coelhos estão?

— Ele dizer que eles vir agora mesmo do leste. Eu não ver.

— Bom amigo — disse Avelá. — Isso é muito útil.

Ele, então, voltou-se para os outros coelhos.

— O que você entendeu disso, Topete? — ele perguntou.

— Não muito — respondeu Topete. — Boatos que correm pelo capim alto. Essas criaturas dizem qualquer coisa e mudam de história cinco vezes por dia. Pergunte de novo para ele fu Inlé e ele vai contar uma história totalmente diferente.

— Se você estiver certo, o que eu estou pensando não passa de bobagens — disse Avelá. — Mas vou investigar isso mais a fundo. Alguém precisa ir lá verificar. Eu mesmo iria, mas com essa perna não consigo correr.

— Bom, mas de qualquer maneira, deixe para fazer isso à noite — disse Topete. — A gente pode...

— Alguém precisa ir lá ver — disse Avelá, firme. — Tem que ser alguém bom de patrulha. Negro, vá e chame o Azevinho, por favor.

— Por acaso, estou aqui — comentou Azevinho, que tinha chegado ao topo do barranco enquanto Avelá falava. — Qual é o problema, Avelá-rah?

— Tem um boato sobre desconhecidos na colina, a leste — respondeu Avelá —, e eu quero saber mais. Você e o Negro podem ir até o vale e descobrir o que está acontecendo?

— Sim, claro, Avelá-rah — disse Azevinho. — Se realmente houver outros coelhos lá, melhor trazer de volta com a gente, não? Ter mais coelhos pode ser útil.

— Depende de quem forem — argumentou Avelá. — É isso que quero descobrir. Vá imediatamente, Azevinho, pode ser? Por algum motivo eu fico preocupado por não saber quem são.

Azevinho e Negro mal tinham partido quando Verônica apareceu na superfície. Ele estava com uma aparência empolgada e triunfante que chamou imediatamente a atenção de todos. Ele se agachou diante de Avelá e olhou à sua volta em silêncio, para ter certeza de que iria conseguir o efeito pretendido.

— Terminou o buraco? — perguntou Avelá.

— Esqueça o buraco — respondeu Verônica. — Não vim falar disso. Trevo pariu a ninhada. Está tudo bem, filhotes saudáveis. Segundo ela, são três machos e três fêmeas.

— Melhor você ir até a faia e cantar isso — disse Avelá. — Conte para todos! Mas diga que não é para todo mundo descer e ir perturbar a Trevo.

— Acho que ninguém vai querer ir lá — disse Topete. — Quem é que gostaria de ser filhote de novo? E quem é que gostaria de ver esses bichinhos cegos e surdos e sem pelo?

— Algumas fêmeas podem querer ver — comentou Avelá. — Elas ficam empolgadas, sabe? Mas não queremos que perturbem a Trevo a ponto de ela comer os filhotes ou fazer uma loucura parecida.

— Parece que finalmente vamos viver uma vida natural de novo, não? — disse Topete, enquanto voltavam pelo barranco. — Que verão tem sido este! Fico tendo pesadelos de que voltei para Efrafa, sabe? Espero que isso logo passe. Mas se existiu uma coisa que aquele lugar me ensinou foi o valor de se estar em um viveiro oculto. À medida que nosso viveiro ficar maior, Avelá, precisamos cuidar disso. Mas vamos fazer melhor do que Efrafa, é claro. Quando chegarmos ao tamanho certo, podemos incentivar os coelhos a partirem.

— Bom, não me vá *você* ir embora — disse Avelá —, ou eu digo pro Kehaar trazer você de volta pelo pescoço. Confio em você para produzir uma boa Owsla para nós.

— Certamente é algo de que eu ia gostar — afirmou Topete. — Levar um bando de coelhos jovens para a fazenda e fazer os gatos saírem correndo do celeiro só por diversão. Bom, um dia isso vai acontecer. Ei, essa grama é seca como crina de cavalo em arame farpado, não é? Que tal corrermos descendo a colina até o campo. Só você, eu e o Quinto? Estão colhendo o milho e deve ter bastante coisa para pegar. Imagino que vão queimar o campo, mas ainda não fizeram isso.

— Não, temos que esperar um pouco — disse Avelá. — Quero ouvir o que o Azevinho e o Negro vão dizer quando voltarem.

— Então não precisa esperar muito — respondeu Topete. — Eles já estão vindo, a não ser que eu esteja enganado. E pela trilha descampada! Não estão preocupados em se esconder, hein? E que rápido eles vêm!

— Tem alguma coisa errada — disse Avelá, olhando para os coelhos que se aproximavam.

Azevinho e Negro chegaram à longa sombra do bosque em velocidade máxima, como se estivessem sendo perseguidos. Topete, Avelá e os outros coelhos que estavam por ali esperavam que eles freassem quando chegassem ao barranco, mas eles continuaram à toda e, na verdade, pareceu que estavam indo para baixo da terra. No último instante, Azevinho parou, olhou em volta e bateu os pés duas vezes. Negro despareceu no buraco mais próximo. Com as batidas de pés, todos os coelhos que estavam na superfície correram para procurar abrigo.

— Ei, espere um minuto — disse Avelã, abrindo caminho em meio a Sulquinho e a Leutodonte enquanto eles corriam pela grama. — Azevinho, qual é o alarme? Diga alguma coisa em vez de ficar batendo o pé no chão. O que aconteceu?

— Encham os buracos! — disse Azevinho ofegante. — Ponham todo o mundo debaixo da terra! Não há um instante a perder.

Os olhos dele se reviravam e a baba escorria pelo queixo dele.

— São humanos ou o quê? Não consigo ver, ouvir ou farejar nada. Vamos, diga alguma coisa e pare de tagarelar coisas sem sentido, seja um bom coelho.

— Então vai ter que ser rápido — disse Azevinho. — Aquele vale está cheio de coelhos de Efrafa.

— De Efrafa? Fugitivos, você quer dizer?

— Não — disse Azevinho —, nada de fugitivos. Candelária está lá. Demos de cara com ele e com mais três ou quatro que Negro reconheceu. Acho que o próprio Vulnerária está lá. Eles vieram pegar a gente, não se iludam quanto a isso.

— Tem certeza de que é mais do que uma patrulha?

— Certeza — respondeu Azevinho. — Deu para sentir o cheiro deles; e ouvir também, debaixo de nós, no vale. A gente estava imaginando o que tantos coelhos estavam fazendo lá e íamos descer para ver quando de repente demos de cara com Candelária. Olhamos para ele e ele olhou para nós. Então, eu percebi o que aquilo significava e nós voltamos correndo. Ele não seguiu a gente. Provavelmente porque não tinha ordens para fazer isso. Mas quanto tempo vai demorar para eles chegarem aqui?

Negro tinha voltado de dentro de um dos buracos, trazendo consigo Prata e Amora.

— Precisamos partir imediatamente, senhor — ele disse para Avelã. — Podemos avançar um bom tanto antes de eles chegarem.

Avelã olhou em volta.

— Quem quiser ir pode ir — ele disse. — Eu não vou. Construímos esse viveiro e só Frith sabe o que passamos para chegarmos onde estamos. Eu não vou abandonar este lugar agora.

— Nem eu — disse Topete. — Se eu for para o Coelho Preto, vou levar um ou dois coelhos de Efrafa comigo.

Houve um breve silêncio.

— Azevinho tem razão em querer fechar os buracos — continuou Avelã. — É a melhor coisa a fazer. Enchemos os buracos, bem fechados. Então eles vão precisar cavar para tirar a gente de lá. O viveiro é profundo. Fica debaixo de um barranco, com raízes de árvores crescendo lá embaixo e aqui em cima, por toda parte. Quanto tempo aqueles coelhos todos podem ficar na colina sem atrair elil? Eles vão ter que desistir.

— Você não conhece aqueles coelhos de Efrafa — disse Negro. — Minha mãe sempre contava o que aconteceu no bosque de Nutley. O melhor é ir embora já.

— Bom, então vá — respondeu Avelã. — Não estou impedindo ninguém. Mas eu não vou abandonar este viveiro. É o meu lar.

Ele olhou para Hyzenthlay, com o peso aumentado pela gestação, que estava sentada na entrada do buraco mais próximo e ouvindo a conversa.

— Até onde você acha que *ela* consegue ir? E a Trevo, vamos deixar que ela fique aqui sozinha com a ninhada?

— Não, a gente precisa ficar — disse Morango. — Acredito que El-ahrairah vai salvar a gente desse Vulnerária. E se ele não salvar, eu é que não vou pisar em Efrafa, isso eu garanto.

— Encham os buracos — disse Avelã.

Enquanto o sol se punha, os coelhos começaram a arranhar nos túneis. As laterais estavam endurecidas pelo calor. Não foi fácil começar, e, quando o solo começou a desmoronar, estava fofo e esfarelado, o que não ajudava muito a tampar os buracos. Foi Amora que teve a ideia de trabalhar a partir do centro, de dentro do Favo de Mel, arranhando o teto dos túneis no ponto em que eles chegavam ao saguão e bloqueando os buracos com as paredes que desmoronavam neles. Um túnel, que saía no bosque, foi deixado aberto para que eles pudessem entrar e sair. Era o túnel em que Kehaar se abrigava e o vestíbulo na entrada continuava cheio de esterco. Ao passar pelo local, Avelã lembrou que Vulnerária não sabia que Kehaar tinha ido embora. Ele escavou o quanto pôde de estrume e o espalhou no entorno. Então, enquanto o trabalho continuava lá embaixo, ele se agachou no barranco e observou o crepúsculo no horizonte a leste.

Os pensamentos dele eram muito tristes. Na verdade, eram desesperados. Embora ele tivesse falado de forma decidida diante dos outros, Avelã sabia muito bem que havia pouca esperança de proteger o viveiro contra os coelhos de Efrafa. Eles sabiam o que estavam fazendo. Sem dúvida, tinham métodos para invadir um viveiro fechado. A maior parte dos Mil caçava coelhos para conseguir comida. Uma doninha ou uma raposa, depois de pegar um coelho, só iria atrás do segundo quando estivesse pronta para caçar novamente. Mas com os coelhos de Efrafa era diferente, a não ser que o próprio general Vulnerária fosse morto, eles continuariam ali até ter terminado todo o trabalho. Nada os faria parar, a não ser alguma catástrofe inesperada.

Mas e se ele mesmo fosse falar com Vulnerária? Haveria chance de fazer com que ele tivesse bom senso? Independentemente do que tenha acontecido no bosque Nutley, os coelhos de Efrafa não podiam lutar até o fim com coelhos como Topete, Azevinho e Prata sem perder vidas – e provavelmente uma grande quantidade delas. Vulnerária devia saber disso. Talvez não fosse tarde demais, mesmo agora, para convencê-lo a concordar com um novo plano – um plano que fosse bom para ambos os viveiros.

"E talvez pudesse ser", pensou Avelã triste. "Mas aquela era uma possibilidade e, portanto, receio que o Chefe Coelho precise tentar. E como provavelmente não se pode confiar nesse brutamontes selvagem, imagino que o Chefe Coelho deva ir sozinho."

Ele voltou para o Favo de Mel e encontrou Topete.

— Vou sair para falar com o general Vulnerária, se conseguir encontrá-lo — ele disse. — Você é o Chefe Coelho até que eu volte. Faça que eles continuem o trabalho.

— Mas, Avelã — disse Topete —, espere um pouco. Não é seguro...

— Não devo demorar — disse Avelã. Só vou perguntar o que ele pretende.

Um instante depois ele tinha descido o barranco e seguia pela trilha, parando de tempos em tempos para se sentar e olhar ao seu redor, procurando uma patrulha de Efrafa.

43

A grande patrulha

O que é o mundo, oh soldados?
    Sou eu.
Eu, esta neve incessante,
    Do norte este céu;
Soldados, esta solidão
Pela qual vamos errantes
    Sou eu.

Walter de la Mare, *Napoleão*

Quando o barco flutuou pelo rio na chuva, parte da autoridade do general Vulnerária foi embora junto com ele. Ele não podia ter parecido mais franca e completamente perdido, nem mesmo se Avelã e seus companheiros tivessem voado por cima das árvores. Até aquele momento, ele tinha se mostrado um adversário forte e absolutamente formidável. Seus oficiais foram desmoralizados com o ataque inesperado de Kehaar, mas não ele. Pelo contrário, ele manteve a perseguição apesar de Kehaar e, na verdade, bolou um esquema para impedir a retirada dos fugitivos. Esperto e hábil na adversidade, ele quase conseguiu ferir a gaivota quando saltou sobre ela saindo da vegetação densa perto da ponte de madeira. Depois, quando encurralou suas presas em um lugar onde Kehaar não podia fazer muita coisa para ajudá-las, eles subitamente se mostraram mais espertos do que ele, e o deixaram aturdido no barranco. Ele chegou a ouvir a palavra "tharn" ser mencionada por um de seus oficiais enquanto eles voltavam para Efrafa na chuva. Thlayli, Negro e as fêmeas da Marca da Pata Traseira Esquerda tinham desaparecido. Ele tinha tentado impedir a fuga deles e era visível que tinha falhado.

Vulnerária ficou acordado boa parte da noite, pensando no que seria melhor fazer. No dia seguinte, ele convocou uma reunião do Conselho. Ressaltou que não seria bom levar uma expedição rio abaixo para procurar Thlayli, a não ser que ela fosse forte o suficiente para derrotá-lo caso o encontrasse. Isso significava levar vários oficiais e alguns membros da Owsla. Mas haveria o risco de eles enfrentarem problemas no viveiro enquanto os combatentes estivessem fora. Poderia ocorrer outra fuga, por exemplo. E o mais provável era que eles nem encontrassem mais Thlayli, já que não haveria rastro e eles não sabiam onde procurá-lo. Por fim, se eles não o encontrassem, pareceriam ainda mais tolos ao voltar.

— E agora nós parecemos tolos — disse Vulnerária. — Não se iludam quanto a isso. Verbena vai contar a vocês o que as Marcas estão dizendo. Falam que Candelária foi perseguido na vala pelo pássaro branco, que Thlayli evocou o relâmpago do céu e sabe Frith mais o quê.

— A melhor coisa — disse o velho Floco de Neve —, será dizer o mínimo possível sobre isso. Deixar que esqueçam. A memória deles é curta.

— Tem uma coisa que acho que vale a pena fazer — comentou Vulnerária. — Sabemos agora que houve um lugar em que nós *de fato* encontramos Thlayli e o bando dele, só que na época ninguém percebeu. Foi quando Malva estava atrás dele com a patrulha, pouco antes de ele ser morto por uma raposa. Algo me diz que eles vão voltar ao lugar aonde já foram antes, mais cedo ou mais tarde.

— Mas não tem como a gente manter coelhos suficientes lá para lutar com eles, senhor — disse Tasneira. — E isso significaria ter de cavar e morar lá por um tempo.

— Concordo com você — respondeu Vulnerária. — Uma patrulha vai ficar estacionada ali continuamente até segunda ordem. Eles vão cavar buracos e morar ali. Serão rendidos a cada dois dias. Se Thlayli de fato passar por lá, deve ser vigiado e seguido em sigilo. Quando soubermos para onde ele levou as fêmeas, então vamos poder lidar com ele. E vou dizer uma coisa — ele completou, olhando para todos em torno com seus grandes olhos pálidos —, se nós *encontrarmos* aqueles coelhos, eu vou estar disposto a enfrentar muitos problemas. Eu disse a Thlayli que eu mesmo o mataria. Ele pode ter esquecido isso, mas eu não.

Vulnerária liderou pessoalmente a primeira patrulha, levando Tasneira para mostrar onde Malva tinha encontrado a trilha dos desconhecidos que vieram do sul. Eles cavaram buracos entre os arbustos ao longo do limite do Cinturão de César e esperaram. Depois de dois dias, as esperanças deles já tinham diminuído. Verbena rendeu Vulnerária. E ele foi rendido depois de dois dias por Candelária. A essa altura, havia capitães da Owsla que diziam entre eles que o general estava obcecado. Era preciso achar um modo de fazer com que esquecesse aquilo antes que ele fosse longe demais. Na reunião do Conselho na noite seguinte, sugeriu-se que a patrulha devia ser retirada após mais dois dias. Vulnerária, rosnando, disse que eles tinham de esperar para ver. Então, teve início uma discussão, na qual ele percebeu uma oposição maior do que jamais havia enfrentado. Em meio a confusão, com um efeito dramático que não podia ter vindo em melhor momento do ponto de vista do general, Candelária e sua patrulha entraram, exaustos, relatando ter encontrado Thlayli e seus coelhos exatamente onde Vulnerária disse que isso aconteceria. Sem ser vistos, eles o seguiram até o viveiro deles, que, embora fosse bastante distante, não era distante demais para ser atacado, especialmente porque não seria necessário gastar tempo à sua procura. Não parecia ser muito grande e, provavelmente, os coelhos poderiam ser pegos de surpresa.

A notícia pôs um fim a qualquer oposição e colocou tanto o Conselho quanto a Owsla novamente sob controle inquestionável de Vulnerária. Vários oficiais queriam partir imediatamente, mas o general, agora que tinha certeza de quem eram seus seguidores e de quem era o inimigo, preferiu não ter pressa. Ao saber por Candelária que ele tinha de fato chegado a ficar frente a frente com Thlayli, Negro e os outros, ele decidiu esperar um pouco, para o caso de eles também estarem preparados para um combate. Além disso, ele queria tanto explorar o caminho até Watership quanto organizar a expedição. A ideia dele era que, se possível, eles fizessem a viagem em um dia. Isso iria barrar quaisquer possíveis rumores sobre a aproximação deles. Para ter certeza de que eles poderiam fazer isso e continuar aptos para lutar quando chegassem, ele pegou Candelária e mais dois e percorreu os mais de cinco quilômetros rumo a leste até o viveiro dos inimigos. Ali, ele imediatamente visualizou o melhor modo de se aproximar do bosque de faias sem ser visto ou farejado. O vento que prevalecia era o que vinha do oeste, assim como em Efrafa. Eles chegariam à tarde e descansariam no vale ao sul da colina de Cannon Heath. Assim que a noite caísse e Thlayli e seus coelhos tivessem ido para debaixo da terra, eles iriam passar sobre o cume e atacar o viveiro. Com sorte, não haveria qualquer tipo de aviso. Eles estariam a salvo naquela noite sob custódia no viveiro e, no dia seguinte, o general e Verbena poderiam voltar para Efrafa. Os outros, sob ordens de Candelária, podiam ter um dia de descanso e só então voltariam com as fêmeas e os outros possíveis prisioneiros. A coisa toda podia estar acabada em três dias.

Seria melhor não levar coelhos demais. Qualquer um que não fosse forte o suficiente para percorrer a distância e depois lutar seria apenas um incômodo. Naquele caso, velocidade podia ser fundamental. Quanto mais lenta a viagem, mas perigosa ela seria, e retardatários iriam atrair elil e desencorajar os outros. Além disso, como Vulnerária sabia muito bem, a liderança dele seria vital. Todos os coelhos precisariam se sentir perto do general; e se além disso ele próprio se sentisse membro de um grupo muito seleto, melhor ainda.

Os coelhos que o acompanhariam foram escolhidos com todo o cuidado. Havia, de fato, vinte e seis ou vinte e sete deles: metade do grupo era formado por soldados da Owsla e o restante por jovens promissores recomendados pelos oficiais de Marca. Vulnerária acreditava em emulação e fez saber que haveria muitas chances de se obter recompensas. Candelária e Cerefólio ficaram responsáveis por organizar as patrulhas de resistência e os treinamentos de brigas e lutas foram realizados no silflay da manhã. Os membros da expedição ficaram livres do trabalho de vigilância e tiveram permissão para silflay sempre que quisessem.

Eles partiram antes de amanhecer numa manhã de céu limpo de agosto, indo para o norte em grupos ao longo de barrancos e cercas. Antes de terem chegado ao Cinturão, o grupo de Tasneira foi atacado por uma dupla de arminhos, um velho e o outro de um ano de idade. Vulnerária, ouvindo os guinchos atrás de si, cobriu a distância em poucos momentos e saltou sobre o arminho mais velho com dentes cortantes e poderosos chutes de suas patas traseiras dotadas de garras que mais pareciam agulhas. Com uma das patas dianteiras dilacerada até o ombro, o inimigo se virou e foi embora, levando o mais novo com ele.

— Você deveria ser capaz de perceber essas coisas por conta própria — Vulnerária disse para Tasneira. — Arminhos não são perigosos. Vamos em frente.

Pouco depois de ni-Frith, Vulnerária voltou para pegar os retardatários. Encontrou três, e um deles machucado por um pedaço de vidro. Ele estancou o sangramento, levou os três até onde estavam os outros e depois decretou uma parada para descanso e alimentação, fazendo ele mesmo uma ronda no entorno. Estava muito quente e alguns coelhos mostravam sinais de exaustão.

Vulnerária deixou os mais cansados em um grupo separado e os colocou sob seu comando.

No início da tarde – mais ou menos na mesma hora em que Dente-de-Leão começava a história de Ralph Latil – os coelhos de Efrafa tinham contornado um grupo de porcos a leste da fazenda Cannon Heath e desciam para o vale ao sul da colina de mesmo nome. Muitos estavam cansados e, apesar do tremendo respeito por Vulnerária, havia um certo sentimento de que eles tinham se afastado bastante de casa. Eles receberam ordens para procurar abrigo, comer, descansar e esperar o pôr do sol.

O lugar estava deserto, exceto por tentilhões e uns poucos camundongos correndo de um lado para o outro no sol. Alguns coelhos foram dormir na grama alta. A colina já estava na sombra quando Candelária desceu correndo contando que tinha ficado frente a frente com Negro e Azevinho na parte superior do vale.

Vulnerária ficou aborrecido.

— O que será que fez com que eles viessem até aqui? — ele disse. — Você não podia ter matado os dois? Agora perdemos a chance de atacar de surpresa.

— Lamento, senhor — disse Candelária. — Eu não estava realmente alerta no momento e receio que eles foram um pouco rápidos demais para mim. Não persegui os dois porque não tinha certeza de que era isso que o senhor iria querer.

— Bom, talvez isso não faça muita diferença — disse Vulnerária. — Não acho que eles possam fazer muita coisa. Mas, agora que sabem que estamos aqui, eles com certeza vão tomar alguma atitude.

Enquanto andava em meio a seus coelhos, examinando-os e incentivando-os, Vulnerária pensou melhor na situação. Uma coisa era clara – não havia mais chance de pegar Thlayli e os outros despreparados. Mas será que havia possibilidade de eles estarem assustados a ponto de nem tentarem lutar? Os machos poderiam abrir mão das fêmeas para salvar a própria vida. Ou eles podiam já estar fugindo, e, nesse caso, eles deviam ser seguidos e pegos imediatamente, pois estavam descansados e os coelhos dele estavam tão exaustos que não conseguiriam persegui-los por muito tempo. Ele precisava agir rápido. Ele, então, virou-se para um jovem coelho da Marca do Pescoço que comia ali perto.

— Seu nome é Cardo, não é? — ele perguntou.

— Sim, Cardo, senhor — respondeu o coelho.

— Bom, é você mesmo o sujeito que eu estava procurando — disse Vulnerária. — Vá achar o capitão Candelária e diga para ele me encontrar perto do junípero imediatamente. Você entende o que eu estou dizendo? É melhor você também vir com ele. E seja rápido. Não temos tempo a perder.

Assim que Candelária e Cardo foram até ele, Vulnerária os levou até o cume. Ele pretendia ver o que estava acontecendo no bosque de faias. Se os inimigos já estivessem em fuga, Cardo podia ser enviado de volta com uma mensagem para que Tasneira e Verbena trouxessem todos para cima imediatamente. Se não estivessem, ele analisaria quais eram as ameaças possíveis.

Eles chegaram à trilha acima do vale e começaram a percorrê-la com cautela, já que o sol se punha e batia direto nos olhos deles. O suave vento oeste trazia um cheiro forte de coelhos.

— Se eles *estão* fugindo, ainda não foram muito longe — disse Vulnerária. — Mas não acho que *estejam*. Acho que continuam no viveiro.

Naquele momento um coelho saiu da grama e se sentou em meio à trilha. Ele parou por alguns instantes e depois foi na direção deles. Ele mancava e tinha um olhar tenso e resoluto.

— Você é o general Vulnerária, não é? — disse o coelho. — Eu vim falar com você.

— Thlayli mandou você aqui? — perguntou Vulnerária.

— Sou amigo de Thlayli — respondeu o coelho. — Vim perguntar por que vocês estão aqui e o que vocês querem.

— Você estava na margem do rio na chuva? — disse Vulnerária.

— Sim, eu estava.

— O que ficou por terminar lá será terminado agora — disse Vulnerária. — Vamos destruir vocês.

— Não vai ser fácil — respondeu o outro. — Você vai levar menos coelhos para casa do que trouxe. Seria vantajoso para nós dois se chegássemos a um acordo.

— Muito bem — disse Vulnerária. — Esses são os termos do acordo. Você devolve todas as fêmeas que fugiram de Efrafa e os desertores Thlayli e Negro para a minha Owsla.

— Não, não podemos concordar com isso. Vim sugerir algo totalmente diferente e melhor para ambas as partes. Um coelho tem duas orelhas, tem dois olhos e duas narinas. Nossos dois viveiros devem ser assim. Devem estar juntos, não brigando. Devemos construir outros viveiros entre nós, a começar por um entre o nosso e Efrafa, com coelhos vindos das duas partes. Você não perderia nada com isso, só ganharia. Vários de seus coelhos estão infelizes agora e isso é tudo o que você pode fazer para controlá-los, mas, com esse plano, logo você perceberá uma diferença. Coelhos já têm inimigos suficientes. Não devemos arranjar mais inimigos entre nós. Sugiro um acasalamento entre viveiros livres e independentes, o que você acha?

Naquele momento, no pôr do sol em Watership Down, foi oferecida ao general Vulnerária a oportunidade de mostrar se ele era realmente o líder de visão e gênio que acreditava ser ou se era apenas um tirano com a coragem e a astúcia de um pirata. Durante uma pulsação, a ideia do coelho manco brilhou clara diante dele. Ele a compreendeu e entendeu o que ela significava. Na próxima pulsação, ele a tinha afastado para longe. O sol mergulhou nas nuvens e agora ele conseguia ver, claramente, a trilha ao longo do cume, que levava ao bosque de faias e o banho de sangue para o qual ele tinha se preparado com tanta energia e cuidado.

— Não tenho tempo para ficar aqui sentado falando bobagens — disse Vulnerária. — Você não está em posição de fazer barganha conosco. Não há mais nada a ser dito. Cardo, volte e diga ao capitão Verbena que quero todos aqui em cima imediatamente.

— E este coelho, senhor — perguntou Candelária. — Devo matá-lo?

— Não — respondeu Vulnerária. — Como eles o mandaram para perguntar nossos termos, é melhor que ele volte para informar quais são. — Vá e diga a Thlayli que se as fêmeas não estiverem esperando do lado de fora do viveiro com ele e Negro quando eu chegar lá, vou cortar a garganta de todos os coelhos daquele lugar até o ni-Frith de amanhã.

O coelho manco parecia que ia responder, mas Vulnerária já tinha se virado e explicava a Candelária o que ele devia fazer. Nenhum dos dois se preocupou em ver o coelho manco voltando pelo mesmo caminho que tinha usado na vinda.

44

Uma mensagem de El-ahrairah

A passividade forçada da defesa deles, a espera interminável tornou-se insuportável. Dia e noite eles ouviam o baque surdo das picaretas acima deles e sonhavam com o colapso da gruta e com todas as possibilidades pavorosas. Eles estavam sujeitos à "mentalidade de castelo" em sua forma mais extrema.
Robin Fedden, *Crusader castles* [Castelos de cruzados]

— Eles pararam de cavar, Avelã-rah — disse Verônica. — Até onde sei, não tem ninguém no buraco.

Na escuridão total do Favo de Mel, Avelã passou entre três ou quatro de seus coelhos que estavam agachados entre as raízes das árvores e chegou ao degrau mais alto, de onde Verônica ouvia os sons que vinha de cima. Os coelhos de Efrafa tinham chegado ao bosque no início do crepúsculo e, imediatamente, deram início a uma busca nos barrancos e entre as árvores para descobrir o tamanho do viveiro e onde ficavam os buracos. Eles ficaram surpresos por encontrar tantos buracos em uma área tão pequena, pois a maioria tinha Efrafa como única referência de viveiro, e lá havia pouquíssimos buracos para atender às necessidades de muitos coelhos. De início eles supuseram que devia haver uma grande quantidade de coelhos debaixo da terra. O silêncio e o vazio do bosque de faias os deixaram desconfiados, e a maioria ficou afastada e nervosa por medo de uma emboscada. Vulnerária precisou tranquilizá-los. Os inimigos deles, ele explicou, eram tolos que construíam mais túneis do que qualquer viveiro adequadamente organizado precisava. Logo eles descobririam seu erro, pois todos seriam abertos, até que a defesa do local se tornasse impossível. Quanto às fezes do pássaro branco, espalhadas pelo bosque, eram evidentemente antigas. Não havia sinal de que a ave estivesse por perto. No entanto, muitos coelhos de baixa patente continuaram a olhar cautelosamente para os buracos. A um grito súbito de um pavoncino na colina, um ou dois coelhos correram e precisaram ser trazidos de volta por seus oficiais. A história do pássaro que lutou ao lado de Thlayli na tempestade não perdeu a força nas muitas vezes em que foi contada nas tocas de Efrafa.

Vulnerária mandou Candelária colocar sentinelas e manter uma patrulha rondando o entorno enquanto Verbena e Tasneira trabalhavam nos buracos. Tasneira começou pelo barranco e Verbena foi para o bosque, onde as entradas dos buracos ficavam em meio às raízes das árvores. Ele logo chegou ao buraco aberto. Ele se esforçou para ouvir, mas tudo estava quieto. Verbena (mais acostumado a lidar com prisioneiros do que com inimigos) mandou que dois de seus coelhos descessem pelo buraco. A descoberta do túnel silencioso e aberto deu a ele a esperança de conseguir capturar o viveiro com uma chegada repentina à sua toca central. Os coelhos assustados, obedecendo às ordens, se depararam com Prata e Espinheiro em um ponto onde o túnel se abria. Eles foram espancados e mal conseguiram escapar vivos. A visão dos companheiros derrotados não incentivou em nada o grupo de Verbena, que estava relutante em cavar e progrediu pouco durante a escuridão que precedeu o surgimento do luz da lua.

Ficou claro para Vulnerária que seria extremamente difícil, se não impossível, tomar o viveiro de assalto pelo túnel protegido pelos inimigos. Haveria uma boa chance de sucesso se vários túneis pudessem ser abertos e depois atacados ao mesmo tempo, mas ele tinha dúvidas se os coelhos tentariam isso, depois do que tinham visto. Ele percebeu que não tinha pensado o suficiente, mais cedo, no que precisaria fazer se o ataque não fosse uma surpresa e ele tivesse que forçar a entrada, e era melhor pensar nisso agora. Enquanto a lua surgia, ele chamou Candelária e conversou sobre isso com ele.

A sugestão de Candelária era de que eles deveriam simplesmente deixar os coelhos morrerem de fome. O tempo estava quente e seco e os coelhos de Efrafa podiam ficar ali de tocaia dois ou três dias sem problemas. Vulnerária rejeitou isso com impaciência. Ele não tinha certeza absoluta de que junto com a luz do dia não chegaria o pássaro branco descendo sobre eles. Eles precisavam estar debaixo de terra quando amanhecesse. Mas, para além dessa ansiedade particular dele, ele achava que a sua reputação dependia de conseguir a vitória em uma batalha. Ele tinha levado a sua Owsla com o objetivo de pegar esses coelhos, derrotá-los e espancá-los. A sugestão de Candelária provocaria um anticlímax infeliz. Além disso, ele queria voltar a Efrafa assim que pudesse.

Como a maioria dos chefes militares, ele nunca ficava muito confiante sobre o que estava ocorrendo por trás de suas costas.

— Se me lembro bem — ele disse —, depois que a maior parte do viveiro do Bosque de Nutley tinha sido tomada e que a luta estava quase encerrada, houve alguns poucos coelhos que se fecharam em uma toca menor, de onde era difícil tirá-los. Eu disse que era necessário lidar com eles e então voltei para Efrafa com os prisioneiros. Como foi que *lidamos* com eles e quem fez isso, você sabe?

— O capitão Malva fez isso — disse Candelária. — Ele está morto, é claro, mas espero que haja alguém aqui que tenha estado lá com ele. Vou tentar descobrir.

Ele voltou com um membro pesado e fleumático da Owsla chamado Girassol, que, de início, teve certa dificuldade para entender o que o general queria agora. Por fim, no entanto, ele disse que quando esteve com o capitão Malva, mais de um ano atrás, o capitão disse a ele que cavasse um buraco vertical no chão. No fim, a terra cedeu debaixo deles e eles caíram sobre alguns coelhos, os quais combateram e venceram.

— Bom, esse talvez seja o único modo que torne isso *possível* de ser feito — disse Vulnerária para Candelária. — E se pusermos todos para trabalhar nisso, revezando-se em turnos, devemos ter uma entrada para o viveiro antes do amanhecer. Melhor mandar os vigias de novo para seus postos, não mais do que dois ou três, e vamos começar a cavar imediatamente.

Logo depois, Avelã e seus coelhos, abaixo, no Favo de Mel, ouviram os primeiros sons de escavação acima deles. Não demorou para eles perceberem que a escavação ocorria em dois pontos. Um era a extremidade norte do Favo de Mel, acima do lugar onde as raízes das árvores formavam uma espécie de claustro na toca. Ali, o teto, trançado com raízes finas, era muito forte. A outra parecia ser mais ou menos acima do centro aberto do Favo de Mel, mas mais perto da extremidade sul, onde o saguão dava em compartimentos e túneis com colunas de terra entre eles. Nesses túneis, mais adiante, estavam várias das tocas do viveiro. Uma delas, forrada com pelos da barriga da recente mãe, continha Trevo e a pilha de grama e folhas, cobertas por terra, em que seus filhotes recém-nascidos dormiam.

— Bom, parece que estamos dando um trabalhão para eles — disse Avelã.
— Melhor assim. Isso vai desgastar as garras deles e acho que eles vão estar exaustos antes de acabarem isso. O que você acha, Amora?

— Acho que a situação parece ruim, Avelá-rah — respondeu Amora. — É verdade que eles estão tendo trabalho na parte de cima. Tem bastante terra acima da gente e as raízes vão atrasar o trabalho deles por um bom tempo. Mas por essa outra extremidade é mais fácil para eles. Eles logo vão conseguir terminar de cavar. Então o teto vai cair; e não consigo imaginar o que a gente pode fazer para impedi-los.

Avelá percebia que a voz de Amora tremia enquanto ele falava. À medida que os sons da escavação continuavam, ele sentia o medo se espalhando pela toca toda.

— Eles vão nos levar de volta para Efrafa — sussurrou Vilthuril para Thethuthinnang. — A polícia do viveiro...

— Fiquem quietas — interrompeu Hyzenthlay. — Se os machos não estão falando desse jeito por que nós deveríamos falar? Prefiro estar aqui agora, como estamos, do que nunca ter saído de Efrafa.

Aquilo foi dito com coragem, mas Avelá não foi o único que conseguiu adivinhar os pensamentos dela. Topete lembrou a noite em Efrafa em que ele a acalmou falando sobre as colinas altas e a certeza da fuga deles. No escuro, ele tocou o ombro de Avelá e o empurrou para um lado da ampla toca.

— Escute, Avelá — ele disse —, ainda não estamos acabados. Não por enquanto. Quando o teto ruir eles vão cair em cima da gente nessa ponta do Favo de Mel. Mas podemos colocar todo mundo nas tocas de dormir lá atrás e bloquear os túneis que levam para lá. Eles não vão estar em melhor situação.

— Bom, se fizermos isso, a coisa toda só vai demorar um pouco mais — disse Avelá. — Mas depois de entrar aqui, eles logo vão conseguir entrar nas tocas de dormir.

— E, então, quando conseguirem, eles vão me encontrar por lá — disse Topete —, e mais um ou dois comigo. Eu não ia me espantar se eles logo decidissem ir para casa.

Com uma inveja irônica, Avelá percebeu que Topete estava realmente ansioso para enfrentar o ataque dos coelhos de Efrafa. Ele sabia que era bom de combate e pretendia mostrar isso. Ele não pensava em mais nada. A situação desesperadora deles não ocupava lugar importante em seu pensamento. Mesmo o som da escavação, que já era claro, só fazia com que Topete pensasse no melhor jeito de pagarem o mais caro possível por sua vida. Mas o que mais havia para qualquer um dos outros fazer? Pelo menos os preparativos de Topete iriam mantê-los ocupados e talvez fizessem algo para dissipar o medo silencioso que enchia o viveiro inteiro.

— Você está certo, Topete — Avelá, por fim, disse. — Vamos preparar uma pequena recepção. Você pode dizer a Prata e aos outros qual é o seu plano e fazer com que eles comecem?

Enquanto Topete começava a explicar seu plano a Prata e a Azevinho, Avelá mandou Verônica para a extremidade norte do Favo de Mel para ouvir a escavação e para continuar informando o que pudesse sobre o progresso deles. Até onde ele conseguia ver, faria pouca diferença se a queda do teto acontecesse ali ou no centro, mas, pelo menos, ele devia tentar mostrar aos outros que estava mantendo a cabeça ocupada.

— Não temos como derrubar essas paredes para fechar o túnel, Topete — disse Azevinho. — São elas que sustentam o teto nesta extremidade, sabe.

— Eu sei disso — respondeu Topete. — Vamos cavar nas paredes das tocas de dormir lá atrás. Elas vão precisar ser maiores, de todo modo, já que vamos entrar todos juntos lá. Então joguem a terra solta de volta no espaço entre as colunas. Parar a coisa toda.

Desde que tinha saído de Efrafa, a reputação de Topete estava em alta. Vendo que ele mantinha a coragem, os outros deixaram de lado o medo, na medida do possível, e fizeram o que ele mandava, alargando as tocas além do extremo sul do Favo de Mel e empilhando a terra fofa nos túneis de entrada até que aquilo que antes era uma colunata começasse a se transformar em um muro sólido. Foi durante uma pausa nesse trabalho que Verônica relatou que a escavação acima da extremidade norte tinha parado. Avelá foi até lá e se agachou ao lado dele, ouvindo por um tempo. Realmente, não havia nada para se ouvir. Então, ele voltou para perto de Espinheiro, que estava protegendo a parte de baixo do único túnel aberto – o túnel do Kehaar, como eles chamavam.

— Sabem o que aconteceu? — Avelá perguntou. — Eles perceberam que estão entre as raízes de faia lá em cima e desistiram. Agora eles vão trabalhar com mais empenho na outra ponta.

— Acho que sim, Avelá-rah — respondeu Espinheiro. E depois de um tempo, ele continuou: — Lembra o que os ratos nos disseram no celeiro? A gente se saiu bem daquela, não foi? Mas receio que a gente não vá sair dessa. É uma pena, depois de tudo que fizemos juntos.

— Sim, vamos sair — disse Avelã, com toda a convicção possível. Mas ele sabia que se ficasse ali, não teria como manter a farsa por muito mais tempo. Espinheiro – um sujeito tremendamente decente e sincero – onde ele estaria no ni-Frith de amanhã? E ele próprio – para onde ele os tinha levado, com todos os seus esquemas espertos? Será que eles tinham passado pela área comunitária, por entre os arames cintilantes, pela tempestade, pelos arcos no grande rio, para morrer nas garras do general Vulnerária? Não era a morte que eles mereciam. Não era o fim adequado para o caminho inteligente que eles tinham seguido. Mas o que poderia parar Vulnerária? O que poderia salvá-los agora? Nada, ele sabia – a não ser que um golpe terrível atingisse os coelhos de Efrafa vindo de fora. Mas não havia chance de isso acontecer. Ele, então, se afastou de Espinheiro.

Arranha, arranha, arranha, arranha, esse era o som que vinha da escavação acima de suas cabeças. Atravessando o chão no escuro, Avelã se viu ao lado de outro coelho, que estava agachado em silêncio próximo da parede recém-construída. Ele parou, farejando. Era Quinto.

— Você não está trabalhando? — ele perguntou indiferente.

— Não — respondeu Quinto. — Estou ouvindo.

— A escavação, você quer dizer?

— Não, não a escavação. Estou tentando ouvir algo, uma coisa que os outros não conseguem ouvir. Só eu consigo. Mas está perto. Fundo. Pilha de folha, fundo. Estou indo embora, Avelã, indo embora.

A voz dele ficou mais lenta e sonolenta.

— Caindo. Mas está frio. Frio.

O ar na toca escura estava quente. Avelã se inclinou sobre Quinto, empurrando o corpo mole do irmão com o focinho.

— Frio — murmurou. — Que-que-que frio!

Houve um longo silêncio.

— Quinto? — disse Avelã. — Quinto? Você está me ouvindo?

De repente, Quinto emitiu um som terrível. Um som que fez todos os coelhos do viveiro saltarem apavorados. Um som que coelho algum jamais havia feito, que nenhum coelho tinha como fazer. Era algo profundo e absolutamente anormal. Os coelhos que trabalhavam na parede do outro lado se agacharam aterrorizados. Uma das fêmeas começou a guinchar.

— Animaizinhos sujos — uivou Quinto. – Al-Al-Alto lá! Sa-sai! Sa-ai!

Topete passou correndo pela terra amontoada, agitado e ofegante.

— Em nome de Frith, faça ele parar! — ele disse, arfando. — Vai todo mundo ficar louco!

Tremendo, Avelá arranhou o flanco de Quinto.

— Acorde! Quinto, acorde!

Mas Quinto estava deitado em uma letargia profunda.

Na cabeça de Avelá, galhos verdes se agitavam ao vento. Eles balançavam para cima e para baixo, batendo e vergando. Havia algo... algo que ele conseguia vislumbrar entre os galhos. O que era aquilo? Ele conseguia sentir a umidade, e o medo. Depois, repentinamente, ele viu com clareza, por um instante, um pequeno amontoado de coelhos à margem de um córrego ao amanhecer, ouvindo latidos na floresta acima e a repreensão feita por um gaio: "Se eu fosse vocês, não esperava até ni-Frith. Ia agora. Na verdade, acho que vocês vão ter que ir. Tem um cachorro grande solto na floresta. Tem um cachorro grande solto na floresta".

O vento soprou, as árvores sacudiram sua miríade de folhas. O córrego sumiu. Ele estava no Favo de Mel, de frente para Topete no escuro, sobre o corpo imóvel de Quinto. Os arranhões acima deles estavam mais altos e mais claros.

— Topete — disse Avelá —, faça o que estou dizendo imediatamente, seja um bom coelho. Temos pouquíssimo tempo. Vá, pegue Dente-de-Leão e Amora e traga os dois até mim na entrada do túnel do Kehaar, rápido.

Na entrada do túnel, Espinheiro continuava em seu lugar. Ele não tinha se movido com o grito de Quinto, mas a respiração dele era rápida e o pulso, acelerado. Ele e os outros três coelhos se reuniram em torno de Avelá sem falar nada.

— Tenho um plano — disse Avelá. — Se funcionar, isso vai acabar com Vulnerária de uma vez por todas. Mas não tenho tempo para explicar. Cada momento agora é importante. Dente-de-Leão e Amora, venham comigo. Saiam por esse túnel e sigam em linha reta pelas árvores até a colina. Depois avancem para o norte, por cima do cume e descendo pelo campo. Não parem por nada. Vocês vão ser mais rápidos do que eu. Esperem por mim na oliveira do vale.

— Mas, Avelá... — Amora tentou dizer qualquer coisa.

— Assim que tivermos saído — continuou Avelá, virando-se para Topete — bloqueie esse túnel e mande todo mundo para trás da parede que você ergueu. Se eles entrarem, atrase o trabalho deles o máximo que puder. Não cedam de maneira alguma. El-ahrairah me mostrou o que fazer.

— Mas aonde você está indo, Avelã? — perguntou Topete.

— Para a fazenda — disse Avelã. — Eu vou lá roer outra corda. Agora, vocês dois, sigam-me pelo túnel. E não se esqueçam, não parem por nada até chegarem lá embaixo. Se tiver coelhos do lado de fora, não briguem, apenas fujam.

Sem falar mais nada, ele correu túnel acima e saiu para o bosque, com Amora e Dente-de-Leão logo atrás.

45

Fazenda Nuthanger, outra vez

Grite "Destruição"! E liberte os cães da guerra.

Shakespeare, *Júlio César*

Naquele momento, o general Vulnerária, na grama abaixo do barranco, falava com Cardo e Girassol no luar de vários tons de amarelo que precede o amanhecer.

— Vocês não foram colocados na entrada daquele túnel para ouvir — ele dizia. — Vocês foram colocados lá para impedir que alguém fugisse. Vocês não tinham nada que sair de lá. Voltem imediatamente

— Dou minha palavra, senhor — disse Cardo num tom de lamúria — tem algum animal lá embaixo que não é um coelho. Nós dois ouvimos.

— E vocês sentiram o cheiro dele? — perguntou Vulnerária.

— Não, senhor. Também não há rastros ou fezes. Mas nós dois ouvimos um animal e não era um coelho.

Vários dos escavadores tinham abandonado o trabalho e estavam reunidos ali perto, ouvindo. Começou um murmúrio.

— Eles tinham uma homba que matou o capitão Malva. Meu irmão estava lá. Ele viu.

— Eles tinham um grande pássaro que se transformou em uma flecha relampejante.

— Tinham também outro animal que levou todos eles rio abaixo.

— Por que não podemos ir para casa?

— Parem! — disse Vulnerária. E, então, ele se aproximou do grupo. — Quem disse isso? Foi você? Muito bem, vá para casa. Vá, rápido. Estou esperando. Aquele é o caminho, siga ali.

O coelho não se mexeu, e Vulnerária olhou lentamente ao seu redor.

— Certo — ele disse. — Se mais alguém quiser ir para casa, pode ir. É um belo e longo caminho. E não vai ter nenhum oficial acompanhando, porque eles vão estar trabalhando na escavação, incluindo eu mesmo, que também vou me ocupar disso. Capitão Verbena, capitão Tasneira, vocês vêm comigo? Você, Cardo, busque o capitão Candelária. E você, Girassol, volte para a entrada daquele túnel de onde nem devia ter saído.

Em pouco tempo, os coelhos de Efrafa retomaram o trabalho. O buraco já estava bastante fundo – mais fundo do que Vulnerária esperava – e ainda não havia sinais de queda. Mas os três coelhos sentiam que não muito abaixo havia um espaço oco.

— Continuem — ordenou Vulnerária. — Não vai demorar muito agora.

Quando Candelária chegou, relatou ter visto três coelhos fugindo pela colina ao norte. Um deles parecia ser o coelho manco. Ele estava indo persegui-los mas voltou para obedecer à ordem levada por Cardo.

— Não importa — disse Vulnerária. — Deixe que fujam. Vão ser três a menos quando a gente entrar. O quê, você de novo? — ele vociferou quando Girassol apareceu a seu lado. — O que foi agora?

— O túnel aberto, senhor — disse Girassol. — Alguém de lá o fechou.

— Então você pode começar a fazer alguma coisa útil — disse Vulnerária. — Tire aquela raiz. Não, aquela ali, seu idiota.

A escavação continuou, enquanto os primeiros raios de luz apareciam no oriente.

* * *

O grande campo ao pé do barranco tinha passado pela colheita, mas a palha ainda não tinha sido queimada e estava no chão em grandes fileiras pálidas sobre o restolho mais escuro, cobrindo os talos eriçados e as ervas que restaram depois da colheita – erva-de-bicho e pimpinela, linária e verônicas, amores-perfeitos e persicárias – sem cor e imóveis no luar envelhecido. Entre as filas de palha, a imensidão de restolho formava um trecho tão descampado quanto a colina.

— Agora — disse Avelá, enquanto eles saíam do cinturão de espinheiros-alvares e cornizos, onde ficava a torre de alta tensão —, vocês dois entenderam exatamente o que vamos fazer?

— Vai ser difícil, não vai, Avelá-rah? — respondeu Dente-de-Leão. — Mas temos que tentar, não tenho dúvida. Não tem outra coisa que possa salvar o viveiro agora.

— Venham, então — disse Avelá. — De todo modo, o caminho é tranquilo. Metade do trecho está descampado depois da colheita. Não se preocupem em achar abrigo, apenas corram. Mas fiquem perto de mim. Vou correr o máximo que posso.

Eles atravessaram o campo com facilidade. Dente-de-Leão corria na frente. O único alarme veio quando eles assustaram quatro perdizes, que gritaram voando por cima da cerca rumo a oeste e depois desceram, com as asas abertas, no campo mais adiante. Logo eles chegaram à estrada e Avelá parou em meio à cerca viva no barranco.

— Agora, Amora — ele disse —, é aqui que nós deixamos você. Fique por perto e não se mexa. Não se adiante, espere para correr na hora certa. Você vai ter mais vantagem do que qualquer um de nós. Faça uso dela e não deixe que diminua. Quando você voltar, vá para o túnel do Kehaar e fique lá até as coisas estarem tranquilas. Você entendeu o plano?

— Sim, Avelá-rah — respondeu Amora. — Mas até onde posso ver, eu posso ter que correr daqui até a oliveira sem parar. Não existe cobertura.

— Eu sei — assentiu Avelá. — Não há como evitar. Se o pior acontecer, você vai precisar correr para a cerca e ficar saltando ali de um lado para o outro. Faça como achar melhor. Não temos tempo para ficar aqui tentando resolver isso. Faça de tudo para chegar de volta ao viveiro. Tudo depende de você.

Amora, então, abriu caminho em meio aos musgos e à hera em torno da base do espinheiro e ajeitou-se por ali. Os outros dois atravessaram a estrada e subiram a colina rumo aos galpões que ficavam ao lado da trilha.

— Eles têm boas raízes naquele galpão — disse Avelá, enquanto eles passavam pelos galpões e chegavam à cerca. — Pena não termos tempo agora. Quando isso acabar vamos fazer uma boa incursão silenciosa nesse lugar.

— Espero que sim, Avelá-rah — disse Dente-de-Leão. — Você vai direto pela trilha? E os gatos?

— É o caminho mais curto — disse Avelá. — Essa é a única coisa que importa agora.

A essa altura, a primeira luz já brilhava e várias cotovias voavam. Enquanto eles se aproximavam do grande anel de ulmeiros, ouviram outra vez os ligeiros suspiros e sussurros sobre eles e uma folha amarela veio girando até cair na beira da vala. Eles chegaram ao topo da ladeira e viram diante de si os celeiros e a fazenda. Pássaros começavam a cantar em toda parte e as gralhas chamavam lá de cima nos ulmeiros, mas nada – nem mesmo um pardal – se movia no solo. Bem à frente, do outro lado do terreno, perto da casa, ficava o canil. Não se via o cachorro, mas a corda, amarrada a uma presilha no telhado plano, corria pela borda e desaparecia no umbral coberto de palha.

— Chegamos a tempo — disse Avelá. — O brutamontes está dormindo. Agora, Dente-de-Leão, você não pode errar. Você fica na grama bem ali, em frente ao canil. Quando eu terminar de roer a corda vai dar para vê-la caindo. A não ser que o cachorro esteja doente ou surdo, ele já vai estar alerta. Ele provavelmente, e infelizmente, vai acordar antes disso, mas com esse problema eu é que tenho que tomar cuidado. O que você vai precisar fazer é atrair o cachorro e fazer com que ele te persiga até a estrada. Você é muito rápido. Tome cuidado para ele não te perder de vista. Use as cercas se quiser, mas lembre-se de que ele vai estar arrastando a corda. Vá até o Amora. É só isso que importa.

— Se nos encontrarmos de novo, Avelá-rah — disse Dente-de-Leão, enquanto se abrigava à beira do gramado —, vamos ter os ingredientes para a melhor história de todos os tempos.

— E vai ser você quem vai contar essa história — comentou Avelá.

Ele se moveu em um semicírculo para leste e chegou à parede da sede da fazenda. Então, começou a pular com cuidado ao longo da parede, passando pelo estreito canteiro de flores. A cabeça dele era um tumulto de odores – flox em flor, freixos, esterco, cachorro, gato, galinhas, água parada. Ele chegou à parte de trás do canil, que fedia a creosoto e a palha rançosa. Um fardo meio usado de palha estava encostado na parede – sem dúvida uma cama limpa que, por causa do tempo seco, não tinha sido colocada de volta na parte coberta. Aqui, pelo menos, houve uma dose de sorte, já que ele imaginava que teria problemas para chegar ao teto. Ele subiu na palha. Numa parte do telhado, havia um pedaço rasgado de cobertor, molhado de orvalho. Avelã se sentou, farejando, e colocou suas patas dianteiras nele. O pano não escorregou. Avelã, então, puxou seu corpo para cima.

Quanto barulho ele tinha feito? Quão forte era seu cheiro em meio ao alcatrão e à palha e à fazenda? Ele esperou, pronto para pular, esperando movimentos abaixo de si. Não houve nenhum som. Em um terrível miasma de cheiro de cachorro, que o encheu de medo e que clamava "Fuja! Fuja!" para cada um de seus nervos, ele se arrastou para a frente até o ponto em que a corda estava presa ao telhado. As garras arranharam de leve e ele parou de novo. Tudo ali continuava imóvel. Ele se agachou e começou a roer a grossa corda.

Foi mais fácil do que ele tinha imaginado. Foi bem mais fácil, aliás, do que a corda do barco, embora a espessura fosse parecida. A corda do barco estava encharcada de chuva, era flexível, escorregadia e fibrosa. Essa, embora molhada de orvalho por fora, estava seca por dentro e era leve. Em pouco tempo dava para ver a parte limpa da corda lá dentro. Os dentes da frente dele, em formato de talhadeira, mordiam com firmeza e ele sentia os fios secos se partirem. A corda já estava metade roída.

Naquele momento, ele sentiu o peso do cão se movendo abaixo dele. O cachorro se esticou, encolheu-se e bocejou. A corda se moveu um pouco e a palha farfalhou. Um cheiro desagradável subiu forte, como que em uma nuvem.

— Agora não importa se ele me ouvir — pensou Avelã. — Se eu conseguir terminar de roer a corda rápido, não importa. O cachorro vai atrás do Dente-de-Leão, basta eu ser rápido o suficiente e me certificar de que a corda vai romper quando ele começar a puxar.

Ele roeu a corda de novo e se sentou para respirar um pouco, olhando a trilha em que Dente-de-Leão esperava. De repente, ele congelou. Um pouco atrás de Dente-de-Leão, na grama, estava o gato malhado de peito branco, com os olhos arregalados, sacudindo a cauda, agachado. Ele tinha visto tanto Avelã quanto Dente-de-Leão. Enquanto ele observava, o gato se aproximou um pouco. Dente-de-Leão estava deitado e imóvel, olhando para a entrada do canil com atenção, seguindo a ordem que tinha recebido.

Antes de saber o que estava fazendo, Avelã bateu com o pé no telhado oco. Ele bateu duas vezes e depois se virou para saltar para o chão e correr. Dente-de-Leão, reagindo instantaneamente, saiu em disparada da grama para o cascalho. No mesmo momento, o gato saltou e aterrissou no exato lugar em que ele estava antes. O cachorro deu duas latidas rápidas e cortantes e correu para fora do canil. Ele viu Dente-de-Leão imediatamente e correu até onde a corda permitia. A corda esticou, suportou por um instante a pressão, mas depois se rompeu exatamente no ponto em que Avelã a tinha roído até esgarçá-la. A estrutura do canil primeiro se inclinou para a frente e depois caiu para trás, batendo no chão com um solavanco. Avelã, já desequilibrado, enfiou as garras no cobertor, foi derrubado e caiu pela borda. Ele aterrissou com o peso todo sobre a perna doente e ficou deitado se debatendo. O cachorro tinha ido embora.

Avelã parou de se debater e ficou imóvel. A dor se espalhava pela pata, mas ele sabia que podia se mover. Ele se lembrou da base suspensa do celeiro do outro lado do terreno. Ele podia correr mancando até ali, que não era longe, entrar naquele vão, onde estaria protegido, e depois seguir até a vala. Ele se ergueu sobre as patas dianteiras.

No mesmo instante, ele foi derrubado de lado e sentiu algo que o pressionava para baixo. Havia algo leve, porém afiado, cravado debaixo do pelo de seu dorso. Ele chutou com as patas traseiras, mas não acertou nada. Ele virou a cabeça. O gato estava em cima dele, inclinado sobre seu corpo. Os bigodes dele raspavam em sua orelha. Seus grandes olhos verdes – com as pupilas contraídas em fendas negras verticais por causa do brilho do sol – encaravam Avelã.

— Você consegue correr? — sibilou o gato. — Acho que não.

46

Topete defende seu território

É uma luta dura essa, senhores. Vejamos quem luta por mais tempo.
O duque de Wellington (em Waterloo)

Tasneira subiu a ladeira íngreme do buraco e voltou a ficar ao lado de Vulnerária na depressão que havia no topo.

— Não há mais nada para escavar, senhor — ele disse. — A parte de baixo vai desmoronar se alguém descer ali agora.

— Você tem como saber o que há lá embaixo? — perguntou Vulnerária. — É um túnel ou uma toca esse ponto em que vamos entrar?

— Tenho quase certeza de que é uma toca, senhor — respondeu Tasneira. — Na verdade, tenho impressão de que há um espaço incomumente grande.

— Quantos coelhos há lá, você acha?

— Não consegui ouvir nenhum. Mas eles podem estar quietos esperando para atacar quando entrarmos.

— Eles não fizeram muitas tentativas de ataque até agora — disse Vulnerária. — Um bando de medíocres, eu diria. Uns escondidos debaixo da terra e outros fugindo no meio da noite. Não acho que a gente vá ter muito trabalho.

— A não ser, senhor... que o animal nos ataque — disse Tasneira. — Seja lá o que isso que for. Não é típico de o Girassol imaginar coisas, ele é sempre impassível. Só estou mesmo tentando pensar no que pode acontecer — ele acrescentou, enquanto Vulnerária seguia sem dizer nada.

— Bom — disse Vulnerária por fim —, se *houver* um animal, ele vai descobrir que *eu também sou* um animal a ser temido. — E, então ele saiu para o barranco, onde Candelária e Verbena esperavam com vários outros coelhos.

— Já fizemos todo o trabalho pesado — ele disse. — Vamos poder levar nossas fêmeas para casa assim que terminarmos lá embaixo. O modo como vamos fazer as coisas é o seguinte: vou romper a parte debaixo do buraco e entrar direto na toca lá embaixo. Quero que apenas três coelhos me sigam, ou vai ser uma completa confusão e vamos acabar lutando uns com os outros. Verbena, você vem atrás de mim e traz mais dois coelhos. Se houver algum problema, nós vamos lidar com ele. Tasneira, você vem em seguida. Fique bem na beirada do buraco, entendeu? Só pule para baixo quando eu mandar. Quando soubermos onde estamos e o que estamos fazendo, você pode levar mais alguns coelhos com você.

Não havia um coelho da Owsla que não confiasse em Vulnerária. Ao ouvi-lo se preparar para entrar primeiro nas profundezas do viveiro do inimigo com a calma de quem procura um dente-de-leão, os oficiais se animaram. Eles tinham a impressão de que o lugar seria entregue sem qualquer resistência. Quando o general liderou o ataque final no bosque Nutley, ele matou três coelhos debaixo da terra e ninguém mais ousou a se opor a ele, embora tivesse havido algumas disputas duras fora dos túneis no dia anterior.

— Muito bem — disse Vulnerária. — Agora, não quero ninguém se afastando. Candelária, cuide disso. Assim que abrirmos por dentro um dos túneis bloqueados, vocês podem invadir o lugar inteiro. Mantenha todo mundo junto aqui até o meu aviso e, depois, mande todos entrarem o mais rápido que puderem.

— Boa sorte, senhor — desejou Candelária.

Vulnerária pulou na depressão, deixou cair as orelhas e entrou no buraco. Ele já tinha decidido que não ia parar para escutar. Não havia sentido nisso, já que ele pretendia entrar imediatamente, independentemente de haver ou não algo para ser ouvido. Era mais importante que ele não parecesse hesitar – para evitar que Verbena também hesitasse – e que o inimigo, se estivesse lá, tivesse o menor tempo possível para ouvi-lo entrar. Abaixo, certamente haveria ou um túnel ou uma toca. Ou ele teria de lutar imediatamente ou teria uma chance de olhar em volta e entender o espaço antes do combate. Não importava. O que importava era encontrar os coelhos e matá-los.

Ele foi até o fundo do buraco. Como Tasneira tinha dito, era evidente que o solo estava bastante ralo – frágil como gelo em uma poça. Vulnerária, então, o arranhou com as garras das patas dianteiras. Um pouco úmida, a terra aguentou por um instante e depois ruiu, desmoronando e levando Vulnerária junto.

Ele caiu mais ou menos o comprimento do seu corpo – o suficiente para que ele soubesse que estava em uma toca. Ao aterrissar, ele chutou com as patas traseiras e depois disparou para a frente, para sair do caminho de Verbena que o seguia e também para chegar a uma parede qualquer e ficar de costas para ela antes que alguém pudesse atacá-lo pelas costas. Ele se viu encostado em uma pilha de terra fofa – evidentemente na extremidade de um túnel bloqueado que levava para uma toca – e se virou. Um instante depois Verbena estava ao lado dele. O terceiro coelho, fosse quem fosse, parecia estar em um aperto. Eles o ouviram arranhar a terra desmoronada.

— Aqui — disse Vulnerária bruscamente.

O coelho, um veterano forte e pesado chamado Trovão, foi até eles, cambaleante.

— O que aconteceu? — disse Vulnerária.

— Nada, senhor — respondeu Trovão —, é só que tem um coelho morto no chão e ele me assustou por um instante.

— Um coelho morto? — disse Vulnerária. — Tem certeza de que ele está morto? Onde ele está?

— Ali, senhor, perto do buraco.

Vulnerária atravessou rapidamente a toca. Do outro lado dos destroços que tinham caído pelo buraco estava o corpo inerte de um macho. Ele o farejou e depois o pressionou com o focinho.

— Ele não está morto há muito tempo — ele disse. — Está quase frio mas não está rígido. O que você acha disso, Verbena? Coelhos não morrem debaixo da terra.

— É um macho bem pequeno, senhor — respondeu Verbena. — Talvez não tenha gostado da ideia de combater contra nós e os outros o mataram quando ele disse isso.

— Não, não acho que seja isso. Ele não tem um arranhão sequer. Bom, deixe ele aí, de todo modo. Temos que ir em frente, e um coelho desse tamanho não vai fazer diferença, morto ou vivo.

Ele começou a seguir encostado à parede, farejando enquanto ia em frente. Ele passou pela entrada de dois túneis bloqueados, chegou a uma abertura entre raízes grossas de árvores e parou. Era evidente que o lugar era muito grande – maior do que a toca do Conselho em Efrafa. Como eles não estavam sendo atacados, ele podia usar o espaço para obter uma vantagem, fazendo com que mais coelhos entrassem imediatamente. Ele voltou rapidamente para baixo do buraco que eles tinham aberto. Ao ficar sobre as patas traseiras ele conseguia apoiar as dianteiras na borda desmoronada.

— Tasneira? — ele disse.

— Sim, senhor — respondeu Tasneira de cima.

— Venha — disse Vulnerária —, e traga mais quatro com você. Pule para este lado — ele se moveu um pouco —, tem um coelho morto no chão; um deles.

Ele continuava esperando ser atacado a qualquer momento, mas o lugar seguiu silencioso. Ele continuou ouvindo, farejando o ar abafado, enquanto os cinco coelhos caíam um a um na toca. Então, ele levou Tasneira para os dois túneis bloqueados na parede leste.

— Abra isso o mais rápido que você conseguir — ele disse — e mande dois coelhos descobrirem o que está atrás das raízes das árvores lá adiante. Se eles forem atacados, você deve ir até eles imediatamente.

— Sabe, tem uma coisa estranha na parede da outra extremidade, senhor — disse Verbena enquanto Tasneira começava a pôr seus coelhos para trabalhar. — A maior parte é de terra dura que nunca foi cavada. Mas em um ou dois pontos tem montes de material muito mais macio. Eu diria que os túneis que cortavam a parede foram preenchidos faz bem pouco tempo. Provavelmente de ontem à noite para cá.

Vulnerária e Verbena seguiram com cautela pela parede sul do Favo de Mel, arranhando e ouvindo.

— Acho que você tem razão — disse Vulnerária. — Você ouviu algum movimento no outro lado?

— Sim, senhor, mais ou menos aqui — disse Verbena.

— Vamos derrubar esse monte de terra fofa — disse Vulnerária. — Coloque dois coelhos para fazer isso. Se eu estiver certo e Thlayli estiver do outro lado, eles vão estar com problemas muito em breve. É isso que a gente quer, forçá-lo a atacar nossos coelhos.

* * *

Mesmo antes de ouvir o teto do Favo de Mel desabar, Topete sabia que era apenas uma questão de tempo antes de os coelhos de Efrafa encontrarem os pontos mais macios na parede sul e começarem a trabalhar para romper uma delas. E isso não ia demorar. Então, ele teria que lutar – provavelmente com o próprio Vulnerária. E se Vulnerária conseguisse uma luta corporal e usasse seu peso, Topete teria pouca chance. De alguma maneira, ele precisava machucá-lo logo de início, antes que ele esperasse por isso. Mas como?

Ele levou o problema para Azevinho.

— O problema é que o viveiro não foi cavado pensando em ser defendido — disse Azevinho. — Era para isso que o Caminho Vazio servia, no viveiro antigo, foi o que o Threarah me disse uma vez. Ele foi construído para que, se em algum momento fosse preciso, nós pudéssemos passar por baixo de um inimigo e subir num lugar em que ele não nos esperava.

— É isso! — gritou Topete. — Essa é a ideia! Escute, vou cavar no chão do túnel bem atrás dessa abertura bloqueada. Então, você me cobre com terra. Eles não vão perceber; já tem tanta escavação e bagunça por aqui. Sei que é arriscado, mas vai ser melhor do que simplesmente tentar ficar de pé diante de um coelho como Vulnerária.

— Mas e se eles romperem a parede em algum outro ponto? — questionou Azevinho.

— Você tem que tentar fazer com que seja aqui — respondeu Topete. — Quando você os ouvir do outro lado, faça barulho, escave um pouco ou algo assim, bem acima de onde eu estou. Qualquer coisa que faça com que eles fiquem interessados. Venha. Me ajude a cavar. E, Prata, tire todo mundo do Favo de Mel agora e feche a parede completamente.

— Topete — disse Sulquinho —, não consigo acordar o Quinto. Ele continua lá, deitado no meio do chão. O que eu devo fazer?

— Infelizmente não tem nada que a gente possa fazer agora — respondeu Topete. — É uma pena, mas vamos ter que deixar o Quinto.

— Ah, Topete — gritou Sulquinho —, deixe eu ficar com ele aqui! Você não vai sentir a minha falta, e eu posso continuar tentando...

— Hlao-roo — disse Azevinho da maneira mais gentil que podia —, se só tivermos perdido o Quinto quando isso tudo acabar, então o próprio Senhor Frith terá lutado do nosso lado. Lamento muito, velho amigo, mas não diga nem mais uma palavra. Precisamos de você, precisamos de todos. Prata, faça ele voltar com os outros.

Quando Vulnerária caiu pelo teto do Favo de Mel, Topete já estava sob uma fina camada de terra do outro lado da parede fofa, não muito longe da toca de Trevo.

***

Trovão enfiou os dentes em um pedaço de raiz de árvore podre e o arrancou. Houve uma queda momentânea de terra e um buraco se abriu onde ele estava cavando. O solo já não chegava ao teto. Era apenas uma larga pilha de terra fofa, que enchia o túnel até a metade. Vulnerária, ainda sentado em silêncio, farejou e ouviu um número considerável de coelhos do outro lado. Ele esperava, agora, que eles viessem para a toca aberta e tentassem atacá-lo. Mas eles não se mexeram.

Quando se tratava de combate, Vulnerária não era dado a cálculos cuidadosos. Humanos e animais maiores, como lobos, normalmente têm uma ideia do tamanho de seu grupo e do tamanho do grupo do inimigo, e isso afeta a sua disposição para o combate e o modo como eles lutam. Vulnerária nunca tinha qualquer necessidade de pensar assim. O que ele tinha aprendido com sua experiência de luta era que, quase sempre, havia os que queriam combater e os que não queriam, mas que achavam que não tinham como evitar. Mais de uma vez ele tinha lutado sozinho e imposto sua vontade sobre multidões de outros coelhos. Ele manteve a defesa de um viveiro grande com a ajuda de um punhado de oficiais leais. Não passava pela cabeça dele agora – e se tivesse passado, ele não acharia que isso era importante – que a maior parte dos seus coelhos continuava do lado de fora, que os que estavam com ele eram um grupo menor do que o grupo que estava do outro lado da parede e que, até Tasneira abrir os túneis, eles não tinham como sair dali, nem se quisessem. Esse tipo de coisa não conta para coelhos lutadores. A ferocidade e a agressão são tudo o que lhes importa. O que Vulnerária sabia era que os que estavam atrás da parede tinham medo dele e que, por isso, ele tinha uma vantagem.

— Tasneira — ele chamou —, assim que você desbloquear esses túneis, diga para o Candelária mandar todo mundo aqui para baixo. O resto de vocês, venha comigo. Vamos ter acabado com isso quando os outros chegarem aqui.

Vulnerária apenas esperou que Tasneira trouxesse de novo os dois coelhos que tinham sido mandados fazer buscas entre as raízes de árvores na extremidade norte da toca. Então, com Verbena atrás de si, subiu na pilha desmoronada de terra e abriu caminho pela abertura estreita. No escuro ele conseguia ouvir e farejar os coelhos sussurrando e se aglomerando – tanto machos quanto fêmeas – diante dele. Havia dois machos diretamente em seu caminho, mas eles recuaram enquanto ele atravessava o solo fofo. Ele entrou mais um pouco e sentiu repentinamente o chão se remexer debaixo de si. No instante seguinte, um coelho saiu da terra debaixo de seus pés e enfiou os dentes na parte de cima de uma das patas dianteiras, bem onde ela se articulava com o corpo.

Vulnerária ganhou quase todas as lutas de sua vida usando seu peso. Outros coelhos não tinham como pará-lo e, depois de cair, dificilmente eles voltavam a se levantar. Ele tentou empurrar agora, mas as patas traseiras não conseguiam atrito no monte de terra fofa e fragmentada que estava atrás dele. Ele se ergueu e, ao fazer isso, percebeu que o inimigo debaixo dele estava agachado em uma trincheira escavada no solo que era do tamanho do corpo de um coelho. Ele atacou e sentiu suas garras fazerem um arranhão profundo no dorso e nos quadris do outro. Então, o inimigo, que mantinha os dentes no ombro de Vulnerária, impulsionou o corpo para cima com as patas traseiras apoiadas no solo da trincheira. Vulnerária, com as duas patas dianteiras fora do chão, foi jogado de costas na pilha de terra. Ele tentou atacar, mas o inimigo já o tinha soltado e estava fora de seu alcance.

Vulnerária se ergueu. Ele sentia o sangue escorrer pela parte interna de sua pata dianteira esquerda. O músculo estava ferido. Ele não podia colocar todo o seu peso nela. Mas as garras dele também tinham sangue, e um sangue que não era dele.

— O senhor está bem, senhor? — perguntou Verbena, atrás dele.

— Claro que estou bem, seu idiota — disse Vulnerária. — Siga-me bem de perto.

O outro coelho falou diante dele.

— Uma vez você me disse para impressionar você, general. Espero ter conseguido.

— Uma vez eu disse que eu mesmo ia matar você — respondeu Vulnerária. — Aqui não tem pássaro branco, Thlayli.

Ele avançou pela segunda vez.

A provocação de Topete foi deliberada. Ele esperava que Vulnerária voasse nele, dando uma chance de mordê-lo de novo. Mas enquanto esperava, abaixado contra o solo, ele percebeu que Vulnerária era esperto demais para cair na provocação. Sempre rápido para avaliar uma situação nova, ele avançava devagar, mantendo-se também perto do chão. Ele pretendia usar as garras. Com medo, percebendo Vulnerária se aproximar, Topete ouvia o movimento desigual das patas dianteiras dele, quase dentro de seu raio de ação. Por instinto, ele recuou, e, ao fazer isso, a ideia veio junto com o som. "A pata dianteira esquerda está se arrastando. Ele não consegue usá-la direito", pensou Topete.

Deixando o flanco direito exposto, ele atacou pelo lado esquerdo.

As garras dele encontraram a perna de Vulnerária, fazendo um corte na lateral. Mas antes que ele conseguisse recuar, o peso todo de Vulnerária caiu sobre ele e no instante seguinte os dentes dele estavam na sua orelha direita. Topete guinchou, subjugado no chão e se debatendo de um lado para o outro. Vulnerária, sentindo o medo e a impotência do inimigo, soltou a orelha e subiu nele, pronto para morder e dilacerar sua nuca. Por um instante, ele ficou sobre o desamparado Topete, seus ombros ocupando quase todo o túnel. Depois, a pata dianteira machucada cedeu e ele tombou de lado contra a parede. Topete, então, bateu duas vezes no focinho dele e sentiu que o terceiro golpe passar pelo meio dos bigodes enquanto ele se levantava outra vez. O som da respiração pesada do general veio nítido do topo do monte de terra. Topete, com sangue escorrendo do dorso e da orelha, ficou onde estava e esperou. De repente, ele percebeu que podia ver um vago esboço da silhueta escura de Vulnerária. Os primeiros traços de luz do dia brilhavam pelo teto quebrado do Favo de Mel atrás deles.

47

O céu suspenso

O velho touro veio em minha direção, com a cabeça abaixada. Mas eu não recuei [...] Eu fui para cima dele. Foi ele quem recuou.

Flora Thompson, *Lark rise* [O voo da cotovia]

Quando Avelã bateu os pés, Dente-de-Leão saltou instintivamente da beira do gramado. Se houvesse um buraco por perto ele teria corrido para lá. Por um brevíssimo instante, ele olhou para os dois lados da trilha de cascalho. Viu que o cachorro estava correndo atrás dele e correu na direção do celeiro com piso suspenso. Mas antes de chegar lá, Dente-de-Leão percebeu que não devia se refugiar debaixo do chão. Se fizesse isso, o cachorro iria parar de persegui-lo e era muito provável que um humano o chamasse de volta. Ele precisava tirar o cachorro da fazenda e levá-lo para a estrada. Então, ele mudou de direção e correu pela alameda em direção aos olmos.

Ele não esperava que o cachorro estivesse tão perto dele. Ele conseguia ouvir a respiração do animal e as pedras soltas voando debaixo de suas patas.

"Ele é muito rápido para mim!", ele pensou. "Ele vai me pegar!"

Dente-de-Leão sentia que, em instantes, o cachorro estaria em cima dele, iria rolá-lo pelo chão, quebrar a sua coluna e tirar a sua vida. Ele sabia que lebres, quando estavam sendo alcançadas, esquivavam-se fazendo curvas com mais frequência e mais fechadas, voltando pelo mesmo caminho que estavam vindo e despistando o inimigo que as perseguia.

"Talvez eu precise voltar", ele pensou desesperado. "Mas, se eu fizer isso, ele vai me caçar de um lado para o outro da alameda e o humano pode chamá-lo de volta, ou então eu vou precisar deixar ele para trás passando pela cerca, e o plano inteiro fracassa."

Ele correu pelo cume e desceu rumo ao estábulo. Quando Avelã disse o que ele teria de fazer, pareceu que a tarefa consistiria em simplesmente ir adiante do cachorro e convencê-lo a continuar na perseguição. Mas agora ele estava correndo para salvar a sua vida, e fazendo isso numa velocidade que ele jamais tinha atingido antes, numa velocidade que ele sabia que não teria como manter por muito tempo.

Na verdade, Dente-de-Leão cobriu trezentos metros até o estábulo em bem menos de meio minuto. Mas quando ele chegou à palha na entrada do estábulo parecia que ele tinha corrido a vida toda. Avelã e a fazenda tinham ficado para trás havia muito, muito tempo. Ele sentia que nunca tinha feito nada na vida além de correr aterrorizado pela alameda, sentindo o hálito do cão em seu quadril. Dentro do portão, uma ratazana cruzou o caminho dele e o cachorro parou para olhar para ela por um instante. Dente-de-Leão entrou no galpão mais próximo e correu, precipitadamente, por entre dois fardos de palha ao pé de uma pilha. Era um lugar estreito e ele só conseguiu se virar com alguma dificuldade. O cachorro estava imediatamente do lado de fora do vão, arranhando ansioso, gemendo e fazendo voar palha enquanto farejava a parte de baixo dos fardos.

— Espere — disse um rato jovem, que estava na palha logo ali ao lado. — Ele vai embora em um minuto. Eles não são como os gatos, sabe.

— Esse é o problema — disse Dente-de-Leão, ofegando e revirando o branco dos olhos. — Preciso que ele não pare de me perseguir; e não posso perder tempo.

— O quê? — disse o rato, intrigado. — O que você disse?

Sem responder, Dente-de-Leão seguiu para outra fresta, se recompôs por um instante e depois saiu do abrigo, correndo pelo quintal até o galpão que ficava do outro lado. Ele tinha uma abertura na frente e Dente-de-Leão seguiu em linha reta até a parede de madeira dos fundos. Havia um buraco debaixo de uma tábua quebrada em uma das pontas e ele passou por ali para chegar ao campo. O cachorro, que o seguia, passou a cabeça pelo buraco e forçou passagem, latindo empolgado. Gradualmente a tábua solta abriu como um alçapão e o cachorro conseguiu passar.

Agora que tinha uma vantagem maior, Dente-de-Leão seguiu pelo descampado e correu pela campina até a cerca ao lado da estrada. Ele sabia que estava mais lento, mas o cachorro também parecia não estar no mesmo ritmo de antes. Escolhendo uma parte densa, ele passou pela cerca e atravessou a estrada. Amora veio encontrá-lo, descendo pelo barranco do outro lado. Dente-de-Leão caiu exausto na vala. O cachorro estava a menos de seis metros do outro lado da cerca. Ele não conseguia encontrar uma brecha grande o suficiente.

— Ele é mais rápido do que eu podia imaginar — disse Dente-de-Leão arfando — mas consegui mantê-lo a distância. Não consigo mais avançar. Preciso me esconder. Estou acabado.

Era evidente que Amora estava assustado.

— Frith me ajude! — ele sussurrou. — Eu nunca vou conseguir!

— Vá, rápido — disse Dente-de-Leão —, antes que ele perca o interesse. Eu vou alcançar e ajudar você, se eu conseguir.

Amora pulou deliberadamente para a estrada e se sentou. Ao vê-lo, o cachorro latiu e jogou o peso contra a cerca. Amora correu lentamente ao longo da estrada em direção a um portão que ficava mais adiante. O cachorro o acompanhou. Assim que ele teve certeza de que o cachorro tinha visto o portão ao seu lado e que tinha a intenção de ir naquela direção, Amora se virou para o lado e escalou o barranco. Em meio ao restolho, ele esperou que o cachorro reaparecesse.

Demorou um bom tempo, mas, quando finalmente o cão conseguiu passar entre o pilar que sustentava o portão e o barranco e chegar ao campo, ele não prestou mais atenção em Amora. Ficou farejando o sopé do barranco, viu uma perdiz e correu atrás dela e depois começou a cavar numa moita de azedinhas. Por um tempo, Amora ficou apavorado demais para se mexer. Depois, em desespero, saltou lentamente em direção ao cachorro, tentando agir como se não tivesse percebido que ele estava ali. O cachorro correu atrás dele de novo, mas quase imediatamente pareceu perder o interesse e voltou a fuçar no chão e farejar. Por fim, quando ele estava totalmente perdido, o cachorro começou a andar pelo campo por conta própria, com passos seguros e tranquilos ao longo de uma das fileiras de palha debulhada, indo para lá e para cá sempre que ouvia um rangido ou um farfalhar. Amora, abrigado atrás de uma fileira paralela, o acompanhava. Desse modo eles cobriram o trecho até a linha de alta tensão, a meio caminho do sopé da colina. Foi aí que Dente-de-Leão o alcançou.

— Não está rápido o suficiente, Amora! *Precisamos* ir em frente. Topete pode estar morto.

— Eu sei, mas pelo menos ele está indo na direção certa. No início, eu não consegui nem fazer ele se mexer. Nós não podemos...

— Ele precisa subir a colina rápido ou não vai pegar ninguém de surpresa. Vamos, nós dois vamos atrair esse cachorro juntos. Mas primeiro vamos precisar estar à frente dele.

Eles correram rápido em meio aos restolhos até se aproximarem das árvores. Depois, eles se viraram e atravessaram o caminho do cachorro totalmente expostos à visão dele. Dessa vez ele os perseguiu instantaneamente e os dois coelhos chegaram à vegetação na parte de baixo da colina com cerca de dez metros de vantagem. Assim que eles começaram a subir eles ouviram o cachorro se chocar contra os frágeis sabugueiros. Ele latiu uma vez, mas logo depois eles estavam na ladeira descampada com o cachorro correndo em silêncio atrás deles.

* * *

O sangue escorria pelo pescoço e pela pata dianteira de Topete. Ele olhava fixamente para Vulnerária, agachado sobre a pilha de terra, esperando que ele o atacasse a qualquer momento. Ele ouvia um coelho se movendo a seu lado, mas o túnel era tão estreito que ele sabia que não seria possível se virar, mesmo se fosse seguro fazer isso.

— Todos bem? — ele perguntou.

— Eles estão bem — respondeu Azevinho. — Venha, Topete, deixe que eu fico no seu lugar agora. Você precisa descansar.

— Não dá — disse Topete ofegante. — Não teria como você assumir o meu lugar, não tem espaço, e se eu for para trás esse brutamontes me seguiria, e logo estaria correndo solto pelas nossas tocas. Deixe comigo. Sei o que estou fazendo.

Topete tinha pensado que, no túnel estreito, até mesmo seu corpo morto seria um obstáculo considerável para Vulnerária. Os coelhos de Efrafa teriam ou de retirá-lo ou de cavar em volta dele e isso significaria mais perda de tempo. Na toca atrás dele, ele ouvia Campainha, que aparentemente contava uma história para as fêmeas. "Boa ideia", ele pensou. "É bom manter as fêmeas felizes. É mais do que eu conseguiria fazer se estivesse lá."

E então El-ahrairah disse para a raposa: "Você pode ter cheiro de raposa, e raposa você pode ser, mas eu posso ver o teu destino na água".

De repente, Vulnerária falou.

— Thlayli — ele disse —, por que você quer jogar a sua vida fora? Posso mandar um coelho descansado depois do outro para este túnel se eu quiser. Você é bom demais para morrer. Volte para Efrafa. Garanto que dou a você o comando de qualquer Marca que quiser. Dou a minha palavra.

— Silflay hraka, u embleer rah — respondeu Topete.

"Ah há", disse a raposa, "prever o meu destino, hein? E o que você vê na água, meu amigo? Coelhos gordos correndo pela grama, é isso, é isso?".

— Muito bem — disse Vulnerária. — Mas lembre-se, Thlayli, você pode parar essa tolice quando quiser.

"Não", respondeu El-ahrairah, "não são coelhos que vejo na água, e sim cães velozes seguindo o odor de meu inimigo que corre para não perder a vida".

Topete percebeu que Vulnerária também sabia que, no túnel, o corpo dele seria um obstáculo tanto morto quanto vivo. "Ele quer que eu saia por conta própria", ele pensou, "mas é para Inlé que eu devo ir, não para Efrafa".

De repente, Vulnerária saltou para a frente de um único pulo e caiu bem diante de Topete, assim como um galho que cai de uma árvore. Ele não tentou usar as garras, estava apenas jogando seu grande peso, peito contra peito, sobre Topete. Com as cabeças lado a lado eles mordiam e batiam no ombro um do outro. Topete sentiu que, lentamente, estava deslizando para trás. Ele não tinha como resistir à pressão tremenda do general. As patas traseiras, com as garras estendidas, riscavam o chão do túnel à medida que ele cedia terreno. Em poucos instantes, ele teria sido totalmente empurrado para a toca atrás dele. Usando as últimas forças, na tentativa de permanecer onde estava, ele retirou os dentes do ombro de Vulnerária e deixou cair a cabeça, como um cavalo que faz força para puxar uma carroça. Mas mesmo assim ele continuava deslizando. Então, muito gradualmente, a terrível pressão começou a diminuir. As garras dele conseguiram se manter firmes no chão. Vulnerária, com os dentes enfiados no dorso dele, fungava e sufocava. Embora Topete não soubesse disso, os golpes que ele tinha aplicado mais cedo rasgaram o focinho do general. As narinas dele estavam cheias de seu próprio sangue e, com as mandíbulas fechadas no pelo de Topete, ele não conseguia respirar. Mais um instante, e ele teve de parar de morder. Topete, absolutamente exausto, ficou onde estava. Um momento depois, ele tentou se levantar, mas pareceu que ele ia desmaiar. Ele sentiu como se girasse várias vezes em uma vala cheia de folhas, e então fechou os olhos. Houve silêncio e, depois, muito nitidamente, ele ouviu Quinto falando na grama alta: "Você está mais perto da morte do que eu. Você está mais perto da morte do que eu".

— O arame! — guinchou Topete. Ele se ergueu e abriu os olhos. O túnel estava vazio. O general Vulnerária tinha desaparecido.

* * *

Vulnerária seguiu para o Favo de Mel, agora levemente iluminado pela luz da manhã que passava pelo buraco no teto. Ele nunca tinha se sentido tão cansado. Ele viu Verbena e Trovão olhando para ele inseguros, e então se sentou e tentou limpar o focinho com as patas dianteiras.

— Thlayli não vai mais causar problemas — ele disse. — É melhor você entrar e acabar com ele de uma vez, Verbena, já que ele não vai conseguir sair dali.

— O senhor está pedindo que *eu* lute com ele, senhor? — perguntou Verbena.

— Só assuma o combate com ele por uns instantes — respondeu Vulnerária. — Quero começar a derrubar outros pontos dessa parede. Depois eu volto aqui.

Verbena sabia que o impossível tinha acontecido. O general tinha levado a pior. O que ele estava dizendo era: "Disfarce para mim. Não deixe que os outros fiquem sabendo".

"O que vai acontecer agora, em nome de Frith?", pensou Verbena. A verdade pura e simples era que Thlayli seguia levando a melhor, desde que eles o encontraram em Efrafa. E quanto antes eles voltassem para lá, melhor.

Ele se deparou com o olhar pálido de Vulnerária, hesitou por um instante, mas depois subiu no monte de terra. Vulnerária mancou pelos dois túneis, foi até metade do caminho da parede leste, que Tasneira tinha ordens para derrubar. As entradas dos dois túneis estavam abertas agora e os escavadores estavam fora do campo de visão, trabalhando mais ao fundo. À medida que o general se aproximava, Tasneira foi se afastando, recuando para o mais distante dos dois túneis, e começou a limpar as garras em uma raiz protuberante.

— Como você está se saindo? — perguntou Vulnerária.

— Este túnel está aberto, senhor — disse Tasneira —, mas o outro vai demorar mais um pouco, receio. Está bloqueado por um bom trecho de terra.

— Um é o bastante — disse Vulnerária — desde que se possa descer por ele. Podemos trazer todos e começar a trabalhar naquela parede.

Ele estava prestes a entrar ele mesmo no túnel quando se deparou com Verbena a seu lado. Por um instante ele achou que Verbena diria que tinha matado Thlayli. Mas um segundo olhar mostrou que ele não trazia a boa notícia.

— Eu... é... estou com um pouco de areia no olho, senhor — disse Verbena. — Vou só tirar isso e depois volto para enfrentar Thlayli de novo.

Sem dizer uma palavra Vulnerária voltou para a outra extremidade do Favo de Mel. Verbena o seguiu.

— Seu covarde — disse Vulnerária no ouvido dele. — Se minha autoridade terminar, onde estará a sua no dia seguinte? Você não é o oficial mais odiado de Efrafa? Aquele coelho *precisa* morrer.

Mais uma vez ele subiu a pilha de terra. Mas logo parou. Verbena e Cardo, erguendo a cabeça para espiar por cima da cabeça de Vulnerária, entenderam o porquê. Thlayli tinha percorrido o túnel e estava agachado imediatamente abaixo deles. O sangue havia emaranhado o monte de pelos da cabeça dele, e uma orelha, meio mutilada, estava pendurada ao lado do rosto. A respiração dele era lenta e pesada.

— Acho que vai ser muito mais difícil me empurrar a partir daqui, general — ele disse.

Com uma espécie de surpresa cansada e enfadonha, Vulnerária percebeu que estava com medo. Ele não queria atacar Thlayli de novo. Ele sabia, com uma certeza hesitante, não estar em condições de fazer aquilo. E quem, então, estaria? Ele pensou. Quem podia fazer aquilo? Não, eles precisariam entrar ali de outra maneira e então todo mundo entenderia a sua estratégia.

— Thlayli — ele disse —, desbloqueamos um túnel aqui. Posso trazer coelhos suficientes para derrubar essa parede em quatro lugares. Por que você não se rende e sai?

A resposta de Topete, quando veio, foi em voz baixa e arfejante, mas perfeitamente nítida.

— Meu Chefe Coelho me mandou defender este túnel e, até ele me dar outra ordem, eu vou ficar aqui.

— Seu Chefe Coelho? — perguntou Verbena, olhando para ele.

Nunca tinha ocorrido a Vulnerária nem a nenhum dos oficiais dele que Thlayli não fosse o Chefe Coelho de seu viveiro. No entanto, ele tinha dito aquilo com absoluta convicção. Ele falava a verdade. E se ele não era o Chefe Coelho, então por perto deveria haver outro coelho mais forte que tinha esse posto. Um coelho mais forte do que Thlayli. Onde ele estava? O que ele estava fazendo neste momento?

Vulnerária percebeu que Cardo não estava mais atrás dele.

— Para onde aquele jovem foi? — ele questionou Verbena.

— Parece que ele foi embora, senhor — respondeu Verbena.

— Você devia ter impedido isso — disse Vulnerária. — Vá buscá-lo.

Mas foi Tasneira que voltou até ele alguns instantes depois.

— Lamento, senhor — ele disse —, Cardo subiu pelo túnel aberto. Pensei que cumpria ordens suas ou teria perguntado o que ele estava fazendo. Um ou dois dos meus coelhos parecem ter ido com ele, mas não sei dizer o motivo.

— Vou dar um motivo para eles — disse Vulnerária. — Venha comigo.

Ele agora sabia o que eles teriam de fazer. Cada coelho que ele tinha levado devia ser mandado para debaixo da terra para cavar e todos os bloqueios da parede da grande toca deviam ser removidos. Quanto a Thlayli, ele podia simplesmente ser deixado onde estava, e quanto menos se falasse sobre ele, melhor. Não se devia mais lutar em túneis estreitos, e, quando o terrível Chefe Coelho finalmente aparecesse, ele seria atacado em um lugar aberto, por todos os lados.

Vulnerária se virou para voltar a atravessar a toca, mas continuou onde estava, observando. Na réstia esmaecida de luz abaixo do buraco aberto no teto, havia um coelho em pé – não um coelho de Efrafa, mas um coelho que o general não conhecia. Ele era bem pequeno e olhava nervoso ao redor, com os olhos arregalados como um filhote que vai à superfície pela primeira vez, como se não tivesse nem ideia de onde estava. Enquanto Vulnerária olhava, ele ergueu uma pata dianteira que tremia e passou pelo focinho dele, apalpando. Por um instante, uma sensação antiga, tremulante, que veio e logo foi embora, passou pela memória do general – o cheiro de folhas úmidas de repolho no jardim de uma casa de campo, a sensação de um lugar tranquilo e agradável perdida e esquecida há muito tempo.

— Quem diabos é esse aí? — perguntou o general Vulnerária.

— Deve... deve ser o coelho que estava deitado ali, senhor — respondeu Tasneira. — O coelho que achamos que estava morto.

— Ah, é isso? — questionou Vulnerária. — Bom, ele está mais ou menos no seu nível, então, não é, Verbena? Talvez esse você consiga enfrentar. Apresse-se — ele zombou, enquanto Verbena hesitava, sem saber se o general estava falando sério —, e venha para fora assim que tiver terminado.

Verbena avançou lentamente pelo piso. Nem ele conseguia ter muita satisfação com a perspectiva de matar um coelho tharn da metade de seu tamanho, apenas para obedecer a uma provocação insolente. O pequeno coelho não conseguia se mexer de jeito nenhum, fosse para bater em retirada fosse para se defender, e só olhava para ele com grandes olhos que, embora perturbados, certamente não eram olhos de um inimigo derrotado ou de uma vítima. Diante desse olhar, Verbena parou inseguro e, por vários momentos, os dois se encararam na luz turva. Então, em uma voz baixa sem qualquer indício de medo, o coelho desconhecido falou:

— Lamento por você, de coração. Mas você não pode nos culpar, já que vocês vieram para nos matar se pudessem.

— Culpar vocês? — respondeu Verbena. — Culpar vocês de quê?

— Pela morte de vocês. Acredite, eu lamento a morte de vocês.

Verbena, há tanto tempo na polícia de Efrafa, já tinha encontrado vários prisioneiros que, antes de morrerem, o amaldiçoaram ou ameaçaram, e não era incomum que falassem em vingança sobrenatural, mais ou menos como Topete tinha amaldiçoado Vulnerária na tempestade. Se essas coisas pudessem ter algum efeito sobre ele, ele não teria chegado ao cargo de chefe da Owslafa. Na verdade, para quase tudo que um coelho nessa situação terrível pudesse dizer, Verbena era capaz de responder, sem pensar, com uma das observações sarcásticas que tinha prontas para a ocasião. Agora, enquanto ele continuava a olhar nos olhos desse inimigo enigmático – o único que ele tinha encarado durante essa busca noturna por um banho de sangue – ele se encheu de horror e foi tomado por um medo repentino daquelas palavras, suaves e inexoráveis como a queda de uma neve amarga em uma terra sem refúgio. Os recessos cheios de sombras da estranha toca pareciam cheios de fantasmas malignos que sussurravam e, então, ele reconheceu as vozes esquecidas de coelhos mortos havia meses nas valas de Efrafa.

— Deixe-me em paz! — gritou Verbena. — Deixe-me ir! Deixe-me ir!

Cambaleando e andando desajeitadamente, ele encontrou o caminho até o túnel aberto e se arrastou subindo por ele. No topo, ele encontrou Vulnerária, escutando um dos escavadores de Tasneira, que estava tremendo e com os olhos brancos.

— Ah, senhor — disse o jovem — eles dizem que há um grande Chefe Coelho maior do que uma lebre. E eles ouviram um estranho animal...

— Cale a boca! — disse Vulnerária. — Venham atrás de mim.

Ele saiu no barranco, piscando à luz do sol. Os coelhos espalhados pela grama olharam para ele horrorizados, vários deles imaginando se esse podia ser de fato o general. O focinho e uma das pálpebras estavam cortados e o rosto todo estava sob uma máscara de sangue. Enquanto ele mancava descendo o barranco, sua pata dianteira esquerda se arrastava e ele andava de lado. Ele subiu até a grama e olhou em volta.

— Agora — disse Vulnerária — essa é a última coisa que temos que fazer, e não vai demorar. Lá embaixo, tem uma espécie de parede.

Ele parou, percebendo em toda a sua volta relutância e medo. Ele olhou para Girassol, que olhava para longe. Dois outros coelhos se afastavam pela grama e ele os chamou de volta.

— O que vocês acham que estão fazendo? — ele perguntou.

— Nada, senhor — respondeu um deles. — Só achamos que...

De repente, o capitão Candelária saiu correndo do canto do bosque. Da colina lá embaixo veio um único grito alto. No mesmo momento, dois coelhos desconhecidos, correndo juntos, saltaram o barranco, foram para o bosque e desapareceram em um dos túneis bloqueados.

— Corram! — gritou Candelária, batendo o pé. — Corram para salvar a vida!

Ele correu em meio a eles e disparou pela colina. Sem saber o que ele queria dizer ou para onde correr, eles se viraram para um lado e para o outro. Cinco dispararam para baixo pelo túnel aberto e uns poucos mais foram para o bosque. Mas, quase antes de eles começarem a se dispersar, apareceu correndo um grande cachorro preto, abocanhando, mordendo e caçando aqui e ali como uma raposa em um galinheiro.

Vulnerária foi o único a permanecer onde estava. Enquanto os outros fugiam em todas as direções, ele ficou no mesmo lugar, com os pelos eriçados e rosnando, as presas e as garras cobertas de sangue. O cão, subitamente ficando cara a cara com ele entre os tufos de mato, recuou por um instante, assustado e confuso. Depois, ele saltou para a frente e, mesmo correndo, os integrantes da Owslafa conseguiam ouvir os gritos furiosos e agudos do general:

— Voltem, seus idiotas! Cachorros não são perigosos! Voltem e lutem!

48

Dea ex machina

E eu era ingênuo e feliz, famoso entre os celeiros.
Em torno do jardim, alegre e cantando, enquanto a fazenda era o lar,
Sob o sol que só é jovem uma vez...
      Dylan Thomas, *Fern hill* [Montanha de samambaia]

Quando Lucy acordou, o quarto já estava iluminado. As cortinas não tinham sido fechadas e a vidraça da janela aberta refletia um raio de sol que ela podia deixar de ver ou reencontrar apenas movendo a cabeça no travesseiro. Um pombo arrulhava nos ulmeiros. Mas foi outro som, ela sabia, que a fez acordar – um som agudo, parte do sonho que tinha escorrido enquanto ela acordava, como a água escorre de uma pia. Talvez o cachorro tivesse latido. Mas agora tudo estava quieto e só havia o clarão de sol na janela e o som do pombo, como as primeiras marcas deixadas por um pincel em uma grande folha de papel, quando ainda não se tem certeza de como a imagem ficará. A manhã estava bonita. Será que já haveria cogumelos? Valia a pena levantar agora e ir até o campo ver? Ainda estava muito seco e quente – não era um tempo bom para cogumelos. Os cogumelos eram como as amoras – os dois gostavam de uma gota de chuva antes de ficarem realmente bons. Logo haveria manhãs úmidas e as aranhas grandes surgiriam nas cercas – aquelas com uma cruz branca nas costas. Ela se lembrou de Jane Pocock correndo para a parte de trás do ônibus quando ela levou uma aranha em uma caixa de fósforos para mostrar à senhorita Tallant.

Aranha, aranha no busão,
Chorona Jane armou a confusão,
Mas aranha passou no exame de admissão.

Agora ela não conseguia mais fazer o reflexo bater nos olhos. O sol tinha se movido. O que ia acontecer hoje? Quinta-feira – dia de mercado em Newbury. Papai ia para lá. O médico vinha ver a mamãe. O médico tinha óculos engraçados que apertavam o nariz dele. Deixaram uma marca de cada lado. Se ele não estivesse apressado, ela ia falar com ele. O médico era meio esquisito quando você não o conhecia, mas depois que você conhecia ele era legal.

De repente, houve mais um som agudo vindo do quintal. Ele rasgou o início tranquilo da manhã como algo que é derramado em um chão limpo. Um guincho – algo assustado, algo desesperado. Lucy pulou da cama e correu para a janela. O que quer que fosse aquilo, estava ali bem perto. Ela se inclinou bem para fora, com os pés fora do chão e o peitoril pressionando a barriga a ponto de ela ficar sem fôlego. O Malhado estava lá embaixo, do lado do canil. Ele tinha pegado alguma coisa: devia ser um rato, guinchando daquele jeito.

— Malhado! — Lucy deu um grito agudo. — Malhado, o que você pegou?

Ao ouvir a voz dela o gato olhou para cima por um instante e imediatamente olhou de novo para sua presa. Mas não era um rato, era um coelho deitado de lado perto do canil. Ele parecia bem mal. Debatendo-se e tudo mais. Logo depois, ele guinchou de novo.

Lucy desceu as escadas correndo em sua camisola de dormir e abriu a porta. O cascalho a fez mancar e ela saiu da trilha para o canteiro de flores. Assim que ela chegou no canil, o gato olhou para cima e bateu nela, mantendo uma pata pressionada contra o pescoço do coelho no chão.

— Sai daí, Malhado! — disse Lucy. — Que coisa cruel! Deixe ele em paz!

Ela bateu no gato, que tentou arranhá-la, com as orelhas caídas. Ela levantou a mão de novo e ele resmungou, correu um ou dois metros e parou, olhando para trás furioso e aborrecido. Lucy pegou o coelho. Ele se debateu por um instante e depois ficou tenso nas mãos dela, que o seguravam com firmeza.

— Fique quieto! — disse Lucy. — Não vou te machucar!

Ela voltou para a casa, carregando o coelho.

— O que você tá aprontando, hein? — disse o pai dela, com as botas arranhando as lajotas. — Dá uma olhada nos teus pés, descalça! Já falei para você que... Ei, que é que você tem aí?

— Um coelho — disse Lucy na defensiva.

— De camisola e tudo, só pode estar querendo ficar doente e morrer. Que você quer com ele, então?

— Quero ficar com ele.

— Ah, mas não vai.

— Ah, pai. Ele é legal.

— Ele não vai ser bom pra você. Põe ele numa jaula, para ele morrer. Não dá pra ficar com coelho selvagem. E se ele escapa, ele vai fazer todo tipo de coisa ruim.

— Mas ele tá mal, pai. O gato pegou ele.

— O gato tava fazendo o trabalho dele, então. Devia ter deixado ele terminar o que começou.

— Quero mostrar ele pro médico.

— O médico tem mais o que fazer do que ficar pensando em coelho velho. Dá ele aqui, agora.

Lucy começou a chorar. Ela não tinha morado a vida toda na fazenda à toa, e sabia muito bem que tudo que o pai falou era verdade. Mas ela estava chateada com a ideia de matar o coelho a sangue frio. É verdade que ela não sabia o que podia fazer com ele no longo prazo, mas o que ela queria agora era mostrar o coelho para o médico. Ela sabia que o médico achava que ela era uma boa fazendeira – uma menina do campo. Quando ela mostrou para ele as coisas que ela tinha encontrado – um ovo de pintassilgo, uma borboleta batendo as asas em um pote de geleia e um fungo que era igualzinho a uma casca de laranja – ele a levou a sério e falou com ela como se ela fosse uma adulta. Pedir o conselho dele sobre o coelho machucado e discutir isso com ele seria muito adulto. Enquanto isso, o pai podia pensar se deixava ela ficar ou não com o coelho.

— Eu só queria mostrar ele pro médico, pai. Juro que não vou deixar ele fazer nada ruim. Só que é bom falar com o médico.

Embora nunca tivesse dito isso, o pai tinha orgulho do modo como Lucy se dava com o médico. Ela era de fato uma criança brilhante – era bem provável que fosse para o ensino médio e tudo mais, foi o que disseram para ele. O médico falou uma ou duas vezes que ela era muito sensata com essas coisas que escolhia para mostrar para ele. Por outro lado, malditos coelhos. Mesmo assim, não ia fazer mal, desde que ela não deixasse o coelho solto por aí.

— Por que, então, você não faz uma coisa sensata em vez de ficar aí gritando e carregando esse bicho que nem se fosse chorar? Vai lá pôr uma roupa, depois pode ir pôr o bicho naquela gaiola velha no galpão. Aquela em que você mantinha os coelhos antes.

Lucy parou de chorar e subiu, ainda carregando o coelho. Ela fechou o coelho numa gaveta, vestiu-se e saiu para buscar a gaiola. No caminho de volta, ela parou para pegar um pouco de palha atrás do canil e viu o pai vindo do celeiro.

— Você viu o Bob?

— Não — disse Lucy. — Pra onde será que ele foi?

— Arrebentou a corda e fugiu. Sabia que aquela corda estava ficando velha, mas não achei que ele ia conseguir arrebentar. Bom, tenho que ir pra Newsbury hoje de manhã. Se ele aparecer, melhor amarrar ele direito.

— Vou procurar ele pra você, pai — disse Lucy. — Mas antes vou fazer um cafézinho da manhã pra mãe.

— Ah, boa menina. Acho que amanhã ela vai estar boazinha da silva.

O doutor Adams chegou pouco depois das dez. Lucy, que estava arrumando a cama e o quarto mais tarde do que devia, ouviu-o estacionar o carro debaixo dos ulmeiros no topo da alameda e saiu para encontrá-lo, tentando imaginar por que ele não tinha ido de carro até a casa, como sempre fazia. Ele tinha saído do carro e estava de pé com as mãos na cintura, olhando para a alameda, mas viu a menina e a chamou do modo tímido e abrupto a que ela estava acostumada.

— Ei... Lucy.

Ela correu. Ele tirou o pincenê e colocou no bolso do colete.

— Aquele é o seu cachorro?

O labrador estava subindo a alameda, parecendo muito cansado e arrastando a corda arrebentada. Lucy o pegou.

— Ele tinha fugido, doutor. Tava muito preocupada com ele.

O labrador chegou mais perto e começou a farejar os sapatos do doutor Adams.

— Acho que ele estava brigando com alguém — disse o doutor Adams. — O focinho dele está com um arranhão feio, e parece que ele tem um tipo de mordida na perna.

— O que o senhor acha que foi?

— Bom, pode ter sido uma ratazana, acho, ou talvez um arminho. Foi algum bicho que ele tentou pegar e que resistiu.

— Encontrei um coelho hoje, doutor. Selvagem. Tá vivo. Tirei ele do gato. Mas acho que ele tá machucado. O senhor pode ver ele?

— Bom, melhor eu ir primeiro ver a senhora Cane, acho. — *Não "a sua mãe"*, pensou Lucy. — E depois, se der tempo, eu dou uma olhada no nosso amigo.

Vinte minutos depois, Lucy segurava o coelho o mais quieto que conseguia enquanto o doutor Adams o apalpava gentilmente aqui e ali com as pontas de dois dedos.

— Bom, não parece que ele esteja com grandes problemas, até onde posso ver — ele disse por fim. — Não tem nada quebrado. Tem alguma coisa estranha na pata traseira dele, mas ele já tem isso faz um tempo e está mais ou menos curado, ou pelo menos já está tão bom quanto pode ficar. O gato arranhou aqui, veja, mas nada demais. Acho que ele vai ficar bem.

— Mas não dá para ficar com ele, né, doutor? Numa gaiola, digo.

— Ah, não, ele não ia viver trancado numa jaula. Se ele não pudesse sair ia morrer logo. Não, o melhor é deixar ele ir embora, a não ser que você queira comê-lo.

Lucy riu.

— Mas o papai ia ficar muito bravo se eu deixasse ele correr por aí. Ele sempre diz que um coelho é igual a cento e um.

— Bom, deixa eu dizer uma coisa pra você — disse o doutor Adams, pegando o seu fino relógio de bolso com os dedos de uma mão e olhando para ele enquanto esticava o braço – já que ele tinha hipermetropia: — Preciso subir pela estrada uns quilômetros para atender uma senhora idosa em Cole Henley. Se você quiser vir comigo no carro, pode soltar o coelho na colina e eu trago você de volta antes do jantar.

Lucy deu um pulo.

— Vou só perguntar pra mãe.

No cume entre a colina de Hare Warren e Watership Down, o doutor Adams parou o carro.

— Acho que aqui é um um bom lugar — ele disse. — Aqui ele não tem como causar muito estrago, se você parar para pensar.

Eles andaram um pouco para leste, saindo da estrada, e Lucy colocou o coelho no chão. Ele ficou sentado atônito por cerca de meio minuto e depois saiu correndo pela grama.

— É, ele *tem* algum problema naquela perna, veja — disse o doutor Adams. — Mas não é isso que vai impedi-lo de viver perfeitamente por muitos anos. "Nasci e me criei em um espinheiro, Comadre Raposa" — ele disse, com uma voz divertida.

49

Avelã vem para casa

> Demônios de sorte danada
> Não há juramento nem nada
> Que a nossa amizade ainda exija
> Nos une um mundo
> Bem mais profundo.
>
> Robert Graves, *Dois fuzileiros*

Embora Vulnerária tenha se revelado, no final das contas, uma criatura virtualmente louca, o que ele fez acabou não sendo inteiramente inútil. Não há muito como duvidar de que, se ele não tivesse feito aquilo, mais coelhos teriam morrido naquela manhã em Watership Down. O cão tinha chegado tão rápida e silenciosamente à colina atrás de Dente-de-Leão e de Amora que um dos vigias de Candelária, meio adormecido sob uma moita depois da longa noite, foi derrubado e morto no instante em que se virava para correr. Mais tarde, depois de ter deixado Vulnerária de lado, o cachorro andou para cima e para baixo no barranco e no gramado por um tempo, latindo e correndo para todo arbusto e tufo de ervas-daninhas. Mas a essa altura, os coelhos de Efrafa tinham tido tempo para se espalhar e para se esconder da melhor maneira que puderam. Além disso, o cachorro, inesperadamente arranhado e mordido, mostrava certa relutância em enfrentar os coelhos. Por fim, no entanto, ele conseguiu perseguir e matar o coelho que tinha sido ferido por um pedaço de vidro no dia anterior, e, depois disso, voltou pelo mesmo caminho que usou para vir, desaparecendo na borda da encosta.

Não havia dúvida de que os coelhos de Efrafa não voltariam a atacar o viveiro. A única ideia de cada um deles era salvar a própria vida. Seu líder não existia mais. O cão tinha sido mandado pelos coelhos que eles vieram matar – disso eles tinham certeza. Era o mesmo caso da misteriosa raposa e do pássaro branco. Na verdade, Girassol, o coelho mais sem imaginação de todos, ouviu o cão debaixo da terra. Candelária, agachado em urtigas com Verbena e mais quatro ou cinco coelhos, recebeu apoio unânime ao dizer ter certeza de que eles deviam imediatamente ir embora daquele lugar perigoso, onde já tinham ficado tempo demais.

Sem Candelária, provavelmente nenhum coelho teria conseguido voltar a Efrafa. No entanto, nem mesmo com toda a habilidade de patrulheiro dele foi possível evitar a perda de mais de metade dos coelhos que partiram para a expedição em Watership. Três ou quatro se afastaram demais para que se pudesse encontrá-los de novo e ninguém soube o que aconteceu com eles. Provavelmente catorze ou quinze coelhos – não mais do que isso – partiram com Candelária, pouco antes de ni-Frith, para tentar refazer a longa jornada feita no dia anterior. Eles claramente não tinham condições de percorrer toda a distância até o início da noite, e não demorou para que precisassem enfrentar coisas piores do que o cansaço e o desânimo. Más notícias viajam rápido. Até no Cinturão, e mesmo mais além, havia chegado o boato de que o terrível general Vulnerária e sua Owsla tinham sido destruídos em Watership Down e que o que restou deles viajava para o sul em más condições, sem muito ânimo para se manter alerta. Os Mil, então, começaram a se aproximar – arminhos, uma raposa e até mesmo um gato de uma fazenda ou outra. Em cada parada se perdia mais um coelho e ninguém conseguia se lembrar de ver o que tinha acontecido com ele. Um desses foi Verbena. Tinha ficado claro, desde o começo, que ele estava em péssimas condições e, na verdade, havia poucos motivos para que ele voltasse a Efrafa sem o general.

Apesar de todo o medo e de todas as dificuldades, Candelária continuou firme e vigilante, mantendo os sobreviventes juntos, pensando no que era necessário fazer e incentivando os exaustos a seguir em frente. Durante a tarde do dia seguinte, enquanto a Marca da Pata Dianteira Direita estava no silflay, ele chegou mancando à linha dos vigias com um punhado de seis ou sete coelhos. Ele próprio estava perto de desmoronar e mal foi capaz de fazer um relato do desastre ao Conselho.

Apenas Tasneira, Cardo e três outros tiveram a presença de espírito de correr pelo túnel aberto quando o cachorro apareceu. De volta ao Favo de Mel, Tasneira imediatamente se rendeu, junto com seus fugitivos, a Quinto, que continuava num estado de estupefação devido a seu longo transe, e mal tinha recuperado os sentidos para entender o que se passava. Por fim, no entanto, depois de os cinco coelhos de Efrafa terem permanecido agachados por algum tempo na toca, ouvindo os sons do cão caçando lá em cima, Quinto se recuperou, foi até a entrada do túnel onde Topete continuava deitado semiconsciente e conseguiu fazer com que Azevinho e Prata entendessem que o cerco tinha acabado. Não faltaram ajudantes para abrir as entradas bloqueadas na parede sul. Aconteceu de Campainha ser o primeiro a chegar ao Favo de Mel, e muitos dias depois ele continuava aperfeiçoando sua imitação do capitão Quinto à frente de sua multidão de prisioneiros de Efrafa "como um chapim fazendo ronda em torno de um grupo de corvos na muda", ele dizia.

Ninguém estava disposto a prestar muita atenção na época, no entanto, já que os únicos pensamentos no viveiro eram dirigidos a Avelã e a Topete. Parecia que Topete ia morrer. Sangrando em meia dúzia de partes do corpo, ele estava deitado de olhos fechados no túnel que tinha defendido e não respondeu quando Hyzenthlay disse que os coelhos de Efrafa tinham sido derrotados e que o viveiro estava salvo. Depois de um tempo, eles cavaram com cuidado para alargar o túnel e, à medida que o tempo passava, as fêmeas, se revezando, ficavam ao lado dele, lambendo as feridas e ouvindo a respiração baixa e irregular dele.

Antes disso, Amora e Dente-de-Leão abriram caminho pelo túnel do Kehaar – o bloqueio não era muito profundo – e contaram sua história. Eles não tinham como dizer o que aconteceu com Avelá depois de o cachorro se soltar, e, no início da tarde, todos temiam o pior. Por fim, Sulquinho, muito ansioso e preocupado, insistiu em partir para Nuthanger. Quinto imediatamente disse que iria com ele e juntos eles saíram do bosque, seguindo para o norte pela colina. Eles tinham percorrido apenas uma pequena distância quando Quinto, sentado em um formigueiro para olhar em volta, viu um coelho se aproximar pela parte mais alta do terreno a oeste. Os dois se aproximaram e reconheceram Avelá. Quinto foi encontrá-lo enquanto Sulquinho correu de volta para o Favo de Mel com a notícia.

Assim que soube o que tinha acontecido – incluindo tudo o que Tasneira tinha a contar – Avelá pediu a Azevinho que levasse dois ou três coelhos e descobrisse com certeza se os coelhos de Efrafa tinham mesmo ido embora. Então, ele próprio foi ao túnel em que Topete estava deitado. Hyzenthlay olhou para cima enquanto ele se aproximava.

— Ele estava acordado há pouco, Avelá-rah — ela comentou. — Perguntou onde você estava e depois disse que a orelha estava doendo muito.

Avelá encostou o focinho na cabeleira emaranhada dele. O sangue tinha coagulado e criado trechos pontudos que cutucaram o amigo.

— Você conseguiu, Topete — ele disse. — Todos eles fugiram.

Por vários instantes Topete não se moveu. Depois, ele abriu os olhos e ergueu a cabeça, enchendo as bochechas e farejando os dois coelhos que estavam a seu lado. Ele não disse nada e Avelá ficou pensando se ele tinha entendido. Por fim ele sussurrou:

— Ser acabado, Metre Fulnerária, si?

— Sim — respondeu Avelá. — Vim ajudar você a ir silflay. Vai te fazer bem e podemos te limpar melhor do lado de fora. Venha, está uma tarde linda, cheia de sol e folhas.

Topete se levantou e cambaleou, andando pelo devastado Favo de Mel. Ali, ele deitou, descansou, levantou novamente e chegou à extremidade interior do túnel de Kehaar.

— Achei que ele tinha me matado — ele disse. — Eu nunca mais vou lutar; já foi o suficiente para mim. E você... o seu plano funcionou, Avelá, não foi? Muito bem. Me diga o que era. E como é que você voltou da fazenda?

— Um humano me trouxe em um hrududu — disse Avelá —, quase o caminho inteiro.

— E você voou a parte que faltava, imagino — disse Topete —, queimando um bastão branco na boca? Venha, conte de um jeito sensato. Qual é o problema, Hyzenthlay?

— Ah! — disse Hyzenthlay, olhando. — Ah!

— O que foi?

— Aconteceu!

— O que aconteceu?

— Ele *veio* para casa em um hrududu. E eu o vi quando ele vinha, naquela noite em Efrafa, quando eu estava com você na toca. Lembra?

— Lembro — concordou Topete. — Lembro o que eu disse, também. Eu falei que era melhor você contar para o Quinto. É uma boa ideia. Vamos lá fazer isso. E se ele acreditar em você, Avelá-rah, eu também acredito.

50

E enfim

> Dizendo que eu mesma, mais do que isso, estou convencida de que a injusta interferência do general, longe de ser realmente danosa para a felicidade deles, acredito que pode ter levado a ela, ao aprofundar o conhecimento que um tinha do outro, e acrescentando força à sua ligação, deixo isso para que seja decidido por aqueles a quem isso possa dizer respeito...
>
> Jane Austen, *A abadia de Northanger*

Era uma bela tarde sem nuvens em meados de outubro, cerca de seis semanas depois. Embora folhas continuassem nas faias e o sol brilhasse quente, havia uma sensação de vazio crescente no amplo espaço na colina. As flores eram mais esparsas. Aqui e ali via-se na grama uma potentilha amarela, uma campainha tardia ou um fragmento de flor roxa em meio a um ramalhete de prunelas. Mas a maior parte das plantas que havia para ver ainda estava em sementes. Ao longo do limite do bosque, uma camada de clematites selvagens parecia um trecho de fumo, com suas flores de cheiro doce cobertas de líquens. As canções dos insetos também eram mais raras e intermitentes. Grandes trechos de grama alta, no verão fervilhante, ficavam quase desertos, apenas com um besouro apressado ou uma aranha letárgica que sobraram das miríades de agosto. Os mosquitos seguiam dançando no ar brilhante, mas os andorinhões que os caçavam haviam ido embora e, em vez de gritos cortantes no céu, o canto de um pisco soava do topo de um evônimo. Os campos abaixo da colina estavam vazios. Um deles já tinha sido arado e as bordas polidas dos sulcos captavam a luz com uma cintilação baça, visível do cume. O céu também estava vazio, com uma claridade delicada como a da água. Em julho o azul imóvel, denso como um creme e parecia bem perto das árvores verdes, mas agora o azul era alto e raro, o sol corria mais cedo para o oeste e, ao chegar lá, previa um toque de geada, afundando no horizonte lento e grande e sonolento, carmesim como as rosas que cobriam as sarças. À medida que o vento refrescante vinha do sul, as folhas vermelhas e amarelas da faia farfalhavam juntas com um som quebradiço, mais áspero do que o sussurro fluido de outros tempos. Era a época de partidas silenciosas, de separar tudo aquilo que não estava preparado para o inverno.

Muitos seres humanos dizem gostar do inverno, mas o que eles gostam realmente é de se sentir protegidos contra o frio. Para eles não há falta de comida no inverno. Eles têm lareiras e roupas quentes. O inverno não pode lhes fazer mal e, portanto, aumenta sua sensação de inteligência e segurança. Para pássaros e animais, assim como para humanos pobres, o inverno é outra coisa. Coelhos, como a maior parte dos animais selvagens, enfrentam dificuldades. Mas é fato que eles têm mais sorte do que outros, já que quase sempre há algum tipo de comida por perto. Mas, quando há neve, eles podem ficar debaixo da terra por dias consecutivos, alimentando-se apenas dos cecotrofos que mascam. Eles estão mais sujeitos a doenças no inverno e o frio reduz sua vitalidade. No entanto, as tocas podem ser aconchegantes e aquecidas, especialmente quando lotadas. O inverno é uma estação mais ativa de acasalamentos do que o final do verão e o outono, e a época de maior fertilidade das fêmeas começa lá por fevereiro. Há bons dias em que o silflay ainda é agradável. Para os que gostam de aventuras e de invadir jardins, é uma época com seus encantos. E debaixo da terra contam-se histórias e jogam-se partidas de esconde-pedras e outros jogos. Para os coelhos, o inverno continua sendo o que era para os humanos da Idade Média – difícil, mas suportável para os privilegiados, e com algumas compensações.

A oeste do bosque de faias, ao sol da tarde, Avelã e Quinto estavam sentados com Azevinho, Prata e Tasneira. Os coelhos sobreviventes de Efrafa receberam permissão para entrar no viveiro e depois de um começo turbulento, quando eram vistos com desprezo e suspeita, estavam se integrando bastante bem, em boa parte porque Avelã estava decidido a fazer com que fosse assim.

Desde a noite do cerco, Quinto tinha passado muito tempo sozinho e, mesmo no Favo de Mel ou em uma manhã ou tarde de silflay, era comum que ele ficasse quieto e preocupado. Ninguém se ressentia disso – "Ele olha como se você não estivesse lá, mas de uma maneira tão gentil e amistosa", como dizia Campainha – pois todos eles, cada um à sua maneira, reconheciam que Quinto era mais do que nunca governado, quisesse ou não, pela pulsação daquele mundo misterioso de que ele tinha falado uma vez para Avelã naqueles dias do final de junho em que eles passaram juntos no sopé da colina. Foi Topete quem disse – numa tarde em que Quinto estava ausente do Favo de Mel na hora da história – que Quinto pagou mais caro até mesmo do que ele pela vitória daquela noite sobre os coelhos de Efrafa. No entanto, Quinto era devotamente ligado à sua fêmea, Vilthoril, e ela tinha passado a entendê-lo quase com a mesma profundidade com que Avelã o entendia.

Perto do bosque de faias, a ninhada de quatro coelhos jovens de Hyzenthlay brincava na grama. Eles tinham sido levados para comer na superfície pela primeira vez sete dias antes. Se Hyzenthlay já tivesse tido uma segunda ninhada, a essa altura ela deixaria que eles tomassem conta uns dos outros. Mas do modo como as coisas ocorreram, porém, ela estava comendo ali perto, olhando a brincadeira deles e de vez em quando indo dar um tapa com a pata no mais forte e impedindo que ele provocasse os outros.

— Eles são um bom grupo, sabe — disse Azevinho. — Espero que a gente consiga mais uns assim.

— Não podemos esperar muito mais ninhadas antes do fim do inverno — disse Avelã —, embora ouse dizer que vá haver algumas.

— Podemos esperar qualquer coisa, acho — disse Azevinho. – Três ninhadas nascidas no outono... alguma vez *você* ouviu falar de algo assim antes? Frith não fez os coelhos para acasalarem no auge do verão.

— Não sei quanto à Trevo — disse Avelã. — Ela é uma coelha de jaula: pode ser que para ela seja natural acasalar em qualquer época, pelo que eu entendo. Mas tenho certeza de que Hyzenthlay e Vilthuril começaram as ninhadas no auge do verão porque não tinham vida natural em Efrafa. Por tudo isso, elas foram as duas únicas fêmeas de Efrafa que *tiveram* ninhadas até agora.

— Frith também nunca quis que nós brigássemos no auge do verão, se for por isso — disse Prata. — Tudo que aconteceu foi contra a natureza: a luta, o acasalamento. E tudo por conta de Vulnerária. Se ele não era contra a natureza, quem era?

— Topete tinha razão quando disse que ele não era um coelho — disse Azevinho. — Ele era um animal de combate, feroz como uma ratazana ou um cão. Ele lutou porque na verdade ele se sentia mais seguro lutando do que fugindo. Ele era corajoso, claro. Mas isso não era natural, e é por isso que ele ia acabar desse jeito. Ele estava tentando fazer algo que Frith nunca quis que os coelhos fizessem. Acho que ele teria caçado como os elil se pudesse.

— Ele não morreu, sabe — interrompeu Tasneira.

Os outros ficaram em silêncio.

— Ele não parou de correr — disse Tasneira, num tom passional. — Vocês viram o corpo dele? Não. Alguém viu? Não. Nada podia matá-lo. Ele tornou os coelhos maiores do que eles jamais tinham sido: mais corajosos, mais hábeis, mais espertos. Sei que pagamos por isso. Alguns deram a própria vida. Mas era bom sentirmos que éramos de Efrafa. Pela primeira vez na história, os coelhos não saíam fugindo. Os elil nos temiam. E isso por causa de Vulnerária – ele e ninguém mais. Não estávamos à altura do general. Podem acreditar, ele foi começar outro viveiro em algum lugar. Mas nenhum oficial de Efrafa jamais vai se esquecer dele.

— Bom, agora eu vou contar uma coisa para vocês — começou Prata. Mas Avelã o interrompeu.

— Vocês não devem dizer que não estavam à altura — ele disse. — Vocês fizeram por ele tudo que coelhos podiam fazer e muito mais. E quanto nós aprendemos com vocês! Quanto a Efrafa, ouvi dizer que está se saindo muito bem sob as ordens de Candelária, embora algumas coisas não sejam exatamente como eram. E escute, na próxima primavera, se eu estiver certo, vamos ter coelhos demais para ficar confortáveis aqui. Vou incentivar alguns dos mais novos a começar novos viveiros entre aqui e Efrafa, e acho que vocês vão ver que Candelária vai estar disposto a mandar alguns coelhos dele para participar disso. Você seria o coelho certo para começar a fazer esse esquema funcionar.

— Não vai ser difícil fazer isso acontecer? — perguntou Azevinho.

— Não quando Kehaar vier — disse Avelã enquanto eles começavam a pular tranquilamente em direção aos buracos do canto nordeste do bosque. — Ele vai aparecer um dia desses, quando a tempestade começar naquela Grande Água dele. Ele pode levar uma mensagem para Candelária na mesma velocidade com que você iria à oliveira e voltaria.

— Por Frith nas folhas, e eu sei de alguém que vai ficar feliz de ver o Kehaar! — disse Prata. — Alguém que não está muito longe.

Eles tinham chegado ao extremo leste das árvores e ali, bem no descampado onde ainda havia sol, um pequeno grupo de três jovens coelhos – maiores do que os de Hyzenthlay – estavam agachados na grama alta, escutando um veterano grandalhão, com uma orelha mutilada e com cicatrizes que iam do focinho ao quadril – ninguém menos do que Topete, capitão de uma Owsla muito tranquila. Aqueles eram os machos da ninhada de Trevo e eles pareciam um bando de coelhos muito aptos.

— Ah, não, não, não, não — Topete dizia. — Ah, minhas asas e meu bico, assim não dá! Você, qual é o seu nome? Escabiosa, olhe, eu sou um gato e eu vejo você na parte mais baixa do meu jardim comendo as alfaces. O que eu faço? Venho andando até a metade do caminho abanando a cauda? Eu faço isso?

— Por favor, senhor, eu nunca vi um gato — disse o jovem coelho.

— Não, você ainda não viu — admitiu o corajoso capitão. — Bom, um gato é uma coisa horrível com uma cauda grande. Ele é coberto de pelos, tem bigodes eriçados e quando luta ele faz uns barulhos ferozes e malignos. Ele é esperto, sabe?

— Ah, sim, senhor — respondeu o jovem coelho. Depois de uma pausa, ele disse educadamente: — E... o senhor perdeu a cauda.

— O senhor conta para a gente sobre a luta na tempestade? — pediu um dos outros coelhos — E também a do túnel de água?

— Sim, mas mais tarde — disse o incansável treinador. — Agora escutem, eu sou um gato, certo? Estou dormindo ao sol, certo? E vocês vão passar por mim, certo? Agora...

— Eles ficam de brincadeiras com ele, sabe — comentou Prata —, mas fariam qualquer coisa por ele.

Azevinho e Tasneira tinham ido para baixo da terra e Prata e Avelã saíram outra vez para o sol.

— Acho que todos nós faríamos — respondeu Avelã. — Se não fosse por ele aquele dia, o cachorro teria chegado tarde demais. Vulnerária e os coelhos dele não estariam na superfície. Eles iam estar lá embaixo, terminando aquilo que eles tinham vindo fazer.

— Ele derrotou o Vulnerária — disse Prata. — Ele tinha ganhado antes do cachorro chegar. Era isso que eu ia dizer agorinha, mas foi bom que eu não disse.

— Queria saber como eles estão se saindo com aquela toca de inverno na parte de baixo da colina — disse Avelã. — Vamos precisar dela quando vier o mau tempo. Aquele buraco no teto do Favo de Mel não ajuda nem um pouco. Imagino que ele vai fechar naturalmente um dia, mas por enquanto é uma chatice danada.

— Bom, ali vem os cavadores de tocas — comentou Prata.

Sulquinho e Campainha passaram por cima do cume, junto com três ou quatro fêmeas.

— Ah há, ah há, oh Avelã-rah — disse Campainha. — A confortável toca foi cavada e a todos nós convoca a dormir sem lesmas nem minhocas. E quando o frio já não for fraco e nós entrarmos no buraco...

— O seu trabalho será exaltado, eu destaco — completou Avelã. — Mas estou falando sério. Os buracos ficam ocultos, não é?

— Iguais aos de Efrafa, acredito — disse Campainha. — Na verdade, eu trouxe um deles para você ver. Você está vendo, não está? Não? Bom, então funcionou. Olha só o Topete com aqueles coelhinhos ali. Sabe, se voltássemos a Efrafa eles não iam conseguir decidir em que Marca colocá-lo. Ele tem todas.

— Pode vir para o lado oeste do bosque com a gente, Avelã-rah? — disse Sulquinho. — Subimos cedo de propósito para pegar um pouco de sol antes de escurecer.

— Está bem — respondeu Avelã de bom humor. — Acabamos de vir de lá, Prata e eu, mas não me incomodo de ir de novo.

— Vamos até aquele buraco em que a gente encontrou Kehaar naquela manhã — disse Prata. Vai estar protegido do vento. Você lembra como ele xingou a gente e tentou dar bicadas quando chegou?

— E os vermes que a gente levou pra ele? — disse Campainha. — Não se esqueçam disso.

Ao se aproximar da depressão eles ouviram que o lugar não estava vazio. Era evidente que alguns dos outros coelhos tinham tido a mesma ideia.

— Vamos ver até onde a gente consegue chegar sem eles perceberem — disse Prata. — Bem ao estilo do Candelária, venham.

Eles se aproximaram em silêncio, contra o vento que vinha do norte. Olhando por cima da beirada, eles viram Vilthuril e a ninhada de quatro coelhos deitados ao sol. A mãe contava uma história para seus coelhinhos.

— Então, depois de eles nadarem no rio — disse Vilthuril —, El-ahrairah levou seu povo adiante passando por um lugar escuro, selvagem e solitário. Alguns deles estavam com medo, mas ele conhecia o caminho e, logo pela manhã, ele os levou em segurança a um campo verde, muito bonito, com grama fresca e boa. E ali eles encontraram um viveiro – um viveiro que era mal-assombrado. Todos os coelhos desse viveiro estavam sob o poder de um feitiço maligno. Eles usavam colares brilhantes no pescoço e cantavam como pássaros e alguns deles sabiam voar. Mas apesar de serem tão bonitos, o coração deles era sombrio e tharn. Então o povo de El-ahrairah disse: 'Ah, vejam esses coelhos maravilhosos do Príncipe Arco-Íris. Eles próprios parecem príncipes. Vamos viver como eles e virar príncipes também'.

Vilthuril olhou para cima e viu os recém-chegados. Ela parou por um instante e depois continuou.

— Mas Frith apareceu para Vigilante em um sonho e alertou que o viveiro era encantado. E ele cavou no chão para descobrir onde o feitiço estava enterrado. Ele cavou fundo, e a busca foi difícil, mas no fim ele encontrou aquele feitiço maligno e o tirou de lá. E, então, todos eles fugiram de lá, mas ele se transformou em uma grande ratazana e pulou em El-ahrairah. Então, El-ahrairah lutou contra a ratazana, para lá e para cá, e finalmente conseguiu segurá-la no chão, sob as suas garras, e ela se transformou em um grande pássaro branco que falou com ele e o abençoou.

— Parece que eu conheço essa história — sussurrou Avelã —, mas não sei onde ouvi.

Campainha sentou e coçou o pescoço com a pata traseira. Os coelhinhos se viraram com a interrupção e logo a seguir tinham escalado a subida, gritando "Avelã-rah! Avelã-rah!" e pulando em Avelã por todos os lados.

— Ei, esperem um minuto — disse Avelã, afastando todos com a pata. — Eu não vim aqui para me meter em uma luta com um bando de coelhos durões como vocês! Vamos ouvir o resto da história.

— Mas tem um humano vindo em um cavalo, Avelã-rah — disse um dos coelhinhos. — A gente não devia correr para o bosque?

— Como eu posso saber? — perguntou Avelã. — Não estou ouvindo nada.

— Nem eu — disse Prata, ouvindo com as orelhas erguidas.

O coelhinho pareceu intrigado.

— Não sei como, Avelã-rah — ele respondeu —, mas tenho certeza de que não estou errado.

Eles esperaram um pouco enquanto o sol vermelho mergulhava mais fundo. Por fim, bem quando Vilthuril estava prestes a prosseguir com a história, eles ouviram cascos na grama e o cavaleiro apareceu no oeste, galopando tranquilo pela trilha em direção à colina de Cannon Heath.

— *Ele* não vai incomodar a gente — disse Prata. — Não tem porque fugir. Ele só está de passagem. Mas você é um coelhinho curioso, jovem Threar, por ter ouvido ele chegar com tanta antecedência.

— Ele sempre faz esse tipo de coisa — disse Vilthuril. — Outro dia ele me disse como era um rio e falou que tinha visto num sonho. É o sangue do Quinto, sabe. Só podia ser assim, com o sangue do Quinto.

— Sangue do Quinto? — indagou Avelã. — Bom, enquanto tivermos algo assim ouso dizer que estaremos bem. Mas, sabe, está esfriando aqui, não está? Venham, vamos descer e escutar o resto da história em uma boa toca quentinha. Olhe, lá está o Quinto no barranco. Quem chega nele primeiro?

Minutos depois não se via um único coelho na encosta. O sol mergulhou abaixo da colina Ladle e as estrelas do outono começaram a brilhar no leste, que ficava cada vez mais escuro – Perseu e as Plêiades, Cassiopeia, a sutil Peixes e o grande quadrado de Pégasus. O vento estava refrescante, e logo miríades de folhas secas de faia enchiam as valas e as depressões em rajadas que atravessavam quilômetros de escuros descampados. Debaixo da terra, a história continuou.

Epílogo

> Seu nome distinguiu
> Servindo bem e longamente, foi
> Discípulo de bravos; perdurou,
> Porém a idade, essa megera, veio
> E nos tirou da luta...
>
> Shakespeare, *Tudo bem quando termina bem*
>
> Ele era parte do meu sonho, claro – mas eu também era parte do sonho dele.
> Lewis Carrol, *Alice através do espelho*

"E o que aconteceu no fim?", pergunta o leitor que acompanhou Avelã e seus camaradas em todas as suas aventuras e que voltou com eles, por fim, ao viveiro aonde Quinto os levou saindo dos campos de Sandleford. O sábio sr. Lockley nos disse que os coelhos selvagens vivem dois ou três anos. Ele sabe tudo sobre coelhos, mas mesmo assim, Avelã viveu mais do que isso. Ele viveu uns bons verões – como eles dizem naquela parte do mundo – e aprendeu a conhecer bem as mudanças das colinas indo da primavera para o inverno e de novo para a primavera. Ele viu mais coelhos jovens do que era capaz de lembrar. E, às vezes, quando eles contavam histórias em uma tarde ensolarada perto das faias, ele não conseguia lembrar com certeza se elas eram sobre ele ou sobre algum outro coelho herói de tempos passados.

O viveiro prosperou assim como, mais tarde, prosperou também o novo viveiro no Cinturão, metade composto por coelhos de Watership e metade por coelhos de Efrafa – o viveiro que Avelã concebeu, pela primeira vez, naquela noite terrível quando foi encontrar sozinho o general Vulnerária e tentar salvar seus amigos quando isso parecia impossível. Tasneira foi o primeiro Chefe Coelho, mas ele contava com Morango e Espinheiro como conselheiros e aprendeu que não devia marcar ninguém e que só devia enviar Patrulhas Avançadas ocasionalmente. Candelária concordou imediatamente em mandar alguns coelhos de Efrafa e a primeira leva foi liderada por ninguém menos que o capitão Marmelo, que agiu com sensatez e fez muito bem o seu trabalho.

O general Vulnerária nunca mais foi visto. Mas certamente é verdade, como disse Tasneira, que nunca ninguém encontrou seu corpo, e por isso pode ser que, afinal, aquele coelho extraordinário tenha vagado por aí vivendo sua vida de modo feroz em algum outro lugar e desafiando os elil com a mesma habilidade de sempre. Kehaar, a quem perguntaram certa vez se ele o tinha visto em um de seus voos sobre as colinas, simplesmente respondeu:

— Aquele coelho maldito. Eu não ver ele, eu não querer ver ele.

Não tinham se passado muitos meses e já ninguém em Watership sabia ou se importava muito em saber se ele próprio ou seu cônjuge descendia de um ou dois coelhos de Efrafa ou não. E, no entanto, persistia a lenda de que, em algum lugar nas colinas, vivia um grande coelho solitário, um gigante que comandava os elil como se fossem camundongos e que às vezes ia silflay no céu. Se algum grande perigo surgia, ele voltava para lutar por aqueles que honravam seu nome. E as mães coelhas diziam aos filhotes que, se eles não obedecessem, o general iria pegá-los – o general que era primo-irmão do próprio Coelho Preto. Esse era o monumento a Vulnerária, e talvez ele não achasse isso ruim.

Numa manhã fria e com ventos fortes de março, não sei dizer precisamente quantas primaveras depois, Avelá estava dormindo e acordando em sua toca. Ultimamente, ele passava boa parte do tempo lá, pois estava sensível ao frio e não parecia capaz de farejar nem de correr como em outros tempos. Ele estava sonhando de maneira confusa – algo sobre chuva ou sabugueiros em flor – quando acordou e percebeu que havia um coelho deitado a seu lado em silêncio – sem dúvida algum macho jovem que tinha vindo pedir conselhos. O guarda no túnel lá fora não devia ter deixado que ele entrasse sem perguntar primeiro. Não importa, pensou Avelá. Ele ergueu a cabeça e perguntou:

— Você quer falar comigo?

— Sim, foi por isso que eu vim — respondeu o outro. — Você me conhece, não?

— Sim, claro — disse Avelá, esperando conseguir lembrar seu nome em breve. Então ele viu que na escuridão da toca as orelhas do desconhecido brilhavam com uma luz prateada. — Sim, meu senhor — ele disse. — Sim, eu conheço você.

— Você tem estado cansado — disse o desconhecido —, mas eu posso te ajudar. Vim perguntar se você gostaria de entrar para a minha Owsla. Nós gostaríamos de recebê-lo e você vai gostar de lá. Se você estiver pronto, podemos partir já.

Eles passaram pela jovem sentinela, que não prestou qualquer atenção ao visitante. O sol brilhava e, apesar do frio, havia alguns machos e fêmeas em silflay, protegendo-se do vento enquanto comiam os brotos de grama da primavera. Avelá tinha a impressão de que não precisava mais de seu corpo, então o deixou deitado na beira da vala, mas parou por um instante para observar seus coelhos e para tentar se acostumar à sensação extraordinária da força e da velocidade que fluíam de maneira inexaurível dele para os corpos macios e jovens deles e para seus sentidos saudáveis.

— Não precisa se preocupar com eles — disse seu companheiro. — Eles vão ficar bem. Eles e milhares como eles. Se você vier comigo, vou te mostrar o que quero dizer com isso.

Ele chegou ao topo do barranco com um único salto poderoso. Avelá o seguiu; e juntos eles foram embora, correndo com facilidade pelo bosque, onde as primeiras prímulas começavam a florescer.

Glossário de lapino

Esconde-pedras: jogo tradicional dos coelhos.
Crixa: o centro de Efrafa, no ponto em que duas estradas se cruzam.
Efrafa: o nome do viveiro fundado pelo general Vulnerária.
El-ahrairah: o herói popular dos coelhos. O nome (*Elil-hrair-rah*) significa Inimigos-Mil-Príncipe, ou o Príncipe dos Mil Inimigos.
Elil: inimigos (dos coelhos).
Embleer: fedorento, como o cheiro da raposa.
Flay: comida, como a grama ou outra forragem verde.
Flayrah: comida extraordinariamente boa, como alface.
Frith: o sol, personificado como um deus pelos coelhos. *Frithrah*! significa o Senhor Sol – usado como exclamação.
Fu Inlé: depois de a lua nascer.
Hlao: qualquer sulco ou depressão na grama, como a que forma uma margarida ou um cardo, que possa segurar a umidade.
Hlao-roo: pequeno *Hlao*. Um diminutivo carinhoso do nome *Hlao*. Um dos coelhos da história.
Hlessi: coelho que vive na superfície, sem um buraco ou um viveiro regulares. Coelho errante, que vive ao ar livre. (Plural, *hlessil*.)
Homba: raposa. (Plural, *hombil*.)
Hrair: muitos; quantidade incontável; qualquer número acima de quatro. *U hrair* significa Os Mil (inimigos).
Hrairoo: os Pequenos Mil. O nome de Quinto em lapino.
Hraka: fezes, excreções.
Hrududu: um trator, carro ou qualquer veículo motorizado. (Plural, *hrududil*.)
Hyzenthlay: literalmente, brilho-orvalho-pelo, ou seja, pelo que brilha como o orvalho. O nome de uma fêmea da história.

Inlé:	literalmente, Lua, mas também é usado para o surgimento da lua. Um segundo sentido traz a ideia de escuridão, medo e morte.
Laburno:	árvore de veneno.
Lendri:	um texugo.
Marli:	uma fêmea. Também tem o sentido de mãe.
M'saion:	nós os encontramos.
Narn:	bom, agradável (de comer).
Ni-Frith:	meio-dia.
Nildro-hain:	canção do Melro. O nome de uma fêmea da história.
Owsla:	os coelhos mais fortes de um viveiro, a elite governante.
Owslafa:	a polícia do Conselho (palavra encontrada apenas em *Efrafa*.)
Pfeffa:	um gato.
Rah:	um príncipe, líder ou Chefe Coelho. Normalmente usado como sufixo. Por exemplo, *Threarah* significa Senhor *Threar*.
Roo:	usado como sufixo para denotar um diminutivo. Por exemplo, *Hrairoo*.
Sayn:	tasneira.
Silf:	do lado de fora, ou seja, não debaixo da terra.
Silflay:	ir para a superfície comer. Literalmente, comer do lado de fora. Também usado como substantivo.
Tharn:	atônito, perturbado, hipnotizado de medo. Mas também pode significar, em certos contextos, parecer tolo ou de coração partido ou desamparado.
Thethuthinnang:	movimento das folhas. O nome de uma fêmea da história.
Thlay:	pelo.
Thlayli:	pelo-cabeça. Um apelido.
Threar:	uma sorveira.
Vair:	excretar, defecar.
Yona:	um ouriço. (Plural, *yonil*.)
Zorn:	destruído, assassinado. Denota uma catástrofe.

**Acreditamos
nos livros**

Este livro foi composto em Adobe Garamond
e Janson e impresso pela RRD para a Editora
Planeta do Brasil em fevereiro de 2019.